보고사

시각과 상상의 즐거움,

영화의 이해와 탐색

허만욱 지음

보고사

우리는 서로 다른 지식 사이의 통섭과 이산을 주축으로 하는 영상 문화 시대에 살고 있다. 모든 것이 디지털화되고 글의 매력보다 이미지의 매력에 더 끌리는 영상시대를 살면서, 문화적 전환기의 예술 매체의 역할과 기능뿐 아니라 그 문화적 효용가치에 대한 향유와 이해도 중요한 맥락이 된 것이다. 예술 작품은 삶의 의미를 오롯이 기록한 삶의 결정체이기도 하지만, 그것은 곧 인간과 사회를 향한 대화의 산물이기도 한 까닭이다.

특히 영화는 오락과 도덕, 그리고 상업성과 예술을 양대 축으로 한다. 인간에게는 유희적 본능이 있으며, 이 유희적 본능은 예술이라는 또 다른 형태의 삶을 가능하게 했다. 노동이라는 일상의 활동 외에 인간이 예술을 필요로 하는 이유는 바로 예술이 세계를 이해하는 수단으로 작용하기 때문이다. 무릇 다른 예술품이 그렇듯이, 영화도 사람들에게 일상을 벗어난 즐거움을 통해 세계를 이해하도록 공유된 창이다. 일상의 생활이 양식을 얻고 물리적 삶의 환경을 개선해 나가는 활동이라면, 이런 일상을 벗어난 색다른 즐거움이 주는 활동은 정신적 삶의 조건들을 풍요롭게 한다. 영화는 바로 이 즐거움에 의탁하고 있다.

그렇지만 영화가 단순히 즐거움이나 오락 기능에만 의존하는 것은 아니다. 모든 예술과 마찬가지로 영화 역시 그 수혜자인 관객들에게 삶에 대한 깨달음과 교화라는 교훈적 기능을 베풀고 있다. 영화는 관객들에게 자신의 삶을 비춰볼 수 있도록 하며, 그 비춰진 모습을 통해 자신의 삶과 사회에 대한 이해를 돕는다. 바로 이러한 까닭으로 영화에 대한 이해와 감상이 그저 인상주의적 감상평을 확인하는 수준에 그쳐서도 안 되며, 난해하기 짝이 없는 전문적·기술적 용어의 나열이나 연대 외우기식의 현학적 분석 수준에 매달려서도 안 되는 것이다. 올바른 영화 감상은 한 편의 영화가 담아내는 인간과 세계에 대한 다양한 시점과 의미의 통각(統覺) 과정이어야 한다.

오늘날 영화는 모든 문화예술 분야에서 가장 강력한 영향력을 지닌 매체로 등장하였다. 영화를 공부하고자 하는 학생의 수가 점차 증가하고 있고, 이에 따라 대학에서는 관련 강좌가 속속 개설되고 있다. 필자도 줄곧 문학을 가르치면서 문학텍스트 확장으로서의 새로운 가능성이 논의되고 있는 영화에 대해 지속적인 관심을 가져왔으며, 이 책은 이러한 연장선상에서 집필되었다.

이 책은 모두 4부로 나뉘어져 있다. 제1부에서는 영화 장르의 특성과 서사 구조를 통하여, 언어가 아닌 영상으로 내러티브를 전달하는 영화적 서사 텍스트의 매력과 결합방식 및 질서를 살펴 보았다. 제2부에서는 영화의 양식 체계와 기법을 통하여, 예술적 혹은 상업적 목적을 위해 여러 가지 유형으로 제작되고 있는 영화의 양식과 그 형식 및 기법 등을 상세히 실었다. 제3부에서는 영화의 흐름과 영화 감상 방법을 통하여, 개방적·포괄적·종합적 속성을 지닌 영화의 존재론적 본질을 다양한 시각에서 이해하고 감상할 수 있는 방법을 제시하였다. 그리고 제4부에서는 실제 작품을 통하여, 위에 기술된 내용들을 바탕으로 영화예술이 담아내고 있는 감독의 세계관 및 매체의 미학을 직접 확인하고 탐색하도록 하였다.

아무쪼록 다양한 시각과 인문학적 상상력으로 영화를 바라보는 비평적 감상의 즐거움을 경험하는 데 이 책이 도움이 되었으면 한다.

이 책이 나오기까지 많은 분들의 도움과 수고가 있었다. 먼저 필자의 부족함을 보완하기 위해 선학과 동학들의 자료 도움을 받았다. 책의 성격과 편집상 자료들을 '참고문헌'에 함께 정리했으나 혹시 누락된 것이 있다면 이 자리를 빌려 양해를 구한다. 또한 좋은 책이 될 수 있도록 깊은 관심과 격려로 도와주신 여러 동료 교수님께도 곡진(曲盡)한 마음으로 감사드린다. 아울러 항상 호의를 베풀어 주시는 보고사 김흥국 사장님과 훌륭한 의장으로 책을 만들어 준 편집부에도 고마움을 전한다. 그리고 고인이 되신 아버님께는 불초자식의 죄스러운 마음뿐이며 지극한 정성으로 자식을 염려하시는 어머님의 안강(安康)을 기원한다. 한결같은 믿음으로 내 옆을 지키는 아내와 의젓하게 성장해 준 재영과 재석에게도 깊은 사랑과 미안함을 전한다.

화정관 연구실에서
2013년 3월
허만욱

목차

제2부 영화의 양식 체계와 기법

제3부 영화사 이해와 영화감상 방법

제1장 영화사 이해하기 ·········· 215

제1부

영화의 이해와
그 성격

1. 영화란 어떤 예술인가

영화란 무엇인가? 현실에서 그 쓸모나 용처를 찾을 수 없는 영상과 음향에 대해 우리는 왜 시간과 돈을 투자하고 즐기는 것일까? 1초에 24번 바뀌는 영사막의 이미지는 눈속임이고 환영이며 환상이 아닌가? 영화 매체에 대한 이런 식의 물음은 결국 영화의 광범위한 맥락, 즉 영화의 본질적 성격과 기능에 관한 의문으로 수렴된다. 사실 영화를 통해 우리가 목격하는 것은 실제 대상이 아니다. 영화는 현실 세계에 대한 왜곡을 최소화한 조작과 재구성으로 만들어지는 것이기 때문이다. 따라서 영화의 예술성에 대한 이해는 한 편의 영화가 인간의 노력에 의해 가공되는 것이라는 인식에서 출발해야 한다.

흔히 우리는 예술 작품을 거론할 때면 그 가치나 수준에 대해 평가를 내린다. 즉 작품의 좋은 점과 나쁜 점에 대해 주장하게 되는데, 이때 그 평가에는 개인적 선호도가 깊숙이 개입하게 마련이다. 그런데 영화의 질을 평가할 때 개인적 선호도만으로 작품성을 결정하는 것은 올바른 방식이 아니며, 그 평가의 기준은 많은 작품을 판단하는 데도 적용될 수 있는 보편의 측면이 있어야 한다. 예컨대 어떤 사람들은 영화가 현실에 대한 그들의 관점과 일치하는가의 여부, 곧 사실주의적 기준에 의거하여 영화를 평가하기도 한다. 그러나 이러한 관점은 영화 작품들이 때때로 현실 법칙을 위반하면서 그 자체의 내적 규칙에 의해 지배되기도 하는 미적 일반화의 집합체라는 사실을 간과시킬 우려가 있다. 또한 어떤 이들은 영화를 평가하는 데 있어 도덕적 기준을 차용하기도 한다. 이 경우에는 영화의 형식체계 내에서 전후맥락을 떠나 영화의 양상들을 판단하게 됨으로써 편협한 평가가 되기 쉽다. 그렇다면 사실주의적 혹은 도덕적 평가 기준과는 별개로 영화를 예술적 통합체로 평가하는 기준이 있어야 할 것이며, 그러한 기준은 영화 형식이 가능한 한 많이 고려되거나 반영된 것이어야 할 것이다.

이러한 측면에서 훌륭한 영화 작품을 평가하는 기준으로 복합성·독창성·통일성을 제시할 수 있다. 영화의 복합성이란 관객의 인식을 여러 수준에서 몰입시키고, 많은 개별적·형식적 요소들 사이에 존재하는 관계의 다양성을 창조하며, 또 흥미있는 형식적 유형을 창조하는 영화를 말한다. 영화의 독창성은 진부한 관습을 선택하였음에도 불구하고 그것을 새롭게 만들거나 새로운 형식의 가능성을 창조하는 경우로 미학적 견지에서 독창성을 평가할 수 있다. 그리고 통일성은 한 편의 영화가 명료하고 독특하며 정서적으로 관객을 몰입시킬 경우에 해당된다. 그러나 무엇보다 예술 작품으로서의 영화에 대한 이해, 그러니까 특별한 방식으로 만들어지고 일정한 총체성과 통일성을 지니며, 그것이 만들어진 당대의 역사와 세계에 대한 이해의 창으로 기능하는 것으로서의 영화에 대한 이해는 양식 체계에 대한 이해에서 비로소 출발한다.

어떠한 예술 작품에서든 형식은 가장 중요한 요소다. 음악은 단순한 소리가 아니고, 소설도 단순한 언어 기호가 아니며, 한 편의 그림도 선과 색채와 모양과 결을 이용하여 감상자에게 특정한 신호를 보내고 감상자는 이를 지각하여 특별한 이미지로 발전시킨다. 예술 작품에 사용되는 재료들은 무작위로 던져진 것이 아니라, 체계적으로 선별되고 배치됨으로써 나름대로의 형식을 유지한다고 볼 수 있다.

영화도 마찬가지다. 관객들은 영화를 볼 때 개별 단위들이 아니라 전체로서의 영화 작품 한 편을 감상한다. 그리고 그 특정 작품 한 편의 이해가 궁극적 목표일 때 감상자는 그것을 이해하는 데 필요한 접근 방법을 갖고 있어야 한다. 우리가 회화를 분석하려면 색깔과 형태와 구성에 대한 지식을 구비해야 하고, 소설을 분석하려면 언어에 대한 이해가 선행되어야 하는 것처럼 영화를 읽어내려면 영화가 의존하는 양식 체계들을 알아야만 한다. 바로 영화라는 형식이 의존하는 영화 양식 체계들에 대한 지식이다. 영화 형식의 문제가 영화 매체의 특질을 이루고 있는 기법들에 대한 이해와 연결되는 것은 바로 영화 작품 한 편의 전체 형식 내에서 기능하는 것이 바로 이 같은 기법들이기 때문이다.

영화는 오락과 도덕, 그리고 상업성과 예술을 양대 축으로 한다. 인간에게는 유희적 본능이 있으며, 이 유희적 본능은 예술이라는 또 다른 형태의 삶을 가능하게 했다. 노동이라는 일상생활의 활동 외에 인간이 예술을 필요로 하는 이유는 바로 예술이 세계를 이해하는 수단으로 작용하기 때문이다. 무릇 다른 예술품이 그렇듯이, 영화도 사람들에게 일상을 벗어난 즐거움을 통해 세계를 이해하도록 부추기는 창이다. 일상의 생활이 양식을 얻고 물리적 삶의 환경을 개선해 가는 활동이라면, 이런 일상을 벗어난 색다른 즐거움이 주는 활동을 통해 정신적 삶의 조건들을 풍요롭게 한다. 영화는 바로 이 즐거움에 의탁하고 있다.

그렇지만 영화가 단순히 즐거움이나 오락 기능에만 의존하는 것은 아니다. 모든 예술과 마찬가지로 영화 역시 그 수혜자인 관객들에게 삶에 대한 깨달음과 교화라는 교훈적 기능을 베풀고 있다. 영화는 관객들에게 자신의 삶을 비춰볼 수 있도록 하며, 그 비춰진 모습을 통해 자신의 삶과 사회에 대한 이해를 돕는다. 바로 이러한 까닭으로 인해 영화에 대한 이해와 감상이 그저 인상주의적 감상평을 확인하는 수준에 그쳐서도 안 되며, 난해하기 짝이 없는 전문적·기술적 용어의 나열이나 연대 외우기식의 현학적 분석 수준에 매달려서도 안 되는 것이다. 올바른 영화 감상은 한 편의 영화가 담아내는 의미를 추적함으로써 사람의 삶에 관한 교육의 마당이어야 한다.

2. 영화의 시작과 변화

1) 영화의 탄생과 예술로서의 가치

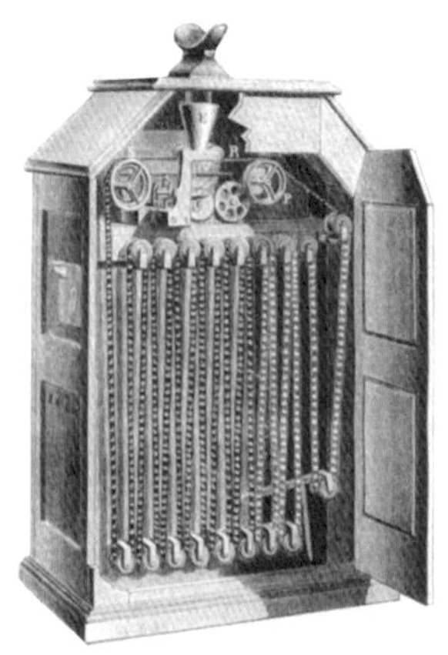

영화와 관련하여 가장 먼저 기록에 보이는 사람은 토머스 에디슨(Thomas A. Edison)이다. 영화에도 관심이 많았던 에디슨은 영화와 관련된 여러 가지 발명품을 개발하였는데, 그 가운데 하나가 1889년에 창안한 키네토스코프(kinetoscope)라는 영사기다. 이 기계는 필름을 자동장치로 회전시켜 아래에 설치된 전구

키네토스코프

의 빛을 통해 기계 위의 구멍으로 들여다보도록 되어 있는 것으로, 한 사람씩 볼 수밖에 없었던 이 '들여다보기'라는 방식 때문에 보편화되지는 못했지만, 영화 상영 형태에 거의 근접한 발명품이었다.

이후 카메라로 피사체를 찍고 다수의 관객들을 대상으로 스크린에 투사하여 바야흐로 영화의 대중성을 확보한 영화인이 있었다. 다름 아닌 프랑스의 루이 뤼미에르(Louis Lumiere), 오귀스트 뤼미에르(Auguste Lumiere) 형제다.

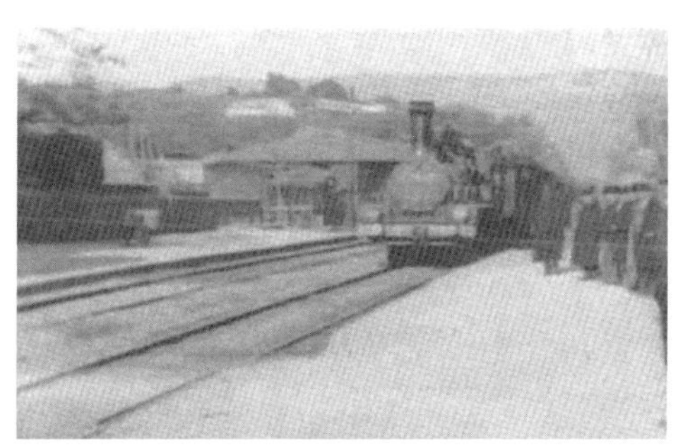
〈열차의 도착〉

이들은 최초의 영화촬영기 겸 영사기인 시네마토그라프(cinematographe)를 개발하여 움직이는 영상을 스크린 위에 영사(映寫)하기 시작했으며, 시네마토그라프의 대중 공개상영을 시작했다. 1895년 12월에 뤼미에르 형제는 파리의 그랑 카페에서 〈열차의 도착〉(*The Arrival of a Train*)이라는 공개 영화 시사회를 열었다. 이 영화는 카메라의 움직임이나 중간 컷도 없는 단일한 화면을 기록한 작품에 지나지 않았지만, 최초로 스크린 투사 방식을 이용한 획기적인 것이었다. 당시 사람들은 자신들을 향해 달려오는 기차에 놀라 카페에서 뛰쳐나갔을 정도로 움직이는 사진의 효과는 대단했다. 이들 형제의 영화 상영은 그 이전의 과학 기술이나 발명품의 역사와는 질적으로 다른 중요한 사건이었고, 무엇보다 다가오는 20세기가 활자시대에서 영상시대로 변화할 것을 예고하는 서곡이었다. 비록 플라톤의 '동굴의 비유'를 무기로 삼아 영화의 해악성을 논쟁거리로 삼는 활자의 마지막 세대가 심심찮게 있었으나, 영상의 시대가 도래했음을 아무도 의심할 수 없었다. 이렇게 시작된 영화와 관객의 만남은 곧 영화의 상업적인 성격을 드러낸다. 즉 유료 상영을 함으로써 영화는 상업 수단으로서 만들고 팔고 사는 생산과 소비의 과정이 생겨나기 시작한 것이다.

초기 성공 이후 사람들은 이 새로운 매체에 대해 대단한 흥미를 보였으며, 뤼미에르 형제는 좀 더 복잡하고 재미있는 화면을 만들기 위해 중요한 사건들과 이국적인 풍물들을 담아냈다. 그러나 그들은 1905년에 영화 제작을 중단한다.

1896년부터 영화를 찍기 시작한 프랑스의 조르주 멜리에스(Georges Melies)는 자신의 스튜디오를 이용한 최초의 영화인이었다. 또한 간단한 특수 효과를 사용했고 극영화를 찍었으며, 자신이 직접 시나리오를 쓰기도 했다. 1902년에 제작된 그의 〈달세계 여행〉(*Le voyage dans la lune*)은 시간의 흐름에 따라 내용을 배열한 서사 구조와 스토리가 있는 전개, 그리고 합성화면이나 스톱모션, 디졸브 등 다양한 형태의 영상적 실험을 통해 독창적

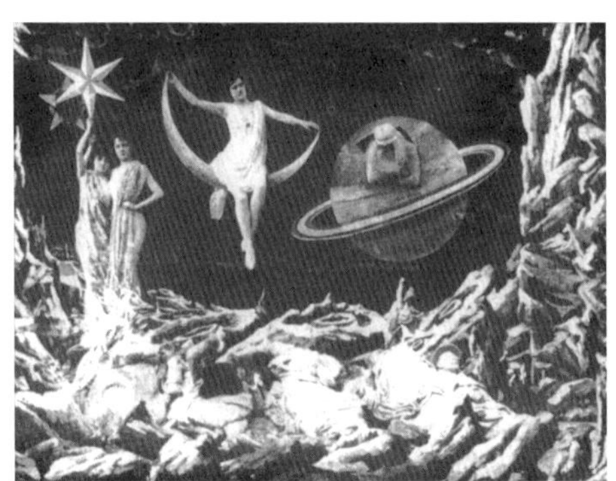

〈달세계 여행〉

인 영화기법을 보여주었다. 그는 세계 최초의 종합적인 촬영소를 세워 영화의 흥행체제에도 기여하였다.

한편, 미국 영화산업에서 에드윈 포터(Edwin S. Potter)는 영화사 연구가들이 영화 언어에 있어 새로운 지평을 연 인물로 꼽는다. 그는 1902년 〈미국 소방수의 생활〉(*The Life of an American Firemans*)에서 영화적 이야기 서술을 위한 편집을 선보였다. 즉 동시에 일어나는 다른 사건들을 각

기 다른 신으로 재현한 후 이
를 교차편집함으로써 동시성
을 부여한 것이다. 이러한 교
차편집의 모범은 1903년에 완
성한 〈대열차 강도〉(*The Great
Train Robbery*)로 이어진다. 14
개의 신으로 구성된 이 영화
는 영화사상 처음으로 신의

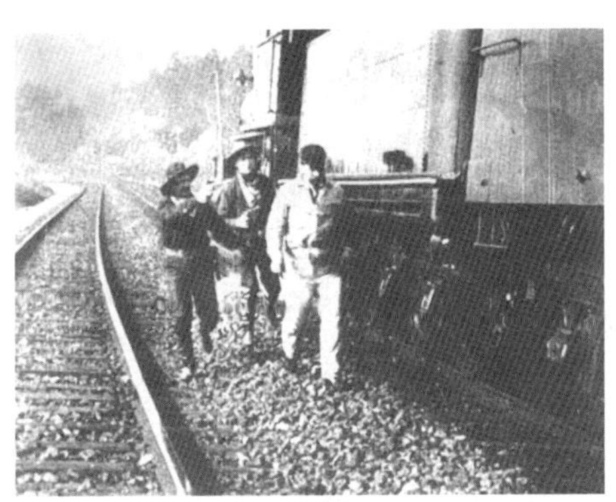

〈대열차 강도〉

개념이 도입된 작품으로서, 카우보이의 전형 등을 보여주며 이후 미국
서부영화의 효시가 되었다. 포터는 교차편집에 의한 신의 완결적 서사
구조, 움직이는 카메라를 이용한 촬영 등으로 이야기의 극적 긴장감을
끌어내면서 초창기 영화사에 커다란 변화를 가져왔고, 영화가 대중성을
획득하는 데도 크게 기여했다.

또한 미국 영화사뿐만 아니라 세계 영화사
에 그 이름을 남긴 데이비드 그리피스(David
W. Griffith) 감독은 숏(shot)을 기본 단위로 한
영화 언어의 문법을 확립했다. 즉 한 장면에
한 컷이라는 그때까지의 통념을 벗어나 다양
한 숏을 선택적으로 편집하여 연속된 장면처
럼 보이게 하는 컷백 기법과 더불어 롱숏, 미
디엄숏, 클로즈업이 가지는 각각의 기능을 이

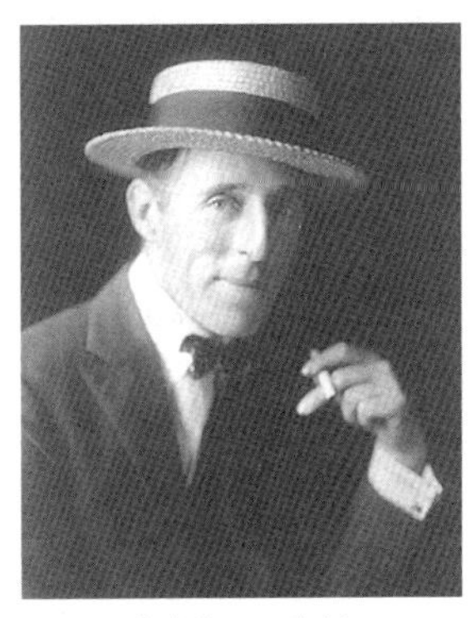

데이비드 그리피스

해함으로써 당시 영화가 지니지 못했던 참신한 표현력을 선보였다. 그리
피스는 1915년 남북전쟁을 소재로 한 〈국가의 탄생〉(*The Birth Of A Nation*)
과, 1916년 인류의 '불관용'한 역사를 다룬 네 개의 에피소드가 동시에

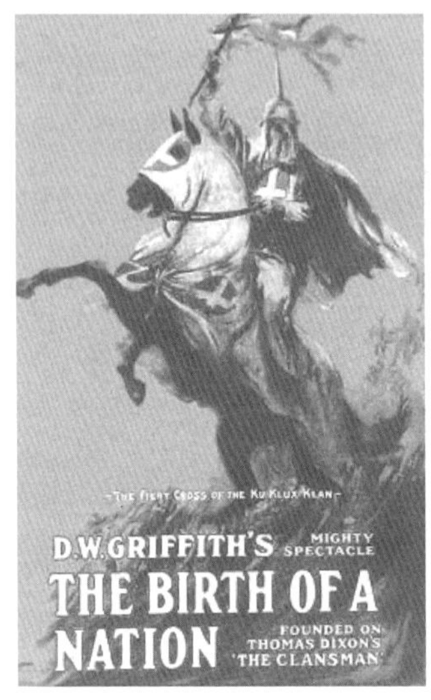

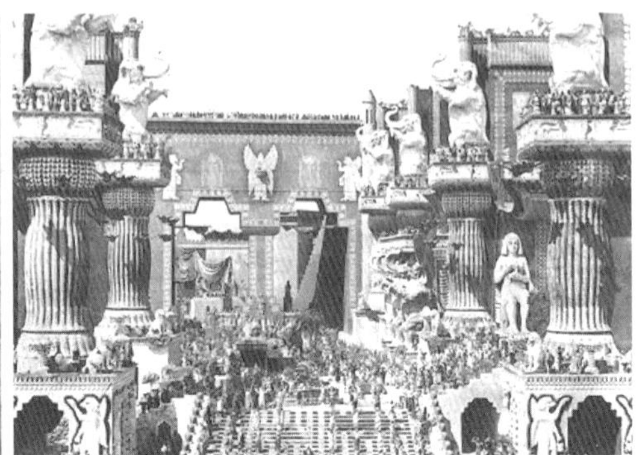

〈인톨러런스〉 ▲

◀ 〈국가의 탄생〉

이야기되는 〈인톨러런스〉(*Intolerance*)를 통해 영화는 시간과 공간의 속박으로부터 가장 자유롭게 벗어날 수 있는 장르로서 시간 및 공간의 연속성을 확보하면서 연극과 다른 방식으로 이야기를 전개하는 방식을 발전시켰다.

그리고 1908년 프랑스에서는 오락물인 영화를 예술로 고양시키고자 했던 필름다르(Film d'Art) 운동이 촉발되었다. 1907년 파리에 설립된 '필름다르'라는 영화제작사의 명칭에서 유래된 이 운동은 영화의 오락성과 상업성에 환멸을 느낀 영화작가들이 당시 고급 예술이었던 연극이나 문학을 소재로 하여 영화의 예술적 향상을 도모하려는 것이었다. 그러나 연극과 같은 인공적인 세트와 카메라 움직임이 배제된 연출은 마치 무대극을 그대로 촬영한 듯하였으며, 지나치게 연극에 의존했던 제작방식으로 인해 영화 예술의 본질과는 거리가 멀었다.

이러한 시도와 더불어 무엇보다 영화가 본격적인 예술로 성장할 수 있

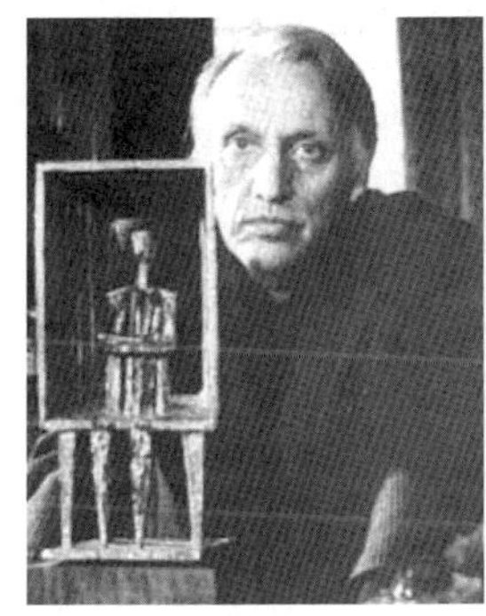
세르게이 에이젠슈테인

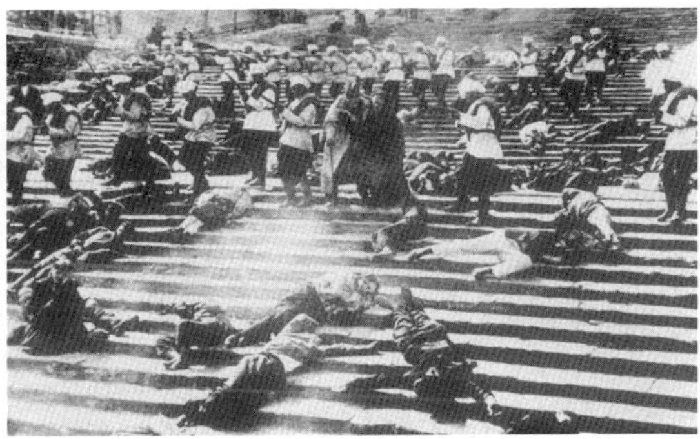
〈전함 포템킨〉

었던 것은 1920년대 소비에트의 몽타주(montage) 이론이 등장하면서 부터다. 일반적으로 몽타주는 '편집(editing, cutting)'과 동의어로 쓰이는데, 초기 영화에서 필름의 단편들을 조합하여 한 편의 통일된 작품으로 엮어 내는 편집 작업의 총칭으로 사용되어 왔다. 특히 러시아의 영화 이론가이 자 감독인 세르게이 에이젠슈테인(Sergei Eizenshtein)에 의해 몽타주 이론 은 영화의 구성과 기술에 대한 새로운 방법으로서 체계화되었다. 그는 몽타주가 단순한 숏의 결합이 아니라 그것들이 충돌하여 제3의 의미를 만들어 내는 것이라고 정의하였다. 즉 그의 몽타주 이론은 헤겔의 변증법 적 개념에 착안된 것으로, 대비되는 두 개의 영상을 교차시켜 새로운 개 념을 창출하고 극의 긴장감을 더하는 것이며, 따라서 영화는 촬영되는 것이 아니라 따로 촬영된 필름의 조각들을 창조적으로 결합해서 현실과 다른 영화적 시간과 공간을 구성하는 데서 영화의 예술성이 성립되는 그 방법을 명확하게 하려는 이론이다. 그리고 바로 이러한 몽타주 이론이 실천적으로 적용된 영화가 1925년에 제작된 그의 대표작 〈전함 포템 킨〉(*Bronenosets Potyomkin*)이다. 계단을 일자로 내려오는 코사크 군인들, 총을 맞고 쓰러진 아이, 바닥에 뒹굴며 깨진 안경, 계단 위를 굴러 내려가는 유모차 등 각각의 장면이 시간과 공간 순서로 연결되던 구성을 거부하고 숏들이 상당히 짧고 빠르게 전환되면서 대립되는 숏들 사이의 충돌에서 오는 효과를 보여주는 몽타주의 혁신적인 편집기법이라는 영상 문법을 구축하였다.

2) 무성영화 시대의 예술사조

영화사에서 후기 무성영화 시대(1919년~1929년)인 1920년대는 초현실주의와 표현주의, 그리고 인상주의 등의 사조가 출몰하면서 추상영화를 비롯한 각종의 독립 실험영화가 시작된 시기다.

특히 초현실주의는 제1차 세계 대전 직후인 1919년부터 약 20년 동안 프랑스를 중심으로 일어난 전위적인 문학 및 예술 사조로, 인간을 이성의 굴레에서 해방시키고, 합리주의와 자연주의에 반대하여 비합리적 인식과 잠재의식의 세계를 추구하며 표현의 혁신을 꾀했으며, 프로이트의 정신분석의 영향을 받아 이성의 통제나 미학적, 도덕적 편견을 초월하여 무의식의 세계 내지는 무의식의 흐름을 기록하고자 하였다.

꿈의 논리를 따르는 이와 같은 과정으로 말미암아 초현실주의 영화에서는 인물의 심리를 추적하지 않는다. 다만 성적 욕망과 황홀경, 폭력과 불경함, 기괴한 익살 등을 추구한다. 또한 합리적 형식이나 양식, 인과율에 기반한 서사 논리 등은 거부되었으며, 자유로운 영화 형식을 통해 관객의 가장 깊숙한 충동을 일깨우고자 했다.

이 시대 가장 대표적인 초현실주의 영화로 언급되는 작품은 루이스 부뉴엘 감독의 〈안달루시아의 개〉(*Un chien andalou*, 1929)다. 당시 초현실주의 화가 살바도르 달리(Salvador Dali)가 제작에 참여함으로써 달리의 초현

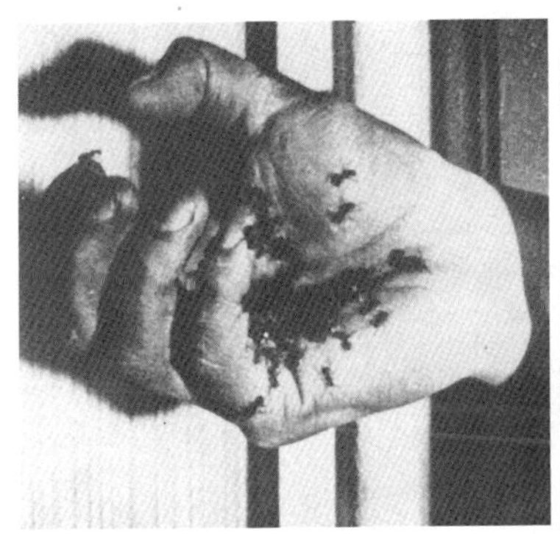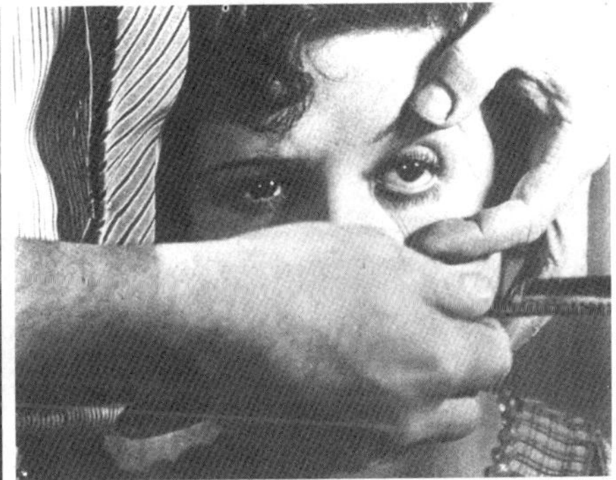

〈안달루시아의 개〉

실주의도 함께 영상적으로 표출된 단편영화다. 여자의 눈을 향하는 면도날, 당나귀 시체를 올려놓은 피아노, 구멍 뚫린 손바닥에서 기어나오는 개미 등 영화는 기괴한 이미지들이 비약적으로 교차하는 몽타주로 일관하고 있다. 내러티브 없이 초현실성에 대한 강력한 은유로서 이미지의 파편과 나열로 자유롭게 전개되는 이 영화는 추상적 전위 영화의 대표작이다. 영화의 구성은 일관성 없는 꿈과 같고, 초현실주의의 주요기법인 꿈의 연상작용, 자동기술법, 프로이트적 정신분석과 무의식 등이 영화의 기조를 이루고 있다.

  표현주의 영화는 대략 1919년부터 1925년까지 독일에서 만들어졌던 일련의 독특한 영화들을 일컫는다. 표현주의는 20세기 초반 독일에서 일어났던 문화 운동으로, 예술을 주관적 현실의 확장으로서 표현하려는 경향으로 인해 왜곡이나 과장이 특징적으로 나타났는데, 이는 회화, 문학, 음악, 그리고 영화에도 그 영향력이 발휘되었다. 그러므로 표현주의 영화들은 대체로 그로테스크(grotesque)한 미장센이 빈번히 출현한다. 기이, 괴기, 이질감, 극단적인 이미지의 제시를 통해 새로운 미학을 추구하는 것이다. 이러한 그로테스크한 세트와 어두운 조명 등의 시각적 스타일은 비현실적인 이야기와 함께 불길함과 불안감을 드러내는 특징이 있었다. 제1차 세계 대전으로 인한 파괴와 절망, 패전으로 인한 독일 내부의 정치적, 사회적, 경제적, 불안정, 그에 따른 비관주의와 환멸, 물질주의와 산업화로 인한 인간의 소외 등이 독일 사회에 팽배했던 시기였다. 이러한 시기에 프로이트의 영향을 받은 독일 영화인들은 복잡하고 혼돈된 인물을 만들어 내기 시작했고, 불안과 소외라는 정신 상태를 독특한 형식으로 표현했던 것이다.

꿈이나 악몽의 세계를 형상화한 표현주의 영화는 독일 로베르트 비네(Robert Wiene) 감독의 〈칼리가리 박사의 밀실〉(*Das Kabinett des Doktor Caligari*, 1920)이 대표적이다. 추상은 아니지만 대상을 객관적으로 묘사하지 않는 표현주의 회화처럼, 이 영화에서도 모든 배경은 각지거나 비뚤어지거나 일그러져 있다. 영화를 대표하는 이미지는 배우들이 아닌 바로 이런 표현

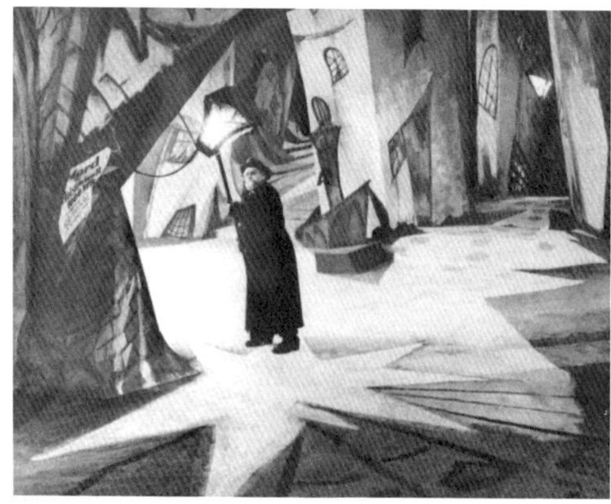

〈칼리가리 박사의 밀실〉

주의적인 무대 장치들이다. 인간 내면의 심리적인 불안감이나 격렬한 감정을 외적인 형식 속에서 왜곡된 형태와 거친 색상으로 묘사하는 것이다.

이와 함께 당시 독일에서 만들어진 영화 경향 중의 하나가 '실내극'이다. 실내의 소공간에서 소수의 배우들에 의해 주로 대화체로 공연된 실내극은 19세기 이후 단막극 형식을 취하며 독일어 사용지역에서 더욱 사랑받는 장르로 등장했다. 대개 하층 계급의 인물을 주인공으로 하여 그 심

리를 추적했던 실내극 작품들은 무성영화임에도 불구하고 자막을 전혀 사용하지 않아도 될 만큼 유연한 카메라 움직임을 보여 주었다.

인상주의 영화란 1920년대 프랑스에서 만들어진 일련의 새로운 영화를 일컫는 용어다. 1918년에서 23년까지 새로운 세대의 프랑스의 영화 제작자들은 이론적으로 무장하고 영화가 시나 회화, 그리고 음악과 비견될 수 있는 예술임을 선언하며, 예술로서의 영화를 탐구하고자했다. 그들은 1차 세계대전 이후 프랑스로 물밀듯이 쏟아져 들어온 할리우드의 상업적 성공작을 모방하던 당시의 프랑스 영화제작 경향을 비판하였고, 그들의 영화는 회화적인 아름다움에 대한 매혹을 보여주었으며, 강렬한 심리적 탐구에 대해 흥미를 가졌다. 그들을 인상주의라고 부르는 것도 이렇듯 인물의 의식작용을 최대한 충실히 표현할 수 있는 서사형식의 창조에 관심을 기울였기 때문이다. 즉 이들의 주된 관심은 사건의 전개보다 인물의 내면적 심리에 집중되었고, 외적인 신체 행동보다 인간 내면의 주관성이 더욱 중시되었다. 그리고 꿈과 환상 등 정신 상태와 주관적 인상의 묘사는 광학적 합성 화면, 카메라의 초점, 필터, 굴곡 있는 거울 등을 통해 표현되었다.

인상주의 영화는 영화의 형식성을 극단적으로 실험하는 사조다. 인상주의 회화가 빛의 움직임을 중시했듯이, 인상주의 영화는 리듬의 다양성이나 여러 시각적인 형상미 등 영화의 형식적 요소를 추구하였다. 인상주의자들은 종종 영화 영상의 본질을 정의하기 위해 포토제니(photogenie)라는 개념을 언급하는데, 1917년 루이 델뤽(Louis Delluc)이 주창한 이 용어는 단순히 사물의 '사진적'인 것 이상의 더욱 복잡한 의미를 내포하며 인상주의 영화의 기본 토대가 되었다. 즉 포토제니 이론은 영화가 빛과 그림자의 조화를 통해 시각에 호소하는 예술임을 역설한 것으로, 시각 매체

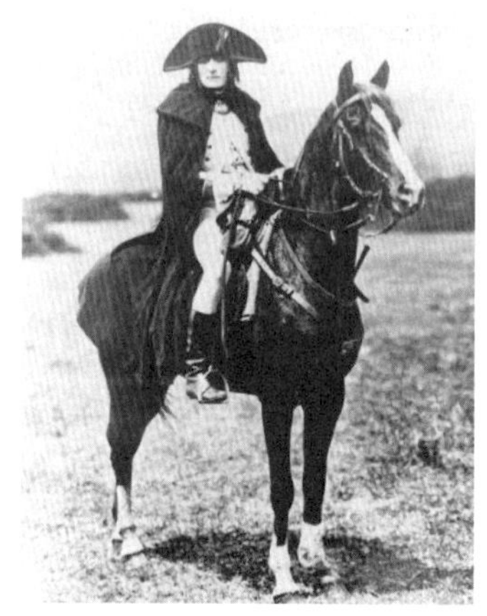
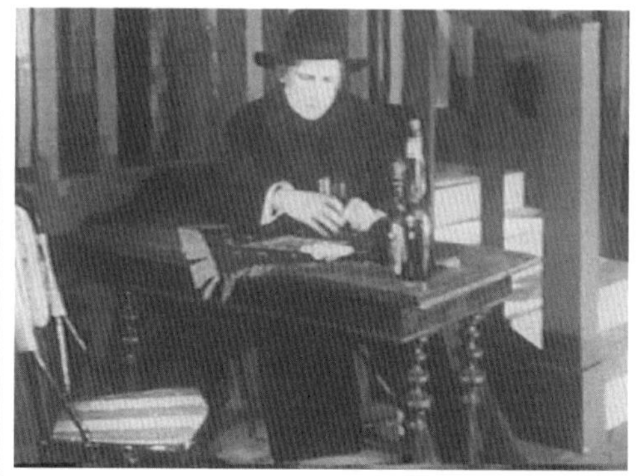

로서의 영화의 예술적 가치를 고민하기 시작한 것이라는 의의를 지닌다고 할 수 있다. 이 시기 포토제니 이론의 대표적인 작품은 아벨 강스(Abel Gance)의 〈나폴레옹〉(*Napoléon*, 1927)과 루이 델뤽의 〈열광〉(*Fièvre*, 1921) 등이다. 〈나폴레옹〉은 세 대의 카메라와 세 대의 영사기를 동원하는 전무후무한 형식 실험으로 기념비적인 대작 영화를 완성했고, 〈열광〉 역시 혁신적인 영화 언어를 선보이며 프랑스 영화사에 뚜렷한 족적을 남겼다. 인상주의 영화 감독들은 예술을 예술가의 개인적 상상력을 전달하는 표현 형식으로 여겼다. 그들에게 예술은 경험을 창조하며 그 경험은 관객에게 정서로 전달되는 것으로, 예술 작품은 스쳐 지나가는 감정이나 인상을 창조하는 것이었다.

3) 유성영화 시대의 예술사조

영상에 사운드가 도입된 역사적 배경에는 제1차 세계대전이 있다. 전쟁으로 인해 발달될 수밖에 없었던 전화와 통신 기술의 발달은 전후 사운

드 재현 기술 발달에 크게 기여
하며 영화 기술 발달의 견인차
로 작용했다. 사운드의 도입은
영화 역사상 가장 중요한 기술
혁신 가운데 하나다. 1930년대
로 접어들면서 본격적으로 영
상에 사운드가 삽입되기 시작
했는데, 정확히는 1927년 워너

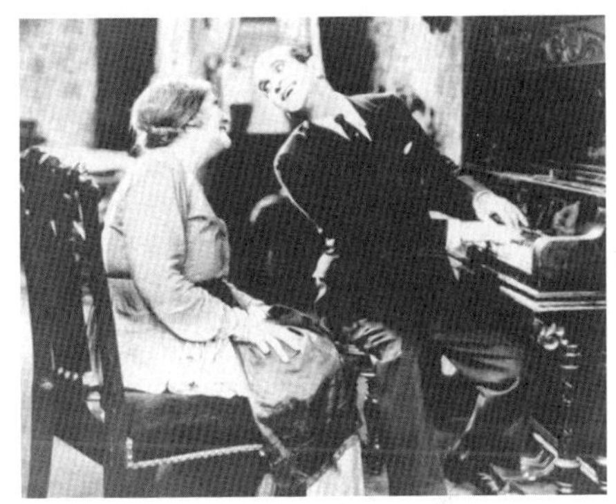

〈재즈싱어〉

브라더스사의 〈재즈싱어〉(*The Jazz Singer*)로부터 유성영화의 서막이 열
린 것이다. 사운드의 도입으로 영화 예술은 그 전반에 걸쳐 미학적 전환
이 유발되었다. 관객들은 이미지보다는 소리에, 배우의 동작보다는 대사
에, 조명과 미장센의 미학보다는 스토리와 인물의 캐릭터에 더욱 주목하
게 된 것이다. 이러한 유성영화 시대의 도래에 조응하며 당시 영화 미학
에 영향을 미친 예술사조는 다음과 같다.

필름 느와르(Film noir)는 주로 1940년대와 50년대 할리우드에서 제작
된 일련의 영화를 일컫는다. 대개 2차대전 전후의 암울한 미국 뒷골목을
소재로 한 B급 영화로서, 범죄 스릴러나 갱스터 영화의 하위 장르로 언급
되기도 하고, 장르라기보다는 조명이나 구도 등을 활용한 시각 스타일
혹은 범죄와 배신과 타락의 내러티브를 다루는 한 경향으로 언급되기도
한다.

다시 말하면, 필름 느와르의 스타일적 특성은 주로 어두운 밤, 비에
씻긴 대도시의 음습한 거리 등을 배경으로 사건이 발생하며, 영화의 배경
이 되는 도시는 번쩍이는 전기 신호와 어둠 속에 도사린 위험 등으로 인
해 새로운 유형의 정글처럼 묘사되기 때문에 명암의 대조가 분명한 조명

과 탈중심적이고 불안정한 구도, 흑백 필름의 사용을 통한 음울한 분위기, 심도 깊은 공간이 주를 이룬다. 내러티브 측면에서는 선악의 구분이 불분명한 비정상적인 모티프, 남성주인공의 불안과 혼돈으로 저질러진 범죄와 그로 인한 파멸, 남성을 매혹시키는 치명적인 팜므파탈(femme fatale)에 대한 노골적인 적대감 등이 비관적, 냉소적으로 표현된다.

따라서 필름 느와르에 포착된 세계는 해독할 수 없는 비정상과 불안의 세계이며, 불가사의한 악으로 공포와 무기력이 만연되어 있는 세계다. 그 속에서 인물들은 탐욕과 이기심으로 인해 폭력과 범죄를 일삼지만, 합법적인 권위나 제도는 그것에 대해 아무런 힘을 발휘하지 못하기 때문에 주로 사립탐정으로 대표되는 개인의 도덕률에 따라 단죄가 결정된다. 또한 잃어버린 시간과 희망 없는 미래의 느낌을 강화하기 위해 필름 느와르의 화면은 음울한 조명과 어둡게 처리되는 인물, 그림자에 대한 강조, 수평선보다는 수직선이나 사선을 강조하는 구도 등이 대표적인 특징으로 나타는데, 이러한 시각 스타일은 1910년대 독일의 표현주의 영화의 영향으로 분석된다.

필름 느와르 장르의 시작을 알린 존 휴스턴(John Huston)의 〈말타의 매〉(*he Maltese Falcon*, 1941)는 그 스타일을 잘 보여 주는 영화다. 고독한

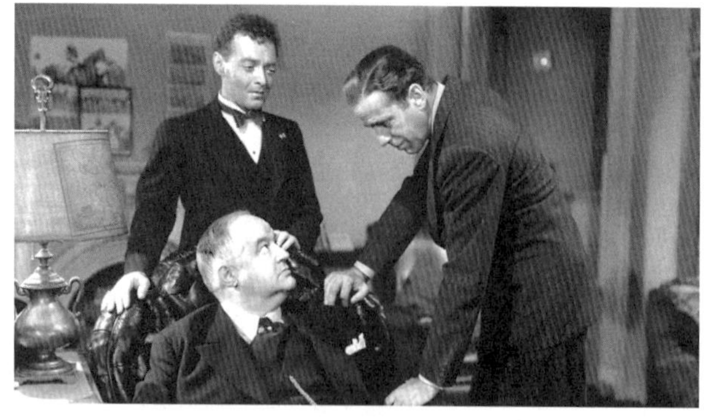

〈말타의 매〉

탐정, 팜프파탈, 도시를 배경으로 이루어지는 타락한 인물들의 범죄행각, 그리고 그 속에서 벌어지는 사랑과 배신과 음모 등 필름 느와르의 기본적인 요소들이 빠짐없이 등장하면서 매 조각상을 둘러싼 범죄조직과의 대결과 암투, 주인공의 어두운 심리 등의 형식적 특성이 고스란히 연출되고 있다.

이와 함께, 제 2차 세계대전 이후 이탈리아에서는 가난한 현실을 폭로하듯이 있는 그대로 묘사해 낸 신사실주의(neorealism)가 유행했다. 그리고 신사실주의 영화는 바로 이 사조를 바탕으로 하여 관습에서 탈피하려는 영화적 요구와 리얼리즘에 대한 열망으로 이탈리아에서 만들어진 일련의 작품을 가리킨다. 사실 무솔리니 통치 하에서의 영화 산업은 상류계급의 멜로드라마나 대하 사극물에 편중되어 대중들과 유리돼 있었다. 그러나 전쟁 후 외국영화의 영향과 토착적 전통으로부터 자극받은 몇몇 작가들이 현재의 사회문제를 파헤치는 것을 목표로 시작한 작업이 발단이 되어 폐허가 된 도시의 적나라한 현실을 드러낸 영화가 주류를 이루게 된 것이다. 경제적인 어려움과 실업이 증대되는 상황 속에서 영화의 목적은 단순히 현실로부터 벗어나는 것이 아니라, 오히려 현실을 직면케 하는 일이 더 중요하게 여겨졌을지 모른다.

그래서 이들 신사실주의 영화는 주로 실업자, 노동자, 농부와 어부, 노인, 부랑아 등 하층 계급의 삶을 통해 전후 패전국 이탈리아 사회에 만연해 있던 빈곤, 실업, 절도, 매춘 등의 경제적, 문화적 배경들을 서슴없이 담아낸다. 신사실주의 영화를 통해 삶의 단면을 반영하고자 했던 것이다. 아울러 신사실주의 영화는 그 사실주의적인 태도에 의해 몇몇 양식상의 특징을 보여 주었다. 방언을 포함한 일상 언어의 강조, 이웃집 아저씨같이 친근하고 편안한 이미지의 비전문 배우 기용, 잔잔하고 감동

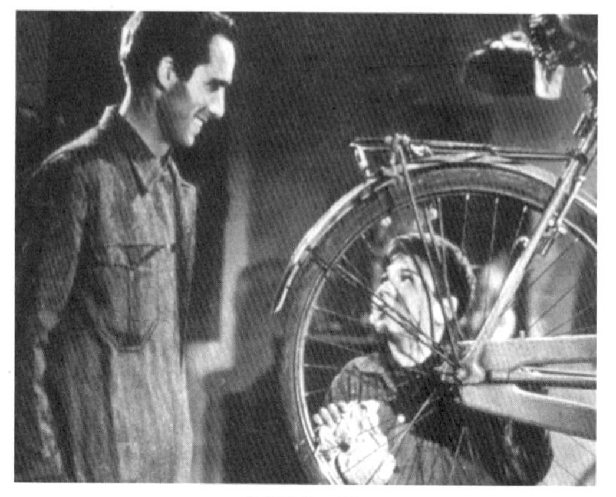

〈자전거 도둑〉

적인 효과를 줄 수 있는 극영화 형식, 인물이 처한 상황을 중심으로 느슨하게 전개되는 이야기 구조 등이 그것이며, 스튜디오가 폐허로 없어지자 실제 로케이션과 야외촬영이 증가하게 되고 자연히 자연 광선이 주로 이용되면서 보다 현실적인 느낌이 증대된 것도 그 특징이다.

신사실주의의 이러한 특성을 거의 모두 충족시켜 네오리얼리즘 사조의 대표작으로 손꼽히는 영화가 비토리오 데 시카(Vittorio De Sica)의 〈자전거 도둑〉(*Ladri di biciclette*, 1948)이다. 살인적인 실업률에 신음하던 세계대전 패전국 이탈리아를 배경으로 생계수단이자 재산의 전부였던 자전거를 도둑맞고 그것을 찾아나선 아버지와 아들의 이야기를 담은 이 영화는 주요 등장인물들에 모두 비전문 배우를 기용하여 신사실주의 영화의 주요 특징 중에 하나인 일상성과 진정성을 배가시키고 있고, 스튜디오에서 거리로 나선 카메라는 가공된 이미지와 연출을 최대한 배제하면서 현실의 사실적인 영상들을 잡아내 스크린 안에 그 생생함을 최대한 구현함으로써 신사실주의의 영화적 특성을 온전하고도 충실하게 수용하고 있다.

한편, 제2차 세계 대전이 끝난 1950년대 후반부터 프랑스, 독일, 미국 등지의 젊은 감독들에 의해 '새로운' 경향의 영화가 대두하기 시작하였다. 프랑스의 '누벨 바그'(Nouvelle Vague), 독일의 '신 독일 영화'(Das Neue Kino/New German Cinema), 미국의 '새로운 미국 영화'(New American

Cinema) 등의 용어가 이런 새로운 경향의 영화를 지칭하는 말이다.

1950년대 후반에 시작되어 1962년 절정에 이른 프랑스의 '누벨 바그' 영화 운동은 프랑스에서 활동하던 젊은 감독들과 그들의 새로운 스타일의 영화를 한데 총칭하는 것으로, 어떤 공통된 영화의 형식을 말한다기보다는 바로 그런 형식과 공식을 거부하고 개인적인 소재와 개인적인 스타일로 새로운 물결의 영화를 만들고자 했다. 기존 영화 형식에 얽매이지 않는 새로운 스타일, 삶에 가까운 주제, 적은 예산, 새로운 배우, 속도감 등이 그들이 지향했던 새로운 물결이었다. 또한 이들 영화감독들은 주제와 기술상의 혁신을 추구하며 점프 컷(jump cut), 트래킹 숏(tracking shot), 들고 찍기(hand-held camera) 등 다양한 기법을 사용하면서 감독의 개성을 살리는 작품들을 만들어 냈다. 누벨 바그의 신호탄을 쏘아올린 프랑소와 트뤼포의 〈400번의 구타〉(*Les quatre cents coups*, 1959)와, 누벨 바그의 결정적인 성공을 알린 장 뤽 고다르의 〈네 멋대로 해라〉(*A bout de souffle*, 1960)가 대표적인 작품이다.

독일의 '신 독일 영화' 운동은 독립적이고 도전적인 세계관으로 무장한

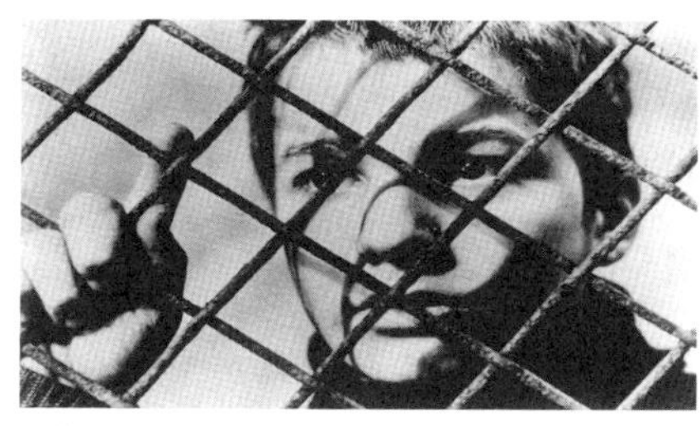

▲ 〈400번의 구타〉

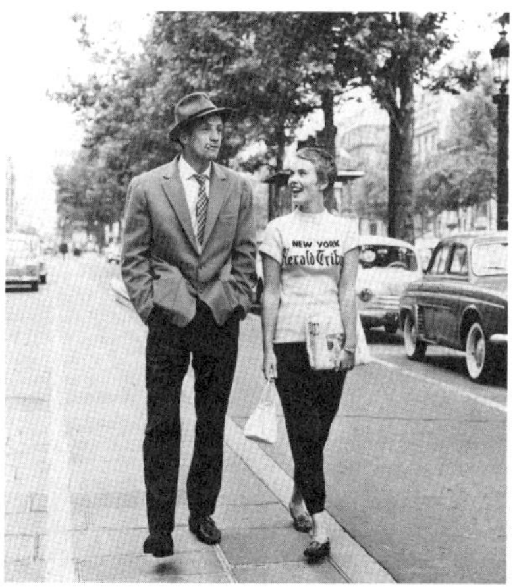

〈네 멋대로 해라〉 ▶

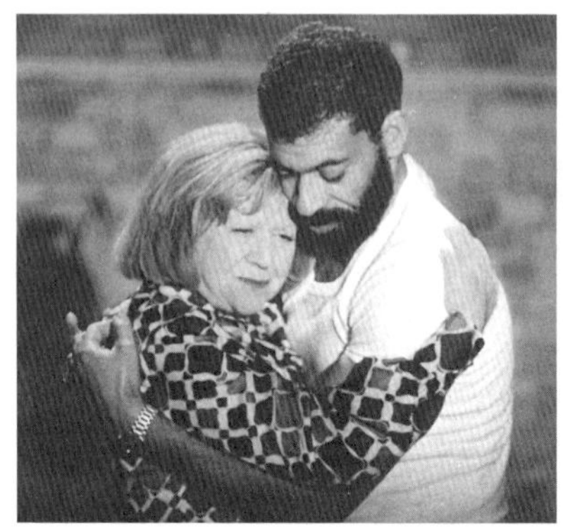

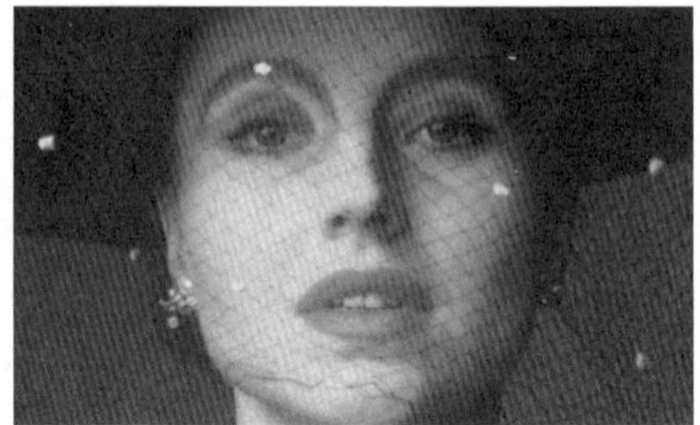

〈마리아 브라운의 결혼〉 ▲

◀ 〈불안은 영혼을 잠식한다〉

영화 제작에 대한 선언으로 시작된다. 1962년 오버하우젠 국제단편영화제(International Short Film Festival Oberhausen)에 모인 일군의 독일 청년 감독들은 '아버지의 영화는 죽었다'는 선언을 통해 기존의 영화 제작 방식과 미학을 거부하며 각자 다양한 영화를 만들어 냈다. 이들은 과거 구태의연한 영화 제작 방식과 안일한 드라마 위주의 영화를 거부하고, 50년대 말부터 시작된 뉴시네마 운동의 영향력 아래서 새로운 스타일의 영화 만들기를 주창했다. 또한 내용과 형식에 이르기까지 영화를 둘러싼 모든 관습에 저항하고 개선하고자 과거의 영화 전통은 물론, 독일적 영상이나 이야기나 신화도 받아들이지 않았다. 그리고 이들은 실제로 새로운 영화의 본보기를 보여 주는 탁월한 작품들을 내놓기 시작했다. 라이너 베르너 파스빈더(Rainer Werner Fassbinder)의 〈불안은 영혼을 잠식한다〉(*Angst essen Seele auf*, 1974)와 〈마리아 브라운의 결혼〉(*Die Ehe der Maria Braun*, 1979) 등이 대표적인 작품이다.

1960년대에 접어들면서 미국에서도 뉴시네마(new cinema)의 격랑이 밀려왔다. '새로운 미국 영화'란 좁은 의미로는 1960년대 뉴욕을 중심으로 활동했던 실험 영화를 지칭하지만, 넓은 의미로는 1960년대 후반에 등장했던 새로운 할리우드 영화를 지칭하는데, 이는 당대를 풍미한 히피즘(hippism)과 청년 저항문화에 기반하여 단순한 결론을 제시하는 할리우드 식의 오락물이 아닌 세상에 대한 진지한 성찰 및 예술적 자유를 통한 창작의 기치를 내세웠다. 따라서 이들 '새로운 미국 영화'는 주변 계층이나 소외된 사람들을 주인공으로 내세워 구시대적 가치와 새로운 것의 불확실성을 모두 거부하는 경향이 농후하였고, 기존의 영화들이 해피엔딩과 낭만을 다루었던 것에 비해 미국 사회의 부정적인 모습과 첨예한 사회인식을 보여주었으며, 아메리칸 드림의 좌절을 주제로 한 영화가 많았다. 뉴 아메리칸 시네마의 출현을 알린 아서 펜(Arthur Penn) 감독의 〈우리에게 내일은 없다〉(*Bonnie and Clyde*, 1967)를 필두로 하여 존 슐레징어(John Schlesinger) 감독의 〈미

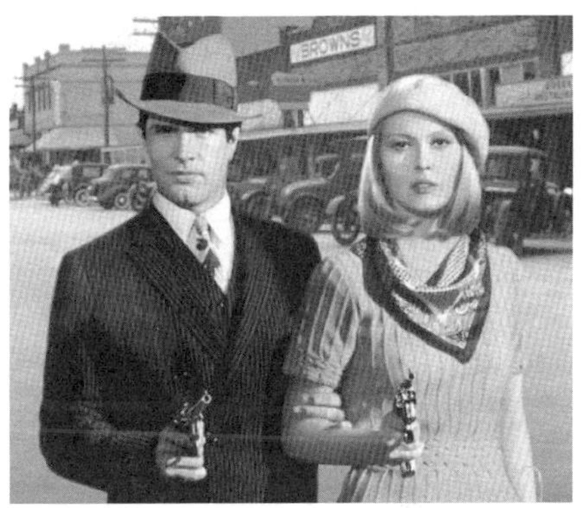

〈우리에게 내일은 없다〉

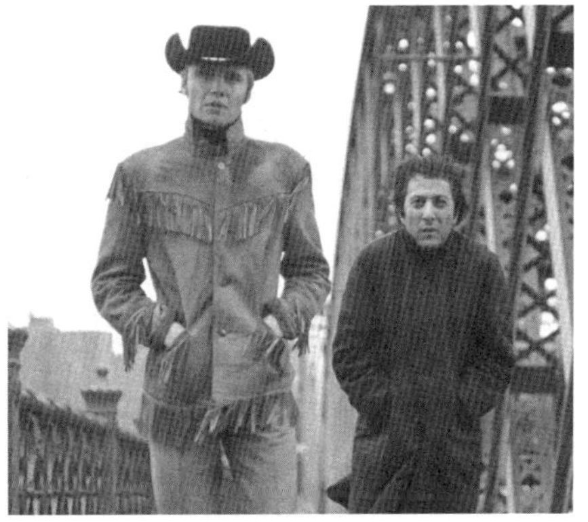

〈미드나잇 카우보이〉

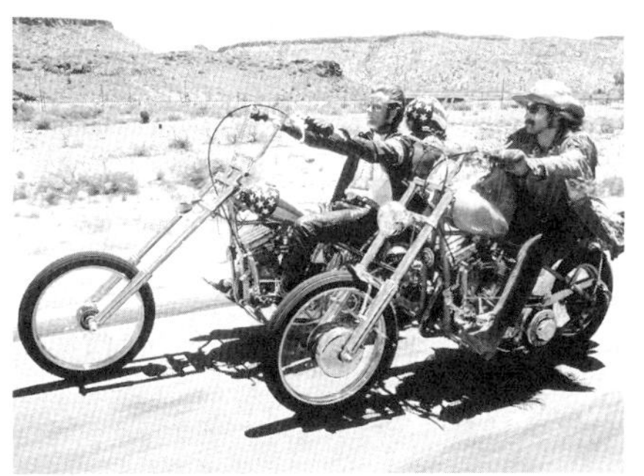

〈이지 라이더〉

드나잇 카우보이〉(*Midnight Cowboy*, 1969), 데니스 호퍼(Dennis Hopper) 감
독의 〈이지 라이더〉(*Easy Rider*, 1969)가 대표작이다.

이와 같이 누벨 바그, 뉴 저먼 시네마, 뉴 아메리칸 시네마 등 뉴시네마
의 영향력은 영화의 형식과 언어와 구조 등을 변화시키는 거센 반향을
낳았고, 자유로운 영화 만들기의 시도에 의해 예술영화 운동을 계승하고
그 대안을 모색했다는 점에서 그 의미를 찾을 수 있다.

3. 예술로서의 영화

1) 영화 예술성의 본질

영화는 움직이는 현실을 재현하려는 인류의 오랜 욕구를 성취한 문명
의 이기다. 그런데 영화가 현실을 기계적으로 복제하는 시스템으로 간주
되면서 영화를 예술의 한 장르로 인식할 것인가에 대한 논쟁이 제기되기
도 하였다.

독일의 영화 미학자 콘라드 랑게(Konrad Lange)는 자연미와 예술미를
명확하게 구분하여 예술의 본질은 자연 속에 있지 않고 인간의 상상력을
자극하여 만든 환상에 있다고 생각했다. 그는 그리스 조각 '원반 던지는
사람'을 예로 들어, 우리가 잘 만들어진 예술품을 통해 보고 느끼는 것은
움직이지 않는 조각의 자연미가 아니라 보는 사람의 의식 속에서 살아
움직이는 환상이 만들어 내는 예술미를 느낀다는 '환상이론'을 주창하였
다. 따라서 예술은 환상을 자극하거나 상상의 여지를 주거나 꿈꿀 수 있
는 것이어야 하므로 움직이는 영상을 통해 실제 모습을 그대로 재현해
내는 영화는 기록 혹은 현실의 복제일 뿐 예술로 인정할 수 없음을 분명

히 하였다. 그렇지만 영화의 사회성과 교육성을 높이 평가하고 영화개혁 운동을 주도한 그의 이론은 영화를 예술로 연구하는 계기가 되었다.

반면, 심리학자 휴고 뮌스터버그(Hugo Münsterberg)는 랑게와는 다른 각도에서 영화를 바라보았다. 영화는 그 특이한 표현양식에 의해 어떠한 예술이나 현실의 모방도 아니고 단순한 복사(複寫)도 아니며 독자적인 예술일 수 있다고 주장한다. 특히 영화의 정서와 기억에 대한 친밀한 결합을 설명하는 이론을 내세워 영화 매체 자체가 우리의 정신이 작동하는 방법의 투영이며, 영화 예술의 본질은 바로 움직임을 재현하는 것이라고 설명하였다. 그러므로 영화적 시간과 공간으로서 관객에게 연극이나 사진과는 다른 심리적 작용을 전달하는 영화는 독자적인 예술로 인정해야 한다는 것이다. 아울러 그는 영화가 연극과 같은 입체적인 공간을 갖지 못했지만 심리적 암시로서 공간적 깊이를 느낄 수 있다는 점, 대상을 강조한 클로즈업에 의한 주의 집중, 시간 순서에 얽매이지 않고 장면을 자유로이 보여 줄 수 있는 컷 백(cut back) 등은 연극이 표현할 수 없는 영화만의 고유한 독자적인 기능임을 언급하면서 인간의 기억력과 상상력의 작용으로 시공을 초월할 수 있는 영화야말로 관객의 감정이 동화될 수 있는 가장 효과적인 '감정 이입'의 예술임을 확인하였다.

2) 예술로서의 영화를 인식하는 여러 가지 영화이론

20세기 초 이탈리아에서는 유럽의 전통적 예술 사상을 전면적으로 부정하고 출발한 '미래파 예술운동'이 일어났다. 이탈리아어로 '푸투리스모'라고 부르는 이 운동은 1909년 시인 F.T.마리네티가 프랑스 〈르 피가로〉지에 '미래주의 선언'(*Manifeste de Futurisme*)을 발표한 것이 자극제가 되었다. 전통을 부정하고 기계문명이 가져온 도시의 약동감과 속도감을 새로운 미(美)로써 표현하고자 한 미래파 예술운동은 회화, 조각, 음악, 건축 등에 영향을 미쳤고, 이 선언의 마지막은 '미래파 영화 선언'으로 이어졌다. 그리고 영화를 예술로 인식하고자 하는 진지한 고민들이 등장하기 시작하였다. 이들은 우아(優雅)와 논리 등을 모토로 했던 고전주의 사상에 반기를 들고 속도와 파괴(破壞) 등 20세기 정서에 맞는 새로운 관념 구축을 기념 이념으로 내세웠으며, 이는 당시 문학과 연극에 종속되었던 초창기의 영화를 해방시켜 영화 예술의 독창성을 추구함으로써 영화예술에 대한 새로운 미학적 도전으로 평가받고 있다.

한편, 문학은 언어와 문자로 실현되지만 영화는 영상으로 구현된다. 바로 이 영상을 언어로 이해하기 시작한 최초의 사람은 미국의 시인 바젤 린제이(Vasel Lindsay)다. 1910년대에 '예술로서의' 영화의 인지(認知)를 말한 그는 영상 언어를 상형문자로 설명하였다. 상형문자를 물건의 형상을 본떠서 만든 뜻글자로 이해한다면, 영상의 상징으로서 상형문자는 의미를 생산하는 뜻글자로 기능한다는 것이다. 이것은 영상을 언어 체계로 논리화한 영화 기호학의 출발점이 되었으며, 상형문자의 원리가 영화의 구성원리와 밀접한 연관을 가진다는 점에 착안하여 소련의 에이젠슈테인은 한자의 구성원리를 통해 몽타주의 원리를 발견했다고 한다.

영화가 예술인가에 관해 본격적으로 질문하기 시작한 1910년대에 영화를 움직이는 조형예술이자 '제7의 예술'이라고 선언한 이가 있었다. 이탈리아의 리치오토 카뉴도(Ricciotto Canudo)다. '제7의 예술'이란 영화가 그 당시 일곱 번째 탄생한 예술이라는 의미뿐만 아니라, 영화 이전에 등장한 건축, 음악, 회화, 문학, 무용, 연극 등을 하나로 수용하는 독창적인 성격의 종합예술임을 뜻한다. 예술의 기본은 건축과 음악이고, 이를 보충하는 것이 그림과 조각과 시와 무용이며, 이 모든 것을 포함하는 것이 영화라는 것이다. 모든 예술 장르가 개성을 잃지 않고 일관성 있는 원칙 아래 종합되어 영화라는 새로운 예술로 창조된 총체예술의 개념이다. 그는 영화의 연극성을 부정하면서 영화가 본질적으로 '빛의 펜'으로 그려지고 영상으로 만들어진 움직임의 조형예술로서 영화의 예술성을 이론적으로 주장하였다. 그런 만큼 영화 영상에 대한 순수성에 그 표현력이 집중되었을 것이고, 이것이 그를 영화시(映畵詩)의 전도사라고 부르게 된 까닭이다.

무성영화 시대의 고전적 영화이론 가운데 하나가 포토제니(photogènie) 이론이다. 프랑스의 감독 루이 델뤽(Louis Delluc)은 영화의 영상이 단순한 사실적인 의미 전달에만 그치는 것이 아니라 유기적인 내재성으로 심리 상태를 전달하기 위한 내적 생명을 묘사하는 능력이 있다고 주장하며 이를 '포토제니'라 이름지었다. 포토제니는 'photo(사진) + genie(정수)'의 합성어로서 영화의 영상이 소중하게 포착할 것은 사진의 영혼, 곧 대상의 영혼인 내적 생명을 발견하는 일이라는 것이다. 영화를 단순히 기술적 혹은 표피적으로 이해하는 것에서 벗어나 내적인 의미를 전달하는 표현의 매체임을 강조한 점에서 주목된다. 이어서 그는 포토제니의 기본요소를 장치·조명·억양·마스크라 규정하고, 이 요소들을 자유로이 선택하고 창조함으로써 영화의 예술성이 성립한다고 주장했다. 포토제니 이론은 스크린 안의 풍부한 영상 표현력을 체계화한 것이며, 화면 내의 특수한 미적 가치 추구는 영화예술만이 지니는 독자적인 자질(資質)로서 그 이후에도 프랑스 영화의 큰 특질이 되었다.

영화의 예술적 가능성을 제시한 이론 중에 소련의 몽타주(Montage) 이론은 주목할 만한 것이었다. 몽타주는 원래 '조립(組立)한다'는 뜻을 가진 프랑스 말인데, 초기 영화에서는 필름의 단편들을 조합하여 한 편의 통일된 작품으로 조립하는 영화 편집 작업의 총칭으로 사용되어 왔다. 이러한 영화 편집으로서의 개념은 러시아의 영화 이론가이자 감독인 세르게이 에이젠슈테인에 의해 정립되어, 몽타주 이론은 영화의 구성과 기술에 대한 새로운 방법 및 이론으로 체계화되었다. 그는 몽타주가 단순한 숏(shot)의 결합이 아니라 그것들이 충돌하여 제3의 의미를 만들어 내는 것이라고 정의하였다. 마치 시인이 낱말을 배열하고 조립함으로써 시라는 예술을 만들어 내는 것과 같이, 몽타주는 따로 촬영된 단편적인 화면을 취사선택 혹은 재구성함으로써 현실과는 다른 영화적 시간과 영화적 공간을 창조적으로 구성하는 데서 영화의 예술성이 성립한다고 보았다. 즉 영화란 결국 촬영되는 것이 아니고 조립되고 편집된다는 것을 의미하며, 이때 몽타주 기술은 필름의 절단과 연결로 이루어지는 이미지의 새로운 구성으로서 그 방법을 명확하게 하려는 이론이다. 당시 소련은 몽타주 이론이 메시지를 전달하는 영상언어 활동으로서의 사회적 기능 측면을 잘 활용하여 1917년 사회주의혁명 이후 그것의 정당성을 고취시키고 메시지를 전달하는 수단으로 영화를 이용하였다. 이후 몽타주 이론은 세계 영화계에 널리 영향을 미침으로써 일반화하게 되었다.

포토제니 이론과 함께 무성영화기 때 프랑스에서 가장 활발하게 논의된 주제는 레옹 무시냑(Leon Moussinac)의 리듬론이다. 그는 영화 장르를 스토리로 전개하는 영화소설(시네로망)과 외적 리듬에 의한 시각적 테마를 강조하는 영화시(시네포엠)로 분류했는데, 그가 말하는 영화의 리듬이란 영상의 움직임 그 자체에 머물지 않고 영상과 영상이 연속되는 사이에 존재하는 외적 리듬으로서, 이 외적 리듬은 편집에 의해 만들어지며, 편집 기법은 시간적 리듬을 창조하는 기술로 이해하였다. 소련의 몽타주 이론과 달리, 몽타주의 기능을 시간적 리듬의 창조에 둔 것이다. 따라서 시간과 공간의 예술인 영화는 이 리듬의 연속으로 생기는 질서에 의해 전체의 미가 결정되므로 리듬이 없는 영화는 죽은 영화요 예술로서 특성을 상실한다고 보았다. 이 리듬이야말로 영화의 가장 본질적인 요소이며, 예술로서의 특성을 보여준다는 주장이다.

벨라 발라즈(Bela Balazs)는 1884년 헝가리의 스제세드에서 태어난 세계적으로 유명한 영화이론가 중의 한 사람이다. 그는 영화를 20세기 문화현상의 하나로 파악하고, 그 문화적 특성을 부여하였다. 즉 20세기는 문자 커뮤니케이션의 '읽는 문화'에서 영상 커뮤니케이션의 '보는 문화'로의 특징을 보이며, 보는 문화에서는 몸짓언어의 중요성을 부각시키고 영화언어는 이 몸짓언어임을 주장하면서 바로 영화언어는 이 몸짓언어의 대표적인 표현 매체가 될 것이라고 주장이다. 이른바 그의 '영화 언어론'은 영화언어와 문자언어가 본질적으로 다르다고 설명한다. 따라서 시각 문화를 단순히 매체의 기술로 이해하는 것은 큰 잘못이며, 영상은 문자언어로 전할 수 없는 정서나 분위기를 표출하거나 이해시킬 수 있다는 장점이 있다고 하였다. 영화언어와 문자언어와의 차이점을 부각시켜 새로운 언어로서 영상의 의미작용을 논리화하려는 시도를 추구한 것이다. 그는 이후에 출간된 저서『영화의 정신』과『영화, 새로운 예술의 본질과 변화』를 통해 영화언어에 대한 그의 생각을 더욱 분석적으로 발전시키고 있다.

전위 영화(avant-garde film)는 흔히 새로운 실험적 표현수법을 사용하여 만든 영화로 이해된다. 1920년대 유럽에서 시작된 추상적이고 비현실적인 내용의 실험영화를 지칭하던 전위 영화는 제1차 세계대전 직후에 등장한 다다이즘(dadaism)과 초현실주의의 영향으로 제작되었다. 전위(前衛)는 문자 그대로 주류에 앞서 있다는 의미로, 많은 전위 영화의 감독들은 주류 극영화를 거부한다. 그들은 영화를 오락산업의 일부분으로 여기지 않았고, 그럴 듯한 도덕성과 상업적인 틀 속에서의 제작을 거부하였으며, 대부분의 극영화들에서 제공하는 부드러운 즐거움을 주는 일에 반항하였다. 전위 영화는 삶의 매력적이지 못한 국면에 대한 모색과, 개인 의식을 실험적으로 탐구하는 가치의 순수한 영화적 활동을 의미한다. 따라서 비정규적이고 개인주의적인 자신의 예술성을 중심으로 영화의 표현성과 가능성을 확장시키고, 예술지향적 사고로써 패턴을 추상적이거나 창조적으로 모색한다. 그러나 전위 영화는 발성영화시대가 도래하면서 제작여건의 어려움과 사회주의영화의 대두로 점차로 퇴보하였고, 아울러 세계경제의 장기적인 불황과 파시즘의 등장으로 새로운 형태의 영화가 요구되기도 하였다. 전위 영화는 이후 미국으로 옮겨져 지하영화(underground film), 실험영화(experimental film), 독립영화(Independent Cinema) 등의 다양한 양식으로 표현되었다. 또한 그 성격에 따라 '추상 영화', '인상주의 영화', '입체파 영화', '다다이즘 영화', '초현실주의 영화' 등으로 구분되었다.

현대영화이론은 '영화 기호학'의 등장으로 일대 변혁을 맞이하였다. 프랑스의 영화학자 크리스티앙 메츠(Christian Metz)는 영화론에 대한 과학적인 접근을 시도하여 영화 기호학을 발전시켰다. 1968년에 출간된 저서 『영화에서 의미작용에 관한 에세이』(Essais sur la signification au cin ma)에서 그는 영화의 현상학에 대한 기술과 기호학의 여러 쟁점들과 현대 영화에 대한 이론적인 문제들에 대해 다루면서 현대 영화에 대한 매우 논쟁적인 문제 제기와 함께, 일반적으로 알고 있는 우리의 통념에 대해 비판적인 검토를 하고 있다. 무엇보다 메츠는 새로운 영화 이론의 정립을 위해 과학적인 접근을 시도함으로써 그의 기호학 연구는 다른 영화이론가들로부터 신뢰성을 확보하였을 뿐만 아니라, 영화가 어떻게 의미를 형성하고 관객에게 전달되는지에 대한 영화 구조적인 측면에 관한 탐구를 통해 영화를 분석적으로 읽는 작업을 가능하게 하였다. 영화 기호학은 영화 예술을 문화적 구속에서 자유롭게 해방시킨 이론이라고 할 수 있다.

3) 영화의 구성방식과 접근법

다른 예술들에 비해 역사가 짧은 영화사에서도 세계적으로 많은 사조들과 표현양식들이 앞 다투어 나타났으니, 사실주의적 경향도 그 중 하나다. 현실의 재생이라는 영화매체의 특성상 사실주의는 영화사 초기부터 현재에 이르기까지 영화매체의 대표적인 예술적 표현방식의 하나로 언급되어 오고 있다. 사실주의 영화는 대체적으로 현실 세계의 겉모습을 재현함에 있어 왜곡의 한계를 극소화시키고자 하며, 소재를 어떻게 조작할 것인가보다는 무엇을 보여 줄 것인가에 더 큰 관심을 쏟기 때문에 카메라는 객관적으로 사용된다.

독일의 사회학자이자 영화학자인 지그프리트 크라카우어(Sigfried Kracauer)는 영화의 기본적인 본질은 사진의 특성과 일치하는 사실주의에 있다는 노선을 견지하였다. 그리고 영화의 표현 수단을 기본적 요소와 기술적 요소로 나누어 현실에서 일어날 수 있는 일을 기록하는 능력을 기본적 요소로, 영화매체의 영상적인 요소에 해당하는 편집, 렌즈의 왜곡효과, 특수 효과 등의 기능은 기술적 요소로 구분했는데 이런 기술적인 요소는 기본적인 요소보다 덜 중요하다고 간주하였다. 형식보다 내용이 우위를 확보하는 방식의 사실주의적 측면을 옹호하고 있다.

크라카우어와 함께 사실주의 비평의 두 거목으로 언급되는 프랑스의 영화학자 앙드레 바쟁(Andre Bazin)은 영화는 있는 그대로의 세계를 보여주는 것이며, 따라서 기계적으로 정확하게 현실의 연속성을 그대로 담아내는 사실주의에 대한 찬사를 보내면서 현실을 그대로 담아내고자 하는 노력이 반영적 태도로만 나타나는 것이 아니라 시각적 스타일로 사유할 수도 있다는 가능성을 시사하였다. 또한 '길게 찍기(long take)'와 '깊은 초점(deep focus)'을 활용한 촬영기술로 현실감을 반영하는 등 형식의 중요성을 도외시하지 않는 사실주의적 경향을 도입하였다. 바쟁의 사실주의란 현실을 얼마만큼 정확하게 재현했는지보다는 재현된 현실이 얼마만큼 실제 현실의 이념과 같은지라는 믿음을 더욱 중시한 사실주의적 접근이었다.

한편 영화의 투명성을 강조한 시실주의에 반대하며, 영화는 인공적 구성물로서 영화의 예술성은 예술가의 창조적 개입에서 비롯된다는 이론이 대두되었다. 내용보다 형식을 우위에 두는 예술적 입장으로 이를 형식주의라고 한다. 루돌프 아른하임(Rudolf Arnheim)은 영화 예술의 물리적 현실인 실제 세계와 영화적 현실인 허구 세계와의 차이를 통해 형식주의 영화론을 전개하였다. 예술이란 예술가의 창조적 활동으로서 영화는 리얼리티를 기록하는 것이 아닌 표현의 예술 형식으로 예술가가 의도적으로 조직한 구성물이라는 것이다. 또한 영화의 특성이란 세계를 있는 그대로 반영하는 창이 아니라 비사실성을 강조하거나 현실을 굴절시킨 프리즘을 통해 연출시킨 것으로 이때 비로소 재현 예술이 갖는 한계를 극복할 수 있다고 주장하였다. 이러한 형식주의 영화는 영화적인 기법을 최대한 활용해서 만든 영화로서 현실을 모사하거나 모방하지 않고, 자기만의 세계와 현실을 만들어 내는 것이다. 아울러 형식 자체가 목적이므로 형식을 미적으로 정당화시키며, 소재를 정형화하거나 왜곡함으로써 사건이나 대상물의 형식주의적 영상을 현실로 착각시키는 경향을 보인다.

제2장

영화의 서사이론과 구조

1. 서사의 의미와 그 중요성

오늘날 서사는 이야기를 지닌 모든 것을 의미하며, 인간 활동의 거의 모든 측면에 대한 정보를 제공해 주는 하나의 양식이 되고 있다. 설화, 동화 등은 말할 것도 없고, 역사나 일기, 기행문 등도 서사에 속한다. 언어로 된 서사뿐만 아니라 영화, 텔레비전, 드라마, 뮤직, 비디오, 만화, 컴퓨터 게임, 광고 등 비언어적 서사들도 많이 있다. 이렇듯 스토리텔링은 서사 형식의 원형질로 존재하는 가운데, 하나의 스토리텔링은 다른 매체로 옮겨가면서 매체 변주를 하게 되고 새로운 표현 방식을 획득하게 된다. 즉 각각의 장르들은 스토리텔링이란 공통점을 지니면서도 매체의 특성 때문에 형식상의 차이를 갖게 된다. 예를 들어 이야기가 종이 매체에서 표현될 경우 문학이 되고, 영상 매체에서 표현될 경우 영화가 되며, 디지털 매체에서 표현될 경우 게임 등 디지털 서사가 된다. 하나의 콘텐츠가 여러 매체의 콘텐츠로 변주되면서 문화상품을 양산하는 문화콘텐츠

산업의 특징을 보여 주는 것이다.

이같이 다매체 융합의 문화시대에도 문화적 향유의 핵심을 이루는 것은 서사다. 즉 이야기를 짓고, 이야기를 듣고, 이야기 속에서 의미를 찾아내고, 이야기의 재미를 나누며, 들었던 이야기를 상기하는, 한마디로 이야기를 즐기는 것이 시대를 초월해 지속되어 온 인간의 문화적 향유 방식이다. 곧 문학이든 영화든 작품으로서 이야기는 시대에 관계없이 중요하다. 그래서 그동안 기술 서사, 영상 서사, 디지털 서사 또는 소위 '통합 서사'에 대한 논의가 꾸준히 있어 왔고, 디지털 영상 문화의 시대에도 결국 중요한 것은 서사의 힘이다. 더구나 디지털시대에 콘텐츠가 중요해지면서 이른바 문화산업에서 서사의 비중은 이미 확대되어 있는 상태다.

따라서 이러한 다매체 시대에서 작가들은 서사 매체의 중요성을 인식하고 새로운 패러다임에 맞는 소설을 써야하는데, 창의적이며 대중적 표현, 시대의 흐름을 읽어내는 문화적 소양, 투철한 장인적 작가정신, 감각적이고 풍부한 상상력, 그리고 참신하고 경쾌하여 독자들의 관심을 끌 수 있는 문장 등으로 재미있고 감동적인 작품을 써야한다. 그러나 많은 체험과 독서를 하여도 좋은 소설을 쓴다는 것은 결코 쉬운 일이 아니다. 중요한 것은 새로운 시대와 문화 환경에 탄력적으로 대응할 수 있는 소설 창작법이다.

최근 들어 소설의 영역이 수학적 세계관과 철학으로까지 확대되고 있으나, 아직까지는 영상 매체와 소설의 결합이 주류라고 하겠다. 소설의 영상화란 단순히 한 편의 이야기를 문자에서 영상으로 그 전달 수단을 바꾼다는 의미가 아니라, 그 이야기를 대중적으로 소통시킬 수 있는 기회를 확보한다는 의미로 해석할 수 있다. 단순한 전달 수단의 전이가 아니라, 전달 내용의 대중적 변이를 가리킨다는 것이다. 요컨대 소설의 영상화 과정에서 발견되는 대중적 변모는 소설의 대중적 확산과 소설의 소통 공간의 확장으로서의 의미를 갖는다는 것이다.

문화적 다원주의 사회로 들어가는 디지털화된 현대사회의 시점에서 문학작품이 문자라는 제한된 매체에서 벗어나 여러 다양한 매체로, 텔레비전이나 영화라는 또다른 양식으로 전환되어 새로운 체험을 마련한다는 것은 분명 필요하고도 중요하다. 사실 현대에서는 디지털화된 다양한 매체의 영상물들이 제작되어 커다란 성과를 발휘하고 있다. 여기서 가장 중요한 것은 작품의 서사성이다. 영화뿐만 아니라 디지털 게임의 영역으로 관심을 확대해 보면 서사의 중요성과 새로운 지평을 보다 확연히 발견할 수 있다. 최근 '스마트폰'으로 불어닥친 '모바일'의 바람은 게임 업계를 강타하고 있다. 기존 모바일업체뿐 아니라 온라인 게임에 주력하던 업체들까지 줄줄이 모바일 시장에 뛰어들고 있는 것이다. 요즈음 판타지 문학이 인기를 끄는 것도 게임에 인물, 사건, 배경 등 서사적 요소들을 끌어들인 까닭이며, 나아가 그것을 예술적으로 만드는 것은 현재 예술가들이 해야 할 일이다. 지난 1996에 개발되어 선풍적인 인기를 끌었던 머드게임 「삼국지」는 여러 이유 가운데서도 대서사문학을 게임화하였다는 점이다. 또한 지난 1998년 국내에 소개되어 돌풍을 일으키며 지금까지 인기를 누리고 있는 '스타크래프트' 게임의 묘미도, 게이머[광의의 독자, 관객]를 다중 결말 서사에 참여시키고, 그들의 매체 운용 기술에 따라 난이도를 달리하거나, 서로 다른 사건으로부터 서사를 출발할 수 있도록 하는 등의 게임 서사에 있었다.

이처럼 새로운 이야기 소재를 발굴, 가공, 변형, 재해석하여 새로운 이야깃거리를 창안해 냄으로써 부가가치를 높일 수 있다. 디지털 매체의 서사는 전통 서사방식의 한정된 플롯구조라는 한계를 넘어설 수 있는 가능성을 무궁무진하게 확보하고 있다는 점에 그 신선함과 가능성이 있으므로, 다양하고 새로운 이야기의 아이디어를 제공하면, 영화와 게임 등 여타의 매체 활성화에 중요한 토대가 될 것이다. 따라서 대량전달 매체의 활약과 다양한 시각적 요소들의 성행이 수용자[대중]의 취향과 수용 방식 상의 변화를 가져왔다면, 그렇게 변해가는 대중들을 여전히 마주하지 않을 수 없는 이상 소설[문학] 역시 변화하지 않을 수 없을 것이다. 소설가는 끊임없이 새로운 이야기들을 생산해 내야 하는 운명을 타고났지만, 한편으로는 그 이야기들을 대중에게 전달해야 하는 또다른 의무를 지니고 있다. 즉 새로움에 대한 고민이 작가의 숙명인 것처럼, 끊임없이 새로운 이야기 전달 방식들을 고민하고 모색해야 하는 과제 역시 소홀히 할 수 없다는 이유다.

1) 고전 서사이론

이야기의 본질을 논한 이론으로서 오늘날까지 유용한 것은 아리스토텔레스의 『시학』과 프로이드의 예술이론일 것이다. 『시학』은 시에 관한 이론서가 아니라 서사시와 극에 관한 이론이다. 당시의 서사시와 드라마가 운율을 갖는 시형으로 쓰여졌기 때문에 시인은 곧 이야기를 꾸미는 사람이었다. 이 책은 스승이었던 플라톤이 『공화국』에서 시인을 추방해야 한다고 말한 것에 대한 대안으로 해석되지만, 실제로 글 속에서 스승에 대한 반론을 분명하게 언급한 것은 아니었다.

플라톤은 '공화국'을 세우고 다스리는 데 있어 시인은 방해가 되는 존재라고 생각했다. 예술가는 실재(reality)를 그대로 그려내지 못하고 이데아로부터 세 단계 멀어진 모방을 할 뿐이라고 생각했기 때문이다. 우선

‘침대’라는 이데아가 있고, 그것을 실재에 가장 가깝게 모방한 목수의 침대가 있다. 그리고 화가는 다시 목수가 만든 침대의 단면만을 그려내므로 그것에서 한 번 더 굴절된 모습을 보여준다는 것이다. 플라톤은 이성을 지닌 철학자가 실재에 가장 가까이 이를 수 있어서 정치가로서 가장 적절하고, 감성을 다루는 예술가는 오히려 방해가 된다고 믿었다. 억압하고 조종하여 다스려야만 되는 감성을 오히려 일깨우고 부추겨서 여자나 아이처럼 나약하게 만들고 미망을 진실인 양 오도하여 공화국을 어지럽힌다는 것이다. 플라톤의 이런 생각 저변에는 이성우월주의나 남성우월주의가 짙게 깔려 있다. 그는 말하기와 글쓰기 역시 이와 같은 맥락에서 우월을 나누었다. 말하기(telling)는 생각이 굴절될 여유도 없이 직접적이어서 오염이 적고, 글쓰기는 여유를 갖기에 욕망이 개입되고 굴절된다는 것이다. 말하기보다 보여주기(showing)가 간접적인 모방이기에 열등하다는 이분법적 우월의 차이 역시 이런 맥락에서 파생된다. 아무튼 플라톤은 공화국의 통치를 위해 시인은 추방되어야 한다고 말한다.

아리스토텔레스는 시인을 옹호하지도, 그렇다고 플라톤에 대해 언급하지도 않는다. 그는 직접 예술이란 어떤 것이고, 모방의 유용성은 무엇인가에 대해 논한다. 그리고 무엇보다 오늘날까지 다르게 되풀이되는 플롯 이론을 세운다. 즉 시학의 핵심은 플롯인 셈이다.

소포클레스의 비극 『오이디푸스 왕』을 보자. 막이 오르면 테베시의 재난이 펼쳐지고 신하의 걱정을 들으며 오이디푸스 왕은 어떻게 테베시를 재난에서 구할 것인가를 신탁에 묻는다. 신탁은 아버지를 죽이고 어머니와 결혼한 부도덕한 자를 찾아서 벌을 주라고 명한다. 왕은 범인을 찾는다. 그는 막연한 불안 속에서 자신의 과거를 더듬는다. 그는 코린토스 왕자였다. 어릴 적에 아버지를 죽이고 어머니와 결혼할 것이라는 신탁의 예언을 듣고 코린토스를 떠난다. 그는 무작정 이웃나라로 발걸음을 옮기던 중 한 무리의 방해를 받아 용감히 물리친다. 그리고 스핑크스의 수수께끼를 풀고 그 나라의 왕이 되었다. 범인 찾기가 계속되는 도중 코린토스의 사자가 와서 왕이 죽었음을 알린다. 그는 신탁의 예언에서 자신이 벗어났음을 느끼면서도 여전히 불안해한다. 왕비 조카스터는 범인 찾기를 그만 두라고 애원한다. 그럴수록 왕은 더욱 단호히 증인들을 불러 모은다. 드디어 결정적인 증인이 잡혀 들어온다. 옛날 이 나라의 왕자가 막 태어났을 때 신탁의 저주를 듣고 왕자를 죽이라는 명령을 받았던 늙은 목자였다. 그는 왕의 강요에도 불구하고 차마 왕자를 죽이지 못하고 코린토스로 보냈었다고 자백한다. 코린토스의 왕자가 신탁의 저주를 피하려고 이웃나라로 오다가 죽인 남자는 바로 자신의 아버지였고, 왕이 되어 결혼한 아내는 어머니였다. 왕비는 자살하고 왕은 자신의 눈을 찌르고 테베시를 떠난다.

훗날 프로이트는 오이디푸스 신화에서 인간의 가장 원초적인 욕망을 읽어냈다. 아들이 아버지를 죽이고 어머니와 하나가 되고 싶어 하는 근친상간에의 욕망이다. 이것은 물론 사회와 윤리에 의해 억압된 사악한 것이다. 그러나 프로이트는 인간이 어머니의 품에서 태어나 연인의 품을 그리워하다가 대지로 돌아가는 비유를 들며 어머니, 연인, 대지를 같은 상징 체계 속에 놓았다. 그런데 소포클레스의 비극『오이디푸스 왕』이 아리스토텔레스를 매혹시킨 것은 훗날의 프로이트와 전혀 다른 측면이었다. 한 인간이 신으로부터 내려진 운명을 벗어나려고 애를 썼지만 끝내 벗어나지 못하는 운명론도, 추구와 탐색을 단념하지 못하고 끝까지 밀고 나간 왕의 자만심에 대한 경고 등도 아니었다. 아리스토텔레스를 매혹시킨 것은 다름 아닌 이 극의 짜여진 모습, 즉 구성이었다.

테베시의 재난으로부터 시작하여 범인 찾기의 과정이 한 치의 틈새도 없이 긴박하게 짜여진다. 어떤 사건이나 사소한 대화조차 극의 진행에 불필요하게 끼어들지 않는다. 일어나는 모든 일이 전체의 사건이나 의미에 필연적으로 연결된다. 매우 유기적 구성이다. 그리고 일어나는 사건들은 실제 사건이 일어나는 순서와 다르게 짜여 있다. 실제로는 신탁의 예언, 왕자를 낳자 버리는 것, 코린토스 왕궁에서의 성장, 신탁의 예언을 피하려고 테베시로 오다가 아버지를 죽인다, 왕이 되어 어머니와 결혼한다 등으로 진행되고 있다. 그런데 이것이 흩어져서 현재, 과거의 추적, 그리고 다시 현재로 돌아와 비극의 대단원이 종결되는 식으로 배열된다. 앞의 것은 극을 감상하며 독자가 경험하는 플롯(plot) 즉 행동의 모방 혹은 예술의 형식이요, 뒤의 것은 극을 감상하면서 독자가 의미를 파악하기 위해 시간 순서로 머릿속의 컴퓨터 파일에 차곡차곡 끼워 넣는 순서다. 극이 끝나는 순간, 시간 순서대로 끼워 넣던 파일의 마지막 빈칸이 채워지고 그때 독자는 극의 줄거리와 의미를 완성시킨다. 이것이 스토리(Story) 혹은 예술의 내용이다. 20세기 초 러시아 형식주의자들은 '낯설게 하기' 이론에서 앞의 것을 수제(sjuzer), 뒤의 것을 파블라(fabula)라고 하여 예술은 형식에 의해 내용이 이루어진다고 언급함으로써 예술의 본질을 기법(art)에 두었다.

관객에게 호기심과 즐거움을 주는 예술의 본질을 유기적 구성과 플롯의 중요성에서 찾게 한 것 외에도 『오이디푸스 왕』이 아리스토텔레스를 매혹시킨 요인은 또 있다. 범인을 찾는 과정이 한 단계씩 찾는 자를 향해 집중해 오는 구성이었다. 찾는 대상이 찾는 주체가 아닌가 하는 의구심이 한 단계씩 상승되다가 어느 순간 그것이 사실로 밝혀진다. 순간 극은 전환점을 맞으며 발견과 함께 비극적 종결에 이른다. 그리고 지금까지 갈등

속에서 팽팽한 긴장을 이루며 고조되던 감흥은 절정을 이루면서 다음 순간 방출된다. 카타르시스다. 신탁을 피하려던 행동 하나하나가 그대로 신탁을 실천하는 셈이 된 아이러니였던 것이다. 아이러니는 대상이 곧 주체였다는 것뿐만 아니라, 피하려는 행동이 바로 그것을 실천하는 과정이었다는 데에도 있었다. 반전과 카타르시스, 그리고 아이러니 등 이것이 아리스토텔레스『시학』의 핵심이고 그것은 '행동의 모방'이라는 플롯의 핵심이기도 했다.

아리스토텔레스에게『오이디푸스 왕』은 유기적 구성, 플롯과 스토리, 반전과 발견, 아이러니, 카타르시스 등 자신의 시학을 설명하는 적절한 텍스트였다. 그리고 이 속에 플라톤이 추방한 시인을 구출해 내는 묘약이 들어 있었다. 바로 카타르시스다. 예술 혹은 극은 관객의 감흥을 점차 고조시켜 그것이 최고로 긴장되었을 때 이완시킴으로써 감정을 배출시킨다. 플라톤은 나라를 다스리는 데 있어 민중의 감흥이란 억압된다고 해서 사라지는 게 아니라, 어느 순간 한꺼번에 폭발할 수 있다고 본다. 그래서 그때그때 조금씩 분출되고 해소되어야 한다고 믿는다. 이런 감정의 승화를 예술이 맡기 때문에 시인은 필요한 존재이다. 그러므로 그의 시학은 미학이론일 뿐만 아니라, 다분히 도덕성 혹은 정치성을 띠고 있다.

극을 경험하면서 느끼는 감동과 재미, 긴박감 등은 극이 어떻게 짜여졌는가에 기인한다. 그리고 인간이 사회인으로서 어떻게 살아가야 할 것인가가 극의 내용에서 얻어진다. 미학성과 도덕성[혹은 정치성]은 극의 두 가지 요소로서 형식과 내용의 다른 이름이기도 하다. 프로이트의 '창조적 작가와 백일몽'이 아리스토텔레스와 만나는 지점이 바로 즐거움과 현실, 혹은 쾌락원칙과 현실원칙이라는 서사의 두 축이다.

어린 아이는 유아기에 어느 누구의 눈치와 방해를 받지 않고 자유롭게 놀이를 한다. 그러나 성장하면서 쾌락을 추구하는 욕망은 제약을 받게 된다. 자신을 돌봐주던 어머니와 누이에 대한 욕망을 버리고 아버지의 세계로 들어서며 사회가 정해놓은 여러 가지 관습과 법을 따르게 된다. 그러나 어릴 적에 누렸던 무한한 평화와 아늑한 쾌감을 결코 잊지 못한다. 이미 그것은 금지되었지만 무의식 속에 남아 틈틈이 현실과 사회의 제약을 뚫고 솟아오른다. 언제나 위장된 다른 모습으로 솟아오른다. 성인이 된 그는 금지된 유아기의 놀이에 대한 소망을 환상이나 공상 속에서 누린다. 그런데 평범한 사람과 달리 창조적인 작가는 이렇게 혼자서 즐기는 백일몽을 사회가 용납하는 내용물로 바꾸어 내놓는다. 어머니나 누이는 나이 어린 연인으로 대치되고 그녀를 얻기 위한 욕망으로 우회된다. 그는 사회가 요구하는 고귀한 목적을 위해 여러 가지 모험을 하거나 악과 싸우고 그것에서 승리한 대가로 연인을 얻는다. 그래서 서사시의 장엄한 모험 뒤에는 그가 추구하는 연인이 늘상 나타난다.

프로이트는 이 글에서 억압된 무의식이 작가의 경우에는 어떻게 돌아오는지를 밝히고 있다. 쾌락원칙이 현실원칙에 종속되는 모습으로 나타나는 예술은 재미와 도덕성의 양면을 갖추게 된다. 재미는 인간이 본능적으로 추구하는 현실도피의 욕망, 백일몽 속에서 누리는 기쁨, 즐거움과 쾌락에의 욕망을 충족시킨다. 인간은 그러면서도 사회와 문화 속에서 살아야 하기 때문에 현실이 요구하는 것을 외면할 수 없다. 인간은 이 두 가지 가운데 어느 쪽도 포기하지 못한다. 예술이 이 두 가지를 모두 지녀야 하는 이유가 여기에 있을 것이다.

이때 백일몽을 사회가 용납하는 내용으로 바꾸면서 여전히 재미를 잃지 않게 만드는 데 플롯이 필요하다. 갈등의 고조와 반전과 발견, 아이러니 등 미학적 요소와 카타르시스라는 윤리적 승화감이 한데 어우러진 고전 서사이론은 프로이트의 글에서도 다르게 되풀이된다.

2) 현대 서사이론

현대 서사이론은 고전 서사이론의 변형 내지 다르게 반복하기라고 볼 수 있다. 20세기 초 러시아 형식주의자의 수제와 파블라는 곧 플롯과 스토리다. 그들은 예술의 형식과 내용의 관계를 낯설게 흩어놓는 것으로 설명했다. 시간 순서대로 진행되는 우리의 삶이 너무도 낯익어서 감지하지 못하는 것에 비해, 이것을 흩어놓은 예술은 그것을 낯설게 만듦으로써 순간순간을 경험하게 한다. 순간순간을 경험하게 하는 예술의 형식 혹은 기법이 아리스토텔레스의 '액션의 모방'이요 프로이트의 사회적으로 용납되도록 변형시킨 백일몽이다.

그런데 프라이는 내용과 기법을 통틀어 이야기를 시대별로 구분했다. 20세기 전반부 영미권의 서사이론은 주로 소설분석으로서 성격 발전, 플롯, 배경, 주제 등 아리스토텔레스의 『시학』을 다시 반복했는데, 이 가운데 플롯은 예술의 형식이라기보다는 극의 구조로 축소시키는 경향이 있었다. 브룩스와 워렌의 신비평에서 서사의 3요소는 플롯, 인물, 주제로 압축된다.

20세기 후반부 프랑스 구조주의는 플롯과 스토리를 분리하지 않고 합친 이분법적 안목으로 서사를 분석한다. 작품의 내용을 뒤져 그 속에 숨은 대립적 구조를 찾는 것이다. 그리고 후기 구조주의 서사이론은 수사(혹은 담론)비평과 스토리와 플롯을 다시 분리시키는 경향으로 나뉜다. 웨인 부스(Wayne C. Booth)는 『소설의 수사학』에서 소설을 저자가 독자를 설득시키기 위한 수사학으로 본다. 그는 내포저자를 만들어 인물과 내포저자와의 관계를 살피는데 둘 사이가 우호적일 때도 있고, 인물이 전혀 반대 소리를 하다가 내포저자에게 얻어맞는 경우도 있다. 프랑스 문학이론가 쥬네트(Gèrard Genette)는 누가 보는가, 누가 말하는가를 분리하여 생각했다. 서술자는 누구이고 시점자는 누구인가. 자서전적 회고적 서술에서 서술자는 성인이지만 경험사 혹은 시점자는 어린아이이지니 점차 성장해 간다. 둘 사이의 거리가 멀 때는 인식론적 틈새가 크지만 서사가 진행될수록 이 거리가 점차 줄어든다. 한편 서술자가 어떻게 인물을 조정하여 소설을 엮어가는가를 연구한 독일의 스탄젤은 일인칭과 삼인칭 서사상황을 나누고 각각이 사실주의 양식에서 출발하여 모더니즘의 내적 독백을 향해 내려오는 모습을 보여준다. 이 둘은 한 점에서 만나게 되는데, 그것이 내적독백의 극치로서 서술자가 완전히 사라지고 인물의 의식만 투명하게 남는 자동 독백이었다.

이런 수사비평이나 서사이론이 너무 건조하다는 입장에서 다시 아리스토텔레스의 플롯을 되살려 내는 피터 브룩스의 「플롯을 따라 읽기」는 고전 서사이론이 얼마나 끈질기게 되살아나는가를 보여주고 있다. 게다가 브룩스는 아리스토텔레스의 플롯에 프로이트의 반복 충동을 결합시켜서 더욱 흥미롭다. 그는 액션의 모방 혹은 수제에 해당되는 플롯을 살피는데 어떻게 억압된 것이 되돌아오는가에 초점을 맞춘다. 삶의 본능과 죽음의 본능 혹은 쾌락원칙과 현실원칙이 교차 반복되는 가운데 삶이 길게 연장되듯 소설도 곡선을 그으면서 연기된다.

수많은 이론들을 우회하여 고전 서사이론은 이렇듯 서로 만난다. 그러면 지금까지 살펴본 예술의 형식과 내용을 창조자와 관객의 입장에서 바라보자.

3) 창조자와 관객

예술작품은 그것을 만든 사람과 감상하는 사람 사이에 존재한다. 한 편의 소설이나 영화는 만든 사람과 보는 사람을 연결시키는 매체다. 그러므로 비평 방식은 이 세 개의 관계를 놓고 어느 편에 서서 보는가에 달려 있기도 하다. 작품과 저자의 관계에 초점을 맞추는 경우를 전기적 비평, 작품 자체만을 보는 경우를 신비평이나 구조주의 등 형식비평, 작품과 독자의 관계를 보는 경우를 현상학적 읽기나 독자반응비평이라 한다. 이런 갈래는 그 시대의 이념이나 철학적 맥락에서 이루어지는데 20세기 비평은 주로 작품 자체에 초점을 맞추는 형식비평이 압도적이었다.

그러면 이제 이러한 분류법을 벗어나 그저 소비자인 관객의 입장에서 서사를 대했을 때 일어나는 현상을 보기로 한다.

관객이 극장에 들어가 맨 먼저 대하는 것은 작품의 형식이다. 수제, 플롯, 낯설게 흩어놓은 것 등이다. 그는 플롯을 경험하면서 동시에 사건들을 시간 순서대로 차곡차곡 배열해 간다. 그리고 극이 끝날 때 내용과 줄거리를 합성한다. 그런 다음에 그 작품이 무엇을 말하려는가를 생각하게 된다. 세상과 인간에 대해 얘기하는 그 가운데에서도 어떤 부분을 강조하고 있는가에 대한 생각이다. 그리고 수많은 에피소드들이 같은 코드를 두드릴 때 그것이 작품의 주제다. 대부분의 관객은 여기에서 멈춘다. 그러나 좀 더 사려 깊은 사람들은 작품 뒤에 숨은 창조자의 얼굴을 떠올린다. 바로 작가의 사상은 무엇인가에 대한 점이다. 사상은 개별 작품을 낳는 강줄기다. 그러므로 그가 만든 여럿의 작품들은 다르게 반복되는 같은 이야기다. 그 다음은 작가가 속한 시대상황이다. 그는 자신이 살고 있는 시대의 특수한 상황을 기법과 내용으로 반영한다. 그리고 마지막 단계는 특수한 상황을 넘어서는 보편성이다. 어느 시대, 어느 지역의 인간에게도 공감되는 초월성이다.

그런데 이때 같은 서사라도 소설과 영화 사이에서 차이가 난다. 소설은 창조자가 대부분 혼자인 까닭에 그의 사상과 시대상황이 비교적 수월하게 점검되지만, 영화는 여러 단계에 걸쳐 여러 사람들에 의해 만들어지기 때문에 제작자나 감독만의 고유성이 줄어든다. 그렇다 해도 어떤 감독의 영화에서 어떤 형식과 내용이 반복되어 줄기차게 담기는 경우를 흔히 보게 된다. 알프레드 히치콕의 작품이 그런 경우다. 이제 이 순서를 바꾸어 창조자와 작품의 관계를 보자. 창조자는 역사 속의 존재로서 전통의 일부다. 그는 이런 보편적 존재이며 동시에 특정한 시대의 산물이다. 그는 그 시대의 문제점을 극복하기 위해 무엇을 쓸 것인가를 생각한다. 그리고 그것을 어떤 형식 속에 어떻게 담을 것인지를 생각한다. 실제로 만드는 작업에서 많은 이탈이 일어난다. 그러나 그가 완성시킨 작품은 관객의 감상을 기다린다. 보편적 상황→특수한 시대상황→사상→주제→줄거리[내용, 파블라]→수제[형식]→관객의 과정에 의한 것이다.

관객과 창조자는 작품을 사이에 두고 서로 반대방향의 경험을 하게 된다. 그리고 이 때 작품이 관객에 의해 다양한 해석을 낳는다는 해석학적 입장이 강조되면 작품은 열린 형식이 되고 그것을 텍스트(text)라고 부르기도 한다.

2. 서사양식의 발달과정

문자도 없고 기계도 사용하기 이전의 아득한 옛날 인간은 동굴에서 잠을 자고 나무 그늘 밑에서 열매를 따먹거나 짐승을 사냥했다. 그리고 먹을 것을 마련하고 잠자는 시간을 제외하고 여가가 남을 때 그들은 자신들이 사냥하는 모습을 동굴 벽에 그리거나 신께 제물을 바치는 의식을 위해 노래를 짓기도 했다. 도망치는 짐승의 날랜 뒷다리를 열망에 가득차 바라보는 그들의 응시, 인간과 자연을 지배하는 신에 대한 존경과 두려움이 가득 찬 그들의 시선 속에는 많은 이야기가 숨어 있었다. 그림 속에, 춤 속에, 노래 속에 숨어있는 이야기들, 바로 이 이야기에 대한 갈망은 인간의 욕망 가운데 가장 근원적인 것 중의 하나다. 현실에서 이룰 수 없는 것에 대한 동경과 환상, 그리고 자신의 생각을 남에게 전달하고 설득하고자 하는 욕망 등의 요인들이 아마도 인간으로 하여금 이야기를 꾸미고, 전하고, 글로 남기게 하는 이유가 될 것이다.

오늘날까지도 어린이는 옛날이야기를 들으며 잠이 들고, 어른은 소설을 읽거나 영화를 보며 현실의 고단함을 잊고 내일에 대한 믿음을 갖는다. 그러면 이야기, 혹은 서사(narrative)가 어떻게 생겨나고, 지금까지 어떤 형식으로 변모되었는지 그 발달 과정에 대해 알아보자.

1) 신화와 민담

가장 오래된 서사양식은 신화와 민담이다. 건국에 얽힌 그리스 로마 신화 및 민간으로 전해오는 이야기들은 자연과 인간을 하나로 간주하던, 즉 신과 인간의 관계가 확연히 구분되지 않았던 시대의 서사양식이다. 건국 신화에서 왕은 신의 아들이거나 하늘에서 점지되었거나 동물의 세계와 연결된다. 그리스 로마 신화에서 올림푸스산의 신들은 질투, 정염, 사랑 등의 인간 세계를 그대로 반영하며 인간과 관계를 맺는다. 그리고 숲이나 나무 등의 자연물에도 신성을 부여하고 있다. 이런 초기의 서사는 주로 자연과 신과 인간의 경계가 확연히 분화되지 않았던 당시의 세계관을 보여준다. 호머의『오디세이』나『일리아드』에서 신들의 싸움은 그대로 인간에게 이어져 마치 신을 위한 대리전쟁 같은 성격을 띤다. 그래서 트로이전쟁이나 선생이 끝난 후 귀항의 길에서 부딪히는 모험들은 영웅들의 이야기이면서 지극히 인간적이다.

민담은 신이나 영웅이 아닌 낮은 계층의 사람들 사이에서 지어지고 전해지는 이야기다. 신화나 서사시가 왕과 영웅에 얽힌 이야기였다면, 민담이나 우화는 민중들의 이야기였다. 전자가 초자연적이요 신성이 깃든 존재였다면, 후자는 초자연적인 힘의 도움을 받아 신분을 상승하는 이야기였다. 그러나 환상이 섞이고 신과 같은 초월적인 힘이 개입되는 것은 신화와 비슷하다. 민담이나 우화의 주인공은 신화와 달리 왕이 아니라 평범하거나 비천한 백성이다. 그들은 어떤 작은 결함으로 혹은 어떤 임무를 띠고 모험을 시작하며 그 과정에서 초자연적인 힘의 도움을 받아 방해하는 악마를 물리친다. 많은 장애물을 헤치고 목적지에 이르면 주인공은 보상을 받는다. 그는 아름다운 공주와 결혼을 하거나 많은 재물을 얻는 등 신분상승을 이룬다. 곧 민담이나 우화는 희망도 없고 지루한 민중의 삶에서 아름다운 환상으로 도피하게 해주고, 현실을 열심히 살게 하는 동기를 주며, 권선징악의 도덕성을 심어주는 역할을 담당하였다. 이야기 속에는 이처럼 당대의 이념이 깃들여 있다.

2) 극, 드라마

극 혹은 드라마는 짧은 대사와 배우들의 행위로 이루어진 서사양식으로서 그 다음 단계에 나타난다. 신화, 민담, 서사시 등이 구전되거나 문자로 쓰이거나를 막론하고 모두 언어로만 이루어진 서사양식인 것에 비해, 극은 배우의 행위가 중요시된다. 그러나 초창기에 극은 행위보다 대사가 더 중요했다. 배경은 있으나 단순했고, 배우의 행위는 관객과의 거리 때문에 큰 동작 외에는 전달할 수 없었으므로 인물의 심리나 상황의 설정은 거의 언어, 즉 대사에 의존했기 때문이다. 아리스토텔레스의 『시학』은 서사시에 대한 언급보다 소포클레스나 유리피데스 등 당대의 고전드라마에 더 바탕을 두고 있다. 이처럼 극은 소설이나 영화가 나오기 이전까지의 긴 세월 동안 서사예술의 총아로서 귀족과 대중의 사랑을 받았다. 고전드라마는 완벽하게 잘 짜인 구성과 예술성을 높이 평가했고, 인간의 비극을 절제된 언어로 전달했다. 예를 들어 소포클레스의 『오이디푸스 왕』은 아리스토텔레스가 잘 짜인 극의 전형으로 극찬한 작품으로서 오늘날까지 미학적 완결성을 갖춘 서사양식으로 논의된다.

한편 인간의 감흥과 이성보다 신의 힘이 우세했던 중세의 서사양식은 종교극으로 성경이 극의 소재가 된다. 그것은 주로 암울한 현세를 슬퍼하고 내세의 평안을 추구하는 내용이 대부분이었다. 그러나 이러한 종교극으로부터 인간과 현세를 구해낸 르네상스는 인본주의 이야기들로부터 시작된다. 보카치오의 짧은 이야기 모음집인 『데카메론』이나 초서의 『캔터베리 이야기』는 억압된 인간의 본능을 그대로 드러내고, 제도의 위선과 인간의 탐욕을 드러낸다. 사랑, 열정, 고독, 질투, 탐욕 등 인간이 지닌 선과 악을 그대로 보여주고, 인간 스스로 선을 지향하고 악을 버리게 만들려는 것이 르네상스극의 목적이었다. 셰익스피어의 극들은 환상과 현실이 조화를 이루는 가운데 인간의 감흥과 사회의 질서를 한데 묶는다. 배경이 거의 없는 극장에서 여배우의 역할을 어린 소년이 맡았던 그의 극은 특히 절묘한 대사가 극치를 이루었다. 극이라기보다는 한 편의 아름다운 시와 같았다. 낭만적인 환상과 리얼한 현실이 균형을 이루고 본능과 사회질서가 어느 한 쪽에 치우침 없이 완벽히 녹아들어 그의 극은 귀족들의 후원과 향유물이었을 뿐만 아니라 일반 민중들도 즐기는 훌륭한 오락이었다. 그는 전해오는 이야기들을 자신의 색채로 마름질하여 화려하면서도 감칠맛 있는 자신만의 독특한 경지로 이루어 냈다. 그가 한 세기를 휩쓸고 간 후, 극들이 더 이상 발전 혹은 기능할 것이 없어 감각주의나 자극적인 소재로 흘렀다. 급기야는 퇴폐주의라는 딱지를 맞고 크롬웰 정부에 의해 폐쇄된 것은 위대함이 낳은 피할 수 없는 결과였는지도 모른다.

3) 소설의 등장과 약화

이렇게 극의 한계를 느끼고 침체를 겪으며 잦아들던 서사가 새로운 시대와 환영을 맞아 태어난 것이 바로 소설이다. 그렇다면 새로운 시대와 환영은 무엇이고, 그에 따른 서사양식의 새로움은 무엇이었을까. 그것은 바로 시민사회의 등장과 소설의 서사양식이었던 것이다. 왕권과 봉건제도로부터 시민사회로 옮겨가기 시작하면서 예술은 더 이상 귀족의 향유물이 되기를 멈추었다. 시민들은 자신들의 교양을 넓히기 위해, 시민으로서의 소속감을 확인하기 위해 그들에게 공유되는 이야기가 필요하게 된 것이다. 이런 시민사회는 정치적 민주화 못지않게 경제의 민주화가 요구되었는데 주로 상인계급들이 여기에 해당되었다. 이들은 처음부터 독립된 중간계층으로 있다가 흡수된 사람도 있었고, 봉건귀족의 하인이었다가 재물을 모아 계급상승을 시도하는 계층도 있었다. 그리하여 상인들을 중심으로 한 시민사회의 출현이라는 이런 분위기와 함께 소설이 등장하는데, 소설의 등장은 필연적으로 인쇄술의 발달이라는 기술혁명이 함께하게 된다. 인쇄술과 독서시장의 형성은 소설의 판매를 가능하게 했고, 이야기는 그 어느 때보다 빠른 속도로 확산되어 오락과 도덕의 양면을 충족시킨다.

소설은 극이 갖는 제약에서 벗어나 창작자가 마음껏 상상력을 확대시킬 수 있는 장점을 갖고 있다. 우선 제한된 무대배경, 제한된 숫자의 등장인물, 그리고 제한된 시간 등 극의 세 가지 요소인 시간, 장소, 인물의 일치에서 벗어나 마음껏 자유로울 수 있었다. 극의 길이도 제한 받지 않았다. 그러나 아리스토텔레스가 『시학』에서 언급한 구성[플롯]과 감동은 소설에서도 필수적이었다. 시작과 중간과 끝이 있고 클라이맥스가 있으며 반전이 있은 후 결말에 이른다는 전형은 심지어 소설의 전성기 사실주의 작품들에서도 여전히 지켜졌다. 사람들은 이제 정해진 시간에 극장에 가지 않아도 이야기를 즐길 수 있었다. 아무 때나 어느 곳에서나 책을 펼치고 이야기를 즐길 수 있게 되었다. 소설의 주인공은 영웅도 귀족도 아닌 평범한 시민이거나 그보다 낮은 가난한 사람들이었고, 그들이 열망과 동경으로 삶의 갖가지 애환을 겪으며 자신을 발견하게 되는 성장소설이 주류를 이루었다. 갈등이 지속되다가 가장 팽팽한 긴장의 순간인 절정에 이르며 반전을 통해 삶의 아이러니를 깨닫는 플롯은 소설이 전성기를 맞던 19세기의 전형적 서사양식이었다. 그래서 노드롭 프라이(Northrop Frye)는 이 시절의 서사가 비록 비천한 출신을 그릴지라도 인간의 위엄과 사회 개선의 의지가 있었던 시대의 문학으로 정의했다.

한 세기 이상 사실주의 양식이 풍미한 후 19세기 말에 이르러 소설은 피로의 기미를 보이기 시작한다. 실증주의 철학이 물러나고 자연주의 사상이 일어나면서 인간에 대한 존엄성이나 사회의 개혁의지 대신 물질과 쾌락의 산물로서 인간을 파악하며 과학적 관찰의 대상으로 보기 시작한다. 문학도 동물적 속성을 지닌 인간의 모습을 드러내는 자연주의 문학이 세기말 현상으로 확산되더니 곧이어 모더니즘이라는 실험양식으로 이어진다. 모더니즘은 자연과 인간의 유기적 통합이라는 꿈을 상실하고 우주를 하나로 묶는 총체성이나 절대논리가 사라진 시대에 대응하는 잃어버린 세대의 문학이었다. 즉 신의 음성 대신 실존적 용기와 윤리를 선택한 시대의 문학이다. 총체성이나 본질이 사라진 시대에 그것이 있는 것처럼 말하는 개인의 낭만적 자아를 의심하며 그들은 개성 대신 전통을, 저자의 음성 대신 인물들의 독백을, 세상이 무엇인가 라는 물음 대신 그 속에서 어떻게 살 것인가를 묻는다. 따라서 진리의 상대성 혹은 주관성을 보여주기 위해 소설은 파편화된다. 재미보다는 난해함, 대중성보다는 장인의식이 앞섰던 모던소설은 당대의 실험양식이었다. 그러나 이런 파편화와 난해함은 소설이 어쩔 수 없이 다른 대중매체에 자리를 내주어야 했기 때문에 나타난 불안의 징후라고 볼 수 있다.

4) 영화의 등장

과학기술의 발달과 함께 나타난 새로운 서사양식, 그것은 20세기 초에 등장한 영화였다. 영화는 여러 장의 사진들이 모여서 이루어 내는 영상과 배우들의 대사, 그리고 자막과 음향효과가 한데 어우러져 만들어진 서사다. 관객은 카메라가 포착하는 배우의 표정, 몸짓, 배경 등을 보고 대사를 들으면서 이야기를 엮는다. 이때 배경음악이나 음향효과는 스토리를 엮어내는 보조적 역할을 하였지만, 감흥을 좌우하는 중요한 요소가 되었다.

영화는 장면들이 병치되어 스토리를 만들고 카메라의 클로즈업이나 트랙 숏 등 화면을 어떻게 찍느냐에 의해 의미가 달라진다. 또한 장면들의 편집, 촬영방식, 액션, 대사, 음향효과 등에 의해 감흥이 좌우된다. 장면들의 병치는 소설에서의 매끄러운 서술과 달리 해석의 공간을 주며, 이런 몽타주 기법이 다른 장치와 함께 관객을 몰입시키게 된다.

소설에서도 그렇지만 영화는 몽타주적 요소 때문에 편집이 중요하다. 그래서 어떤 장면을 먼저 놓고 어떤 장면을 뒤에 놓는가는 감동을 좌우하는 열쇠가 되기도 한다. 촬영방식이나 대사, 액션도 중요하지만 사건의 배열순서야말로 영화 만들기의 기본이다. 같은 원작이라도 만든 사람에 따라 감동을 줄 수도 있고 그렇지 못할 수도 있는 것이 원작 혹은 작품 내용보다 만든 형식이나 배열의 순서가 더 중요하다는 것을 말해주는 단적인 예다. 어떤 부분을 살려내고 어떤 부분을 잠재우는가, 어떤 부분을 앞에 놓고 어떤 부분을 뒤에 놓는가 등을 재단하며 영화는 수많은 단계의 재창조를 거친다. 실제 원작을 영화로 만들 때를 가정해 보자. 원작은 시나리오 작가에 의해 재창조되고, 그것을 촬영하면서 감독이나 배우에 의해 다시 창조되며, 촬영이 끝난 후에는 편집과 음향효과에 의해 달라지고, 그리고 마지막에는 관객의 감상에 의해 다시 창조되는 것이다. 이렇 듯 영화는 몇 단계의 굴절을 거치기 때문에 하나의 완결된 작품은 그것에 참여한 많은 사람들의 재능에 의해 이루어지게 마련이다. 이것이 고독한 작업의 산물인 문학과 달리, 영화를 종합예술이라 부르는 이유다.

무성영화에서 출발하여 뮤지컬, 서부영화, 오락성이 가미된 스펙터클 역사물 등에 이르기까지 영화는 서사예술의 총아로서 기술문명의 발전과 함께 성장해 왔다. 거의 한 세기를 거치면서 기법도 다양해지고 만드는 사람의 의식도 달라져서 최근에는 단순한 오락성을 넘어 사회개혁을 담는다. 현실과 환상이 뒤섞이는 공상과학영화, 과거와 현재가 뒤섞이는 컴퓨터 합성 등 이제는 단순한 사진과 소리의 합성이 아니라, 가상현실을 창조하여 독자를 끌어들인다. 최근에는 비디오의 발달과 컴퓨터의 보급으로 일부러 극장에 가지 않아도 얼마든지 영화를 볼 수 있게 되었다.

노드롭 프라이는 그의 책『비평의 해부』에서 서사체계를 도표로 정리하고 모든 이야기의 원형을 신화와 성경에 그 연원을 두었다. 그는 세상이 달라지고 시간이 흐름에 따라 어떤 서사체계가 등장하고 어떻게 변해 가는지를 알아보기 위하여 이 원형을 기준으로 삼는 '원형비평'을 마련한다. 신화와 민담, 서사시, 극, 그리고 소설 가운데에서도 사실주의, 모더니즘 등의 소설을 중심으로 아득한 옛날부터 현재까지 현실을 모방해 가는 서사의 변형을 연구하고 있는 것이다. 그러나 그의 책은 영화까지 담지는 않았다. 영화는 문자예술과 다른 영역이어서 동질감보다 이질감을 더 느낀 탓도 있었을 것이고, 그 책이 집필되던 50년대의 영화는 지금처럼 성숙된 장르가 아니었을지도 모른다. 그러나 매체는 달라도 문학과 영화는 서사의 기능에서 같은 범주에 속한다.

3. 소설과 영화의 소통과 상생

1) 소설과 영화의 유사성, 서사예술의 동질성

소설과 영화는 모두 이야기를 하는 예술이라는 데 특징이 있다. 단순하지만 매우 중요한 두 장르의 이러한 유사성에 기인하여 소설과 영화는 서로 교섭하며 병립하는 양상을 보여주는 것이다. 소설은 그 장르가 탄생한 이후부터 줄곧 다른 분야의 예술과 긴밀한 관계를 맺으며 발전해 왔다. 특히 소설이 '신화(myth) → 서사시(epic) → 로망스(romance)'로 이어져 온 서사예술의 전통 위에 자신의 양식적 특성을 확립한 이후, 19세기 산업기술의 기반 위에서 출현한 영화라는 서사 장르에 미친 영향은 실로 지대하다. 선행 서사예술이 지닌 양식적 특성을 계승하고 응용하여 영화가 자신의 특성을 구축하는 과정에서 소설은 결정적인 기여를 하였다.

현대적 모습을 갖춘 극영화의 실질적인 출발점은 그리피스(D.W. Griffith) 감독 때부터로 인정된다. 그런데 그는 영화적 표현양식의 많은 부분을 소설에서 빌려왔음을 공공연하게 인정하고 기록해 왔다. 그리피스가 클로즈업(close-up) 기법을 창안하면서 영국의 소설가 디킨스(C. Dickens)의 소설에서 모티프를 얻었다고 말했듯이, 영화는 초기부터 소설적 기법과 소설 양식을 적극적으로 수용했다. 또한 1920년대 유럽의 많은 작가들은 전위적이며 혁신적인 예술을 주창하는 아방가르드(avant-garde) 영화운동에 직접 참여했다.

소설과 영화, 두 장르의 관계를 이처럼 긴밀하게 만든 것은 무엇보다 무성영화에서 유성영화로의 발전이었다. 흑백의 무성으로 출발했던 영화는 말하는 능력, 즉 토키(talkie)와 컬러 재현 능력을 갖추고 현실과는 다른 세계를 표현하는 감성까지 개발하였다. 그리하여 영화는 재미있는 오락으로, 우아한 예술로, 그리고 때로는 강력한 선동력을 지닌 선전매체로 이용되기도 하면서 그 영역을 넓혀나갔으며, 어느 사이 영상문화시대를 주도하는 중심매체로 자리잡았다. 또한 영화의 이야기 전달 기능이 추가되면서 관객의 수준이 높아졌고, 영화는 더욱 적극적인 방식으로 소설의 서사적 내용과 양식을 수용하기 시작했다. 이때 가장 직접적이고 대표적인 형태가 바로 소설의 영화화였다. 그리고 문학의 요소인 이야기를 영화라는 전달방식으로 표현한다고 하여 이를 '영상문학'이라고 하였다.

영상문학은 문학의 성격과 영화의 성격을 공유한다. 협의의 개념으로 본다면 영화의 하위 장르요, 광의의 개념으로 본다면 영화의 문학적 연구를 의미한다. 즉 영상문학은 문학적 성격과 영화적 성격을 동시에 지니고 있는 것이다. 또한 좁은 의미로 본다면 문학작품이 영화화된 것을 의미하지만, 넓은 의미로 본다면 문자모드가 영상모드로 바뀌는 과정과 그 결과물의 사회적 기능과 효과를 연구하는 학문을 뜻한다.

결국 영상문화의 핵심은 소설과 영화의 상호 텍스트성 규명에 있다. 한 텍스트가 소설에서 시나리오로 바뀌고 다시 영화로 제작되어 궁극적으로 대중에게 소비되는 과정을 추적하여 그 의미와 효과를 밝히는 것이 그 연구의 핵심이다. 한 작품의 문학적 가치와 영화적 가치를 동시에 확대시키는 데 궁극적인 의미가 있다.

문학 텍스트의 영상화는 서구에서 1930년대부터 본격적으로 이루어졌는데, 이는 한국영화에서도 예외가 아니었다. 〈하얀 전쟁〉, 〈그 섬에 가고 싶다〉, 〈우묵배미의 사랑〉, 〈그들도 우리처럼〉, 〈경마장 가는 길〉, 〈서편제〉, 〈돼지가 우물에 빠진 날〉과 같은 영화는 특히 작품의 완성도와 흥행에서 다같이 성공을 거두어 소설의 영화화 작업에 대한 관심을 크게 고양시켰다. 그리하여 신간 소설이 나올 때마다 가장 적극적인 관심을 가지고 읽는 독

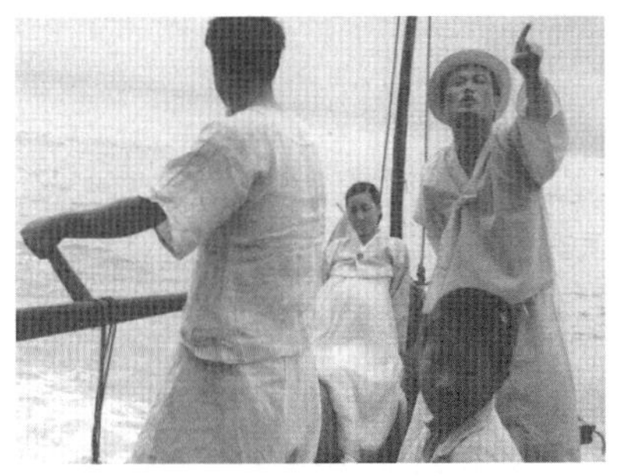

〈그 섬에 가고 싶다〉

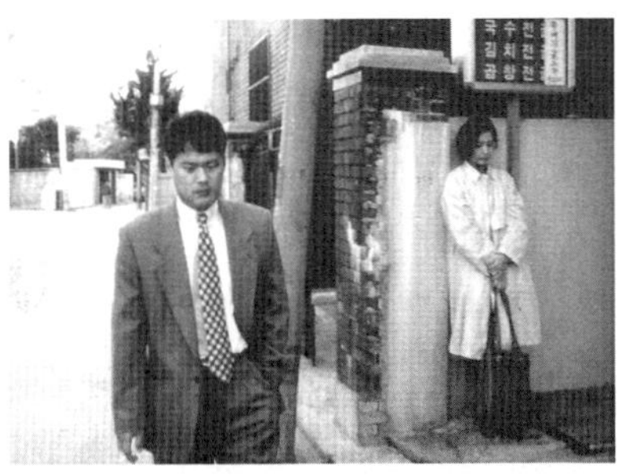

〈돼지가 우물에 빠진 날〉

자가 다름 아닌 영화사 기획 담당자들이 된 것이 오늘의 현실이다.

아놀드 하우저(A. Hauser)는 현대를 '영화의 시대'라 지칭하고, "영화는 기술의 영적 기초에서 진화한 예술이며, 따라서 그 때문에 산재한 문제와 잘 어울린다. 기계는 영화의 근원이며 매체, 그리고 그것의 적절한 주제"라고 말한 바 있다. 영화가 어떤 차원에서 문학과 같은 예술로 논의되어야 하는지, 그리고 그것들은 서로 어떠한 방식으로 예술의 고독과 창조의 충동을 경험했으며 기법상의 교류와 연대감을 나누어 왔는지에 대해 로버트 리처드슨(R. C. Richardson)은 선구적인 통찰을 보여주고 있다.

> 우리가 문학을 말의 예술이라고 생각한다면, 즉 문학적 행위에 특별하고 고유한 성격을 부여하는 것이 글자와 말이라면, 그렇다면 영화는 무성영화 시대뿐만 아니라 유성영화 시대에서도 분명히 문학도 아니고 문학적이지도 않다. 문학을 창조하고 허용하는 것이 말의 탁월성이라면, 영화는 기껏해야 영화가 가지고 있는 회화적 어휘와 구문 역할을 하는 몽타주 때문에 문학과 비슷하다고 말하는 데 만족해야 할 것이다. 그러나 초점을 약간 바꾸어 문학을 독자의 마음에 이미지와 소리를 창조하는 데 집중하는 서사예술로 본다면, 영화도 명백히 문학성을 띠는 것으로 볼 수 있을 것이다.
> —로버트 리처드슨, 이형식 옮김, 『영화와 문학』, 동문선, 2000, 19쪽.

그러나 영화가 문학성을 갖는 서사예술임을 인정한다고 해서 그것이 곧 영화의 우월성을 의미하는 것은 아니며, 문자시대의 종말을 예고하는 것은 더더욱 아니다. 소설과 영화는 인간의 삶과 현실로부터 소재를 얻어 새로운 질서를 창조하는 서사 장르라는 공동의 운명을 지니고 있다. 그러나 이러한 소설과 영화가 서사예술이라는 동질성에도 불구하고 매체의 특성에서 비롯되는, 서로 뛰어넘을 수 없는 차이를 지니고 있다. 따라서 그 차이는 결코 대체될 수 없으며 공존하는 상생(相生)의 길을 모색해야 할 것이다.

2) 영화만이 할 수 있는 기법

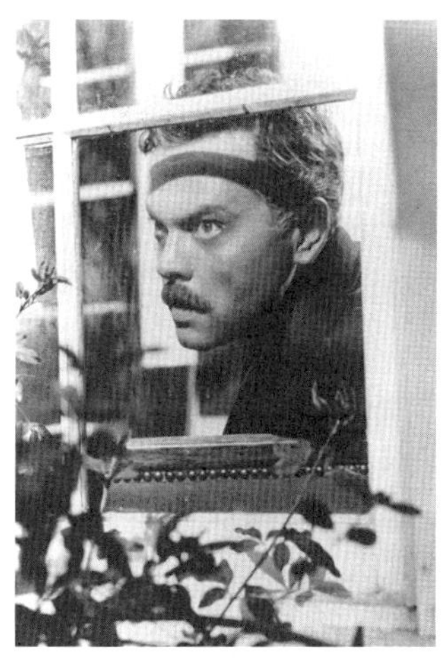

〈이방인〉

소설은 인물, 배경, 행위 등의 모든 요소를 언어의 힘에 의지하거나, 언어가 인간의 상상력을 여과해서 마음을 움직이게 한다. 그러나 영화는 직접 눈으로 보고 귀로 듣는다. 그러므로 주인공의 묘사나 배경이 읽는 이의 주관적 상상력에 의해 연상되는 소설에 비해, 영화는 모든 이에게 어느 정도 공감이 가는 인물과 배경이 필요하다. 특히 인물의 선정과 액션은 더욱 중요하다. 예를 들어 소설에서 '아름답다' 거나 '오만하다' 등으로 표현된 형용사에 대해 다수가 공감하는 인물이 선정되어야 플롯이 설득력을 지닌다. 한 남자의 생애를 좌우하는 여주인공일 경우 그에 맞게 신비로운 아름다움이 필요하다. 영화를 보는 남성에게도 저 정도의 여자이니까 그럴 만하구나 하고 느껴지도록 해야 하며, 여성 관객도 남주인공과 동일시를 일으키기 때문에 같은 감흥을 요구한다. 남자 주인공의 경우도 마찬가지다.

오손 웰스가 주연과 감독을 맡았던 흑백영화 〈이방인〉(*The Stranger*)은 남주인공을 잘 선정함으로써 성공한 영화다. 즉 악한이지만 매력이 있어야 하는 주인공의 캐스팅이 성공한 것이다. 극이 긴장을 유지하려면 선과 악의 대결이 팽팽히 맞서야 하고 그러기 위해서는 악이 무거워야 한다. 그러나 악이지만 거부할 수 없으리만큼 매력적일 것이라는 그런 역할에 오손 웰스는 적격이었다. 또한 추리물이 감동과 재미를 주기 위해서는 사랑이야기가 함께 얽혀 있어야 하고 그것도 매우 긴밀하게 얽혀 있어야 한다. 〈이방인〉은 나치 전범을 추적하는 FBI와 그를 사랑하는 젊은 아내의 이야기다. FBI는 남편을 지극히 사랑하는 아내를 이용해서 그의 정체를 확인하고 추적의 범위를 좁혀간다. 아내의 갈등, 여러 가지 암시적 발언과 상징적 장면, 그것이 실마리가 되어 조금씩 드러나는 신분, 그리고 마지막 시계탑에서의 3인의 대결구도 등 극을 긴박감 있게 살려가는 잘 짜인 플롯만큼이나 인물과 연기도 그만큼 중요하다.

프랑스의 감독 장 르누아르(Jean Renoir)는 모파상(Guy de Maupassant)의 중편 「시골에서의 어느 하루」를 영화화했다. 이때 차트먼이 지적한 부분은 흥미롭다. 소설에서는 여주인공의 모습을 언어로써 얼마든지 묘사할 수 있다. 그렇지만 르누아르의 고심을 영화에서 그녀의 '순진하면서도 유혹적인' 모습을 어떻게 표현할 수 있을 것인가가 문제였다. 르누아르는 그녀의 모습을 바라보는 네 남자의 표정을 화면에 담는다. 관객은 네 단계로 나이 차이가 지는 남성들의 표정 속에서 그녀의 모습을 읽어낸다. 보여주는 방식이 읽는 것보다 늘 직접적인 것은 아니다. 때로 우회적인 보여주기는 해석의 공간을 넓혀주어 관객을 즐겁게 하기 때문이다.

소설과 영화는 몽타주 기법을 쓸 수 있다. 헤밍웨이(E. M. Hemingway)가 단편 「살인자들」에서 채택한 카메라의 눈은 서술자가 카메라의 눈이 되어 인물의 대사와 행위묘사, 배경설명을 보여줌으로써 인물의 심리와 작가의 메시지를 엮어낸다. 모더니즘 문학의 파편화 현상은 흔히 몽타주

기법에 비유된다. 포크너가 사용한 서술자의 매개 없는 시점이동, 내적
독백은 카메라가 직접 인간의 마음속을 들여다보고 찍어낸 것과 같아서
X레이 촬영을 떠올리게 한다. 영화가 이 시절에 출현했고 그 본질이 몽타
주 기법에 있는 것은 우연의 일치라기보다 한 시대의 문화현상의 상사성
을 보여주는 것이다.

그런데 몽타주 기법으로 들어가면 소설이 영화보다 불리해진다. 언어
의 수사적 힘은 파편화된 서술에서 힘을 잃게 되고, 장면 전환이나 인물
의 심리를 설명해 주는 친절한 서술자가 사라지게 되면서 독자는 난해함
속에서 읽는 재미를 잃어버리고 만다. 그러므로 절제와 단련을 요구하는
모더니즘 문학은 재미와 대중성에서 영화에게 자리를 내줄 수밖에 없게
된다. 영화에서는 서술자의 설명 없이도 독자는 불편을 느끼지 않는다.
카메라의 눈이 그 역할을 하기 때문이다. 대사가 거의 없는 영화도 가능
하고 배경음악이 없이도 가능하다. 서머셋 몸(William Somerset Maugham)
의 중편 「비」를 영화로 만든 것을 보면 배경음악이 거의 없고 처음부터
줄곧 빗소리와 비가 내리는 배경뿐이다. 프랑스의 필립 라모리스의 〈빨
간 풍선〉(*Red Ballon*)도 대사가 거의 없이 카메라의 눈으로 인물의 행위에
만 초점을 맞춘 실험영화다. 파리의 외로운 소년이 어느 날 커다란 풍선
을 만난다. 풍선은 그를 따르고 그는 풍선을 돌봐준다. 학교나 전철에서
나 집에서나 사람들은 풍선을 구박하지만, 소년만은 그것을 아끼고 보호
한다. 어느 날 마을의 불량소년들이 소년을 괴롭히고 풍선을 터뜨린다.
그때 숨어있던 동료 풍선들이 일제히 하늘로 떠오른다. 그리고 시위를
하듯 소년을 번쩍 들고 하늘을 난다.

라모리스가 수년에 걸쳐 고심하여 만든 시나리오와 인물이라곤 자신의
아들인 주인공 소년 그리고 커다란 풍선이 전부인 이 34분짜리 실험영화

는 그 해 아카데미 시나리오상, 칸영화제 단편극 그랑프리, 프랑스 영화 대상을 차지하였고, 서독, 스위스, 일본, 영국, 미국 등에서 최우수 외국 영화상을 수상한 고전이다. 풍선을 의인화하여 자연과 인간 사이의 교감을 통한 사랑의 윤리를 상징적으로 암시한 이 영화에서 그야말로 카메라는 철저히 밖에서만 머문다. 인물의 행위, 거리 풍경, 풍선, 사람들의 반응만 보여질 뿐 대사조차 거의 없는 이 영화에서 라모리스는 영화가 한 편의 시가 될 수 있음을 보여준다. 언어의 몽타주가 시라면 몽타주 예술인 영화는 시처럼 은유의 공간을 조합한 것이다.

한편 때로는 반사실주의 기법이 극의 리얼리티를 더하는 경우가 있다. 줄리앙 뒤비비에가 감독한 흑백영화 〈안나 카레니나〉(Anna Karenina)의 마지막 장면은 몽타주 기법에 의한 특이한 영상미를 보여준다. 안나(비비안 리)의 허탈한 표정이 화면에 클로즈업되고 멀리서 기적소리가 들린다. 기차가 흰 연기를 가득 내뿜으며 힘차게 달려오고, 다음 순간 안나는 철길에 몸을 던진

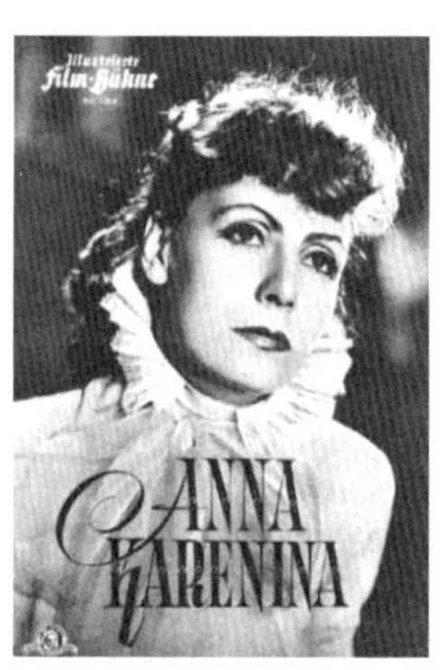

〈안나 카레니나〉

다. 관객은 끔찍스런 생각에 다음 장면에 눈을 가느다랗게 뜬다. 그러나 안나는 멀쩡하다. 화면의 위로는 기차가 지나가고 밑으로는 안나가 누웠지만 두 장면이 오버 랩되어 상징적으로 처리되어 있기 때문이다. 이런 몽타주 기법은 반사실주의 소설이나 초현실주의 미술에서도 흔히 쓰인다. 그러나 영화는 장면과 장면이 엇갈리고 한 장면 속에 클로즈업되는 부분이 그렇지 않은 부분과 병치될 수도 있기 때문에 가장 몽타주적인 속성을 지닌다.

그리고 영화만이 할 수 있는 부분 가운데 배경음악이 있다. 적절한 장

면에서 들려오는 음악이나 음향효과는 관객의 마음을 움직이는 데 큰 역할을 한다. 그러나 이보다는 영상과 소리가 합쳐져 보고 듣게 만든 영화가, 즉 이 두 가지를 교묘하게 병합했을 경우 독특한 기법을 낳는다. 헤밍웨이의 「무기여 잘 있거라」는 두 번이나 영화로 만들어졌지만, 두 번 모두 원작의 의미를 제대로 살리지 못했다. 독특한 글쓰기 기법은 물론이러니와 주제에서 글의 핵심을 제대로 짚어내지 못했다. 신이 사라진 시대를 어떻게 살 것인가에 대한 주제를 감정의 절제와 자신에게 보이는 용기로 보여준 작가의 철학은 시나리오로 옮겨지면서 단순히 전쟁을 배경으로 한 남녀 간의 사랑 문제로, 게다가 지독한 멜로드라마로 단순화된다.

그런 가운데에서도 1933년 아카데미 녹음상과 촬영상을 받은 흑백영화 〈무기여 잘 있거라〉(Farewell To Arms)는 영화의 촬영사에서 기억할 만한 장면을 담고 있다. 간호장교 여주인공(헬렌 헤이즈)은 연인의 아기를 갖게 되어 일을 하지 못하고 홀로 삶을 꾸려가게 된다. 그녀는 전선에 나가 있는 헨리(게리 쿠퍼)에게 자신의 근황을 알리는 편지를 쓴다. 카메라는 초라한 그녀의 방과 낡은 카펫, 허

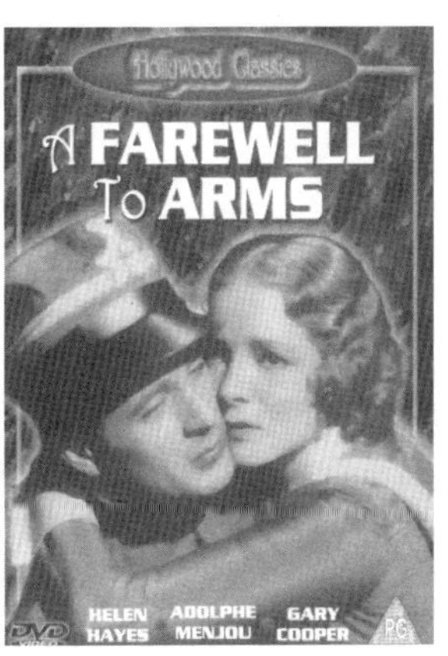

〈무기여 잘 있거라〉

술한 가구를 훑으며 지나가는데, 그녀가 쓰는 편지 구절들은 그와 정반대다. 그녀의 음성으로 들리는 문구는 모든 게 잘 되어가고 아파트도 깨끗하고 편안하다는 내용이다. 관객은 눈으로는 낡은 카펫을 보며 귀로는 푹신한 카펫이라는 말을 듣는다. 보여주는 것과 들리는 것의 부조화, 이 묘한 반어법이 관객의 눈시울을 뜨겁게 만든다. 이런 반어법은 소설이 할 수 없는 부분이다.

3) 소설과 영화의 공통된 기법

　서술자의 설명 대신 카메라의 눈이 보여주고, 서술에서 자세히 묘사하는 부분은 카메라가 가까이 다가가서 크게 보여준다. 바로 클로즈업이다. 소설과 영화는 똑같이 인물의 행위와 대사를 통해 현실을 재현한다. 그런데 서로 비슷하면서도 다른 두 서사양식에서 특이하게 공통으로 쓰이는 기법이 있다. 알프레드 히치콕(Alfred Joseph Hitchcock)이 즐겨 쓰는 방법으로 트랙 숏(track shot)이 있는데, 이 기법을 소설에서도 찾을 수 있다. 주인공들은 모르는데 관객에게만 정보를 주어 극의 긴장을 높이는 방식이다. 서술자는 주인공이 모르는 어떤 사실을 관객에게 알게 하여 이 정보의 차이가 관객으로 하여금 기대감이나 충만감을 느끼게 하는 기법이다.

　소설 토마스 하디의 「테스」는 이 숨김의 미학을 자연스럽게 노출시킨다. 서술자는 우선 테스가 알렉에게 순결을 빼앗긴 사실을 독자에게 알려준다. 그리고 에인절과 테스가 사랑에 빠지게 될 때도 독자에게만 에인절이 어떤 사람인지를 알려준다. 그는 목사 집안에서 자랐고 신학대학을 나왔다. 그러나 인간을 위한 교회가 아니고 신을 위한 교회라는 이유로 목사가 되기를 거부한다. 당시 자유주의 지성인으로서 에인절은 몰락한 귀족의 후예인 테스를 구원할 수 있는 유일한 인물이었다. 이러한 두 사람에 대한 정보를 독자는 알고 있지만 주인공들은 모른다. 두 사람이 첫날밤 고백을 하는 장면에 이를 때까지 극의 갈등과 긴장이 고조되는 이유는 이런 정보의 차이에 있다. 과연 고백을 들은 에인절이 어떻게 나올 것인가에 대해 관심과 우려를 집중시킨다. 그러나 그는 테스를 거부한다. 자유주의 정신은 머릿속에만 있었고 가슴에까지는 내려오지 못했던 것이다. 에인절 자신도 미처 모르는 자신의 무지를 독자는 안다. 서술자가 에인절 모르게 속삭여 주었기 때문이다. 서술자는 인물에게 어떤 행동을 하게 하고 한 쪽 눈을 찡끗하면서 독자를 향해 정보를 알려준다. 그의 무지가 어떻게 한 여성과 자신을 불행으로 몰고 가는지에 대해서 말이다.

그러면 영화에서 이런 기법을 살펴 보자. 찰스 디킨스의 스크루지 이야기를 영화로 만든 〈크리스마스 캐롤〉(Christmas Carol)에서 관객에게 가장 감동을 주는 부분은 바로 관객에게만 정보를 주고 등장인물들에게는 주지 않는 데서 온다. 마을 사람들 모두는 지독한 구두쇠 스크루지를 싫어한다. 크리스마스 전날 밤 스크루지는 꿈을 꾼다. 죽음의 사자가 와서 자신이 죽은 뒤의 시간을 보여 주는 꿈이다. 그가 평생에 걸쳐 모은 재산을 거지들이 다 훔쳐가고, 사람들은 아무도 그의 죽음을 아쉬워하지 않는다. 그리고 가난한 서기는 화목하게 산다. 스크루지는 자신의 무덤을 보고 통곡한다. 아침에 눈을 뜬 그는 자신이 아직도

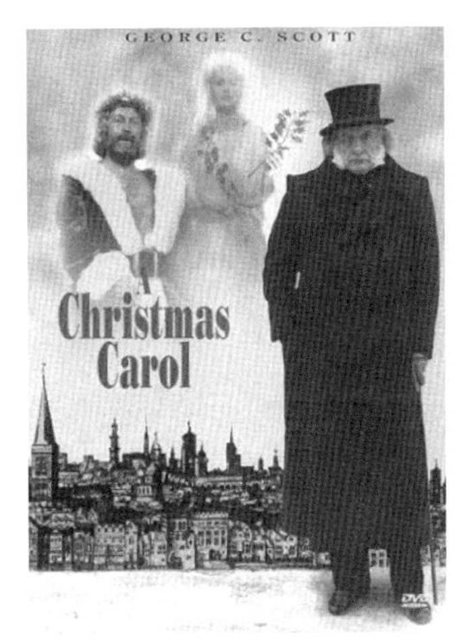

〈그리스마스 캐롤〉

살아 있다는 것에 너무도 행복하다. 그는 완전히 다른 사람이 되어 마을 사람들 앞에 나타나고 사람들은 모두 어리둥절해 한다. 그리고 그의 변모에 놀라고 반가워한다. 사람들이 놀랄 때 관객은 흐뭇하다. 간밤의 긴 여행을 함께 다녔기 때문에 다 알고 있는 까닭이다. "그것 봐, 변했다니까" 이런 감동은 정도의 차이는 있지만 소설에서도 같은 방식으로 주어진다.

앞서 말한 바와 같이, 알프레드 히치콕은 트랙 숏을 즐겨 썼다. 관객에게만 정보를 주고 인물들은 모르게 하여 관객으로 하여금 다음에 무슨

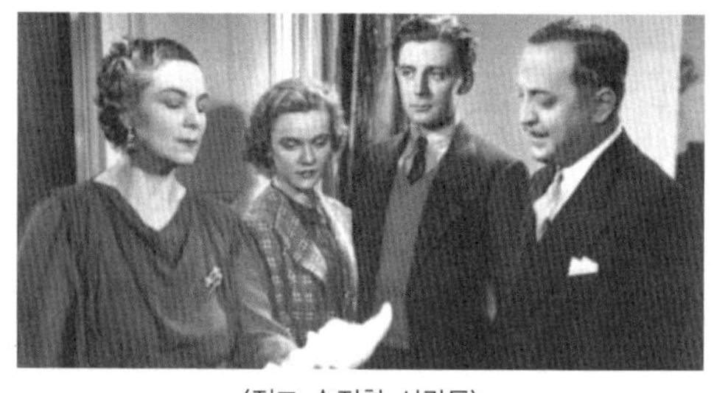

〈젊고 순진한 사람들〉

일이 일어날까 하는 기대감으로 긴장에 휩싸이게 하는 기법이다. 이러한 트랙 숏은 영화 〈젊고 순진한 사람들〉(*Young and Innocent*)에서도 찾아볼 수 있다. 무고하게 살인죄를 뒤집이쓴 순진한 청년이 경찰서장의 딸과 함께 누명을 벗기 위해 범인을 찾는다. 이런 과정에서 두 사람의 사랑이 싹트고 의심을 거쳐 확인에 이른다. 맨 처음 장면에서 벽에 박힌 못이 나오면 끝에는 바로 그 못에 목을 메어 죽는 게 서사의 유기적 구성이라면, 이 영화에서는 눈을 깜박거리는 장면이 처음에 얼핏 스쳐 지나가고 끝에 바로 그 사람이 범인으로 드러난다. 호텔에서 큰 무도회가 열리고 순진한 두 젊은이가 마지막 시도로 범인을 찾기 위해 나타난다. 카메라는 무도회장의 천장에서부터 천천히 전체를 비춘다. 춤추는 사람들을 지나고 두 주인공을 지나서 악단이 있는 곳으로 간다. 드럼을 치는 사람이 눈을 심하게 깜박거린다. 카메라는 그를 집중적으로 클로즈업한다. 그는 호텔 밖에서 서성이는 경찰들을 보고 불안과 초조가 심해진다. 눈을 더 깜박거리고 드럼도 틀리게 친다. 관객은 그가 범인인 것을 안다. 그런 다음 카메라는 홀 안의 엉뚱한 곳을 헤매는 두 남녀를 비춘다. 관객은 초조해진다. 두 남녀가 단념하고 호텔 밖을 나서려는데 범인이 극도의 불안으로 쓰러진다.

20세기 후반부터 서사이론들은 소설과 영화 모두에 적용되는 분석 방식을 많이 제공하고 있다. 스탄젤은 그의 책 『스토리와 담론』에서 쥬네트의 방법을 이용하였다. 스토리는 내용이고 담론은 형식, 플롯 혹은 수제(sjuzet)이다. 『서사담론』에서 쥬네트가 선보인 시간의 순서, 길이, 빈도

수를 영화와 소설에 적용해 보자. 스토리의 시간 순서가 플롯에서는 어떻게 흩어지는지를 살펴보면 실제 2초가 걸리는 동작을 영화에서는 슬로우 모션 등의 기법을 통해 1분으로 늘인다. 또한 4년의 시간을 영화에서는 2분으로 줄이기도 한다. 그리고 한 번만 일어났던 일이 영화에서는 몇 번씩 주인공의 의식 속에서 반복되어 나타난다. 물론 이런 분석은 소설에서도 똑같이 적용된다. 쥬네트는 프루스트의 『잃어버린 시간을 찾아서』를 가지고 이런 분석을 만들어 냈다.

문학과 영화에 있어 서사양식의 변모과정, 서사에 관한 고전이론과 현대이론, 그리고 구체적으로 소설과 영화의 기법상의 차이를 살펴보면 우리는 이 두 영역의 관계가 더 많은 연구를 남겨놓은 미개척 분야임을 느낄 수 있다. 또한 수동적인 분석을 넘어서 적극적인 창작의 가능성도 생각해 볼 수 있다. 감상에서 분석으로 그리고 창작에 이르기까지 영화는 우리나라에서 아직 미개척 분야이고 언어의 차이를 넘어서 가장 쉽게 다른 나라와 의사소통이 가능한 매체다. 보는 것[영상]과 듣는 것[음향효과 및 음악]은 만인에게 공통되는 의사소통의 수단이기 때문이다.

4) 소설과 영화의 상생

소설은 언어를 재료로 서사를 구성하여 독자에게 심상(心象, mental image)을 투사하는 데 반하여, 영화는 빛과 그림자와 음향을 통하여 관객에게 현실적인 시각 이미지를 전해준다. 소설이 지닌 관념적 심상을 영화는 감각적이고 현실적으로 전달한다. 영화의 상(像)은 감각적이고 현실적이나 소설의 상(像)은 관념적 심상이다. 물론 소설과 영화 두 장르는 예술을 표현하는 과정에서 유사성을 많이 띠기도 한다.

소설과 영화는 모두 스토리를 전달하지만 근본적인 차이는 가진다. 소설은 언어로써 스토리를 서술하고 영화는 영상을 통해 스토리를 서술한다. 소설은 상징적(象徵的, symbol) 기호가 더 쉽게 사용되지만, 영화는 도상적(圖上的, iconic) 기호가 우세하다. 영화의 기호가 지니는 도상적 특징으로 말미암아 영화는 강한 현실감을 유발하며, 그런 까닭에 리얼리즘이 영화의 일차적인 미학으로 각광을 받아왔다. 객관적인 세계를 충실하게 포착하는 카메라의 능력은 영화가 언어로는 도달할 수 없는 강력한 실감을 획득할 수 있도록 만들어 주었다. 그래서 스크린 위에 생생하게 제시되는 이미지는 비록 그것이 현실적인 개연성을 잃은 것이라 하더라도 현실적이고 진실된 것처럼 오인하게 만든다.

그런데 언어기호를 사용하는 소설은 근본적으로 논리적 사고를 요구하며, 장르 자체가 이성적인 매체다. 영화가 이성적인 논리력을 요구하거나 복잡한 기억과 상상력을 요구하는 정신적 상황을 형상화하는 능력이 소설에 비해 현저히 떨어지는 이유가 여기에 있다. 영화는 시각적으로 직접 확인할 수 있는 기호를 배열하거나 혹은 대화를 주고받는 것을 통해 관객으로 하여금 사고를 진행할 수 있게 만들 수는 있지만, 소설처럼 추상적 사고를 직접적으로 전달할 수는 없다.

영화의 감상 형식이 유발하는 독특한 수용 상황은 독자가 소설을 읽는 것과는 다른 심리상태로 관객을 몰아간다. 영화의 감상은 일반적으로 어떤 환상도 쉽게 받아들일 수 있는 분위기와 환경 속에서 진행되며, 관객의 몫은 오로지 보고 듣는 데 집중하는 것이다. 스크린은 관객에게 일방적이고 집중적으로 호소할 뿐 발신자와 수신자 사이의 상호 소통은 성립되지 않는다. 하나하나의 장면이 모두 현실에 실재하지만 내러티브(narrative)로서 전체가 허구인 세계를 관객은 수용하게 되고, 관객 각자의 수용 여하에 따라 가공의 세계가 현실 세계로 받아들여지게 된다. 영화와 소설 간의 가장 큰 차이는 영화가 소설처럼 유려한 문장을 가지지 못한다는 데 있지 않다. 스토리가 소설보다 덜 매혹적이어서 영화가 소설이 되지 않는 것도 아니다. 영화는 수용 방식에 대한 자율권이 독자에게 있지 않다. 개별적으로 각기 다른 속도로 작품을 받아들이는 소설의 수용 방식과 영화의 일방적인 수용 방식 사이에는 현격한 차이가 존재한다.

영화는 하나하나의 컷을 감독의 의도에 맞춰 편집하여 새로운 형상을 창조할 수 있으며, 특히 몽타주 기법을 통해 사실을 변형하거나 왜곡할 수 있고 명백한 허구를 사실처럼 보여줄 수도 있다. 따라서 자유로운 재창조의 과정을 갖는 소설의 독자와 달리, 관객은 피상적이고 수동적이 된다. 소설에서는 독자 자신이 수행할 수밖에 없는 형상화의 과정을 영화에서는 촬영기사와 감독과 영사기사가 대신 수행해 주기 때문이다. 소설의 감상을 위해 독자는 작가에 의해서 주어진 문자기호를 가지고 머릿속에서 형상으로 재현해야 하고, 전후 맥락에 따라 순서를 배열해야 하며, 연속적인 동작으로 일관화시켜야 한다. 그러나 영화의 경우, 소설의 독자가 머릿속에서 수행해야 할 재형상화의 몫을 영화는 카메라 기사가 가시적 영상으로 만들어 주고, 소설의 독자가 전후 맥락에 따라 사건과 이미지를 배열해야 하는 편집의 몫은 감독이 미리 철저한 '콘티(continuity)'를 짜서 순서에 맞추어 편집해 준다. 또한 소설에서 독자가 수행해야 하는 형상화는 물론, 제시된 서사의 재배열을 통해 최종적으로 도달하게 되는 작품 감상 과정을 영화는 극장에서 영사기사가 대신해 준다. 물론, 소설의 독자가 수행하게 되는 재형상화와 편집, 연속화시키는 과정은 순서대로 이루어지는 것이 아니라 거의 동시적으로 이루어진다. 이러한 소설과 영화의 감상 과정이, 소설 독자에게는 풍부한 상상력과 사고력을 동원하게 하지만, 영화 관객에게는 가시적으로 주어진 것을 수용하는 수동적이고 정태적인 태도를 지니게 만든다. 따라서 영화는 이미지를 통해 재현되는 감각적인 매체가 지닐 수밖에 없는 정태성(靜態性)을 극복하기 위해 '활동사진'의 특성인 움직임을 적극적으로 개발하였다.

소설이 인물의 내면까지 직접적으로 표현할 수 있는 반면, 영화는 인물의 심리상태를 표현하기 위해서라도 시각화 작업을 수행해야 한다. 영화는 무엇이든 가시적인 형상으로 표현해야 하기 때문에 문학에 비해 추상적인 일반화나 복잡한 내면심리의 묘사, 고도의 섬세함을 요구하는 묘사에 취약하게 마련이고, 구체적이고 시각적인 사건을 그리는 것에 더 적합하다. 이 같은 약점에 대해서 영화는 소설과 유비장르로 발전해 오면서 '동사'를 적극적으로 활용하는 것으로 대응하였다. 움직임이 최대한 활용되었고 컷의 분할이 거듭되었으며, 그 결과 관객은 서사와 관계없이 현란하게 프레임을 바꾸는 스크린에서 좀처럼 눈을 뗄 수 없게 되었다. 그러나 그리피스 시대에 이미 발견된 카메라의 운동에 바탕을 둔 동사의 활용은 소설과 유비 관계에 놓인 영화를 대중적 장르로 발전시키는 데 지대한 기여를 했지만, 표면성을 벗어나기 어려운 한계는 여전히 계속되었다.

이처럼 추상적 기호인 문자를 바탕으로 한 소설과 직접 확인이 가능한 확정적 기호인 사진을 바탕으로 한 영화는 유비관계에 놓인 것이 분명하지만 결코 서로 대체되거나 환원될 수 없는 차이를 유지하고 있었다. 그럼에도 불구하고 소설과 영화의 협동 작업은 영화 역사 초기부터 지금까지 계속되고 있다. 문학에 대한 통찰에서 발견해 낸 영화문법으로 런던(J. London), 셰익스피어(W. Shakespeare), 톨스토이(L. N. Tolstoi), 포(E. A. Poe), 오 헨리(O. Henry), 모파상(G. de Maupassant) 등의 작품이 영화화되었지만 소설이 지닌 장르의 고유한 특성을 전면적으로 환원시킬 수 있는 영화문법은 발견되지 않았다.

영화화된 모든 소설이 미학적 기조는 물론이고 그 서사까지 변형을 감수해야 했던 이유는 소설과 영화가 지닌 양식적 특성이며 영화가 소설의 미학적 기조를 규정할 뿐만 아니라 서사적 담론까지 규제하기 때문이다.

영화가 문학적인 요소들을 받아들일 때 그러하듯이, 소설에서 영화적인 것은 문학적인 것을 확장하고 새롭게 하는 탐색으로서의 의미를 갖는다. 소설은 영화를 흉내 내는 방식이 아니라 영화적인 것을 언어화하려는 노력을 통해 문학의 관례들을 쇄신하고 새것으로 만들 수 있다. 문학과 영화, 문학적인 것과 영화적인 것은 차별성을 지닌 만큼이나 상호보완적이다. 영화는 문학의 영향을 받아 비로소 허구 서사물로서의 가능성을 온전히 실현하였고, 영상으로 된 독자적인 서술 방식과 영화의 언어를 발전시켜 왔다. 또한 문학은 영화를 통해 오래 전부터 고심하던 소설의 문제들을 해결할 돌파구를 모색했고, 자기 시대의 감수성을 반영하는 현대적인 문학으로 변화해 왔다.

오늘날 문학과 영화는 각각 자기 영역을 구축하고 공존하면서 영향을 주고받는 것은 양쪽 모두에게 긍정적인 자극과 에너지로 작용할 수 있다. 그리고 무엇보다도 서사를 좋아하는 수용자의 입장에서는 문학과 영화라는 서로 다른 매체의 서사물이 있어 양쪽을 모두 즐길 수 있다는 것은 정말 즐거운 일이다.

제2부

영화의
양식 체계와 기법

제1장

영화의 양식

1. 장르 영화의 특성

영화의 장르 구분이 엄격하게 이루어져 있는 것은 아니다. 그리고 작품들이 중복되어 맞물려 있는 것을 통해 생각해볼 수 있는 것은, 바로 장르 구분이란 것도 작품의 내재적 본질에 의해 분류되기보다는 관객의 소비자적 취향에 의존하고 있다는 점이다. 또한 영화 비디오의 상품성에 의해 분류되고 있음을 알 수 있다. 이는 영화가 지니는 상업적 속성 때문에 비롯된 것이다.

먼저 우리는 영화의 장르를 통해 영화의 상업성을 확인할 수 있다. 영화란 태생적으로 고급 예술이라기보다는 대중오락예술일 수밖에 없다. 영화의 대중성과 오락성 및 상품성은 관객의 호응도를 측량하고 북돋우는 데 가장 중요한 요소였다. 따라서 한 편의 영화가 흥행에 성공하면 영화 제작자들과 감독들은 또 다른 흥행을 보장받기 위해 유사한 영화들을 만들어 내야 했던 것이다. 말하자면 상업적 이익과 관객들의 요구가 맞물려서 장르 영화들이 계속해서 만들어지고 있는 것이다.

그러나 영화는 상업적이기는 하지만 동시에 예술적이기도 하다. 장르 영화들은 각기 나름대로 일정한 주제를 전달하고 있으며, 소재와 형식상의 특징, 영상 처리와 표현 방식에서 일정한 공통점을 지니고 있다. 장르 영화의 갈래는 바로 이 점에서 출발한다.

장르 영화의 특성은 다음과 같이 정리할 수 있다.

첫째, 장르 영화는 그 영화를 이해할 수 있게 하고 친밀하게 만든다. 관객들은 동일한 장르에 속한 이전 영화와 견주어 봄으로써 친근하고 편안하게 영화의 사건 진행과 그 결말을 이해할 수 있다.

둘째, 장르 영화는 일정한 틀에 줄거리와 인물 구성만을 약간 수정하여 반복적으로 찍어내기 때문에 상투성의 오명에서 자유롭지 못하다. 그러나 영화는 상투성에 의존할 수 없다. 새로운 자극을 원하는 관객들의 호기심과 기대치를 외면할 수 없기 때문이다. 따라서 장르 영화는 비슷한 다른 영화들의 맥락 안에서 변용과 혁신을 시도한다. 관객들에게 유사한 많은 영화와 견주고 구별하여 어느 한 영화를 인식하도록 하는 이런 식의 틀은 상호 텍스트성에 근거하여 관객의 기대 영역을 정한다. 친숙함과 편안함이 장르 영화의 한 축이라면, 친숙함과 편안함에서 벗어난 변용과 혁신 및 독창성 또한 장르 영화를 지속시키고 발전시키는 또 다른 축이다.

셋째, 장르 영화의 고유한 틀은 영화의 결말을 돕는다. 영화는 대중들의 일반적인 이해 정도에 크게 의존하는 예술이다. 장르 영화는 관객들의 이해 능력을 신뢰함으로써 영화적 결말에 도달할 수 있다. 그리하여 이런 관습을 깨뜨리는 일부 영화들, 그러니까 관객들이 이해하기 어려운 결말들을 제공하는 영화들은 실패하는 경우가 종종 있다.

넷째, 대개의 장르 영화들은 관객의 취향과 상업적 유행, 사회의 보편적인 가치 의식의 조건에 따라 생성되고 소멸된다. 바로 이 점 때문에 장르 영화는 그 영화가 만들어진 시기의 문화, 사회상, 가치관 등을 확인하는 통로로 기능하고 있다. 예를 들면 동일한 전쟁 영화라 하더라도 〈머나먼 다리〉(*A Bridge Too Far*)나 〈지상 최내의 직전〉(*The Longost Day*)이 세계 제2차대전에 참전한 미국의 승리를 묘사해 냄으로써 미국의 위상과 세계 평화 수호자의 역할에 대한 자화자찬의 색채를 띠고 있다면, 〈플래툰〉(*Platoon*)에 그려진 베트남 전쟁은 비록 백인의 시각임을 감안하더라도 민족 내부의 전쟁에 끼어들었던 한 젊은이의 눈을 통해 전쟁의 무모함과 파행성을 고발함으로써 당대 미국인들의 또 다른 자의식을 엿보게 한다.

한편 동일한 장르 내의 변모 외에 특정한 시기에 유행했던 특정 장르 영화를 통해서 그 장르를 요구했던 사회상을 엿볼 수 있다. 예컨대 1930년대 유행했던 뮤지컬 〈상류사회〉, 〈춤을 추실까요〉, 〈걱정 없어요〉, 〈러브 퍼레이드〉, 〈그대와 한 시간〉, 〈몬테카를로〉, 〈1933년의 황금 채굴자〉, 〈부인네들〉 등은 그 환상적 분위기와 소재를 통해 미국 경제공황의 불안함과 무게감에서 벗어나려는 도피처로 기능 했으며, 한국의 90년대 전반기의 〈결혼 이야기〉 등의 로맨틱 코미디 영화들은 중산층 관객들의 정치적 혐오증과 경제적 낙관론이 맞물려서 진지하거나 심각하지 않은 가볍고 낭만적인 소재를 요구했던 사회 현상의 투영이라고 볼 수 있다.

2. 장르 영화의 유형

1) 스펙터클 영화[서사극]

스펙터클 영화, 즉 서사극은 대체로 장엄한 역사적 사건을 다룬다. 전투, 투쟁, 파괴, 그리고 죽음이 개입하는 기본적 틀을 유지하고 있고, 막대한 제작비를 투입하여 정교한 세트와 화려한 의상으로 대변되는 물량 공세가 두드러지며, 엄청난 인원이 동원된다. 흔히 서사극에서 한 개인은 영웅적 인물로 묘사되며, 그가 살던 시대의 흐름에 편승하지 않고 대항함으로써 인간의 위대함을 증명한다.

서사극은 할리우드의 대표적 장르 영화로 충분한 재정적 지원으로 만들어지는 가장 미국적인 영화라고 말할 수 있다. 그리피스의 〈국가의 탄생〉(*The Birth of the Nation*)이나 〈인톨러런스〉(*Intolerance*)는 미국 서사극의 지평을 연 작품들이며, 데이빗 셀즈닉 형제가 만든 〈바람과 함께 사라지다〉(*Gone with the Wind*), 세실 B. 드밀의 〈십계〉(*Decalogue*), 윌리엄 와일러의 〈벤허〉(*Ben-Hur*), 데이비드 린의 〈아라비아의 로렌스〉(*Lawrence of Arabia*)와 〈닥터 지바고〉(*Doctor Zhivago*) 등은 할리우드가 아니면 불가

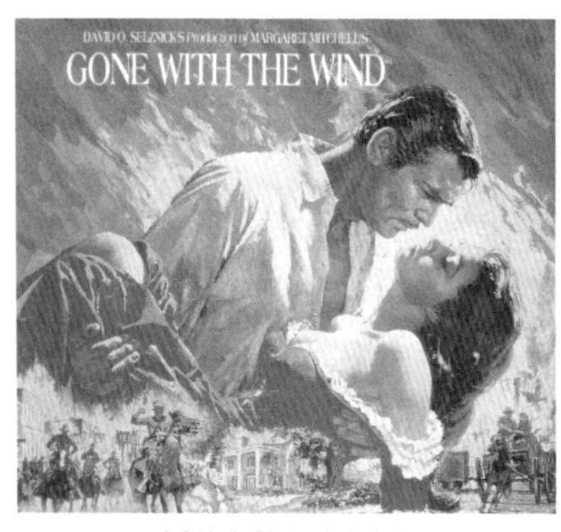
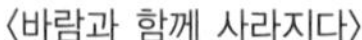

〈바람과 함께 사라지다〉

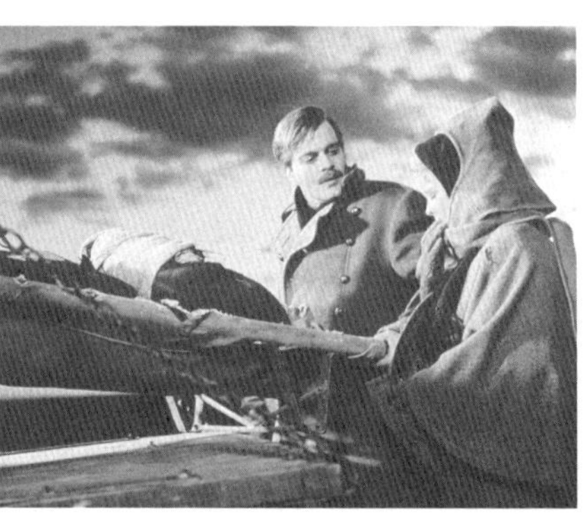

〈닥터 지바고〉

능했을 작품들이다.

2) 멜로드라마

영화 장르에서 멜로드라마는 다양한 형내의 영화를 가리키는 말로 폭넓게 쓰고 있다. 범죄 멜로드라마, 심리 멜로드라마, 가족 멜로드라마 등의 구분이 있는가 하면 여성이 주인공으로 나오거나 애정 관계를 다룬 영화를 모두 멜로드라마의 범주에 포함시켜 언급하기도 한다.

여성 관객들을 겨냥해 화려한 세트와 분장, 미남과 미녀들, 성과 육체, 그리고 애절한 사랑 이야기라는 구색을 갖춘 멜로드라마 영화들은 감상주의와 야합하여 대중들의 동경과 갈채를 모으는 데 성공했다. 멜로드라마는 1, 2차 세계대전 이후 현실에서 피폐해진 관객들의 마음을 달래주는 현실도피적인 감상에서 관객들을 탐닉하게 했다. 50년대 멜로드라마는 행복을 얻기 위해 애쓰는 여성의 모습을 담았는데, 여주인공들은 부르주아의 도덕률이나 신분의 차이에 묶여 자신의 행복을 단념하는 모습으로 그려졌다. 등장인물의 체념을 강조함으로써 기존 사회의 보수적인 가치에 동조하도록 부추기고 있다. 여성들은 연인을 위해 자신의 행복을 포기하거나 또는 거꾸로 자신의 행복을 위해 연인을 희생시키기도 한다. 삼각관계에 휘말려 고통 받는가 하면, 자식을 향한 모성 때문에 모든 것을 희생시키기도 한다.

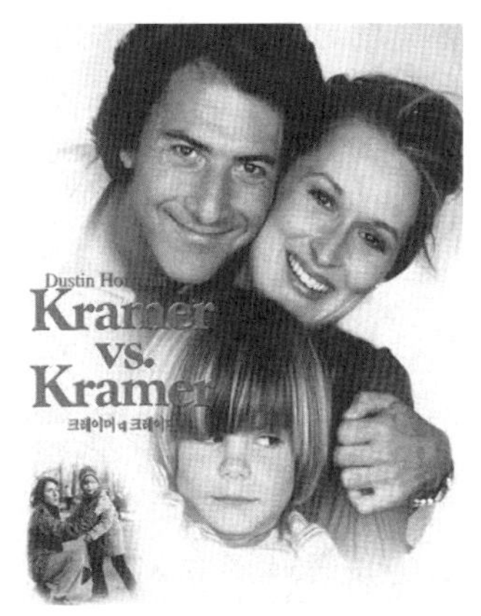

〈크레이머 대 크레이머〉

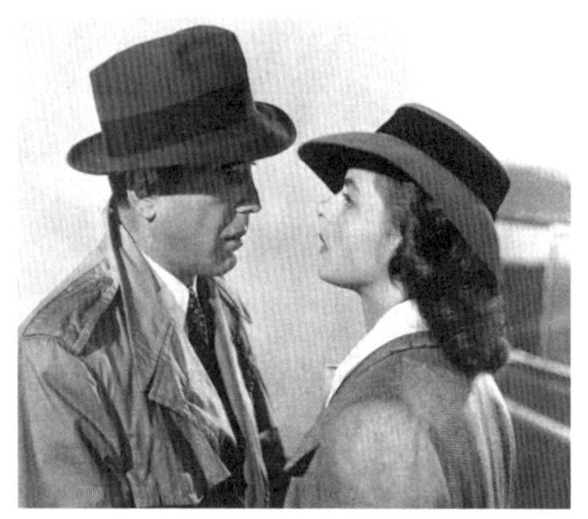

<카사블랑카>

할리우드 멜로드라마 중에서 로버트 벤튼의 〈크레이머 대 크레이머〉(*Kramer vs. Kramer*)와 같이 위축된 가정의 위기를 경고하는 뛰어난 작품들도 있지만 게리 마샬의 〈귀여운 여인〉(*Pretty Woman*)처럼 현실과는 동떨어진 퇴행적이고 솜사탕 같은 거짓말로 채워진 영화가 대부분이어서 멜로드라마는 관객의 값싼 감상에 호소하는 통속영화라는 굴레를 벗어나기 어렵다. 멜로드라마 장르의 대표적 작품으로는 마이클 커티즈의 〈카사블랑카〉(*Casablanca*), 끌로드 를로슈의 〈남과 여〉(*Un Homme et Une Femme*) 등이 있다.

3) 갱스터 영화

범죄 영화인 갱스터 영화가 하나의 독립된 장르로 성립된 것은 보통 1920년대부터다. 사회적으로는 당시 미국 전역에 걸쳐 시행되었던 금주령의 영향으로 밀주의 생산과 배급망을 조종하는 조직 범죄 집단이 급성장함으로써 일반 시민들은 범죄에 노출되기 시작했으며, 영화 산업적으로는 유성 영화가 등장하여 효과음과 대사가 화면에 첨가됨으로써 극적 사실성을 확보할 수 있게 되었다.

거친 인물과 폭력이 수반되는 갱스터 영화는 전원 사회에서 산업화 사회로 바뀌는 미국 사회 내 도시 속에서 발생하는 범죄 행위를 기본 골격으로 삼고 있다. 약육강식의 경쟁 원리 속에서 사회의 혼란을 틈타 일군의 범죄 집단들은 무자비한 폭력과 살인, 그리고 탈법을 통해 정부의 무력함을 비웃는다. 그들의 조직과 범죄 활동은 당시의 미국의 경제적 상황과 환경의 산물이었으며, 미국 사회의 법과 질서가 문란해지고, 실업과 생계 문제가 심각했던 사회를 반영하고 있다.

초기 갱스터 영화들은 범죄 집단들의 야비한 사업과 조직에 초점을 두었지만, 이후에는 점차 조직보다는 개인에 초점을 맞추어 갔다. 관객들은 주인공을 죽음에 이르게 하는 출세욕과 폭력성을 따라가면서 도시의 악몽을 목격한다. 아울러 검은색 정장을 차려 입은 주인공이 출세욕에 사로잡혀 산업화된 비인간적 도시에서 벌이는 총격전과 살인을 목격하면서 관객들은 무법성에 대한 묘한 쾌감도 느낀다. 죽음을 향해 내달리는 주인공의 행위를 통해 일종의 카타르시스를 느끼며 교훈을 얻는 것이다. 또한 주인공을 동정하는 여성을 기용함으로써 관객들로 하여금 주인공에 대한 동정심과 이해심을 유발하기도 하며, 주인공이 몰락할 수밖에 없는 미국 사회에 대한 비판의 시각을 담기도 한다.

갱스터 영화는 1930년대 이후 영화 검열을 강화하면서 영웅의 역할이 범죄자에서 형사 또는 탐정으로 전이하게 되며, 미국 현대 도시의 모호하고 불투명한 풍경을 헤쳐 나가는 하드 보일드 (hard-boiled)의 탐정 이야기로 변주되면서 필름 느와르의 씨를 뿌리게 된다. 갱스터 영화의 대표작으로는 마빈 르로이의 〈리틀 시저〉(*Little Caesar*), 하워드 혹스의 〈스카페이스〉(*Scarface*), 프란시

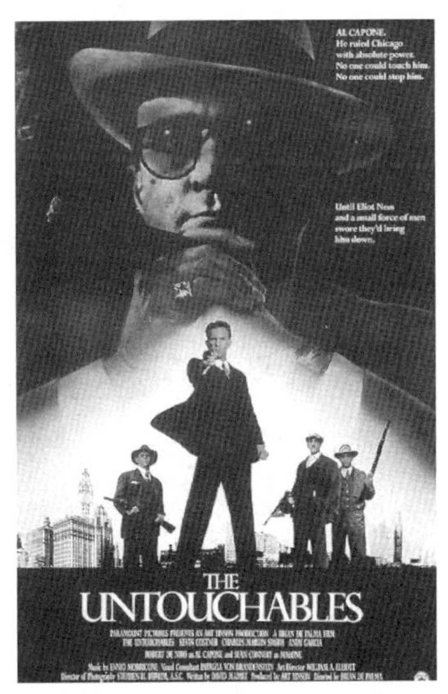

〈언터처블〉

스 코폴라의 〈대부〉(*The Godfather*), 브라이언 드 팔마의 〈언터처블〉(*The Untouchable*) 등을 들 수 있겠다.

4) 필름 느와르(Film noir)

필름 느와르는 2차 대전 후 프랑스에 소개되기 시작했던 일련의 할리우드 영화들 가운데 주로 저은 예산으로 제작된 B급 영화로서 어두운 분위기의 범죄 영화를 지칭한다. 2차 대전 후 전시에는 상영 금지되었던 40년대 초반의 미국영화들이 한꺼번에 소개되었을 때, 프랑스의 영화평론가들은 그 어둡고 음울한 일련의 흑백 범죄 영화들을 필름 느와르라고 불렀다.

필름 느와르는 하드 보일드 추리소설에서 이야기를 빌려왔다면, 시각 스타일은 독일 표현주의의 영향을 받았다고 할 수 있다. 1930년대 말과 1940년대 초에 걸쳐 전쟁의 위협은 증대되고 유태인 학살이 계속되면서 수많은 유럽 영화감독들과 기술자들이 할리우드로 건너왔고 이들 중 표현주의 계열의 감독들이 중요한 영향을 끼쳤다.

필름 느와르의 무대는 폭력과 범죄, 허무주의와 절망에 가득 찬 타락한 세계다. 이 어둠의 세계는 필름 느와르의 시각적 모티프로서 빛과 그림자의 강렬한 대비, 불균형, 불안정한 구도, 문, 블라인드, 유리창 등을 사용한 중첩된 화면 구도, 극단적인 클로즈업이나 대담한 부감 촬영 등을 통해 제시된다.

필름 느와르의 공간은 도시 지향적이다. 그것은 대개 도시의 뒷골목, 탐정 사무실, 담배 연기 자욱한 술집, 가로등이 서 있는 비에 젖은 거리로 설정되며, 극단적으로 카메라 앵글에 잡힌다. 도시의 풍경은 위험과 부패로 얼룩져 있고, 중요한 사건들은 어두운 밤에 일어나며, 예정된 액션보다는 무엇인가 일어날 듯한 불길한 예감으로 영화의 긴장감이 유지된다.

인물들의 성격은 그들의 모습을 비추는 조명이나 프레임만큼이나 불분명하게 그려진다. 이런 것들은 전체적으로 악과 긴장에 대한 정서를 강조하며, 주인공의 얼굴에는 측면 조명이 비춰짐으로써 얼굴의 한 쪽은 강조되고 다른 한 쪽은 여전히 어둠 속에서 남게 되는데, 이는 주인공의 도덕적 모호성을 시각화하고 있다.

느와르 영화의 이야기 구조는 대체로 '위험한 여자'(femme fatal)의 등장과 그녀로 인해 몰락의 길로 빠져드는 주인공의 행로가 회상 형식을 통해 전개된다. 위험한 요부는 여성에 대한 남성들의 경멸과 두려움과 환상이 뒤엉켜서 만들어진 이미지다. 고전적인 할리우드 여주인공에게 부드럽고 아름다운 조명이 비추어졌다면 느와르의 여주인공은 차가운 모습으로 어둡고 음습한 조명 속에 등장한다. 이런 여성상은 제2차 세계대전 이후 활발해진 여성들의 사회활동에 대한 남성들의 시각을 반영한 것이었다. 즉 느와르에 등장하는 여성들은 다소곳한 존재가 아니라 활동적이고 지적이며 힘이 넘치는 존재로서 남성 중심의 가치체계를 지키기 위해서는 반드시 파괴되거나 통제될 수밖에 없었다.

느와르의 남성 주인공은 암흑가 두목과 그의 정부[위험한 여자]와 삼각관계를 이룬다. 이러한 이야기 구조는 대부분의 주인공이 악당의 고용인으로 설정되며 악당의 정부가 가진 신비한 힘에 의해 배신할 수밖에 없는 상황에 이른다. 결국 주인공은 두목의 손에 목숨을 잃는 최후를 맞이한다. 필름 느와르의 줄거리에는 음모와 발전과 복선이 반드시 끼어 있기 마련이며, 이 점에서 보통의 갱스터 영화보다 훨씬 복잡하고 다층적인 내러티브 구조를 지닌다.

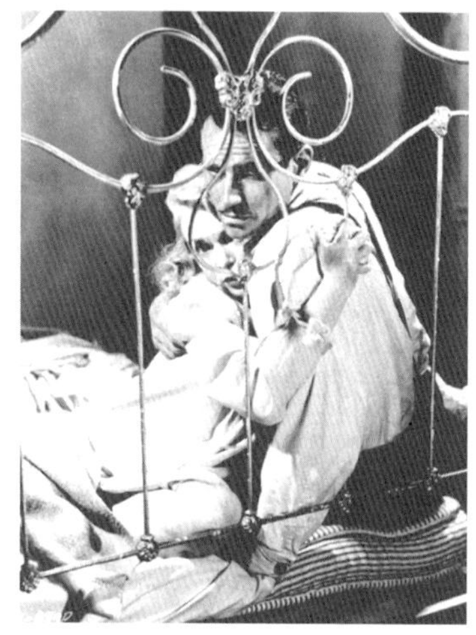

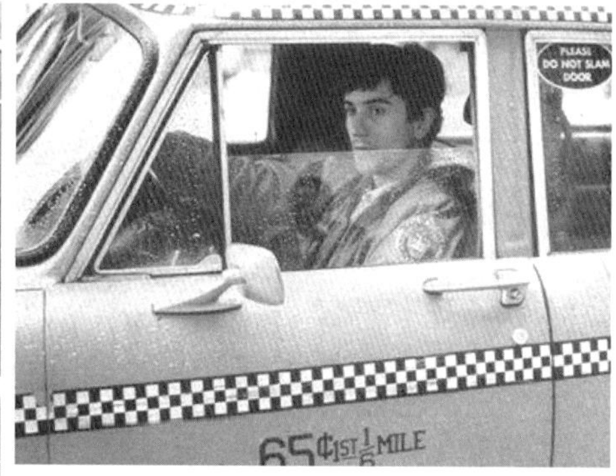

<택시 드라이버> ▲

◀ <악의 손길>

대표적인 느와르 영화에는 빌리 와일러의 <이중 면책>(*Double Indemnity*), 프리츠 랑의 <빅 히트>(*The Big Hit*), 오손 웰스의 <악의 손길>(*Touch Of Evil*), 마틴 스콜세스의 <택시 드라이버>(*Taxi Driver*) 등을 들 수 있다.

5) 뮤지컬 영화

뮤지컬은 유성 영화의 출현과 함께 가능해진 장르다. 초창기의 뮤지컬들은 브로드웨이 뮤지컬들을 그대로 답습하거나 재구성한 경우가 많았다. 연극을 재구성한 춤과 노래 사이에 간단한 줄거리가 첨가된 버라이어티쇼 형식이 대부분이었으며, 인물의 성격 창조와 드라마의 전개보다는 화려한 눈요기에 더 중점을 둔 코미디물이었다.

이러한 경향은 1930년대 MGM 스튜디오를 통해 대량으로 만들어진 뮤지컬들에서 극치를 보였다. 대공황기의 도피주의적 오락영화로서 경제 공황 이후 암울했던 미국 사회를 위로하고 국민들에게 낙관적 전망을 주

기 위해서 밝고 명랑한 뮤지컬
이 필요했으며, 또한 전쟁기에
는 외로운 미국 병사들의 향수
를 달래주기 위해서도 뮤지컬
의 화려함과 경쾌함, 그리고 도
피주의가 필요했던 것이다.

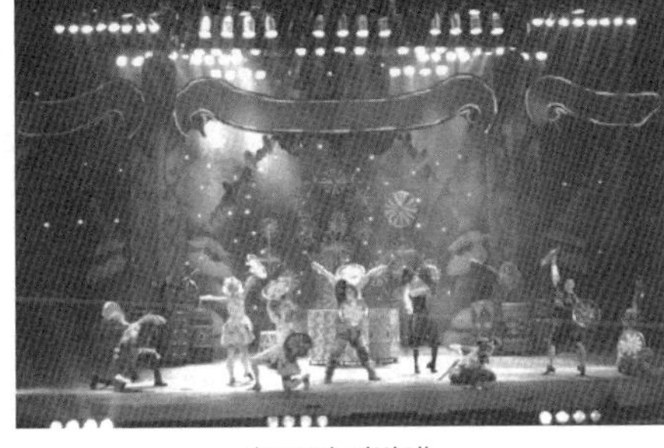
〈오즈의 마법사〉

1930년대 말에 이르러 뮤지
컬은 〈오즈의 마법사〉(*Return To Oz*)의 성공으로 아역 배우들이 등장하기
시작한다. 그리고 1950년대에 들면서부터 영화 관객층의 기호가 일상 생
활의 정서와 구체적인 현실의 묘사를 선호하는 쪽으로 바뀌고, 뮤지컬의
제작 비용이 늘어남에 따라 대작 뮤지컬 제작은 급속히 줄어들었다.

뮤지컬은 춤과 노래라는 오락의 형태를 통해 관객에게 낙관적인 전망
을 제시한다. 또한 노골적으로 통속 취미에 영합하기도 하며, 과도한 규
모와 초현실주의적 발상으로 충격을 주는 노래와 춤 장면들이 관객들을
사로잡기도 한다.

6) 서부[웨스턴] 영화

미국인들에게 황금이 있는 미지의 땅 서부는 미국적 신화가 구현될 수
있는 곳이었으며, 따라서 미국적 신화와 서정성의 토대 위에 구축된 서부
영화는 가장 미국적인 영화 장르였다. 서부 영화는 단순한 요소들, 즉
뚜렷이 대비되는 선과 악, 남자주인공의 용맹함과 희생정신, 잔인하고
비도덕적인 악당, 순진하고 예쁜 여자, 위협적인 존재의 인디언들, 코믹
하고 단순한 동네 사람들이 등장하는 권선징악의 멜로드라마다. 과거 행

적이 드러나지 않는 '고독한 서부의 사나이'인 주인공은 역경을 헤치고 의리와 용기를 발휘하며, 극의 결말에 반드시 악당을 죽임으로써 악을 물리치고 선이 승리한다는 서사 구조를 취한다. 신격화된 주인공은 사건을 해결한 뒤 다시 어디론가 떠나며, 일시적으로 위협받았던 질서는 회복된다.

1884년 에디슨에 의해 처음으로 인디언과 카우보이들이 카메라에 찍힌 이래, 그들이 살던 서부의 모습은 미국 영화에서 가장 빈번히 등장했던 소재였다. 초기에는 로데오 경기의 스타들이 서부 영화에 주인공으로 발탁되기도 하였으니, 윌리엄 하트, 톰 믹스, 켄 메이너드 같은 배우들이 20년대 서부 영화에서 활약했던 실제 로데오 스타들이었다. 20년대 후반에 들어서 할리우드는 실제 카우보이를 버리고, 진 오트리라는 시카고 출신의 가수 겸 무용수를 서부 영화에 출연시켜 노래까지 잘하는 매력적인 카우보이 상을 만들어 낸다. 그리고 해리 케리를 거쳐 30년대 할리우드는 존 포드 감독을 통해 그때까지 B급 영화에 출연했던 존 웨인을 발굴한다.

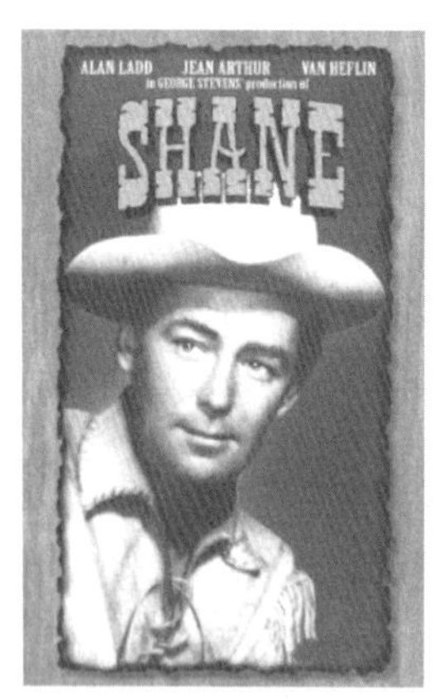

〈셰인〉

1950년대 텔레비전의 등장으로 서부 영화의 스타들이 TV 화면 속으로 옮겨 가게 되고, 서부 영화는 시련기를 맞는다. 물론 제2차 세계대전을 경험했던 미국인들은 악의 존재에 대해 실감했으며, 그 악은 반드시 격퇴되어야 했기 때문에 서부극은 〈셰인〉(Shane)처럼 선과 악을 구체적으로 등장시켜 대결 구도를 그려내기도 했지만, 60년대 월남전과 신좌파 운동을 거치면서 선이 존재하지 않는 잔혹한 마카로니 웨

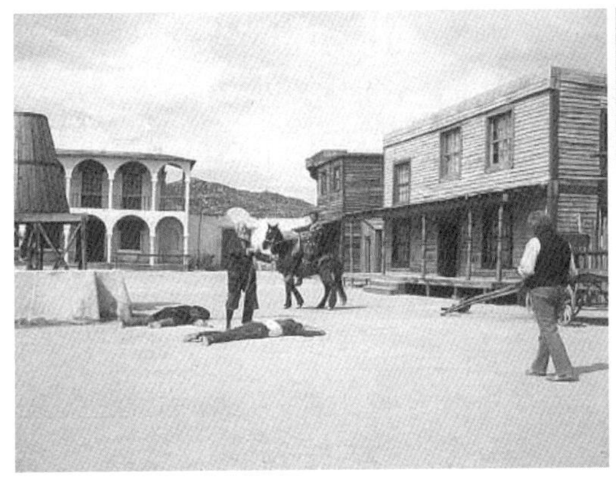
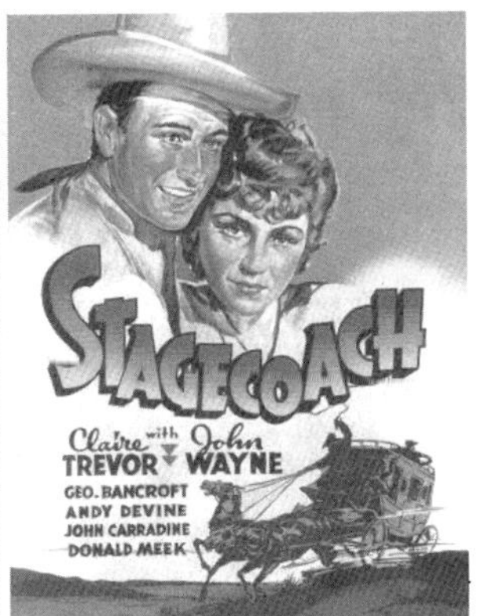

〈황야의 무법자〉   〈역마차〉

스턴으로 변질한다. 특히 〈황야의 무법자〉(*A fistful Of Dollars*), 〈석양의 건맨〉(*For A Few Dollar*)의 세르지오 레오네는 할리우드가 아닌 이탈리아에서 서부 영화를 찍은 감독이다. 그의 서부 영화에는 도덕이나 정의가 존재하지 않으며 탐욕과 시기와 복수와 살육만이 존재한다. 주인공은 현상금을 벌기 위해 총을 쏘고, 복수심 때문에 총질을 해대며, 위대했던 남북 전쟁은 물질을 탐하는 무법자들의 배경으로만 그려진다. 그런데 역설적인 것은 이렇게 변질된 서부 영화가 서부 영화의 중흥을 가져왔다는 점이다.

정통 서부 영화의 대부는 서부의 낭만과 도덕성을 주제로 〈역마차〉(*Stagecoach*), 〈추적자〉(*The Searchers*) 등을 발표한 존 포드 감독이며, 날렵한 총 솜씨를 지닌 신화적 영웅이 등장하는 정통 서부 영화가 조지 스티븐스의 〈세인〉이라면, 심리적 공포와 두려움에서 벗어나지 못한 지치고 피로한 보통사람을 퇴역 보안관으로 등장시킨 프레드 진네만의 〈하이 눈〉(*High Noon*)은 수정주의적 시각의 서부 영화다. 그런가 하면 세르지오 레오네의 〈황야의 무법자〉는 서부의 신비를 벗겨내고 서부를 탐욕과 폭력이 가득한 무법의 공간으로 묘사하면서 미국의 서부를 조롱한 이탈리아판 서부 영화며, 조지 로이 힐의 〈내일을 향해 쏴라〉(*Butch Cassidy And The Sundance Kid*), 케빈 코스트너의 〈늑대와 함께 춤을〉(*Dances with Wolves*), 클린트 이스트우드의 〈용서받지 못한 자〉(*The unforgiven*)는 반영웅적 주인공을 등장시킨 서부 영화다.

90년대 발표된 서부영화도 단지 그 배경이 서부일 뿐 낭만적 정서나 위대한 영웅은 존재하지 않는다. 〈라스트 맨 스탠딩〉(*Last Man Standing*)의 주인공은 돈을 받고 자신의 총 솜씨를 팔고, 〈와일드 와일드 웨스트〉(*Wild Wild West*)에서는 고전 서부 영화의 낭만적 영웅들이 희화된다. 한편 〈퀵 앤 데드〉(*The Quick And The Dead*)나 〈나쁜 여자들〉(*Bad Girls*)이 출시됨으로써 남성적 세계였던 서부에도 여성들이 등장하고 있다.

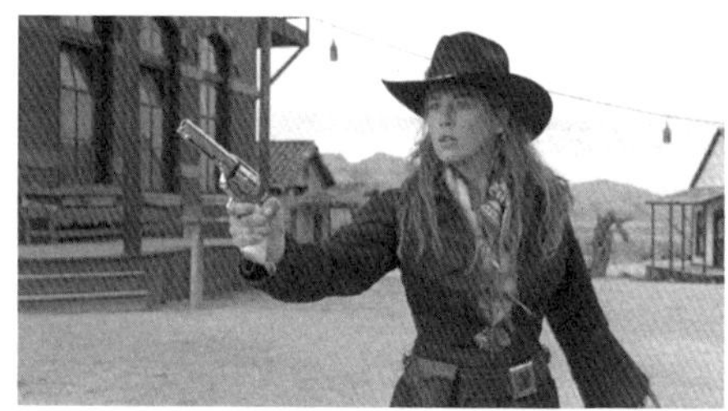

〈퀵 앤 데드〉

7) 전쟁 영화

인간이 만들어 낸 모든 것 중에서 가장 최악은 것은 전쟁일 것이다. 전쟁은 개인의 야만이 집단적으로 표출된 광기다. 그러므로 사람의 욕망을 극화하고 있는 영화 제작에서 전쟁은 가장 적절한 소재 중의 하나였다. 할리우드의 고전적 전쟁 영화의 서사 구조는 미국이라는 선과 이에 대항하는 적군의 대결이다. 적군은 편협하고 잔인하며, 미군은 유머 감각이 있고 예쁜 여자들에게 인기가 있다. 잔인하고 비인간적인 독일군과, 고문이나 약탈을 일삼고 뿔테 안경을 쓴 일본군은 대표적 적군이었다.

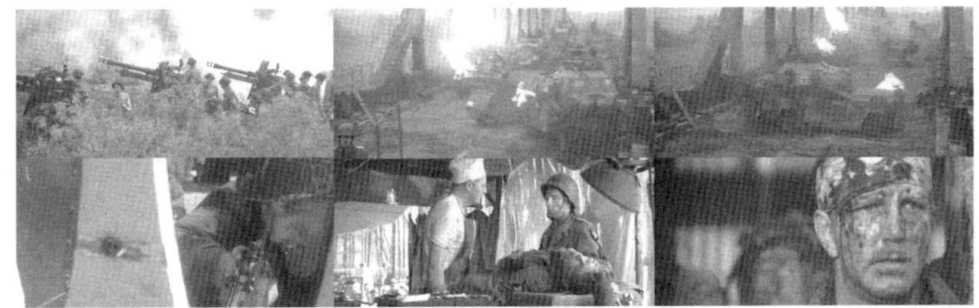

〈머나먼 다리〉

이런 식으로 유형화된 할리우드의 전쟁 영화는 관객들에게 적과 역사적 사실에 대해 왜곡된 시각을 심어 주었다. 독일군과 일본군은 인간적인 면이 거의 없는 잔인한 민족이었으며, 미군은 선을 지키고 침략에 대항하여 싸우는 좋은 사람들이었다.

제2차 세계대전을 배경으로 하고 있는 〈머나먼 다리〉(*A Bridge Too Far*)나 〈나바론 요새〉(*The Guns Of Navarone*), 〈콰이 강의 다리〉(*The Bridge On The River Kwai*) 등에서도 아군과 적군을 확실하게 구분해 놓고 적군은 섬멸되어야 할 악이었다. 공개적으로 광기가 허용된 전쟁터에서 수많은 적을 죽여야 영웅이 되는 이런 식의 영화에서 전쟁은 미화되었다. 〈머나먼 다리〉는 코넬리어스 라이언의 원작을 영화로 만든 작품으로 제2차 세계대전 당시 연합군의 '마켓 가든' 작전을 소재로 만들었는데, 당시 연합군의 치부를 드러낸 영화라는 점에서 큰 화제가 되었다. 컴퓨터 그래픽이 없던 당시에 실사로 찍은 도강(渡江) 장면이나 공수부대 작전 장면은 영화사에 남을 명장면이다. 제목이 '머나먼 다리'인 것은 '마켓 가든' 작전 목표가 독일로 진격하는 주요 다리를 점령하는 것이었기 때문이다. 〈콰이 강의 다리〉는 극에 달한 인간성 말살에 대한 이야기로 '적'과 얼굴을 맞대고 충돌했을 때 생존전략은 어떻게 무력화되며, 전쟁이라는 여정은 어떻게 개인화되는가를 그려낸다.

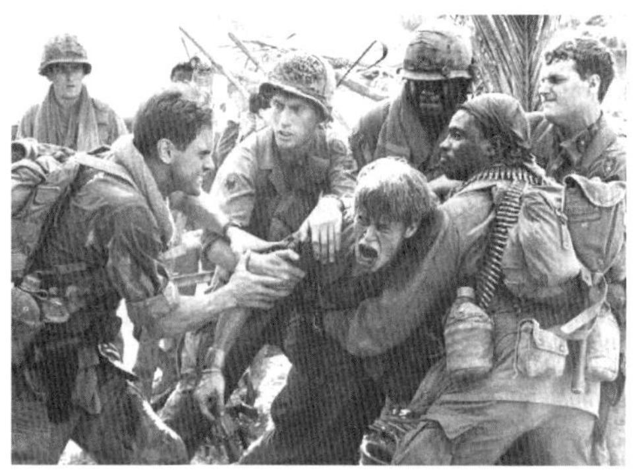

〈플래튠〉

그렇다면 미국이 공식적으로 패배했던 전쟁 베트남전은 어떻게 그려지고 있는가. 할리우드는 상반된 두 가지 모습으로 베트남전을 그려내고 있다. 그 하나는 〈람보〉(*First Blood*)에서 보여주듯 실패한 전쟁을 되돌리고 싶은 군국주의적 시각에서 베트남전을 그려낸 영화다. 이런 유형의 영화는 미국인들에게 패전의 기억을 영웅을 통해 대체시킴으로써 대리만족을 경험하게 한다. 다른 하나는 〈플래튠〉(*Platoon*)처럼 수정주의적 시각으로 베트남전을 바라본 영화다.

60년대의 미국의 정치, 사회적 풍토와 베트남전을 연결하여 실패한 전쟁임을 인정하지만 베트남인들의 시각은 철저히 배제한 채 백인의 시각으로만 전쟁을 바라보고 있다. 즉 아시아인들을 잔인한 악마나 무지한 원시인으로 묘사하고 있다는 것이다. 〈플래튠〉에서는 베트콩들이나 월맹군은 한밤중에 소리 없이 침입해 와 목숨을 위협하는 악마들로, 베트남인들은 몰개성적이고 스스로의 목소리도 없는 수동적 피해자로 제시되고 있다. 베트남전을 거치면서 파괴되어 가는 유태인 가족의 모습을 그리고 있는 〈디어 헌터〉(*The Deer Hunter*)는 전쟁의 우매함을 고발하는 영화인데, 미군 포로에게 러시안 룰렛 게임을 강요하는 베트콩 병사의 잔인하고 사악한 이미지를 통해 서구의 관객들에게 마치 아시아인들 전체가 악마의 화신인 듯한 인상을 준다. 〈지옥의 묵시록〉(*Apocalypse Now*) 역시 베트남인들과 캄보디아인들을 아프리카 토인들처럼 분장시켜 백인 신을 숭배

하는 무지한 원주민들로 제
시하고 있다.

　그런데 70년대 이후 전쟁
영화감독들은 앞서의 유형
화된 틀을 벗어내고 있다.
군은 경멸의 소재로 폄하되
기도 하고, 군대의 규율은
무시되며, 장교나 전쟁 영

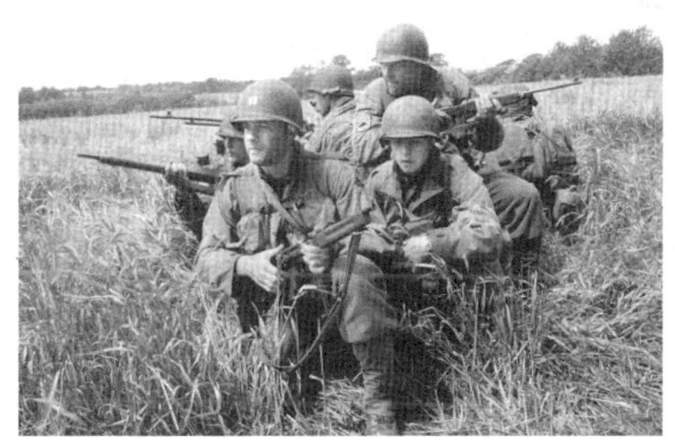

〈라이언 일병 구하기〉

웅들은 비웃음을 당하기도 한다. 스탠리 큐브릭의 〈풀 메탈 자켓〉(*Full
Metal Jacket*)은 전쟁 기계로 조련되어 죽어가는 병사들의 모습을 통해 전
쟁에 대한 냉소적 시각을 드러내고 있다.

　그런가 하면 스티븐 스필버그의 〈라이언 일병 구하기〉(*Saving Private
Ryan*)는 한 사람의 병사를 구하기 위해 다수의 희생을 감행하는 미군들의
집단적 휴머니즘을 은밀하게 강조함으로써 전쟁 영화를 통한 음흉한 애
국주의를 교묘하게 조장하고 있다. 사라져 가는 시대와 잊혀져 가는 사람
들에게 바치는 20세기 마지막 진혼곡으로 20세기와 작별하기 전에 우리
가 구해야 할 것은 과연 무엇이며, 21세기에도 여전히 간직해야 할 것이
과연 무엇인가를 성찰한다. 그래서 한 분대가 자신들의 목숨을 바쳐 찾아
내고 구해내는 '라이언'은 단순히 한 인간이나 하찮은 일등병이 아니라,
우리가 부단히 그 존재를 탐색하고 보호해야 하는 소중하고 값진 어떤
것의 상징이 된다. 또한 전쟁에 관한 시라는 찬사를 얻은 테렌스 멜릭의
〈씬 레드 라인〉(*The Thin Red Line*)은 긴박하고 사실적인 전투 장면과 전투
에 참가한 병사들의 개별적인 기억들을 병치시킨 채 자신들의 의지와 상
관없이 죽어가는 병사들을 통해 전쟁의 야만성과 폭력성을 고발하고 있

다. 제2차 세계대전의 전투를 다룬 〈그들은 소모품이었다〉(*They Were Expendable*)는 제2차 세계대전 당시 미 전시정보국 주도하에 만들어진 컨벤션의 힘을 보여주고 있다.

8) 코미디 영화

코미디는 영화 역사에서 초기에 속하는 장르 중의 하나다. 이는 스크린에 등장한 최초의 배우들이 주로 보드빌과 뮤직홀 쇼 출신들이었다는 점을 감안하면 놀라운 일이 아니다. 뤼미에르 형제의 〈물 뿌리는 정원사〉(*L Arroseur arrose*)에서 정원사가 물벼락을 맞는 장면은 영화에 삽입된 코믹함의 시초였다고 할 수 있다. 코미디는 억압된 긴장감이 안전한 방식으로 해소될 수 있는 장이거나 그러한 장을 제공한다는 점에서 사회적, 심리적으로 유용한 기능을 하는 장르다.

무성 영화의 최고의 스타는 찰리 채플린(Charles Spencer Chaplin)이다. 그는 자신의 대표작 〈키드〉(*The Kid*), 〈황금광 시대〉(*Gold Rush*)를 통해 완벽한 곡예사의 모습을 보여준다. 개인적 상황뿐만 아니라 사회적 문제와 따스한 인간애까지 화면에 담아냄으로써 영화 장르로서의 코미디의 호소력과 생명력을 인식시켜 준 채플린은 무성 영화와 유성 영화 양쪽 모두에서 인정받았던 위대한 희극 배우였다.

채플린을 통해 코미디 영화의 가능성을 찾아낸 할리우드는 1920년대는 슬랩

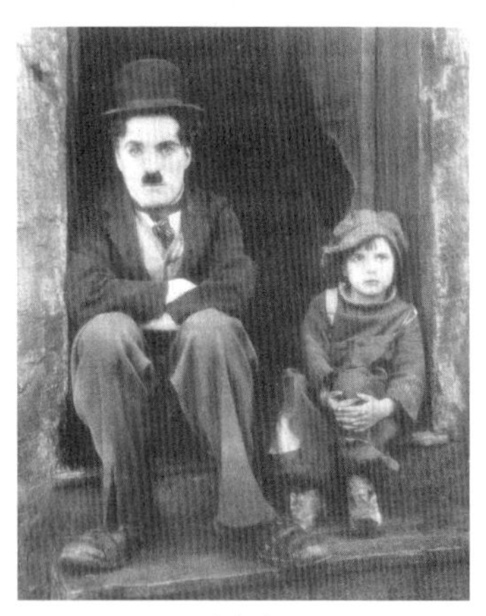

〈키드〉

스틱 코미디(Slapstick Comedy)로, 30년대는 낭만적인 스크루볼 코미디(Screwball Comedy)로 그 전성기를 이어나갔다. 40년대는 전쟁으로 말미암은 진지한 센티멘털 코미디(Sentimental Comedy)가, 50년대에는 마릴린 먼로(Marilyn Monroe)를 기용한 로맨틱 섹스 코미디(Romantic Sex Comedy)가 유행했다. 그리고 60년대 이후 코미디가 위트를 잃게 되면서 블랙 코미디(Black Comedy)가 성행한다. 특히 젊은 관객들은 신성시되던 모든 권위에 대한 도전과 공격이라는 무거운 주제를 재치와 익살로 풍자했던 블랙 코미디에 열광했다. 핵무기로 인한 대학살을 풍자한 스탠리 큐브릭의 〈닥터 스트레인지러브〉(*Dr. Strangelove*), 미국 중산층의 위선과 관습에 대한 신랄한 공격을 보여준 마이클 니콜스의 〈졸업〉(*The Graduate*), 한국 전쟁 시 이동 야전 병원 직원들의 행태를 통해 전쟁, 성, 생명 등에 관한 냉소적인 비평을 가했던 로버트 알트만의 〈매쉬〉(*Mash*)는 블랙 코미디의 대표작들이다. 70년대는 우디 앨런(Woody Allen)식 코미디가 인정을 받았다. 그의 코미디는 지적이며 수준 높은 영화팬, 특히 대학생 측에 어필했다. 검열에 의해 금지 당한 장면, 오래된 뉴스 영화 필름, 과거 영화의 패러디 장면과 개그 동작, 그리고 조직된 인터뷰 등을 합성시켜 저질 개그의 수준을 높이 상승시켜 놓았다.

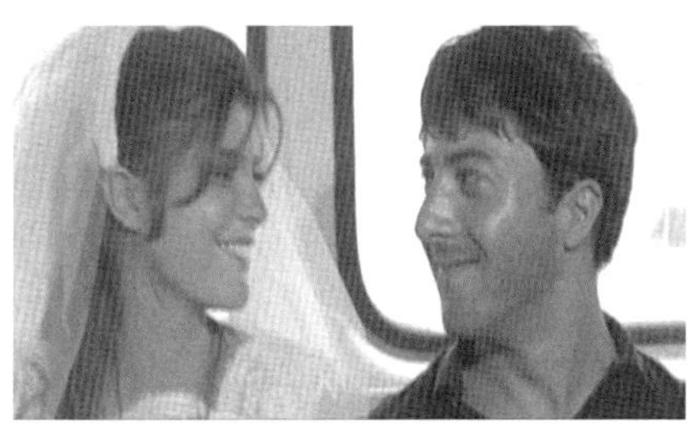

〈졸업〉

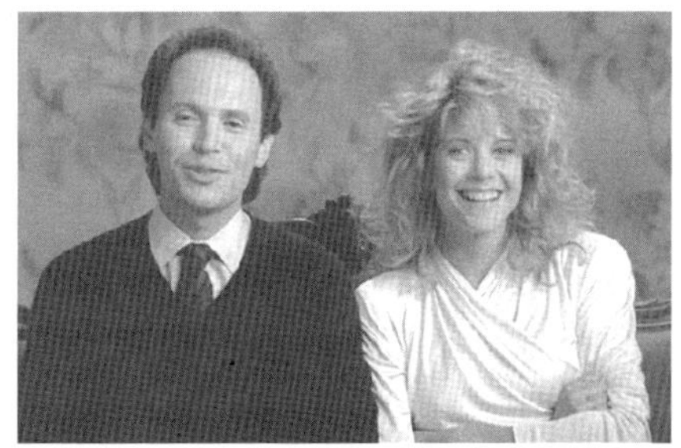

〈해리가 샐리를 만났을 때〉

80년대에 들어와 〈고스트 버

스터즈〉(*Ghostbusters*)와 같이 코미디는 SF와 만나면서 새로운 모습으로 발전하였고, 90년대의 코미디는 〈해리가 샐리를 만났을 때〉(*When Harry Met Sally*)와 같이 섹슈얼리티(sexuality)가 가미된 로맨틱한 내용과 결합한다. 그런가 하면 〈아담스 패밀리〉(*Addams Family*)처럼 컬트와 결합한 코미디도 등장한다.

9) 공포 영화

오랜 시간 동안 공포 영화는 소수의 마니아들에게만 통용되었으며, 영화 장르의 주변부에 머물러 왔었다. 그러나 최근에 화려하게 부활한 공포 영화는 이제 충분한 상업적 성공을 보장하는 중심부에 자리하게 되었다. 최근의 공포 영화는 10대들의 감성을 고스란히 담아내는 유형을 채택하거나, 다양한 장르들을 혼용하면서 젊은 관객층을 사로잡고 있다. 80년대까지만 해도 주변부에 머물렀던 공포 영화는 그 장르적 성격상 포괄적인 관객층을 확보하는 데는 한계가 있었던 장르였다. 예컨대 무서운 것을 좋아하는 사람들의 수가 한정되어 있으므로 자연히 대중성을 확보하지 못한 채 저예산 자본으로 제작되기 때문에 B급 수준에 머무르고 만 유사한 영화들이 반복적으로 출시되었다. 또한 상업성과 결탁한 시리즈의 남발과 반복되는 서사 구조로 인한 식상함 때문에 공포 영화는 더 이상 발전하지 못했다.

그러나 90년대에 들어와 공포 영화는 하위 장르의 오명을 벗고 극장가에 당당히 내걸리게 되었다. 공포 영화의 이러한 흥행의 성공비결은 무엇인가.

첫째, 십대 관객들을 겨냥하여 십대 스타들을 기용함으로써 그들의 감수성을 적절하게 담아냈다. 살인과 공포를 통해 현실과 미래에 대한 십대들 특유의 불안감 및 양심의 가책 등을 전달하고 있다.

둘째, 과거 공포 영화의 장르적 관습을 의도적으로 언급하고 동시에 이를 해체하여 패러디함으로써 새로운 규칙을 확립하였다.

셋째, 누가 진짜 범인이지 알 수 없게 하는 스릴러적 구조를 추가함으로써 영화의 긴장도를 배가하였다.

넷째, 다양한 장르 영화의 규칙들을 혼성함으로써 공포 영화의 경계를 확장하고 있다.

1970년대 말, 미국에서는 토니 커티스의 딸인 제이미 리 커티스를 여주인공으로 한 값싼 제작비의 공포영화 〈할로윈〉(*Halloween*)이 뜻밖에 대히트를 해 영화계를 놀라게 했다. 이 영화는 할로윈 이브에 정신병원에서 탈출한 정신병자가 고향에 돌아와 가면을 쓰고 제이미 리 커티스의 가족을 살해하려고 한다는 내용인데, 특이한 것은 아무리 죽여도 그는 불사신처럼 다시 살아나 끊임없이 칼을 들고 쫓아온다는 것이다. 그때마다 관객들은 공포의 비명을 지르면서 마치 현실처럼 두려움과 스릴을 느꼈다. 즉 관객들이 이 영화에서 매료된 부분은 다름 아닌 악마의 불사성(不死性)이었다. 1980년대에 미국에서는 〈나이트메어〉(*A Nightmare On Elm Street*)가 화제가 되기 시작하면서 공전의 대히트를 하였는데, 아이들이 잠만 들면 프레디 크루거라는 가위손을 가진 악의 화신이 나타나 쫓아오는 악몽을 꾼다는 내용이다. 사회 억압적 구조에 대한 분석과 직관이 탁월했던 공포 영화의 대가 웨스 크레이븐은 1990년대에 들어와 〈스크림 1,2〉(*Scream*)를 통해 80년대 〈나이트메어〉에서 시도했던 자신의 슬래셔 무비(Slasher Movies)의 장르적 관습인 시점 숏, 기괴한 사운드, 잔인한 살해, 그리고 섹스의 혼합을 해체하고 재구성함으로써 새로운 유

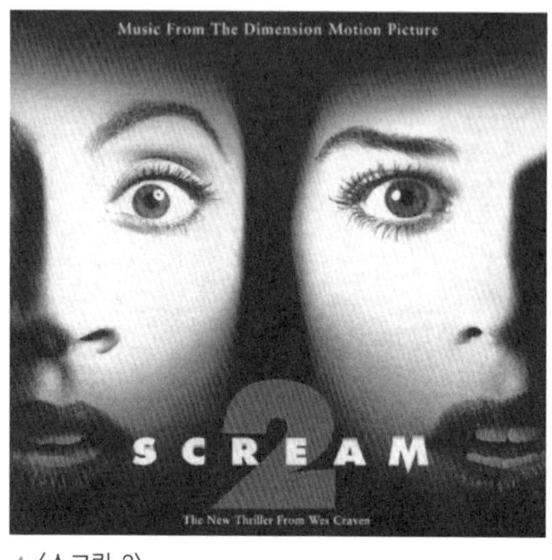

▲ 〈스크림 2〉

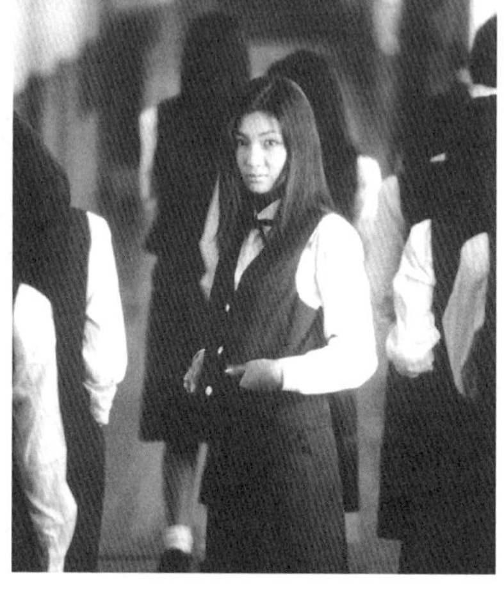
〈여고괴담〉 ▶

형의 공포 영화를 선보였다. 또한 〈스크림〉시리즈와 〈나는 네가 지난 여름에 한 일을 알고 있다〉(*I Know What You Did Last Summer*)를 통해 할리우드 최고의 공포 영화 시나리오 작가로 인정받고 있는 케빈 윌리엄스와 손잡고 〈황혼에서 새벽까지〉(*From Dusk Till Dawn*) 같은 혼성 장르적 공포 영화를 만들기도 했다. 그밖에 할리우드 공포 영화감독들에는 〈패컬티〉(*The Faculty*)를 만든 로버트 로드리게스, 〈슬레이어〉(*Vampires*)와 〈H20〉(*Halloween 7*)의 존 카펜터 등을 들 수 있다.

한편 한국의 공포 영화에서 그 단골 소재는 추상적 한을 담아내는 것이었다. 그러나 이제 일상성 뒤의 비정상성을 고발하고 억압적이고 폐쇄적인 공간인 학교에서 벌어지는 제도적 억압을 다룸으로써 과거의 추상적 한을 뛰어넘어 현실 비판의 주제까지 담아내고 있는 작품이 나타났으니 박기형의 〈여고괴담〉이 그것이다. 그리고 우연히 발생하는 살인 사건과 이에 대처하는 가족들의 무능력함과 판단력을 상실한 채 지극히 주관적인 예단을 통해 현실과 직면하는 한 가족의 모습을 통해 경직된 사회를 우회적으로 조롱하는 김지운의 〈조용한 가족〉 등이 90년대 공포 영화를 선도하고 있다. 특히 이들 영화들은 현실에서는 가능하지 않는 상상 속의 사건이나 인물들을 등장시켜 현실과 상상의 경계를 넘나드는 판타지 영화에 속한다는 점에서 공포 영화의 표현 지평을 새롭게 확장하고 있다는 점에 수복할 필요가 있나.

10) 판타지(Fantasy) / SF 영화(Science Fiction Films)

최초의 판타지 영화가 영화의 탄생과 거의 그 시기를 같이 함에도 불구하고 현재 대부분의 관객들은 2000년대 이후에 만들어진 〈해리포터〉 시리즈와 〈반지의 제왕〉 시리즈와 같은 부류의 영화들만 판타지 영화라고 여기는 것은 이들 작품들이 비슷한 시기에 등장해서, 고도의 디지털기술로 압도적 시각적 환상성을 제공하면서, 판타지 소설로부터 비롯된 비슷한 서사 구조와 형태로 만들어졌다는 공통점을 지닌 일련의 작품군을 형성했기 때문이다. 히트상품이 등장하면 어김없이 동종의 유사품들이 등장하여 유행이 만들어지기 마련이다. 영화산업에서는 이런 경향이 더욱 뚜렷하게 보인다. 이런 이유로 2000년대에 들어 전세계적으로 수많은 판타지

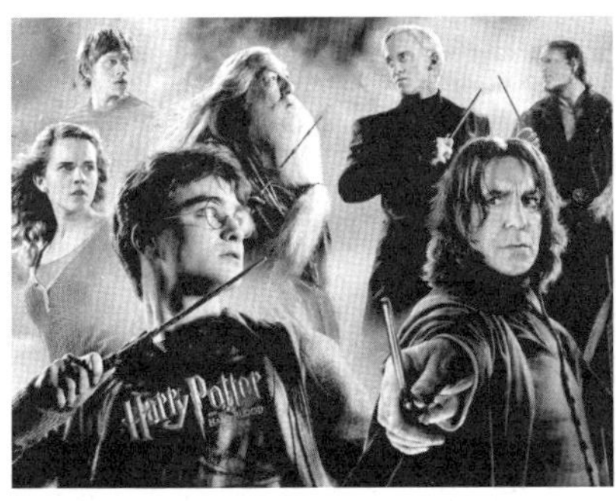

〈해리포터〉

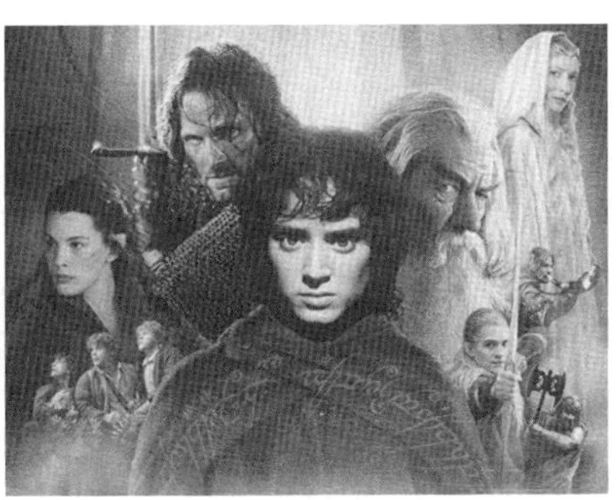

〈반지의 제왕〉

영화가 만들어졌고 이 때 등장한 영화들로부터 판타지 영화가 시작된 것으로 인지되었던 탓에 판타지 영화가 최근에 등장한 장르로 여겨지고 있다.

판타지 영화가 〈달세계 여행〉(*Le Voyage Dans La Lune*, 1902)으로부터 시작되었지만 그 뿌리는 훨씬 이전으로 거슬러 올라간다. 판타지 영화가 판타지 소설에서 이야기를 가져와 재창조되었음은 이미 널리 알려진 사실이다. 판타지 소설은 대표적인 장르문학으로 일정한 스토리 유형과 소재 등의 특징을 드리낸다. 가깝게는 우리에세노 친숙한 J.R.R 톨킨이나 윌리암 모리스 등이 판타지라는 장르의 특성을 정형화한 대표주자로 손꼽히는데, 보다 이전으로 시선을 돌리면 신비주의적이면서도 초자연적인 요소가 농후한 독일 낭만주의 문학과 영국, 프랑스의 고딕소설이나 각종 동화, 더 나아가서는 중세 소작농들의 일상에 설화적 바탕을 둔 민담이나 아서왕 로망스를 위시한 봉건귀족계급의 기사문학까지 판타지는 그 길고도 여러 갈래로 분화된 뿌리를 뻗치고 있다.

일반적으로 공포 영화가 신화, 전설, 민담 등에서 소재를 구하는 면이 강하다면, SF의 주요 대상은 과학 기술 문명이다. SF 영화 초기의 예는 조르주 멜리어스의 〈달세계 여행〉까지 거슬러 올라갈 수 있지만, 50년대 이전까지는 프리츠 랑의 〈메트로폴리스〉(*Metropolis*)나 윌리엄 멘지스의 〈미래의 모습〉(*The Shape of Things to Come*) 정도를 손꼽을 수 있다. 그리고 1950년대에 이르러서야 SF 영화는 할리우드의 장르로 형성되는데, 50년 이후 SF 영화의 주된 경향은 인간이 외계인의 침입을 받아 위기에 처한다는 쪽으로 바뀌게 된다.

50년대 미국은 냉전의 이데올로기가 그 절정에 달한 시기였고 메커시즘에 의한 마녀사냥 식 공산주의자 색출, 핵무기의 공포, 전체주의적 정권의 불안 등이 영화 제작에 반영되면서 외계인이 미국을 위협하는 이야

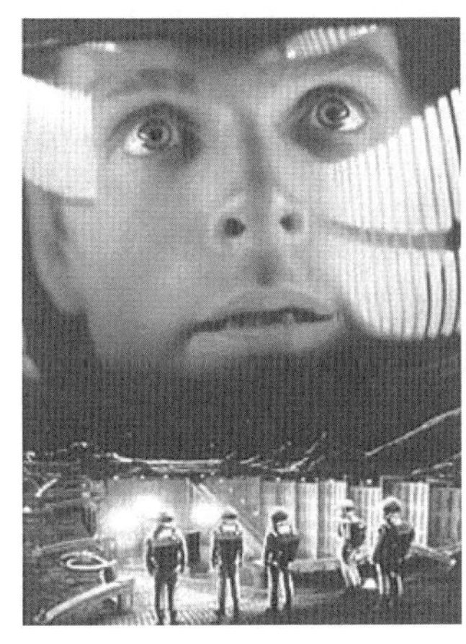
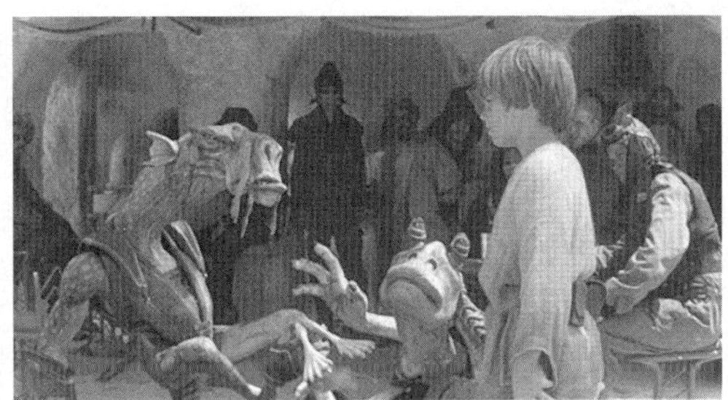

◀〈2001년 우주의 오디세이〉

기들이 유행했다. 60년대 SF 영화는 스탠리 큐브릭의 〈2001년 우주의 오디세이〉(2001:*A Space Odyssey*)가 대표적 작품으로서 테크놀로지에 대한 인간의 신뢰와 인간의 우위성에 대한 심각한 의문을 제기하고 있다. 70년대에 들어오면서 SF 영화의 역사는 그 장르에 대한 고유한 관습의 축적과 발전보다는 다른 장르와의 끊임없는 접합으로 이어진다. 예를 들면 〈스타워즈〉(*Star Wars*) 이후 계속 변종이 만들어지는 액션-모험-SF 영화의 출현과, 80년대의 SF와 호러 장르의 결합 등이나.

장르 전체로 볼 때 SF는 테크놀로지에 대하여 두 가지 상반된 입장을 취한다. 과학 기술이 궁극적으로 문명의 진보를 보장할 것이라는 낙관적인 견해와, 과학 기술이 지닌 파괴적인 측면에 대한 경고에 주목하는 비관적인 견해가 그것이다. 대부분의 SF 영화들은 당대 사회에 대한 은유로 읽힐 수 있다는 점에서 문명 비판적이다. 50년대 메카시 선풍과 냉전 시대의 불안이 외계인의 침략으로 그려진 것이나 7, 80년대 평화의 시대에 맞춰 개별적 외계인을 향해 충분히 개방적인 태도를 가진 영화들이 속속 제작된 것이 이를 뒷받침한다.

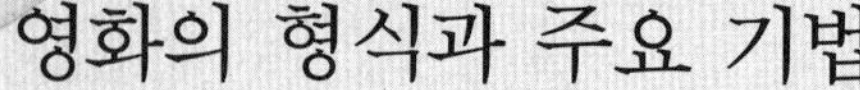

제2장

영화의 형식과 주요 기법

1. 미장센(Mise en scène)

영화 예술의 기법 중 관객들에게 가장 익숙한 것은 미장센(Mise en scène)이다. 한 편의 영화를 관람한 뒤, 우리는 흔히 편집이나 카메라 움직임, 심지어 음악까지를 기억하지 못하는 경우가 많다. 그러나 이와 대조적으로 영화 속 특정 장면들은 거의 확실히 기억하는 경우가 많다. 특정 장면 속에서 주인공의 표정, 그가 입었던 의상, 걸음걸이, 주인공과 다른 인물들과의 관계, 그리고 이 모든 것을 아우르는 전체적 분위기 등은 오래도록 기억할 수 있다.

미장센은 '무대 위의 배치'라는 뜻이다. 글자 그대로의 의미처럼 미장센은 연극에서 '연출'과 '무대장치'를 혼합한 의미로서, 연출가에 의해 사건을 무대화하기 위해 한 장면에 배치되는 등장인물들과 그 배경까지 아우르는 개념이다. 따라서 영화에서도 연극 무대 구성 기법들을 주로 이용하여 화면에 담아내는 방식을 의미하며, 감독이 카메라에 담아내는 화면 구성, 배경 설정, 조명, 의상, 색채, 그리고 등장인물의 행위까지를 포괄하는 의미로 사용된다.

영화적 화면 구성은 회화와 영화가 맞물리는 지점이다. 감독은 정지된 그림의 연속적 작업을 통해 장면을 완성하고, 관객들은 감독이 화면의 각 정지된 일련의 그림 속에 무엇을 어떻게 담아내느냐를 이해함으로써 그 장면을 통해 무엇을 강조하는가를 읽어낼 수 있다. 따라서 장면 구성은 미학적·수사적 장치이면서, 동시에 주제를 전달하는 틀로 기능한다.

1) 시간

감독들은 각 숏이 얼마나 오랫동안 화면 속에 정지해야 하는지를 결정해야 한다. 이때의 시간은 사건의 전체적인 리듬과 밀접한 관계를 지닌다. 긴박하고 경쾌한 사건은 빠른 장면 전환과 리듬 위에 구축되며, 차분하고 일상적인 사건은 느린 리듬 위에 작은 움직임들로 표현된다. 즉 모든 숏은 적절한 화면 지속 시간을 지닌다. 영화가 등장한 초기에는 대체로 긴 지속 시간에 의존했으며, 1910년대에 들어와서는 연속 편집이 가능해지면서 숏의 길이가 짧아졌다.

감독은 하나의 신을 하나 또는 몇 개의 테이크로 표현할 수 있다. 이 경우 롱 테이크는 롱 숏이나 미디엄 숏으로 주로 담아내며, 관객은 특별히 흥미 있는 부분을 찾아 살펴 볼 수 있다. 최근에는 클로즈업으로 촬영되고 테이크가 짧아지는 경향이 있는데 텔레비전의 영향 때문이다. 흔히 1시간 30분 정도의 영화라면 평균 600~700개의 숏으로 구성되기 때문에 테이크의 평균 길이는 대략 8~9초에 해당된다. 대부분의 상업영화는 이 수준을 지키고 있지만, 몇몇의 영화 작가는 몇 분 단위로 길이를 따져야

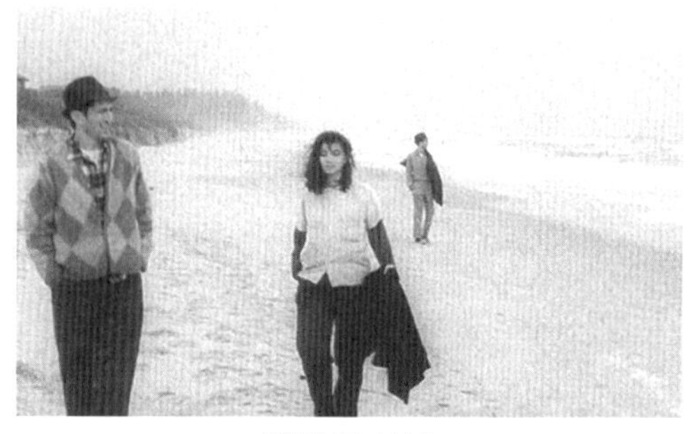

〈천국보다 낯선〉

할 만큼 비정상적으로 긴 롱 테이크(Long Take)를 사용하기도 한다. 인간은 5초면 스크린이나 영상에서 정보를 획득하기 때문에 영상이 컷 없이 지속될 경우 대부분은 지루함을 느낀다. 그러나 일정한 시간이 흐른 뒤에는 다시 롱 테이크의 의미를 찾기 위해 화면의 정보 사냥에 몰입하게 된다. 즉 정서적 몰입이 아닌 이성적 몰입을 통해 의미를 찾게 된다. 따라서 이 경우 관객은 이미지나 줄거리를 수동적으로 받아들이는 존재가 아니라 영화를 체험하는 존재, 다시 해독하는 존재가 된다.

롱 테이크의 가장 대표적인 예로 안드레이 타르코프스키의 〈희생〉, 짐 자무쉬의 〈천국보다 낯선〉의 첫 장면과 임권택의 〈서편제〉 등이 손꼽힌다.

2) 공간

영화 장면 구도 속의 특정 부분은 상징적인 의미를 지니고 있다. 연극에서 무대가 그 구역 별로 특정한 정서를 전달하듯이, 영화 화면의 공간들에서도 가운데, 위, 아래, 가장자리는 각각 특유의 독자적 의미를 지닌다. 따라서 감독은 화면의 특정 부분에 배우나 대상물을 배치함으로써 그 배우와 대상물에 대한 자신의 주장을 담아내게 된다.

화면의 가운데는 가장 강력한 시각적 효과를 지니고 있다. 그래서 그 장면의 중심이 되는 경우가 많다. 마치 사진을 찍을 때 사진의 중심에 인물을 담아내는 것처럼, 감독들도 가장 중요한 시각적 정보를 화면 중앙에 배치한다.

화면의 위 부분은 힘을 상징한다. 위 부분에 배치된 인물들은 화면 아래에 놓여 있는 인물들이나 대상물들을 통제하는 것처럼 드러나며, 그곳에 배치된 인물들은 권위와 장엄함을 부여받고 있다. 또한 위 부분은 시각적으로 무거움을 암시하기 때문에 화면의 균형을 유지하기 위해서는 화면의 밑 부분에 비중을 두어 무게 중심을 낮게 유지해야 안정된 화면을 확보할 수 있다.

화면의 아래 부분은 무력함과 나약함, 그리고 굴종을 상징한다. 따라서 같은 화면에 비슷한 크기의 두 사람이 등장한다면 화면 아래에 배치된 인물은 위쪽에 배치된 인물의 지배를 받거나 그 사람에게 의존하고 있는 인물임을 암시하게 된다.

화면의 변두리는 미약함, 어두움, 미지의 것, 그리고 부적응 등을 상징한다. 예컨대 한 사람이 등장하는 화면에서 그 사람을 중앙에 배치하지 않고 변두리에 두고 촬영함으로써 감독은 그 인물의 부적응성을 암시힐 수 있다.

화면의 좌우도 무게가 다르다. 연극의 무대 구역 정서에서도 확인할 수 있듯이 왼쪽은 가볍고 밝은 느낌을 주며, 오른쪽은 무겁고 어두운 느낌을 준다. 이는 무지개의 분광이 밝은 색에서 어두운 색으로 나뉘는 것과 같은 이유에서다. 실제로 우리는 그림을 감상할 때나 방안을 둘러볼 때 화면이나 장면의 구성 요소가 그 중요성에서 차이가 없을 때 왼쪽에서 오른쪽으로 보게 된다. 사람들의 시선이 일반적으로 가볍고 밝은 곳으로 먼저 향하기 때문이다.

그리고 등장인물이 화면에 잡히지 않고 목소리만 들린다거나, 카메라의 패닝이나 트래킹을 통하여 화면에서 빠져나갔다가 다시 잡히는 경우가 있다. 이것은 등장인물의 공간적 불안정성을 표현한다. 이런 식의 화면 구성은 등장인물이 그가 속한 사회나 조직에서 적응하지 못하고 소외되고 있다는 점을 보여준다.

화면 속에서 공간의 크기도 상징성을 띤다. 일반적으로 가까운 숏일수록 피사체는 통제되거나 부자유스러운 경향을 보인다. 이에 반해 먼 거리 숏은 자유로움과 평화를 암시한다.

예컨대 〈쇼생크 탈출〉(*The Shawshank Redemption*)에서 감옥 장면들은 주로 클로즈업이나 미디엄 숏으로 찍고, 주인공이 탈출에 성공한 뒤 비를 맞으며 환호하는 장면과 마지막 장면의 해변 풍경은 먼 거리 숏으로 잡아준다. 곧 감독은 공간의 크기를 통해 주인공의 정신적 해방감과 자유를 표현하고 있는 것이다.

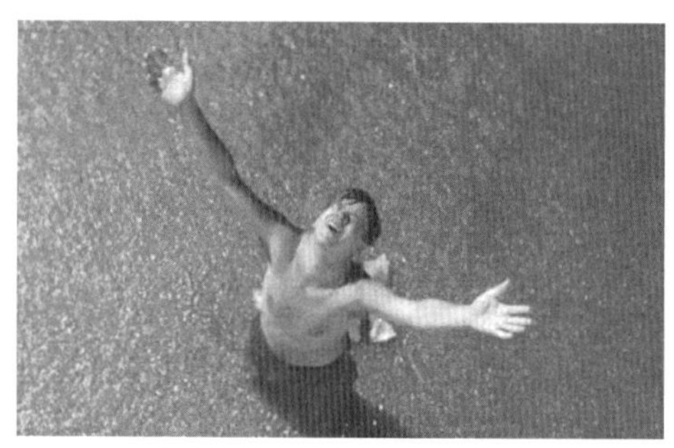

〈쇼생크 탈출〉

또한 공간의 크기는 관객과 화면 속 배우와의 심리적 원근감을 결정한다. 개인적이고 은밀함을 느낄 수 있는 친밀한 거리는 가까운 숏을 통해 확보되며, 사회적인 거리는 미디엄 숏과 풀 숏에 의해, 그리고 공적인 거리는 롱 숏과 익스트림 롱 숏에 의해 표현된다.

이를테면 화면 가득 한 인물이 클로즈업 될 때 관객들은 그 인물과 친근한 관계에 놓이는 것을 느낀다. 그런데 이때 만약 그가 혐오감을 주는 인물이라면 그가 관객의 공간을 침입했다는 느낌 때문에 불안해지기도 한다. 그리고 멀리 찍힌 인물에서는 정서적으로 중립을 유지할 수 있게 된다. 〈서편제〉의 가장 유명한 롱 테이크 장면에서 관객들은 익스트림 롱 숏으로 잡힌 세 사람의 노랫가락을 편안하게 감상하다가 점점 가까운 거리로 접근해 옴에 따라 그들

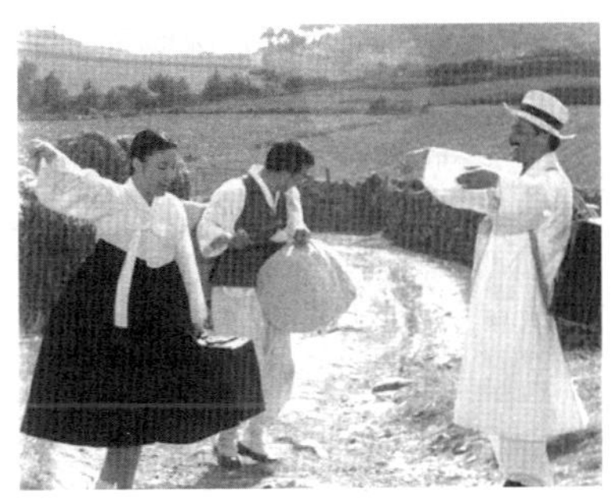

〈서편제〉

의 애틋한 심정을 마치 자신들의 일처럼 느끼게 된다.

3) 움직임

영화(movie)라는 말 자체는 영화의 움직임을 강조하고 있다. 또한 시네마(cinema)라는 영어 단어 역시 '운동에 관한'(kinetic)이라는 의미에 그 기원을 두고 있다. 따라서 영화에서의 움직임은 영화라는 예술의 가장 중요한 골격이 되는 요소다. 감독들은 특정한 움직임이 담아내는 의미를 적절히 배치하여 주제를 효과적으로 전달하고 있다.

먼저 상하 움직임으로 화면의 특정 구역이 지니는 정서와 마찬가지로 화면 위로 움직이는 동작과 아래를 향해 움직이는 동작은 그 의미가 다르다. 예컨대 부감(俯瞰) 앵글로 잡고 있는 화면에서 한 인물이 계단을 달려서 올라가고 있는 동작은 그의 탈출 열망이나 자유를 향한 행동으로 비치며, 앙각(仰角) 앵글로 잡아 준 화면에서 엘리베이터를 타고 내려오는 인물의 모습은 주위를 억압하는 인상을 주는 움직임이다.

다음으로 좌우 움직임을 들 수 있다. 사람의 시선은 대체로 좌에서 우로 움직이기 때문에 화면 속에서 사람이 왼쪽에서 오른쪽으로 움직일 때

대단히 자연스럽게 보인다. 그러나 반대로 오른쪽에서 왼쪽으로 달려갈 때는 긴박하거나 불안에 휩싸인 심경을 드러내 준다. 그래서 흔히 주인공들의 움직임은 왼쪽에서 오른쪽으로, 그의 적수의 움직임은 오른쪽에서 왼쪽으로 배치되는 경우가 많다.

또한 피사체가 카메라로 다가오는 움직임은 이를 지켜보는 관객에게 매우 강한 시각적 인상을 준다. 이때 그 인물이 우호적인 사람이라면 관객은 황홀감이나 매력을 느낄 것이며, 반대로 적대적인 사람이라면 자신의 영역을 침범 당하고 있다는 느낌 때문에 불안하고 두려워 할 것이다. 카메라에서 멀어지는 동작은 이와 반대의 느낌을 준다.

한편 감독이 화면 속의 피사체를 어떤 숏으로 잡아내느냐에 따라 움직임의 강도가 달라진다. 흔히 극단적으로 먼 거리에서 피사체를 잡아줄 때 피사체의 움직임이 강조되는 것으로 생각할 수 있다. 그러나 사실은 그와 반대일 경우가 더 많다. 오히려 클로즈업 장면에서 화면 가득히 얼굴을 담아낼 때 더욱 광범위하고 풍부한 움직임을 전달할 수 있다.

4) 선과 구도

화면 속의 선들은 각자의 운동 방향이 있다. 수직선과 수평선은 정지한 것처럼 보여도 실제로 관객들은 그 운동을 느낄 수 있다. 수평선은 왼쪽에서 오른쪽으로, 수직선은 아래에서 위로 움직이는 경향이 있다. 사선은 좀 더 역동적이어서 팽팽한 사선으로 이루어진 영상은 인물의 내면적 초조감을 효과적으로 전달할 수 있다.

화면 속의 인물 배열에서 가장 효과적인 것은 삼각형의 배열이다. 이 경우 관객의 시선은 양쪽 끝의 인물들 사이로 오가다가 삼각형의 정점에 위치한 인물에게 집중하게 된다. 또한 삼각 구도는 시각 요소들을 활성화 시키고 그 균형을 계속 파괴하며, 소재를 변화 있게 만드는 효과를 준다. 일반적으로 홀수 단위의 구도는 대체로 이런 효과를 낸다.

또한 화면을 구성할 때 감독은 중심인물의 자세와 위치, 즉 구도를 어 떻게 설정할 것인가를 연구해야 한다. 이것은 관객들의 시선을 집중시키 는 문제와 연관되기 때문이다. 그래서 배우의 자세가 열려 있으면 있을수 록, 즉 배우가 관객을 정면으로 바라보고 있으면 있을수록 그 인물은 관 객의 주의를 보다 많이 끌게 된다.

일반적으로 관객을 향한 배우의 자세는 네 가지로 나누어진다. 관객을 정면으로 대하고 있는 자세, 그 다음이 1/4 정도 관객으로부터 돌아 선 자세, 옆얼굴 3/4 정도 돌아 선 자세, 관객에게 완전히 등을 돌린 자세가 그것이다. 그리고 이 순서로 배우가 관객을 향하고 있는 각도에 따라 관 객의 시선을 끄는 강도가 결정된다.

또한 서 있는 자세는 앉아 있는 자세보다 우세하며, 꼿꼿한 자세는 웅 크린 자세보다 관객의 시선을 많이 끌게 된다.

5) 의상과 분장

의상은 연기자가 직접 착용하는 것으로, 시각적으로 연기자와 의상은 가장 밀접한 관계를 이룬다. 등장인물이 착용하는 의상은 그 사람의 외형 적 장식이라는 역할을 넘어서 내면의 심리까지 전달하는 이미지며 메타 포로 기능한다. 또한 의상은 영화 전체의 효과에 색채, 형태, 질감, 상징 등을 부여한다.

개인이 선택하고 착용하는 의상은 바로 그 사람에 대한 정보를 다른 사람에게 전달하는 기호로 작용한다. 실제로 영화 속 의상은 그 착용자의 상징적 기호로서 기능하고 있다. 예컨대 젊은 사람들이 착용하는 밝은 색의 평상복은 그들의 자유분방함을 나타내며, 전문직에 종사하는 사람들이 입는 짙은 감색 양복은 그들의 보수적 성향 및 권위적 사고방식을 나타낸다. 또한 여성의 치마는 일상 활동에서 신중하고 조심할 것을 강조하며, 남성의 바지는 활달하고 적극적인 활동을 강조한다. 법관의 법복은 위엄과 지혜를 나타내기 위한 색깔과 형태를 취하고 있으며, 군인의 군복은 절제와 일사불란한 통제 및 소속감을 나타내기 위해 착용된다. 이렇듯 개인이 착용하는 의상은 그의 신분, 지위, 생별, 직업, 성격 등을 나타낸다.

의상 소도구 역시 등장인물의 성격과 그 성격으로 인한 영화 서사 구조의 진행 양식까지를 보여준다. 예컨대 페데리코 펠리니의 〈달콤한 인생〉(*La Dolce Vita*)의 주인공 마르첼로가 즐겨 착용하는 검은 선글라스는 주인공의 성격을 대변한다. 즉 검은 선글라스는 그가 외부세계로부터 자신을 감추려고 하며, 세상을 보는 시각이 왜곡되어 있음을 보여주는 소도구다.

그리고 의상에 이용되는 선은 시대와 국가에 따라 다르며, 선의 방향과 모양에 따라 상이한 느낌을 전달한다. 수직선은 수평선과 전혀 다른 느낌을 주며, 직선은 곡선과 정 반대의 느낌을 준다. 또한 의상의 색깔은 등장인물들의 성격이나 지위를 나타낼 뿐만 아니라 인물 상호 관계를 나타낸다. 따스한 색과 차

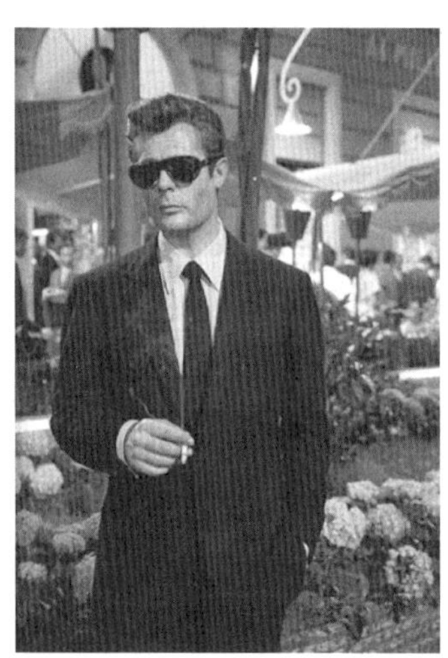

〈달콤한 인생〉

가운 색, 밝은 색과 어두운 색의 대조를 통해 극중 인물들의 관계를 전달할 수 있다.

영화에서 분장은 등장인물의 나이, 건강 상태, 인종, 직업, 심리적 특징 등을 전달하는 기능을 수행한다. 분장의 역사는 영화의 역사와 같이한다. 영화 초기에는 낙후된 필름의 품질 때문에 배우들의 얼굴이 잘 잡히지 않자 분장이 필요했으며, 이후에는 점차 화면 위에 다양하게 변모된 모습을 담아내기 위해 분장의 수요가 증가했다.

방송과 영화에서 사용되는 분장이 일반 화장과 가장 크게 구별되는 점은 바로 조명과 화면을 통해 분장이 평가된다는 것이다. 또한 최근의 특수 효과를 사용하는 영화 제작의 증가와 더불어 특수 분장이 자주 사용된다는 점을 들 수 있다. 채색을 위주로 하는 순수 분장이 주로 사용되는 무대 위 연극과 비교할 때 영화는 용모의 변경이나 특수한 모습을 덧붙이는 특수 분장의 효과가 뚜렷하다. 특히 상업 영화를 위주로 제작되기 때문에 관객의 시선을 끌어들여야 했던 할리우드 영화에서 특수 분장에 대한 필요성은 대단히 컸다.

한국 영화에서도 특수 분장은 최근 그 중요성이 계속 증대되고 있다. 다양한 영화 소재가 발굴되고 있는 한국 영화계에서 〈은행나무 침대〉를 비롯해 〈구미호〉와 〈퇴마록〉을 거쳐 〈자귀모〉에 이르기까지 현실과 상상의 경계를 넘나드는 판타지 영화가 연이어 발표되고 있는 실정을 감안한다면, 우리 영화

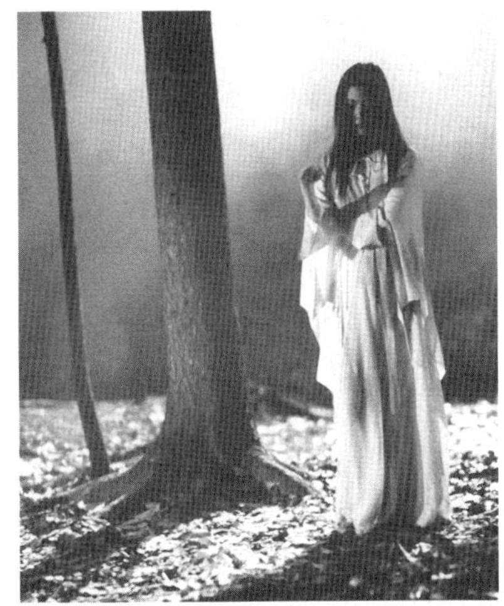

〈구미호〉

계에서 특수 분장의 필요성은 그 어느 때보다도 높다고 볼 수 있다.

6) 색채와 조명

영화 속에서 따뜻한 색채는 관객에게 접근하는 듯한 느낌을 주며, 보라색에서 초록에 이르는 차가운 색은 멀어지는 느낌을 준다. 따라서 따뜻한 색채는 의상이나 전경 요소들을 위해 사용되고, 차갑고 창백한 색체는 배경의 영상 면을 위해 사용된다.

이와 같이 색채 이미지들은 그 배합 및 조합에 의해 영화 속 분위기와 정서를 표현한다. 그래서 낭만적인 분위기는 부드럽고 꿈결 같은 다정한 이미지로 나타내는데 주로 옅고 부드러운 청색계와 백색계를 배합하여 맑은 이미지를 자아낸다. 화려하고 고급스런 이미지는 주로 깊이감이 있는 색조를 이용한 색상 배색을 통해 장식적인 감각이 전달된다. 자연미를 추구하는 이미지는 친숙하고 소박한 이미지를 전달하는데 온화하고 부드러운 감각을 바탕으로 노랑 계열과 초록 계열의 색상을 사용한다. 격정적이고 활력적 이미지는 대담하며 강렬한 힘을 느끼게 하는 이미지로서 화려한 색상으로 강한 대비 효과를 표현한다.

박광수의 〈그들도 우리처럼〉의 검은 산과 물로 표현되는 탄광촌이나 광부들의 검은색 얼굴은 관객들에게 그들이 흔히 만나는 일상적 삶의 환경이나 주변 인물들과 전혀 어울리지 않는 외진 낯선 곳이나 얼굴로 비쳐지게 함으로써 감독이 의도하는 사회의 부조리와 불평등 고발이라는 주제를 적절히 담아내고 있다.

뤽 베송의 〈니키타〉(*La Femme Nikita*)는 누벨 이마쥬 계열의 감독에 의한 작품임을 확연히 보여준다. 누벨 이마쥬 계열의 감독들에게 색채가

주는 이미지는 주제를 효과적으로 전
달하기 위한 도구였다. 이 영화에서 뤽
베송은 푸른색 이미지를 통해 인간성
이 매몰된 도시를 상징하게 하였고, 부
드럽고 따스한 느낌의 붉은색의 이미
지를 통해 진정한 인간성을 회복하려
는 여주인공 니키타의 애절한 노력을
표현해 낸다.

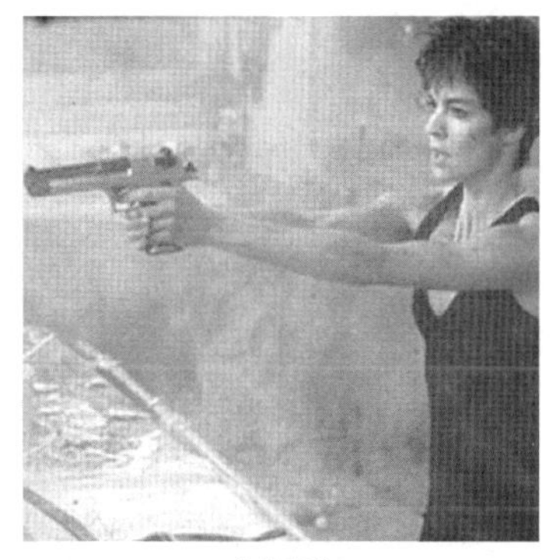

〈니키타〉

　한편 색채를 통해 주제를 표현하는 데 탁월한 솜씨를 지닌 감독으로서
크쥐시토프 키에슬로프스키(Krzysztof Kieslowski)를 꼽을 수 있다. 그는 주
인공들의 대사에 의해 주제를 전달하는 평면적 방식을 지양하고, 색채와
사운드의 영화적 양식을 통해 주제를 전달한다. 색채에 관한 이미지는
그의 다수의 영화 속에서 발견된다. 〈사랑에 관한 짧은 필름〉(*A Short Film
About Love*)에서 붉은 색은 사랑의 욕망을, 흰색은 영혼의 순수함을 표현
하고 있으며, 〈베로니크의 이중생활〉(*The Double Life of Veronique*)에서 필

터를 통한 단조로운 색조는 주인공 베
로니크의 꿈과 현실의 모호한 의식 세
계를 표현하고 있다. 또한 〈블루〉(*Three
Colors: Blue, Trois Couleurs Bleu*, 1993)에
서 파랑색은 자유를 뜻하며 주인공 줄
리의 고독한 내면과 과거에 대한 집착
을 나타내고 내면의 집착에서 벗어남
으로써 자유를 얻을 수 있다는 주제를
전달하고 있다. 〈화이트〉(*Three Colors:*

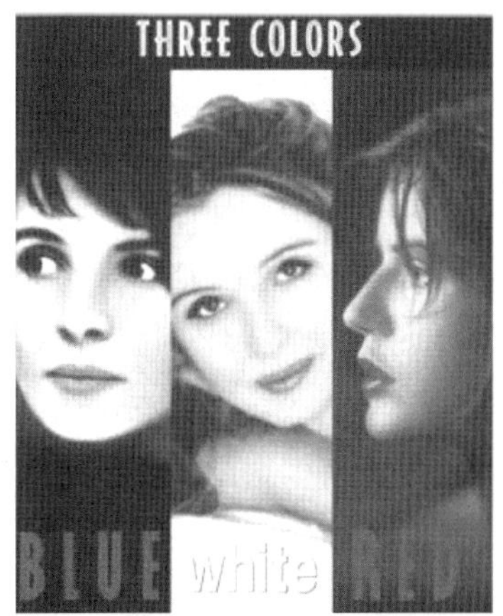

〈블루〉. 〈화이트〉. 〈레드〉

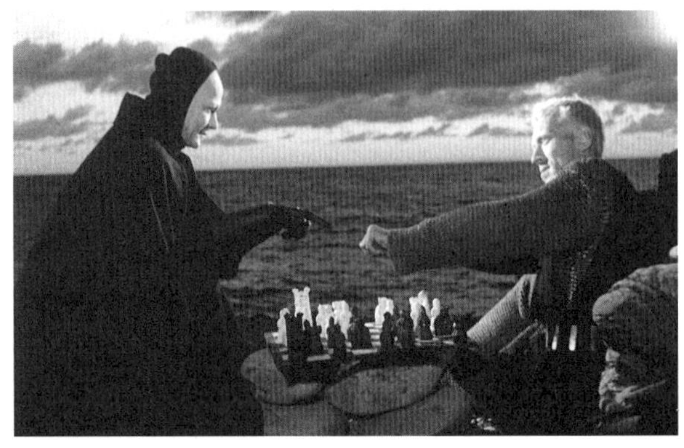

〈제7의 봉인〉

White, Trzy Kolory : Bialy, 1994)의 흰색은 평등을 뜻하며 도미니크와 카롤의 억압된 상태를 벗어난 해방감을 표현하고 있고, 〈레드〉(*Three Colors : Red, Trois Couleurs : Rouge*, 1994)의 붉은색은 박애를 뜻하며 희생당하고 배신당하는 이미지를 통해 사랑으로부터 버림받은 발렌틴의 슬픈 내면세계를 표현한다.

영화 속에서 색채를 찾아내 그 의미를 주제와 결부시키는 작업은 흑백 영화에서도 가능하다. 주제와 빛과 색채의 관계를 잘 보여주는 흑백 영화로서는 스웨덴 감독 잉그마르 베르히만(Ingmar Bergman)의 〈제7의 봉인〉(*The Seventh Seal*)이 있다. 중세기 십자군 전쟁 후 전쟁터에서 고향으로 돌아온 한 기사가 겪는 신과 죽음에 대한 이야기를 다룬 이 영화에서 베르히만은 죽음에 대한 인간의 원초적 공포와 신의 존재에 관한 문제들을 빛과 어두움, 흑과 백의 뚜렷한 명암의 대조를 통해 그리고 있다. 밝은 하늘과 어두운 대지, 죽음의 사자가 입고 있는 검은 옷과 기사 블로크의 하얀 머리, 그들이 두고 있는 체스의 하얀 말과 검은 말 등 흰색의 밝은 부분과 검은색의 어두운 부분으로 화면이 끊임없이 분할됨으로써 지식과 무지, 삶과 죽음, 구원과 파멸, 신과 인간의 대립항들을 이분법적 화면

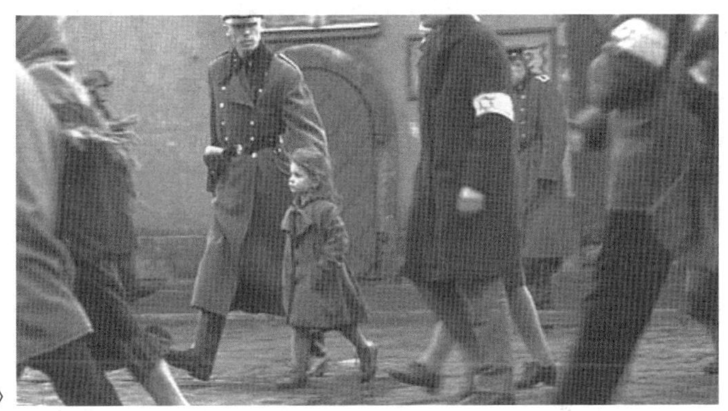

〈쉰들러 리스트〉

구성을 통해 표현하고 있다.

　그리고 흑백의 화면 속에 컬러를 삽입함으로써 감독이 관객들의 시선을 붙들어 두는 경우도 있다. 스필버그(Steven Allan Spielberg)는 〈쉰들러 리스트〉(*Schindler's List*)에서 흑백으로 처리된 유태인 군중들 사이로 유독 붉은색 코트를 입은 한 어린 소녀를 걸어가게 한다. 관객들에게 그 소녀의 모습은 마치 진흙 속에 핀 연꽃처럼 화사하게 비치며 관객들은 그 소녀가 사라진 뒤에도 그 모습을 기억하게 된다. 그 소녀가 살해되어 수레에 실려 가는 모습이 풀 숏으로 잡힐 때 그 죽음의 비극성과 처참함은 최고조로 강조된다.

　그리고 영화에서 조명은 단순히 피사체를 비춰주는 기능만을 수행하는 것이 아니다. 사진사가 카메라의 렌즈를 통해 피사체를 잡을 때 가장 중요하게 고려하는 것이 바로 빛의 강도와 각도이다. 그것처럼 화면 속의 밝고 어두운 영역은 관객의 시선을 특정한 대상이나 행위로 이끄는 기능 외에도 화면의 총체적 구성을 새롭게 창조한다. 그러므로 촬영기사는 하나의 연속적인 장면 내에서 모든 움직임을 계산해 내야 한다.

　조명의 적절한 사용은 모든 대상을 장식화하고 극화시킬 수 있다. 무대

미술가 고든 크레이그(Gordon Craig)가 "조명 감독은 무대 감독과 달리, 빛으로 무대를 칠할 수 있다"고 말한 맥락은 영화에도 그대로 적용된다. 대상물의 색조, 형상, 질감에 따라 빛의 반사나 흡수의 정도가 달라진다. 한 영상의 심도가 깊어지는 딥 포커스의 경우 조명 또한 그에 맞게 심도가 깊어져야 하므로 많은 양의 조명이 필요하게 된다.

조명의 방식은 영화의 주제, 분위기 등과 연관성이 있다. 코미디와 뮤지컬의 경우는 밝고 균등한 조명이 주로 사용되고, 비극이나 멜로드라마는 강렬한 광선과 뚜렷한 대조를 이루는 조명을 쓴다. 공포영화나 느와르영화 등은 확산된 암명과 분위기가 있는 빛으로 음울한 분위기를 자아낸다.

영화 조명은 방향을 조절함으로써 전혀 다른 피사체의 질감과 분위기를 창조한다. 정면 조명은 영상을 단순하게 보이게 하며, 측면 조명은 피사체를 입체적으로 드러나게 한다. 후면 조명은 피사체를 배경과 분리시킴으로써 깊이를 강조한다. 하부 조명은 피사체의 모습을 왜곡시키며 극적인 공포 효과를 나타낸다. 수직 조명 역시 하부 조명과 같은 효과를 나타낸다.

또한 조명의 색채를 이용한 분위기 조성은 관객들에게 강력한 인상을 주기 때문에 관객은 색채와 관련된 정서를 읽어낼 수 있어야 한다.

고전적 할리우드 영화에서는 최소한 세 개의 광원을 피사체에 비추었다. 주광과 보조광, 그리고 역광을 비춤으로써 주요 등장인물이 입체적으로 보이도록 하고 있다. 일반적으로 밝은 부분과 어두운 부분 사이에 낮은 명암 대비가 이루어지도록 비추는 명조광은 사실주의적이며, 강한 명암 대비와 선명하고 어두운 부분이 두드러져 보이게 하는 암조광은 표현주의적이다.

2. 숏(Shot)과 앵글(Angle)

　연극이 무대 위의 사람을 그 본래 크기대로 보여주며 관객의 상상력과 주의력을 자극하고 시험하는 예술이라면, 영화는 관객들에게 보여주고 싶은 크기대로 조작해 보여준다. 감독은 영화 속의 사람들을 가까이 찍어 확대하기도 하고, 들고 찍어 흔들리게도 하며, 멀리 찍어 줄어들게도 한다.

　렌즈로 피사체를 잡을 때 사용되는 렌즈의 종류는 크게 세 가지로 나눌 수 있다. 광각렌즈, 표준렌즈, 그리고 망원렌즈다. 초점길이가 35mm 이하인 광각렌즈는 초점길이가 짧은 렌즈로서 화면의 깊이를 과장한다. 광각렌즈로 찍힌 화면 속의 인물들 사이의 거리는 훨씬 깊어 보인다. 또한 수직선과 수평선도 기울기가 왜곡되어 나타난다. 표준렌즈는 초점길이가 35~50mm인 렌즈로서 화면의 깊이를 왜곡하지 않는다. 망원렌즈는 화면의 깊이를 감소시키고 압축시킴으로써 공간을 평면적으로 보이게 한다. 야구경기 중계 화면에서 포수, 타자, 그리고 투수가 거리감 없이 한 화면에 잡을 수 있는 것과 영화 화면에서 실제로 멀리 떨어져 있는 인물들이 아주 가까워 보이는 것은 망원렌즈를 사용하기 때문이다.

　렌즈를 통해 피사체를 잡는 영화에서 영상에 대한 심도 관계의 통제는 영화감독에게 가장 중요한 문제다. 렌즈의 초점 거리를 통제함으로써 감독은 영상으로 표현된 내용에 대한 관객들의 지각 반응을 조정하고 통제할 수 있다. 따라서 영화감독이 내려야 하는 가장 기초적인, 그러나 중요한 결단은 피사체를 어떤 숏으로 잡아줄 것인가 하는 일이다. 한 구도 안에 포함되는 공간의 양은 이를 바라보는 관객의 반응에 큰 영향을 미치기 때문이다.

특정 사회에서 모든 개인은 저마다 일정한 약속에 의해 공간 감각을 지니고 있다. 실생활에서 특정한 공간 내의 대상물에 대한 개인의 반응은 바로 그 사람의 삶의 다양한 정보의 축적이다. 무의식적으로 형성된 공간에 대한 이러한 반응은 바로 영화 화면 속의 피사체에도 적용된다.

감독은 카메라로 피사체를 잡으면서 카메라의 움직임을 중단하지 않고 계속 작동시켜 촬영함으로써 하나의 테이크를 얻어낸다. 촬영장에서 "액션"하는 감독의 지시와 함께 카메라가 돌기 시작하고 "컷"하는 지시와 함께 카메라가 멈출 때까지 찍혀지는 내용이 숏(shot)이고 하나의 테이크(take)다. 그러니까 숏이나 테이크는 카메라의 멈춤없이 단 한 번에 찍혀지는 내용을 말한다. 보통 촬영 중에는 여러 개의 테이크를 시도하는데, 완성된 화면을 만들기 위해서는 그 중 하나를 선택하여 컷 되지 않은 하나의 화면을 확보하며 최종 영화 화면에서 이를 하나의 숏이라 한다. 따라서 숏과 테이크는 기본적으로 유사한 의미로 쓰인다.

1) 숏(Shot)

숏은 카메라와 피사체의 관계를 나타낸다. 하나의 숏에 의해 포착되는 영역이 넓어지면 화면은 웅장함을 드러내며, 좁아지면 섬세함을 드러낸다. 그래서 서사적인 영화의 경우 먼 거리 숏을 자주 사용하며, 심리묘사에 중점을 둔 표현주의 영화들은 가까운 숏을 주로 채택한다.

영화 찍기에서 하나의 숏은 카메라와 피사체 간의 거리에 따라 익스트림 롱 숏부터 익스트림 클로즈업 사이의 장면들로 이루어진다. 그리고 카메라 움직임에 동원된 기재에 따라 이동차나 크레인 숏으로, 촬영 각도에 따라 조감부터 앙각까지 분류된다. 이때 카메라와 피사체의 거리 구분에는 대체로 일곱 개의 기본 범주로 나눈다. 익스트림 롱 숏(extreme long shot), 롱 숏(long shot), 풀 숏(full shot), 미디엄 숏(medium shot), 클로즈업(close-up), 익스트림 클로즈업(extreme close-up), 그리고 딥포커스 숏(deep focus shot)이 그것이다.

(1) 카메라와 피사체 간의 거리

❶ 익스트림 롱 숏(extreme long shot)

익스트림 롱 숏은 흔히 한 시퀀스(sequence, 이야기의 한 덩어리)의 첫 부분에서 주위 배경이나 상황을 설명할 때 사용되는 구축 숏을 말한다. 아주 멀리서 넓은 지역을 촬영하는 카메라 숏으로 배경이나 사건의 광대한 범위를 인상 깊게 보여주기 위해 사용되며, 촬영되는 인물이 처해 있는 고립된 상황 등을 표현할 때 사용된다.

그리고 익스트림 롱 숏을 사용할 경우 팬보다는 극단적인 와이드 앵글의 정지된 숏이 더 적합하며, 부감대 위나 높은 곳, 건물 꼭대기, 산정 혹은 비행기나 헬리콥터 위에서 촬영하는 것이 가장 좋다.

존 매든(John Madden) 감독의 〈셰익스피어 인 러브〉(*Shakespeare in Love*) 마지막 장면은 난파선에서 홀로 살아남은 바이올라가 백사장을 걸어가고

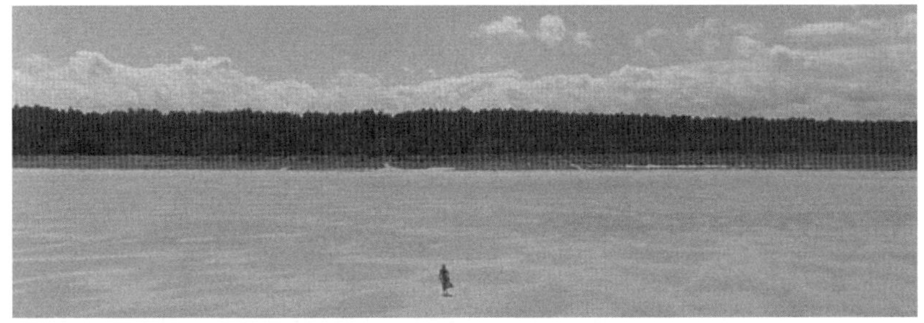

〈셰익스피어 인 러브〉

있는 모습을 익스트림 롱 숏으로 잡아내고 있다. 엔딩 크래딧이 올라가기 전 3분 이상 지속되는 이 롱 테이크 숏에서 감독은 전체 화면을 거의 수평으로 이등분하여 파란 하늘과 하얀 백사장을 잡아주면서 하얀 백사장을 걸어가는 바이올라의 모습이 작은 점이 될 때까지 카메라를 고정시키고 있다. 그런가 하면 이광모의 〈아름다운 시절〉의 롱 테이크로 잡은 익스트림 롱 숏들은 창희네 가족이 살아내야 했던 시절의 어려움을 지루하게 보여줌으로써 힘겨운 인생의 무게를 표현하고 관객들에게 그것을 똑같이 느끼게 하는 효과를 내고 있다.

이 같은 숏의 가장 효과적인 사용은 서사적 필름에서 찾을 수 있다. 서부 영화, 전쟁 영화, 전기 영화 등이 대표적이다. 그리고 이런 종류의 숏을 즐겨 사용한 대표적 감독에는 존 포드(John Ford), 데이비드 린(David Lean), 세르게이 에이젠슈테인(S. M. Eisenstein), 구로사와 아키라 등이 있다.

❷ 롱 숏(long shot)

연극에서 무대와 관객의 거리에 해당되는 장면, 연기 범위 전체를 잡는 숏이다. 즉 롱 숏은 극중 인물이 누구이며 그들이 어디에 위치하고 있는가를 텔레비전 드라마 시청자들이 알 수 있도록 장면 내의 모든 요소를 설정하는 데 사용된다. 배경의 크기를 최대한 활용함으로써 화면의 범위를 확대시킨다. 그러나 TV 드라마의 경우 대체로 단지 몇 개의 스튜디오 세트를 이용하여 제작되고 있으며, 이러한 세트는 엄청나게 많은 세부묘사를 소화할 능력이 없으므로 최소한의 롱 숏만이 쓰이고 있다.

그리고 롱 숏은 사실주의 계열의 감독들이 즐겨 사용한 숏으로, 사람의 몸 전체뿐만 아니라 그를 둘러싼 주변까지 적당히 담을 수 있다. 또한 미장센을 중시하는 감독들도 롱 숏을 선호한다. 또한 롱 숏은 특별한 심리적 효과가 수반되지 않기 때문에 일반적인 이야기 진행에서 사용되는 것으로서 익스트림 롱 숏에서 할 수 없는 세부묘사와, 클로즈업에서 할 수 없는 주위 정황에 대한 설명이 가능한 절충 숏이라 할 수 있다.

❸ 풀 숏(full shot)

롱 숏의 범주 내에서 피사체에 가장 근접한 것으로, 사람의 몸 전체를 간신히 담아낼 수 있는 거리에서 찍는 숏을 말한다. 찰리 채플린은 이러한 풀 숏을 선호했는데, 그 이유는 그것이 무언극이라는 예술에 가장 적합할 뿐 아니라 적어도 다양한 얼굴 표정을 잡을 수 있을 정도로 피사체에 근접하기 때문이다. 몸 전체의 몸짓과, 동시에 표정도 잘 잡을 수 있는 숏이다.

❹ 미디엄 숏(medium shot)

텔레비전이나 영화에서 원거리 촬영(long shot)과 근거리 촬영(closeshot)
이 중간에 해당하는 장면을 촬영하는 것, 또는 그러한 화면을 가리킨다. 중거리 촬영이라고 하며, MS로 약칭된다. 미디엄 숏은 모든 연기를 제한된 범위 속에서 비교적 큰 크기로 묘사할 수 있기 때문에 텔레비전 드라마에 효과적이다. 또한 이야기 전달에 적합해서 빈번하게 사용된다. 미드 숏(mid shot)이라고도 하여 클로즈 업 숏과 롱 숏의 중간 크기, 인물의 경우 무릎 혹은 허리 위에서 얼굴까지를 잡아내는 숏으로 움직이는 장면이나 드라마의 대화 장면, 게임 쇼, 좌담회를 비롯한 다양한 프로그램에 사용한다. 또한 먼 거리 숏과 클로즈업을 연결하는 숏으로 사용된다.

어깨 너머 숏(over-the shoulder shot)은 미디엄 숏의 변형으로 한 사람은 정면으로 카메라를 보고, 다른 사람은 등을 보이고 있는 구도를 말한다. 이러한 촬영 수법은 두 사람 간의 관계를 강조하는 경우에 주로 사용된다. 즉 한 사람이 말할 때 그 얘기를 듣는 사람을 같은 화면에 잡아줌으로써 두 사람 사이가 밀접한 관계를 유지하고 있음을 보여준다. 이 경우 카메라와 가까운 거리에 있는 뒷모습의 인물이 정면으로 보고 있는 사람보다 우월하거나 주도권을 쥐고 있는 인물이며, 관객은 카메라를 응시하고 있는 인물의 표정을 통해 두 사람의 관계를 읽어낼 수 있다.

❺ 클로즈업(close-up)

접사(接寫), 대사(大寫)라고도 한다. 피사체의 크기를 확대하여 얼굴 전체나 작은 사물들을 화면 가득히 찍는 숏이다. 인물이나 사물을 가장 크게 묘사하는 것으로 피사체가 인물일 경우 대개 어깨 부위와 얼굴을 포함한 화면을 말한다. 감독이 피사체의 크기를 확대해 찍는 까닭은 특별한 의미를 가진 피사체에 관객의 시선을 모으고 강조와 깊은 인상을 주기 위해 쓰인다.

또한 클로즈업은 관객에게 이러한 집중의 효과와 함께 주관적인 감정을 전달할 수 있는 효과를 준다. 클로즈업을 사용하기 전에 감독은 이미 상황의 진행에 대해 관객에게 충분히 알려주어야 한다.

최근에는 이러한 효과를 역이용해서 어떤 사물을 거의 무엇인지 알아볼 수도 없을 정도로 가깝게 찍고 나서 점점 카메라를 물러나게 함으로써 피사체의 실체를 보여주기도 한다. 관객의 호기심을 자극하기 위해서다.

❻ 익스트림 클로즈업(extreme close-up)

빅 클로즈 업(big close up)이라고도 하며, BCU나 ECU로 약기한다. 피사체와 카메라 렌즈 간의 거리가 극단적으로 가까운 화면으로 미세한 특정의 피사체나 눈, 코, 입처럼 한 인물의 특정한 신체부위만을 화면 가득히 채우는 경우를 말한다. 접사에 비해 피사체에 더욱 접근하거나 또는 더 크게 확대한 화면으로 접사(close up)와 함께 과학적인 목적 및 극적인 효과를 위해서 사용된다.

❼ 딥포커스 숏(deep focus shot)

딥포커스 숏은 광각렌즈를 이용하여 화면의 심도를 깊게 구축하는 숏이다. 넓은 범위까지 렌즈 초점이 맞는 광각렌즈는 맨 앞의 전경뿐만 아니라 후경의 깊숙한 공간까지에도 초점이 맞아 모두를 선명하게 잡을 수 있다.

딥포커스는 대상의 한 부분에 대한 특별한 환기를 요구하지 않고 모든 대상들을 좀 더 균등하게 보여준다. 따라서 공간의 통일성을 유지하는 데 효과적이며, 관객들은 가까운 피사체부터 먼 피사체까지 시선을 움직이면서 전체를 관찰할 수 있고, 그 장면을 통해 사건의 인과관계를 짐작할 수 있다. 또한 공간적으로 거리가 있는 인물들을 화면의 전경괴 중경, 그리고 후경에 시각적으로 동시에 담아냄으로써 관객들은 능동적으로 화면 속에 담긴 정보를 확보할 수 있고 감독은 장면의 객관성을 전달할 수 있다. 딥포커스는 주로 짧은 컷으로 처리되지 않고 롱 테이크로 찍힘으로써 관객들의 판단에 도움을 주며 장면의 사실성을 높여준다.

문제는 동일한 소재를 가지고 영화를 만들더라도 감독이 지향하는 주제의 폭과 결에 따라 그가 주로 사용하는 숏의 종류가 다르다는 점에 유의해야 한다. 예컨대 〈햄릿〉(Hamlet)은 그 좋은 본보기다. 지금까지 여러 명의 감독들이 셰익스피어의 〈햄릿〉을 연출했지만, 로렌스 올리비에(Laurence

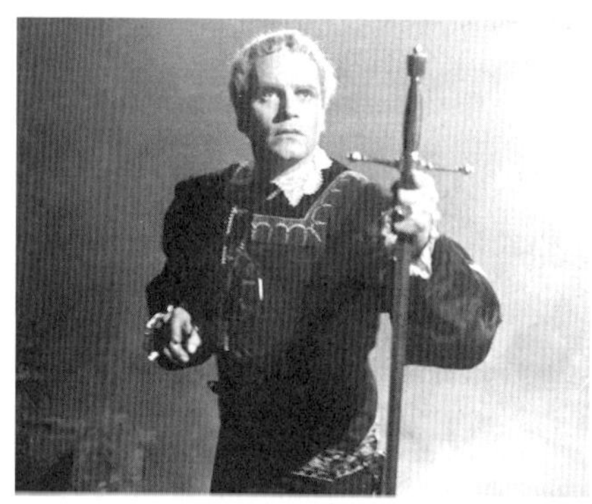

로렌스 올리비에의 〈햄릿〉

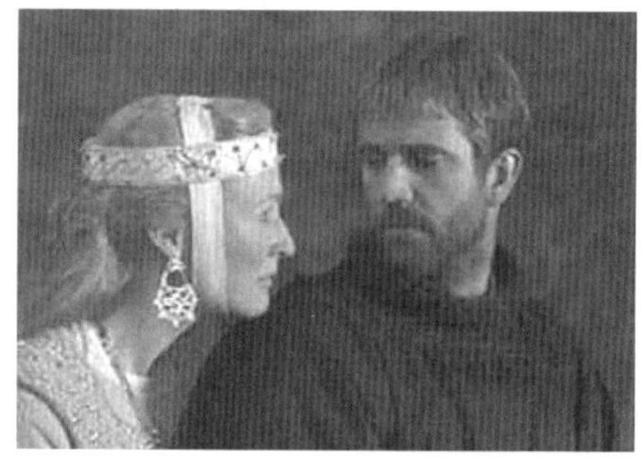

프랑코 제피렐리의 〈햄릿〉

Olivier)가 감독과 주연을 겸한 1948년의 〈햄릿〉과 프랑코 제피렐리(Franco Zeffirelli)가 감독하고 멜 깁슨이 주연을 맡은 1990년의 〈햄릿〉을 비교해 보면 극명한 차이를 알 수 있다.

올리비에의 작품은 기본적으로 서사적 색채를 깔고 있어 롱 숏이 주로 쓰이고 있는 데 반해, 제피렐리의 〈햄릿〉은 주로 심리적인 탐구로서 클로즈업과 미디엄 숏이 많이 쓰이고 있다. 올리비에 영화에서 롱 숏은 우울한 배경을 강조하며, 햄릿의 행동에 다양한 외부 요소들이 개입하고 있음을 보여준다. 대부분의 장면들은 햄릿에게 일정한 정도의 행동의 자유를 부여하고 있지만, 햄릿의 우유부단함에 의해 그는 행동을 거부하고 어두운 구석으로 숨어 들어간다. 이러한 모습들은 주로 롱 숏에 의해 포착되고 있다.

제피렐리는 멜 깁슨을 주로 꽉 찬 프레임 속에 가까운 숏으로 잡아주고 있다. 멜 깁슨을 포위하는 듯한 구도는 그의 격렬함 때문에 터질 듯한 느낌을 준다. 올리비에의 우유부단한 햄릿과 달리, 멜 깁슨은 다분히 충동적이고 과격하며 성급하기까지 하다. 감독은 그의 격렬한 동작을 심지어 들고 찍은 카메라로 잡아내 줌으로써 그 빠르기와 속도감을 한층 강조하고 있다.

(2) 카메라 움직임

피사체의 움직임을 잡아내는 데는 카메라를 고정시키고 피사체를 움직이게 하는 방식뿐만 아니라, 카메라 자체를 이동시킴으로써 피사체의 상호 관계 및 그 움직임을 제시하는 찍기 방식이 있다. 1910년 이전까지 영화에서 카메라는 그저 고정된 채 카메라 앞에서 진행되는 사건들을 기록했지만, 이후에는 카메라의 움직임을 조절함으로써 다양한 표현이 가능해졌다.

일반적으로 카메라 움직임은 그 자체로서 의미를 창조한다. 카메라가 서사 구조에서 중요한 무엇인가를 드러내기 위해서 인물로부터 물러나거나, 극중 인물이 등장하게 될 공간을 미리 설정하기 위해 움직일 때 관객들은 화면 속의 공간을 인식하는 방식에 영향을 받는다. 카메라가 빠르게 사건으로부터 지나쳐 버리면 관객은 어떤 일이 일어났는가에 대해서 알고 싶어 할 것이다. 또한 카메라가 갑자기 물러나서 관객들이 전혀 기대하지 못했던 무엇인가를 보여준다면 관객들은 놀라게 된다. 그런가 하면 카메라가 특정한 세부로 천천히 다가가면서 점차로 그것을 확대하되 관객의 기대를 충족시키지 않고 있다면, 이 카메라 움직임은 서스펜스를 유도한다.

카메라의 움직임에 의한 촬영 기법으로는 파노라마 숏(패닝 숏, panning shot), 크레인 숏(crane shot), 달리 숏(dolly shot, 혹은 트레킹 숏) 등으로 구분할 수 있으며, 이의 변형으로 핸드 헬드 카메라 찍기나 공중 숏이 있다.

❶ 파노라마 숏(panorama shot)

한 장면을 수평 혹은 수직으로 카메라로 훑어 찍는 숏이다. 일반적으로 화면 안에 피사체를 계속 잡아둘 때 사용한다. 화면의 광대함을 강조하는 서사적 영화에서 주로 사용되는 익스트림 롱 숏으로 찍은 파노라마 숏이 대표적이다.

파노라마 숏은 흔히 등장인물의 시점과 연계된다. 서부극에서 총격전의 서막은 숨어 있는 총잡이를 보여주면서 겁에 질린 주민들이 황급히 사라지는 거리를 천천히 훑어준다. 이런 식의 숏은 서스펜스를 지속시키고 주인공의 고립감과 취약함을 강조함으로써 관객의 감정을 극대화시킨다.

또한 파노라마 숏은 피사체의 유대감과 친밀감을 강조할 때도 사용되는데, 한 화면 속의 인물들을 컷으로 보여줄 때와 파노라마 숏으로 보여줄 때 그들의 관계는 다소 다르게 나타난다.

❷ 크레인 숏(crane shot)

피사체의 공간적, 심리적 변화나 상호 관계를 암시하거나 인과 관계를 강조할 때 사용된다. 공중에서의 달리 숏이라고 할 수 있는 이 숏은 관객이 피사체를 여러 각도로 훑어보게 함으로써 외적인 환경부터 내면의 심리까지 전지적으로 알아차리게 하는 효과를 준다.

❸ 달리 숏(dolly shot)

움직이는 이동차에 카메라를 싣고 이동하면서 피사체를 잡아주는 숏으로 트레킹 숏(tracking shot)으로도 불린다. 달리 숏에는 수평 트레킹과 수직 트레킹이 있는데 그 효과가 대단히 다르다.

수평 트레킹은 카메라가 피사체와 일정한 거리를 유지하고 이동하면서 피사체를 잡아주는 숏을 말하고, 수직 트레킹은 화면 속의 인물의 시점에서 다른 인물에 다가가거나 그 인물로부터 멀어지도록 촬영하는 숏이다.

수평 트레킹은 의도적으로 영상의 입체적 3차원성을 부정하고 평면적 2차원성을 강조하는 숏이다. 그런데 다르나 짐 자무쉬 감독은 이를 롱테이크와 맞물려 활용함으로써 관객들에게 그들이 보고 있는 장면이 영화 속의 장면이라는 점을 의도적으로 강조하기도 했다. 카메라의 수평 이동을 통해 잡힌 이동 화면에서 관객들은 배우가 아니라 주변 환경에 시선을 집중하게 되며, 화면과의 거리두기를 통해 스스로 판단을 내린다. 관객들은 자신이 피사체를 선택해 관찰하며 화면 속에 나타나지 않은 장면들을 적극적으로 해석해 냄으로써 영화 화면에 비치지 않은 공백을 채워가는 것이다.

수직 트레킹은 주로 화면 속의 특정 인물의 주관적 시점을 통해 관객들의 궁금증과 호기심을 자극하거나 전지적 시점의 효과를 높이기 위해 사용된다. 실제로 관객들은 한 인물을 카메라로 직접 따라갈 때 그렇게 따라가면 무엇인가 발견하리라는 기대감을 갖는다. 이 경우를 시점 숏(view-point shot)이라고 할 수 있는데, 등장인물의 눈이 보는 것을 카메라가 촬영해 감으로써 관객들은 등장인물과 자신을 동일시하게 된다. 시점 숏은 공포영화의 긴박한 장면 등에서 흔히 사용된다. 클로즈업이 갑작스럽게 사건의 변화를 드러내는 데 반해, 수직 트레킹 숏은 관객들의 호기심을 자극하며 무엇인가 중요한 결과를 예상하게 하는 효과를 주기 때문에 천천히 단계적으로 발전하는 심리묘사를 강조하는 데 애용된다.

❹ 핸드 헬드 카메라 찍기

트레킹 숏이 카메라를 궤도 위에 올려놓고 피사체를 잡아줌으로써 움직임이 있어도 비교적 안정감이 있는 화면을 얻을 수 있는 데 비해, 핸드 헬드 카메라 찍기는 끊임없이 움직이는 화면 때문에 관객들로 하여금 긴장감과 불안감, 그리고 긴박감을 느끼게 한다. 또한 관객들은 화면 속의 장면들에 실제 참여한 듯한 착각을 느끼며 사건 속으로 빨려 들어가는 느낌을 받는다.

실제로 〈쉰들러 리스트〉(*Schindler's List*)에서 스필버그는 독일군이 유태인들을 학살하는 광장 장면에서 관객들에게 마치 기록 영화를 보는 듯한 느낌을 받도록 핸드 헬드 카메라로 촬영했다. 충격적이고 생생한 장면들이 흔들리는 카메라에 잡히기 때문에 관객들은 이 장면들을 허구라기보다는 실제의 사건들이라는 인상을 받는다. 또한 총을 맞고 피를 뿜으며 쓰러지는 유태인들의 모습을 컷으로 처리하지 않고 한 숏으로 잡아주기 때문에 현장성과 박진감은 배가 된다. 한국영화 속에서 핸드 헬드 카메라가 가장 효과적으로 사용된 장면은 유영길이 촬영한 정지영 감독의 〈하얀 전쟁〉의 마지막 장면을 꼽을 수 있다.

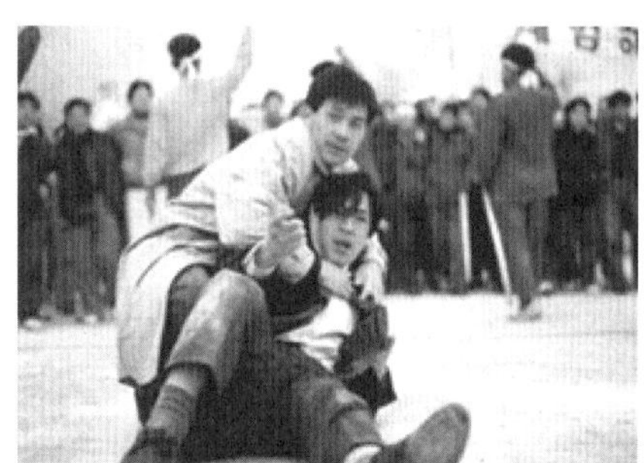

〈하얀 전쟁〉

2) 앵글(Angle)

감독들은 피사체와 카메라의 거리를 조정하는 숏 외에도 양자 사이의 각도를 선택함으로써 특정한 의도를 드러낸다. 영화에는 다섯 가지 기본 앵글이 있다. 조감 앵글(bird's-eye angle), 부감 앵글(high angle), 눈높이 앵글(eye-level angle), 앙각 앵글(low angle), 그리고 사각 앵글(oblique angle) 을 일컫는다.

(1) 조감 앵글(bird's-eye angle)

조감 앵글은 피사체의 바로 머리 위에서 촬영하는 것으로, 피사체를 가장 낯설어 보이게 하는 앵글이다. 피사체를 조롱하고 우스꽝스럽게 비치게 하는 효과가 있기 때문에 숙명적인 결말을 중시하는 감독들은 종종 이런 앵글을 채택하는 경우가 있다. 제임스 캐머런의 〈타이타닉〉(*Titanic*)에서 타이타닉호의 침몰 장면을 조감 앵글로 잡아주고 있는 것도 이와 무관하지 않을 것이다.

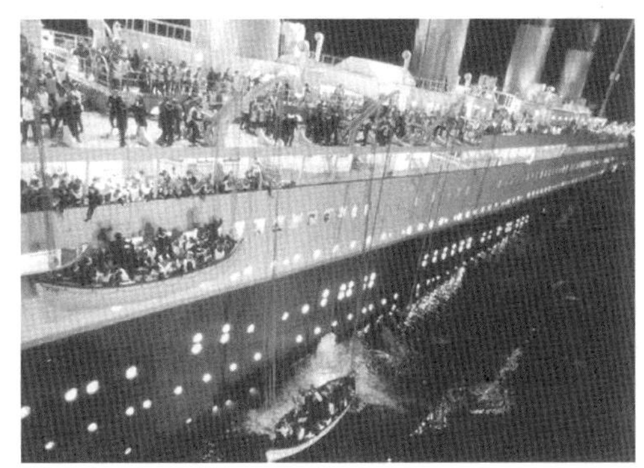

〈타이타닉〉

(2) 부감 앵글(high angle)

조감 앵글이 피사체의 머리 위에서 찍는 것이라면 부감 앵글은 그 각도가 다소 완만한 앵글이다. 부감 앵글은 피사체의 무력함, 억눌림, 왜소함, 혹은 덫에 걸린 듯한 느낌을 강조한다. 이때 각도가 높으면 높을수록 화면의 의미는 그만큼 더 숙명적이다.

또한 부감 앵글로 잡은 화면 속의 피사체의 움직임은 보통 느리게 느껴지며 동작 역시 상대적으로 작게 보이게 된다. 따라서 부감 앵글은 지루

함을 나타내는 데 효과
적이다. 전통적으로 영
웅시되었던 다른 서부
극의 주인공들과 달리,
프레드 진네만은 〈하이
눈〉(*High Noon*)에서 결
투를 앞둔 주인공 케인
의 무력감과 공포심을

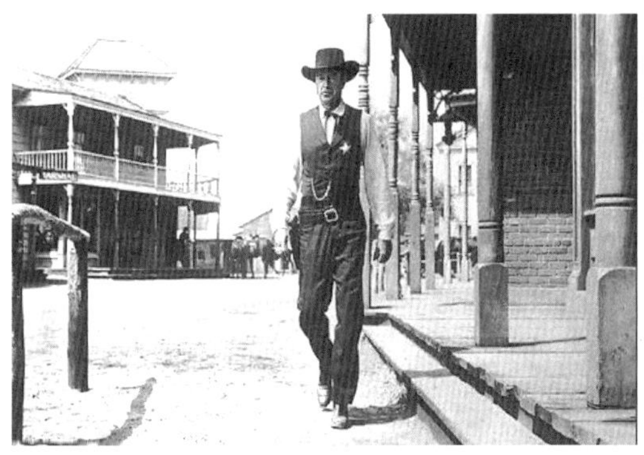

〈하이 눈〉

보여주기 위해 텅 빈 거리를 혼자 걸어가는 주인공을 부감 앵글로 잡아준
다. 부감 앵글 역시 일상적인 사물들을 낯설게 하는 효과가 있다.

(3) 눈높이 앵글(eye-level angle)

눈높이 앵글은 카메라가 사람의 눈높이에서 수평적으로 피사체를 촬영
하는 것을 말한다. 눈높이 앵글은 우리가 일상생활에서 항상 사물을 쳐다
보는 높이이기 때문에 이런 앵글로 촬영된 장면에서 관객은 카메라의 존
재를 인식하지 못한다.

눈높이 앵글은 다른 앵글들과 달리 감독의 감정을 드러내지 않으므로
사실주의적인 경향을 가진 감독들이 즐겨 사용한다. 카메라는 주로 롱
숏과 미디엄 숏을 사용하며 피사체와 일정한 거리를 유지하면서 평범한
앵글로 등장인물들을 잔잔하게 지켜볼 따름이다. 감독의 개입을 자제함
으로써 관객들이 스스로 화면에서 일어나고 있는 일들을 해석하고 받아
들일 것을 요구하기 때문에 매우 중립적이고 객관적인 앵글이라고 할 수
있다. 그러나 동시에 관객의 적극적인 해석을 유도하는 앵글이기도 하다.

(4) 앙각 앵글(low angle)

앙각 앵글로 촬영된 화면은 일반적으로 부감 앵글과 반대의 느낌을 준다. 곧 피사체가 화면을 통해 관객을 내려다봄으로써 관객은 피사체로부터 위압감, 공포감, 당당함, 경외심, 영웅성, 힘, 권위 등을 느끼게 된다. 앙각 앵글은 피사체를 실제보다 더 크게 보이게 하며, 그 움직임에 속도와 크기를 배가한다. 따라서 액션장면에서 사용되는 앙각 앵글은 피사체의 움직임을 더 속도감 있게 비춘다. 주로 빠른 편집으로 그 효과를 극대화한다.

조지 스티븐스의 〈셰인〉 (*Shane*)의 마지막 결투 장면에서 어린아이 조이의 시점으로 본 셰인의 모습은 앙각 앵글로 잡힘으로써 셰인의 날렵한 총 솜씨가 한층 영웅시되고 있으며, 이 명세 감독의 〈인징사징 볼

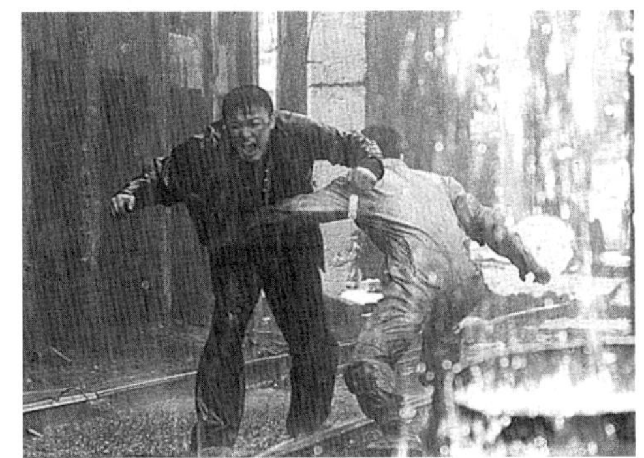

〈인정사정 볼 것 없다〉

것 없다〉는 앙각 앵글을 효과적으로 사용하여 폭력 장면이나 움직이는 차량의 속도감이 한층 돋보이는 효과를 드러내고 있다.

(5) 사각 앵글(oblique angle)

심리적으로 사각 앵글은 긴장, 변이, 그리고 임박한 변동 등을 암시한다. 비스듬히 경사진 각도가 환각적이며, 비현실적인 심리 상태를 표출시키기 때문이다. 따라서 사각 앵글이 쓰이는 경우는 보통 불안한 장면이

나, 술 취한 인물의 시점 숏, 액션 장면 등에서이다. 그리고 사각 앵글은 놓고 찍기도 하지만 들고 찍는 장면에서 주로 사용되며, 시점이 불안하기 때문에 불안감과 긴박감을 준다.

올리버 스톤의 〈킬러〉(*Natural Born Killers*)는 영화 내내 사각 앵글을 사용했는데, 이는 불안정한 등장인물들의 정신상태뿐만 아니라, 그렇게 아름답지도 안정적이지도 못한 미국 사회의 천박한 단면을 상징적으로 나타내기 위한 앵글 선택이라고 볼 수 있다.

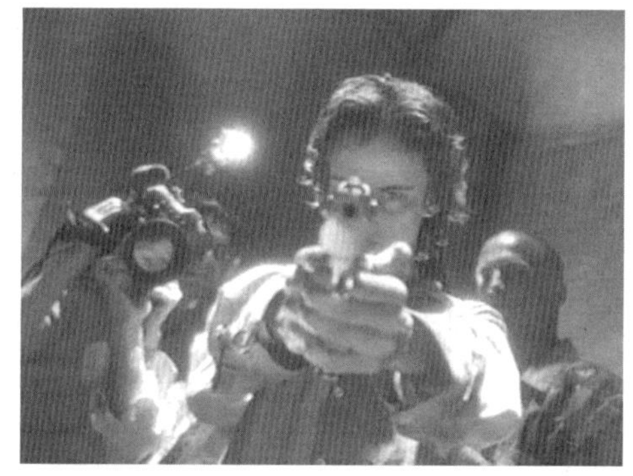

〈킬러〉

3. 편집(Editing)

영화를 연극과 구별 짓는 가장 커다란 요소는 아마 편집일 것이다. 물론 영화가 숏에 의해 피사체를 가깝게 혹은 멀리 잡아줌으로써 관객의 시야를 통제하는 점에서도 연극과 구별되지만, 보다 더 중요한 것은 영화 전체의 양식적 체계를 지배하는 편집 때문이다. 편집은 작품 전체의 구성과 효과에 가장 큰 영향을 미친다고 할 수 있다.

물리적인 의미에서 편집이란 숏과 숏을 연결하거나 신과 신을 연결 하여 신 혹은 시퀀스로 확장하는 작업을 의미한다. 그러나 영화에서 편집은 이러한 연결 및 확장이라는 단순한 물리적 작업을 뛰어넘어 영화 문법의 가장 핵심적인 요소다. 바로 이 이유 때문에 영화사를 따라가면서 편집의 갈래가 불어났으며, 초기의 단순한 활동사진에서 벗어나 아주 새로운 영화 장면들이 가능하게 되었던 것이다.

편집이 가능해지면서 영화에서의 시간이 실제 사건의 길이에서 자유로워지고, 영화 속에 새로운 주관적 시간개념이 도입되었다.

1) 편집의 기교

숏과 숏을 연결하는 방법으로는 페이드 아웃(fade out), 워시 아웃(wash out), 디졸브(dissolve), 와이프(wipe), 커팅(cutting) 등이 있다.

페이드 아웃은 숏의 시작과 끝을 늘어지게 함으로써 시간적 이완을 통해 서정적 리듬을 준다. 워시 아웃은 페이드와 유사한 편집상의 목적으로 사용되는 광학적인 장면 전환의 하나지만, 이미지들이 암흑 상태까지 어두워지는 페이드 아웃과는 달리, 워시 아웃에서는 이미지들이 갑자기 탈색되거나 스크린이 백색이나 색깔 있는 빛으로 가득한 프레임이 될 때까지 채색되며, 그 후에 새로운 장면으로 이어진다는 것이 다르다. 디졸브는 한 화면의 영상이 서서히 나타나는 동안 다른 화면의 영상이 사라지는 방식이다. 와이프는 커튼이 걷히듯이 다른 장면으로 전환하는 방식으로 속도감이 있어 희극 영화에 자주 쓰인다. 커팅은 가장 일반적인 장면전환 방식으로 교차 편집(cross-cutting)이나 점프 컷(jump cut)과 같이 좀 더 발전된 방식으로 세분된다. 교차 편집은 서로 다른 장소에서 발생하는 두 가지 이상의 사건들이 담고 있는 상호 연관성을 드러내기 위해 사용되며 긴박감을 준다. 점프 컷은 동일한 등장인물의 행위는 변화시키지 않고 의상이나 배경을 변화시킴으로써 그 인물의 행동이나 모습을 시간적 생략을 통해 보여주는 방식이다.

2) 편집의 종류

(1) 연속 편집

연속 편집은 사건의 모든 행위를 전부 그대로 묘사하지 않고도 행위의 연속성을 유지하려는 작업이다. 그러므로 설명적인 시퀀스에 주로 사용되는데, 특별한 감정이나 주제를 전달하는 것이 아니라 이야기를 전달하는 편집이다. 예컨대 어떤 사람이 한 장소를 떠나 다른 장소에 도착하는 장면을 서너 개의 짧은 컷으로 압축해서 보여주는 빙법이다. 이 경우 그 사람의 행위를 논리적이고 연속적으로 유지하기 위해서 편집된 시퀀스를 방해하는 어떤 장면도 개입되어서는 안 되며, 특별한 목적 외에 30도를 넘어야 하고 180도를 지나쳐서는 안 된다.

그리고 연속 편집은 화면의 자연스러운 흐름을 유지하기 위해서 다음과 같은 원칙들을 지킨다. 동작 및 행위의 일치, 조명과 색조의 일치, 시선 및 방향의 일치, 사운드의 일치, 행동의 인과관계 등을 말한다. 따라서 연속 편집은 장면들의 연속성을 생명으로 하기 때문에 촬영 전부터 면밀하게 장면들을 계획해 두어야 한다.

(2) 고전적 편집

고전적 편집은 그리피스가 시도한 이후 편집의 전형이 되었다. 단순한 물리적인 동기에서 벗어나 극적인 집중과 정서적 고양을 위해 고안된 편집으로서, 심리적 차원에서 관객들의 반응을 조종하고 통제하기 위해 사용된다. 또한 극적인 집중과 감정적 강조를 위해 고안된 기법으로서 연속 편집이 현실적인 시간 생략으로 이야기를 축약하여 전달하는 기법이라면, 고전적 편집은 관객들에게 등장인물들의 감정이나 심리상태를 전달하기 위한 기법이다. 물론 고전적 편집 역시 사건의 연속성을 깨뜨리지는 않는다는 점에서 연속 편집 체계를 벗어나지는 않는다.

고전적 편집을 통해 감독은 한 사건 안에서 자신이 보여주고 싶은 부분을 고도로 계산된 다양한 숏으로 잡아낸 다양한 컷들을 통합하고 대조시키고 병치시키면서 한 신 속에서 관객의 시점을 다양하게 이동시킨다. 아울러 화면 속의 인물의 행위를 일련의 분할된 숏으로 나누어 줌으로써 그 인물이 드러내는 감정의 미세함뿐만 아니라 이를 지켜보는 관객의 반응까지 조절할 수 있다.

(3) 비연속 편집[주제적 편집]

그리피스의 다양한 편집 기교는 영화 속에서 현실적인 시공간을 파괴하였다. 또한 장소 전환, 시간 격차, 서로 다른 숏의 배치, 인물의 심리적·신체적 특징 강조, 상징적 삽입 화면, 병행과 대조, 시점 이동, 동기의 반복 등과 같은 그리피스의 기교들은 당시 구 소련의 영화감독들에게 영화 편집의 새로운 지평을 열어 주었다.

구 소련의 감독 세르게이 에이젠슈테인은 자신의 편집 방향을 스토리의 명료화에 종속시키기보다는 대립물의 충동과 종합을 통해 역동적 편집 원리를 제시했다. 주제적 몽타주로 불리는 이러한 편집 방향은 현실적 시·공간의 연속성을 무시하고 관념들 사이의 결합을 강조한다. 그의 편집 방향은 고의적으로 연속 편집을 위반하며 숏과 숏, 시퀀스와 시퀀스 사이에 최대한의 상충이 발생하도록 하는 것이다. 서로 다른 이미지들이 충돌하면 새로운 의미가 발생한다는 그의 몽타주 이론은 〈전함 포템킨〉(*Bronenosets Potyomkin*)의 오데사 계단 위의 학살 장면에서 잘 나타난

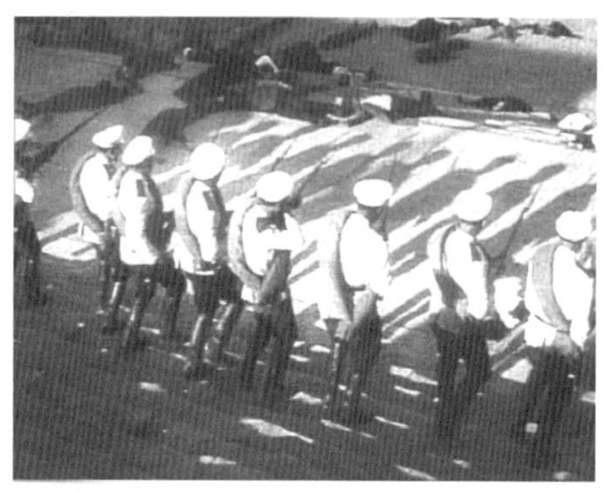

〈전함 포템킨〉

다. 잘게 나눈 장면들을 빠르게 결합시켜 보여줌으로써 롱 테이크로 찍힌 하나의 숏으로 잡아주는 것보다 훨씬 더 강력한 긴박함과 호소력으로 민중학살 현장을 보여주었다. 이런 그의 이론의 배후에는 관객들이 상충되고 충돌하는 장면들을 지각하고 인식함으로써 의식을 바꾸리라는 믿음이 깔려 있다.

마르크스주의자였던 에이젠슈테인은 영화를 통해 관객의 감각, 정서, 영혼 등을 자극하고자 하였다. 즉 의도된 복잡한 영상 유형을 구출하기 위해서 시간과 공간을 자유롭게 넘나든다. 그의 공간적 편집은 시간적 편집과 맞물려 영화 속의 사건을 해석하는 조응, 비유, 대립을 구축하며, 관객들은 서로 다른 컷 사이의 상호 연관성을 건져 올리도록 요구받는다.

주제적 편집의 기교에는 교차[병행]편집, 인서트[인터 컷], 플래시 백, 플래시 포워드, 컷 어웨이 등이 있다. 이러한 방식들은 사건의 시간적 순서보다는 주제적으로 연관성을 확보하게 함으로써 시간의 본질을 자유롭게 탐색할 수 있게 한다. 영화 속에서의 시간을 실제 사건의 시간보다 줄이거나 늘림으로써 가능해지는 시간의 가변성은 주제의 깊이와 폭을 확장해 주었다.

교차 편집의 백미로서는 프란시스 코폴라의 〈대부〉(*The Godfather*)를 들 수 있다. 영화의 첫 장면은 한낮의 밝은 정원과 어두운 실내가 번갈아 보여지고 있다. 딸의 결혼식이 거행되는 정원은 경쾌한 음악이 흐르며 가족들의 춤이 이어지는 공간으로, 어두운 실내는 남자들만의 냉혹한 비즈니스가 진행되는 구역으로 설정해서 마피아 두목 돈 꼴리오네(말론 브란도)의 삶에서 가족과 사업이 분리될 수 없다는 점을 강조한다. 또한 아버지의 뒤를 이어 대부가 된 마이클(알 파치노) 역시 영화의 마지막 부분에서 이루어지는 교차 편집에 의해 종교적 대부와 조직의 대부가 된다. 동시에 진행되는 성당에서의 유아 세례라는 가족 행사와, 복수라는 조직의 행사를 통해서다. 거의 70개에 이르는 숏들이 얽히며 편집된 이 시퀀스는 가히 코폴라식 교차 편집의 백미라고 할 수 있다.

한편 조셉 콘라드 원작의 「어둠의 심연」을 베트남전을 배경으로 영화화한 〈지옥의 묵시록〉(*Apocalypse Now*)에서도 교차 편집의 미학을 확인할 수 있다. 바로 짐 모리슨의 음악이 흐르는 가운

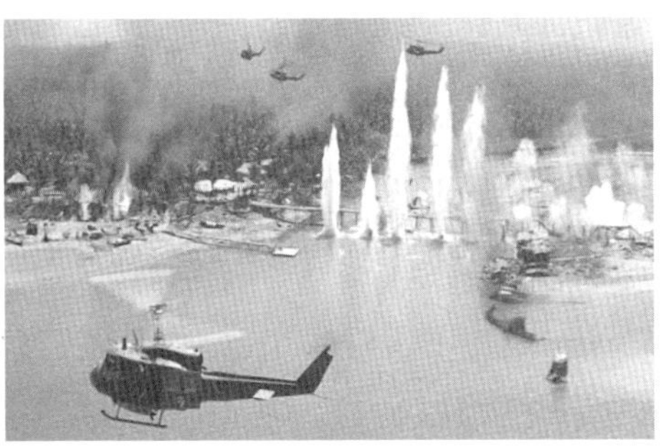

〈지옥의 묵시록〉

데 소를 잡는 원주민들의 의식과, 윌러드(마틴 쉰)가 커츠 대령(말론 브란도)을 살해하는 장면이 거의 5분 동안 교차 편집된 마지막 장면이 바로 그것이다.

그런가 하면 두 개 이상의 컷들을 교차 편집해 사건의 긴박감을 한층 상승시키는 장면을 〈쉰들러 리스트〉(*Schindler's List*)에서 찾아볼 수 있다. 유태인 수용소에서 은밀하게 결혼식을 올리는 장면과, 독일군 장교가 유태 여성을 성폭행하는 장면, 그리고 쉰들러가 파티에서 여러 여자들과 어울려 술을 마시며 키스하는 장면 등 모두 세 개의 컷들이 교차 편집된 이 시퀀스는 서로 다른 장소에서 벌어지는 세 개의 다른 사건들을 관객들에게 동시에 보여줌으로써 유태인들이 처한 상황의 비극성을 훨씬 더 강

화시키며 긴박감을 준다.

인터 컷은 영화 속 시간을 실제 사건보다 늘려줌으로써 긴장감을 제공하고 등장인물의 복잡한 심리상태를 표현하는 것이다. 인터 컷의 좋은 예는 〈유주얼 서스펙트〉(*The Usual Suspects*)의 마지막 반전 장면이다. 취조를 받던 킨트(케빈 스페이시)가 혐

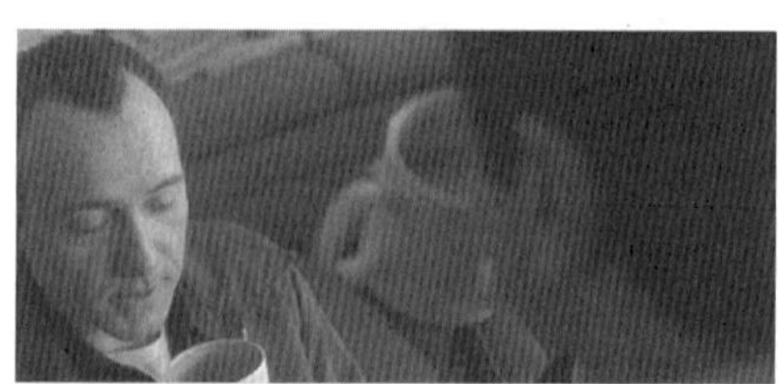
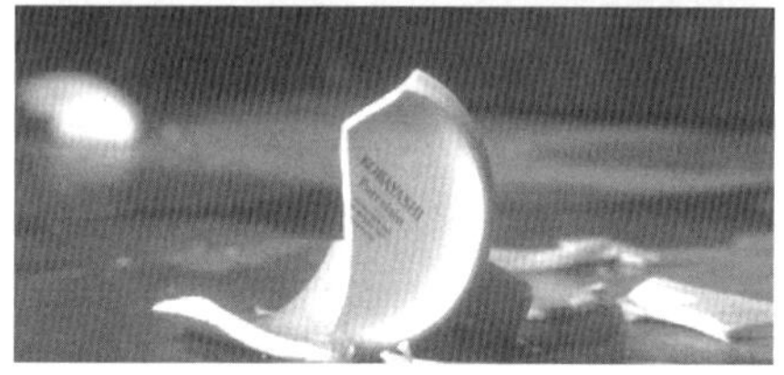

〈유주얼 서스펙트〉

의를 벗고 경찰서 밖으로 나가자 책상을 정리하던 래빈 형사가 메모판 밑에 쓰인 상표를 확인하고 커피잔을 떨어뜨린다. 이 장면은 래빈이 추적하던 카이저 소제와 고바야시가 모두 메모장과 커피잔에 새겨진 글씨를 보고 킨트가 꾸며낸 거짓이라는 것을 증거한다. 영화 내내 래빈과 관객 모두가 속았다는 것을 깨닫게 하는 이 장면은 래빈이 깨닫는 시간보다 훨씬 더 늘려 편집되고 있다. 충격적인 반전은 대사 없이 다양한 숏의 컷들의 편집으로 전달된다.

3) 편집의 흐름

영화가 편집된 최초의 예는 에드윈 포터의 〈대열차 강도〉(*The Great Train Robbery*)에서였다. 그러나 실질적 영화 편집의 선구자는 미국의 D.W. 그리피스라고 할 수 있다. 그는 영화 기술들을 한 단계 높였을 뿐 아니라 예술의 영역으로 끌어올린 영화인이었다. 영화 매체에 대한 철저하고 창조적인 이해에서 출발하여 영화 예술의 새로운 문법을 구축한 영화

인으로 평가받고 있는 것이다.

아울러 그리피스는 앞에서 살펴본 연속 편집, 고전적 편집, 비연속 편집 등 세 가지 기본 유형의 편집 기술을 개발했다. 〈국가의 탄생〉(*The Birth of a Nation*)은 미국 영화감독들에게 고전적 편집의 교과서로 평

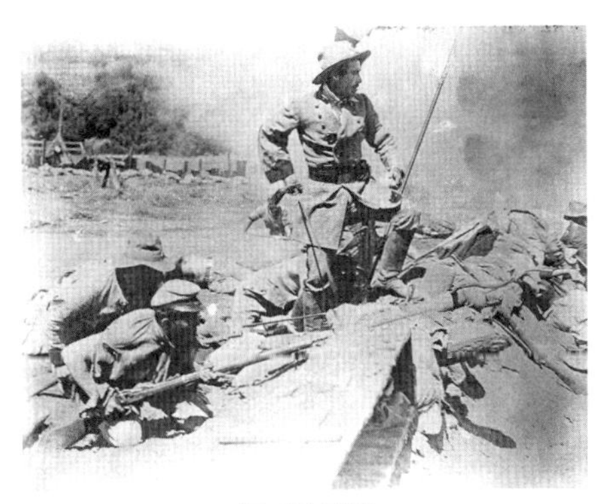

〈국가의 탄생〉

가받고 있으며, 〈인톨러런스〉(*Intolerance*)는 20년대 구 소련의 영화감독들이 시도했던 주제적 편집의 모델이 된 작품이다.

1920년대 프세볼로드 푸도브킨이나 세르게이 에이젠슈테인 같은 구 소련의 영화감독들은 그리피스의 주제적 편집 기술을 더 확장 발전시켜 소위 몽타주 편집의 이론을 확립했다. 푸도브킨의 경우 그리피스보다 훨씬 더 많은 상호 연관적 클로즈업 컷을 사용했으며, 에이젠슈테인의 경우 다분히 은유적 이미지들을 삽입하여 컷 별로 충돌하도록 배치한 것이 특징이다. 특히 〈전함 포템킨〉의 제4막 오데사 항구의 계단 장면은 그의 충돌 몽타주 이론을 반영한 장면으로서 밝음과 어두움, 수평과 수직, 직선과 원형, 긴 숏과 짧은 숏, 롱 숏과 클로즈업, 멈춤과 움직임 등 극단적인 양 국면을 병치시킴으로써 주제적 편집의 백미로 꼽히고 있다.

1940년대 미국의 윌리엄 와일러나 오손 웰스와 같은 감독들은 인위적인 편집보다는 딥포커스 촬영을 더 선호했다. 1930년대 장 르누아르 감독이 채택했던 딥포커스 촬영은 어떤 거리에서건 피사체를 선명하게 잡을 수 있어서 한 숏 내의 어떠한 미세한 부분이라도 똑같이 선명하게 표현할 수 있었다. 영화 무대 출신이었던 와일러와 웰스는 숏의 병치보다는 공간

적으로 통일된 화면을 선호하였으며, 관객들에게 영화 속의 장면들을 스스로 판단하고 분별하며 결론을 내리도록 했다.

1950년대 장 뤽 고다르, 프랑스와 트뤼포, 끌로드 샤브롤 등의 감독들은 영화 만들기의 이론과 실제에 있어 이전까지의 틀에 전혀 얽매이지 않는 모습으로 영화계에 등장했다. 바로 누벨 바그 선구자들이다. 그들은 어떤 공식적인 편집 기법도 옹호하지 않았다. 어떤 작품에서는 롱 숏, 미장센, 롱 테이크 등 사실주의적 기법을 주로 이용했으며, 어떤 작품에서는 표현주의적 기법을 이용했다. 그들의 자유로움과 절충주의적 수법은 이후 많은 영화인들이 추종했던 기법들이 되었다.

그리고 1970년대 중반 이후 영화 만들기에 있어서 어떤 편집 기교도 탁월한 지위를 확보하지 못한 채 광범위한 표현 기교들은 관객들의 눈에 자연스럽게 익숙해졌다.

4) 후반 제작

후반 제작은 영화 제작의 조합 단계를 말한다. 그렇지만 반드시 촬영이 완료된 후 작업이 시작된다는 의미는 아니다. 촬영기간에도 후반 제작의 스텝들은 지속적으로 작업을 하는 것이 보통이다.

촬영이 시작되기 전에 감독이나 제작자는 편집을 담당할 편집기사를 고용한다. 이 편집기사는 촬영된 다양한 필름들을 분류하고 조합하는 책임을 맡는다. 영화 촬영 시 각각의 숏들은 여러 테이크로 촬영되고, 또한 연속성을 벗어나 촬영되기 때문에 편집기사의 역할은 대단히 중요하다. 할리우드 영화 가운데 상영 시간 90분인 극영화의 경우 보통 45만 미터가 촬영되어 편집을 통해 7천 미터로 압축되기도 한다. 가편집과 진편집을 거치고 나면 대사 음대, 음향 효과 음대, 음악 음대 등 서로 다른 자기 테이프에 개별적으로 녹음된 음대들을 합성하여 합성 음대로 만들고 영화의 음화 필름과 합쳐진다.

5) 특수 효과

텔레비전 때문에 영화관을 멀리했던 관객들이 다시 영화관을 찾게 되었다. 70년대 후반 디지털 특수 효과를 사용하여 모험과 판타지를 영화 속에 담아낸 조지 루카스나 스티븐 스필버그 등의 감독이 있었기 때문이다.

할리우드 영화는 말할 것도 없고 최근 한국영화에도 자주 도입되어 한국 영화 중흥의 일익을 담당하고 있는 특수 효과는 영화 만들기의 수준과 범위를 한 단계 더 높이고 있으며 그 의미까지 확장시키고 있다. 컴퓨터 그래픽의 놀라운 발전과 첨단 기술은 실제 물리적인 피사체가 차지했던 화면 속 공간들을 가상의 피사체들로 채울 수 있도록 하고 있으며, 현실에서 존재하지 않는 가상의 이미지들이 현실을 오히려 더 현실감 있게 구축해 내고 있다.

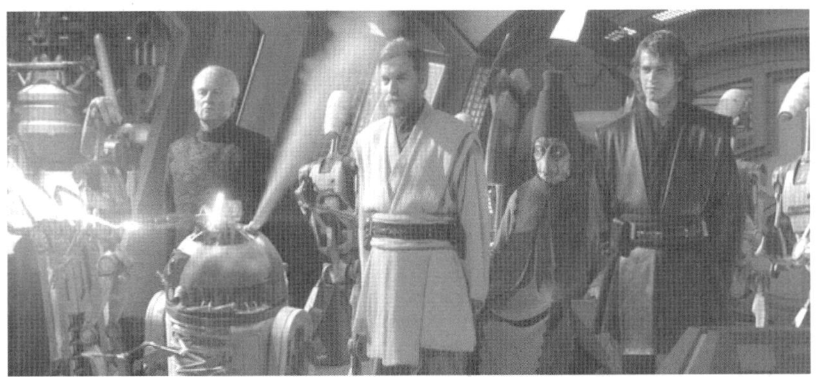

조지 루카스의 〈스타워즈 에피소드 3〉

〈구미호〉에서 엿볼 수 있었던 초보적인 컴퓨터 그래픽을 시작으로 〈은행나무 침대〉에서의 환상적인 영상을 비롯하여 한국 영화에 3차원적 입체 화면을 도입했다는 평가를 받았던 〈퇴마록〉 등은 한국 영화의 특수 효과의 가능성을 보여주었다. 그리고 이후 〈유령〉과 〈인정사정 볼 것 없다〉에서의 특수 효과는 사실보다 더 사실적인 효과를 그려내고 있다. 또한 20분 이상의 컴퓨터 그래픽 화면을 삽입하여 저승과 이승을 넘나드는 환상적인 장면들을 보여주었던 〈자귀모〉는 한국 영화의 특수효과의 비약적인 발전을 보여준다.

달리는 열차의 벽을 뚫고 들어가거나 사람의 몸을 통과하게 하는 장면은 배경과 물체를 따로 촬영해 합성하는 기법을 통해 만들어지며, 동일한 장면에서 한 인물이 순식간에 다른 인물로 변하는 모습은 여러 개의 장면을 단계적으로 촬영해 합성함으로써 가능하다. 또한 물방울이 모여 움직이는 물귀신이 되는 장면은 치밀하게 계산된 컴퓨터 그래픽 화면이다.

특수 효과에 의해 만들어지는 이미지는 실제가 아닌 가짜의 이미지다. 관객들은 특수 효과가 만들어 내는 가짜를 통해 실제 있었으나 지금은 사라져 버린 과거를 만나고, 지금은 존재하지 않지만 앞으로 분명히 존재할 미래를 확인한다. 영화를 만드는 일이 인간의 무한한 상상력을 통해 가짜를 진짜처럼 보이게 하고 복제된 허구의 이미지를 통해 원본을 확인하는 일을 가능하게 하는 작업이라면, 또한 관객들이 영화를 통해 모험과 판타지가 가득한 미지의 세계 속으로 들어가고 싶어 하는 욕망이 지속된다면, 그리고 바로 이러한 점들이 영화가 탄생한 배경이고 의존하는 토양이라면, 영화에서 특수 효과가 차지하게 될 영역은 더욱 확장될 것이다.

4. 스토리(Story)

스토리는 많은 것을 의미할 수 있다. 제작자에게는 흥행 가치가 있는 재산이고, 작가에게는 각본이며, 감독에게는 예술적 매체다. 또 장르 비평가에게는 분류할 수 있는 내러티브 형식이다. 사회학자에게는 대중 정서의 지표다. 정신병리학자에게는 감추어진 두려움이나 공동 사회의 이상에 대한 본능적인 탐구다. 그리고 영화를 보러가는 사람에게는 이 모든 것이 될 수도 있고, 그 이상의 것일 수도 있다.

고대 이래로 사람들은 스토리텔링의 유혹적인 힘에 호기심을 가져왔다. 아리스토텔레스는 『시학』(Poetics)에서 허구적 내러티브를 두 가지 타입으로 구분했다. 미메시스(mimesis, 보여주기)와 디제시스(diegesis, 이야기하기)가 그것이다. 미메시스는 연극 무대의 영역이고, 사건은 '스스로를 이야기'한다. 그리고 디제시스는 문학적인 서사와 소설의 영역으로, 때로는 믿을 만하고 때로는 믿을 수 없는 내레이터가 이야기하는 스토리다. 영화는 스토리텔링의 이 두 가지 형식을 모두 혼합하여 지녔기 때문에, 사용할 수 있는 내러티브 테크놀로지의 범위 또한 훨씬 넓고 복합적인 매체다.

1) 내러톨로지(Narratology)

오늘날까지 학자들은 문학과 영화, 그리고 드라마에 초점을 맞추어 내러티브의 형식을 연구해 왔다. 내러톨로지라는 이 새로운 상호 학문 분야는 1980년대에 명명되었다. 어떻게 스토리가 작용하는지, 어떻게 내러티브의 가공되지 않은 재료들의 의미를 파악하는지, 어떻게 그것들을 한데 묶어서 일관된 전체를 만드는지 등에 관한 학문이다. 또한 서로 다른 내러티브 구조, 스토리텔링 전략, 미학적 관습, 스토리[장르]의 유형, 그리고 그것들의 상징적인 의미에 관한 학문이기도 하다.

전통적인 관점에서 내러톨로지는 이야기하기(Storytelling)의 수사학, 즉 메시지 전달자가 메시지 수용자와 의사소통을 하는 데 사용하는 형식에 관심을 갖는다. 이 삼각 구도의 커뮤니케이션 모델과 관련된 영화에서의 문제는 누가 전달자인지를 결정하는 것이다. 이때 내포작가(implied author)는 영화감독이다. 내포작가란 스토리텔링의 주체이지만 직접 겉으로 드러나지 않는 것을 표방하는 서술자를 말한다. 그러나 스토리를 한 사람의 스토리텔러가 만들지는 않는다. 대본을 쓰는 사람이 여럿인 경우에는 물론이려니와 특히 미국에서는 더욱 그러하다. 미국에서는 종종 프로듀서, 감독, 작가, 스타가 함께 작업을 하는 경우도 있다. 정말로 공동 사업인 것이다. 펠리니, 구로사와, 트뤼포와 같이 명망있는 영화감독조차도 스토리의 사건을 만들어 낼 때 다른 사람들과 공동으로 작업하는 것을 선호했다.

영화가 보이스 오버(voice-over) 내레이션을 사용할 때 '관객이 알아차리기 힘든 영화 작가'에 관한 문제는 복잡해진다. 보통 화면 밖에 있는 이 내레이터는 스토리 속의 인물이기도 하기 때문에 우리가 그 사건을 해석하는 데 일조한다. 영화의 내레이터가 반드시 중립적인 것도 아니며, 또한 반드시 감독의 대변자인 것도 아니다. 가끔씩은 내레이터가 1인칭 소설에서처럼 영화의 주인공이 되기도 한다.

내레이션은 또한 영화의 스타일에 따라 다르다. 사실주의적인 영화에서 내포작가는 사실상 보이지 않는다. 대부분의 연극 무대에서처럼 사건들은 스스로 말한다. 스토리는 대개 연대기적인 순으로 자동적으로 펼쳐지는 것처럼 보인다.

우리는 고전적인 내러티브 구조에서 일반적으로 스토리 라인의 모양을 만드는 손을 알고 있다. 내러티브 내의 지루한 공백은 스토리텔러의 신중한 의도에 의해 삭제된다. 그는 진행 방향을 따라가며 낮은 자세를 유지하기도 하고, 특정한 방향을 향하여 움직이기도 하는데, 이로써 스토리의 중심 갈등이 해결된다.

그리고 형식주의적인 내러티브에서 작가는 공공연한 조작을 한다. 주제가 되는 생각을 최대화하기 위해서 스토리의 연대기를 뒤범벅시키거나 사건을 강화하거나 재구성하기도 하는 것이다. 올리버 스톤(Oliver Stone)의 문제작 〈JFK〉에서처럼 스토리는 주관적인 관점에서 전달된다.

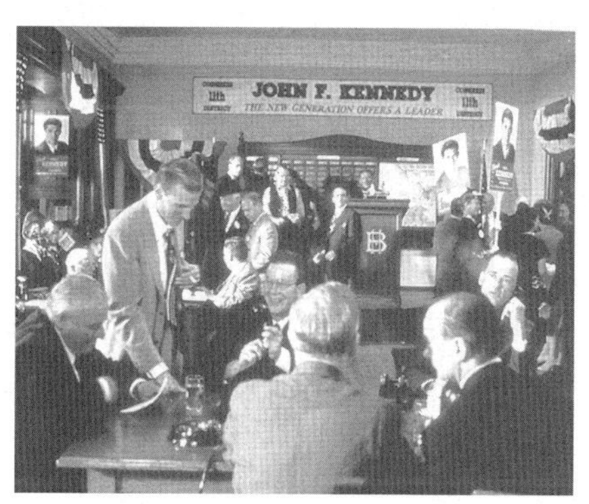

〈JFK〉

내러톨로지는 추상적인 언어와 용어 때문에 난해할 때가 많고, 가끔은 이해가 되지 않을 때도 있다. 종종 선통석인 개념을 묘사하는 데에 낯선 용어들이 사용되기 때문이다. 예컨대 스토리와 그 플롯 구조와의 차이점, 즉 내러티브의 내용과 그 형식 간의 차이점은 색다른 용어로 표현된다. 미국의 많은 학자는 스토리(story) 대 담화(discourse)라는 용어를 선호하고, 다른 학자들은 이야기(historie) 대 담화(discourse), 미토스(mythos) 대 로고스(logos), 파뷸라(fabula) 대 수제(syuzhet)라는 용어를 선호한다.

그러면 스토리와 플롯의 차이는 무엇인가? 스토리는 연대기 순으로 된 일반적인 소재, 극적 행위의 가공되지 않은 재료로 정의될 수 있다. 반면 플롯은 스토리 위에 구조적인 패턴을 포개어 놓는 스토리텔러의 방법과 관계가 있다.

내포작가는 인물에게 동기를 부여하고 사건의 시퀀스에 인과관계를 제공한다. 피터 브룩스(Peter Brooks)는 플롯을 "내러티브의 디자인과 의도"라고 정의했는데, 그것은 "스토리를 형성하고 특정한 방향이나 의미의 의도를 부여하는" 것이다. 한 마디로 플롯은 씬을 미학적 패턴으로 구조화하는 것은 물론, 내포작가의 관점과도 연관되어 있다.

2) 관객(The Spectator)

내러티브 논리와의 역동적인 상호 작용에 능동적으로 가담하지 않고서는 영화를 이해하기 쉽지 않을 것이다. 우리는 너무나 오랫동안 영화와 텔레비전을 시청해 왔기 때문에 우리 자신이 플롯의 전개에 순간적으로 적응한다는 사실을 거의 대부분은 깨닫지 못한다. 우리는 믿을 수 없을 정도의 빠른 속도로 시청각적 자극에 몰입한다. 복잡한 컴퓨터가 처리해 내는 것처럼 우리의 두뇌도 사진적인 것, 공간적인 것, 동적인 것, 음성적인 것, 연극적인 것, 뮤지컬적인 것, 의상에 관한 것 등 수많은 언어 체계가 동시에 딸깍거리면서 작동한다.

영화이론가 데이비드 보드웰(David Bordwell)을 비롯한 많은 학자들은 관객이 어떻게 영화의 내러티브와 끊임없이 상호 작용을 하고 있는지를 연구했다. 우리는 영화라는 세계 위에 우리 자신이 갖고 있는 질서와 일관성에 관한 상식을 투영하려 한다. 대부분의 경우, 우리는 영화를 보기도 전에 그 영화에 대해 일련의 기대를 갖는다. 주어진 시대나 장르에 대해 알고 있기 때문에 몇 가지의 예측 가능한 변수를 기대하는 것이다. 예컨대 대다수의 서부 영화는 19세기 후반에 일어난 일이며 미국의 서부

개척지가 배경이다. 책이나 TV, 그리고 다른 서부 영화 덕분에 우리는 개척 시대 사람들이 어떤 옷을 입었고 어떻게 행동하는지를 대충 알고 있다.

멜 브룩스의 〈불타는 안장〉(*Blazing Saddles*)에서처럼 내러티브가 전통, 관습 또는 우리의 역사 감각과 맞지 않을 때 우리는 억지로 그 내러티브를 향한 우리의 인식 방법과 태도를 재평가해 보려 한다. 아니면, 그 작가의 작품에 적응하려 하거나 혹은 그 작품을 부적절한 것, 조잡한 것, 제멋대로인 것으로 여겨 거부하기도 한다.

내러티브적인 전략은 종종 장르로 결정된다. 예를 들어 스릴러, 정치물, 미스터리 등과 같이 서스펜스로 성공하는 타입의 영화들의 경우, 내러티브는 아주 교묘하게 정보를 차단한다. 그리고는 우리로 하여금 추측을 하여 그 공백을 메우도록 한다. 반면에 낭만적인 코미디물에서는 대체적으로 그 결과를 미리 알 수 있다. 남자 혹은 여자가 이기느냐 지느냐가 아니라, 어떻게 남자가 여자를 얻느냐 혹은 여자가 남자를 얻느냐가 강조되는 것이다.

영화 스타에 대한 사전 지식 또한 그 내러티브의 한계를 결정한다. 우리는 셰익스피어 연극을 각색한 영화나 관습적인 보통의 러브 스토리에서 아마 클린트 이스트우드(Clint Eastwood)를 볼 것이라고 기대하지 않을 것이다. 이스트우드의 전문 분야는 액션 장르이고, 특히 서부 영화와 현대 도시에서 벌어지는 범죄 이야기였다. 특히 성격 배우들이 나오면 우리는 영화의 내러티브의 본질에 대해 미리 짐작할 수 있다. 그러나 메릴 스트립(Meryl Streep)과 같은 스타의 경우에는 무엇을 짐작하고 기대해야 할지 확신할 수가 없을 것이다. 이는 메릴 스트립의 연기 범위가 범상치 않게 폭넓기 때문이다.

관객은 제목으로도 미리 영화를 판단한다. 〈살인자 매춘부들의 공격〉(*Attack of the Killer Bimbos*)과 같은 제목의 영화는 명예로운 뉴욕 영화제에서는 상영될 것 같지 않다. 또한 〈윈더미어 부인의 부채〉(*Lady Windermere's Fan*)는 다소 나약하고 귀족적으로 들리는 제목 때문에 지방의 상점가 극장에서는 상영될 것 같지가 않다. 그러나 늘 예외는 있다. 〈새미와 로지 함께 눕다〉(*Sammy and Rosie Get Laid*)라는 제목이 흡사 포르노 영화처럼 들리지만, 실제로는 훌륭하고 섹시한 영국의 사회 코미디다. 교묘하게 공격적이고 약간은 노골적인 이 제목은 다분히 의도적인 것이다.

일단 영화가 시작되면, 우리는 그 내러티브의 한계를 규정한다. 이때 크레디트와 배경 음악의 스타일은 그 영화의 분위기를 판단하는 것을 용이하게 해 준다. 이 서두 부분에서 영화감독은 앞으로 추진해 갈 내러티브의 전제를 설정하면서 스토리의 변수와 분위기를 결정한다. 오프닝 씬은 내러티브가 어떻게 발전되어 갈 것인지, 그리고 어디에서 끝날 것인지를 암시한다. 아울러 설명적인 오프닝 씬은 무엇이 가능한지, 무엇이 있음직한지, 무엇이 아주 없을 것 같은지 등등 그 스토리의 내적 세계를 설정한다.

앞서 이야기한 내용들을 부언하자면 내포작가가 예시해 주기 위해 주의깊게 어떤 장치를 해놓았다면 스토리에는 어떤 느슨한 실마리도 없어야 한다. 예컨대 〈E.T.〉에서 스필버그(Spielberg)는 우

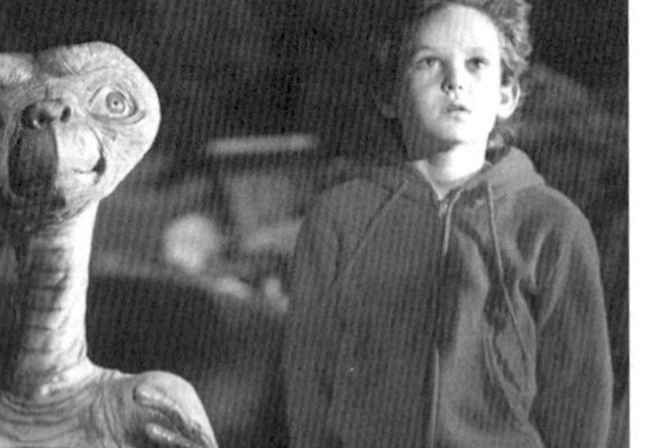

〈E.T.〉

리에게 'E.T.'가 어떻게 그의 우주선을 놓치는지를 보여주는 오프닝 씬에서 내러티브의 변수로써 초자연주의를 설정한다. 그래서 영화의 중간과 후반부에 나타나는 초자연적인 사건에 대해 준비하게 한다.

어떤 비평가가 장 뤽 고다르(Jean-Luc Godard)에게 영화에는 반드시 처음과 중간과 끝이 있어야 한다고 생각하느냐고 물었다. 급진적인 혁신가이며 인습 타파주의자 그는 이렇게 대답했다. "그렇다. 하지만 꼭 순서대로일 필요는 없다." 대부분의 영화에서 설명을 통한 오프닝 씬은 그 스토리의 시간 틀을 설정해 주는 역할을 한다. 이 설명은 플래쉬백으로 현재로 또는 그 둘이 섞인 형태로 펼쳐질 수 있다. 또한 설명은 환상 장면, 꿈, 그리고 이런 종류의 스토리와 관계있는 양식화된 변수들에 대해 기본적인 규칙을 설정해 준다.

영화의 내러티브와 관객 사이에서는 잘 꾸며진 게임이 진행된다. 영화를 보는 동안, 관객은 중요하지 않은 디테일을 가려내고, 가설을 세우고, 우리의 가설을 시험하고, 필요하다면 반복하고 개조하고, 설명을 형식화하는 등의 작업을 해야 한다. 왜 여주인공이 저런 일을 할까, 왜 남자친구는 저렇게 반응할까, 그 어머니는 지금 무엇을 하고 있을까 등등 끊임없이 질문을 던지는 것이다.

더욱이 플롯이 복합적일수록 관객은 교묘해져야 한다. 가려내고, 바꾸고, 새로운 증거를 재어 보고, 동기와 설명을 추리하고, 감추어진 것을 밝혀내는 것이다. 특히 스릴러, 탐정 영화, 정치 영화처럼 관객을 속이는 장르에서는 끊임없이 예기치 못한 반전을 탐색한다.

간단히 말해서 우리는 영화의 플롯을 대할 때 절대로 수동적이지 않다. 그 스토리가 지루하고 기계적이고 완전히 유도적인 것일 때에도 우리는 여전히 그 플롯의 음모에 빨려들어갈 수 있다. 우리는 행위가 어디로 나아가는지를 알고 싶어한다. 그리고 따라갈 수만 있다면 그곳이 어디인지를 발견해 낼 수 있는 것이다.

3) 고전적 패러다임(The Classical Paradigm)

1910년 이래로 극영화 제작을 지배해 온 특정 내러티브 구조를 묘사하기 위해 학자들은 고전적 패러다임이라는 용어를 만들었다. 그리고 이것은 아직까지도 여전히 스토리 구성에서 가장 인기있는 유형이며, 특히 미국에서는 타의 추종을 불허할 정도로 지배적이다. 고전적이라고 하는 것은 실제 실용성의 표준이며, 반드시 예술적 탁월성을 의미하는 것은 아니다. 다시 말해서 좋은 영화는 물론이고 나쁜 영화도 이런 내러티브의 정형(formula)을 이용한다.

고전적 패러다임은 연극 무대에서 비롯된 것으로서 규칙이 아니라 일련의 관습이다. 이 내러티브 모델은 행위를 시작한 주인공과 그에 저항하는 경쟁자 간의 갈등에 기초한다. 이 형식으로 된 대부분의 영화는 암시적인 극적 질문으로 시작된다. 관객은 커다란 저항에 부딪힌 주인공이 어떻게 그의 의지를 관철시키는지 알고 싶어한다. 그 다음 씬들은 상승하는 패턴의 행위 속에서 이 갈등을 첨예화시키게 된다. 이 같은 점진적인 확대는 인과 관계라는 관점에서 각 씬이 다음 씬과 연계되고 있음을 뜻한다.

갈등은 클라이맥스에서 최고조의 긴장 상황에 달한다. 여기에서 주인공은 경쟁자와 노골적으로 충돌한다. 그리고 한 쪽은 이기고 한 쪽은 진다. 그들의 맞대면 이후에 극적 긴장은 결말로 가라앉는다. 전통적으로 코미디에서는 결혼이나 춤으로, 비극에서는 죽음으로, 보통의 드라마에서는 재결합이나 정상으로의 복귀 등 스토리는 일종의 형식적인 결말로 끝난다. 마지막 숏은 그 특권적인 위치 때문에 앞의 이야기의 의미를 요약하면서 일종의 철학적인 개관을 담는 경우가 많다.

고전적 패러다임은 극적인 통일성, 그럴듯한 동기화, 그리고 그 구성 요소들의 일관성을 강조한다. 행위를 부드러운 흐름으로 만들고 필연적이라는 느낌을 주기 위해서 각 숏은 아주 부드럽게 다음 숏으로 이어진다. 그런데 감독들은 이따금씩 갈등을 긴박하게 하기 위해서 일종의 데드라인을 설정하기도 하는데, 이 때문에 정서가 격렬해진다. 할리우드 스튜디오 시대에 고전적인 구조에는 종종 이중적인 플롯이 쓰였다. 특히 낭만적인 러브 스토리가 액션이라는 주 플롯과 병행되었다. 또한 많은 러브 스토리는 종종 코믹한 또 다른 커플이 주인공 연인들과 나란히 나왔다.

고전적인 플롯 구조는 직선적이며, 대개 여행이나 추적 혹은 탐색의 형식을 취한다. 심지어 등장인물의 성격도 그들이 하고 있는 행동이 무엇인가에 따라 결정된다. 시나리오 작가 사이드 필드(Syd Field)는 "행위는 인물이다. 사람은 그가 말하는 것으로 드러나는 것이 아니다. 그 사람의 행동이 바로 그 사람"이라고 주장했다. 필드를 비롯한 고전적 패러다임의 옹호자들은 수동적인 인물, 어떤 일을 당하는 사람들에 대해서는 별로 관심이 없었다. 그리고 수동적이거나 일을 당하는 타입의 이런 인물들은 할리우드가 아닌 다른 나라의 영화에서 좀 더 전형적으로 볼 수 있다. 고전주의자들은 목적 지향적인 인물을 선호하고, 따라서 관객은 그들의 행위에 관심을 갖게 된다.

필드의 개념적인 모델은 전통적인 연극 용어로 표현되며, 영화 각본은 3막으로 구성된다. 첫 번째 막은 설정(setup)으로서, 각본의 처음 1/4을 차지한다. 이 부분에서는 주인공의 목적이 무엇이고 그 목적을 달성하는 과정에서 어떤 장벽에 부딪히게 될 것인가 하는 극적인 전제를 설정한다.

두 번째 막은 대립(confrontation)이다. 스토리의 중간 2/4로 구성되는데, 그 안에는 행운 또는 불운의 주요 반전이 포함되어 있다. 영화 각본에서 이 부분은 플롯이 급진전하고 위기감이 고조되어 갈등이 복잡해지고, 주인공이 장애와 맞서 싸우는 것을 보여준다. 세 번째 막은 해결(resolution)로서, 스토리 마지막 1/4을 이룬다. 이 부분은 클라이맥스에서 벌어지는 대립의 결과로 무엇이 일어나는지를 극화한다.

영화사상 가장 위대한 플롯 가운데 하나는 무성영화 희극배우 버스터 키튼(Buster Keaton)의 〈장군〉(*The General*)으로서 고전적 패러다임의 교과서적인 예를 보여준다. 이 영화는 필드의 3막극법은 물론, 프레이탁(Freytag)의 반전된 V자 구조에 딱 들어맞는다. 다니엘 모우스(Daniel Moews)가 지적했듯이, 키튼의 모든 장편 코미디는 한결같이 기본적인 희극 형식을 이용한다. 버스터는 성실하지만 어색한 풋내기로 자기가 경외하는 사람, 즉 대개가 예쁜 여자인 그녀들의 환심을 사기 위해 노력하지만 모두 실패한다. 그는 외롭고 우울하고 풀이 죽은 채로 잠에 빠진다. 잠에서 깨어나면, 그는 새로운 사람이다. 이와 같이 그는 그 영화의 앞부분에서 보여준 것과 똑같거나 비슷한 행동을 계속한다.

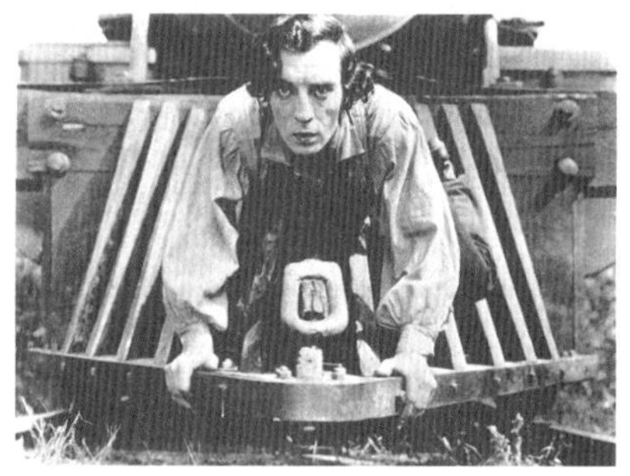

〈장군〉

시민 전쟁을 다룬 코미디는 대체로 실제 사건을 기초로 한다. 마찬가지로 〈장군〉도 콩그리브의 원작 희곡을 내러티브적으로 우아하게 설계한 것이다. 첫 막에서는 주인공의 인생에 있어 사랑하게 되는 두 대상을 설정한다. 그것은 그의 기차인 '장군'과 그의 다소 별난 여자 친구인 애너벨리(Annaballe Lee)다. 그리고 이 영화는 성장 스토리이기도 하다. 그래서 아직 사춘기도 되지 않은 소년 두 명이 그의 친구로 나온다. 전쟁이 일어나자, 조니 그레이(Johnnie Gray)는 여자 친구에게 강한 인상을 주기 위해 입대를 결심한다. 그러나 당국에 의해 거부당하고 마는데, 엔지니어로서 남부에 남는 게 더 가치가 있었던 것이다. 애너벨은 조니를 겁쟁이라고 오해한다. "당신이 군복을 입을 때까지 나에게 아는 체하지 말아요." 그녀는 그에게 오만하게 말한다. 그리고 제1막이 끝난다.

제2막이 시작될 때 이야기는 이미 일 년이 흐른 뒤다. 영화의 나머지는 약 24시간 정도를 다룬다. 북부 연방 장교들이 남부 동맹의 기차를 강탈하려는 계획을 세운다. 물론 남부군의 보급선을 차단하려는 목적이다. 양키 지도자가 지닌 지도에는 주요 정거장과 철로를 따라 강이 흐르고 있음을 보여준다. 사실상 이 지도는 제2막의 지리학적 윤곽이다.

기차를 강탈하기로 한 바로 그날, 애너벨 리는 부상당한 아버지에게 가기 위해 조니의 기차를 탄다. 그녀는 옛 구혼자인 그를 냉대한다. 기차는 강탈당하고 그 다음 행위가 유발된다. 영화의 두 번째 1/4은 추적 시퀀스다. 조니는 애너벨을 태운 채 도둑맞은 '장군'을 추적하고, '장군'은 북쪽으로 달린다. 이때 전보선, 선로 교체, 급수탑, 대포 등 다른 소품들이 연관될 때마다 일련의 개그가 쏟아진다. 조니는 이 과정에서 농담의 대상이 되곤 한다.

영화의 중간에서 우리의 영웅 조니는 혼자서 적의 캠프에 접근하기도 한다. 기진맥진한 상태에서 그는 애너벨을 가까스로 구해낸다. 그들은 비가 쏟아져 내리는 숲 속에서 낙담한 채로 녹초가 되어 잠에 빠진다. 다음날 두 번째 추적이 시작된다. 그 전날의 패턴과는 정반대가 되어 플롯의 세 번째 1/4을 차지한다. 이제는 조니와 애너벨이 다시 탈취한 '장군'을 타고 양키를 쫓아 남쪽으로 달리는 과정이 희화된다. 개그 요소들 역시 앞에서와 정반대의 방향을 취한다. 그들 대부분은 전선, 철도의 통나무, 급수탑, 불타는 다리 등 첫 번째 추적과 평행을 이룬다. 겨우 시간에 맞게 조니와 애너벨은 남부 동맹 캠프에 도착하고 임박한 북부 연방의 공격 계획을 알린다.

세 번째 막은 두 군대 간의 전투 시퀀스다. 조니가 언제나 성공하는 것은 아니지만, 불굴의 정신을 지닌 끈질긴 군인임을 스스로 입증하게 된다. 그는 군대에서 장교로 임관되어 그의 영웅적 행위에 대한 보답을 받는다. 또한 연인의 사랑을 되찾는다. 모두가 행복하게 끝을 맺는다.

키튼의 내러티브 구조는 정교한 대칭의 패턴을 따르며, 처음의 굴욕은 마침내 영광으로 상쇄된다. 이렇게 도식적으로 묘사하면 키튼의 플롯은 다소 기계적으로 보이기도 한다. 그러나 복잡하게 상호 작용하는 평행 구조와 단정하게 균형잡힌 대칭성 등을 갖춘 키튼의 구조적 엄격함이야말로 18세기의 위대한 네오리얼리즘 예술가들의 작품에 비견될 수 있다고 극찬하는 목소리도 있다.

아무튼 이러한 인위적인 플롯 구조는 형식주의 내러티브로 여겨질 수도 있다. 그러나 각 부분의 연기나 수법 등은 엄격하게 사실적이다. 키튼은 그의 모든 익살 연기를 보통 첫 번째 테이크에서 연기했다. 또한 의상과 세트, 심지어 기차에 이르기까지 모든 것을 매우 정확하게 역사적인 사실과 부합하도록 만들 것을 고집했다. 이 사실적인 효과와 형식적으로 패턴화된 내러티브의 조합은 고전적인 영화에는 전형적인 것이다. 고전주의는 양쪽의 양식화된 극단적 관례를 뒤섞은 중간 스타일이다.

4) 내러티브(Narratives)

(1) 사실주의적 내러티브(Realistic Narratives)

일반적으로 비평가들은 사실주의를 삶과 연결시키고, 형식주의를 패턴과 연결시켰다. 사실주의는 스타일의 부재로 정의되고, 반면에 형식주의에서 스타일은 두드러진 관심거리다. 사실주의자들은 물리적인 세계를 왜곡하는 것은 생각도 하지 못했거니와, 심지어는 '투명하게' 묘사하기 위해 어떠한 기교도 거부한다. 거꾸로 형식주의자들은 아름다운 상상의 세계 그 자체를 강조하기 위해서 환상적인 재료나 허황된 주제에도 관심을 가진다.

그런데 오늘날 최소한 사실주의에 관한 한 이런 견해는 순진하다고 여긴다. 현대 비평가나 학자들은 사실주의를 스타일이라고 간주한다. 확연해 보이지는 않지만 아마도 표현주의자들이 사용한 것만큼이나 인위적이고 정교한 관습을 가지고 있다는 것이다.

사실주의와 형식주의의 내러티브는 모두가 패턴화되고 조작된다. 그렇지만 사실주의적인 스토리텔러는 패턴을 덮어 가리기 위해서, 표면에 '어지럽게 흩어져 있는 것'과 극적사건들의 분명한 임의성 속에 패턴을 파묻으려 한다. 달리 말해서 사실주의 내러티브는 조작되지 않거나 삶과 동일한 척 하지만, 그것은 허위이며 미학적인 기만이라는 것이다.

사실주의자들은 느슨하고 광범위한 플롯, 다시 말해서 처음과 중간과 끝이 분명히 정해지지 않은 플롯을 선호한다. 우리는 임의적인 지점에서 그 스토리에 가담하게 된다. 또한 우리는 고전적인 내러티브에서처럼 명쾌한 갈등을 보지 못한다. 오히려 갈등은 억지스럽지 않은 사건에서 거슬리지 않게 나타난다. 스토리는 단정하게 구조화된 이야기가 아니라 마치

시의 단장(斷章)처럼 '삶의 편린'으로 보인다. 사실주의가 단정하게 구조화되는 경우는 거의 없다. 사실주의적 예술은 현실 세계의 모습을 그대로 따라야 한다. 마지막 릴이 돌아간 다음에도 삶은 흘러간다.

그래서 사실주의자들은 종종 자연의 순환에서 구조를 빌려 온다. 예컨대 오즈 야스지로(小津安二郎)의 많은 영화에는 초여름, 늦가을, 초봄, 여름의 끝, 늦은 봄 등과 같이, 인생을 적절하게 상징화하는 계절의 길목을 끌어오고 있다. 다른 사실주의적 영화들은 여름방학이나 학교의 한 학기처럼 한정된 기간을 둘러싸고 구조화된다. 그런 영화들은 가끔씩 그 중심에 출생, 사춘기, 첫사랑, 첫 직장, 결혼, 고통스러운 헤어짐, 죽음과 같은 통과 의례가 있다.

그런데 간혹 영화가 끝날 때까지도 내러티브의 일관성의 원리를 추측할 수 없는 경우도 있다. 특히 많은 사실주의 영화에서 볼 수 있는 원형 혹은 순환적 구조일 경우에는 더욱 그렇다. 예를 들어, 로버트 알트만의

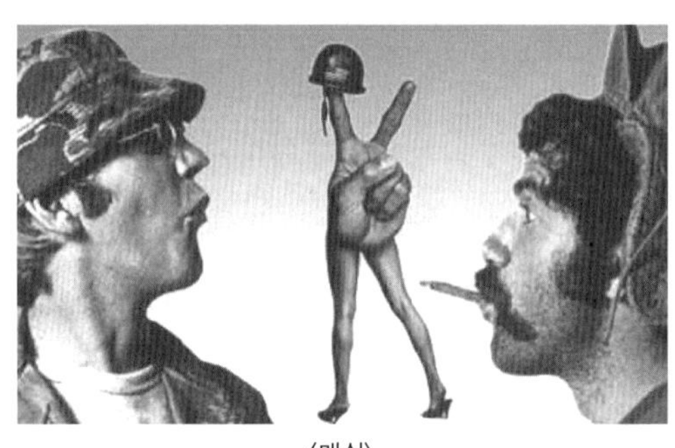

〈매쉬〉

〈매쉬〉(*M. A. S. H*)는 호크아이 피어스와 듀크 포레스트라는 두 명의 군의관이 도착하면서 시작된다. 그리고 영화는 그들의 임무 기간이 만료되면서 끝난다. 그러나 매쉬 부대는 뛰어난 두 사람의 외과의가 떠난 후에도 계속해서 생명을 구할 것이다. 이것과 똑같은 구조적 원리는 후일의 군대 코미디물 배리 레빈슨(Barry Levinson)의 〈굿모닝 베트남〉(*Good Morning Vietnam*)에서도 사용된다.

〈매쉬〉의 에피소드 구조는 텔레비전 시리즈에 익숙한 사람들에게 호

소력이 있는 것이다. 사실주의 영화의 내러티브는 종종 에피소드적이고 상호 교환적인 사건의 시퀀스다. 플롯은 타협의 여지없이 건축되는 것이 아니라, 관객을 놀라게 하는 어떤 씬들로 귀결되기 위해 그저 흘러가는 것처럼 보인다. 그러나 이것들이 스토리를 꼭 앞으로 진행시키는 것은 아니다. 이 씬들은 그냥 실제로 일어나는 좀 별다른 몇몇 이야기들로만 존재하는 것이다.

빠르게 진행되는 스토리를 좋아하는 관객은 흔히 천천히 진행되기도 하는 사실주의 영화를 참을 수 없어 한다. 이렇게 느린 진행은 초반 씬에서 특히 심해서, 그동안은 중요한 내러티브적 요소가 나타날 때까지 기다려야 한다. '옆길로 빠지는 것'은 종종 중심 플롯에 대한 평행 구조였음이 드러난다. 그러나 이 평행 구조는 추론으로 알 수 있는 것이고, 외적으로 분명하게 드러나는 경우는 거의 없다.

그밖에도 사실주의 내러티브의 다른 특징은 다음과 같다.

① 객관적으로 보고할 뿐 판단 내리기를 회피하여 개입하지 않으려는 태도를 견지한다.

② 독특하고 구체적이고 특정한 것을 선호하기 때문에 판에 박힌 표현, 진부한 관습, 상투적인 상황과 인물을 거부한다.

③ 이따금 딱딱하고 나쁜 취향으로 비판받는 쇼킹한, 혹은 저급한 소재를 선택하여 폭로하는 것을 선호한다.

④ 그럴듯한 해피엔딩, 희망적인 생각, 기적적인 치유, 그리고 또 다른 형태의 허위적인 낙관주의를 거부하는 반감상적인 관점을 취한다.

⑤ 말수가 적고, 비(非)극화를 선호하며, 멜로 드라마 및 과장을 피한다.

⑥ 운명이나 숙명과 같은 낭만적인 개념을 거부하고, 인과 관계와 동

기 부여라는 과학적인 관점을 갖는다.

⑦ 평범하고 솔직한 표현을 좋아하고 서정적인 충동을 피한다.

(2) 형식주의적 내러티브(Formalistic Narratives)

형식주의적 내러티브는 그 인위성을 즐긴다. 주제를 강화하기 위해 시간은 종종 다시 배열된다. 플롯의 디자인은 감추어지는 것이 아니라 강조된다. 그것은 관객에 대한 쇼의 일부로서 존재한다. 형식주의적 플롯은 구색이 잘 갖추어져 있지만, 일반적으로 영화감독이 의도하는 주제에 따라 구조화된다. 예를 들어 알프레드 히치콕(Alfred Hitchcock)은 이중적 플롯과 아울러 엉뚱하게 걸려 든 사람, 즉 아직 잡히지 않은 범인과 닮아 추궁당하는, 법적으로 결백한 사람을 다루는 주제에 사로잡혀 있다.

히치콕의 〈잘못된 사람〉(*The Wrong Man*)은 이 내러티브 모티프를 가장 분명하게 다룬 영화다. 전체적인 플롯은 이중적이고, 두 개로 구조화되어 있다. 두 번의 투옥과 두 번의 필적 테스트, 부엌에서의 두 번의 대화, 두 번의 법률 청문회, 두 번의 병원 방문, 두 번의 변호사 방문 등이다. 주인공은 두 명의 경찰관에 의해 두 번 체포된다. 그는 두 개의 다른 상점에서 두 명의 증인에 의해 (잘못) 확인된다. 죄에 대해서도 두 번 이송된다. 주인공(헨리 폰다)은 그가 저지르지 않은 죄로 기소되고, 정서적으로 불안한 아내(베라 마일즈)는 자신이 수용소에 가야 한

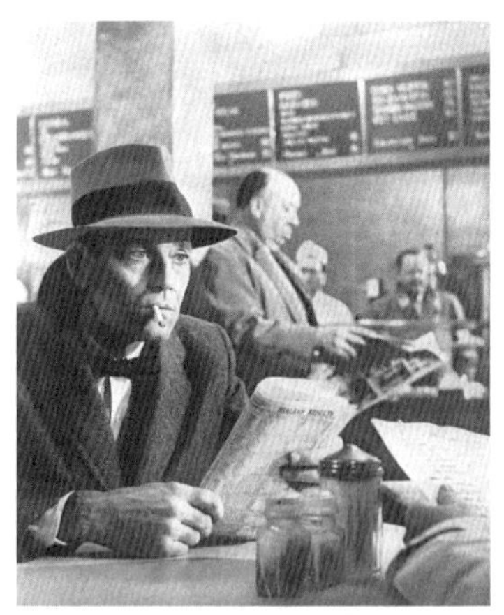

〈잘못된 사람〉

다고 주장하며 죄가 있는 체 한다. 장 뤽 고다르는 "사람들은 히치콕이 조종끈을 너무 자주 보여준다"고 말했다. 그리고는 "그러나 그가 그 조종끈을 보여주기 때문에, 그것들은 더 이상 조종끈이 아니다. 그것은 우리가 파고들어 따지는 것을 버텨내기 위해 만든 훌륭한 건축 디자인의 기둥이다"고 했다.

많은 형식주의적 내러티브는 작가에 의해 간섭을 받는데, 이때 작가의 개성은 바로 쇼의 일부가 된다. 이를 테면 브뉘엘(Bunuel)의 영화에서 그의 개성을 무시하는 일은 사실상 불가능하다. 그는 냉소적인 블랙 유머를 그의 내러티브 사이에 수줍게 끼워 넣는다. 그는 자신의 인물에게 그들의 거만한 언행, 그들의 자기기만, 그들의 비열하고 쩨쩨한 마음 등을 설정함으로써 몰래 해를 입히는 것을 좋아한다. 또한 고다르는 몹시도 간섭적인 데에 개성이 있다. 특히 그의 비전통적인 내러티브에서 뚜렷하게 나타나는데 그는 그것을 '영화적인 에세이'라고 불렀다.

형식주의 내러티브는 종종 서정적인 간주곡, 1930년대의 프레드 아스테어 진저 로저스 알케이오 뮤지컬에서의 매혹적인 춤곡들과 같은 것에 간섭을 당한다. 사실상 뮤지컬, SF, 퐌타지처럼 양식화된 장르 영화는 양식화된 황홀감과 화려한 효과를 보여주어 가장 풍요로운 잠재력을 제공한다. 이 서정적인 간주곡들은 플롯의 진행 추진력에 끼여든다.

형식주의 내러티브의 탁월한 예는 알랭 레네(Alain Resnais)가 감독하고, 레네와 장 그롤(Gean Grualt)이 각본을 쓴 〈내 미국 삼촌〉(*Mon Oncle d'Amerique*)을 들 수 있다. 이 영화의 구조는 고다르의 에세이 형식에 큰 영향을 받았는데, 그것은 다큐멘터리와 아방가르드 영화에서 따온 요소들을 극영화와 혼합시켰다고 할 수 있다. 이 영화에서의 아이디어는 기초 심리학에서 다루는 것이다. 레네는 실제 의사와 행동과학자 앙리 라보리

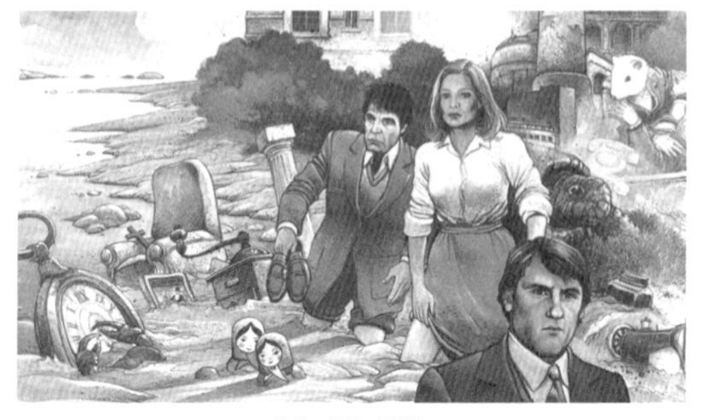
〈내 미국 삼촌〉

박사(Dr. Henri Laborit)의 기록 화면을 그의 극영화적인 에피소드 사이에 흩뜨려 놓는데, 이 사람들은 절개, 분석, 그리고 분류에 대한 프랑스적인 열광에 빠져 있다.

레네는 두뇌의 구조, 의식적이고 잠재의식적인 환경, 신경 체계, 동물학, 그리고 생물학에 이르기까지 인간 행위의 관계를 논의한다. 그는 스키너(B. F. Skinner)와 다른 인간 발달 전공학자들의 행위-수정 이론에 대해 언급한다.

이 영화에서 극영화적인 에피소드들은 이 이론의 구체적인 예시다. 인물들은 기계적인 좀비(zombies)가 아니라 자율적이다. 그런데도 그들은 그들이 잘 이해할 수 없는 어떤 힘의 희생자가 된다. 레네는 세 명의 호소력 있는 인물에 초점을 맞춘다. 각각은 독특한 생물학적 구조와 문화적 환경의 산물이다. 그런데 그들의 행로는 우연히 교차한다. "이 사람들은 행복해질 수 있는 조건을 모두 갖추고 있다. 그러나 그들은 전혀 행복하지 않다. 왜일까?" 하고 레네는 말한다. 그리고 나서 레네는 관객에게 그의 현란한 편집과 중층적 내러티브를 통해서 그 이유를 보여준다. 관점이 바뀌는 만화경 속에서 레네는 각 인물들의 삶과 꿈과 기억의 단편들을 라보리 박사의 추상적인 공식화, 통계, 그리고 조심스러운 관찰과 함께 병치시킨다.

세 주인공은 영화광이다. 그래서 이야기가 진행되는 동안 레네는 다양한 지점에서 그들의 어린 시절의 우상이었던 장 마레(Jean marais), 다니엘 다리외(Danielle Darrieux), 장 가방(Jean Gabin) 등의 영화에서 몇 개의 장면을 짧게 인터 컷한다. 그러나 어떤 장면은 인물들의 극적 상황에서 소외되어 있으며 우연히 비슷한 데조차도 없다. 레네는 위대한 세 명의 프랑스 영화 스타에게 경의를 표하고 있다.

(3) 넌픽션 내러티브(Nonfictional Narratives)

영화는 크게 세 가지로 분류된다. 극영화, 다큐멘터리, 그리고 전위 영화(avant-garde)가 그것이다. 전위 영화는 보통 스토리를 말하지 않는다. 최소한 관습적인 즉, 극적인 의미에서는 그렇지 않다는 말이다. 물론 다큐멘터리와 전위 영화는 구조화되어 있지만, 그 어떤 것도 플롯을 이용하지 않는다. 만약 스토리가 있다고 가정하면 오히려 스토리는 주제나 논쟁을 따라 구조화되는데, 특히 다큐멘터리에서 그러하다. 전위 영화에서 구조는 종종 영화감독의 주관적인 본능의 문제가 된다.

다큐멘터리는 대부분의 극영화와는 달리 사실을 다룬다. 만들어진 것이 아닌 현실의 사람들, 장소, 사건 등을 다루는 것이다. 다큐멘터리 감독은 자신들이 한 세계를 창조하고 있다기보다는 이미 존재하는 어떤 세계를 보고한다고 믿는다.

그러나 그들은 외부 세계의 단순한 기록자가 아니다. 왜냐하면 극영화 감독처럼 그들 역시 디테일을 선택함으로써 그들의 기본적인 재료를 형상화시키기 때문이다. 이 디테일은 일관된 예술적 패턴으로 구성된다. 많은 다큐멘터리 감독은 교묘하게 그들 영화의 구조를 단순하고도 자연스런 것이 되도록 한다. 그들은 사실에 대한 그들의 해석이 삶 그 자체의 풍부한 무작위성을 전달해 주기를 바라는 것이다.

사실상, 사실주의와 형식주의라는 개념은 극영화로서의 다큐멘터리를 논의하는 데 유용하다. 그러나 압도적인 다수의 다큐멘터리 감독은 그들의 주된 관심이 스타일보다는 소재에 있다고 주장할 것이다.

사실주의적인 다큐멘터리는 1960년대의 시네마 베리테(cinema verite) 혹은 다이렉트 시네마(direct cinema) 운동으로 가장 잘 표현된다. 뉴스 이야기를 재빨리, 효과적으로 그리고 최소한의 스탭으로 포착할 필요가 있기 때문에, 텔레비전 저널리스트들은 새로운 테크놀로지를 개발하게 되었고, 결국 다큐멘터리 영화의 진실에 대한 새로운 철학이 생겨났다. 그 테크놀로지는 다음과 같다.

① 촬영 기사가 사실상 어떤 곳이든 쉽게 돌아다닐 수 있게 해주는 가벼운 16mm 핸드헬드 카메라

② 촬영 기사가 12mm 광각 위치부터 120mm 망원 위치까지 한 번의 조절바로 작동시킬 수 있게 해주는 줌 렌즈

③ 따로 조명을 설치하지 않아도 촬영할 수 있는 새로운 고감도 필름. 이 필름은 최소한의 조명만으로 심지어 밤 장면까지도 만족할 만한 선명도로 담아낼 수 있을 만큼 조명에 민감하다.

④ 녹음 기사가 자동으로 영상과 음향을 동시에 녹음할 수 있는 이동용 테잎 레코더. 이 장비는 사용하기가 너무나 쉽기 때문에 카메라를 조작하는 사람과 사운드 시스템을 조작하는 사람 등 두 사람만 있으면 뉴스 기사를 촬영할 수 있다.

촬영 장비의 이러한 유연함과 기동성은 다큐멘터리 감독으로 하여금 진실성의 개념을 다시 정의하도록 해주었다. 이런 새로운 미학은 사전

계획과 조심스럽게 세분화된 각본을 준비하는 작업을 불필요하게 하였다. 각본은 현실세계에 대하여 선입견을 갖는 셈이 되고, 어떤 즉흥성이나 모호함도 중화시켜 버리는 경향이 있다. 다이렉트 시네마는 그러한 허구적인 선입견을 거부했다. 현실은 관찰되고 있는 것이 아니라, 그 각본이 그렇다고 말하고 있는 것에 따라 배치되고 있는 것이기 때문이다. 다큐멘터리 감독은 재료 위에 플롯을 얹어 놓는다. 어떤 종류의 재창조도 더 이상 필요하지 않다. 왜냐하면 만일 제작팀의 구성원들이 그 사건이 실제로 일어나고 있는 현장에 있다면, 그들은 사건이 일어나고 있는 동안 그 사건을 직접 포착할 수 있기 때문이다.

현실 세계에 대한 최소한의 간섭이라는 개념은 미국과 캐나다 시네마 베리테 학파의 지배적인 입장이었다. 영화감독은 어떤 식으로도 사건을 통제하지 않아야 한다. 심지어는 실제의 사람과 장소가 포함된다고 할지라도 재창조는 받아들여질 수 없는 것이었다. 편집은 최소한도로 그쳤다. 만약 그렇지 않을 경우 편집이 사건의 연결에 그릇된 인상을 심어줄 수 있기 때문이다. 또한 가능한 한 장시간 촬영을 주로 함으로써, 실제 시간과 공간을 부존할 수 있었다.

그리고 시네마 베리테는 사운드를 최소한으로 사용한다. 이 영화감독들은 전통적인 다큐멘터리에 수반되는 '신의 목소리' 해설에 적대적이었고 지금도 그렇다. 화면 밖에서 이루어지는 내레이션은 관객을 위해 영상을 해석해 주는 경향이 있고, 따라서 관객 스스로 분석할 필요성이 줄어든다. 그래서 어떤 다이렉트 시네마의 옹호자는 해설을 완전히 없애 버리기도 한다.

형식주의자이거나 주관적인 다큐멘터리의 전통은 소비에트 영화감독지가 베르토프(Dziga Vertov)까지 거슬러 올라간다. 1920년대 대부분의 소비에트 예술가들처럼 베르토프도 선동가였다. 그는 영화가 혁명의 수단이며, 노동자들에게 이데올로기적인 관점에서 사건을 볼 수 있는 안목을 가르치는 방법이어야 한다고 믿었다. 그는 "예술이란 역사적 투쟁을 반영하는 거울이 아니라 그 투쟁의 무기"라고도 하였다.

이 형식주의 전통에서의 다큐멘터리 감독은 영화를 주제적으로 건축하려는 경향이 있고, 논제를 예시하기 위해 이야기 재료를 배열하고 구조화한다. 대부분의 경우, 숏의 시퀀스와 심지어는 씬 전체가 의미나 논리를 살리면서도 배치가 바뀔 수 있다. 영화의 구조는 연대기나 내러티브의 일관성에 기초하지 않고, 다큐멘터리 감독의 주장에 기초한다.

한편 전위 영화는 너무 다양해서 그 내러티브 구조를 일반화하는 일이 어렵다. 이 영화의 대부분은 심지어 이야기를 말하려고 하지도 않으며, 자전적인 요소가 강하다는 공통점이 있다. 많은 전위 예술가는 주로 내적인 충동, 인간, 이념, 경험 등에 대한 그들의 사적이고 주관적인 관계를 전달하는 데 관심이 있다. 이런 이유로 전위 영화는 때때로 모호하고 이해조차 할 수 없기까지 하다. 전위 영화의 영화감독들은 대개 자신만의 사적인 언어와 상징학을 창조한다.

거의 예외없이 전위 영화는 그 각본 작업이 미리 이루어지지 않는다. 부분적으로는 감독이 동시에 촬영하고 편집하기 때문에 영화를 만드는 과정의 모든 단계에서 소재를 통제할 수 있는 까닭이다. 그들은 또한 자신의 영화에서 우연과 자발성에 가치를 두고, 이런 요소를 탐색하기 위해 각본의 불가변성을 피한다.

1940년대 미국의 전위 영화 감독인 마야 데런(Maya Deren)은 전위 영화를 사적인 혹은 시적인 영화라고 부르며, 주로 구조적인 관점에서 상업 영화와 차별화했다. 서정시처럼 사적인 영화들은 어떤 주제나 상황의 수

직적인 연구라고 할 수 있다. 영화감독은 무엇이 일어나고 있는지보다는 어떤 상황이 무엇과 같은지, 혹은 무엇을 의미하는지에 더 관심이 많다. 영화감독은 주어진 순간의 의미에 대한 깊이와 층을 탐구하는 데 집중하였다.

반면에 데런에 따르면 극영화는 소설이나 연극과 같다. 본질적으로 그 전개 과정이 수평적이다. 내러티브 영화감독은 상황에서 상황으로, 느낌에서 느낌으로 전진해야 하는 선적인 구조를 갖는다. 그래서 극영화 감독은 주어진 생각이나 정서의 의미를 탐험할 시간이 많지 않다. 왜냐하면 플롯이 계속 앞으로 나아가도록 진행시켜야 하기 때문이다.

전위 영화 감독들은 알아볼 수 있는 소재는 무엇이든 경멸한다. 한스 리히터(Hans Richter)와 유럽의 다른 초기 아방가르드 예술가들은 내러티브를 거부했다. 절대 영화의 대부였던 리히터는 주로 추상적인 형태와 디자인으로만 영상을 구성했다. 그는 영화란 연기, 스토리, 혹은 문학적인 주제와는 상관이 없어야 한다고 주장하였다. 그러나 음악과 추상화처럼 순수하게 비재현적인 형태와 관계가 있어야 한다고 믿었다. 많은 동시대 전위 영하 감독도 이런 신념을 공유하고 있었다.

5) 장르(Genre)와 신화(Myth)

장르 영화란 전쟁 영화, 갱 영화, 공상과학 영화 등 특정한 유형의 영화를 이르는 말이다. 따라서 장르 영화는 문자 그대로 수백 가지나 되는데, 미국과 일본에서 특히 더하다. 미국과 일본의 극영화는 사실상 모든 장르에 따라 분류될 수 있다. 장르는 스타일, 소재, 그리고 가치 면에서 특징적인 일련의 관습으로 구분한다. 또한 장르는 스토리 소재에 초점을 맞추고 조직되는 편리한 방법이기도 하다.

흔히 많은 장르 영화는 특정한 관객을 겨냥한다. 성장 영화(Coming -of-age films)는 일반적으로 10대를 목표로 한다. 액션 모험 장르는 모든 남성의 활동에 초점을 맞춘다. 그리고 여성들은 보통 흔히 있는 극영화, 즉 낭만적인 흥미를 제공하는 영화에 기울어진다. 미국의 여성 영화와 일본의 어머니 영화는 가정생활에 초점을 맞춘다. 그런데 이 여성 지향적인 장르에서, 남성들은 비슷한 방식으로 관습화되고 있으니 일반적으로 집안의 벌이를 하는 사람, 성적인 대상, 혹은 딴 남자로 등장한다.

앙드레 바쟁(Andre Bazin)은 일찍이 서부 영화를 "내용을 추적하는 형식"이라고 설명했다. 그러나 서부 영화뿐 아니라, 모든 장르 영화에 대해 이와 똑같은 설명을 할 수 있을 것이다. 그러니까 장르는 일련의 느슨한 기대감이고, 절대적으로 신성한 명령은 아닌 것이다. 즉 주어진 스토리 유형의 각 예는 그보다 앞선 것들과 관계되어 있지만, 어쩔 수 없는 굴레는 아니라는 것이다. 어떤 장르 영화는 좋고, 다른 어떤 장르 영화들은 끔찍하다는 것은 편견일 뿐이다. 예술적인 탁월함을 결정하는 것은 장르가 아니라 그 예술가가 그 형식의 관습을 얼마나 잘 이용하는가에 있다.

그런데 장르 영화의 주된 결점이 있다. 영화가 모방적이며, 진부한 기계적 반복으로 가치를 잃어버리기 쉽다는 것이다. 장르적 관습들은 스타일이나 소재에 있어 의미있는 혁신을 이루어 내지 못하면 그저 판에 박힌 영화가 될 뿐이다. 그러나 이것이 영화의 경우에만 해당되는 것이 아니다. 모든 예술에 있어서도 그렇다. 아리스토텔레스는 『시학』(The Poetics)에서 장르는 질적으로 중립이라고 했다. 고전적인 비극의 관습들은 그것이 천재에 의해 사용되건, 무명의 문사에 의해 사용되건 근본적으로 똑같다. 어떤 장르는 그것이 아주 재능있는 예술가의 관심을 끌었다는 이유로 좀 더 문화적인 명성을 누린다. 그렇지 못한 장르들은 대개 원래보다도 예술적이지 않았다고 여긴다. 그러나 대부분의 경우 이런 장르의 지위 몰락은 원래부터 가능성이 없었다기보다는 소홀히 여겼던 데서 비롯된다. 예를 들어 초기의 영화 비평가들은 채플린과 키튼과 같이 중요한 희극 예술가가 이 분야에 입문하기 전에는 슬랩스틱 코미디를 유치한 장르라고 여겼다. 그렇지만 오늘날 그 어떤 비평가도 이 장르를 헐뜯지 않는다. 무시 못할 수많은 걸작이 이 장르에 있기 때문이다.

　장르 영화가 비평적으로 최고의 찬사를 받는 경우는 기존의 형식적인 관습과 예술가의 독특한 공헌이 균형을 이루었을 때다. 고대 그리스의 예술가들은 동일한 신화를 토대로 작품을 썼으며, 극작가들과 시인들이 다시 같은 이야기로 돌아가곤 할 때도 그것을 탓하는 사람은 아무도 없었다. 무능한 예술가들은 그저 반복할 뿐이지만, 진지한 예술가들은 재해석을 하기 때문이다. 잘 알려진 이야기나 스토리 유형의 대체적인 윤곽만을 이용하여 스토리텔러는 재해석, 재생산의 작업을 수행한다. 그 주인공을 통해, 장르의 관습과 예술가의 창안 사이에서, 낯익은 것과 원래의 것 사이에서, 일반적인 것과 독특한 것 사이에서 도발적인 긴장감을 만들어 내는 것이다. 신화는 한 문명의 공통된 이상과 열망을 구체화하는 것이며, 예술가는 이러한 공동 사회의 이야기를 반복 이야기함으로써 어떤 의미에서는 정신적인 탐험가가 되어 알려진 것과 알려지지 않은 것 사이의 심연에 다리를 놓는다. 장르의 양식화된 관습과 원형의 스토리 패턴은 관객에게 그들 시대의 근본적인 신념, 공포, 불안에 제의적으로 참여하도록 격려한다.

　영화감독들은 흔히 장르 영화에 이끌린다. 장르 영화가 자동적으로 막대한 양의 문화적 내용을 종합하고, 감독이 좀 더 개인적인 관심사를 탐색하도록 해방시켜 주기 때문이다. 반면 일반적인 영화는 훨씬 자기 억제적이어야 한다. 예술가는 실제로 자신의 작품 속에서 모든 주요한 사상과 정서를 전달해야 하는데, 이것이 상영 시간의 대부분을 차지하게 된다. 그러나 장르 예술가는 절대로 출발선에서부터 시작하지 않는다. 앞선 사람들의 업적을 토대로 하여, 자신의 취향에 따라 그들의 아이디어를 더욱 풍요롭게 하거나 문제시할 수 있다.

가장 오래도록 지속되는 장르는 변화하는 사회적 조건에 적응하는 경향이 있다. 그 장르의 대부분은 선 대 악이라는 소박한 우화로 시작한다. 그러나 세월이 흐름에 따라 이런 것들은 형식과 주제적 범위 양쪽에서 모두 점점 복잡해진다. 그리하여 마침내는 수많은 장르가 원래 지니고 있던 가치와 관습을 조롱하면서 아이러니한 양식으로 바뀌는 것이다. 어떤 비평가들은 이 진화가 불가피한 것이며, 반드시 미학적인 발전을 의미하는 것은 아니라고 주장한다.

영화 비평가와 학자들은 장르 영화를 다음의 네 가지 중요한 주기로 분류하고 있다.

① 원시적(primitive) : 정서적인 영향력이 강할지라도 부분적으로는 형식의 새로움 때문에 이 단계는 보통 소박하다. 장르의 여러 관습이 이 국면에서 확립된다.

② 고전적(classical) : 균형, 풍부함, 안정 등과 같은 고전적인 이상을 구현한다. 장르의 가치는 확실해지고 관객이 널리 공유하게 된다.

③ 수정적(revisionist) : 장르는 일반적으로 훨씬 상징적이고 모호해지며, 가치는 덜 분명하다. 이 단계는 양식적으로 복합적인 경향이 있는데, 정서보다는 지성에 호소하게 된다. 이미 확립된 장르의 관

습은 종종 일반적인 신념을 의문시하거나 잠식해 들어가기 위해 아이러니한 장식으로 이용된다.

④ 패러디적(parodic) : 장르 발달에서 이 단계는 관습을 노골적으로 조롱하고 터무니없이 진부한 것으로 깎아내리며 희극적인 방식으로 표현된다.

서부 영화의 원시적인 측면에 대한 예는, 최초의 서부 영화이자 대중에게 대단한 인기를 얻은 에드윈 포터(Edwin S. Porter)의 〈대열차 강도〉(*The Great Train Robbery*, 1903)를 들 수 있다. 이 영화는 몇십 년 동안 모방되고 윤색되었

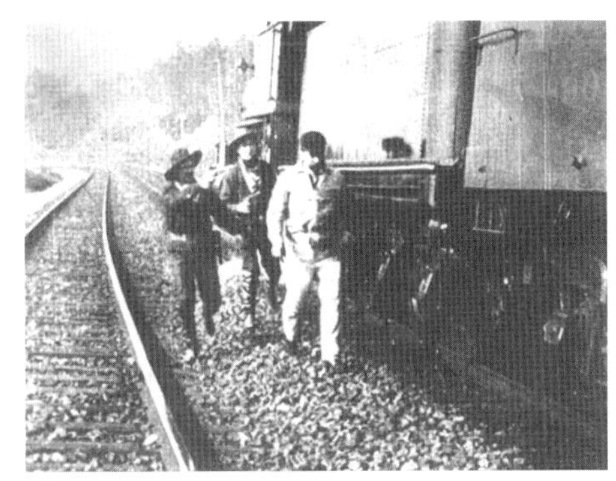

〈대열차 강도〉

다. 그리고 서부 영화의 고전적인 단계는 존 포드(John Ford)의 다수의 작품이 그 전형이라고 할 수 있다. 특히 흥행에 성공했을 뿐만 아니라, 비평적인 면에서도 널리 인정받은 그 시대의 얼마 안 되는 서부 영화 중 하나인 〈역마차〉(*Stagecoach*)가 그렇다. 또한 〈하이 눈〉(*High Noon*)은 최초의 수정적인 서부 영화 가운데 하나인데, 그 장르의 고전적인 단계의 많은 대중적인 가치를 아이러니하게 의문시한다. 이후 20여 년에 걸쳐서 대부분의 서부 영화들은 이 회의적인 양식으로 남아 있었는데, 〈와일드 번치〉(*The Wild Bunch*)와 〈맥케이브와 밀러 부인〉(*McCabe and Mrs. Miller*)과 같은 작품들이 이에 포함된다. 어떤 비평가들은 멜 브룩스(Mel Brooks)의 패러디 작품인 〈불타는 안장〉(*Blazing Saddles*)을 서부 영화 장르의 치

명적인 것으로 지적했다. 왜냐하면 많은 관습이 무자비하게 풍자되었기 때문이다. 그러나 장르는 몇 년 동안의 휴지기 후에 재도약할 방법이 있다. 예를 들어 클린트 이스트우드의 인기 있는 〈페일 라이더〉(*Pale Rider*)는 태연하게도 고전적이다. 많은 문화 이론가는 한 장르의 진화에 대한 개별적인 가치의 문제는 대개 취향과 유행의 문제이며, 장르의 단계 그 자체의 내재적인 장점은 아니라고 주장한다.

장르와 그 장르에 영양을 공급하는 사회와의 관계를 탐색해 온 매우 시사적인 비평적 연구가 있다. 이 사회심리학적 연구는 19세기의 프랑스 문예비평가 이폴리트 테느(Hippolyte Taine)가 개척한 것이다. 테느는 어떤 특정한 시대, 혹은 특정한 나라의 사회적이고 지적인 불안이 곧 그 예술에 표현된다고 주장했다. 한 예술가의 함축적인 기능은 문화적인 가치의 불일치를 조화롭게 하고 화해시키는 것이다. 그는 공공연하게 드러나는 예술의 의미와 숨은 의미 양쪽을 모두 분석해야 하며, 예술에는 명시적인 내용 아래, 보이지 않는 사회적이고 심리적인 정보를 담고 있는 광대한 저수지가 존재한다고 믿었다.

이러한 접근은 인기 있는 장르에서 가장 효과적이다. 그러한 장르는 다수 관객의 공유된 가치와 두려움을 반영한다. 그러한 장르는 현대의 신화로 여겨질 수 있고, 일상 생활의 현실에 철학적인 의미를 부여해 주기도 한다. 사회적인 조건이 변함에 따라 장르도 종종 함께 변하고, 일부의 전통적인 풍습과 신념에 도전하고 다른 것들을 지지한다. 예를 들어 갱 영화는 미국 자본주의의 은밀한 비판자였다. 때때로 반란 신화를 탐구하는 수단이 되기도 했으며, 사회적 몰락기에 인기가 있었다. 주인공은 보통 몸집이 작은 사람이 연기하는데 그는 무자비한 사업가에 비유되고, 권력에 오르는 것은 호레이쇼 알제(Horatio Alger) 신화의 냉소적인 패러디다. 재즈 시대 동안, 〈지하 세계〉(*Underworld*)와 같은 갱 영화들은 본질적으로 탈정치적인 방식으로 금주법이 실행된 기간의 폭력과 매혹을 다루었다. 1930년대 초 공황기의 가장 힘든 시절 동안, 이 장르는 매우 이데올로기적으로 전도되었다. 〈작은 시저〉(*Little Caesar*)와 같은 영화들은 권위와 전통적 사회 제도 면에서 흔들리는 국가적 신념을 반영했다. 미국 대공황 말기의 〈막다른 골목〉(*Dead End*)과 같은 갱 영화들은 자유로운 개혁을 위한 청원이었고, 범죄는 파탄된 가정, 기회의 부족, 그리고 빈민굴 생활의 결과라고 주장한다. 모든 시대의 갱들은 여성에게 무능력하여 고생하는 경향이 있었으니, 1940년대의 〈하얀 열기〉(*White Heat*)와 같은 영화들은 노골적인 성적 신경증 환자의 주인공을 묘사했다. 1950년대에 부분적으로는 크게 알려진 케파우버 상원의원의 범죄 조사의 결과로, 〈피닉스 시 이야기〉(*The Phenix City Story*)와 같은 갱 영화들은 미국 조직 폭력단의 범죄 기밀을 폭로하는 형식을 취했다. 프란시스 코폴라의 〈대부〉와 〈대부2〉는 갱 영화라는 장르의 역사를 사실상 다시 훑어본 것으로서, 3세대에 걸친 인물들을 보여주며 베트남과 워터게이트 사건으로 인해 지성과 감성을 마비당하고 망연자실해 있는 미국의 기진맥진한 냉소주의를 반영하고 있다. 세르지오 레오네(Sergio Lenoe)의 〈옛날 옛적 미국에서〉

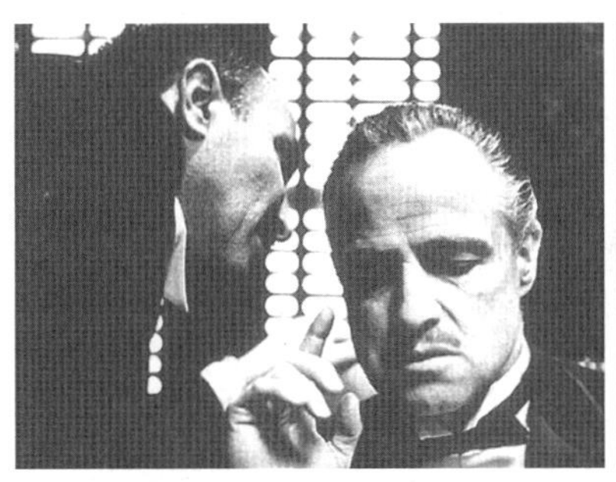

〈대부〉

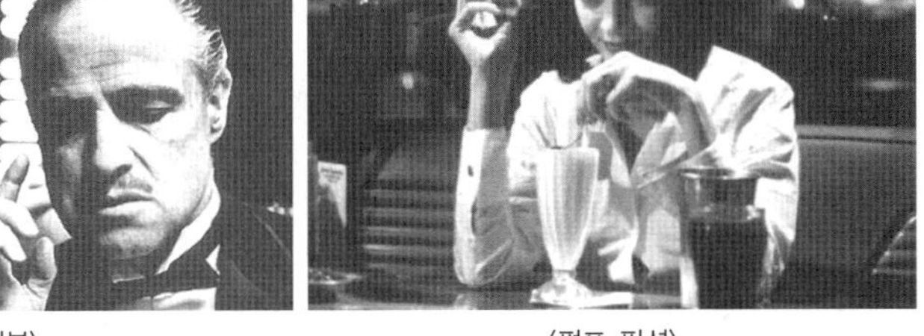

〈펄프 픽션〉

〈Once Upon a Time in America〉는 우화 같은 제목이 암시하는 대로 노골적으로 신화적이고, 거의 제의적인 방식으로 장르의 전통적인 흥망 구조를 다룬다. 쿠엔틴 타란티노(Quentin Tarantino)의 〈펄프 픽션〉(Pulp Fiction)은 장르의 재치있는 희화이며, 갱 영화 관습의 많은 것을 패러디한다.

　지그문트 프로이트와 칼 융의 사상은 많은 장르 이론가들에게 영향을 미쳤다. 테느처럼 이들 정신병리학자는 예술이 의미의 잠재적 구조의 반영이라고 믿었고, 예술가와 관객 모두의 특정한 잠재의식적인 필요를 만족시키는 것이라고 믿었다. 프로이트에게 예술이란 백일몽과 소망 성취의 한 형식이었고, 현실에서 만족될 수 없는 절박한 충동과 욕망을 대리적으로 해결하는 것이었다. 포르노 영화는 아마도 열망이 어떻게 대리적인 방식으로 진정될 수 있는지를 보여주는 가장 분명한 예가 될 것이다. 그리고 실제로도 프로이트는 대부분의 신경증이 성적인 것에 바탕을 두고 있다고 믿었다. 그는 본질적으로는 사회적으로 유익한 것일지라도 예술을 신경증의 부산물이라고 생각했다. 신경증처럼 예술은 반복적인 강박증, 즉 어떤 심적인 갈등을 재현하고 일시적으로 해결하기 위해 똑같은 이야기와 제의들을 반복할 필요성을 갖는다는 것이다.

　융은 프로이트의 제자로 출발했지만, 결국에는 프로이트의 이론이 공동 사회라는 차원이 결여되어 있다고 생각하면서 결별하고 말았다. 융은 신화, 동화, 민속학에 매혹되었고, 그런 것들에는 모든 문화, 모든 시대, 모든 개인에게 찾아볼 수 있는 보편적인 상징과 스토리 패턴이 있다고 믿었다. 융에 따르면 무의식적인 콤플렉스는 본능만큼이나 깊이 뿌리박혀 있고 불가해한 원형적인 상징들로 이루어진다. 그는 이 가라앉아 있는 상징들의 저수지를 집단 무의식(collective unconscious)이라고 불렀고, 이 것은 근원적인 것으로서 원시 시대까지 거슬러 올라갈 수 있다고 생각했다. 이 원형적 패턴들은 다수가 서로 양극적인 것으로 종교, 예술, 그리고 사회의 기본적인 개념을 구현한다. 예컨대 선과 악, 능동과 수동, 남성과 여성, 정적인 것과 동적인 것 등이 그렇다. 융은 예술가들이 의식적이건 무의식적이건 가공되지 않은 재료로서 이 원형을 끌어내어, 특정 문화권에서 선호할 만한 일반적인 형식들로 바꾸어야 한다고 했다. 융에게 있어서 모든 예술 작품, 특히 포괄적인 예술은 보편적인 경험의 극미한 탐구이며, 고대의 지혜를 향한 본능적인 모색이다. 또한 엘리트 문화는 복합적인 표면의 디테일 아래로 원형과 신화를 가라앉히는 경향이 있는 데 반하여, 대중문화는 원형과 신화에 대해 가장 솔직한 관점을 제공한다고 그는 믿고 있었다.

5. 대본(Screenplay)과 각색(Adaptations)

1) 시나리오 작가(The Screen writer)

시나리오 작가는 영화감독과 함께 일하는 다른 어떠한 사람보다도 영화의 주된 '작가'로서 자주 부각되어 왔다. 작가는 대체로 대사를 책임지며, 행동 대부분의 윤곽을 결정한다. 그리고 때때로 행동을 매우 자세하게 결정할 때도 있으며 종종 영화의 주제까지도 제시한다. 그러나 영화 제작에서 작가가 어떠한 공헌을 했는가를 한마디로 말하려는 것은 헛수고일 따름이다. 왜냐하면 영화나 감독에 따라 작가의 역할이 크게 달라지기 때문이다. 어떤 감독들은 시나리오에 별로 신경을 쓰지 않는다. 최소한의 시나리오만을 사용하는 감독도 있다. 특히 무성 영화 시절에 즉흥적인 연기는 예외 없이 늘 있는 일이었다.

그리고 뛰어난 감독들 중에는 직접 시나리오를 쓰는 사람이 많다. 콕도(Cocteau), 에이젠슈테인(Eisenstein), 베르히만(Bergman), 그리고 헤르조그(Herzog) 등이다. 미국 영화의 경우에도 마찬가지다. 그리피스(Griffith), 채플린(Chaplin), 슈트로하임(Stroheim), 휴스턴(Huston), 웰즈(Wells), 맨키위츠(Mankiewicz), 와일더(Wilder), 스터지스(Sturges), 우디 앨런(Woody Allen), 코폴라(Coppola) 등은 직접 시

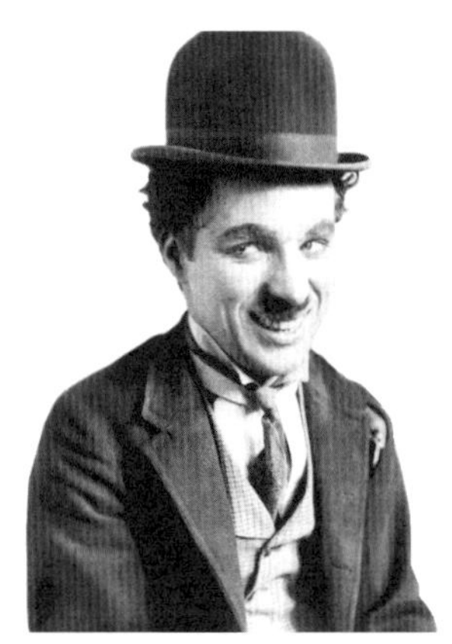

채플린(Chaplin)

나리오를 쓰는 감독으로서 유명한 사람들이다. 이처럼 감독 대부분이 대체로 직접 시나리오를 쓰기도 하지만, 생각을 넓히기 위해서 다른 작가의 도움을 얻기도 한다. 펠리니(Fellini), 트뤼포(Truffaut), 구로사와(黑澤, Kurosawa) 등이 이런 방식으로 작업한 감독들이다.

미국의 스튜디오 시스템은 대본을 여러 사람이 함께 만들도록 권장하는 경향이 있었다. 그리고 그것은 대화, 코미디, 구성, 분위기 등의 전문 분야 작가로 세분되는 경우가 많았다. 그래서 보잘 것 없는 시나리오를 좋게 고치는 데에 뛰어난 작가도 있었고, 시나리오로 옮겨 쓸 능력은 모자랐지만 아이디어는 훌륭한 아이디어 작가도 있었다. 그러므로 이러한 협동 작업에서 영화의 자막에 나오는 각 부문 담당자의 이름만 보고 누가 영화에서 어떤 부분을 맡았는가를 확실하게 말할 수는 없을 것이다. 히치콕(Hitchcock), 캐프라(Capara), 루비치(Lubitsch) 등과 같은 많은 감독들은 시나리오를 완성하기까지 자신들도 많은 수고를 했지만, 구태여 자기가 시나리오를 작성했다고 자막에다 이름을 넣으려 하지 않았기 때문이다. 공식적으로는 그 영화의 시나리오를 담당한 작가가 전체를 작성한 것으

로 모든 공을 돌린다.

여러 해 동안 미국 비평가들은 예술이란 것이 존경을 받으려면 엄숙해야만 한다고 믿는 경향이 있었다. 그렇다고 그것이 실제로 재미가 없는 것은 아니라 할지라도 엄숙한 품격은 지니고 있어야 한다는 것이다. 심지어 할리우드 스튜디오 시스템의 전성기에도 돌턴 트럼보(Dalton Trumbo), 칼 포먼(Carl Foreman), 도어 섀리(Dore Schary)와 같은 작가들은, 정의·동포애·민주주의를 논하는 세련된 대사로써 시나리오를 썼기 때문에 당시 대단한 위세를 누렸다.

정의니, 민주주의니 하는 주제가 중요하지 않다는 말은 아니다. 이런 주제들이 예술적으로 효과를 거두려면 기술적으로도 타당하게 작품에 융화되어야 한다는 것이다. 애국자를 기리는 날에 듣게 되는 거창한 연설처럼, 작중인물에게 아무렇게나 주어져서는 안 된다. 예를 들어, 소설 「분노의 포도」(*The Graps of Wrath*)에서 존 스타인백(John Steinbeck)은 종종 조드가(家)의 강인함을 칭찬한다. 그들은 대공황기에 농장을 버리고 캘리포니아로 새로운 삶을 찾아 나서는데, 그곳의 상황은 훨씬 더 열악하다. 그렇지만 강인한 생명력으로 사시고 어려움을 헤쳐 나간다.

존 포드(John Ford)의 영화에는 내레이터가 없기 때문에 인물들은 스스로를 이야기해야 했다. 너낼리 존슨(Nunnally Johnson)의 각본에 이념이 없는 것은 아니었지만, 그것은 인물의 말로 표현된다. 좋은 예는 마지막 씬에서의 남편에 대한 마 조드(제인 다웰)의 평이다. 그들은 낡아빠진 트럭을 타고 새로운 일자리를 찾아가는 중이다. 20일 동안 과일을

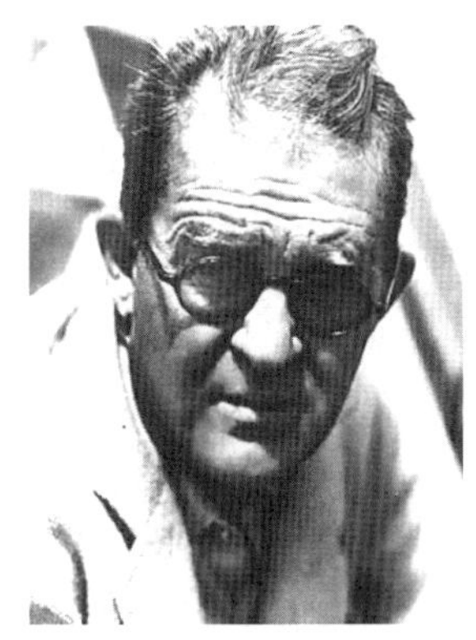

존 포드(John Ford)

따는 일이다. 파 조드(러셀 심슨)는 아내에게 "한때 가정이 끝장났다"고 생각했었다며 말한다. 그녀는 대답한다. "알아요. 그게 우리를 강하게 만들었어요. 부유한 놈들은 태어나서 죽고, 그 자식들도 마찬가지예요. 하지만 우리는 계속해서 태어나요. 우리가 바로 살아있는 사람들이에요. 아무도 우리를 파괴할 수 없어요. 아무도 우리를 없애 버릴 수 없어요. 우리는 영원히 살아가는 거예요. 파, 왜냐하면 우리가 진정한 사람들이기 때문이죠."

이 영화의 마지막 영상은 장렬한 익스트림 롱 숏이다. 금방이라도 부서질 것 같은 조드의 트럭이 다른 헐어빠진 트럭과 자동차의 행렬 속에 알아볼 수 없이 뒤섞이고, 끊이지 않는 자동차들의 왕래가 교통의 홍수를 이룬다. 포드가 영상으로 보여주는 인간의 용기와 신속한 회복력에 대한 찬사이다.

일반적으로 학생, 예술가, 지성인들은 자의식이라는 개념 없이 사상과 추상에 대해 논의하기를 좋아한다. 그러나 어느 경우에도 수긍이 가게 하기 위해서는 설득력 있는 말이 필요하고, 극 속에서는 그것이 그럴듯해 보여야 한다. 작중 인물의 말이 대사라는 옷을 입은 작가의 설교가 아니라는 생각이 들어야 하는 것이다.

하지만 늘 예외가 있게 마련이다. 예컨대 〈카사블랑카〉(Casablanca)는 전통적인 사랑의 삼각관계를 다룬다. 이 영화에서 일자(잉그리드 버그만)는 깊이 존경하고 감탄하는 레지

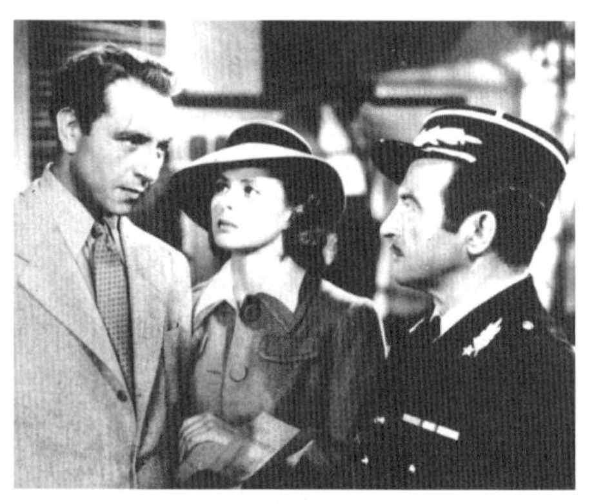

〈카사블랑카〉

스탕스 지도자인 남편 빅터 라즐로(폴 헨리드)와, 그녀가 언제나 사랑했고 사랑할 남자 릭 블레인(험프리 보가트) 사이에서 괴로워한다. 영화 전반에 걸쳐 릭의 말은 일반적으로 퉁명스럽고 냉소적이고 딱딱하다. 언변이 멋진 사람도 아니다. 그러나 영화의 끝부분 공항 씬에서, 그가 사랑하지만 포기해야 하는 여자에게 하는 말은 노골적으로 이데올로기적이다.

우리 둘 다 속으로는 당신이 빅터의 사람이라는 것을 알고 있소. 당신은 그의 일, 그가 계속 나아가도록 해주는 것의 일부지. 만일 저 비행기가 이륙해 떠나고 당신이 그와 함께 있지 않다면, 당신은 후회할 것이오 …… 어쩌면 오늘도 아니고, 어쩌면 내일도 아니지만 곧 그리고 당신의 일생 내내 말이오…… 일자, 나는 고귀해지는 것에 능숙하지 못하지만, 이 미친 세상에서 조그만 문제는 아주 하찮은 것이라도 정도는 쉽게 알 수 있소. 언젠가 당신도 그걸 이해할 것이오. 현실을 직시해봐요.

몇몇 영화감독은 매우 뛰어나 대본을 생산해 내기도 한다. 재치가 번뜩이는 유성 영화 대본에서도 말이다. 이것은 베르트뮐러(Wertmuller), 베르히만(Ingmar Bergman), 그리고 우디 앨린(Woody Allen) 등의 가장 잘 된 영화들에서 확인해 볼 수 있는 사실이다. 또한 프랑스와 스웨덴, 그리고 영국 영화는 매우 문학적이다. 특히 조지 버너더 쇼(George Bernard Show), 그레이엄 그린(Graham Greene), 앨런 실리토(Alan Sillitoe), 존 오스본(John Osborne), 해롤드 핀터(Harold Pinter), 데이비드 스토리(David Storey), 하니프 쿠레이쉬(Hanif Kureishi) 등은 영국 영화의 각본을 써온 중요한 작가들이다.

무엇보다 토키 영화에서는 대본이 아주 중요함에도 불구하고, 작가가 영화를 주도한다는 측면을 우습게 여기는 감독도 있다. 안토니오니

(Antonioni)는 도스토예프스키의 「죄와 벌」이 내용상으로는 평범한 스릴러물에 속하는 소설이라고 말한 바 있다. 이 소설의 정수는 내용 그 자체가 아니라, 그 내용이 어떠한 방식으로 서술되고 있는가라는 것이다. 상당수의 훌륭한 영화가 평범한, 아니 심지어는 신통치도 않은 소설을 기초로 하고 있다는 사실이 그러한 견해를 입증하는 예다.

영화의 대본은 십중팔구 읽기에 재미가 없다. 왜냐하면 대본이란 완제품의 청사진과도 같기 때문이다. 그래도 즐겁게 읽을 수 있는 연극의 대본과 달리, 시나리오에는 생략된 부분이 너무나도 많다. 영화 대본이 대단히 자세한 것이라고 하여도, 감독의 주된 표현 수단인 미장센이 어떻게 될 것인지를 대본만 보고서 추측하기는 힘들다. 앤드류 사리스(Andrew Sarris)는 특유의 위트 있는 표현으로, 감독의 숏 선택, 혹은 연기의 촬영 방식이 영화의 결정적인 요소라는 점을 지적하였다.

클로즈업과 롱 숏 중에 어느 것을 택하느냐하는 문제는, 이야기 그 자체를 초월하는 더 중요한 문제가 될 수 있다. 늑대와 소녀의 이야기에서 늑대를 클로즈업으로, 소녀를 롱 숏으로 촬영한다면, 감독의 주된 관심사는 어린 소녀를 잡아먹으려고 정신이 없는 늑대의 감정적인 문제와 관련된 것이다. 만약 소녀를 클로즈업으로 찍고, 늑대를 롱 숏으로 찍는다면, 사악한 세상에 그나마 남아 있는 순진무구함과 관련된 정서적 문제가 강조되는 것이다. 이렇게 바탕이 되는 소재가 동일할지라도 서로 다른 두 이야기가 만들어지는 셈이다. 늑대와 소녀를 토대로 한 이 두 가지 해석에서 관건이 되는 것은 감독의 대조적인 인생관이다. 한 쪽은 늑대에게 더 기울어져 있다. 이는 남성적이고 충동적이며 타락한 것이고, 악 그 자체일 수도 있다. 다른 한 쪽은 어린 소녀 쪽으로 기울어져 있다. 이는 순진하고 환상적이며, 이상적이고 인류의 희망인 것이다. 말할 나위도 없이 이런 구별을 하려 드는 비평가는 거의 없으며, 그렇게 한다면 이는 영화를 감독하는 일이 창조적 행위라는 사실을 충분히 이해하고 있지 못함을 증명한다.

2) 영화 대본(The Screenplay)

영화 대본은 완결된 문학 작품이 아니다. 만약 그렇다면 영화 대본은 지금보다 더 많이 출판될 것이다. 베르히만, 펠리니, 트뤼포 등과 같이 몇몇 저명한 감독의 시나리오는 출간되기도 했지만, 이는 단지 영화의 총체적 내용을 언어로써 대충 엮어낸 정도에 불과하다. 아마도 영화가 남기는 가장 나쁜 문학적 부산물은 '소설화'일 것이다. 즉 어떤 영화의 흥행을 이용해 전문 작가에게 그 영화를 소설로 쓰게 하는 주문 소설을 이르는 것이다.

각본은 종종 그 역할을 연기하는 배우가 수정한다. 특정 스타를 위해 쓰인 각본에서는 특히 더 그렇다. 그러한 각본은 당연히 그 스타를 인기 있게 만들만한 요소를 담을 것이다. 예컨대 게리 쿠퍼(Gary Cooper)를 위해 글을 썼던 각본가는 그가 말을 적게 할수록 최상이라는 것을 알고 있었다. 클린트 이스트우드(Clint Eastwood)는 "계속해, 오늘은 날 위한 날이야" 하는 무뚝뚝하고 짤막한 농담으로 유명하다. 이스트우드가 연기하는 인물은, 쿠퍼가 연기하는 인물처럼 말재주 좋은 사람을 의심한다.

반면, 얘기를 잘하는 사람의 경우는 듣기 좋다. 조셉 맨키위츠(Joseph L. Mankiewicz)는 할리우드의 빅 스튜디오 시대에서 가장 존경받는 작가이자 감독 가운데 한 명이다. 그의 최고의 작품 〈이브의 모든 것〉(*All about Eve*)은 등장인물의 훌륭한 대사로 유명하다. 그 인물 중 한 명은

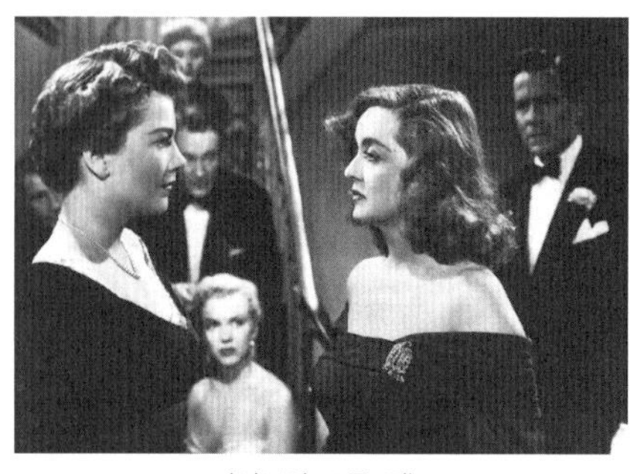
<ㅇ이브의 모든 것>

신랄한 연극 비평가 애디슨 드위트(Addison Dewitt)로서 넘치는 성적 매력과 침착한 연기로 배우 조지 샌더스(George Sanders)가 소화해 냈다. 영화 후반부에서, 능란한 거짓말과 속임수로 정상의 자리를 고수하려는 젊은 여배우 이브 해링턴(Eve Harrington)이 더 이상 쓸모가 없어진 동료 드위트를 무시하지만, 드위트는 그녀를 끝까지 두둔하며 비웃지 않는다. 화가 난 그녀는 문 쪽으로 걸어가 문을 연다. "당신은 그런 제스처를 하기에는 너무 키가 작아요." 그는 냉담하게 지켜볼 뿐이다. "게다가 그 역은 피스크에게로 갔어요." 비로소 그는 그녀의 모든 거짓말을 폭로함으로써 그녀의 가면을 벗겨 내기에 이른다. "당신의 이름은 이브 해링턴이 아니야. 거트루드 슬레킨스키가 진짜 이름이지." 그리고는 "당신의 부모는 가난했지. 그리고 아직도 그래. 당신 부모는 당신이 어떻게 지내는지, 어디에 있는지를 알고 싶어 하셔. 3년 동안 당신에게서 소식 한번 듣지 못했으니까."

이브는 마침내 그의 통렬한 비난의 말이 끝나자 무너지고 만다. "내가 당신을 원할 수밖에 없다는 생각이 거짓말처럼 너무 갑자기 떠오르는군. 그것이 아마도 진짜 그 이유겠지. 당신은 독특한 사람이오, 이브. 그리고 나도 그렇소. 우리는 그게 공통점이오. 또한 인간성에 대한 경멸과, 사랑하거나 사랑받지 못하는 것, 만족할 줄 모르는 야심, 그리고 재능도 그렇지. 우리는 서로에게 자격이 있소."

<이브의 모든 것>에서 대부분의 등장인물은 고등 교육을 받았고 교양

이 있었다. 이에 비해 버드 슐버그(Budd Schulberg)가 각본을 쓴 〈워터프론트〉(*On The Waterfront*)의 인물들은 거칠고 무지한 노동 계급의 부두 노동자들이었다. 그런 인물들은

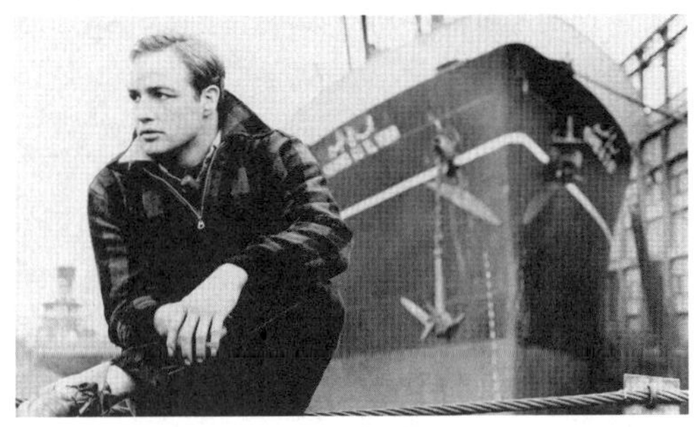

〈워터프론트〉

보통 남성적이라는 허울 아래 감정을 감추려고 한다. 그러나 격렬한 감정 씬에서는, 단순하지만 말에 힘이 있다. 형제인 찰리(로드 스타이거)와 테리(말론 브란도) 사이의 유명한 택시 씬이 좋은 예다. 약삭빠른 형 찰리는 한때 중요한 권투 경기에서 동생으로 하여금 일부러 지도록 한 적이 있다. 이제 더 이상 테리는 권투 선수가 아니지만, 찰리가 속해 있는 조니 프렌들리의 조직에서 일부러 져 주는 일을 했다. 찰리는 그 일에 대해 테리의 매니저를 비난하려고 애쓴다. 그러자 화가 나서 테리가 대답한다.

그건 그가 아니었어! 그건 형이었어, 찰리. 그 날 밤처럼 형네 둘은 탈의실에 와서 "임마, 이건 너희를 위한 밤이 아니야 – 우리는 윌슨에게 돈을 걸었어."라고 말하지. 그건 나를 위한 밤이 아닐 거라고. 나는 그날 밤 윌슨을 혼내줄 참이었지! 나는 준비가 되어 있었어. 처음 몇 라운드 동안 난 녀석에게 호흡을 잘 맞춰 주었지. 그래서 무슨 일이 일어났느냐 하면, 이 게으름뱅이 윌슨이 타이틀을 거머쥘 한 방을 때린 거지. 경기장 바깥에서 말야! 나는 돈을 좀 받고 팔루커빌로 가는 편도 티켓을 받았지. 그게 형이야, 찰리. 형은 내 형제야. 형은 나를 위해서 조심해야 해. 내가 얼마 안 되는 돈 때문에 녁아웃당한 체하게 만드는 대신에……. 나는 싸울 수도 있었어. 나는 일류일 수도 있었고, 다른 사람이 될 수도

있었어. 건달 말고 진짜 일류 말이야. 똑바로 봐. 그게 형이야, 찰리.

좋은 대사는 종종 좋은 귀를 가진 결과다. 사람들이 사용하는 말의 적당한 리듬, 단어 선택, 문장, 사투리, 은어, 혹은 욕설 등의 길이를 포착하는 것이다. 올리버 스톤의 〈살바도르〉(*Salvador*)에 등장하는 입이 거친 인물들은 난잡한 말을 쏟아놓는데, 이는 그들 생활에서의 폭력을 말로 옮겨놓은 것이다. 이런 맥락에서 오히려 공손하거나 단정한 문장은 나쁜 대사가 될 것이다.

니콜라스 마이어(Nicolas Meyer)의 각본 〈7퍼센트 용액〉(*The Seven Per-Cent Solution*)이 제공해 주는 즐거움 중 하나는 그가 어떻게 주인공인 셜록 홈즈의 19세기적인 우아하고 문학적인 산문 스타일을 포착하고 있는가 하는 점이다. 비엔나에 있는 의사의 집에서 어떤 외국 의사를 처음 만났을 때 홈즈는 이렇게 말한다.

> 당신이 헝가리에서 태어나서 파리에서 잠시 공부를 한 뛰어난 유태인 의사라는 사실과 당신의 급진적인 이론 때문에 권위 있는 의학협회와 소원하게 되고 그래서 여러 병원과 의학 동호회 지부와의 연계를 끊어 버렸다는 사실 이외에 나로서는 거의 추론할 수가 없습니다. 당신은 결혼해서 아이 다섯을 두고 있고 셰익스피어를 즐기고 명예심이 있는 사람이지요.

그 의사는 바로 지그문트 프로이트다. 그는 당연히도 홈즈가 그저 방에 들어선 순간부터 그렇게 많은 것을 추론할 수 있다는 것에 놀란다.

대부분의 대본은 실제적이고 사실적이다. 대본은 출판을 위해 쓰인 것이 아니고, 행동의 시퀀스도 통상 문학적인 수식이 없이 단순하게 묘사될

뿐이다. 그러나 이 규칙에도 예외가 있다. 그 중 하나가 존 오스본(John Osborne)의 각본 〈톰 존스〉(*Tom Jones*)다. 헨리 필딩(Henry Fielding)이 쓴 18세기 소설을 기초로, 그는 세련된 감각으로 각색을 하고 있다. 더욱이 영화의 여우 사냥 장면은 토니 리처드슨(Tony Richardson)의 능숙한 연출 덕분에 놀라울 정도로 효과적이다. 그러나 리처드슨은 분명 오스본의 각본에서 영감을 얻었을 것이다.

사냥은 분명 크리스마스에 어울리는 일이 아니라 아주 지독히 타락할 일이었고, 모두가 그렇게 전심전력으로 열중해서 참가하는 것이 그들의 생활에 너무나 가까이 있는 노골적이고 난폭한 활기를 잘 표현해 주는 것 같다. 그것은 열정적이고 폭력적이다. 웨스턴 영주는 그 진흙탕 너머로 말을 채찍질하면서 미친 듯이 소리를 지른다. 목사는 그의 살진 발뒤꿈치를 허공에 차 대면서 열광적으로 즐겁게 소리를 지른다. 크고 추하며 도무지 귀여워해 줄 수 없는 개들이 땅에서 날뛴다. 톰은 말 위에서 현기증을 느끼고 고함을 지른다. 그의 얼굴은 불그스름하고 축축하며, 욕정과 울부짖음 그리고 상쾌한 공기 중의 뜨거운 살덩이와 사람들의 피와 실, 동물들의 피와 털도 거의 알아차리지 못할 정도로 말을 내몰고 있었다. 모두가 피비린내 나는 흥분에 사로잡혀 있다.

3) 문학 작품의 각색(Literary Adaptations)

상당히 많은 영화는 문학 작품을 각색한 것들이다. 어떤 측면에서 소설이나 희곡을 영화화하는 작업은 순수한 시나리오를 쓰는 것보다 더 많은 기술과 독창성을 요구한다. 나아가 문학 작품이 훌륭한 것일수록 각색하기는 더 어렵다. 이런 이유에서 문학 작품을 영화화한 것 대다수가 별로 신통치 않은 문학 작품을 원작으로 삼고 있다. 왜냐하면 원작 자체가 신통치 않을 경우, 영화에 맞게 수정을 가하더라도 그것을 당혹스럽게 받아들일 사람은 거의 없을 것이기 때문이다.

그러나 원작보다도 더 훌륭하게 영화화에 성공하는 경우도 많다. 가령 〈국가의 탄생〉(*The Birth of a Nation*)은 토머스 딕슨(Thomas Dixon)의 소설 「클랜스맨」(*The Klansman*)을 기초로 한 것인데, 이 소설은 영화에서보다 훨씬 더 뻔뻔스럽게 인종차별을 드러내고 있다.

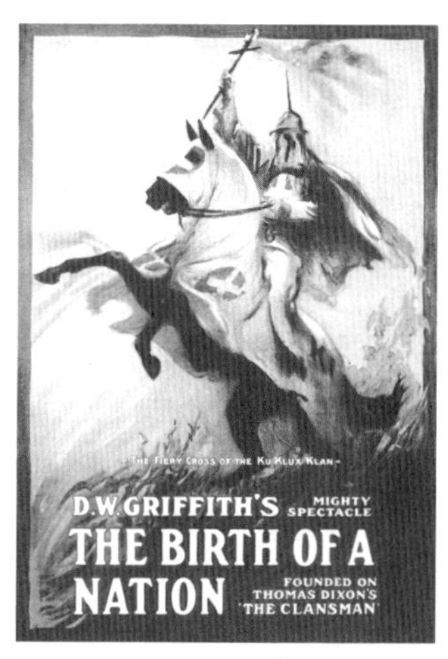

〈국가의 탄생〉

어떤 평자들은 한 예술작품이 한 가지 형식에서 예술적인 표현의 정점에 다다랐다면, 그것을 다른 형식으로 바꾸었을 때는 원작에 못 미치는 것이 될 수밖에 없다고 주장하기도 한다. 이런 주장을 따른다면 「오만과 편견」(*Pride and Prejudice*)을 제아무리 훌륭하게 영화화하여도 원작 소설을 따를 수 없고, 반대로 어떠한 소설도 '페르소나(Persona)' 혹은 문학적인 영화라고 할 수 있는 〈시민 케인〉(*Citizen Kane*)의 풍부한 의미를 포착할 수 없을 것이다. 우리는 문학과 영화가 서로 다른 방식으로 문제를 해결하고, 각 매체의 진정한 내용이 그 형식에 의하여 유기적으로 좌우되는 양상을 보았으므로 이런 견해는 상당히 타당성 있게 받아들여진다.

그런데 각색자가 직면하게 되는 문제는 문학 작품의 내용을 어떻게 재현하는가가 아닐 것이다. 아마도 선택된 소재의 원천적인 자료에 얼마나 충실하게 근접하는가 하는 문제일 것이다. 이러한 충실도에 따라 각색을 세 가지 종류로 구분할 수 있다. 이른바 '대략적(loose) 각색', '충실한 (faithful) 각색', '축자적(literal) 각색'이 바로 그것이다. 물론 여기서의 분류는 편의를 위한 것이다. 실제로는 대부분의 영화가 이 세 지점 사이에 어중간하게 걸쳐있기 때문이다.

'대략적 각색'은 사실 각색이라고도 할 수 없다. 하나의 아이디어나 상황 혹은 한 인물만을 문학 작품에서 선택하여 원작과는 별개로 독립적으로 영화를 전개시켜 나간다. 셰익스피어가 「플루타크 영웅전」 (*Plutarch*)이나 「반델로」(*Bandello*)에서 하나의 이야기를 택하여 희곡으로 꾸며놓은 것이나, 고대 그리스 극작가들이 그들의 신화에서 이야기를 취재한 것에 비유할 수 있다. 또한 이런 범주에 속하는 영화로

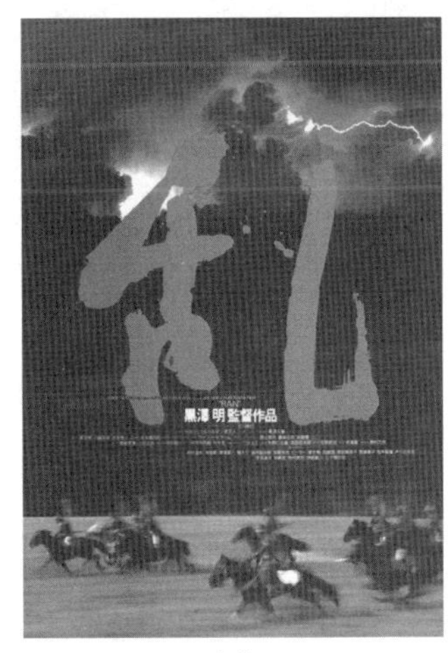

〈란〉

는 구로사와의 〈란〉(亂, *Ran*)을 들 수 있다. 구로사와는 셰익스피어의 「리어 왕」(*King Lear*)에서 몇 가지 플롯적인 요소들을 따다 쓰고 있지만, 이는 셰익스피어의 원작을 전혀 다른 이야기로 변형시킨 것으로서 중세 일본을 배경으로 하고 있다.

'충실한 각색'은 말 그대로 원작의 정신에 접근하여, 가능한 원천으로 삼은 문학 작품을 영화의 입장에서 충실하게 재현하려 한다. 앙드레 바쟁 (Andre Bazin)은 충실한 각색자를 원작에 상응하는 의미를 찾으려고 노력하는 번역자에 비유하였다. 물론 바쟁은 문학과 영화 간에 근본적으로 차이가 존재한다는 것을 인식하고 있었다. 'road'를 'strada' 혹은 'strasse'로 바꾸는 번역자의 문제는 언어를 영상으로 변화시키려는 영화감독의 문제

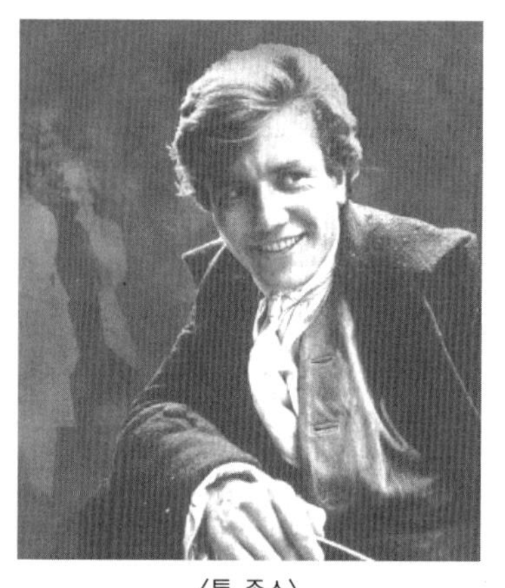

〈톰 존스〉

만큼 통렬한 것은 아니다. 충실한 각색의 예는 리처드슨의 〈톰 존스〉(*Tom Jones*)에서 볼 수 있다. 존 오스본의 시나리오는 소설의 플롯 구조를 대부분 간직하고 있으며, 주요 사건과 대부분의 주요 인물을 그대로 등장시킨다. 심지어 재치 있는 전지적 화자까지도 그대로다. 그러나 리처드슨의 영화는 소설을 그림으로 보여 주는 것에만 그치는 것이 아니다. 우선 필딩의 원작 소설이 영화로 만들기에는 너무나도 많은 사건들로 가득 차 있다. 그래서 수많은 여인숙 장면은 그 중심적인 에피소드인 업톤 여인숙에서의 장면으로 집약된다. 그리고 소설에서 부차적이었던 두 가지 측면이 영화에서는 확대되었다. 톰과 워터즈 부인 사이의 식사 장면과 여우 사냥 이야기다. 사실 원작 소설 전체를 통해 필딩이 가장 즐겨 쓴 메타포의 원천 중 두 가지가 식사와 사냥이었기 때문에 오스본은 이런 장면을 의식적으로 포함시켰을 것이다. 오스본은 이런 분산된 메타포를 근본적인 재료로 하여 시나리오를 썼다. 바쟁의 용어로 말하자면 영화적 '등가물'로 사용한 것이다.

'축자적 각색'은 희곡을 원작으로 삼는 경우에 한정된다. 우리가 이미 보았듯이, 희곡의 두 가지 기본적 양식인 행동과 대사는 영화에서도 발견되는 것이다. 희곡을 영화화하는 데 있어 중요한 문제는 언어보다 시공(時空)을 다루는 면에 있다. 만약 감독이 롱 숏에 카메라를 두고 씬을 바꿀 때에만 편집 기법을 국한시켜 사용한다면, 그 결과는 원작과 유사하게 될 것이다. 그러나 자신의 영화가 녹화된 연극이 되기를 바라는 감독은 거의 없을 것이다. 또한 영화감독이라면 그렇게 할 리도 없다. 그런 식으로 영화를 만든다면 그 동안에 원작의 흥미는 상실될 것이고, 영화라는 매체의 이점, 특히 시간과 공간을 다루는 데에 영화가 지닌 커다란 자유로움을 살리지 못할 것이기 때문이다.

특히 영화는 클로즈업과 편집을 통한 숏의 병치에 의해 연극에서 불가능한 여러 차원을 부가할 수 있다. 이런 기법은 무대에서는 볼 수 없는 것이므로, 영화에서의 축자적 각색도 원작과는 어느 정도 차이가 나게 마련이다. 즉 원작을 수정한 점에서 더욱 섬세하다는 정도인 것이다. 연극 대사가 영화에서 그대로 보존될 때도 종종 있지만, 관객에게 미치는 효과에서 차이가 난다. 무대에서 대사의 의미는 작중 인물이 동일한 대사에 관객과 함께 반응하면서 동일한 시간에, 동일한 무대 위에 있다는 사실로 결정된다. 이와는 달리 영화에서의 시간과 공간은 각각의 숏에 의해서 잘게 나뉜다. 나아가서 문학적인 영화도 주로 시각에 의존하고 부차적으로만 언어에 의존하므로, 모든 대사는 영상에 의해 그 의미가 가감 수정된다. 그렇다면 대략적 각색, 충실한 각색, 축자적 각색 사이의 차이는 정도의 문제인 것이다. 각각의 경우에서 영화적 형식은 원작이 문학적 내용을 바꾸어 놓을 수밖에 없는 것이다.

4) 비유(Figurative Comparisons)

알렉산드르 아스트뤽은 「카메라 만년필설」(*La Camera-Styio*)이라는 그의 글에서 영화가 지닌 전통적인 문젯거리 가운데 하나를 지적하였다. 바로 사상과 심상을 표현하기가 어렵다는 점이라는 것이다. 물론 유성영화의 등장은 영화감독에게 커다란 이득을 가져다 주었다. 대사를 통하여 감독은 어떤 종류의 추상적인 생각이라도 표현할 수 있게 되었기 때문이다. 그러나 또 한편으로 영화감독은 추상적 사상의 전달체로서 영상의 사용 가능성도 탐구하고자 했다. 사실상 유성 영화 이전의 시대에도 영화감독은 언어를 동원하지 않는 비유적 테크닉을 많이 고안해 냈다.

비유적인 테크닉은 매체가 전달하는 직의적(直意的)인 의미를 초월하여 추상적 의미를 제시하는 예술적 장치라고 정의할 수 있다. 사실 문학과 영화에는 이러한 테크닉이 많이 있는데, 가장 흔한 것으로는 모티프, 상징, 은유, 메타포 등을 들 수 있다. 그런데 실제로 이러한 용어의 의미는 상당 부분이 겹친다. 하나의 대상물이나 사건이 그것의 직의적 의미를 초월한 어떤 것을 의미할 수 있다는 점에서 그들 모두가 상징적이다. 이러한 테크닉을 분류하는 가장 실용적인 방법은 그들이 얼마나 눈에 두드러지는가를 보는 것이다. 그러므로 이 용어들은 따로따로 엄정하게 정의하기보다는 대략적인 구분만 지어야 할 것이다. 따라서 모티프는 가장 표가 나지 않는 것으로, 메타포는 가장 표가 많이 나는 것으로 구분할 수 있겠고, 각각의 범주는 이웃하는 것과 어느 정도 중복되는 부분도 있을 것이다.

모티프(motif)란 영화의 사실적인 조직 속에 전적으로 포함되어 있으므로, 잠재적이거나 보이지 않는 상징이라고 지칭할 수 있다. 모티프란 하나의 기법일 수도 있고, 특정 대상물일 수도 있으며, 영화에서 체계적으로 반복되어 나오지만 우리의 각별한 주의를 끌지 않는 것일 수도 있다. 그런데 영화를 보고 난 후에도 모티프를 뚜렷하게 찾아낼 수 없는 경우도 있다. 왜냐하면 그것의 상징적 의의는 작품의 맥락에서부터 튀어나오거나 분리되어서 눈에 확연하게 드러나지 않기 때문이다.

상징(symbol)의 경우 구체적인 사물이 상징으로 쓰일 수도 있지만, 예민한 관찰자에게는 비교적 확실하게 느껴지는 부가적 의미를 품고 있다. 나아가서 이런 사물의 상징적 의미는 작품의 맥락에 따라 변화한다. 예를 들면 구로사와의 〈7인의 사무라이〉에서 상징의 의미가 변화하는 예를 잘 찾아볼 수 있다. 젊은 사무라이와 농부의 딸은 서로 매력을 느끼지만, 그들의 신분적 차이는 극복하기 힘든 장애물이다. 영화는 밤늦게 벌어지는 일을 보여주는 한 씬에서 두 사람을 우연히 만나게 한다. 이때 구로사와는 각각 다른 숏으로 두 사람을 촬영함으로써 두 사람의 분리성을 강조한다. 이때 옥외의 모닥불이 일종의 장애물로 작용하고 있다. 그러나 그들은 너무나도 강렬하게 이끌려서 마침내는 동일한 숏에 나타나고, 이제 그들 사이의 모닥불만이 장애물임을 암시하고 있다. 이는 역설적으로 두 사람 모두가 느끼고 있는 성적 욕망을 암시하기도 한다. 그들은 서로에게 다가가고, 모닥불은 이제 한 쪽으로 비켜서 보이는데 그것의 성적인 상징성은 압도적이다. 이제 그들은 오두막 안으로 들어가는데, 밖으로부터 들어오는 빛은 이 씬의 관능성을 강조한다. 그들이 오두막의 어두운 구석에서 사랑을 시작할 때, 오두막의 벽에 비추어지는 모닥불 때문에 싸리벽의 그림자가 두 사람의 몸을 가로지르는 줄무늬를 만들고 있다. 그런데 소녀의 아버지가 두 사람을 발견한다. 이제 춤추는 모닥불의 불꽃은 그의 분노를 나타낸다. 그는 너무나 분노하여 사무라이 우두머리가 오히려 그를 말려야 할 판국이 되고, 두 사람 모두 강렬한 모닥불 빛 때문에 시각적으로 화면에서 씻겨나갈 정도이다. 비가 내리기 시작하고 슬픔에 잠긴 젊은 사무라이는 낙담하여 걸어간다. 구로사와는 이 씬의 끝에서 비가 내려 모닥불이 꺼지는 것을 클로즈업으로 보여주고 있다.

은유(metaphor)는 말 그대로 진짜가 될 수 없는 비유로 정의된다. 서로 연관성 없는 두 단어가 함께 묶여서 일종의 문자적 부조화성을 낳는 것이

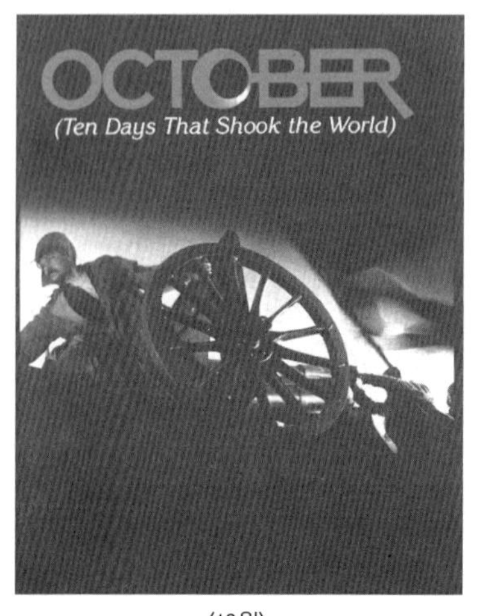

〈10월〉

다. "독을 품은 시절", "슬픔으로 찢어져", "사람에게 잡아 먹혀" 등은 문자적 묘사라기보다는 상징적 묘사를 포함하고 있는 언어적 비유다. 편집은 영화에서 메타포의 원천으로 자주 쓰인다. 왜냐하면 두 개의 숏은 제3의 숏을 만들어 내기 위하여, 그리하여 상징적 관념을 만들어 내기 위하여 연결될 수 있기 때문이다. 이것이 에이젠슈타인의 몽타주 이론의 토대가 된다.

가령 그리고리 알렉산드로브와 공동으로 감독한 〈10월〉(October)에서 그는 하프를 연주하는 '천상의 성가대'와 비겁한 연설을 하고 있는 정치가의 숏을 번갈아 보임으로써 반동적인 그 정치인의 공포와 근심을 풍자하고 있다. 그런데 금발의 예쁜 하프 연주자들의 대열이 난데없이 나타난다. 그들은 원래의 배경, 즉 정치 연설이 벌어지는 공회당에는 없는 것이지만, 전적으로 메타포라는 목적을 위하여 도입된 것이다.

그리고 특수 효과 촬영 또한 비유적 의미를 창조하기 위하여 사용될 수 있다. 이를테면 현실세계에서는 실제로 볼 수 없는 심상을 나타내기 위하여 광학기기로 두 개 혹은 그 이상의 대상물이 하나의 프레임 안에서 함께 묶여 나타날 수도 있는 것이다.

영화적 메타포는 보통 눈에 확연하게 노출된다. 모티프 및 대부분의 상징과는 달리 메타포는 작품의 맥락에 통합된 정도가 낮으며, 우리의 일상적인 지각의 견지에서 보자면 덜 사실적이다.

영화와 문학에는 또 다른 두 가지의 비유 방법이 있다. 알레고리

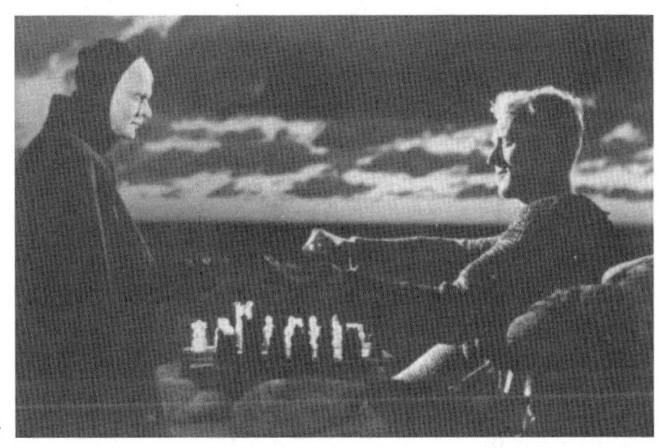

<제7의 봉인>

(allegory, 풍유)와 인유(allusion)다. 알레고리 기법은 사실성과 개연성을 전적으로 도외시한다. 한 인물 혹은 상황에 대한 특별한 상징적 의미가 일 대 일 대응관계로 성립하게 된다. 알레고리의 가장 유명한 예는 베르히만의 <제7의 봉인>(*The Seventh Seal*)에 등장하는 죽음을 나타내는 인물이다. 말할 나위도 없이 그 인물이 상징하는 것이 무엇인지는 별로 모호하지 않다. 이러한 알레고리적인 이야기는 독일 영화에서 특히 유행했다. 예를 들어 베르너 헤르조그의 모든 작품은 보편적인 의미에서 삶이란 개념을 취급하고 있다. 즉 광범위한 상징적 견지에서 인간의 상황이 어떤 본질을 가졌는가를 살피고 있는 것이다.

인유는 작품상의 유사점을 언급하는 것으로서 흔히 볼 수 있는 양식이다. 그것은 일반적으로 잘 알려진 사건, 혹은 예술 작품을 암시적으로 지칭하는 것이다. 혹스(Hawks)의 <스카페이스>(*Scarface*)의 주인공은 갱 두목 알 카포네를 모델로 하여 만든 것이다. 그의 뺨 위에는 십자 모양의 유명한 상처가 있었다. 이는 당시의 관객이 알아차릴 수 있는 인유였다. 그리고 영화감독은 인유를 위해 종교적인 신화를 끌어와 사용하기도 한다. 예를 들어 에덴동산의 기독교적 신화는 <핀지콘티니스의 정원>(*The*

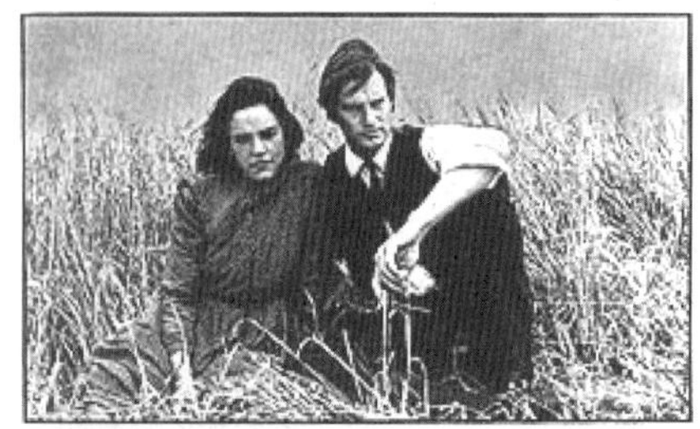
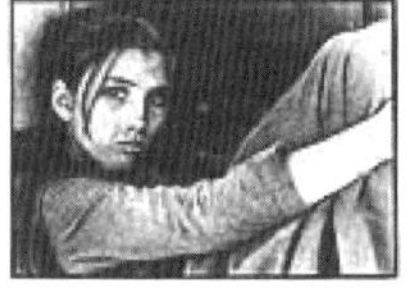
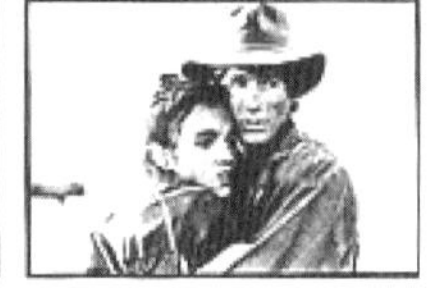

〈천국의 나날들〉

Garden of the Finzi-Continis), 〈천국의 나날들〉(*Days of Heaven*), 〈나의 계곡은 얼마나 푸르렀나〉(*How Green Was My Valley*), 〈나막신의 나무〉(*The Tree of the Wooden Clogs*) 등의 다양한 작품에 사용되고 있다.

어떤 영화는 다른 영화나 감독, 혹은 다른 영화나 감독들의 인상적인 숏을 공공연하게 지칭하거나 인유하기도 한다. 이는 그 영화나 감독에 대한 경의를 표시하기 위함이다. 그리고 다른 작품을 언급하여 영화감독이 동료 감독이나 유명한 거장에게 바치는 품위있는 찬사다. 이렇게 영화 속에서 찬사를 바치는 것은 고다르와 트뤼포가 유행시켰다고 볼 수 있는데, 그들의 영화에서 많이 발견되고 있기 때문이다. 예를 들어

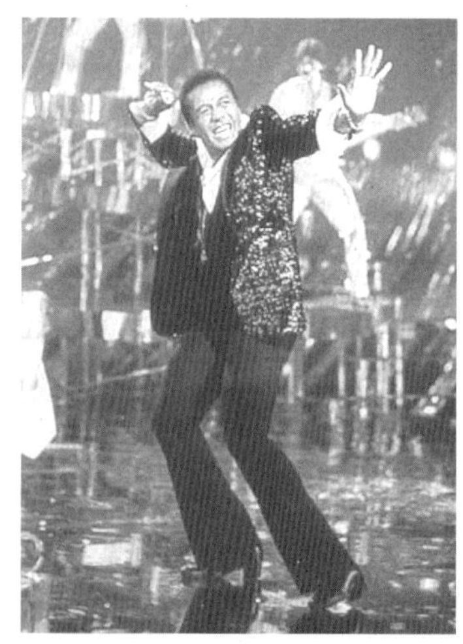

〈올 댓 재즈〉

고다르의 〈여자는 여자〉(*A Woman Is a Woman*)에서 뮤지컬과는 전적으로 거리가 먼 두 인물이, 봅 포스(Bob Fosse)가 안무하고 진 켈리(Gene Kelly)가 출연한 엠지엠사의 뮤지컬에 출연하고 싶다는 열망을 표현하면서 갑작스럽게 흥에 넘치는 노래와 춤을 시작한다. 포스의 〈올 댓 재즈〉(*All That Jazz*)는 그의 우상인 펠리니에 대한 찬사를 담은 것인데, 특히 펠리니의 〈8 1/2〉에 대해 경의를

표하고 있다. 스티븐 스필버그는 종종 그의 우상인 월트 디즈니(Walt Disney)와 알프레드 히치콕에게 존경을 바친다.

5) 시점(Point of View)

소설에서의 시점은 일반적으로 화자와 관련된다. 그래서 이 화자의 눈을 통해서 한 스토리의 사건을 보여주고, 화자의 의식과 언어로 사상과 사건이 걸러진다. 화자는 행동에 참가할 수도 그렇지 않을 수도 있으며, 독자가 믿고 따를 만한 안내자일 경우도 있고 그렇지 않을 경우도 있다. 소설은 기본적으로 네 가지 시점으로 나눈다. 1인칭(the first person) 시점, 전지적(the omniscient) 시점, 3인칭(the third person) 시점, 객관적(the objective) 시점이 그것이다.

마찬가지로 영화에도 시점이 있다. 하지만 영화에서는 소설에서보다 시점이 덜 엄격하다. 네 가지 기본적 시점에 해당되는 영화적 기법이 있기는 하지만, 극영화는 자연스럽게 전지적 시점으로 되고 마는 경향이 있다.

'1인칭 화자'는 자기 자신의 이야기를 한다. 어떤 경우에 있어서 그는 사건을 정확하게 이야기하는 믿을 만한 객관적 관찰자일 수 있다. 피츠제럴드(Fitzgerald)의 「위대한 개츠비」(*The Great Gatsby*)에 나오는 닉 캐러웨이는 이런 화자 유형의 좋은 예다. 또한 1인칭 화자는 작품의 주요 행동에 주관적으로 관여하며, 전적으로 믿을 수 없는 경우도 있다. 「허클베리 핀의 모험」(*Adventures of Huckleberry Finn*)에서 미성숙한 헉은 모든 사건을 자신이 경험한 대로 이야기한다. 헉은 필요한 모든 정보를 독자에게 제공할 수 없다. 왜냐하면 헉 자신도 잘 모르기 때문이다. 이런 1인칭 화자를 택할 때에 소설가는 화자의 신뢰성을 높이지 않고서도, 즉 화자의 성격을 변화시키지 않고서도 독자가 진실을 깨달을 수 있는 모종의 조처를 취해야만 한다. 그래서 이러한 경우 대부분의 소설가는 화자보다도 더욱 명확하게 사건을 볼 수 있게 하는 단서를 독자에게 제공하여 이 문제를 해결한다. 가령 헉이 서커스의 화려한 모습과 그 광대들의 놀라운 묘기를 열정적으로 이야기할 때, 헉보다 더 경험이 많은 독자는 헉의 말 이면까지 보고 광대들이 초라한 무리이고 그들의 공연은 싸구려 속임수에 불과하다는 것을 알아차리는 것이다.

많은 영화에서 1인칭 화자의 테크닉을 사용한다. 하지만 항상 1인칭 화자만을 사용하는 것은 아니고 산발적으로 채택된다. 소설에서 화자의 '목소리'에 해당하는 영화적 기법은 카메라 '눈'으로서, 이 차이는 중요하다. 문학에서 화자와 독자의 구분은 확실하다. 문학에서 독자는 마치 친구가 하는 이야기를 듣는 것과도 같다. 그러나 영화에서 관객은 렌즈와 자기 자신을 동일시하여, 영화의 화자와 자신을 결국 동일시하게 되는 것이다. 1인칭 화자를 만들기 위하여 카메라는 모든 행동을 한 인물의 시야를 통해서 기록해야만 할 것이며, 그것은 결국 관객을 주인공으로 만들게 될 것이다.

〈호수의 여인〉(*The Lady of the Lake*)에서 로버트 몽고메리(Robert Montgomery)는 영화 전체를 1인칭 시점의 카메라로만 사용하려고 했다. 이는 매우 흥미 있는 시도였지만, 몇 가지 이유로 인하여 실패하고 말았다. 우선 몽고메리는 여러 가지 불합리한 사태에 부딪히지 않을 수 없었다. 배우가 카메라를 향하여 대사를 하도록 하는 것은 큰 문제가 아니었다. 대부분의 영화에서 시점 숏은 흔하기 때문이다. 그러나 그런 기술을 전혀 사용할 수 없는 행동이 있었다. 예를 들어 한 여인이 주인공에게로 걸어가서 키스를 할 때, 그녀는 카메라로 살금살금 걸어가서 얼굴이 렌즈에 더욱 가까워질 때까지 카메라를 포옹하여야만 한다. 마찬가지로 주인공이 주먹 싸움에 말려들 때, 주인공의 상대는 실제로 카메라를 공격해야만 했고, 카메라는 영화의 '화자'가 주먹을 맞을 때마다 적당히 움직여주어야 했다. 또한 1인칭 시점의 카메라 사용에서 문제가 되는 것은 그것이 고지식하다는 점이다. 나아가서 주인공을 보고싶어 하는 관객에게 일종의 좌절감을 안겨준다. 소설에서는 1인칭 화자를 그의 말을 통해, 혹은 그의 말에 반영된 판단력과 가치관을 통해 파악하게 된다. 그러나 영화에서는 한 인물이 사람과 사건에 대하여 반응하는 모습을 보면서 그 인물을 알게 된다. 감독이 1인칭 시점의 카메라 사용을 고집한다면, 관객은 주인공을 결코 볼 수 없고, 다만 주인공이 보는 것을 볼 수 있을 뿐이다.

'전지적 화자'는 19세기 소설과 자주 연관된다. 일반적으로 전지적 화자란 직접적으로 이야기에 관련되어 있지는 않아도, 작품의 감상을 위하여 알아야 할 필요가 있는 모든 사실을 독자에게 제공해 주는 전지적 관찰자가 되어야 한다. 이러한 화자는 여러 장소와 시간대를 옮겨 다닐 수 있고, 많은 사람의 의식 내부로 들어갈 수 있기 때문에 우리에게 그들의 생각과 감정을 말해줄 수 있다. 전지적 화자는 「전쟁과 평화」에서처럼 이야기에서 떨어져 나와 비교적 객관성을 유지할 수도 있고, 「톰 존스」에서의 친절한 화자처럼 심술궂은 관찰과 판단으로 우리를 즐겁게 해줄 수도 있다. 나름대로 뚜렷한 개성을 가질 수 있다는 것이다.

그런데 전지적 서술은 영화에서는 거의 불가피한 것이다. 문학에서는 1인칭 서술과 전지적 서술이 상호 배타적이다. 만약 어떤 인물이 우리에게 자기의 생각을 직접 말한다고 해도, 그가 타인의 생각마저 정확하게 말해줄 수는 없기 때문이다. 그러나 영화에서 1인칭 서술과 전지적 서술의 결합은 매우 흔하다. 한 숏 내에서 움직이거나 혹은 숏과 숏 간에 움직이거나 간에 감독이 카메라를 움직일 때마다 우리는 새로운 시점을 제공받는 셈이며, 그 새로운 시점에서 씬을 평가하게 될 것이다. 영화감독은 주관적인 시점 숏[1인칭]에서 여러 가지 객관적 숏으로 쉽게 컷하여 전환할 수 있다.

감독은 하나의 반응에 집중할 수도 있고[클로즈업], 대여섯 인물의 반응을 동시에 잡을 수도 있다[롱 숏]. 수초 이내에 감독은 원인과 결과를 보여줄 수도 있고, 한 가지 행위와 그에 대한 반응을 보여줄 수도 있다. 거의 동시에 서로 다른 시간대와 장소를 연결시킬 수도 있고[병행 편집], 혹은 상이한 시간대를 직접 겹쳐 놓을 수도 있다[디졸브 혹은 다중 노출]. 전지적인 카메라의 사용은 채플린의 여러 영화에서처럼 객관적인 관찰자 역할을 할 수 있다. 또 히치콕이나 루비치의 영화에서 종종 그랬던 것처럼 사건에 대한 가치 판단을 내리는 평자가 될 수도 있다.

'3인칭 시점'은 그 본질상 전지적 시점을 변화시킨 것이다. 3인칭 서술의 형태로서 사건에 참여하지 않는 화자가 한 인물의 의식에 비치는 대로 이야기를 하고 있다. 어떤 소설에서 이런 화자는 완전히 한 인물의 마음속을 꿰뚫어 본다. 그러나 그렇게 꿰뚫어 보는 일이 일어나지 않을 수도 있다. 예를 들어 제인 오스틴(Jane Austen)의 「오만과 편견」(*Pride and Prejudice*)에서 우리는 엘리자베드 베넷이 사건에 관해 생각하고 느끼는 것을 모두 알 수 있지만, 그

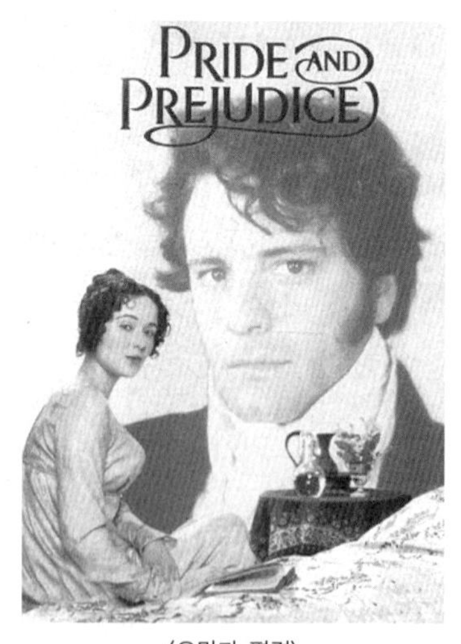

〈오만과 편견〉

이외의 인물의 의식 속으로는 들어갈 수 없다. 우리는 엘리자베드의 해석을 통해서 그들의 느낌을 단지 추측만 할 수 있을 뿐이다. 그런데 이는 종종 부정확할 때도 있다. 엘리자베드가 내린 해석은 1인칭 화자의 경우처럼 직접적으로 독자에게 주어지는 것이 아니라, 그녀의 반응을 우리에게 이야기하는 화자가 중개함으로써 주어지는 것이기 때문이다.

3인칭 서술에 해당되는 것이 영화에서도 있기는 하지만, 문학에서와 같이 엄밀하지는 않다. 영화에서의 3인칭 서술은 보통 익명의 평자가 중심 인물의 배경을 우리에게 말해주는 다큐멘터리에서 발견된다. 예를 들어 시드니 메이어(Sidney Meyer)의 〈조용한 사람〉(*The Quiet One*)에서, 시각적 요소는 가난한 청년 도널드의 삶을 통해 충격적이었던 사건들을 극적으로 보여준다. 사운드 트랙은 제임스 애지(James Agee)의 논평을 통해서, 도널드가 지금과 같이 행동하게 된 몇 가지 이유와, 그가 부모와 동료와 선생에 대해 느끼고 있는 바를 우리에게 알려준다.

‘객관적 시점’ 역시 전지적 시점의 변형이다. 객관적 서술은 모든 서술 가운데 가장 편견이 없는 것이다. 어떤 인물의 의식 속으로 들어가는 것이 아니라, 단지 겉에서 보이는 대로 사건을 보고할 뿐이다. 화자의 이러한 태도는 공평하고 편견없이 사건을 기록하는 카메라에 비교되어 왔다. 그것은 사건을 제시하고 독자로 하여금 스스로 해석을 내리게 한다. 객관적인 서술 방식은 문학보다 영화에 더 잘 맞는다. 무엇보다 영화는 직접적 상황을 기록하는 카메라를 사용하기 때문이다. 영화에서의 객관적 시점은 모든 종류의 기교와 앵글과 렌즈와 필터 등 논평을 가하는 기법을 피하고 카메라를 롱 숏으로 유지시키는 사실주의 감독들이 널리 사용한다.

6. 음악(Music)과 음향(Sound)

영화의 분위기에 감정과 리듬을 부여하는 데 기여하는 음악의 중요성은 재론할 필요가 없다. 영화 음악은 영화의 내용과 분리되어서도 시청자들의 심금을 울리고 기억 속에 오래 남아 있을 만큼 중요하다. 특히 음향 기능에 발달한 근래에 들어서 음악은 영상 못지않게 관객을 환희와 슬픔의 결정에 이르게 하는 요소이다. 영화 음악 안에는 영화에 관련된 것들은 불론이고 음악적인 예술성과 사운드 트랙의 가치가 모두 들어 있다. 즉 영화의 재미와 음악적인 감동을 동시에 즐길 수 있는 매력을 지니고 있다.

그러나 무엇보다 영화 음악의 가장 큰 매력은 듣는 음악에 그치는 것이 아니라 보는 음악, 그러니까 시각적인 상상력을 불러일으킨다는 점이다. 영화를 보고 있을 때는 물론이거니와 그 이후에도 영화의 수많은 장면들을 떠올리게 하는 힘을 발휘하는 것이 영화 음악이다. 또한 음악 자체로서도 각종 효과음이 배경에 깔리게 됨으로써 기존의 음악에서는 발견할 수 없는 생동감과 현장감을 느낄 수 있다.

소설을 각색한 영화에서 흔히 두 매체 간의 대조에 중점을 두다 보면 음악의 중요성을 간과하기 쉽다. 일반 영화의 경우 음악이 맡은 기능을 충분히 이해하려면, 영화에 음악이 덧붙여지기 전과 덧붙여진 후를 생각해 보면 되는데, 소설을 각색한 영화의 경우에 음악은 소설의 분위기와 영화의 분위기를 변형시키는 중요한 요인이 된다. 따라서 영화를 통한 소설 읽기에서는 영화의 음악과 대조될 수 있는 부분을 소설 속에서 찾아내도록 노력해야 한다. 예를 들어 〈분노의 포도〉(*The Graps of Wrath*)의 경우 배경음악으로 '홍하의 골짜기'(The Red River Valley)가 나오는데 이 음악은 개척시대 미국인의 삶을 회고하는 향수 어린 분위기를 자아내고 있다. 그 결과 다소 급진적인 사회주의 경향을 보였던 소설의 분위기가 영화에시는 복고석이고 보수적인 분위기로 전환되는 데 가장 중요한 요인이 되고 있는 것이다.

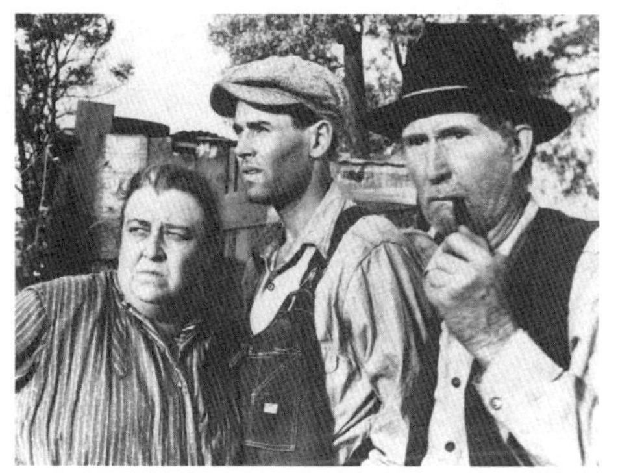

〈분노의 포도〉

　영화 음악은 또 원작에서 빠진 부분을 보완시켜주는 경우도 있다. 게리 시니즈가 감독한 〈생쥐와 인간〉(*Of Mice and Men*)은 영화의 시작과 더불어 주인공이 타고 가는 기차가 천천히 달리면서 비장한 분위기의 음악이 흘러나오고 있는데 이때 이 음악은 작품을 지배하는 자연주의적인 숙명론을 암시하고 있다. 앞날에 대한 희망이 없이 상황에 휩쓸려 다니는 떠돌이 노동자들의 삶을 그리면서 작가가 드러내고 있는 자연주의적인 시각을 영화에서는 음악이 그 기능을 대신하고 있는 것이다. 또 〈뻐꾸기 둥지 위를 날아간 새〉의 경우 인디언 풍의 북 장단, 기타로 연주되는 부드러운 음악, 그리고 애잔한 하모니카 소리 등은 영화에서는 부각되지 못한 인디언 추장의 시점을 보완시키고 있다. 소설에서는 인디언 추장과 작가의 시점이 혼합되어 가면서 상실된 인디언 사회

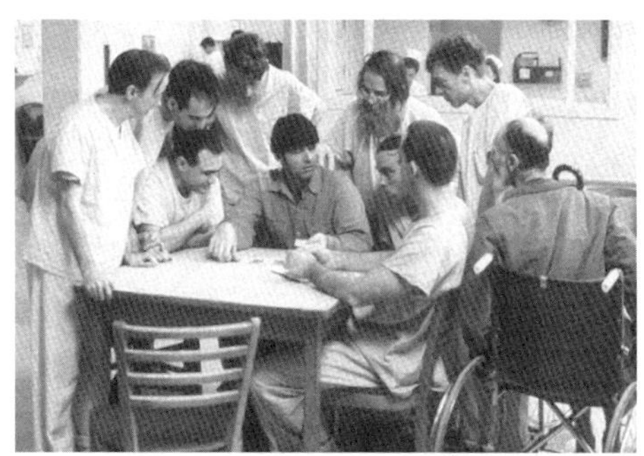

〈뻐꾸기 둥지 위를 날아간 새〉

의 가치가 중요한 주제로 부각되고 있다. 하지만, 이러한 가치가 영화에
서는 1970년대 미국 사회에서 개인의 반항 정신과 체제에 대한 순응의
문제가 드러나면서 가려지고 있는데, 인디언 풍의 배경 음악이 소설의
빠진 부분을 보완시키고 있는 것이다.

1) 영화 음악의 역할

영화 음악은 영상에 대한 느낌과 해석 등에 여러 가지 도움을 준다.

첫째, 물리적 차원의 도움을 들 수 있다. 즉 관객들의 시각적 주의에
청각적인 미적 요소를 더함으로써 영화 장면의 극적 느낌을 향상시킨다.
음악은 영상에 대한 관객의 인상을 결정해 준다. 특정 장면에 대한 관객
의 인상은 화면 못지않게 음향 효과에 의존하고 있으며, 이 두 가지가
훌륭하게 맞물릴 때 관객은 또렷한 인상을 받게 된다.

둘째, 영화 음악은 관객들의 영상 해석 방법을 능동적으로 유도한다.
즉 같은 장면이라도 사운드를 달리하여 다른 느낌을 불러일으킬 수 있으
며, 서로 다른 장면이지만 같은 사운드를 입혀 화면의 동질성 내지 연관
성을 불러일으킬 수도 있다.

셋째, 사운드를 통하여 영상에 대한 특별한 지시를 할 수 있다. 관객들
에게 무언가를 추측하게 하거나 보도록 유도함으로써 궁금증을 증폭시키
거나 오해를 불러 일으켜 반전의 효과를 낼 수 있다. 사건 전개의 어떤
전조로서 음악을 통해 화면 내에 관객의 관심을 각별하게 유도하는 이런
식의 음악적 경고는 특히 알프레드 히치콕이 즐겨 사용했다.

넷째, 음향 효과는 상징적 기능을 담당하기도 한다.

다섯째, 음악은 특정한 장소, 계급, 종족 등을 암시하며, 특정한 인물

의 성격을 묘사한다. 하모니카로 연주되는 서부극의 단순한 멜로디는 개척시대 미국의 모습을 묘사하며, 페데리코 펠리니 감독의 〈길〉(*La Strada*)에서 자주 들을 수 있었던 트럼펫 가락은 여주인공 젤소미나의 성격을 나타낸다.

2) 영화 음악의 종류

영화 화면 속에 삽입된 소리는 크게 배우의 대사와, 그 외의 비언어적 음향과 음악으로 나눌 수 있다. 비언어적 소리인 음향과 음악은 극의 분위기와 스타일을 설정하거나 감정을 고양시키며 장면과 장면을 연결해 주

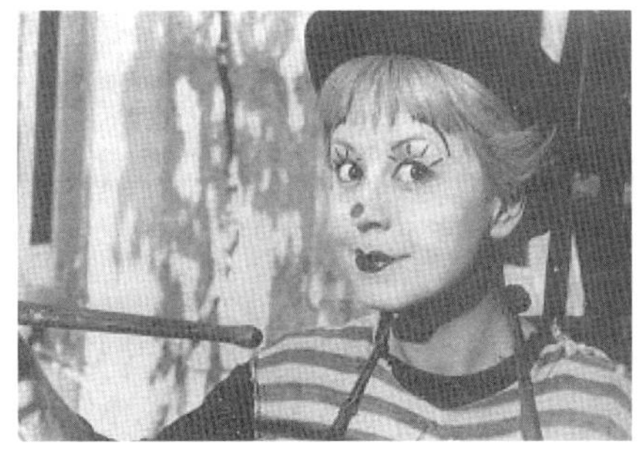
〈길〉

는 부수적 음향 및 음악(배경 음악)과, 작품의 필수적인 요소로 작품의 구성, 등장인물의 성격, 작품의 주제를 확립하는 극적 음향 및 음악(전경 음악)으로 구분할 수 있다. 펠리니의 〈길〉에서 니노리타가 담당한 젤소미나의 테마 송은 젤소미나의 심리를 표현해 줄 뿐만 아니라 장 파노의 죽은 양심을 깨우는 음악이다. 니노리타가 담당한 음악은 영화 속에서 단순히 부수적으로 사용된 것이 아니라 또 다른 의미를 관객들에게 전달하는 기능을 수행한다는 점에서 극적 전경 음악의 압권이라 할 수 있다.

그런데 이를 다시 서사 구조의 내부와 외부로 구분해 보면 스토리 공간 내 세계의 음원으로부터 나오는 내재 음향(diegetic sound)과, 서사 구조의 공간 외부에 있는 음원으로부터 비롯된 것으로서 분위기를 위한 외재 음

향(non-diegetic sound)으로 구분할 수 있다. 영화의 사건행위를 강조하기 위해 부가되는 음악이 가장 흔한 외재 음향의 하나다.

또한 뮤지컬에서 등장인물이 실제 자신이 노래를 하고 있음을 알고 부르는 노래인 가사 노래(diegetic song)와, 분위기를 고조시키기 위해 삽입되는 노래로서 극의 흐름 속에 삽입되는 서술 노래(non-diegetic song)로 구분할 수 있다.

3) 영화 음악의 삽입

영화 음악은 감독의 연출 계획에 의해 결정되는 것이 보통이다. 감독은 작곡자에게 자신의 음악 삽입 계획을 설명해 주고, 작곡자는 협의된 내용에 의해 작곡을 담당한다. 감독이 위촉한 부분의 작곡을 마친 작곡가는 그 부분을 일단 피아노로 연주하여 테이프에 녹음한 뒤 감독에게 일차적으로 합당한지를 검토받게 된다. 감독은 템포의 조절이나 사용될 악기에 대해 특별히 주문을 하거나 편곡상의 변화를 요청할 수도 있다. 작곡자는 감독의 의견을 종합하여 음악을 수정하고 편곡하게 되며, 연주자를 모아 일정 기간 동안 연습한 후 스튜디오에서 녹음을 한다.

녹음된 음악은 감독이 원한 부분별로 번호가 붙여져 믹싱녹음실로 옮겨지게 되며, 장면에 따라 해당 번호의 음악이 영화에 삽입된다.

4) 영화 음악의 역사

초기 무성영화 상영 시 영화 음악은 극장 안에서 상영되는 영상에 맞춰 피아니스트가 직접 연주를 하던 귀족적 음악이었다. 당시 음악은 영화

자체의 필요에 의해서라기보다는 관객의 기대에 부응하고 예술에 대한 환상을 심어주는 것에 만족했다. 그러다가 유성 영화가 도입된 이후 좀 더 세련된 음악을 요구하게 되었으며, 영화관의 흥행은 영화음악에 커다란 변화를 가져왔다.

50년대 이후 영화 음악은 대규모로 편성된 교향악이 많이 이용되었다. 이미 알고 있는 전통적인 선율을 이용했을 뿐만 아니라 새로운 기술을 이용한 음악들이 삽입되었다. 50년대 할리우드 영화에는 주로 재즈가 삽입되었으며, 이후 60년대까지는 클래식이 주로 영화의 분위기를 도왔다. 7, 80년대 잡음 제거 시스템인 돌비 시스템이 개발되고, 이어 입체 음향이 일반화되면서 영화 음악은 기존의 클래식 곡을 삽입하는 형태를 뛰어넘어 새로운 연주곡을 오케스트라적인 편곡으로 창작하여 사용하게 되었다. 그리고 80년대 이후 팝 가수와 락 그룹의 활약이 두드러졌고 그 흐름은 현재에까지 이어지고 있다. 최근에는 전통적인 'Original Soundtrack'의 개념을 넘어 영화 속에 담기지 않은 음악까지 덧붙여 앨범(The Album)으로 출시되기도 한다.

제3부

영화사 이해와 영화감상 방법

1. 미국 영화

1) 20세기 초 미국 영화

영화의 상업성을 확인한 에디슨은 1908년에 영화특권회사(Motion Picture Patents Company)를 설립하여 시카고, 뉴욕, 뉴저지를 근거지로 하여 주로 미국 동부를 중심으로 활동했다. 또한 이 무렵에 그리피스(David Lewelyn Wark Griffith)를 위시한 많은 영화감독들이 자신들의 영화사를 설립했다. 1910년경부터 동부의 작은 영화사들은 영화특권회사의 횡포를 피해, 그리고 좋은 환경과 따뜻한 기후, 다양한 경관을 찾아 연중 촬영이 가능했던 캘리포니아로 이전하기 시작했으며, 이때부터 할리우드라는 작은 마을은 미국 영화의 중심지로 성장하게 된다. 1918년 영화진흥법을 통과시킨 미국 정부의 지원으로 1920년대 말까지 영화 제작과 배급까지 통괄할 수 있는 거대한 영화사들이 등장했다. MGM, 20세기 폭스, 유니버설, 파라마운트 등의 영화사들이다.

1908년부터 영화를 만들기 시작한 그리피스는 미국 영화의 선구자였다. 영화 편집에 있어 새로운 기법을 도입한 그는 한 장면에 여러 개의 숏을 삽입했으며, 몇 개의 다른 장소를 교차해서 보여주기도 했다. 그의 편집양식은 1920년대 소련의 몽타주 양식에 커다란 영향을 주었다. 이 시기에 역량 있는 또 다른 흥행 감독은 세실 B. 드밀(Cecil B. De Mille)이었다.

무성 영화가 끝나가던 1920년대 후반에 이르면 할리우드 영화는 거의 전통이 되고 있었다.

2) 20세기 중반의 할리우드 영화

1920년대 후반부터 할리우드는 음향 시스템에 대한 투자를 시작했다. 처음에는 디스크를 이용하다가 이후 필름 위에 음향을 삽입하는 방식으로 발전했다. 이러한 방식의 음향은 컷과 함께 대사를 들려줌으로써 화면 밖의 공간까지 암시하고 시간적 연속성을 더욱 강화시킴으로써 연속편집 체계를 더욱 발전시켰다.

1930년대 할리우드는 당시 유행하는 순회극단을 대체할 뮤지컬을 선보였다. 초기에는 단선적인 서사 중간에 노래들을 삽입한 형태였으나, 점차 짜임새 있는 서사 구조를 확보하게 되었다.

또한 1930년대는 천연색 필름이 처음으로 사용된 시기다. 천연색 영화의 등장은 영화 제작을 한 단계 더 발전시켰으며, 조명과 의상과 세팅 등에 획기적인 발전을 가져왔다.

1930년대 후반부터 할리우드 영화는 딥포커스 촬영방식을 선호하기 시작했는데, 배경까지 뚜렷이 찍어낼 수 있었던 이 촬영방식은 롱 샷과 롱 테이크를 선호하게 만들었다. 또한 딥포커스 촬영 방식은 화면 구석까지 세밀하게 비출 수 있는 밝은 조명을 요구함으로써 조명의 발전을 견인하였다. 1939년 존 포드(John Ford)의 〈역마차〉(*Stagecoach*)나 1941년 오손 웰스(Orson Welles)의 〈시민 케인〉(*Citizen Kane*)은 딥포커스를 가장 효과적으로 사용한 작품이다.

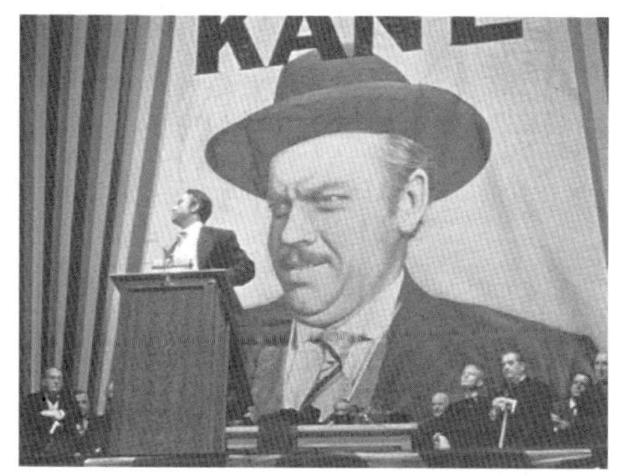

〈시민 케인〉

　고전적 할리우드 영화의 서사 구조는 대체로 일정한 틀을 유지하고 있다. 인과율, 동기화, 그리고 시작에서 결말로의 발전 및 진전을 그 특징으로 삼고 있는 것이다. 이때 영화적 서사를 촉발하고 진행시키는 중요한 요소는 개인적 욕망이다. 주인공은 무엇인가를 원하며, 그의 욕구는 목표를 설정하고, 서사체의 전개과정은 그 목표를 성취하는 과정이다. 그러나 주인공이 원하는 목표는 즉각적으로 확보되지 않고 주인공은 갈등을 만드는 대항 세력에 의해 시련을 겪는다. 원인과 결과가 긴밀하게 얽히고 극중 인물들은 영화의 시작과 끝에서 확연히 다른 모습으로 등장한다.

　그렇지만 할리우드 고전적 서사 영화는 강력한 완결성을 담보한다. 관객들은 각 인물의 운명을 확인하고, 문제 해결을 목격하며, 갈등은 풀린다.

3) 필름 느와르(Film noir)

필름 느와르는 그 이름이 말해주듯 '검은 영화'(Film noir)를 의미한다. 1930년대 미국의 공황기에 제작되었던 일군의 낙천적인 밝은 영화들에 대한 반대 개념으로 등장한 것이다. 필름 느와르의 전성기는 전후시대인 1945년부터 컬러영화가 정착되는 1955년 사이로 보는 것이 옳을 것이다. 즉 1957년부터 아카데미 촬영상에서 흑백영화 부문이 없어진 현상은 컬러영화의 정착을 보여준다.

한편 1955년은 느와르 영화가 프랑스 영화전문인들로부터 그 공식 명칭을 선사받은 해이기도 하다. 그래서 서부영화와 더불어 가장 미국적인 장르로 알려져 있는 느와르 영화가 프랑스식의 이름을 갖고 있는 것은 그 때문이다.

느와르 영화는 간단히 미국식 사실주의의 시작이라고 말할 수 있다. 세계대전 이후 유태인 학살과 많은 인명을 앗아간 원폭 투하는 인간성에 대한 심각한 회의를 가져 왔다. 게다가 공황과 전쟁으로 극심해진 빈부격차는 관객들로 하여금 해피엔딩이 보여주는 허상을 외면하고 보다 사실적인 영화에 대해 관심을 갖게 하였다. 이러한 관객의 요구를 가장 크게 반영한 것이 느와르 영화라고 할 수 있다. 기존의 스튜디오 중심의 촬영기법을 벗어나 현지 촬영을 시작하였고, 특히 도시 소시민들의 힘든 삶의 모습이 본격적으로 영상화되기 시작한다. 이것을 계기로 많은 영화들이 뉴욕과 시카고 등의 대도시를 배경으로 촬영된다.

'빛의 예술' 혹은 '그림자의 예술'이라고 불리는 느와르 영화의 진수는 도시의 밤거리를 배경으로 도시 뒷골목의 음모를 주제로 다루는 영상 스타일에서 찾아볼 수 있다. 도시 뒷골목에서 울리는 발소리, 정체를 알 수 없는 인물, 벽에 길게 드리워진 그림자의 움직임은 느와르 영화를 대표하는 장면이라 할 수 있다. 느와르의 시각적 특징은 가깝게는 30년대 중반 프랑스에서 나타난 시적 사실주의에서, 멀게는 20년대 독일의 표현주의에서 그 영향을 받아 이야기 중심의 할리우드 영화와 합성된다.

느와르 영화의 이야기 구조에 대해 논할 때 빼놓을 수 없는 것이 있다. 내용의 핵심이 되는 '사랑 이야기'다. 소위 말하는 '위험한 여자'(femme fatal)의 등장과 그녀로 인해 몰락의 길로 빠져드는 주인공의 행로가 회상 형식을 통해 전개된다. 주인공은 항상 암흑가 두목, 그의 정부[위험한 여자]와 삼각관계를 이룬다. 이러한 이야기 구조는 대부분 주인공이 악당의 고용인으로 설정되며 악당의 정부가 가진 신비한 힘에 의해 배신할 수밖에 없는 상황에 이른다. 결국은 주인공은 두목 손에 목숨을 잃는 최후를 맞이한다.

그리고 느와르 영화를 이야기할 때 당시 미국에서 유행했던 탐정소설의 영향을 빼놓을 수 없다. 30년대를 주름잡았던 어네스트 헤밍웨이(Ernest Hemingway)의 단편들, 레이몬드 챈들러(Raymond Chandler) 등의 작가들에 의해 탄생한 거칠면서도 냉소적인 탐정들은 느와르 영화의 주인공의 성격을 결정하는 데 지대한 공헌을 하였다. 모든 느와르 주인공들이 탐정은 아니지만 보험 외판원, 영화 제작자, 신문기자 등의 주인공들이 영화 내 이야기의 실마리를 풀어간다는 점에서 그들의 캐릭터는 탐정과 비슷하다.

주인공의 역할은 보이스 오버(voice over)라는 기법으로 강조된다. 보이스 오버란 과거에 발생한 사건을 현재 시점에서 주관적인 해석을 통해 설명하는 기법을 말한다. 즉 이 기법은 얽혀 있는 이야기를 쉽게 풀어나가기 위한 기술적인 이유도 있지만, 동시에 과거에 대한 집착이라는 느와르 영화의 전반적인 주제를 강조하기 위한 방법이기도 했다. 주인공들의 과거는 현재를 조종하는 거부할 수 없는 힘의 원천으로, 미래를 꿈꾸는 것을 불가능하게 하는 악몽으로 자리잡고 있다.

4) 1960년대 뉴 아메리칸 시네마

1960년대는 냉전 체제의 비인간성에 대항하여 젊은이들의 자유주의적 반항정신이 팽배했던 뉴웨이브 시대였다. 기존 체제와 권위를 무시하는 히피족들이 등장했으며, 신좌파들이 힘을 얻었던 시대였다. 젊은이들은 락 뮤직에 열광했으며, 제도권에 안주한 채 안락하게 살아가는 부르주아적 소시민의 삶은 치졸하고 위선적인 것으로까지 평가되던 시대였다.

실제 할리우드에는 기존의 메이저 영화사의 중심 주제였던 미국의 성공 신화와는 동떨어진 영화들이 등장한다. 아서 펜(Arthur Penn) 감독은 〈우리에게 내일은 없다〉(*Bonnie And Clyde*)에서 워렌 비티(Henry Warren Beaty)와 페이 더너웨이(Faye Dunaway)를 기용해 보니와 클라이드를 통해, 조지 로이 힐(George Roy Hill) 감독은 〈내일을 향해 쏴라〉(*Butch Cassidy and the Sundance Kid*)에서 폴 뉴먼(Paul Newman)과 로버트 레드포드(Robert

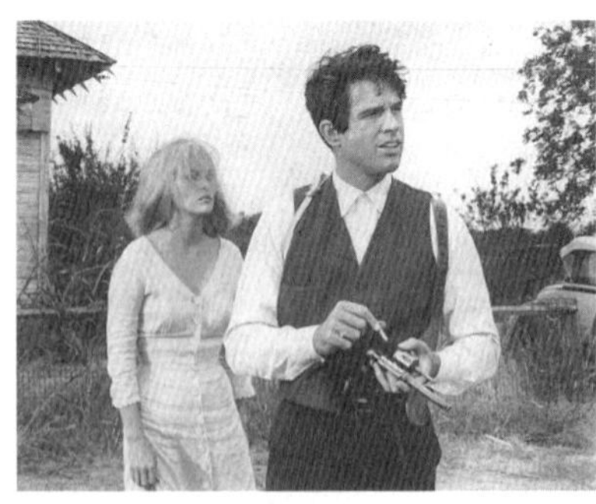

〈우리에게 내일은 없다〉

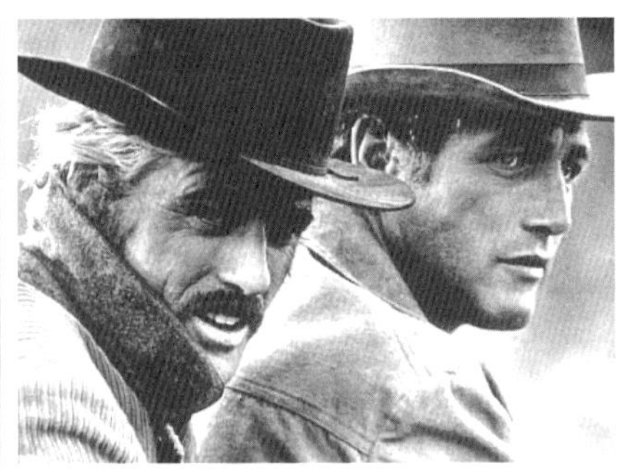

〈내일을 향해 쏴라〉

Redford)를 각각 부치 캐시디와 선댄스 키드로 등장시켜 경쾌하면서도 무겁지 않게 강도 행각을 벌이도록 배려했다. 또한 데니스 호퍼(Dennis Hoper) 감독은 〈이지 라이더〉(*Easy rider*)에서 피터 폰다(Peter Fonda)와 함께 마약을 일삼는 히피 오토바이 폭주족을 연기해 냈다. 그런가 하면 마이크 니콜스(Mike Nichols) 감독의 〈졸업〉(*Scarborough*

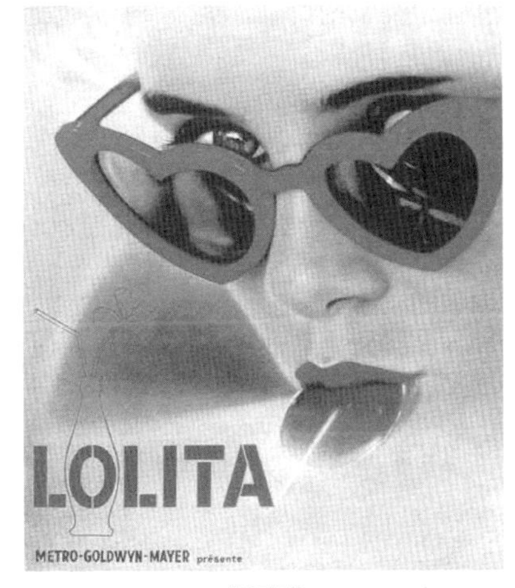

〈롤리타〉

Fair)은 세대 차이와 권위에 대한 도전을 극화한 영화였다. 또한 스탠리 큐브릭(Stanley Kubrick)의 〈롤리타〉(*Lolita*), 〈스트레인지 러브 박사〉(*Dr. Strangelove*) 등에서 보여준 성적 규범과 전쟁에 대한 풍자는 당시 할리우드 주류영화의 금기를 넘는 새로운 것이었다.

비관습적인 영화, 실험영화, 예술영화, 기록영화의 등장과 함께 시작된 뉴 아메리칸 시네마는 허위의식에 사로잡혀 있거나, 세련되며 호화로운 영화를 거부한다. 그것은 영화가 관객에게 자극과 문제의식을 주기를 희망했다. 이에 청소년 비행문제, 항의 데모, 마약 문제, 시민의 권리투쟁, 경찰의 잔학상과 편협성, 빈민가 등을 영화의 소재로 삼았고 미국사회의 혼란상을 그대로 보여준다. 또한 사회문제에 대해 단순한 결론을 제시하는 주류 할리우드 영화에 대해 비판적이었기 때문에 아메리칸 드림의 좌절을 주제로 한 영화 만들기에 참여한다.

뉴웨이브 시대의 영화 속 주인공들은 도시의 어두운 밤거리를 배경으로 하여 심각하고 필사적으로 범죄를 구상했던 이전의 범죄자들이 아니었다. 밝은 대낮에, 탁 트인 야외에서 즐겁고 명랑하게 은행을 털고 기차를 터는 그들은 낭만적이면서 재치에 넘치는 생활을 즐기는 젊은이들이었다. 기동대가 등장하고 인디언들과 싸우면서 국경을 넓히고 신천지를 개척하여 정착민들을 보호했던 구역 서부도 이제 더 이상 이전의 개념이 아니다. 아무런 의식도 없이 그저 오토바이를 타고 가다 어이없이 죽는 지역으로, 강도 행각을 벌이고 쫓겨 도망치다 그냥 스쳐 지나가는 곳으로 묘사되었다. 미국의 서진 운동의 정당성과 자연과 황야를 굴복시켜 문명화시키는 것을 신에게서 부여받은 사명으로 생각했던 선배들의 서부 영화 주인공들은 조롱당하다 사라졌고, 무질서를 평정하고 정착지를 보호했던 법과 질서의 수호자들 역시 어디에도 없다.

은행을 털고 기차를 털며, 마약을 먹는 이들 젊은이들이 준비해야 할 장래나 거창한 미래는 없었다. 그들은 자신들이 속한 사회 환경에 그저 대들고 도피하면서 즐기면 그만이었다. 삶이란 재미있는 게임이었으며, 파멸에 대한 두려움도 그들에겐 없었다. 선배들이 천착했던 위대한 나라 건설이나 미국의 성공 신화는 위선 아니면 공허한 구호였으며, 그들은 반체제적 삶을 즐기는 반 영웅들이었다.

심지어 60년대 뉴웨이브 감독들에게 할리우드의 자본도 의탁하지 말아야 할 기성질서였다. 그들은 독립 영화사를 통해 빈약한 예산으로 영화 만들기를 시도했던 젊은 감독들이었다.

5) 1970년대와 1980년대 할리우드 신보수주의 영화

1960년대 뉴웨이브 영화의 위력은 곧바로 시작된 신보수주의의 반격으로 오래 지속되지 못한다. 무엇보다 70년대 할리우드는 재난 영화의 시대였다.

〈포세이돈 어드벤처〉(*The Poseidon Adventure*), 〈타워링〉(*The Towering Inferno*)으로 시작된 70년대의 재난 영화는 80년대에 이르러 가히 폭발적일 정도로 다양한 소재로 확대된다. 열차, 비행기, 고층 빌딩 등에서 한가롭게 파티를 즐기거나 여유롭게 낙락함을 즐기던 미국인들에게 자연의 재앙이나 화재가 무방비로 덮쳐왔다. 그리고 이러한 재난 영화는 영

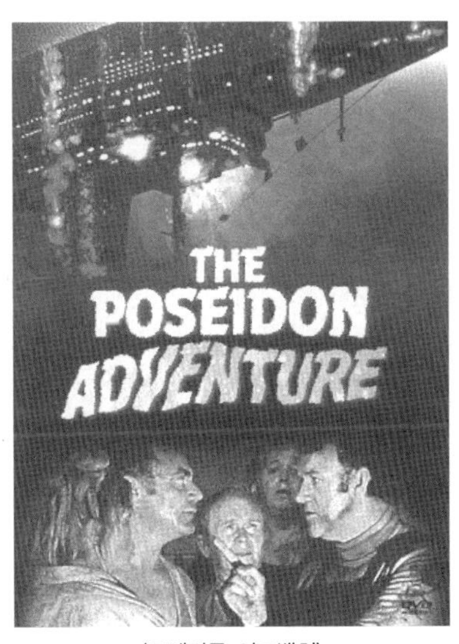

〈포세이돈 어드벤처〉

화 관객들로 하여금 그들을 구출해 줄 영웅이 필요하다는 것을 인식하게 했다.

빼어난 특수 효과로 다양하고 화려한 볼거리를 주면서 적당한 인본주의와 생명의 소중함을 섞어 만든 재난 영화는 자신들이 안전하다고 믿고 있는 미국 사회가 수많은 위협에 노출되어 있다는 불안감을 주었으며, 체제 수호를 위해 강력한 지도자가 필요하다는 합의를 이끌어 내도록 부추겼다. 영화 관객들은 60년대 식의 가치관의 혼란이나 기존 사회에 대한 반항이 얼마나 위험하고 무모한 행위인가를 절실히 깨달았으며, 자신들의 재결속을 통해 위대한 미국이 다시 이룩될 수 있다는 자신감을 확립해야 했다.

그런데 〈조스〉(*Jaws*)를 필두로 전개되는 일련의 공포 영화, 〈스타워즈〉(*Star Wars*)로 촉발된 공상과학 영화 등은 미국 사회를 위협하는 음흉한 사유들, 즉 흑인 인권 운동이나 소수 민족의 권리 주장, 혹은 여성주의

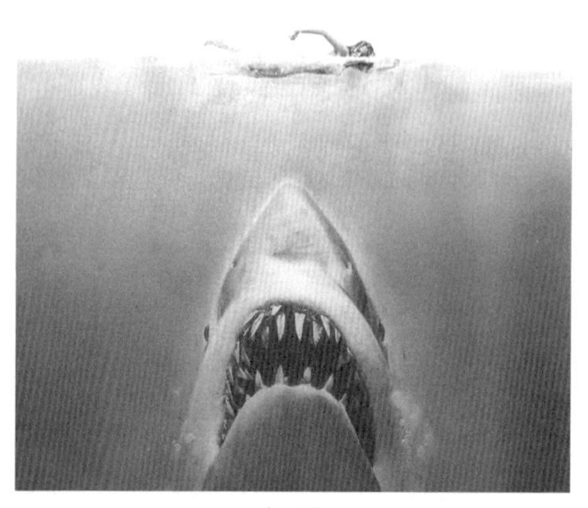

〈조스〉

운동 등의 물화된 악령들을 경멸하는 영화였다. 체제 수호의 신념으로 무장된 영웅이 항상 필요했으며, 안정된 사회를 보호하거나 지탱해 줄 강인한 남성 지도자가 영화 속에서 항상 승리하도록 한 이들 영화는 바로 백인 남성 중심 사회라는 미국의 가치관을 그대로 담아냈다. 그래서 이들 백인 남성 영웅에 의해 미국인들의 삶을 조롱하거나 미국 사회에 도전하는 무리들은 우주인이건, 자연재앙이건 반드시 격퇴되었으며, 미국인들의 세계 경영에 걸림돌이 될 수 있는 제3세계 국민들은 교화되거나 파국을 맞아야 했다. 〈인디애나 존스〉(*Indiana Jones*), 〈람보〉(*First Blood*), 〈로키〉(*Rocky*), 〈스타워즈〉(*Star Wars*) 등이 그 대표적 영화들이다.

80년대는 미국의 보수당인 공화당의 레이건이 두 번 재선되고 그를 이어서 부시 대통령까지 재임했던 시기였다. 정치적으로 이란 콘트라 사건이 있었고, 리비아 폭격과 걸프전 참전이 있었던 시기였다. 미국은 60년대에 시작해 70년대 중반에 이르기까지 강대국으로서의 자존심을 손상시켰던 베트남전의 기억들에서 벗어나야 했다. 그로 인해 〈람보〉와 같은 영화가 만들어지고 관객들의 정서에 부응할 수 있는 분위기가 형성된 것이다.

80년대 신보수주의 여피들에게 대단한 인기를 끌었던 레이건이 집권했던 이 시절의 영화는 미국의 힘에 대한 낙관주의와 위대했던 과거의 회상으로서 특징지을 수 있다. 미국인들은 베트남전 이전의 미국적 꿈이 그대로 보존되어 있던 시절의 미국으로 되돌아가기를 원했다. 신분 상승을 목표로 성실하고 열심히 노력하는 남성과, 승리를 위해 헌신하는 전쟁 영웅, 그리고 가정을 지키는 남성들이 미국인들이 갈망했던 남성상이었다. 사회 계층의 상승을 꿈꾸며 혼자 힘으로 성공을 이루는 남성, 젊음을 잃지 않는 건강한 남성, 전쟁 영웅, 하나님을 두려워하는 남성다운 남자 이러한 이미지가 바로 미국적 꿈을 대표하는 이상형이었다.

〈백 투 스쿨〉(*Back to School*)에서 주인공은 다시 대학 캠퍼스에서 젊음을 회복하고 연애 사건을 일으키며, 〈꿈의 구장〉(*Field Of Dreams*)에서는 과거와의 접촉을 통해 현재를 극복하는 남성이 등장한다. 〈터미네이터 2〉(*Terminator 2 : Judgment Day*)에서는 미래가 현재로 돌아와 잘못된 사건들을 수정한다. 특히 〈터미네이터〉류의 영화는 강한 개성을 가진 남성, 근육질의 강인한 남성이 주인공이었다는 점이 특징적이다. 아

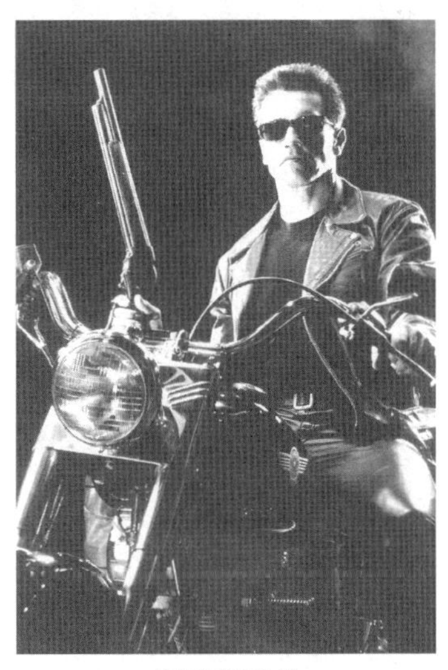

〈터미네이터 2〉

울러 〈폴리스 스토리〉(*Police Story*)나 〈리셀 웨폰〉(*Lethal Weapon*) 식의 경찰 영화도 많이 등장했는데 법과 질서를 옹호하는 경찰의 동료애, 남성 간의 우정, 가족의 중요성 등을 강조하면서, 마약과 테러리즘과 같이 미국의 안전과 번영에 장애가 되는 상대에 대한 보복을 강조하고 있다.

80년대의 영화는 비록 타락과 불법이 있기는 했지만, 자본주의 체제가 건재하다는 사실을 재확인시켰다. 〈월 스트리트〉, 〈브로드캐스트 뉴

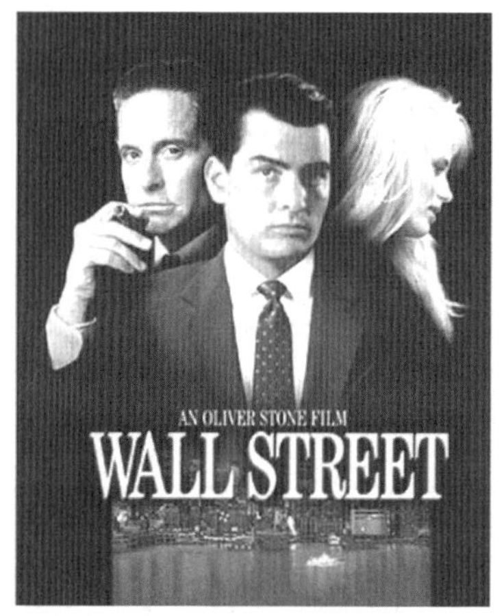

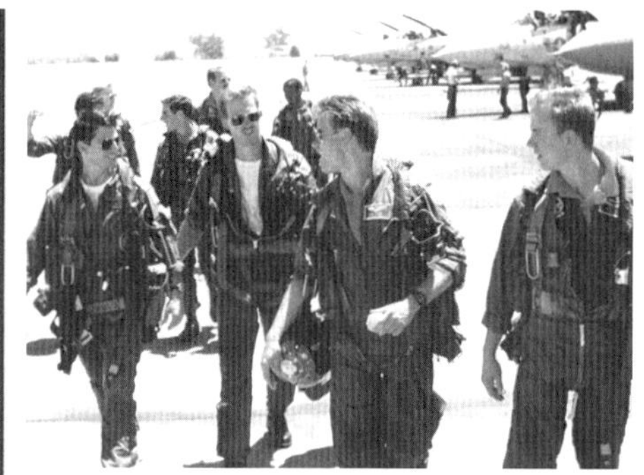

〈탑 건〉 ▲

◀ 〈월 스트리트〉

스〉(*Broadcast News*) 등에서는 경제, 언론 등의 문제점을 고발한 다음, 이런 문제점을 체제 자체의 문제점이라기보다는 그것을 운영하는 개개인들의 잘못이라는 쪽으로 몰고 가면서 미국이라는 사회의 건재함을 다시 확인시킨다.

그런데 미국을 지탱하는 사회 제도 중에서 군대만큼 애정과 증오가 복잡하게 뒤섞여 있는 단체도 드물 것이다. 그러나 80년대 미국 영화에서 군대는 문제점과 비인간성을 깨끗이 씻어내고 명예회복을 보장해 주고 있다. 〈사관과 신사〉(*An Officer and a Gentleman*), 〈탑 건〉(*Top Gun*) 등의 영화는 마치 군대를 홍보하는 듯한 느낌이 들 정도로 군대 혹은 군인의 멋진 이미지를 미남 배우들을 등장시켜 만들어 냈다.

한편 60년대의 성 해방과 페미니즘 운동, 70년대의 높은 이혼율과 낙태의 증가 등으로 위협받던 미국의 중요한 전통 가치는 바로 가족에 대한 중요성이었다. 그래서 80년대의 영화에서는 가부장적 권위의 회복이 두드러지게 눈에 띄며, 가족 구성원들의 화해가 이루어진다. 또한 부모노릇하기와 아이 키우기, 그리고 아이들을 주인공으로 한 영화들도 많이 등장하였는데, 〈크레이머 대 크레이머〉(*Kramer vs. Kramer*), 〈세 남자와 아기 바구니〉(*Three Men And A Cradle*) 등의 영화들이다.

6) 다양하게 전개되는 90년대 영화들

90년대에 들어와서도 재난 영화는 여전히 할리우드의 가장 인기 있는 장르영화였다. 근육질의 남자 연기자들은 최고의 출연료를 보장받았으며, 초인적인 역량을 발휘하는 이들 주인공들은 산에서, 바닷속에서, 그리고 대도시의 땅 속에서 엄청난 사건들을 해결해 내고 있다. 아놀드 슈워제네거(Arnold Alois Schwarzenegger), 브루스 윌리스(Walter Bruce Willis), 스티븐 시걸(Steven Seagal), 해리슨 포드(Harrison Ford) 등은 말할 것도 없거니와, 젊은 영웅들인 키아누 리브스(Keanu Charls Reeves), 톰 크루즈(Thomas Cruise), 장 끌로드 반담(Jean-Claude Camille Francois Van Varenburg) 등이 뒤를 이어 해결사로 활약하고 있다. 심지어 〈더 록〉(*The Rock*)과 같은 영화에서는 술주정뱅이로나 어울렸던 니콜라스 케이지, 그리고 숀 코넬리와 같은 고령이 배우들도 해결사로 등장시키고 있다.

90년대에 들어와 할리우드 '블록버스터'(blockbuster)라는 용어는 보통 명사가 되었다. 블록버스터란 원래 세계 제2차 대전 때 아파트의 한 블록을 파괴할 정도로 가공할 위력을 지닌 고성능 폭탄을 의미했다. 그런데 이 용어는 이제 북미 시장에서 치밀한 기획과 마케팅 전략을 바탕으로 1억 달러 이상의 흥행수입을 올리거나, 개봉 첫주에 4천만 달러 이상의 흥행수입을 올리는 대작 영화를 지칭하는 용어로 사용되고 있다. 극장가의 여름 시장을 겨냥해서 만드는 이런 대작 영화는 할리우드의 영화산업과 긴밀한 함수 관계를 지니고 있다.

할리우드가 지금의 전성기를 맞이하기까지 미국의 영화산업은 많은 우여곡절을 거쳤다. 특히 60년대의 오일 쇼크, 워터게이트 사건, 그리고 베트남전 같은 급진적 현상들이 영화산업을 크게 위축시켰다. 때문에 자구책을 마련해야 했던 할리우드 영화사들은 대규모의 인수 합병을 통해 거대한 회사로 탄생했으며, 영화 시장을 겨냥한 새로운 전략을 모색했다. 다양한 여가 산업의 등장으로 전성기를 놓치고 있던 영화는 텔레비전에 의해 잠식된 고전적 서사 구조의 영화와는 차별성을 지닌 새로운 스타일의 영화를 제시함으로써 고부가 가치를 지닌 산업으로 환골탈태하려고 노력해야 했다. 이에 따라 70년대 후반부터 조지 루카스(George Lucas)와 스티븐 스필버그라는 흥행 감독을 앞세워 할리우드는 영화산업과 새로운 인력의 결합으로써 단기간의 집중 배급 방식을 통한 집중적 흥행수입의 확보라는 측면에서 블록버스터라는 새로운 유형의 영화를 탄생시켰던 것이다.

그리고 할리우드는 80년대 이후에 들어와 액션 영화 이외에도 〈귀여운 여인〉(*Pretty Woman*)이나 〈원초적 본능〉(*Basic instinct*) 같은 영화까지 가세시켰으며, 장 드봉이나 오우삼 같은 외국계 감독까지 포섭함으로써 새로운 영화들을 아우르게 되었다.

고비용, 고기술, 고위험이 합세하여 만드는 이런 할리우드 블록버스터는 서사 구조를 극도로 단순화시켜 관객들이 거의 다른 생각을 할 여유가 없이 만든

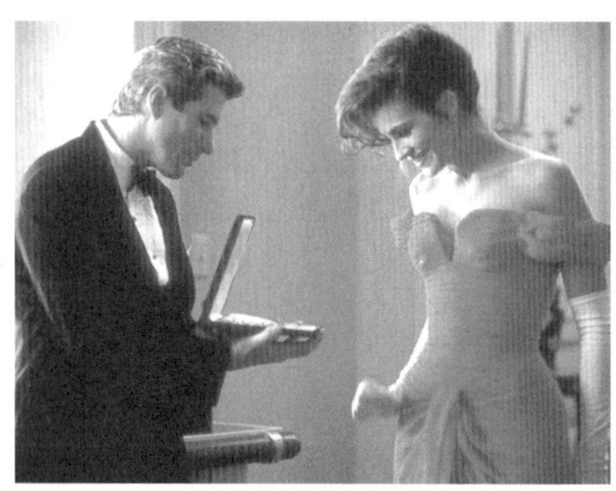

〈귀여운 여인〉

다. 2시간 동안 오직 영화 속으로만 몰입하도록 한다. 이렇듯 블록버스터가 전세계적으로 인기를 끌면서 흥행수입을 올리는 데는 몇 가지 전형화된 유형이 있어서다. 사랑과 재난 극복이라는 보편적 주제, 상상 속에서나 가능했던 장면들을 고도의 특수 효과를 통해 현실화시키는 기술력, 안정된 흥행을 보장할 수 있는 스타의 기용, 그리고 복합 상영관 확보와 다양한 캐릭터 산업을 통한 소비의 극대화라는 마케팅 전략 등을 들 수 있다.

그리고 다음과 같은 할리우드 블록버스터의 흥행 전략 덕분에 가능한 일이다.

첫째, 크기와 기세를 제압하라.

둘째, 마케팅 비용을 아끼지 마라.

셋째, 개봉 전 일주일 동안에 전력을 다해 홍보하라.

넷째, 보여줄 건 예고편에서 다 보여주어라.

다섯째, 가능한 많은 개봉관을 점령하라.

여섯째, 관객의 눈과 귀를 쉬게 하지 마라.

일곱째, 기회가 있을 때마다 재탕하라.

여덟째, 영화와 관련된 캐릭터 상품 등을 개발하라.

90년대 들어와 한국 시장을 석권했던 〈사랑과 영혼〉(Ghost), 〈원초적 본능〉(Basic instinct), 〈다이하드 3〉, 〈주라기 공원〉, 〈콘 에어〉, 〈더 록〉(The Rock), 〈타이타닉〉(Titanic), 그리고 〈아마게돈〉과 〈매트릭스〉를 거치지 않고서는 할리우드의 90년대 영화에 대한 언급은 상당 부분 공백으로 남게 될 것이다.

그러나 할리우드의 90년대는 다양한 소재의 다양한 장르의 영화들이

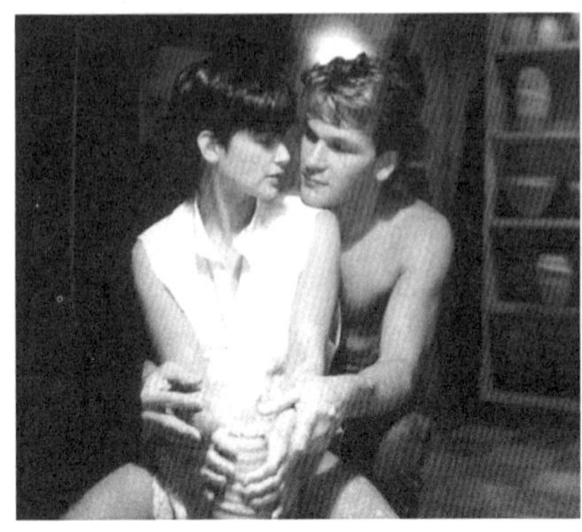 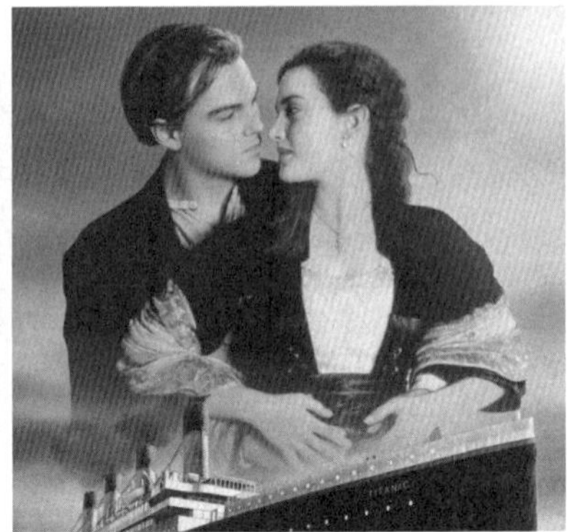

〈사랑과 영혼〉　　　　　　〈타이타닉〉

동시에 등장하고 경쟁하며 발전하던 시기였다. 흑인들이 주인공으로 등장하기도 했으며, 여성주의 영화들도 지속적으로 영화관에 내 걸렸다. 전쟁 영화도 미국이 무조건적으로 승리한다는 단순한 플롯에서 벗어나고 있다. 우스꽝스런 인물들이 주인공으로 등장했으며, 컬트영화들이 당당히 장르 구별의 한 모퉁이를 차지하게 되었다. 그리고 전통적으로 남성들만 활약했던 범죄 수사대나 군대에도 여성들이 중요한 역할을 맡기 시작했고, 아이보기나 가정 꾸리기 같은 여성들의 영역에 남성들이 동참하는 영화도 지속적으로 출시되고 있다.

7) 미국의 독립영화

할리우드 영화의 상업성을 거부한 미국의 독립영화들을 배출하는 선댄스 영화제는 로버트 레드포드가 1984년에 설립한 선댄스 재단의 후원으로 매년 미국 유타주 파크 시티에서 개최되고 있다. 저예산 독립영화들의 축제인 선댄스 영화제는 백인 중심적 가부장제 사회 미국에서 할리우드 영화들이 결코 자유로울 수 없는 문제들인 여성 문제, 소수 민족 문제,

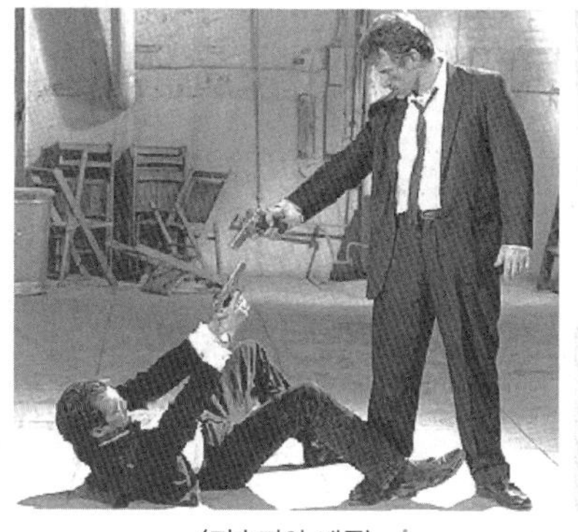
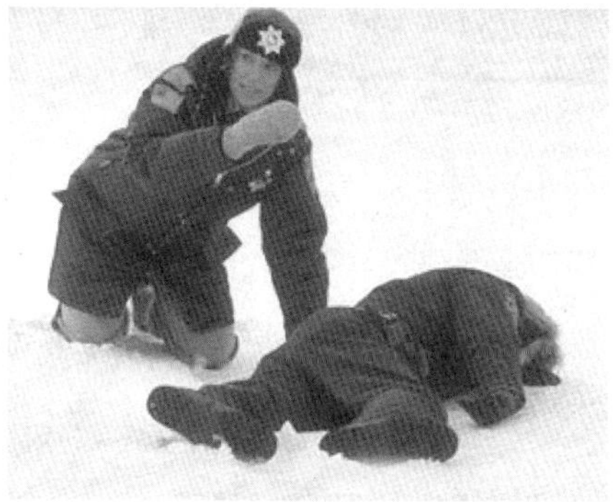

〈저수지의 개들〉   〈파고〉

가족 해체 문제 등 대단히 진지한 주제들을 다루는 영화들을 발견해 내고 할리우드 영화사들이 주목하지 않았던 새로운 감독들을 찾아냄으로써 상투성에 함몰된 미국 영화에 선선한 활력소 구실을 하고 있다.

그동안 〈섹스, 거짓말, 그리고 비디오 테이프〉(*Sex, Lies, and Videotape*)를 만든 스티븐 소더버그, 〈저수지의 개들〉(*Reservoir Dogs*)의 쿠엔틴 타란티노, 〈엘 마리아치〉(*El Mariachi*)의 로버트 로드리게즈, 〈채이싱 아미〉(*Chasing Amy*)의 캐빈 스미스, 〈어딕션〉(*The Addiction*)의 아벨 페라라, 〈파고〉(*Fargo*)의 코헨 형제 같은 역량있는 감독들이 선댄스 영화제를 통해 발굴되었다. 저예산의 자본을 투자해 맛있는 영화들을 만들어 냈던 이들은 관객들에게 영화를 보는 새로운 즐거움을 안겨 주었으며, 상업성까지 인정받아 할리우드 제작자들의 시선을 끌게 된다.

물론 선댄스 영화제가 90년대 이후 할리우드 저예산 영화들의 영화 배급망으로 이용됨으로써 상업성에 오염되었다는 비난도 받고 있다. 그렇지만 상업 제작자 입장에서는 영화가 상업성을 외면할 수 없다는 측면에서, 감독의 입장에서는 자본과 스타를 확보하지 않고서도 관객들에게 호소할 수 있는 영화를 소개하고 있다는 점에서, 그리고 배급업자들로서는 새로운 영화들을 발굴해 낼 수 있다는 점에서 폄하될 일은 아닐 것이다.

최근 선댄스 영화제는 지나친 십대 편향성과 동성애 소재의 범람 등 고정된 소재에서 벗어나지 못한 채 답보 상태의 위기를 맞고 있다. 그러나 다양한 감독들의 자유로운 영화 창구로서의 기능이 계속되는 한 그 가치는 여전하다 하겠다.

8) 컬트영화

컬트영화는 주로 독립 영화 제작자들에 의해 만들어지고 소수의 영화광들에 의해 선택되며, 명쾌한 정의를 내리기가 쉽지 않은 유형의 영화를 말한다. 말하자면 컬트영화는 주류에서 벗어난 반 장르적 혹은 탈 장르적 영화들을 뭉뚱그려 지칭한다고 볼 수 있다.

영화 역사가들이 평가하는 최초의 컬트영화는 초창기 무성영화 시대에 등장하는데, 순전히 엉뚱한 상상력으로 만들어 낸 조르주 멜리에스의 〈달세계 여행〉이다. 그리고 1차 세계대전 이후 독일의 표현주의 영화를 시작으로, 30~40년대의 실험 영화를 거쳐 50~60년대에는 미국의 지하 영화들이 컬트영화의 맥을 이어간다.

거칠고 난폭하며, 날카롭고 익살스러우며, 또 엉뚱했던 이들 영화의 배경에는 제도권에 반항하는 당대의 신세대들의 사유가 반영되어 있다. 곧 자유주의적이고 탐닉적이며, 반전 의식과 정체성 상실의 혼란 등과 같은 의식들이 깔려 있었다. 60년대의 대표적 컬트영화는 데니스 호퍼의 〈이지 라이더〉를 꼽을 수 있다. 이제는 전통의 흐름 속에 합류했지만, 당시로서는 파격적이었던 미국의 뉴웨이브 영화들 중의 하나였다.

　1970년대로 접어들면서 컬트영화는 시각적·청각적·공감각적으로 더욱 현란하고 화려해졌다. 동시에 앞뒤가 맞지 않는 우연이 남발되는 플롯이 횡행하고, 다양하고 이질적인 장르가 혼합된 정체 불명의 탈장르적 영화로 발전한다. 짐 셔먼 감독의 〈록키 호러 픽쳐 쇼〉(*Rocky Horror Picture Show*)나 데이비드 린치의 〈이레이저 헤드〉(*Eraser Head*)가 그 대표적 영화다. 충격적이고 도발적인 영상을 통해 전쟁과 인종

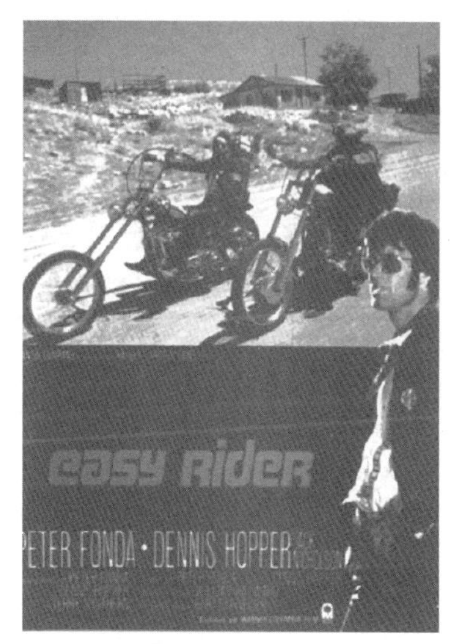

〈이지 라이더〉

편견을 말하고, 권위주의를 비판하며, 반전과 반체제적 성향을 노골적으로 드러낸다. 그리고 개인의 선택과 가치를 최우선으로 삼고, 꿈과 현실의 모호한 공존을 초현실적으로 표현하는 등 영화 서사의 고정 관념이나 상식이나 형식 등을 거부하고 있기 때문에 젊은 세대들의 감각과 잘 맞아 떨어졌다.

　컬트영화는 항상 변한다. 지난 시대의 컬트는 전통으로 귀속되기 때문에 컬트영화는 항상 평범하지 않고 일상적이지 않으며 상투적이지 않은 길을 찾아다녀야 하는 것이다. 또한 영화광들이 공감할 수 있는 소재를 찾아 헤매야 하며, 흥행의 유혹에도 빠지지 않아야 한다. 그리고 사회의 정치적·도덕적·종교적 금기 사항을 항상 건드리고 파괴해야 하며, 동시에 영화광들의 찬사도 받아야 한다. 항상 변화하고 미래를 지향하는 영화, 딱 잘라 말할 수 없는 이상한 영화, 문명 비판적인 영화, 그리고 이단의 영화며 자유로운 영화가 바로 컬트영화다.

2. 프랑스 영화

1) 무성영화의 탄생

프랑스 영화의 역사는 19세기 말 프랑스 뤼미에르 형제가 최초로 시네마토그래프를 발명하면서 시작, 발전되어 왔다. 영화 촬영기와 영상기를 겸한 '시네마토 그래프'를 발명한 뤼미에르 형제는 1895년 12월 파리에서 〈공장의 출구〉(*La sortie des usines*), 〈열차의 도착〉(*The Arrival of a Train*) 등 첫 유료 시사회를 열었다. 시네마토 그래프에 자극받은 조르주 멜리에스는 1897년 프랑스 최초 상설 영화촬영소와 회사를 설립, 〈달세계 여행〉(*le voyage dans la lunes*) 등 많은 영화를 직접 제작, 감독하여 무성영화 초기를 열었다. 이어 파테사, 고몽사 등 영화제작사가 세워져 대중오락으로서의 영화 산업이 정착되었고, 1908년 필름다르(예술영화)사가 생겨나 '코메이프랑세즈'의 극작가와 무대배우를 초빙하여 〈기즈공(公)의 암살〉(*L'Assassinat du Duc de Guise*) 등과 같은 문예영화를 만들어 영화를 예술로 발전시키려는 노력을 하였다. 또 같은 해 E. 콜은 최초 애니메이션 영화를 만들었고, L. 푀야드는 〈팡토마〉(*Fantômas contre Fantômas*)와 같은 활극영화를, M. 랭데르는 수많은 희극영화를 제작하였다. 그러나 조르주 멜리에스를 거쳐 발전된 프랑스 영화는 제1차 세계대전 후 미국영화가 건너오면서 침체에 빠지게 된다. 1916~7년에 프랑스에선 영화가 단지 오락적인 기구로서 흥밋거리를 관객에게 제공해 주는 역할뿐이었다.

2) 1920년대 시각주의와 전위영화

1920년대 초 프랑스 영화는 새로운 전기를 맞는다. 두 명의 영화 이론가가 중심에 서 있던 새로운 프랑스 영화가 관객들을 만난 것이다. 그들은 '제7예술론'을 주장한 리시오도 카뉴도(Ricciotto Canudo)와 씨네클럽 운동을 일으킨 루이 델뤽(Louis Delluc)이다.

루이 델뤽은 영화를 통해 심리학적인 분위기를 창출해 내는 것이 목적이었다. 그리고 이 목적은 그의 작품 가운데 〈열광〉(*Fièvre*)과 〈홍수〉(*L'Inondation*)에서 사상 살 표현되고 있다. 루이 델뤽의 특징적인 면은 '단순한 영화' 속의 '눈으로 보는 음악'을 추구한 점이다. 그녀는 마침내 앙토냉 아르토(Antonin Artaud)의 대본에 기초를 둔 표현주의 작품 〈조개껍질과 성직자〉(*La Coguille et Clergyman*)를 만들게 된다.

1920년대 후반 예술계에는 허무와 초현실주의가 발전하였고, 동시에 프랑스 영화계에는 아방가르드(Avant-garde)가 나타나게 된다. 페르난드 레제(Fernand Leger)의 〈기계무용〉(*Le Ballet Mecanique*), 만 레이(Man Ray)의 〈귀가〉(*Le Retour a la Maison*), 르네 클레르(Rene Clair)의 〈동작개시〉(*Entr'acte*), 장 콕도(Jean Cocteau)의 〈시인의 피〉(*Le Sang d'un Poete*), 루이 브뉘엘(Luis Bunuel)의 〈황금시대〉(*L'age d'or*) 등이 주요한 작품들이다. 그들은 비상업적이었으나 씨네클럽에서 널리 소개되었다. 그들에게서 감동을 받은 몇몇 상업주의 제작자들은 프로덕션과 결별하여 독자적 영화를 추구하기 시작했다.

몽타주 기법 등 일련의 참신한 표현기법으로 독특한 미학을 추구한 시각주의는 다다이즘이나 쉬르리얼리즘 영향을 받아 전위운동으로 발전하였다. 즉 이야기와 배우의 연기로부터 영화를 해방시켜 자유로운 영상을 모색하는 아방가르드 계열의 영화는 무의식 세계, 꿈, 환상, 공포, 광기 등을 그린 짧은 무성영화였다. 클레르의 〈막간〉(*Entr'acte*), 비고의 〈품행영점〉(*Zero de conduite*), 레이의 〈불가사리〉(*L'Etoile de mer*), 콕토의 〈에막

바티아〉 등이 그 대표작이다.

순수영화, 절대영화, 초현실주의 영화를 출현시킨 20년대 말 주요 전위 영화감독들은 비용이 덜 들고 접근이 쉬운 전통영화로 다시 돌아가는 경향을 보였다.

3) 1930년대의 토키(Talkie) 영화

미국에서 개발되어 대성공을 거둔 토키(Talkie) 영화가 30년대 초 프랑스에서도 제작되기 시작되었다. 그 무렵 세계대공황으로 파테와 고몽 두 영화사는 문을 닫았고, 군소회사들이 영화제작을 맡게 되면서 침체기에 빠져들었다. 이 시기 프랑스 영화는 미국영화에 비해 상대적으로 적은 숫자의 품으로 독특한 예술성과 민족성만을 추구하다가 33년부터 서서히 활기를 되찾았다.

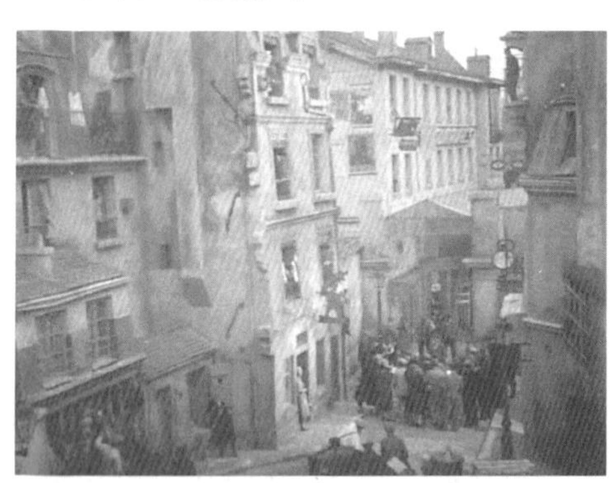
〈파리의 지붕 밑〉

영화에 사운드가 처음 도입된 시기는 이때로 프랑스 영화는 황금기로 접어들었다. 클레르는 청각적으로 윤색한 무성영화를 통해 서민생활을 정감어린 리얼리즘으로 묘사한 〈파리의 지붕 밑〉(*Sous les toits de Paris*), 〈백만장자〉(*Le Million*) 같은 일련의 성공작을 만들었다.

초기 발성영화 시절 주요 감독은 파뇰, 페데르, 뒤비비에, 카르네, 르노아르 등이다. 파뇰은 〈마리우스〉(*Marius*), 〈화니〉(*Fanny*), 〈세자르〉

(Cezar)라는 기념비적인 3부작을 만들었고, 클레르의 경향을 이어받은 페데르는 〈외인부대〉(Le Grand jeu)와 〈미모자관〉(Pension Mimosas) 등의 작품을 통해 시적 리얼리즘을 확립하였다. 뒤비비에는 〈홍당무〉(Poil de carotte), 〈망향〉(Les Nuits blanches)으로 1935~39년 전성기를 장식하였다. 카르네는 시나리오 작가 프레베르와 공동으로 훌륭한 작품을 만들었는데, 〈안개 낀 부두〉(Le Quai des brumes), 〈인생유전〉(Les Enfants du paradis) 등에서 어둡고 절망적인 시각을 보여주었다. 르노아르는 인도주의적 대작 〈커다란 환영〉(La Grande Illusion)에 이어 30년대 마지막 걸작 〈게임의 법칙〉(La Regle du Jeu)을 발표, 독일 공격에 프랑스가 무너지기 직전에 완성된 매우 어두운 작품의 하나로 한 시대를 마감하는 일종의 진혼가로 평가되기도 한다.

4) 전후 암흑영화

제2차 세계대전이 끝나자 영화 편수는 현저히 줄었으며 그 내용은 전쟁 전의 밝은 휴머니즘이나 낭만주의적 기풍이 사라지고 전쟁과 인류의 운명이라는 무거운 주제를 담았다. 클레망(René Clément)의 〈철로의 싸움〉(La Bataille du Rail), 〈금지된 장난〉(Les Jeux Interdits), 카르네(Marcel Carné)의 〈밤의 문〉(Les Portes de la nuit), 〈테레즈의 비극〉(Thérèse Raquin) 등이 있고, 클루조(Henr: Georges Clouzot)의 〈범죄강

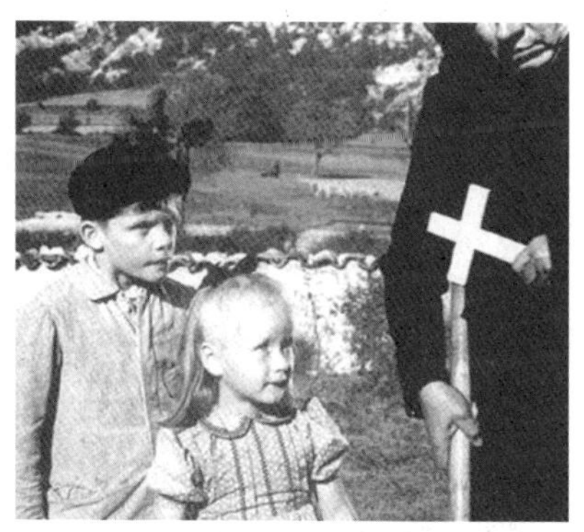

〈금지된 장난〉

변〉(*Quai des Orfèvres*), 베케르(Jacques Becker)의 〈현금에 손대지 마라〉 (*Touchez pas au grisbi*) 같은 작품은 전후에 '필름 느와르(Film noir:암흑영화)'라는 장르를 정착시켰다. 이밖에 브레송은 〈시골사제의 일기〉(*Journal d'un curè de campagne*) 등을 통해 '영화=문장설'을 표명, 뒷날 '누벨 바그(nouvelle vague:새로운 결)'가 대두하는 실마리를 제공하였다.

전후 쇠퇴해진 영화계를 활성화하기 위하여 1946년 국립영화청(CNC)이 설립되었고, 블룸비르네스조약에 의한 쿼터제도가 제정되었다. 그러나 정책적 배려에도 불구하고 한동안 미국 영화가 밀려오는 것을 막을 수 없었으며 프랑스 영화제작도 촉진시키지 못하였다. 침체된 영화계는 53년부터 문화부 장관이던 앙드레 말로의 노력으로 정부가 자금을 지원, 재능있는 감독에 대한 개별 지원과 함께 특이한 예술적 상상력과 다양한 양식을 가진 감독들을 등장시켰다.

1950년 프랑스 영화는 거대한 제작비로 일에 착수하던 1940년대의 감독들에 의해 확고한 상업주의 영화로 굳어져 갔다. 프랑스로 돌아온 장 르누아르는 〈프렌치 캉캉〉(*French Can-can*)과 〈엘레나와 남자들〉(*Elena et les Hommes*)에서 효과적으로 컬러 필름을 이용했다.

1951년 영화 비평가 그룹은 앙드레 바쟁(Andre Bazin)의 주변 인물들을 중심으로 한 변화를 요구하였으며, 잡지 〈카이에 뒤 시네마〉(*Cahiers du cinema*)를 그

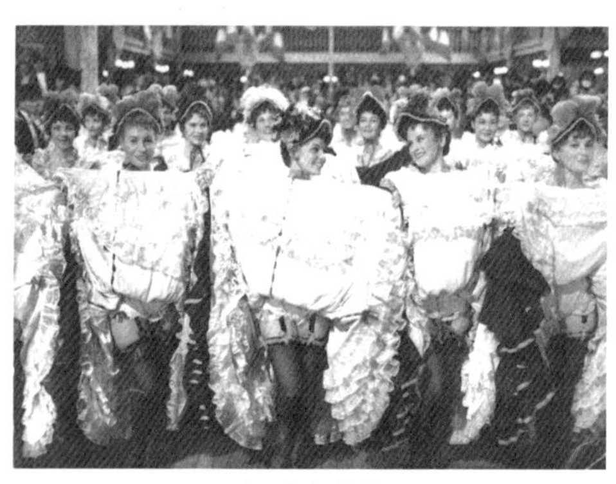

〈프렌치 캉캉〉

들의 캠페인을 위한 공개 토론지로 이용하길 원했다. 프랑스와 트뤼포

(Francois Truffaut)는 '작가정책'을 발전시키는 데 앞장섰는데 그는 영화제작에 있어서 좀 더 개인적인 접근을 요구하였다.

1950년대 대부분의 비평가들은 그들의 착상을 단편영화 속에 실현시키면서, 정부 보조의 도입과 진보적인 제작자에 의한 후원의 이점들을 이용하려 하였다. 트뤼포는 〈400번의 강타〉(400 *Blows*)에서 롱 숏과 이동 카메라, 롱 데이크 등 사실수의적 기법을 주로 사용했으며, 장 뤽 고다르(JeanLuc Godard)는 〈네 멋대로 해라〉(*A Bout de Souffle*)를 통해 수평 크레인 숏을 롱 테이크로 잡아냄으로써 영상의 이차원성을 강조하였고 점프 컷을 도입했다. 이들이 바로 누벨 바그 계열의 감독들이다.

5) 앙드레 바쟁(Andre Bazin)과 미장센(Mise en scène)

앙드레 바쟁은 프랑스 태생의 영화 비평가로서 바쟁은 제2차세계대전 이후부터 영화평론을 시작했으며, 세르게이 에이젠슈테인의 형식주의적 영화이론에 반대하는 리얼리즘 영화이론을 펼쳤다. 그는 1951년 『카이에 뒤 시네마』라는 잡지를 발행하면서 본격적으로 자신의 이론을 펼치기 시작했는데, 이 잡지에서 함께 활동했던 그의 제자 프랑스와 트뤼포, 끌로드 샤브롤, 장 뤽 고다르 등은 1960년대에 세계를 풍미한 누벨 바그 운동을 주도하였다. 누벨 바그는 바쟁과 트뤼포를 중심으로 작가주의 이론을 내세우며 과거에 묻혀있던 훌륭한 감독들을 재발굴하기도 했다.

영화에서 사실성을 중시한 바쟁은 의도적인 방법과 기술, 즉 인위적인 조명, 세트, 편집 등을 동원하여 영화의 의미를 전달하려는 것에 반대했다. 그는 꾸며진 상징성 및 몽타주란 현실을 그대로 보여주지 않고 조작하는 것이라고 생각했다. 그래서 〈전함 포템킨〉(*The Battleship Potemkin*)

류의 러시아 형식주의 영화나 〈칼리가리 박사의 밀실〉(*Das Kabinett des Doktor Caligari*) 등의 독일 표현주의 영화에 대해 논리적으로 반박했다.

그는 영화에서의 편집이나 인위적인 조명은 인간의 개입이라고 여겼으며, 몽타주에 의한 영화 대신 미장센에 의한 영화나 다큐멘터리식의 사실성을 강조한 영화들을 중요시했다. 영화에서의 미장센은 단일한 숏이나 테이크, 곧 카메라가 장면을 찍기 시작하여 멈추기까지의 시간 동안 화면 속에 담기는 이미지를 만들어 내는 작업을 가리키는 말이다. 이러한 측면에서 바쟁은 장 르누아르나 오손 웰스, 그리고 이탈리아 신사실주의 영화들에서 자신의 주장을 뒷받침하는 영상을 발견했다. 장 르누아르와 오손 웰스의 영화는 치밀한 구성으로 이루어지는데, 이들은 주로 공간의 깊이감을 보여주는 딥포커스와 짧게 편집하지 않고 보여주는 롱 테이크로 영화를 만든다.

바쟁은 신사실주의에 나타난 '영화 속의 현실감'을 높이 평가했다. 신사실주의 영화들은 현지에서 직접 촬영되었기 때문에 조명을 거의 쓰지 않았고, 비직업 배우가 출연하여 영화에 생생한 사실감을 불어넣었다. 또한 전후 이탈리아의 처참한 현실을 보여주기 위해 편집보다는 장시간의 촬영에 의존했다. 이것은 바쟁이 중시한 리얼리티를 충실하게 재현해 낸 것이다. 이러한 바쟁의 견해는 사실주의 영화 이론으로서의 명성을 얻는 데 부족함이 없었다.

하지만 바쟁은 사진적 이미지가 사실적인 효과를 낸다고 믿었고 그 때문에 사실주의 영화 이론을 편애했던 그의 이론이 지금까지 막강한 영향력을 인정받고 있는 것은 아니다. 사진도 조작이 가능하고, 다큐멘터리 영화나 사실주의 영화에도 만드는 사람의 개입이 이루어질 수 있다. 소재가 왜곡될지라도 사실성만 지니고 있으면 된다는 그의 시각은 현재 많은 의문점을 내포하고 있는 것이다.

또한 지금은 몽타주를 강조한 에이젠슈테인의 이론과 바쟁이 주장한 사실주의적 영화 언어가 동시에 구현되는 영화가 만들어지고 있다. 말하자면 초기의 영화 이론이라고 할 수 있는 바쟁의 이론을 전면적으로 수용해서 영화를 만들지는 않는다. 하지만 바쟁의 이론은 아직까지 많은 감독과 영화 이론에 영향을 미치고 있다. 이에 따라 비록 바쟁의 이론에 직접적인 토대를 두고 있지 않더라도 미장센을 자신의 중요한 영화 형식으로 발견하고 실현한 감독들이 등장하기 시작했다. 장 르누아르와 오손 웰스를 비롯하여 안드레이 타르코프스키, 잉그마르 베르히만 등이다. 이들은 현대 영화에 위대한 발자취를 남긴 감독들로 평가받고 있다.

6) 누벨 바그(Nouvelle Vague)

1958년 〈렉스프레스〉지의 여기자가 당시 새롭게 데뷔한 감독들을 '새로운 물결'(Nouvell Vague)이라 자칭하면서부터 누벨 바그라는 명칭이 영화계에 등장했다. 그래서 누벨 바그는 장 뤽 고다르, 에릭 루메르, 자크 리베트, 아네스 바르다, 로제 바딤, 루이 말 등과 같은 감독들의 영화를 포함하기도 한다.

누벨 바그 감독들은 시네마테크 프랑세즈에서 뤼미에르 형제의 영화에서부터 할리우드 B급 영화에 이르기까지 영화 역사를 두루 섭렵하면서 그것을 새롭게 해석하고 교과서적인 영화보다는 앞으로 프랑스 영화가 나아갈 바에 대해 논의하였다. 아울러 영화의 정체성에 의문을 제기했으며, 영화 속의 현실에 대해 고뇌했다. 그리고 마침내 그들은 감독의 창조적 개성을 반영한 영화가 진정한 영화라고 주장하기에 이르렀으며, 영화 속에서 꾸준히 탐구되는 일관된 주제를 갖는 사람을 '작가'로 규정하여 영화계에 작가주의 논쟁을 불러일으켰다.

이때 누벨 바그 세대들이 새롭게 내걸었던 영화 형식은 파격적이었다. 그것은 기승전결식의 양식화된 구성에서 벗어난 영화였으며, 저항과 변화를 전제로 기존의 문화 관습과 패러다임에서 탈피한 영화였다.

첫째, 할리우드 영화들이 스튜디오의 잘 만든 세트 속에, 잘 알려진 스타를 주인공으로 내세워 인공 조명 아래서 영화를 찍었던 것과 달리, 누벨 바그 감독들은 이탈리아 신사실주의 전통과 바쟁의 리얼리즘 이론에 영향 받아 스튜디오를 떠난 거리에서 동시 녹음으로 영화를 찍었다. 또한 그들은 현장에서의 실제 경험이 없이 영화를 보면서 영화를 만들었고, 고전적인 할리우드식의 잘 만들어진 영화보다는 일부러 엉성하고 낯선 영화들을 만들었다. 당대를 사는 젊은이들의 일탈과 반항을 즉흥 연출과 인터뷰, 자막 사용, 단절된 이야기 들을 모아 놓은 블록 구조와 관객에게 직접 건네는 대사 등 전통적인 이야기 틀을 벗어난 요소들을 화면 속에 담음으로써 할리우드 영화에 도전했던 것이다.

둘째, 누벨 바그의 영화는 현장 촬영을 선호하고, 들고 찍기 같은 현란한 카메라 움직임을 자주 사용했으며, 롱 테이크를 특징으로 하였다. 또한 인물을 쫓거나 장소를 보여주는 데 패닝과 트레킹이 자주 선호되었다. 트뤼포의 〈400번의 구타〉(*Les Quatre cents coups*)에서 주인공 앙트완느가 자신의 어린 시절을 고백하는 대목에서 미디엄 샷으로 앙트완느의 얼굴을 롱 테이크로 잡아준 장면이나, 고다르의 〈주말〉(*Le Week-end*)의 첫 장면에서 자동차 사고 현장을 수평 크레인을 이용하여 카메라를 횡으로 이동시키면서 롱 테이크로 잡은 화면 등은 관객들에게 영화 속 사건에 대해 냉정하고 객관적으로 판단하기를 요구하고 있다. 이들은 카메라의 수평 이동으로 잡은 이동 화면을 통해 관객들이 배우가 아니라 주변 환경에 집중하도록 권유하며, 화면과의 거리두기를 통해 스스로의 판단을 내리도록 돕는다. 따라서 관객들은 자신이 피사체를 선택해 관찰하며 화면 속에 나타나지 않은 장면들을 적극적으로 해석해 냄으로써 영화 화면에 비치지 않은 공백을 채워 가는 것이다.

셋째, 누벨 바그 영화에서 플롯의 인과론적 연결성은 느슨해졌으며, 행위의 뚜렷한 목적이나 동기를 확인할 수 없는 주인공들이 자주 등장한다. 이런 식의 사건과 인물은 불연속적인 편집 기교와 맞물려 서사 구조의 연속성을 파괴하고 있다. 그들은 모호한 결말을 제시한다. 흔히 점프 컷으로 불리는 몽타주 컷을 도입해 동일한 인물이 처한 상황을 시간적으로 다르게 바뀌는 배경 속에 삽입함으로써 일관된 이야기의 흐름이라는 관객들의 기대치를 배반하고 꾸며낸 이야기의 인과 관계 대신 현실을 있는 그대로 반영하고자 했다.

넷째, 그들은 자유로운 영화를 지향했다. 작가주의를 표방했던 그들은 영화감독도 화가처럼 자유롭게 소재를 선택하고 화면이라는 캔버스를 조절할 수 있다고 믿었다. 때문에 트뤼포와 같은 감독은 기록 영화를 삽입하여 영화의 영역을 확장하기도 했으며, 동일한 영화 속에서 화면의 크기에도 변화를 주었다.

다섯째, 할리우드나 유럽의 다른 영화들을 인용한다. 이는 그들의 재치와 영화 매체에 대한 자의식을 엿보게 하는 특징이었고, 영화 선배들에 대한 존경이기도 했으며, 동시에 그들을 극복하려는 의지의 표현이기도 했다.

누벨 바그 감독들은 1968년 5월 학생 혁명을 계기로 결별했지만, 영화가 무엇인지에 대해 끊임없이 질문하고 이에 대해 영화로 대답하여, 이론

뿐만 아니라 실제에 있어서도 모범을 보였다. 일정한 틀에 머무르지 않고 끊임없이 새로움을 추구하는 그들의 실험정신은 다른 나라의 뉴 시네마들에 많은 영향을 주었다.

7) 누벨 이마쥬(Nouvelle Image)

80년대 이후 프랑스 영화는 20대 초반의 젊은 감독들이 대거 등장하면서 그 방향이 크게 전환되었다. 1980년 장자크 베네(Jean-Jacques Beineix)

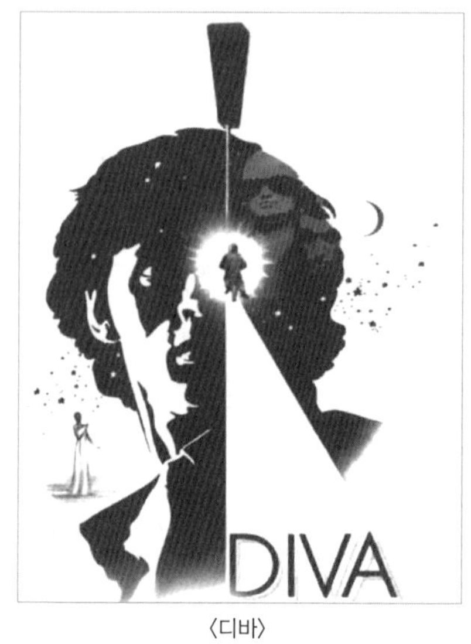

〈디바〉

가 〈디바〉(Diva)를 내놓았을 때 프랑스에서는 누벨 바그가 등장했을 때와 같은 흥분이 일어났고, 이어 뤽 베송(Luc Besson)의 〈마지막 전투〉, 레오 카라(Leos Carax)의 〈소년이 소녀를 만나다〉 등이 발표되자 프랑스 영화계는 새로운 희망에 휩싸였다.

이들의 영화는 새로운 감각과 영화 매체에 대한 참신한 접근 방식 때문에 누벨 바그, 누벨 이마쥬 등 여러 가지 이름으로 불렸다. 그러다가 영화 평론가들이 이들의 영화를 논하는 글 속에서 누벨 이마쥬라는 단어를 많이 사용했고, TV에서 "영화를 향해 도전해 오는 새로운 매체들, 이것이 누벨 이마쥬"라고 이들의 영화를 평가하면서 누벨 이마쥬로 통용되고 있다.

이들은 하나의 집단을 형성한 운동으로 나타났던 누벨 바그에 비해,

전혀 다른 진영에서 각자 자신의 직업에 몰두했다. 이들의 영화에는 팝문화의 영향을 받은 음악, 세트 디자인, 의상 등이 두드러지게 나타나지만 기본적으로는 '반(反)할리우드 의식'이 바탕에 깔려 있다. 이들은 자신의 직관과 개성에 의존해 정치와 역사에 무관한 영화를 만들었기 때문에 도피적이라는 이유로 비판받기도 하였다.

누벨 이마쥬의 포문을 연 감독은 장자크 베네다. 그는 데뷔작 〈디바〉에서 청색과 황색이 주조를 이루는 스피디한 영상 위에 대중문화의 여러 장르를 인용한 이미지들인 광고, 락 뮤직, 팝 아트 등을 현란한 조명과 세트에 담아냄으로써 종래의 장르 개념으로는 분류할 수 없는 복합 영화라는 평을 얻어냈고, 그의 신선하고 충격적인 이 영상은 평론가들의 호평은 물론 관객들로부터도 큰 호응을 얻었다. 그러나 〈하수구에 뜬 달〉(*La Lune Dans le Caniveau*), 〈베티 블루〉(*Betty Blue*), 〈로즐린과 사자들〉(*Roselyne et les Lions*) 등은 그에게 많은 기대를 걸었던 사람들을 실망시키기도 했다. 하지만 베네의 독특한 색채와 팝 문화적 감각, 그리고 환상적인 인공 세트는 이후의 신세대 영화인들에게 큰 영향을 미쳤다.

아마도 국내에 가장 많이 소개된 영화는 뤽 베송의 작품일 것이다. 그는 영화 학교를 다니지 않고 스스로 영화를 만들었다. 학업을 중단하고 17살에 할리우드서 스텝으로 일하며 영화 기술을 익혔고, 프랑스로 돌아와 데뷔작 〈마지막 전투〉(*Le Dernier combat*)를 만들었다. 핵전쟁을 치른 세계 3차대전 직후 모든 인간 문명이 파괴된 세계를 감각적인 영상과 음악의 정교한 조화로 그려내 실험성 높은 영화로 평가받았다. 이후에도 뤽 베송은 〈니키타〉(*La Femme Nikita*), 〈그랑 블루〉(*Le Grand Bleu*), 〈지하철〉(*Subway*), 〈아틀란티스〉(*Atlantis*) 등을 발표하며 누벨 바그 이후 새로운 프랑스 영화의 부흥을 가져올 것이라고 기대를 모았으나, 최근 폭력

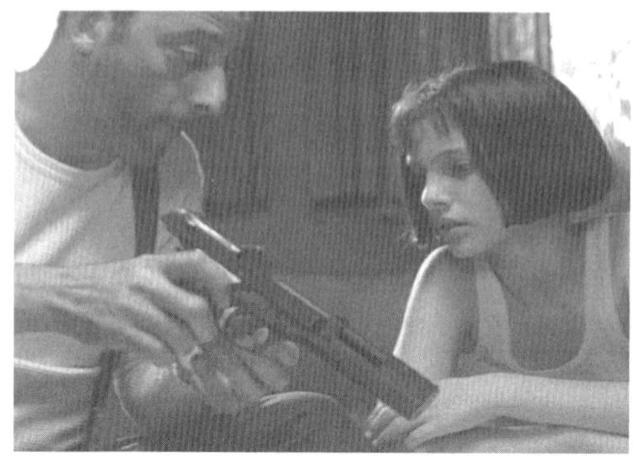

〈레옹〉

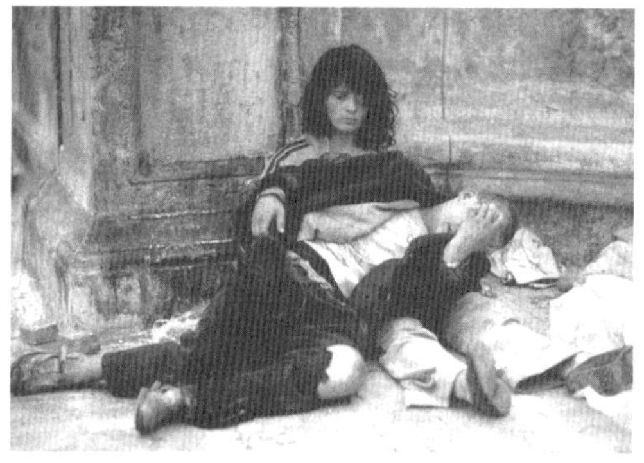

〈퐁네프의 연인들〉

액션 영화 〈레옹〉(*Léon*)에 와서는 이전의 자신의 색채를 잃어버리고 할리우드 영화에 경도되었다는 비판을 받기도 했다.

한편 누벨 이마쥬 감독 중에서 예술적인 측면에서 가장 높은 평가를 받고 있는 감독은 레오 카라(Leos Carax)다. '알렉스'란 이름으로 18세 때부터 〈카이에 뒤 시네마〉지에 영화평론을 기고했고, 파리의 시네마테크 프랑세즈에서 영화를 보며 자신의 영화관을 정립한 사람이다. 카라는 1984년 첫 번째 장편 영화 〈소년이 소녀를 만나다〉(*Boy meets girl*)가 칸영화제에 소개되면서 화려하게 데뷔하였고, '고다르 이후 가장 주목할 만한 영화감독'이라는 평가를 받고 있다. 아름다운 영상 속에 젊은이들의 사랑의 절망을 담아낸 〈소년이 소녀를 만나다〉 이후 〈나쁜 피〉(*Mauvais Sang*), 〈퐁네프의 연인들〉(*Les Amants du Pont-Neuf*) 등을 발표했다.

누벨 이마쥬의 감독들은 프랑스를 비롯한 세계 영화계에 새로운 바람을 일으키며 감각적 영상으로 평론가와 관객의 찬사를 받았다. 그런데

그들이 일정하게 자신들을 묶을 수
있는 특징들을 공유하고 있었던 것은
아니다. 그러나 적어도 다음과 같은
공통점들은 지적할 수 있을 것이다.

첫째, 그들의 작품들은 강렬하면
서도 자연스런 색채를 통해 표현되
는 감각적인 이미지를 중시하였다.
스토리보다는 영상에 그려지는 이미

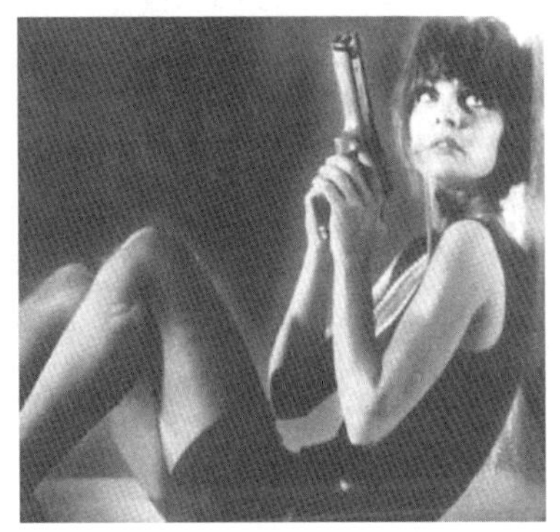

〈니키타〉

지에 초점을 맞추어 표현된 이들 영화 속에서 그 시각적 이미지들은 이야
기 진행의 인위성에 저항하거나 나름대로 새로운 상징체로 기능하기를
원한다. 실제로 뤽 베송은 〈니키타〉에서 금속성의 푸른색 이미지를 통해
인간성이 매몰된 도시를 상징하게 하였으며, 부드럽고 따스한 느낌의 붉
은색의 이미지를 통해 진정한 인간성을 회복하려는 여주인공 니키타의
애절한 노력을 표현해 내고 있다.

둘째, 이미지라는 형식을 중시한 이들 영화감독들은 서사 구조의 단순
화와 절제되고 삭감된 대사를 사용하였다. 그래서 관객들은 영화를 보면
서 마치 시적 언어처럼 극도로 취사선택된 대사들을 들으며 등장인물들
의 행위에 자연스럽게 시선을 향한다.

셋째, 사건이 진행되는 공간의 뚜렷한 대조를 시각적 이미지들과 결합
하게 함으로써 주제를 전달하고자 하였다. 바다나 평원 같은 개방된 공
간, 좁은 아파트, 산만하고 복잡한 부엌, 음침한 하수도, 지하철과 같은
폐쇄된 공간을 대비시킴으로써 주인공들의 주된 갈등이라고 할 수 있는
현실 세계에서의 고립감이나 자폐증, 자유와 해방을 향한 갈망의 대립과
충돌 등을 전달한다.

누벨 이마쥬 계열의 영화들은 누벨 바그 이후 특징적인 양상 없이 무미건조하게 흘러오던 프랑스 영화계에 모처럼 새로운 형태의 영화를 제시하고 있었다. 이에 따라 프랑스인들은 누벨 이마쥬 계열의 영화가 어떤 식으로든 할리우드 영화에 대항할 수 있는 프랑스 영화의 자존심이며 대안이 되기를 원하고 있다.

3. 이탈리아 영화

이탈리아에서 영화스튜디오가 설립된 해는 1905년이다. 1910년대 중반에는 가벼운 코미디물을 중심으로 한 사실주의 계열의 영화가 활발히 발표되었고, 1930년대는 파시스트 선전 영화들이 강세를 띤다.

이러한 이탈리아 영화의 전환기는 1942년이라고 할 수 있다. 루치노 비스콘티(Luchino Visconti)의 〈강박관념〉(Ossessione)을 시작으로 로베르토 로셀리니(Roberto Rossellini), 비토리오 데 시카(Vittorio De Cica) 등의 감독들이 당대 사회적 문제를 다룬 일련의 작품들을 발표하면서 신사실주의 영화들이 등장한다.

2차 세계대전 이전의 이탈리아 영화는 무솔리니의 선전영화와 일명 백색전화 영화(White Telephone Films)라고 불리던 낙관적 부르주아 영화, 그리고 도피적인 코미디물과 뮤지컬 등이 주류를 이루고 있었다. 더구나 전쟁을 치른 다른 나라들처럼 전후 이탈리아에는 할리우드 영화가 양적으로 엄청난 비중을 차지하고 있었다.

이러한 가운데 이탈리아 영화의 정체성 확립을 위한 영화인들의 부단한 노력과 두 번에 걸친 대전에서의 패전 경험이 더해져 새로운 영화의 흐름이 일어나게 되었다. 루치노 비스콘티의 〈강박관념〉으로부터 본격적인 시작을 보게 된 이후, 움베르토 바르바로(Umberto Barbaro)가 한 잡지에서 '신사실주의(neorealism)'라고 명명한 일련의 영화가 그것이다. 당시 파시즘의 몰락으로 인한 새로운 정치 상황과 제반 사회 문제를 총체적으로 반영하는 이 영화들이 새로운 영화 형식으로 내걸고 발표되면서 중요한 영화 사조를 형성하게 된 것이다.

비스콘티에 이어 신사실주의의 방법론과 형식을 완성한 사람은 로베르토 로셀리니다. 나치의 잔혹성과 그것에 대항하는 인간적이고도 단결된 투쟁을 그려낸 〈무방비 도시〉(*Roma, cittá aperta*)는 신사실주의의 명성을 세계적으로 알렸다. 그리고 비토리오 데시카는 시나리오 작가 세자르 자파티니와 함께 〈구두닦이〉, 〈자전거 도둑〉을 발표한다. 데시카는 전후 노동자들의 일상생활과 궁핍한 현실을 소박하게 담아냄으로써 혼란스러웠던 당대 이탈리아의 모습을 사실적으로 드러낸 영화 작가로 평가 받았다.

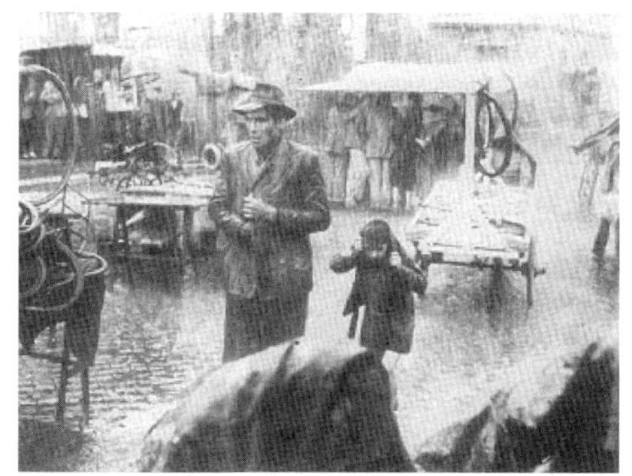

〈자전거 도둑〉

신사실주의의 특징적 스타일은 다음과 같다.

첫째, 신사실주의 영화는 야외 촬영, 자연 조명, 즉흥 연출 등의 현장작업을 중시했다. 전쟁으로 인한 제작 환경의 부실이 이들을 자연스럽게 거리로 내몰았고, 여기서 야외 촬영과 자연광 선호의 전통이 싹트게 된 것이다. 이것은 다른 특징들과 함께 다큐멘터리식의 사실적인 영상으로 신사실주의를 규정짓게 하는 요인이 되었다.

둘째, 비직업 배우를 기용했다. 경제적인 이유도 무시할 수 없었지만, 생생하고 사실적인 캐릭터나 행동을 위하여 비직업 배우들을 다수 기용하였다.

셋째, 후시 녹음을 선호했다. 후시 녹음은 이탈리아 영화의 관행이기도 했거니와 이것은 저예산 소규모의 제작진으로 현장 촬영을 가능하게 했다.

넷째, 롱 숏과 롱 테이크를 주로 채택했으며, 움직이는 인물을 배경과 함께 흔들리지 않게 잡아내기 위해 트래킹 숏을 사용했다. 그들은 단순성·자발성·직접성을 최대의 장점으로 여겼기 때문에 될 수 있으면 편집은 피하려고 애썼다.

다섯째, 서사 형식이 느슨하였다. 즉 이전의 전통에 반발하여 느슨한 서사 연결이나 열린 구조를 선호하였다. 이때 신사실주의 감독들이 즐겼던 현장작업은 느슨한 서사 구조를 허용했다. 영화 속 인물들은 경제적·사회적·문화적으로 구체적인 상황 속에 배치되고 있지만 그들의 삶의 모습은 지극히 단편적으로 그려지고 있으며, 그 어떤 해결책도 제시되지 않는다. 당시 미래에 대한 불확실함이 영화 속에도 고스란히 담겨 있었던 것이다.

그리고 이들의 영화는 열린 결말 구조를 취하고 있어서 꽉 짜인 플롯을 배제하고 있다. 시작과 중간과 끝이 유기적으로 얽혀 있는 작위적인 삶의 모습이 아니라 실제 삶의 한 단면을 제시하는 그들의 영화는 사람들의 삶과 결점에 대한 솔직한 시각을 수정없이 드러내고 있다. 그들이 즐겨 다루었던 주제들은 가난, 실업, 매춘, 속임수 등이며 그 배경은 빈민가가 대부분이었다.

또한 그들의 영화는 거짓된 낙관주의나 감상주의를 배격하였다. 복잡한 문제는 풀리지 않은 채 미결의 상태로 남겨졌으며, 등장인물들도 가난한 구두닦이 소년들이거나 실직한 가장, 집세를 내지 못해 쫓겨나야 하는 비참한 노인 등처럼 전후 이탈리아 사회 어느 곳에서나 흔히 만날 수 있는 지극히 평범한 사람들이었다.

신사실주의 계열 감독들의 목적은 삶의 일상성을 찬양하거나 주목받게 하는 것이었다. 그들은 이전부터 그곳에 존재했지만 주목받지 못했던 삶의 모습들을 세부적 묘사를 통해 잡아냈다.

신사실주의 영화의 대표적인 시나리오 작가 세자르 자파티니는 신사실주의의 원칙을 "사물을 있는 그대로, 허구보다는 사실을, 고상한 영웅보다는 평범한 사람을, 낭만적인 환상보다는 사회적 관계를 나타내는 것"이라고 말했다. 바로 이런 점에서 신사실주의 영화는 타락한 사회 구조가 인간의 가치를 어떻게 타락시키는가를 보여주는 영화며, 사회 고발 영화라고 할 수 있을 것이다.

그렇다면 신사실주의 영화의 공과는 무엇인가? 비판적 리얼리즘의 중요한 성격들을 구체화시킨 신사실주의는 현실적인 이념을 바탕으로 당대 제문제의 본질을 밝힌 점은 인정받고 있다. 그러나 그 시대의 현상들을 만들어 내는 원인을 총체적으로 밝히지 못하고 표면만을 드러내는 데 그치고, 일관적이고 전망있는 대안을 제시하지 못한 것이 한계로 지적받고 있다. 이는 1950년대로 접어들면서 신사실주의 계열의 작가들이 점점 실리적이고 개인적인 성격의 작품들을 만들게 되는 원인이 되었으며, 애초 그들의 분명한 방향성 부재가 지적되고 있는 것도 같은 맥락이라 할 수 있다.

1950년대 후반 이탈리아가 다시 경제적·사회적으로 안정을 되찾고 풍족해지자 신사실주의 영화들은 밀려나기 시작했다. 감독들은 개인적인 관심사를 찾아 일부는 종교 문제로, 일부는 사랑의 오묘함으로, 그리고 일부는 상류사회로 눈을 돌리게 된다.

1940년대 중반부터 거의 10여 년 동안 이탈리아 영화계를 풍미한 신사실주의 영화운동은 프랑스의 누벨 바그 영화를 비롯해 1950년대 미국 영화, 50년 대 후반 이후의 영국 영화, 남미의 사실주의 영화들에 많은 영향을 주었다.

그러나 1950년에 이르러 신사실주의는 쇠퇴의 길을 걷기 시작했다. 그리고 영화사는 독립을 포기해야만 했고, 정부의 후원으로 제작을 하는 방법으로 되돌아가야 했다. 이후 이탈리아가 전쟁으로부터 회복되면서 상업적 제작자들은 다시 가벼운 코미디나 멜로 드라마, 시대극 등을 제작하기 시작했다. 경제적 불안정에도 불구하고 영화사들은 다른 유럽 회사들과의 합작을 통해 미국의 영화사들의 공격에 대응할 수 있었다.

신사실주의의 리더 격이었던 로셀리니, 데 시카, 비스콘티 등은 당시에도 여전히 활발하게 활동을 전개했으며, 페데리코 펠리니(Federico Fellini)와 미켈란젤로 안토니오니(Michelangelo Antonioni)는 서서히 평판을 얻기 시작했다. 그러나 그들에 의해 제작된 영화들의 중심부에는 대중적 흥행성을 노린 서사 스펙터클 영화가 차지하고 있었고, 낭만적이고 외래 취향적인 작품들이 본류를 이루고 있었다. 그리고 전후 활동했던 이탈리아 여배우들은 미인대회에서 뽑혀 영화로 발을 돌린 이들이 대부분이었다. 이들의 미모는 당시 세계 영화사의 관심을 끌었고, 실바나 망가노, 지나 롤로브리지다, 소피아 로렌 등이 대표적인 인물이었다.

산업사회 이탈리아에서의 부르주아 생활에 대한 비판을 잘 그려낸 베르톨루치, 벨로치오, 줄리니 등의 영화는 60년대 말부터 70년대 초까지의 정치적·사회적 상황을 잘 반영해 주고 있다.

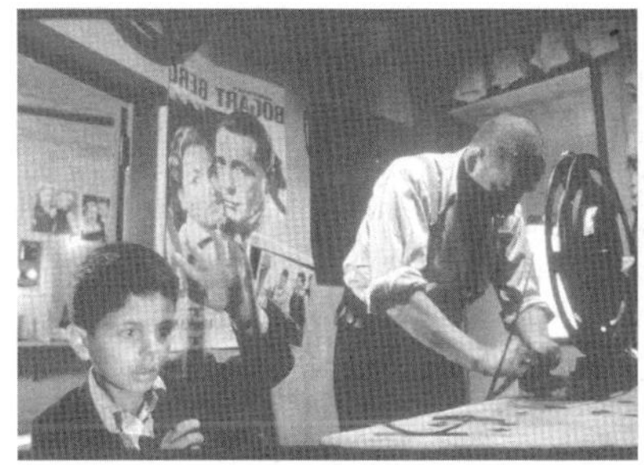
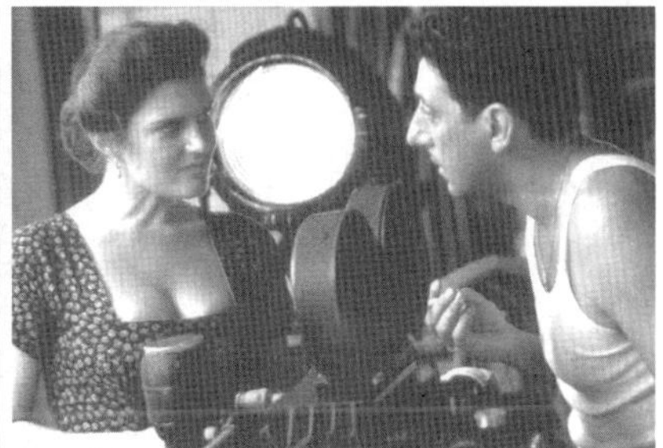

〈시네마 천국〉　　　　　　　〈스타 메이커〉

　　한편 한동안 침체기를 걷던 이탈리아 영화는 90년대 들어 와 다시 주목을 받았다. 주세페 토르나 토레는 〈시네마 천국〉(*Nuovo Cinema Paradiso*)과 〈스타 메이커〉(*L' Uomo delle stelle*)를 통해 90년대 전반기에 칸과 아카데미에서 최우수 외국 영화상을 수상했으며, '이탈리아의 채플린'으로 평가받고 있는 천재 영화인 로베르토 베니니의 〈인생은 아름다워〉(*Life Is Beautiful*)는 1999년 아카데미 최우수 외국영화상과 남우주연상을 수상하기도 하였다.

4. 신독일 영화

　　신독일 영화는 이탈리아의 신사실주의나 프랑스의 누벨 바그와 같이 특정한 양식을 지닌 사조는 아니다. 당시 활동했던 감독들 사이에 어떤 공통적인 양식상의 특색들을 발견할 수 없기 때문이다. 신독일 영화는 1960년대 후반 전통적인 독일 영화계의 변방에서 활동하던 일군의 감독들에 의해 침체에 빠져 있던 독일 영화가 부흥하게 된 현상을 일컫는 용어다.

　1920년대 표현주의 영화 이후 나치즘이 대두하면서 영화 산업의 활력을 잃게 되었던 독일 영화는 전후 전범국가에 대한 연합국의 엄격한 검열 제도와 동·서독 분단으로 말미암아 산업 전반에 걸친 생산 체계가 해체되면서 영화사들도 붕괴되었다. 또한 무차별적으로 수입된 할리우드 영화들에 의해 독일영화는 존폐 위기에 이른다. 바로 이런 위기의 시기에 전후 독일 영화계는 오버하우젠 단편 영화제를 중심으로 단편 영화를 제작했던 젊은 감독들에 의해 다시 부활한다.

　국제적으로 인정받고 있던 독일의 단편 영화들을 토대로 기존의 산업적 관심으로부터의 자유, 상업적 고려에서의 자유, 특정 그룹의 지배로부터의 자유를 추구하는 새로운 장편 영화들을 만들어 내려 했던 이들 신세대 감독들은 정부와 TV방송국, 영화감독들이 공동으로 설립한 작가영화 제작사로부터 보조금을 얻어 진보적인 상업영화를 만들기 시작했다. 1971년 빔 벤더스를 중심으로 한 작가영화사가 설립되었고, 국영 텔레비전에 독일 영화를 상영함으로써 독일 영화가 재정적으로 안정을 찾게 되었다. 안정된 재정 지원은 상업성에 의존하지 않은 예술 영화들을 만들 수 있도록 하였으며 실험적인 작품들을 창작하도록 부추겼다.

　정치적·경제적·사회적 비판의 시각이 가장 두드러진 이 새로운 조류는 강한 실험성으로 세계 영화의 한 획을 긋는 영화운동으로 평가받았다. 알렉산더 클루게, 폴커 슐뢴도르프, 라이너 베르너 파스빈더, 빔 벤더스가 대표적인 감독이다. 신독일 영화가 추구했던 비판적 독일영화의 전통은 베를린영화제를 지탱하게 하는 정신이기도 했다. 1970년대 후반에 이르면 신독일 영화감독들은 국제적인 명성을 얻어 해외로 진출하여 대중성까지 확보하게 되었다. 벤더스는 미국으로 건너가 〈파리, 텍사스〉(*Paris, Texas*)를 만들었고, 폴커 슐뢴도르프는 〈양철북〉(*Die Blechtrommel*)

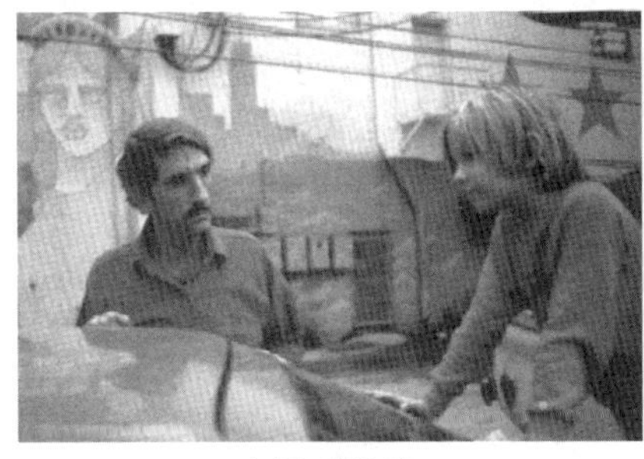
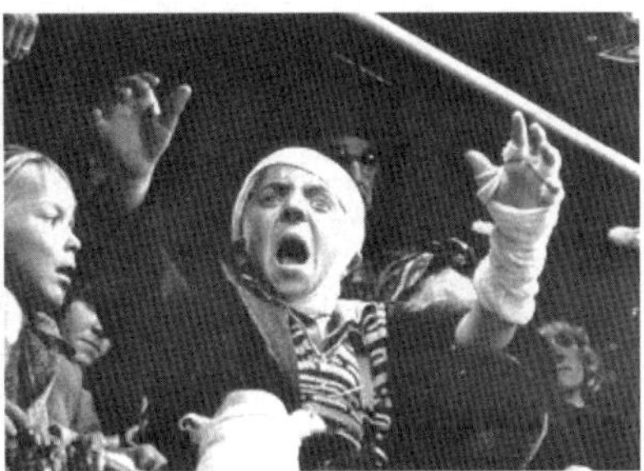

〈파리, 텍사스〉   〈양철북〉

으로 아카데미 최우수 외국영화상을 수상하였다.

5. 구 소련의 초기 영화

구 소련의 서사 영화들은 개인의 심리보다 사회적 힘들의 충돌에 포커스를 들이댄다. 인물들은 이들 사회적 힘들이 그들의 삶에 어떻게 영향을 미치는가 하는 관점에서만 주목을 받는다. 개인의 개성을 중시하지 않았던 그들은 새로운 배우들을 자주 기용했다.

1917년 러시아 혁명 이후 국가는 영화 제작을 통제하고 감독했으며, 국립영화예술학교를 설립해 체계적으로 영화인들을 양성하기 시작했다. 프세볼로트 푸도프킨(Vsevolod I. Pudovkin)은 연극배우로 데뷔했으며, 1920년에 세르게이 에이젠슈테인(Sergei M. Eisenstein)은 노동자 극장[프롤레트쿨트]에서 작업을 시작했다.

사회주의 국가를 건설했던 레닌에게 영화만큼 강력한 선전과 교육 수단은 없었다. 1922년부터 국가는 뉴스 영화나 기록 영화들을 지원했으며, 혁명 이후에 영화계에 뛰어든 젊은 감독들은 새로운 기법으로 영화를 만들기 시작했다.

푸도프킨은 세르게이 에이젠슈테인, 레프 쿨레쇼프(L.V. Kulesov) 등과 함께 러시아 몽타주 이론을 완성한 영화이론가이자 영화감독이다. 영화에서의 몽타주 이론과 그 기법은 혁명 후의 러시아에서 가장 치열하게 추구되었다. 일찍이 가장 먼저 몽타주란 명명으로 영화 언어를 개척한 이는 레프 쿨레쇼프였는데, 그는 다른 시간, 다른 장소에서 찍은 필름들을 서로 이음으로써 있는 그대로의 현실과는 다른 리얼리티를 창조하거나 하나의 영상이 다른 영상과 연결됨으로써 어떻게 다르게 보이는가를 실험하였다. 이러한 레프 쿨레쇼프의 몽타주 이론을 이어받은 이가 바로 푸도프킨이다. 그는 숏을 하나의 단어로 생각하고, 숏을 순차적으로 이어붙임으로써 하나의 문장을 완성하듯 영화의 편집을 완성할 수 있다고 생각했다. 푸도프킨의 몽타주 이론은 〈국가의 탄생〉(*The Birth of a Nation*), 〈인톨러런스〉(*Intolerance*)를 만든 거장 그리피스의 영화 작업에서 자극을 받아 구체화되는데, '평행 몽타주'라고 명명되기에 이른다.

반면 또 다른 몽타주 이론가 에이젠슈테인은 숏과 숏이 순차적으로 연결되는 것이 아니라 충돌함으로써 제3의 의미를 창조할 수 있다는 '충돌 몽타주' 이론을 내놓았고, 〈전함 포템킨〉(*The Battleship Potemkin*), 〈이반 대제〉 등의 걸작을 창작했다. 현재 세계 영화계에서는 이러한 몽타주가 두루두루 쓰이고 있으나, 할리우드 영화계를 중심으로 흔히 기본적인 영화 문법으

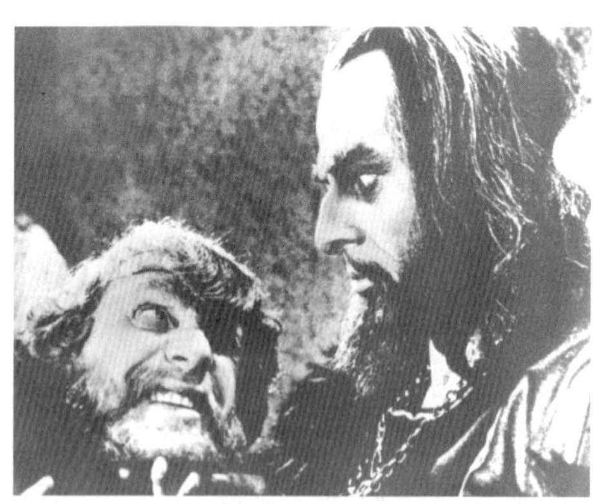

〈이반 대제〉

로 채택되고 있는 것은 푸도프킨이 이론화하고 실제 정초한 '평행 몽타주' 이론이다. 왜냐하면 대중영화에서 기본적인 스토리텔링이 되어야 하고, 그것은 푸도프킨이 말한 '순차적으로 벽돌을 쌓아가듯' 이야기를 풀어나가는 것이 절대적으로 필요하기 때문이다.

6. 일본 영화

일본 영화가 서양을 처음으로 정복한 것은 구로사와 아키라의 〈라쇼몽〉이 1951년 베니스 영화제에서 대상을 수상했을 때다. 이 작품 이후 이전까지 서양의 관객들에게 알려져 있지 않던 구로사와가 세상에 드러났으며, 여러 감

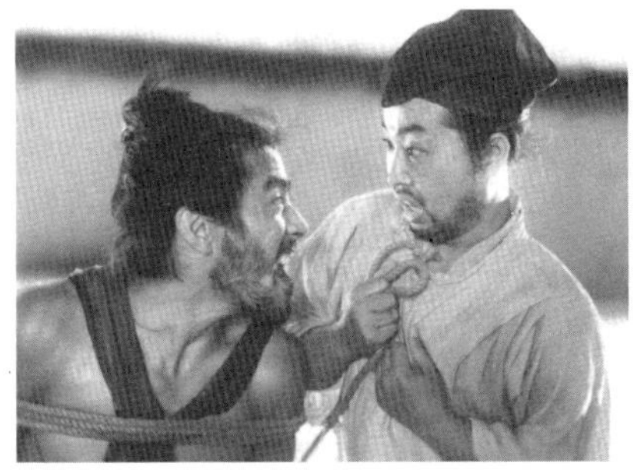

〈라쇼몽〉

독들이 앞다투어 왕성한 활동을 펼치고 있다. 미조쿠지 겐지, 오즈 야스지로, 기누가사 데이 노수케, 이치가와 곤 등의 감독들이 풍부한 창작력과 감동적인 내용의 영화들을 발표하기 시작한다.

일본 영화는 서양의 영화보다 10년 정도 늦게 출발하였다. 시기적으로 뒤늦은 점도 있었지만, 일본 영화가 지니고 있던 자체의 문제도 영화 발달을 지연시킨 요인으로 작용하였다.

1920년대 중반까지 일본 영화에는 여성이 등장하지 않았다. 여자 역할은 '오야마'라 불리던 남자배우가 대신했다. 이렇게 자연스러움을 희생당했던 일본 영화는 연극적 전통에 묶여 있었으며, 1905년에서 1915년에

이르는 10년의 기간 동안에도 자연성과 자발성을 회복하려는 움직임은 찾아볼 수 없었다.

그리고 일본영화는 관객에게 영화를 설명해 주는 해설자를 두었었다. '벤시'(辯士)라 불리는 해설자의 존재는 즉흥적이고 가변적이라는 장점도 있었지만, 영화 그 자체의 문법과 수사학을 무시했다는 한계를 지니고 있다. 영화 밖에서 대신 말을 해주기 때문에 영화는 자신의 고유한 어휘로 말할 필요가 없었던 것이다. 이에 반해 그리피스나 에이젠슈테인 등 초기의 서구 영화의 거장들은 모두 순수하게 영화적인 시각 언어로 영화 문법을 개척해 나갔다. 이처럼 일본 영화에 사운드가 발을 내린 것도 서양보다 10년이 늦은 때였다.

반면 일본 영화 산업은 상업적·기술적·정치적으로 동등한 시기의 세계 영화들과 경쟁할 수 있는 이점도 지니고 있었다. 왜냐하면 일본 영화는 스튜디오 시스템에서 제작되고 있었기 때문이다. 1912년 창설되어 30년 간 커다란 실적을 올린 오즈의 스튜디오인 '쇼시구', 1930년에 설립되어 몇몇 소규모 회사를 합병한 구로사와의 스튜디오이자 〈고지라〉와 같은 괴물 영화를 개척하고 자체적으로 와이드 스크린의 일종인 도호스코프를 개발해 낸 '도호', 그리고 전시 중에 설립되어 〈라쇼몽〉의 제작을 맡았고 미조구치의 후기 작품들을 제작한 '마이에이' 등이 주요 회사들이다.

이러한 스튜디오 시스템의 성과는 양적으로 증명된다. 일본 영화사들은 매년 400편 이상의 영화를 정기적으로 제작하여 할리우드의 스튜디오 황금시대에 비견될 만한 영화를 쏟아냈다. 심지어 1950년대에는 미국에서 제작된 편수를 넘어서기도 했다. 이러한 대량 생산은 질적으로 낮은 영화들이 양산된다는 점과 함께, 매년 중요한 영화들도 나와 영화 예술을 발전시킨다는 측면도 있었다.

그런데 일본 스튜디오 시스템은 그것이 제작자나 배우들이 아닌 감독들에 의해 설립되었다는 점이 무엇보다 장점이었다. 일본의 프로듀서는 할리우드의 선임 조감독, 곧 제작자의 조수에 비교될 수 있다. 제작 도중 자질구레한 일은 다 도맡아 했지만, 결정을 내리지는 못했다.

그리고 일본 감독들은 영화 속의 스타들보다 관객들에게 더욱 인기가 있었다. 일본 영화를 보면 배우들보다도 제일 먼저 감독의 이름이 나온다. 결과적으로 일본 영화의 스타들은 서양의 스타들보다 돈도 적게 벌고 막강한 지위를 누리지도 못했다. 일본 감독들은 자신의 제작회사에서 가부장적인 위치를 가졌다. 곧 일본 사회의 반영과 같은 구조였다.

그러나 할리우드보다 편하고 덜 경쟁적이라는 장점에도 불구하고 이와 같은 시스템은 다음과 같은 단점이 있었다. 첫째, 오랜 기간 숙련기간을 거쳐야 한다는 점이다. 둘째, 가부장적인 시스템은 평범함이나 무능함을 고착시킨다는 점을 들 수 있다. 평범하다고 해서 가족 구성원에서 제외되는 것이 아니기 때문이다.

한편 일본 영화가 다루는 주제는 미국영화의 주제와 대단히 유사하다. 그리고 일본 영화는 분명한 장르로 나뉘어진다. 지다이게키라는 일본 시대극과 젠다이게키라는 현대극이 그것이다. 또 이 장르 밑에는 많은 하위 장르가 있다. 우선 시대극은 도쿠가와시대, 명치시대 등으로 구분되고, 현대극도 서민극[중류계층으로 다룬 코미디], 모정 영화[어머니와 그 자식들 간의 관계를 다룬 영화], 마루라 영화[여성에 있어서 결혼의 어려움], 난센스 영화[소극], 젊은이들 영화[1950~60년대 할리우드 영화의 대표적 장르와 비슷한 류] 등으로 나뉜다.

일본의 대표적인 영화들은 하나같이 한 가지 집중적 주제를 다룸에 있어 경제적이다. 집중성과 대칭성에 의하여 영화가 만들어지기 때문이다.

그래서 플롯의 모든 사건, 모든 등장인물, 모든 시각적 이미지, 그리고 모든 대사들은 영화의 단 한 가지 주제적인 질문을 던지기 위해 연결되며, 대칭성에 근거하여 연관되고 유기적으로 구성된다.

한동안 침체를 면치 못했던 일본 영화는 90년대에 들어와 부활한다. 그리고 그 뒤에는 20년 이상 지속된 일본의 독립 영화 운동이 있었다. 일본의 메이저 영화사들이 할리우드 영화의 수입과 배급을 위주로 사업 영역을 바꾼 것과 달리, 연간 250~300편이 제작되는 일본의 독립 영화는 일본 영화를 새로운 방향으로 이끌었다.

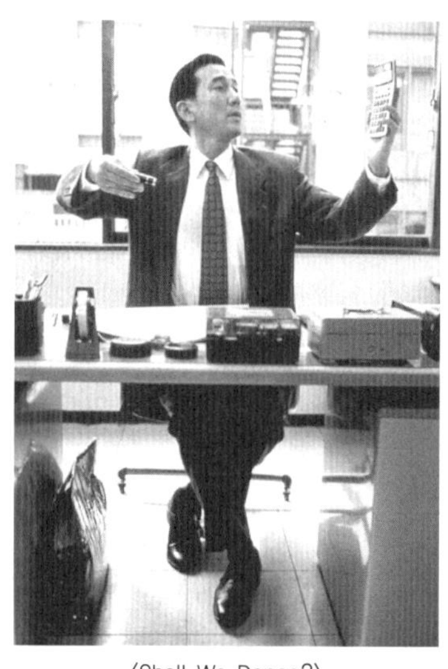
〈Shall We Dance?〉

1996년에 개봉되어 일본 흥행 1위를 차지했으며, 다음 해 미국에도 개봉되어 천만 달러 이상의 수입을 올린 영화 〈Shall We Dance?〉는 인디 영화 작가 스오 마사유키의 작품이다. 또한 개성적 색채와 독창적 화면 구성, 절제된 대사, 사진 같은 영상으로 일본의 영화를 세계에 알린 〈하나비〉도 독립 영화 감독의 전형이라고 할 수 있는 기타노 다케시의 작품이다.

일본 독립 영화의 발전은 적어도 두 가지의 조건들이 충족되었기 때문에 가능한 일이었다. 하나는 단관이라 불리는 초미니 극장을 통해 독립영화들이 상영된 점이다. 전국적으로 흩어져 있는 40~250석 규모의 단관을 통해 일본의 독립 영화들은 상업적 영화에 식상한 관객들과 만날 수 있었고, 감독들에게는 자신들만의 독창적인 영화를 만들 수 있는 터전을 제공해 주었다. 다른 하나는 일본 위성

방송을 통해 일본 영화가 고정적으로 상영된 점이다. 일본 영화의 메카라고 할 수 있는 가부키초 거리에는 수십 편의 일본 영화가 매일 상영되고 있을 정도로 일본 영화는 다양한 분야에서 새롭게 부활하고 있다. 〈원령공주〉와 〈실락원〉이 서로 공존하며 흥행에 성공했으며, 이마무라 쇼헤이의 〈우나기〉는 97년 칸영화제에서 대상을, 기타노 다케시의 〈하나비〉는 베니스영화제에서 황금사자상을 수상했을 정도로 해외에서도 인정받고 있다.

7. 한국 영화

어느 민족이나 국가 혹은 어느 단체든 분야를 통해 보면 거기에는 반드시 흥망성쇠의 단계가 있으며 변혁의 계기가 있다. 그리고 이 계기는 역사의 시대적 구분을 갈라놓는 잣대가 되기도 한다. 영화사의 경우도 비슷하다. 한국 영화사의 경우도 사회적 측면과 예술적 측면에서 아래와 같이 몇 단계로 구분할 수 있다. 다만 한국 영화의 경우, 해방 전 일제이 정치적 영향력과 해방 후 정부의 감시와 검열이 지속적으로 엄격하게 가해졌기 때문에 그 구분 또한 사회적인 측면의 고려가 많이 작용하고 있다.

제 1기 : 1919년 한국 영화의 탄생으로부터 1922년까지의 연속활동
         사진극 시대[탄생기]
제 2기 : 1922년부터 1926년까지의 본격적인 극영화 제작을 모색하고
         모작을 시도한 시대[모방기]
제 3기 : 1926년부터 본격적인 창작극에 손을 댄 1935년까지의 무성

영화 성장기[무성영화시대]

제 4기 : 1935년부터 발성영화가 실현되던 1938년까지의 전환시대[토
키시대]

제 5기 : 1938년 일제의 탄압정책이 점차 노골화되면서 제작상황이
부진했던 1942년까지의 시대[공백기]

제 6기 : 1942년에서 1945년 해방에 이르기까지의 한국영화 말살 정
책기[말살기]

제 7기 : 1945년 광복으로부터 1950년까지의 한국영화 재활의 시기
[부활기]

제 8기 : 1950년 6·25 전쟁으로부터 1954년까지 전시 기록영화들이
쏟아져 나온 시기[전시 영화기]

제 9기 : 1955년에서 1963년까지의 한국영화 부흥의 시기[중흥기]

제10기 : 1964년에서 1970년까지 4·19혁명 5·16군사 쿠데타 등의 영
향으로 두 번의 영화법 개정과 영화감독에 대한 입건 선풍이
일어난 검열시대[통제기]

제11기 : 1970년에서 현재까지[발전과 시련기]

1) 한국 영화의 시작

1919년 10월 27일 김도산 감독의 〈의리적 구토〉(義理的 仇討)가 단성사
에서 개봉되었다. 그해 3·1독립만세사건이 있었음을 감안한다면 정치적
독립 열기와 함께 예술적 독립 열기가 무르익었던 시기라고 볼 수 있다.
작고한 부친의 유산을 탐내는 계모 일파를 혼내주는 일종의 권선징악을
주제로 삼고 있는 〈의리적 구토〉는 연극과 영화가 혼합된 연쇄 활동사진

극이었다. 필요한 야외 장면들을 미리 촬
영해 두었다가 무대에서 연극과 함께 공
연했던 형식이다. 이 최초의 한국 영화는
이후 〈시우정〉(是友情) 등의 사진극과 〈경
성전시(京城全市)의 경(景)〉과 같은 기록영
화를 가능하게 했다.

최초의 극영화는 1922년 윤백남의 〈월
하의 맹서〉다. 당시 연극단이었던 민중극
단의 이월화, 권일철, 문수일 등이 출연했
던 이 영화는 불과 30분짜리 소품이었지

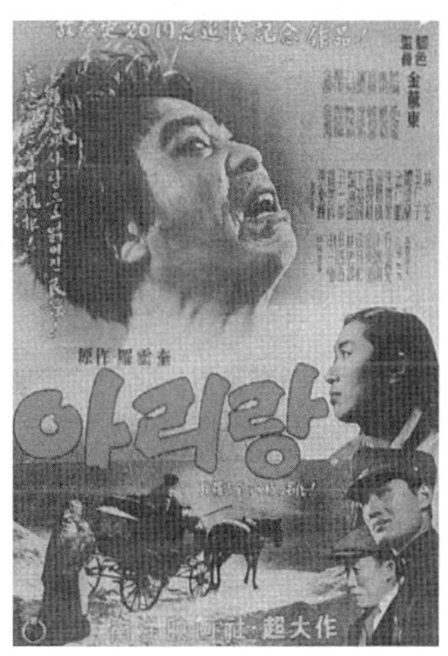

〈아리랑〉

만, 이후 발표된 〈국경〉과 함께 극영화의 효시를 이루었던 작품이다.

한국 영화계의 선구자인 나운규는 가장 중요한 인물이다. 극본뿐만 아
니라 주연과 감독까지 맡아서 완성한 〈아리랑〉은 항일정신을 담고 있는
민족 영화로서 예술적으로도 아주 뛰어난 작품이다.

2) 유성 영화

1935년 10월 단성사에서 개봉된 〈춘향전〉은 한국 최초의 유성 영화다.
홍난파가 작곡한 영화주제가가 삽입되었고, 제작자였던 이필우는 녹음
을 했다. 춘향 역에 문예봉, 변사또 역에 한일송, 이도령 역에 박제행
등이 출연했으며, 이 영화는 당시로서는 혁신적인 영화 제작의 산물이었
다. 경성촬영소에는 조명 기구와 현상 시설이 확장되었으며, 시설과 장비
가 현대화되었다. 이 영화는 상업적으로도 큰 성공을 거두었다.

〈춘향전〉은 한국 영화 발전에 커다란 충격을 주었으며 변화를 가져왔

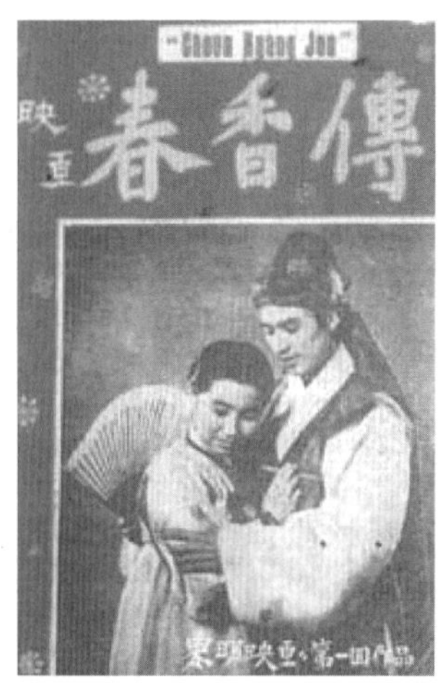

〈춘향전〉

다. 첫째, 각 영화제작사들은 시설의 현대화와 자본의 대형화를 모색하지 않으면 안 되었다. 둘째, 영화 제작과 관련된 기술의 발전을 부추겼으며, 셋째 연기자들의 실력 배양을 촉구했다. 또한 동시 녹음 방식이었던 관계로 연기자들과 기술자들의 협력이 절대적으로 필요했는데, 이는 영화인들의 상호 협조와 격려를 신장시켰다.

구미영화가 과학기술과 각 장르의 예술들이 발달된 상황 아래서 만들어진 것에 비해, 한국 영화는 퇴폐적인 신파 극단의 손에 의해 예술적인 차원을 추구하기보다는 대중 영합의 수단을 목적으로 제작되기 시작했다는 비극성과 후진성을 발견할 수 있다.

3) 해방 후의 한국 영화

1945년 해방과 함께 한국 영화계는 새로운 질서를 찾기 시작하였고, 다시 한 번 한국영화의 전성기를 맞이하게 된다. 최인규의 〈자유만세〉와 같은 광복영화처럼 한국 민족의 순교자와 항일 투쟁사를 소재로 한 영화들이 대거 등장하였는데, 윤봉춘의 〈윤봉길 의사〉와 〈유관순〉, 전창근의 〈해방된 내 고향〉 등이 이때 발표된 작품들이다.

1948년 정부가 수립되면서 안정된 분위기 속에 예술적 의도가 돋보이던 작품들을 생산하던 한국 영화는 한국 전쟁의 발발에서부터 휴전협정 때까지 약 3년 동안 거의 공백기에 가까웠다. 따라서 영화계의 손실은

지명적이었다. 많은 영화인들이 좌우로
분열되는 분위기에 휩싸였으며, 다수가
납북되거나 월북하였고, 그것도 아니면
미국 등지로 건너가기도 하였다. 그뿐 아
니라 전쟁으로 인한 기자재 파괴와 필름
유실, 그리고 턱없이 부족한 물자로 인해
민간 차원의 영화제 같은 작은 꿈도 생각
할 수 없는 상황이 되었다.

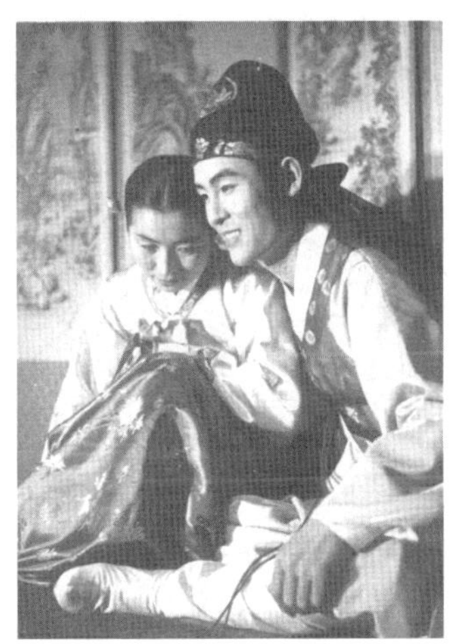

〈시집가는 날〉

　　그러나 한국 영화계는 50년대 중반에
이르러 몇 가지 발전적인 현상이 일어났
다. 국산 영화에 대한 면세 조치와 10만 관객을 동원한 이규환 감독의
〈춘향전〉이 이룬 디딤돌이 그것이다. 이후 이병일 감독의 〈시집가는
날〉, 이강천 감독의 〈피아골〉이 발표되었다. 이 시기에 가장 주목을 받았
던 영화감독은 유현목이다. 〈교차로〉와 〈잃어버린 청춘〉에서 사변 후의
사회 현실을 예리하게 포착했던 그는 한국 영화사상 가장 걸작으로 꼽히
는 〈오발탄〉을 발표하였다.

4) 1970~80년대의 모색기

　　70년대는 영화의 수준이 전반적으로 떨어지면서 60년대의 영광이 퇴
색되기 시작하였다. 그러나 하길종, 이장호, 김호선 감독 등이 젊은이들
의 풍속도를 그리며 새로운 상업주의를 전개시켜 나갔다. 이에 따라 김기
영의 〈화녀〉, 하길종의 〈바보들의 행진〉, 이장호의 〈별들의 고향〉, 이만
희의 〈삼포가는 길〉, 김호선의 〈겨울 여자〉, 이두용의 〈피막〉 등이 발표

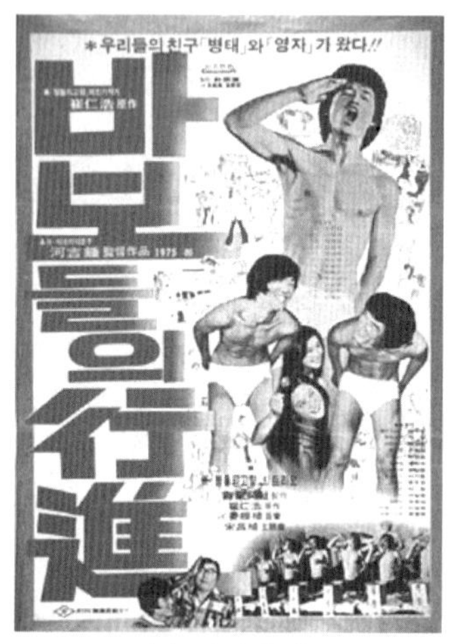

〈바보들의 행진〉

되었고, 이것은 그동안 위축되었던 우리 영화계에 큰 위안을 주었다.

1980년대에 접어들면서부터 한국 영화는 예술성과 오락성이 공존하는 기업의 가능성과 함께 철저한 프로의식을 갖추어 나가게 되었다. 80년대의 수확으로는 임권택의 〈만다라〉, 〈안개 마을〉, 〈길소뜸〉, 이두용의 〈물레야 물레야〉, 하명중의 〈땡볕〉, 배창호의 〈깊고 푸른 밤〉, 이장호의 〈나그네는 길에서도 쉬지 않는다〉 등이 있다.

5) 1990년대의 시련과 도약기

90년대에 들어와 한국 영화계는 영화산업의 존폐 위기를 겪게 된다. 미국 메이저 영화사들의 직배 체계가 도입되면서 더 이상 한국 영화는 관객들의 소박한 애국심에 의탁하거나 호소할 수가 없게 되었던 것이다. 엄청난 물량이 투입되어 제작된 현란한 할리우드의 영상물들이 미국 현지와 동시에 개봉되었으며, 감각적인 영상과 과감한 소재에 익숙해진 한국 관객들은 한국 영화에 대해 좀 더 근본적인 변화를 요구하기에 이르렀다. 다양한 소재를 개발해야 했으며, 새로운 시각과 감각을 지닌 젊은 영화인들을 발굴해야 했다.

일본 영화 수입 및 연간 최소 106~146일의 한국 영화 상영이라는 스크린 쿼터의 하향 조정까지 불거진 90년대의 한국 영화계는 시련의 시기였다. 1997년 300편에 가까운 할리우드 영화를 수입함으로써 우리 나라는 세계 10위의 할리우드 영화 수입국이 되었으며, 연간 총 4,000만 명이 할리우드 영화를 보았다. 할리우드 영화의 관객이 한국 영화를 보는 관객의 4배가 넘는 현실 속에서, 그리고 여전히 효율적인 전국 배급망이 확보되지 않아 안정적이고 지속적인 한국 영화의 소개와 배급이 이루어지지 않고 있는 현실 속에서 한국 영화의 자리는 과연 어느만큼인가 하는 질문은 90년대 말 한국 영화계의 피할 수 없는 화두가 된 것이다.

그러나 이러한 시련에도 불구하고 영화 제작자들과 감독들의 적극적인 응전의 태도에 힘입어 한국 영화는 조금씩 새로운 가능성을 엿보였다. 그리고 90년대 중반 이후 한국 영화계는 할리우드의 블록버스터의 전략에 관심을 보였다. 그리하여 98년에 개봉된 〈퇴마록〉은 다양한 특수 효과와 화려한 볼거리로 할리우드 블록버스터의 특징들을 차용한 영화로서 평가받고 있으며, 99년에 개봉되어 그 이전 해 전국 400만을 동원했던 할리우드의 〈타이타닉〉의 기록을 깨뜨림으로써 한국 영화 시장에서 흥행 신기록을 수립한 강제규의 〈쉬리〉역시 할리우드 블록버스터와 견줄 수 있는 영화를 표방했던 작품이다. 그러나 하루 평균 10만 명을 동원했던 〈쉬리〉를 비롯한 이들 영화가 채택한 블록버스터적 전략은 전국 수십 개 극장에서의 동시 개봉이라는 마케팅 전략에 있었다. 물론 할리우드 영상물과 견줄 수 있을 만한 통쾌한 액션 장면들과 나름대로 탄탄하다는 평을 받고 있는 구성력, 그리고 액션과 멜로의 절묘한 결합으로 20대 여성들에게 강한 호소력을 발휘한 점 등도 무시할 수 없다.

이와 같이 흥행에 성공한 한국 영화가 비록 할리우드의 블록버스터와 비교할 수 없는 규모와 영상과 서사 구조를 가졌다 하더라도 한국 영화의 새로운 가능성을 보여주었다는 점 에서 그 의의를 찾을 수 있다. 이들

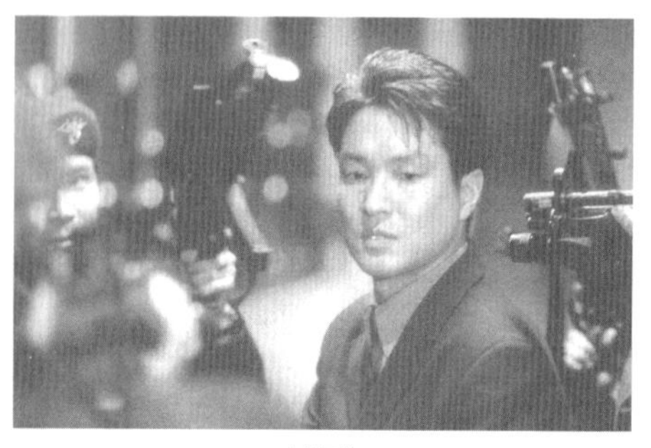

〈쉬리〉

작품에 뒤 이어 〈유령〉, 〈자귀모〉, 〈인정사정 볼 것 없다〉 등이 계속해서 흥행에 성공하고 있다는 것은 새로운 기술과 아이디어, 그리고 상업적 전략이 맞물린다면 한국 영화 산업의 발전 가능성도 충분히 모색될 수 있다는 점에서 관심을 갖고 지켜볼 필요가 있다.

그러나 이에 대한 반발도 만만치 않다. 예컨대 〈쉬리〉같은 작품이 한정된 규모의 한국 영화 시장을 잠식하여 다른 영화들이 들어설 자리를 빼앗는다는 비판이다. 다양한 영화 제작을 차단하고 소비 시장의 불균형을 야기하여 결국 한국 영화 산업의 위축을 초래할 것이라는 이 주장에도 충분한 근거가 있을 것이다. 그렇지만 한편으로는 이런 영화를 제작 배급함으로써 냉담한 관객들을 극장으로 불러들인다면 결국 한국 영화 시장이 확대된다는 주장도 가능할 것이다. 또한 영화가 상업적 이익을 무시할 수 없는 산업이라면 어차피 한국 영화계가 흥행 수입을 올릴 수 있는 블록버스터 영화에 무관심할 수는 없을 것이라는 점도 분명하다.

그렇다면 막대한 제작비를 투자해 한정된 한국 시장만을 겨냥해서 출시되는 영화라는 한계를 극복해야 한다는 결론을 내릴 수 있을 것이다. 할리우드 영화들이 세계 시장을 겨냥해 취했던 전략처럼 한국 영화도 한국 시장을 뛰어넘어 세계 시장에서 통할 수 있는 전략의 개발, 즉 보편적 소재 확보와 더욱 효과적인 기술 개발에 노력해야 할 것이다.

90년대 한국 영화의 가능성을 보여 주었던 작품으로는 〈서편제〉를 필두로 〈접속〉, 〈여고괴담〉, 〈8월의 크리스마스〉, 〈퇴마록〉, 〈은행나무 침

대>와 〈쉬리〉, 〈아름다운 시절〉, 〈인정사
정 볼 것 없다〉, 〈유령〉, 그리고 〈자귀모〉
등을 들 수 있다. 이들 영화는 다양한 장르
에 각기 다른 소재를 감독 특유의 시각이
담긴 새로운 영상으로 담아냄으로써 소재
와 표현 형식에서도 이전까지의 영화들과
차별성을 보였으며, 다양한 관객층을 확보
할 수 있었다.

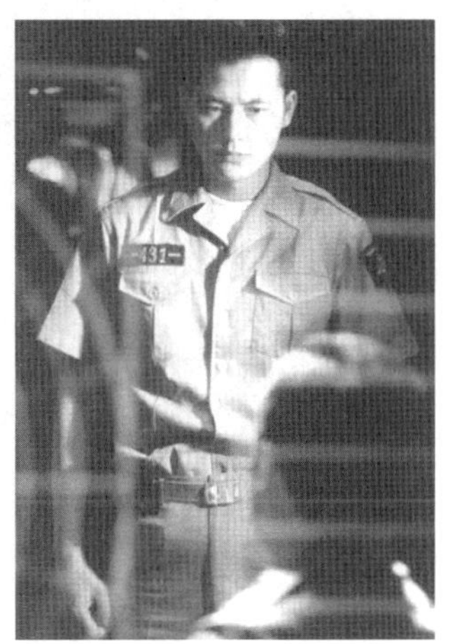

〈유령〉

6) 해방 후 한국 영화 속의 여성 이미지들

한국 영화에 등장하는 여성의 모습은 가부장제에 순종하는 전통적 여
성들이 대부분이었다. 특히 해방 후 60년대까지 한국 영화 속에서 여성들
은 과거의 관습과 자신에게 씌워진 운명의 굴레 속에서 순종적이고 희생

적으로 살아야 했던 비운의 인물이었다.
신상옥의 〈사랑방 손님과 어머니〉에서는
봉건적 관습과 자유 연애 감정 사이에서
번민하다 결국 자신의 운명을 탓하며 주저
앉고 마는 젊은 과부 정숙의 수동적 여성
상을 그리고 있으며, 〈빨간 마후라〉의 전
쟁 미망인 지선 역시 남성에 철저하게 의
존적이고 남성의 보호를 항상 필요로 하는
여성으로 등장한다.

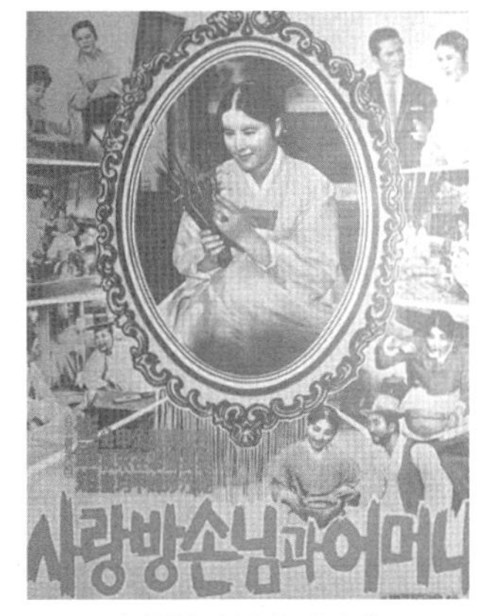

〈사랑방 손님과 어머니〉

그런데 간혹 성과 경제적 측면에서 남성들에 대한 의존적 태도에서 벗

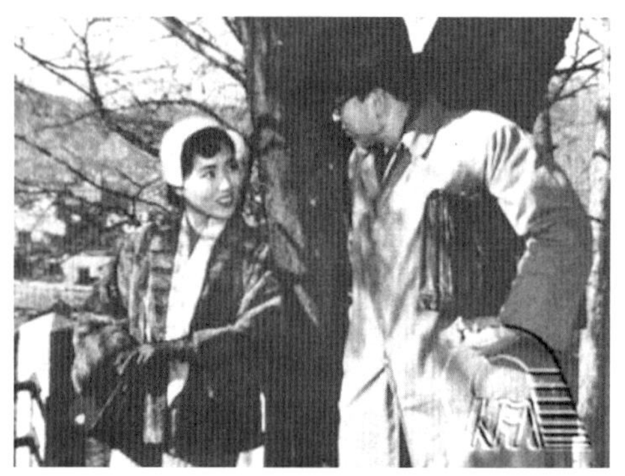

〈자유부인〉

어나 적극적인 자립을 추구하는 파격적인 여성들이 등장하기도 했다. 그러나 그녀들은 대부분 파멸의 길로 들어서야 했다. 예컨대 한형모의 〈자유부인〉에서 향락과 육욕에 젖어 가정에서 일탈하는 여성 오선영은 당시 소비와 향락을 추구했던 부유층 여성들의 부정적 모습이었고, 그녀는 사회와 가정 모두로부터 버림받는 여성으로 그려지고 있다. 또한 김기영의 〈하녀〉에 등장하는 아내 역시 가부장제의 굴레 속에서 가정을 지키기 위해 대담 하고 적극적으로 행동하는 여성이었다. 그렇지만 그녀도 결국 파멸에 이름으로써 남성에 대항하는 적극적인 여성을 인정하지 않았던 당시 시대상을 보여준다.

60년대 이후 한국 영화에 지속적으로 등장하는 또 다른 여성의 유형은 정진우의 〈초우〉에서처럼 하층 계급의 여성들이 신분 상승을 꾀하기 위해 남성에게 접근하고 의존하는 모습을 보여준다. 그러나 이러한 시도는 좌절됨으로써 당시의 많은 하층 계급의 여성들이 산업화 과정에서 겪었던 사회적 절망, 즉 우리 사회에서의 신분 상승은 원천적으로 불가능하다는 것을 대변하는 있었다.

70년대의 영화에 등장하는 여성들은 크게 두 가지 모습으로 대별된다. 하나는 고향을 떠나 도시로 올라오지만 불행에 빠지고 마는 불행한 여성들과, 또 하나는 당시 암울한 사회상과는 전혀 무관하게 개인적 쾌락의 삶을 추구하는 여대생들의 모습으로 그려지고 있는 경우다. 김호선

의 〈영자의 전성시대〉를 필두로 하는
일련의 호스티스 영화들은 전자의 예
로서 대도시에서 창녀로 전락하는 여
성들의 모습을 그리고 있다. 그리고
후자는 하길종의 〈바보들의 행진〉에
등장하는 영자에게서 찾아볼 수 있
다. 즉 그녀는 영화 속의 남자 대학생
들이 시대의 아픔을 겪고 있는 모습
과 달리, 발랄하지만 전혀 현실에 대
한 고민이나 아픔도 없이 그저 개인
적 즐거움이나 결혼 같은 사소함에

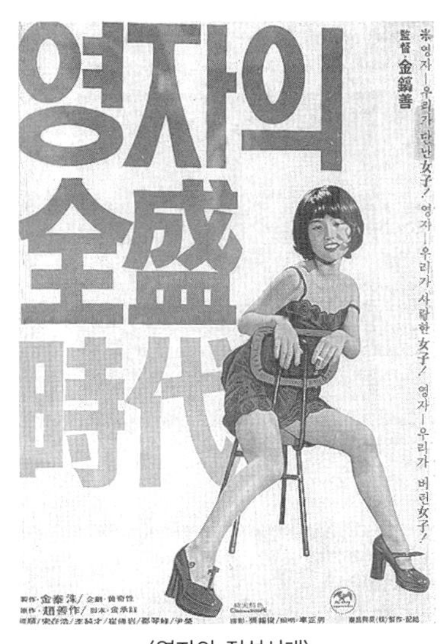

〈영자의 전성시대〉

몰두하는 가벼운 여대생으로 그려지고 있다. 그런데 70년대 여성상 중
에서 김호선의 〈겨울여자〉에 등장하는 이화는 이전의 남성 의존적 여성
과 구별되어 주목된다. 남성들과의 자유로운 성관계를 통해 자신의 정체
성을 깨달아 가는 파격적인 여성으로 등장하는 이화는 남성들과의 관계
에서 항상 상처받는 이전의 여성상에서 벗어나 한 인간으로 성장해 가는
새로운 여성상으로 그려지고 있는 것이다.

한편 80년대 들어와 검열 제도가 완화되면서 정인엽의 〈애마부인〉을
필두로 여성들을 더욱 성적 상품화로 내몰고 여성의 욕망을 볼거리로 전
락하게 하였다. 그러나 이 와중에서도 이장호의 〈바보선언〉은 창녀 혜영
을 상류층 남성들에 의해 철저히 파괴되고 죽음에 이르는 모습으로 그림
으로써 당시 사회의 비인간성과 물질주의의 천박함을 고발하고 있다. 또
한 배창호의 〈깊고 푸른 밤〉에서는 한 여인의 죽음을 통해 개인의 상처를
치유해 주지 못했던 80년대 사회의 비정함을 고발하고 있다.

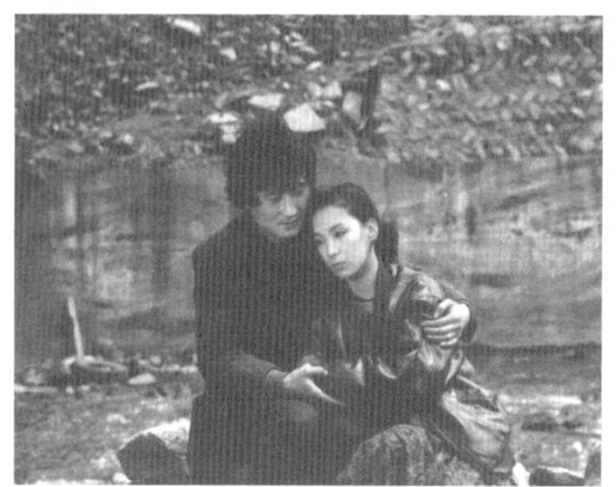

〈그들도 우리처럼〉

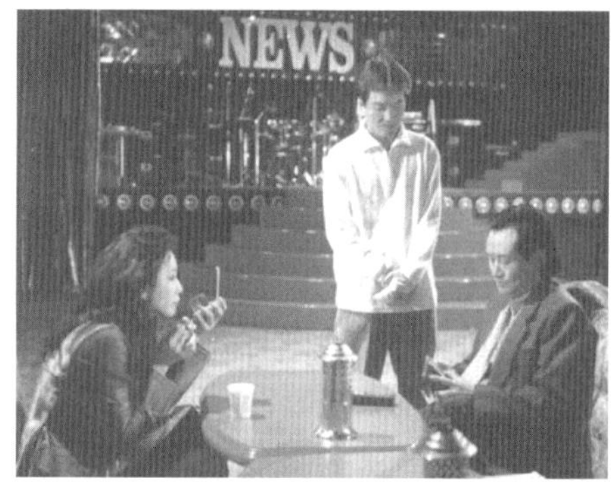

〈초록물고기〉

90년대의 영화 속 여성들의 모습은 매우 다양하게 그려지고 있다. 신세대 전문직 여성들이 등장하여 적극적으로 자신들의 삶을 꾸려 나가기도 하며, 동시에 남성들과의 관계에서 여전히 나약하고 의존적인 모습을 완전히 벗어나지 못하는 한계도 드러내고 있다. 김의석의 〈결혼이야기〉에서는 전문직에 종사하며 자기 주장을 굽히지 않는 한 여성의 적극적인 삶의 모습이 그려지고 있으며, 이광훈의 〈닥터 봉〉에서는 일과 사랑에 적극적이고 개방적이면서 아울러 모성애도 보여주는 신세대 여성이 그려지고 있다. 그들은 모두 자신감에 차 있으며, 그들에게서 어두운 모습은 발견되지 않는다. 반면 박광수의 〈그들도 우리처럼〉에 등장하는 탄광촌의 다방 종업원은 과거의 상처와 어두운 그늘에서 벗어나지 못하는 하층 계급의 불행한 여성으로, 이창동의 〈초록물고기〉에서는 비록 순수한 영혼을 지니고 있지만 사회의 어두운 구석에서 빠져 나오지 못하는 여성으로 그려지고 있다. 이것은 한국 영화 속 여성들의 이미지가 아직은 중심에 있지 못하고 보조적 역할에 머물고 있음을 보여주는 예가 될 것이다.

7) 한국의 독립 영화

영화는 다른 예술보다 자본의 압력을 많이 받는 것이 사실이다. 따라서 영화가 자본과 배치되거나 자본의 논리에 위배될 때, 즉 체제 고발적이거나 흥행성이 없을 때 심각한 저항에 부딪히게 마련이다. 그런데 영화가 지닌 이러한 상업성으로부터 자유로워지려 할 때 독립 영화가 탄생한다. 바로 한국의 독립 영화는 체제 비판적인 운동권 영화에서 출발했다.

운동권 영화는 90년대 이전의 억압적 사회에 대항하는 중요한 매체로서 자신의 정체성을 드러내고 있다. 기존 사회체제에 대한 강한 비판과 더불어 새로운 사회의 전망을 모색하려 했던 운동권 영화의 대표작은 '장산곶매'의 〈파업전야〉다. 전국에서 30만 이상의 관객을 동원하는 상업적 성공까지 거둔 이 작품은 대중들에게 충무로 밖에서도 영화를 만드는 사람이 있다는 것을 알리는 계기가 되었다. 〈파업전야〉의 성과는 '청년'의 〈어머니, 당신의 아들〉, '장산곶매'의 〈닫힌 교문을 열며〉로 이어진다.

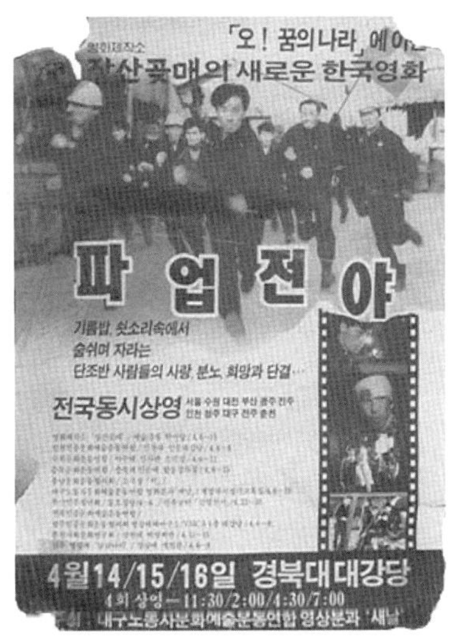

〈파업전야〉

그러나 이런 집단적인 작업의 성과 외에도 순수한 개인 예술을 지향한 독립 영화도 존재했다. 배용균 감독의 〈달마가 동쪽으로 간 까닭은〉은 〈파업전야〉와는 또 다른 축으로서 커다란 의미를 지니는 독립 영화계의 사건이었다.

그런데 90년대 중반을 넘어서면서부터 정치상황이 변화함에 따라 새로운 모습의 영화를 요구하게 되었고, 독립 영화는 이제 권력으로부터의 독립이라는 의미보다는 자본으로부터의 독립이라는 의미가 더 강조되는 영화들이 등장하기 시작했다. 이 가운데 몇 개의 단편 영화들은 상업 영화에서도 쉽게 찾아보기 힘든 높은 완성도를 보여주고 있다. 그래서 이재용, 변혁 감독의 〈호모 비디오쿠스〉가 해외 단편 영화제에서 수상을 하는 쾌거를 이루었고, 이로써 독립 영화는 해외 영화제를 통한 보급이라는 새로운 전망도 갖게 되었다. 그 후에도 단편 영화 최고의 제작비가 투입된 김성수 감독의 〈비명도시〉가 등장했는데, 완성도에 있어서 상업 영화를 능가하는 것이었다. 이와 더불어서 1994년 삼성 나이세스에서 주관하는 서울 단편 영화제가 생겨나면서 단편 영화에 대한 위상이 제고되었고 단편 영화에 대한 제작 붐이 일어나고 있다.

1999년 한국 단편 영화는 그야말로 화려한 전성기를 맞이한다. 무려 스무 편이 넘는 단편 영화들이 각종 해외 영화제에 출품되거나 초청받아 한국의 영상을 선보였다. 국제 시장에서 한국의 단편 영화는 이미 질적인 면에 있어서 국제적 수준으로 인정받고 있으며, 소재의 다양화와 다기화를 통한 우리 삶의 영상적 표현을 통해 새로운 가능성을 열어가고 있다.

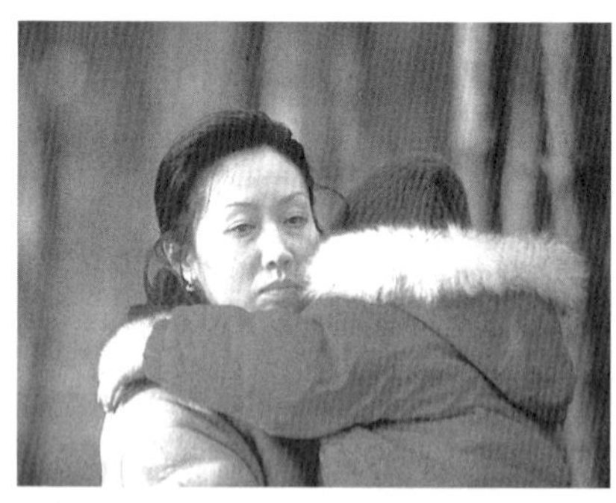

〈소풍〉

그리하여 제52회 칸영화제 경쟁 부문에 송일곤의 〈소풍〉, 이인근의 〈집행〉, 김성숙의 〈동시에〉, 김대현의 〈영영〉이 진출하여 〈소풍〉이 심사위원 대상을 수상했으며, 〈집행〉은 제14회 발렌시아 영화제에서 동상을 수상했다. 그밖에도 한국 단편 영화는 해외 유수의 국제영화제에도 출품되어, 그 작품성을 인정받고 있다. 세계 최고의 수준을 자랑하는 끌레르몽 페랑 영화제에 임필성의 〈소년기〉와 최진호의 〈동창회〉가, 끌레르몽 페랑 영화제와 함께 세계 단편영화제 양대 산맥으로 평가받고 있는 오버하우젠 영화제에 김지훈의 〈은실〉이, 세계 최대 단편영화제인 함부르크 영화제에 유상곤의 〈체온〉이, 세계 최고의 역사를 지닌 몬테카를로 영화제에 고은기의 〈액체들〉이, 안시 국제 애니메이션 영화제에 이성강의 〈덤불 속의 재〉가 참가하여 각자의 개성과 창의성을 발휘하였다. 이들 한국 단편 영화들은 이야기 구조보다 간결하고 정제된 이미지를 중시하고 있다는 점이 특징이다.

이처럼 최근의 한국 단편 영화가 괄목할 만한 성공을 거둘 수 있었던 것은 다음과 같이 추측해 볼 수 있다.

첫째, 시선의 다양성과 작품의 질적 완성도를 들 수 있다. 이러한 성과의 배후에는 80년대부터 지속되어 온 다양한 단편 영화 제작의 역사와 역량이 자리잡고 있다.

둘째, 열악한 조건에도 불구하고 오랜 기간에 걸쳐 지속적으로 작품을 발표해 온 감독 개인의 노력에 힘입은 바 크다.

셋째, 단편 독립 영화 전문 배급회사의 등장이다. 비록 최근에 이르러 설립되기 시작한 것들이지만, 이들 배급회사는 세계 시장에 한국의 단편 영화를 소개하고, 체계적인 배급을 위한 적극적인 마케팅 전략을 통해 단편 영화의 상업성을 확보하여 확대 재생산을 꾀함으로써 감독들에게 안정된 작품 활동 기반을 마련해 주고 있다. '인디스토리'나 '미로비전' 같은 전문 배급회사의 등장은 과거 개별 감독들의 간헐적이고 개인적인 노력에 의해 단편 영화들이 소규모로 배포됨으로써 열악함을 벗어나지 못했던 단편 영화 시장을 개척하고 확장하는 데 큰 몫을 하고 있다.

넷째, 1998년부터 시행된 영화진흥위원회의 소형 단편영화 사전 제작비 지원을 들 수 있다. 최소한의 경제적 보상을 위해 시행된 이 사업이 작지만 단편영화 감독들의 창작 의욕에 도움을 준 것이다. 또한 비디오 전문회사인 '영화마을'이 추진하고 있는 제작비 지원도 단편영화의 활성화 가능성을 높이고 있다.

그렇다면 이제부터는 이런 식으로 조성된 한국 단편영화의 지속적인 진흥 방향은 무엇인가, 한국 단편영화가 이러한 성과에 만족하지 않고 좀 더 성숙하려면 어떤 과제를 풀어내야 하는가에 대한 고민과 방안이 뒤따라야 할 것이다. 그것은 단편영화의 지속적인 재생산 구조의 확보에 해답이 있다. 그러기 위해서는 적어도 다음과 같은 문제가 해결되어야 할 것이다.

첫째, 단편영화 보급 채널이 안정되어야 한다. 현재 활동하고 있는 전문 배급회사들의 철저한 시장 개발과 소개가 요구된다.

둘째, 단편영화 상영을 위한 전용관 신설이 필요하다. 현재 단편 독립영화가 당면하고 있는 가장 큰 문제는 독립 영화의 대다수를 차지하는 단편영화가 적절한 국내 상영 공간을 가지고 있지 못하다는 사실일 것이다. 독립 영화가 상업영화만큼의 제작 편수를 자랑하고 있는 현실 속에서 많은 대중예술 작품이 대중을 만나지 못하고 사장된다는 것은 엄청난 손실이 아닐 수 없다. 그나마 1999년에 들어와 일부 공간이 마련된 점은 다행한 일이지만, 영화 인구의 저변 확대와 한국 영화의 질적 비약을 위해선 상설관이 필수적이다. 현재 '동숭아트센터'나 '아트선재센터'가 시도하고 있는 간헐적이고 행사적인 단편영화 상영 행태에서 벗어나 다양하고 지속적인 단편영화 상영을 위한 일상적인 상영 공간의 확대가 마련되어야 할 것이다.

셋째, 현재 부산국제영화제나 부천영화제 외에도 많은 영화제가 활성화되어야 할 것이다. 4회로 중단되었음에도 불구하고 90년대의 훌륭한 단편을 발굴해 낸 서울단편영화제의 예에서도 확인할 수 있듯이, 영화제는 창작 의욕을 북돋우며 신인 발굴의 창구가 되기도 한다. 그러므로 다양한 단편영화제가 개최되어야 할 것이다.

넷째, 소재의 다양화를 인정하는 풍토가 조성되어야 한다.

다섯째, 영화진흥위원회의 사전제작 지원팀의 활동이 좀 더 활성화되어야 한다.

여섯째, 영화인들의 노력이 필요하다. 일부 영화인들에게서 확인되는 자아도취성 창작 태도에서 벗어나 전문적이고 완성도 높은 영화를 만들기 위한 기술의 개발과 독창성으로 자유로운 창작 의지가 발휘되어야 할 것이다. 왜냐하면 이제 단편영화는 개인적인 습작품이나 창작물을 뛰어넘는 문화 상품이 되었기 때문이다.

8) 한국 애니메이션 영화

한국 영화계에 〈돌아온 영웅 홍길동〉, 〈헝그리 베스트 5〉, 〈아마게돈〉, 〈누들 누드〉 등과 같은 몇 편의 장편 애니메이션이 등장하면서 한국 애니메이션 산업은 새로운 전기를 맞는 듯하다. 작품 제작 조건이 다분히 자본집약적이어서 영세성을 벗어나지 못했던 한국 애니메이션 산업이 일부 대기업 자본이나 방송사 자본이 투입됨으로써 할리우드와 일본의 요청에 의해서만 그림을 그려주던 하청 산업의 모습을 조금씩 벗어나고 있다. 미국과 일본식의 체계적인 제작 공정 확립과 녹음에서의 스타 시스템

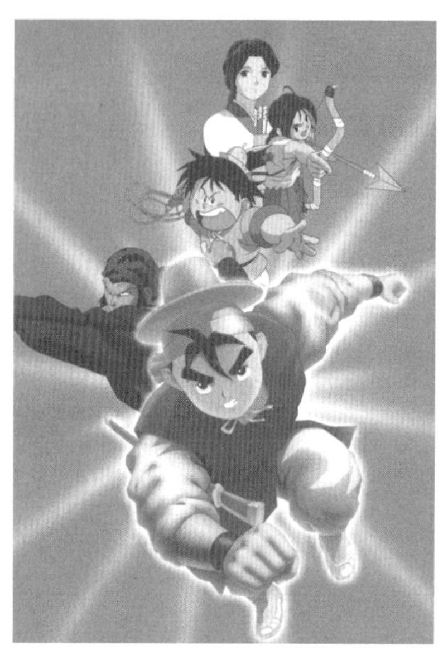

〈돌아온 영웅 홍길동〉

을 도입함으로써 시장성을 확보하고 있는 것이다.

그러나 한국 애니메이션의 현재 모습은 아직은 그리 밝지 못하다. 이미 발표된 작품들에 대한 관객들의 반응이 크게 기대에 미치지 못하기 때문이다. 이는 자본 동원력이나 기술력에서 선진국에 비해 크게 뒤질 게 없는 한국 애니메이션계에 작품 전체를 감각적으로 읽어낼 수 있는 전문 제작 인력이 부족하기 때문이다. 특히 독창적 안목을 지닌 작가들이 실제 현장에 그리 많지 않다는 점이 가장 큰 문제다. 문화산업이 자본만으로 이루어지지 않을진대 장기간에 걸친 풍성한 문화적 배경과 토양이 구축되어야 할 것이다. 그렇지 않으면 한국 애니메이션의 미래도 그리 간단치만은 않을 것이다. 따라서 한국 애니메이션도 극영화의 경우처럼 새로운 소재와 표현의 유입이 필요하며, 그 공급원은 독립 단편 애니메이션 작가들의 활동에서 발견해 내야 할 것이다. 또한 대규모 극장 상영이 시장성 때문에 여의치가 않다면 텔레비전 등의 다른 매체를 통한 지속적 상영 시간 확보가 보다 효과적일 수 있을 것이다.

실제로 '퓨처 아트'를 위시하여 문화 예술적 가치를 지닌 단편 애니메이션 작품들을 발표해 온 창작 집단들의 최근 활동은 눈여겨 볼 만하다. 1995년 제1회 서울 국제 애니메이션 영화제에서 대상을 차지한 나기용의 〈Subway〉와, 현재 단편 애니메이션 영화제 중 최고의 권위를 자랑하는 히로시마 국제 단편 애니메이션 페스티벌에서 한국 최초로 본선에 입선한 정동희의 〈Open〉과 같은 단편 애니메이션들은 단순한 볼거리나 여흥의 대상으로서가 아니라 그 독창적인 표현 방식과 시각의 다양화로 애니메이션의 새로운 가능성을 열어놓은 작품들이다. 메시지가 강하고 실험성이 돋보이는 이들 단편 애니메이션은 현재 일부 마니아들 사이에서만 통용되고 있다. 하지만 치열한 작가의식과 실험성을 바탕으로 하고 있는 이들 애니메이션이 좀 더 많은 대중들에게 다가설 때 한국 애니메이션은 더욱 깊고 넓게 발전할 수 있을 것이다. 탁월한 상상력으로 풍부한 시각적 이미지를 통해 사물에 생명을 불어넣는 애니메이션 작가들이야말로 바로 새로운 영상시대를 열어가는 사람들이 될 것이다.

9) 한국 영화 산업의 미래

한국 영화는 향후 과연 어떻게 성장할 것인가, 영화 개개의 작품인 소프트웨어의 발전만으로 한국 영화가 경쟁력을 갖출 수 있을 것인가, 한 나라의 문화 예술의 척도로 평가받고 있는 영화가 과연 어느 정도 자생력을 지니고 있는 것일까 하는 의문은 한국 영화에 관심이 있는 사람이라면 한 번쯤 심각하게 생각해 볼 문제일 것이다.

어차피 영화가 산업일 수밖에 없고, 국제 경쟁 시장에서 상품성을 인정받아야 살아남는 것이라면, 영화 산업에 대한 국가적 차원의 관심과 지원은 필수적일 수밖에 없다. 이는 영화 선진국인 프랑스와 일본뿐 아니라, 세계 시장을 석권하고 있는 미국의 경우도 마찬가지다. 실제로 미국은 전미영화협회(America Film Market Association)라는 조직을 통해 체계적이고도 지속적으로 세계 영화 시장을 조사하고, 자국 영화를 소개하며, 정부에 대해 각종 압력을 행사하고 있다. 또한 프랑스는 방송과 연대하여 자국 영화의 일정 상영 비율을 강제하고 있으며, 일본은 전국 주요 도시에 일본 영화 전용관을 설립하여 지원 운영하고 있다. 한국 영화가 경쟁력을 갖추기 위한 정부의 최소한의 지원책이 구비되어야 하는 것도 바로 이 때문이다.

그리고 정부가 계획하였던 '문화산업진흥책'은 연간 500억 이상의 영화 산업 지원, 영화 산업의 투명화와 건실화를 위한 통합 전산망 구축, 현행 스크린 쿼터제의 유지 등으로 요약될 수 있다. 그러나 그 어떤 분야에서도 가시적인 성과를 확인할 수 없다. 또한 대기업의 자본이 빠져나가고 있는 현 시점에서 방송 자본의 유입과 방송 프로그램과의 연대를 통한 한국 영화 의무 상영 기준도 고려해 볼 만한 사항이 될 것이다.

1. 영화 제대로 보기의 시작

영화는 그것이 만들어진 특정 사회의 특정 문화와 이데올로기를 교묘하게 위장시켜 배치된 일련의 기호들로 이루어 낸 볼거리다. 그래서 사람이 만들어 낸 창작품 가운데 가장 대중적인 여흥의 수단이 된 영화는 계층과 인종과 성에 상관없이 전세계인들이 가장 쉽게 접할 수 있는 예술이자 오락거리라는 점이 그 장점이다.

그런데 영화를 관람하는 행위에는 친숙한 것과 독특한 것의 미묘한 역학이 작용하게 된다. 영화관을 찾는 관객들은 영화를 통해 현실에서 가능하지 않았던 꿈이 이루어지는 대리 경험을 한다. 또한 의도적으로 왜곡되고 조작된 현실을 제시함으로써 영화는 대중들이 보기를 원하는 현실을 보여주며, 그것도 몰래 훔쳐보도록 허용한다.

영화 관객들의 가장 큰 특권은 바로 훔쳐보기다. 어두운 방안에서 상영되는 영화는 보여주기 위해서 비춰지고 있으나, 관객에게는 남의 사생활을 몰래 훔쳐보는 듯한 환상을 일으킨다. 다른 사람의 행위를 들키지 않고 몰래 엿보는 관음증적 즐거움은 일면 대단히 부도덕적이면서 가슴을 떨리게 하는 마력을 지니고 있다. 영화는 바로 이러한 훔쳐보기를 합법적으로, 그리고 도덕적으로 용인해 준다. 관객들은 현실에서 막연히 동경했던 장면들을 안전하게 훔쳐보고 즐기기 위해 영화관을 찾는 것이다.

그런데 무슨 영화를 볼 것인가라는 문제는 그 해답을 찾기가 결코 만만한 게 아니다. 또한 각자 나름대로 안내서나 참고자료를 이용해 영화를 골라 본다 하여도 이 작업 역시 자신의 취향과 개성에 맞지 않을 때에는 곤혹스러움만 가중시키기도 한다. 그렇다면 단순히 많이 보는 것만으로 영화 제대로 골라 보기는 해결될 수 있을까? 아니라면 어떻게 골라 보아야 할까?

모든 사람은 자신의 입장에서 세상을 바라본다. 자신이 가장 원하는 방식으로 생각하고 자신이 가장 기대하는 방식으로 세상을 재단하려 든다. 그리고 그러한 자신의 시각은 항상 변하고 흔들리며 새롭게 바뀐다. 말하자면 개인은 사회적 역할과 개인적 역할들을 바꿔가면서 세상과 맞서고 견뎌낸다고 할 수 있다.

영화 고르기도 이러한 틀에서 벗어나지 않는다. 어차피 영화 고르기와 감동 받기는 개인의 문제로 수렴될 수밖에 없는 것이어서 자신의 시각을 고려하지 않은 선택이란 그 생명력이 짧을 수밖에 없다. 영화 골라 보기의 출발점은 바로 자신의 입장에서 고를 때 시작되고 그 감동은 배가 된다.

자신의 시각에서 영화를 골라 볼 때도 여전히 만만치 않은 문제점이 도사리고 있다. 자신의 안목에 대한 불편함과 미덥지 못함도 있거니와 그 안목이 고착되어 다양한 고르기를 방해할 위험성도 간과할 수 없다. 그렇다면 비록 자신의 안목에 근거하여 영화 고르기를 시작한다 하더라도 그 안목을 교정해 주고 닦아 줄 방책은 항상 구비해야 할 것이다.

첫째, 자신이 고른 영화에 관한 평가를 눈 여겨 보아야 한다. 영화 비평서나 안내 책자를 살펴보는 것은 가장 손쉬운 방법일 것이다.

둘째, 자신이 고른 영화에 대해 다른 사람과 대화하는 것이 필요하다. 문제 제기와 토론을 통해 좀 더 다양한 의미 층위의 감상을 시도할 수 있을 것이다.

셋째, 좀 더 전문적인 감상을 위해 감독이나 배우, 주제 및 장르별로 구분하여 고를 필요가 있다. 이러한 고르기 방식은 특정한 분야에 대한 안목을 배가할 뿐만 아니라 초보자라 하더라도 실패할 위험성이 적다는 점에서 반드시 시도해 볼 필요가 있다.

넷째, 영화의 특성 및 형식에 대한 이해를 위해 영화 형식과 문법에 관한 개론서 정도는 읽는 것이 필요하다.

영화를 읽는 방법은 매우 다양하다. 가장 초보적인 줄거리 위주의 감상법으로부터 주연 배우의 연기력, 영상과 음향의 패턴, 색채와 음향의 이미지, 화면이 구도 및 오브제 배치, 카메라 가도 및 감독이 이도 화인에 이르기까지 영화를 감상하는 방법에는 여러 가지 관점과 견해가 컸다. 다만 아는 만큼 보이는 것처럼, 영화 읽기의 폭과 깊이는 감상자의 감상 도구가 얼마나 구비되어 있느냐에 따라 확장되고 깊어질 수 있다.

그런데 특정 장르의 영화들을 집중적으로 감상하다 보면 일정한 패턴의 줄거리를 확인할 수 있다. 특정한 구도와 주제가 변주되고 있는 이러한 영화들의 줄거리는 다분히 상투적이어서 따라잡기가 어렵지 않기 때문이다. 문제는 반복적, 상투적 줄거리가 되풀이되어 결말을 분명히 알 수 있음에도 불구하고 여전히 긴장감과 박진감을 주는 영화가 분명히 존재한다는 점이다. 또한 상투적 묘사나 흐름을 거스른 채 뒤집어 보여주는 영화도 존재한다는 점이다. 그래서 주인공이 반드시 구출되리라는 믿음을 주면서도 스릴 넘치는 공포와 미스터리를 느끼게 하는 영화가 있으며, 권선징악의 패턴을 존중하면서도 여전히 궁금증을 자아내게 하는 영화가 있음을 확인할 수 있다. 또한 분명한 결말을 제시하지 않으면서 볼 때마다 다른 결론을 생각하게 하는 영화도 있다.

그런가 하면 이전의 동일한 범주의 전형성을 의도적으로 벗어난 영화도 있다. 이런 영화는 대체로 우수한 영화라고 보아도 크게 무리가 없다. 그런 점에서 〈제3의 사나이〉(*The Third Man*), 〈사이코〉(*Psycho*), 〈어두워질 때까지〉(*Wait Until Dark*)는 훌륭한 미스터리 영화들이며, 〈택시 드라이버〉(*Taxi Driver*)는 잘 만든 필름 느와르다. 또한 〈지옥의 묵시록〉(*Apocalypse Now*)은 전형성을 벗어난 전쟁 영화며, 〈접속〉은 90년대 후반의 한국 젊은 남녀의 만남의 행태들을 상쾌하게 조명하는 새로운 애정 영화다. 그렇다면 고전적 서부극의 전형적인 영웅, 즉 과거를 밝히지 않고 홀연히 등장한 외롭지만 멋진, 그리고 총 잘 쏘고 미남인 남성상을 내세워 서부를 미화한 〈셰인〉(*Shane*)보다 전설적 총잡이들이 사실은 비겁한 무법자임을 고백하는 〈용서받지 못한 자〉(*The Unforgiven*)가 더 잘 만든 서부극이 아닐까.

2. 영화 감상의 방법

1) 장르별로 감상하기

예술 작품을 눈에 띄는 대로, 혹은 닥치는 대로 무턱대고 감상할 때 그 감상자는 자신의 식견이나 안목을 정리하여 체계를 세울 수 없을 것이다. 예컨대 재즈 음악에 대해 일정 수준의 안목을 갖추려면 적어도 일정량의 재즈 음악을 집중해서 들어보고 그에 관한 책을 읽어보아야 하는것이다.

영화도 마찬가지다. 영화 작품을 갈래별로 나누어 본다면 영화란 무엇이며, 좋은 영화란 어떤 것인지를 파악하는 데 도움이 될 것이다. 물론 그렇다고 해서 영화의 본질에 정통하게 된다는 보장은 없지만, 적어도 많은 영화 관련자들이 갈래를 지어온 장르 구별을 통해 영화의 특성에 접근할 수 있으며, 영화 문법에도 익숙해질 수 있을 것이다. 이는 장르 영화들이 각 장르별로 특정한 영화 만들기 기법과 문법을 통해 한 무리로 묶여질 수 있기 때문이다.

그 한 예로서 동일한 장르의 영화가 시대 속에서 변화해 온 양상을 추적하며 견주는 방법은 영화가 동시대의 사회상을 반영하는 거울이라는 점에서 영화 읽기의 시각을 넓히는 좋은 방법이라고 할 수 있다. 공포 영화의 하위 범주인 흡혈귀 영화는 이러한 견주기의 좋은 예다.

어두운 극장 안에서 정지된 이미지들에게 생명력을 불어넣는 영화와 어두운 지하실의 관 속에서 불멸의 생명력을 유지하는 흡혈귀는 어떤 점에서 은밀한 반영 관계를 유지한다고 볼 수 있다. 실제로 영화 역사를 추적해 보면 흡혈귀는 반복적으로 영화 속에 등장하면서 당대의 사회상을 반영하고 있음을 알 수 있다. 흡혈귀 영화의 주류를 차지하고 있던 1930년대 할리우드 영화들은 유럽에서 건너 온 이방인 드라큘라라는 타자를 통해 당시 미국 사회를 휩쓸고 있던 사회적 불안과 경제적 공황 심리를 반영하고 있다. 그리고 존 바담의 〈드라큘라〉(*Dracula*)나 토니 스콧의 〈악마의 키스〉(*The Hunger*) 등과 같은 7, 80년대의 영화들은 감각적 화면 속에 어두운 밤거리를 배회하는 나약하고 소외된 인간으로 흡혈귀를 묘사하고 있는데, 거대화되는 사회 속에서 상대적으로 왜소해진 인간의 자의식을 반영하는 것이다. 또한 닐 조단의 〈뱀파이어와의 인터뷰〉(*Interview with the Vampire*) 같은 90년대 이후의 흡혈귀 영화는 타자에 대한 공포보다는 소수 민족 문제나 페미니즘, 혹은 동성애 문제 같은 하위문화를 담아내고 있으며, 흡혈귀 역시 객체가 아닌 주체로서 그려지고 있다.

2) 이데올로기로 감상하기

영화는 어떤 식으로든 당대 사회 조건을 불가피하게 지지하거나 비판할 수밖에 없다. 이데올로기가 모든 문화에 내재하는 하나의 현실에 대한 이론이라면 바로 이 지점에서 영화의 이데올로기도 개입한다. 이데올로기는 지극히 복잡하고 다양한 현실을 이항 대립적으로 구분해 준다. 선과 악 혹은 우리와 그들로 분리함으로써 특정 사유를 지지하거나 반복적으로 강조함으로써 재생산하는 힘을 지닌다. 이러한 영화 속의 이데올로기에 대한 연구는 문화의 의미 체계와 그러한 체제가 사회적 행위 속에 스며드는 방법에 대한 통찰력을 제공한다.

영화 속의 이데올로기는 대단히 교묘하게 위장된 채 전개되기 때문에 영화 전편에 걸쳐 도드라지는 사건을 뒤집어 읽어볼 필요가 있다. 예컨대 〈투씨〉(*Tootsie*)에서 마이크가 도로시로 변장한 채 성공하는 현상을 과연 가부장적 남성중심 사회를 공격하기 위한 것인가, 아니면 남성이 여성보다 우월할 수밖에 없다는 것을 인정하기 위한 것인가를 결정해야 할 것이다. 또한 〈워킹 걸〉(*Working Girl*)에서 여주인공이 임원으로 승진하는 마지막 장면에서 들려오는 승리의 음악 소리와 카메라가 뒤로 빠지면서 익스트림 롱 숏으로 끝내는 감독의 의도가 과연 자본주의의 덕목을 옹호하는 것인가, 아니면 자본주의의 비인간화와 소외를 고발하는 것인가를 판단해야 한다.

또한 뉴욕의 한 이태리 피자 가게 주인과 흑인들 간의 갈등을 기본 줄거리로 하여 흑백 간의 갈등을 다루고 있는 스파이크 리의 〈똑바로 살아라〉(*Do the Right Thing*)에서는 대단히 교묘하고 은밀하게 또 다른 소수 민족을 차별하는 감독의 시선을 읽어낼 수 있다. 흑인의 인권을 주장하고 인종 차별을 유발하는 폭력과 이에 대항하는 폭력의 차이점을 주장하고 있는 영화에서 감독은 그렇다고 흑인을 무턱대고 옹호하지는 않는 듯한 입장을 견지함으로써 찬사를 받았다. 이 영화에서 감독은 백인과 흑인들 간의 갈등과 폭력을 그리고 있지만, 흑인들의 경제적 곤궁함과 실직을 남미 이민자들과 한국인 이민자들이 끼어 들어와 생긴 것이라는 발언을 영화 속에 삽입함으로써 흑백 갈등의 원인을 소수 민족들 간의 마찰로 돌리고 있다. 인종 차별의 문제점을 다루면서 은밀하게 인종 차별의 시각을 드러내고 있는 것이다.

흑인 여성의 성장 과정을 연대기적으로 그려낸 스티븐 스필버그의 〈칼라 퍼플〉(*The Color Purple*) 역시 흑인 여성에 대한 애정의 시선을 담고 있는 듯하지만, 흑인 남성들을 지극히 무모하고 폭력적인 인물로 묘사함으로써 흑인 여성들의 고통과 슬픔이 단지 인종 내 문제 때문에 파생된 것이라는 인상을 심어주고 있다. 결국 백인들에게 일종의 면죄부를 주는 영화로 읽혀져야 할 것이다. 또한 〈쉰들러 리스트〉(*Schindler's List*)도 역사 속의 사실을 그려냈다는 감독의 주장에도 불구하고 독일인에 대한 역사적이고 사실적인 해석을 배려하지 않음으로써 유태인 편들기로 일관된 영화로 볼 수 있으며, 또한 유태인들을 억압하는 나치는 현재 이스라엘을 괴롭히는 주변 아랍 국가들로, 더 나아가 미국에게 위협적인 아랍 국가들로 해석될 수 있다는 점에서 감독의 역 인종 차별적인 시각이 음흉하게 감춰진 영화라고 볼 수 있다.

3) 시각과 관점의 변형으로 감상하기

(1) 반대 시각으로 바라보기

사물을 반대로 본다는 것은 말처럼 그리 쉬운 일이 아니다. 우리는 대체로 자신의 입장에서 보는 데 익숙해져 있으며, 또한 다른 사람과 비슷하게 보는 데 익숙해져 있다. 영화 보기도 이러한 입장에서 크게 벗어나지 않는다. 오히려 단순한 오락이나 가벼운 시간 때우기를 위해 영화를 보는 대다수의 젊은 관객들에게 반대로 보라고 하는 요구는 무리일지 모른다.

그러나 영화는 오락이면서 창작품이라는 점에서 그것을 만든 사람과 그것이 만들어진 사회의 특정한 시각이 반드시 내재해 있게 마련이다. 그리고 그 특정한 시각은 대단히 교묘하게 위장되어 있기 때문에 영화 감상자들에게 그저 무방비 상태로 수용하도록 부추기는 노림수를 담고 있다. 그러므로 반대로 보기는 바로 이러한 점을 전복하기 위한 전략이다. 반대로 보는 습관이나 태도는 영화를 즐기면서 동시에 영화 보기의 확장된 시각을 덤으로 얻을 수 있다는 점에서 시도해 볼만한 작업이다. 예컨대 서부 영화에서 주인공과 악당의 대결이나, 백인과 인디언의 싸움을 악당이나 인디언의 입장에서 바라보면 전혀 다른 맥락의 사건들이 그 얼개를 드러낼 수 있을 것이다. 또한 주인공의 입장을 맹목적으로 동정하기보다는 주변인들의 시각에서 주인공을 바라본다면 사건의 원인과 그 해결책이 전혀 다른 모습으로 다가오기도 할 것이다.

이러한 작업이 다소 복잡하고 심란하다면 화려하게 치장된 주인공들의 결점과 부족한 점들, 혹은 그들이 간과하고 있는 문제점들을 추려보는 것도 하나의 방법이 될 수 있다. 외형적으로 화려한 인물일수록 반드시 그가 배려하지 않는 부분이 있을 것이기 때문이다. 이런 식의 반대로 보기는 사건의 전체 지형도를 그려낼 수 있는 가장 확실한 방법이다. 또한 특정한 시각에 함몰되는 위험에서 벗어날 수 있는 가장 손쉬운 방법이다. 어차피 영화가 사람살이의 문양들을 읽기 위한 창으로 기능 한다면 영화 보기의 매력은 바로 이러한 점에서도 찾을 수 있다.

(2) 견주면서 바라보기

영화 보기에서 가장 일반적이고도 편리한 방식 중의 하나는 견주며 보는 것이다. 견주며 보기 위해서는 비교할 대상이 있어야 할 것이며, 그 대상은 실로 다양하다. 예컨대 한 영화 속에서 반복적으로 대립되어 나타나는 시간과 장소를 서로 견줄 수 있을 것이며, 특정한 장르에 속한 한 영화를 다른 영화와 견줄 수도 있을 것이다. 그런가 하면 특정 연기자나 감독의 작품들을 서로 견줄 수도 있을 것이다. 이런 식으로 한 영화 속에서 대립되는 대립항의 의미를 견주거나, 서로 다른 작품들을 견주며 보는 것은 영화 읽기의 시각을 넓히는 데 큰 도움이 된다.

❶ 영화 속 공간을 통한 견주기

영화는 특정한 시대의 사회상과 그 시대의 인생살이 모습을 담아내고 있다. 이런 점에서 관객들은 특정 영화를 감상하면서 그 영화 속에 설정된 공간이 영화 속 서사의 시간적 배경 속에서 어떤 의미를 담고 있는가에 자연스럽게 관심을 쏟게 된다. 왜냐하면 영화 속 공간의 의미는 보편적이며 일상적 공간의 의미를 뛰어넘는 상징적 의미를 담고 있는 경우가 많기 때문이다.

예컨대 〈바보 선언〉, 〈칠수와 만수〉, 〈개 같은 날의 오후〉 등의 한국 영화 속에 등장하는 옥상은 80년대 한국 사회에서 소외당한 자들의 반항과 투쟁의 공간으로 그려지고 있다. 이들 영화 속에서 옥상으로 내몰린 인물들은 옥상이 강조하는 심리적 현기증과 무력감을 통해 사회에 대한 현실적 반항이나 고발과 맞물린 채 투쟁하는 인물로 그려지고 있다. 박광수의 〈칠수와 만수〉에서 옥상 위의 두 인물은 그들이 그려야 하는 대형 간판의 그림이 상징하는 자본주의 사회에서 내몰린 자들이며, 옥상 위의 심리적 고립감은 그들의 목소리가 제대로 전달되지 않는 단절된 소통의 현실적 처지를 반영한다. 따라서 칠수와 만수가 차지하고 있는 옥상이라는 공간은 지상과 공간적·심리적 거리를 두고 있는 고립과 소외의 공간이자 사회적 모순이 집약된 공간이 된다.

또한 자유와 해방을 상징하는 공간으로서 바다와 길이 있다. 일상과 떨어진 세상의 끝이자 개방과 미지의 공간인 바다와, 이와 반대로 세상과 이어지는 공간이자 세상 속으로 돌아오는 공간인 길이다. 여균동의 〈세상 밖으로〉에서 소외된 세 사람이 마지막으로 찾아가는 공간인 바다는 사회로부터 도피한 자들이 묻혀야 하는 어두운 공간이면서 동시에 억압으로부터 해방되는 공간으로 기능한다. 또한 장선우의 〈화엄경〉에서 길은 선재 동자가 삶 속으로 돌아오는 윤회의 공간이자 바다에서 깨달은 지혜를 실천하는 공간이며, 임권택의 〈노는 계집 창〉에서 길은 남성중심주의와 천박한 물질주의가 합세하여 여성들의 성의 상품화가 가속화되던 80년대 이후의 한국 현대사를 여주인공 영은이 통과해야 했던 질곡의 길이다. 살아내기 위해 그녀는 그 길을 따라가야 하며, 비록 반복적으로 그녀를 가로막는 제도적 장애물들이 돌출되지만 그녀에게 있어서 길은 결코 포기하거나 외면할 수 없는 삶의 다층적 공간이다.

한편 페데리코 펠리니의 〈길〉(*La Strada*)에서도 대조적인 공간으로 설정된 바다와 길의 의미를 찾아볼 수 있다. 펠리니는 젤소미나가 장 파노에게 보내는 따스한 인간애와 사랑을 통한 구원을 주제로 인간 내면의 심리를 섬세하게 그려내고 있다. 앤소니 퀸과 줄리에트 마시나를 기용하여 아카데미 최우수 외국어 영화상을 수상하기도 한 이 영화에서 그들이 서커스 행각을 벌이기 위해 따라가야 하는 길은 현실 속의 삶의 길이면서 사랑이라는 정신적 구원을 찾아가는 길이다. 그리고 자신이 버린 젤소미나가 죽었음을 알고 찾아간 바닷가 해변에서 절규하는 장 파노에게 바다는 사랑의 힘을 깨닫게 하는 구원의 장소다.

한편 관객들에게 공간의 형식과 의미가 비교적 쉽게 구분되어 전달되었던 영화가 있다. 바로 팀 버튼의 〈가위손〉(*Edward Scissorhands*)이다. 이 영화에서 공간은 잘 정돈된 길과 아담한 집들이 밝은 파스텔조 색깔들에 의해 채색된 마을과, 어둡고 무거운 색조로 표현된 마을 밖 성으로 나뉘어진다. 그러나 밝고 화사한 마을에 살고 있는 주민들은 이기심에 가득찬 사람들이며, 어둡고 칙칙한 성에 사는 에드워드는 순수하고 투명한 심성의 소유자다. 감독은 이 두 공간의 물리적 이질성을 마을 주민과 에드워드라는 인물의 심리적 이질성으로 확장하고 있으며, 얼음 조각을 만드는 예술가 에드워드의 모습을 통해 사회의 주변부에 머물러야 하는 영원한 타자로서의 예술가의 위치를 대변하고 있다.

이렇듯 영화 속에서 대립되어 설정되고 있는 공간의 의미를 다양하게 견주어 봄으로써, 영화 읽기의 폭과 깊이를 확장할 수 있을 것이다.

❷ 패러디 영화를 통한 견주기

영화 견주기에서 가장 효과적인 방식 중의 하나는 바로 서로 다른 감독들의 작품들을 견주어 보는 것이다. 특히 영화 속에서 이전 감독의 영화를 패러디하는 장면 들을 찾아내는 작업은 영화 보기의 즐거움이나 깊이를 배가하는 묘미가 있다.

이때 후세 감독들에 의해 가장 많이 추종되고 패러디되는 할리우드 영화감독을 들라면 아마 알프레드 히치콕이 첫손에 꼽힐 것이다. 브라이언 드 팔마를 위시하여 〈할로윈〉(*Halloween*)의 존 카펜터, 〈베드룸 윈도우〉(*The Bedroom Window*)의 커티스 핸슨, 〈무언의 목격자〉(*Mute Witness*)의 앤소니 윌러, 그리고 히치콕의 〈사이코〉(*Psycho*)를 그대로 복사한 구스 반 산트 등의 감독들은 히치콕의 스릴러 수법들을 모방하고 차용하면서 패러디하고 있다. 특히 이들 가운데서도 브라이언 드 팔마 감독은 심지어 히치콕의 영화들이 어휘라면 자신은 이를 이용해 문장을 만든다고 주장하기도 했을 정도로 히치콕의 영화 스타일을 그의 영화 속에서 자주 패러디하고 있다. 드 팔마의 〈드레스드 투 킬〉(*Dressed To Kill*)에서 여주인공 케이트가 샤워하는 장면은 히치콕 감독의 〈사이코〉에서 매리언이 샤워하는 장면을 인용하면서 동시에 자신의 출세작 〈캐리〉(*Carrie*)에서 주인공 캐리가 샤워하는 장면을 이중 인용하는 장면이었으며, 〈침실의 표적〉(*Body Double*)에서 남주인공이 이웃집 여자를 훔쳐보는 장면은 〈이창〉(*Rear Window*)과 〈현기증〉(*Vertigo*)의 장면들을 인용하고 있다. 그는 히치콕의 사생아라는 비난을 받을 정도로 자주 히치콕을 인용하고 있지만, 단순한 화면의 구도나 촬영 기법 소재의 차용을 넘어서 성도착증이나 관음증, 살인 혹은 성적인 모호성 등과 같은 인간 정신의 어두운 면을 심도있게 분석하기 위한 것이었다. 그런가 하면 그의 〈언터처블〉(*The Untouchables*)의 계단의 총격 장면은 에이젠슈테인의 〈전함 포템킨〉(*The Battleship Potemkin*)의 오데사 계단 학살 장면을 연상시킴으로써 이전의 거장들에 대한 그의 존경심을 엿보게 한다.

이런 식의 견주기는 영화 속에서 베끼기와 짜집기라는 포스트모던적 특정들을 건져 올릴 수 있다는 점에서도 영화 읽기의 새로운 방식으로 추천될 만하다.

제4부

시각과 상상,
그 탐색의 즐거움

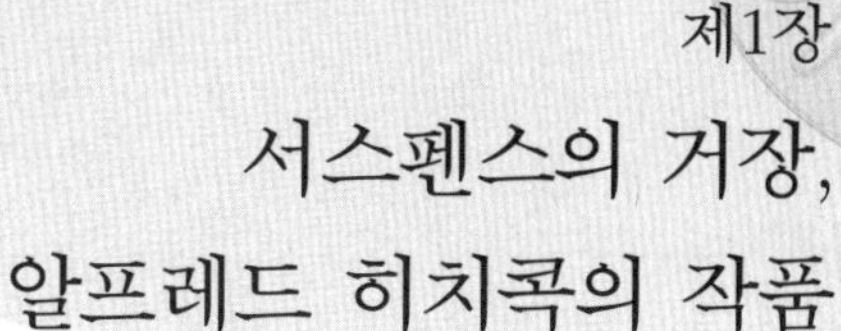

1. 알프레드 히치콕(Alfred Hitchcock)

'스릴러의 최고 거장(The Greatest Director Of Thriller)' 혹은 '서스펜스 영화의 대가(The Master Of Suspense)' 등의 수식어가 항상 따라붙는 알프레드 조지프 히치콕(Alfred Hitchcock)은 명실공히 20세기 중반의 가장 유명한 감독이다. 1899년 영국 런던에서 청과상의 아들로 태어난 히치콕은 세인트 이그나티우스 칼리지와 런던대학교에서 각각 공학과 미술을 전공했다. 제1차 세계대전 기간인 1917년에 영국 공병대의 사관 후보생 연대에서 복무를 마치고, 1920년에 이후 미국 파라마운트사의 모체가 된 영화사에

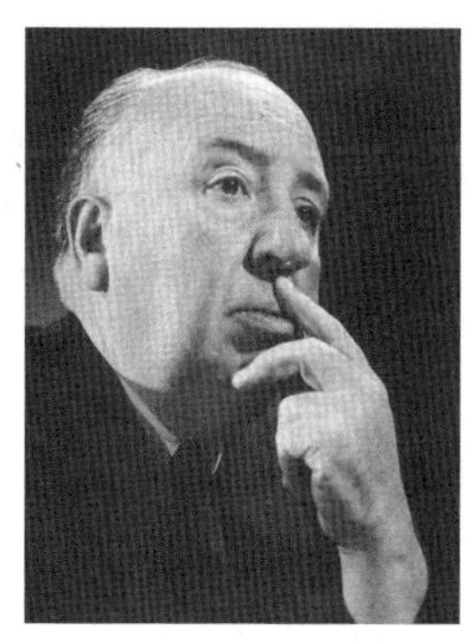

알프레드 조지프 히치콕

입사하여 자막 디자인 일을 시작으로 영화산업에 첫발을 내디뎠다. 당시는 무성영화 시대였기 때문에 삽입자막의 디자인 효과는 매우 중요했다.

이후 히치콕은 미술감독과 시나리오 작가와 조감독을 거쳐 1925년 뮌헨에서 처녀작 〈기쁨의 정원〉(*The Pleasure Garden*)을 만들었다. 이때 그는 독일의 프리츠 랑, 프리드리히 무르나우와 같은 표현주의 감독들의 작품과 에이젠슈테인의 몽타주 이론을 접하며 이러한 미학을 서스펜스적인 기술과 조작에 관한 자신의 생각과 융합시켰을 것이다.

이때부터 시작된 그의 영화세계는 1939년 이전 영국에서 활동하던 시기와, 미국으로 건너간 이후의 시기로 크게 구분할 수 있다. 영국에서 만들어진 그의 작품에는 1927년에 개봉된 〈하숙인〉(*The Lodger*)이 유명하다. 독일의 표현주의 영화 스타일이 엿보이는 이 영화는 자기집 하숙생을 살인마로 오해해서 벌어지는 사건들을 그린 것으로, 당시 호평을 받으며 흥행에도 성공했다. 그리고 1929년에 제작한 〈협박〉(*Blackmail*)은 영국 최초의 유성영화로서 유성영화의 가능성을 유쾌하게 입증한 작품인데, 런던의 유명 상징물들을 서스펜스를 위한 배경으로 활용하면서 음향을 영상과 조화시키고자 하였다. 1930년대에는 서스펜스 영화의 고전이라

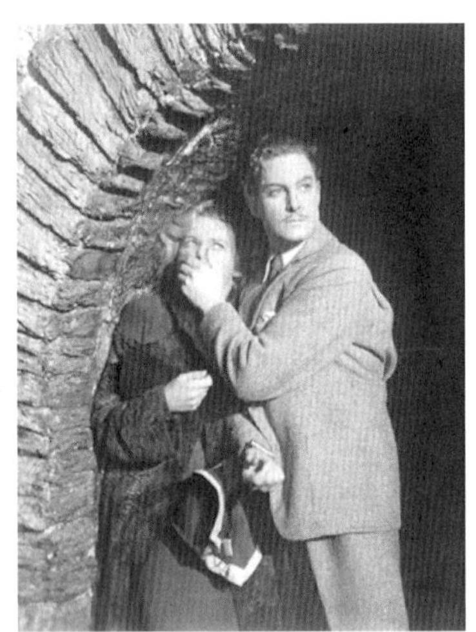

〈39계단〉

할 수 있는 〈너무 많이 알았던 사나이〉(*The Man Who Knew Too Much*, 1934), 〈39계단〉(*The Thirty-nine Steps*, 1935), 〈사보타주〉(*Sabotage*, 1936), 〈부인 사라지다〉(*The Lady Vanishes*, 1938) 등을 감독했다. 특히 그의 대표작 중 하나로 꼽히는 〈39계단〉은 '맥거핀'이라는 플롯 개념을 처음으로 사용한 작품이기도 하며, 범죄혐의자로 오인받는 주인공이 자신의 결백을 밝히기 위해

진범을 추적하는 테마와, 심리적 불안감을 교묘하게 유도하는 연출방법 등으로 이른바 '히치콕 패턴'을 확립하고 있다.

1939년에 히치콕은 〈바람과 함께 사라지다〉(*Gone with the Wind*)의 제작자로 유명한 셀즈닉 형제와 계약을 맺고 미국으로 건너가 그들과 함께 일련의 작품들을 제작한다. 바로 〈레베카〉(*Rebecca*, 1940)는 그의 첫

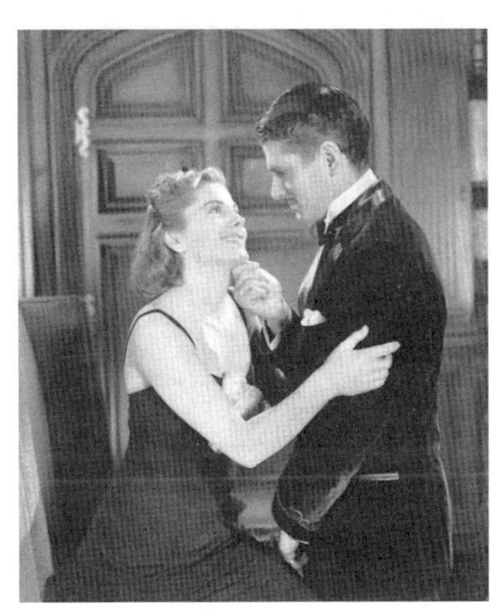

〈레베카〉

미국 흑백영화로 그해 아카데미 최우수 작품상을 수상했다. 1940년대의 주요작품에는 〈해외특파원〉(*Foreign Correspondent*, 1940), 〈단애〉(斷崖, 1941)를 비롯하여, 처음으로 제작자 겸 감독으로 〈의혹〉(*Suspicion*, 1941)을 만들었고, 〈의혹의 그림자〉(*Shadow of a Doubt*, 1943), 〈구명 보트〉(*Lifeboat*, 1944), 〈백색의 공포〉(*Spellbound*, 1945), 〈오명〉(*Notorious*, 1946) 등을 감독하였으며, 1948년에는 10분짜리 롱테이크들로 이루어진 〈로프〉(*Rope*, 1948)를 내놓았다. 이들 영화에서 보이는 히치콕의 테마는 대개 위험에 빠진 금발머리의 여인, 의도치 않게 사건에 휘말리게 된 무고한 주인공 등의 전형적인 특색이 나타나고 있으며, 성격이나 심리에 흥미를 나타내거나 주제를 심도 깊게 해석하지도 않는다. 그러나 자신이 가장 선호했던 서스펜스 스릴러 영화라는 장르의 확립과 그 작품들의 성공에 힘입어 이 분야의 일인자가 되었다.

마침내 히치콕은 거장으로서의 면모를 드러내며 가히 그의 전성기라고 할 수 있는 1950년대를 맞이한다. 〈열차 속의 이방인〉(*Strangers on Train*,

1951), 〈다이얼 M을 돌려라〉(*Dial M for Murder*, 1954), 〈이창(裏窓)〉(*Rear Window*, 1954), 〈도둑잡기〉(*To Catch a Thief*, 1955), 〈나는 비밀을 알고 있다〉(*The Man Who Knew Too Much*, 1956), 〈오인〉(*The Wrong Man*, 1956), 〈현기증〉(*Vertigo*, 1958)과 같이 긴장감 넘치는 미스터리 작품과, 〈나는 결백하다〉(*I Confess*, 1953), 〈해리의 소동〉(*The Trouble With Harry*, 1955), 〈북북서로 진로를 돌려라〉(*North by Northwest*, 1959)와 같이 좀 더 순수하게 즐길 수 있는 작품이 번갈아 나오며 할리우드에서 절정을 이룬다. 1960년대에는 더욱 새롭고 독창적인 스릴러 영화의 제작에 관심을 기울여 〈사이코〉(*Psycho*, 1960), 〈새〉(*The Birds*, 1963) 등의 걸작들과 〈마니〉(*Marnie*, 1964), 〈찢어진 커튼〉(*Torn Curtain*, 1966), 〈토파즈〉(*Topaz*, 1969) 등을 잇달아 내놓았다.

이러한 히치콕의 영화는 창의적이고 치밀하며 매우 양식화된 스릴러를 보여준다. 우선 서스펜스를 조성하고 이끄는 기술적인 수단의 통제력이 지배적으로 나타나는데, 그의 시각양식은 세심하게 구성된 시점의 숏을 그 프레임 안에 불길하게 고립시키면서 관객의 시점을 엄격하게 통제하며 공포와 서스펜스를 자아낸다. 그리고 스토리 보드로 미리 만들어 놓은 프레임의 정교하고 정밀한 편집을 통해 빈틈없는 유형적 구성을 만들어 낸다. 또한 억압, 공포, 불안이 감지되는 개인의 강박관념을 교묘하게 비틀어진 유머 감각과 활기차고 복잡한 영화적 줄거리로 혼합하여 영화 속의 독특한 스타일로 재현시킨다. 여기에 효과적인 사운드트랙과 긴박한 배경음악의 사용으로 그의 화려한 시각표현을 뒷받침한다. 그의 영화는 매편 새로운 실험정신과 시도로 가득차 있다. 그리고 대중적인 호소력과 심오함을 갖춤으로써 관객 모두에게 아주 매력적이었다. 히치콕이 매혹되었던 스릴러의 세계는 인간심리의 철저한 파악으로 섬세함과 사실성을 유지하면서 관객에게 큰 충격을 주었다.

무성영화 시대부터 시작해 1970년대 〈광란〉(*Frenzy*, 1972)과 그의 마지막 작품 〈가족의 음모〉(*Family Plot*, 1976)에 이르기까지 히치콕은 50편이 넘는 영화를 감독하면서 결코 자신이 가장 선호했던 서스펜

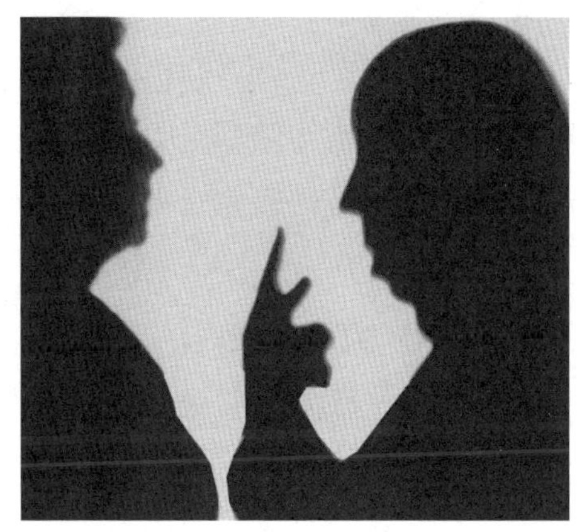

〈가족의 음모〉

스 스릴러에서 거의 벗어나는 일이 없었다. 그리고 그는 자신의 영화에 카메오로 출연하며 모습을 남겼는데, 출생과 사망 신고를 관할하는 호적 사무소의 희뿌연 유리 너머로 그의 실루엣을 비추고 있는 〈가족의 음모〉를 끝으로 더는 그의 모습을 볼 수 없게 되었다.

누벨 바그의 거장 프랑수아 트뤼포는 히치콕과의 인터뷰를 기록한 저서 『히치콕과의 대화』에서 그를 현대 예술가의 반열에 올려놓았다. 트뤼포는 히치콕의 작품에 관한 주요한 통찰들을 통해 히치콕이야말로 영화와 문학이 근본적으로 다른 것을 분명하게 보여준 감독이며, 순수한 영화적 방식 그 자체의 구현에 가장 근접했던 작가임을 밝히고 있다. 고전적 무성영화의 기법들을 계속 발전시켜 자신의 독특한 스타일로서 하나의 영화언어를 확립한 히치콕의 작가주의 정신은 시대를 초월하여 여전히 그의 영화들을 현대적인 것으로 만든다.

2.

사이코(Psycho)

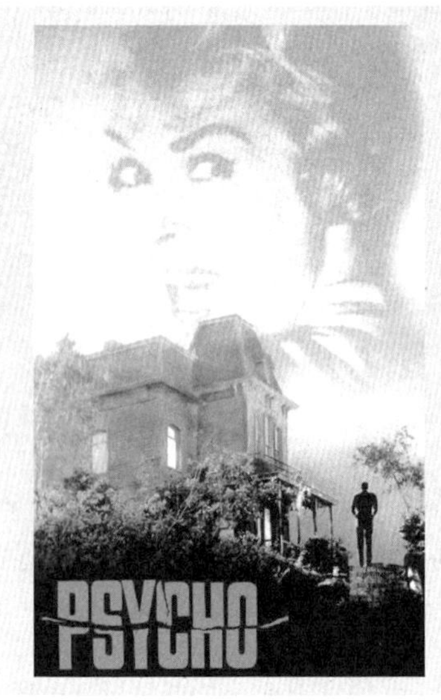

감독 : 알프레드 히치콕(1960년)

주연 : 안소니 퍼킨스(노먼 베이츠 역)

　　　자넷 리(마리온 크레인 역)

　　　베라 마일스(라일라 크레인 역)

　　　존 개빈(샘 루미스 역)

장르 : 스릴러, 공포

1) 〈사이코〉, 훔쳐보기의 욕망과 관음증적 시각화

〈사이코〉(*Psycho*)는 〈이창(裏窓)〉(*Rear Window*, 1954)이나 〈현기증〉(*Vertigo*, 1958) 같은 히치콕의 우아한 스릴러보다는 관객을 자극하는 분위기 면에서 급조된 느와르 영화와 많이 닮아 있다. 그렇지만 〈사이코〉가 불러온 충격의 위력은 히치콕 영화 중에서 가장 으뜸이다. 〈사이코〉는 개봉 당시에 영화의 결말 공개 금지와 촬영 금지라는 광고를 홍보하였는데, 영화 러닝타임 3분의 1 시점에서 여주인공 마리온이 살해당하는 것과 노먼의 어머니와 관련한 비밀 등 히치콕이 염두에 두었던 반전이 알려지지 않도록 하기 위한 조치였지만, 영화의 반전이 알려진 그때에나 요즈음에도 〈사이코〉는 여전히 긴장감과 불온함이 압도하는 스릴러 영화다. 인간의 훔쳐보기에 대한 고발이고, 타락할 가능성에 대한 경고이며, 미국 청교도주의와 과장된 마미즘(momism)에 대한 가혹한 폭로라는 여러 가지 깊은 개념들을 타고난 감각과 집중력, 절묘한 편집 등으로 엮어내고 있는 히치콕의 영화적 기교에 힘입은 바 크다.

마리온의 범죄는 히치콕이 애용했던 '범죄 상황에 처하게 된 평범한 사람의 어쩔 수 없는 선택'이라는 유형에서 벗어나지 않는다. 부동산과 보험 브로커의 비서인 마리온은 그녀의 애인 샘과 결혼하길 원하지만 샘은 돌아가신 아버지에게서 물려받은 빚과 이혼한 아내에게 매달 지급해야 하는 위자료 등의 과중한 재정적 책임 때문에 비밀스럽게 만날 수밖에 없는 처지다. 이때 사장이 고객으로부터 받은 현금 4만 달러를 은행에 입금하라고 맡긴다. 그 돈의 주인은 그 정도라면 마리온조차도 사들일 수 있을 것이라며 은근히 암시하던 비열한 고객이었다. 그리고 그 돈은 샘과의 새로운 삶을 가능하게 하는 것이었다. 마침내 그녀는 눈앞의 돈뭉치를 들고 그곳 애리조나의 피닉스를 떠난다. 이처럼 히치콕은 자기 영화의 주인공들이 도덕적으로 명백히 어긋나거나 수상쩍은 행위를 하게 만든다. 그러나 이러한 행위에 스타의 배우, 혹은 잘 생기거나 아름다운 금발의 배우를 캐스팅함으로써 이미 그들에게 호의를 가지고 있던 관객은 그 행위를 비난할 수 없으며 오히려 주인공의 시선으로 동일시되고 만다. 그래서 관객들은 그런 고객의 돈은 훔쳐도 무방하며, 사랑 때문에 할 수 없이 범죄를 저지르는 동정심으로 그녀를 수긍한다.

그리고 관객은 곧바로 '경찰에 대한 편집증'이라는 히치콕의 또 다른 트레이드마크를 접하게 된다. 마리온이 샘의 고향인 캘리포니아 페어빌로 향할 때다. 다른 주(州)의 번호판인 것을 보고 고속도로 경찰관은 갓길에서 낮잠을 자던 마리온을 깨워 이것저것을 물어본다. 그런데 그의 태도는 매우 권위적이고, 질문은 의심스럽게 이어지며, 짙은 선글라스를 착용하여 전혀 눈빛을 볼 수가 없다. 관객은 허둥대는 주인공의 태도로 그녀의 절도 행각이 드러날까봐 초조해지기 시작한다. 거기에다가 경찰의 처벌권력에 대한 냉엄한 암시로 그의 영화 속을 관통하면서 늘상 권위적이고 위압적이며 심문관과 같은 집요함을 드러내는 경찰관에 대한 히치콕의 공포와 불안 때문에 그 긴장감이 더욱 가중된다. 히치콕의 어린 시절에 그의 아버지가 버릇을 고치기 위해 인근 파출소에 가뒀다는 일화가 있는데, 히치콕은 이 경험을 근거로 자신이 평생토록 체포와 감옥과 경찰에 대한 공포를 지니게 되었다고 설명하기도 했거니와 그의 영화에서 체포, 감옥, 경찰에 대한 공포는 꽤 뚜렷하게 드러난다.

그래서 마리온이 그 지역의 번호판이 부착된 차를 사려고 흥정을 하던 중고차 사무실에서 우연히 밖을 바라보다가 조금 전의 그 고속도로 경찰관이 순찰차에 기대어 팔짱을 낀 채 길 건너편에서 자신을 지켜보고 있는 것을 발견하고는 깜짝 놀랄 때 관객들의 가슴도 다 함께 철렁 내려앉았을 것이다.

겁에 질리고 지친 마리온이 거센 폭풍우로 할 수 없이 외딴 베이츠 모텔에 차를 대고 노먼과 처음 만났을 때, 관객은 비로소 안도했을 뿐 아니라, 이 장면의 화면 구성과 대사에 세심한 신경을 쏟은 히치콕의 전략으로 말미암아 이후의 영화는 수줍은 청년 노먼과 마리온의 관계에 초점이 맞추어질 것이라고 확신할지 모른다. 그러나 영화는 그 유명한 샤워신을 통해 여주인공이 끔찍하게 살해되는 장면으로 관객들을 충격에 빠뜨린다. 관객은 영화의 주인공이 영화 말미에도 변고가 생기거나 죽거나 하는 것을 별로 마음 내켜 하지 않는다. 흔히 주인공은 끝까지 살아남을 것이고, 그때 가서야 죽는 것이 허용될 수 있다고 생각한다. 그런데 히치콕은 이러한 통념을 깨고 영화를 시작한 지 삼분의 일쯤 되는 지점에서 여주인공을 피살되게 하였는데, 이는 관객에게 큰 충격과 놀라움이 아닐 수 없었던 것이다.

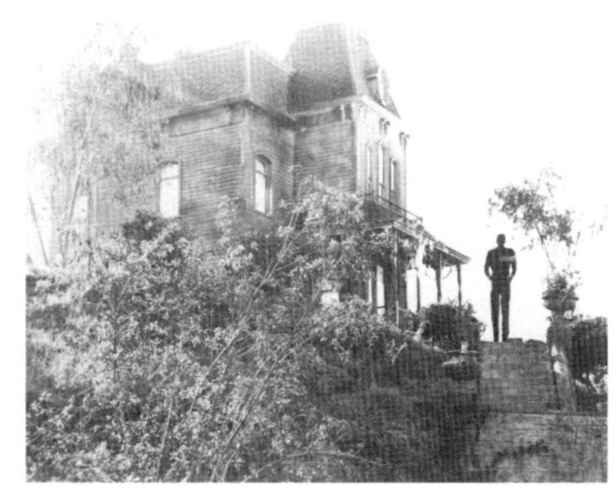

모텔의 주인인 노먼은 모텔 바로 뒤쪽 빅토리아풍의 저택에서 몸이 불편한 어머니와 함께 살고 있다. 노먼의 기억에 의하면 어머니와 그녀의 애인이 함께 지은 집이다. 그러나 신설 고속도로가 건립되면서 이제 그곳은 우회 도로의 외진 곳이 되었다. 마리온은 노먼의 응접실에서 이야기를 마치고 다시 모텔로 돌아와 샤워를 하는데, 난데없이 숨어든 검은 그림자의 인물에게 죽임을 당한다. 얼마 후 나타난 노먼은 마리온의 살인 현장을 목격하고는 당황해하지만 곧 욕실의 핏자국을 지운 뒤 마리온의 시체와 소지품을 그녀의 차 트렁크에 싣고 근처 연못에 빠트린다.

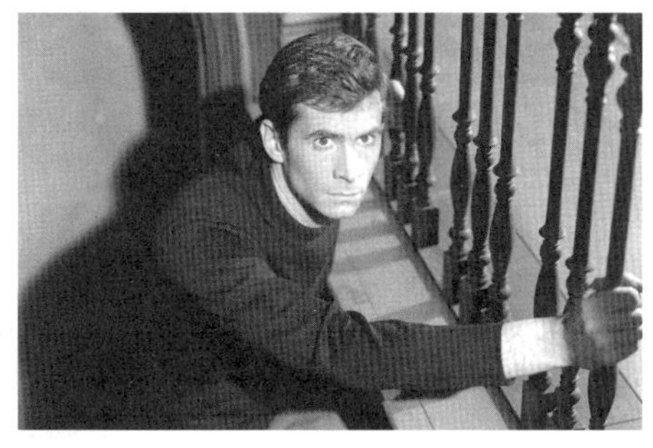

여주인공의 죽음으로 관객은 이제 무의식적으로 노먼에게 동일시된다. 그리고 히치콕은 어느 사이엔가 영화의 주인공을 교체해 놓는다. 그래서 실종된 마리온을 찾기 위해 샘과, 마리온의 동생 라일라, 그리고 보험사 탐정 아보개스트가 영화에 등장할 때쯤에는 〈사이코〉의 주인공은 노먼으로 바뀐 후다. 그러나 탐정마저 베이츠 부인인 듯한 살인자에 의해 살해를 당하고 만다. 탐정과도 연락이 되지 않자, 직접 마리온을 찾아나선 샘과 라일라는 이미 베이츠 부인이 수년 전에 죽었다는 마을 보안관의 이야기를 듣고 베이츠 모텔과 그 집을 찾아간다. 노먼의 집에 잠입한 라일라 역시 위험에 처하지만, 샘이 격투를 벌이며 막는다. 결국 노먼은 경찰에게 붙잡힌다.

이렇듯 영화는 마리온의 피살을 시작으로 갑작스럽고 폭발적인 사건이 비약적으로 전개되고 있다. 그리고 이렇게 사건이 진행되는 동안, 스크린은 벽에 걸린 그림을 떼어내고 그곳 벽면의 구멍을 통해 마리온이 묵었던 1호실을 들여다 보는 노먼의 모습과, 그 잔인한 살해자가 베이츠 부인이

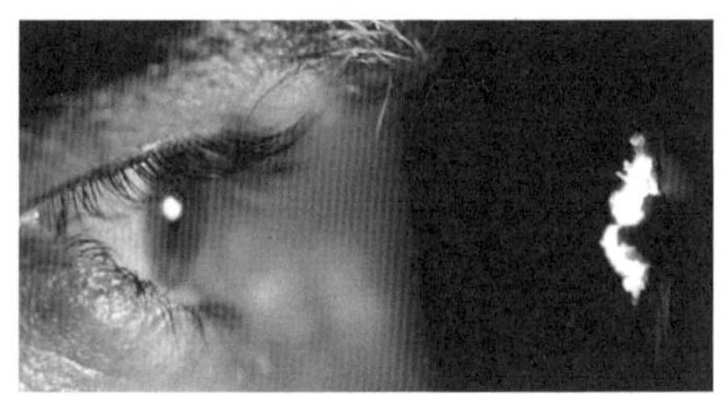

아닌 바로 노먼이며 오래 전에 죽은 어머니의 시신을 박제하고 어머니의 옷을 입는 등 정신분열 이상자 노먼의 소행을 보여주는데, 이는 그 주제 혹은 진술과 관련하여 무수한 논의와 이야깃거리를 파생시켰다.

노먼이 마리온을 엿보는 것에 대해 대부분의 관객들은 그 장면을 관음증에 따른 행동으로 받아들인다. 관음증은 〈사이코〉를 비롯하여 〈이창〉, 〈현기증〉에서도 나타나는데, 이들 영화는 히치콕의 관음증적 시각화의 대표적 사례를 보여준다. 〈이창〉에서 제프리가 휠체어에 앉아

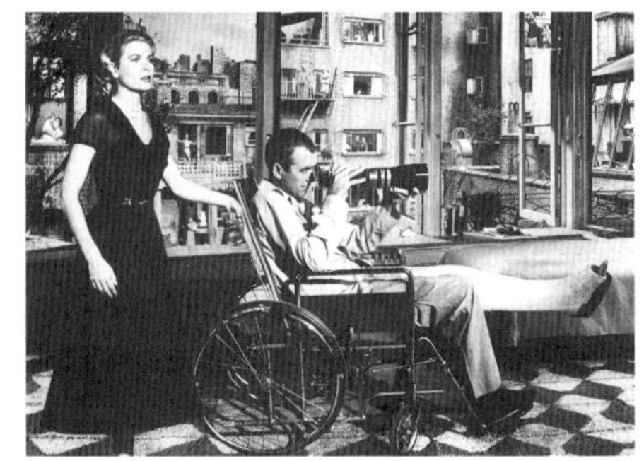

〈이창〉

 시각과 상상의 즐거움, 영화의 이해와 탐색

망원렌즈로 맞은편 아파트를 훔쳐보는 것, 〈현기증〉에서 남자 주인공이 주디에 대한 관음증적 매혹에 사로잡혀 있는 것이 그것이다. 이러한 훔쳐 보기의 욕망은 영화 프레임의 상징으로 작용할 수 있다. 히치콕의 많은 작품에서 프레임은 일종의 창문과도 같아서 그것을 통해 감독은 극중 인물의 가장 깊숙한 세부 사항을 들여다 보고 싶은 관객의 충동을 만족시켜 주는데, 바로 〈사이코〉와 〈이창〉은 이 들여다 보기라는 기교가 직접 쓰인 예다. 그러나 이런 관음증에 관련된 영화들은 위계적 성 차의 구조 안에서 남성은 알고 있는 자이며 이상화된 관찰자로서 지켜보는 위치를 차지하는 반면에, 여성은 시선의 대상 또는 남성 관념의 객체화로서만 존재하게 된다. 이러한 훔쳐보기는 남성 응시의 것으로 맥락화되고 조직화되어 영화 서사와 탄탄하게 결합되는 것이다.

한편 영화의 마지막은 노먼에 대한 정신과의사의 분석으로 노먼은 자신을 어머니와 동일시하는 이중인격을 가지고 있었음이 밝혀진다. 청바지 주머니에 손을 꽂아 넣고는 현관을 훌쩍 뛰어넘어와 미소를 지으며 마리온 앞에 등장했던 그의 첫모습에 대한 호감 때문에 관객들은 그 사실이 믿어지지 않을지도 모르겠다. 그래서 노먼이 마리온의 시체와 돈이 담긴 그녀의 차를 늪 속으로 밀어넣을 때 가라앉던 차가 잠시 멈추자, 신경을 곤두세우며 차를 지켜보던 노먼과 같은 심정으로 관객은 그 장면을 숨죽여 보았을지도 모른다. 영화를 보는 행위 그 자체로 관객을 캐릭터의 소망과 비밀스러운 욕망에 깊이 개입시키는 히치콕의 기교에 의해 관객은 올바르지 못한 사건의 공모자가 되며, 주인공의 흉악한 행위가 은폐되는 것을 용인하도록 유도되기 때문이다. 그러나 그는 어머니를 죽이고 모친살해라는 죄의식을 부인하기 위해 시체를 박제하여 보관하고, 광기가 발동하는 순간에는 어머니의 인격체가 주인으로 나타나는 다중인격의 정신분열자였다. 수평으로 배치된 모텔과 수직으로 버티고 선 빅토리아식 저택은 영화의 기하학적 형식을 제공하고, 박제가 취미인 노먼의 박제물들로 장식된 집안은 음침한 분위기를 도출해 낸다. 특히 새를 박제하기 좋아한 노먼이 어머니의 유해를 꺼내 박제로써 다시 살려낸 것은 스스로를 불에 태우고 다시 살아나는 피닉스(phdenix)의 상징성을 보여주면서 동시에, 죽은 마리온이 떠나온 곳이 애리조나주 피닉스였다는 사실은 그가 보여준 광기와 무관하지 않음을 암시한다. 히치콕은 영화의 처음부터 노먼의 히스테리와 살인에 대한 장치들을 축적하고 있었던 것이다.

"노먼 베이츠는 더 이상 존재하지 않습니다. 그는 처음부터 절반만 존재했습니다. 이제는 남아 있던 절반마저 흡수된 상태입니다. 아마 영원토록 그럴 겁니다." 노먼의 이중인격을 설명하는 의사의 말이다. 영화 〈사이코〉가 서스펜스와 공포, 그리고 스크린 전면을 지배하고 있는 죽음과 비정상에서 비롯된 불쾌함에도 불구하고, 깊은 연민을 느끼게 하는 것은 매우 당혹스러운 일이 아닐 수 없다. 돈이 문제를 해결해 줄 것이라는 마리온의 판타지는 파괴되었고, 어머니에 대한 집착과 사랑이 자신이 지은 죄를 상쇄해줄 것이라고 믿는 노먼의 판타지는 붕괴된 정신의 파편일 뿐이었다. 노먼의 분열된 인격을 목도한 관객은 자신이 꿈꾸고 있는 판타지도 마리온의 것처럼 파괴될 수 있으며, 노먼의 것처럼 자신을 속이고 있는 것인지도 모른다는 가정을 하게 된다. 즉 '사이코'라는 이중적 자아의 내부에서 생겨난 세계처럼, 불완전하고 텅 빈 삶의 환상과 공허한 염원임을 환기시킨다. 이와 같이 히치콕은 판타지의 허구성을 폭로하고 무자비하게 조롱함으로써 우리로 하여금 너무나 가냘프고 취약한 인간의 모습과 직면하게 한다.

인간의 어두운 정신세계, 즉 관음증과 강박관념과 살해와 죄의식과 이

중 인격 등의 인간 단면을 시각적으로 제시하고 있는 영화 〈사이코〉는 스릴러라는 일방적 평가에 앞서는 세심한 주의가 필요하다. 훨씬 더 정도 가 깊고 시야가 넓은 비극의 차원으로 히치콕의 대표작이자, 현대 미국 예술의 가장 위대한 작품으로 〈사이코〉를 평가해야 하는 이유다.

2) 〈사이코〉 세밀히 다시 보기

히치콕은 영화 이미지에 대한 매혹을 탐구하고 그것을 스크린에 충실 히 재현해 냄으로써 "관객으로 하여금 많이 경험하게 한다"는 자신의 좌 우명을 실천하고 있다. 실제로 그의 영화에는 독일의 표현주의, 러시아의 구성주의, 무르나우의 합성된 공간, 에이젠슈테인의 몽타주 등이 결합하 고 그것들이 창조적으로 치환되면서 아주 오락적이거나 탁월하거나 독보 적이거나 하여 모든 것이 차별화된 스릴러 영화를 만들어 내며 관객들을 사로잡았다. 특히 〈사이코〉는 편집예술로서의 영화의 화려한 매력이 유 감없이 표출된 작품이다.

영화 〈사이코〉를 생각하면 동 시에 떠오르는 유명한 장면이 있다. 바로 마리온이 샤워를 하 다가 피살되는 장면이다. 이 장 면은 에이젠슈테인의 〈전함 포 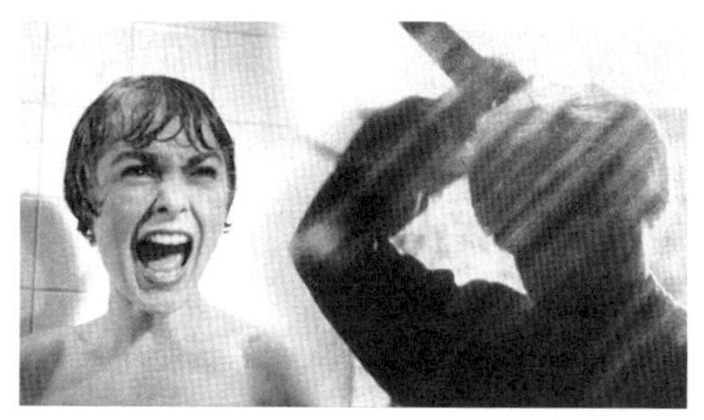 템킨〉(*Bronenosets Potyomkin*, 1925) 중의 오데사 계단 장면과 함께 세계 영화사에서 쌍벽을 이루는 몽타주 기법의 전범(典範)이다.

히치콕은 이 장면을 잘게 나누어진 수십 개의 숏들에 대한 빼곡한 편집 을 통해 그것들이 서로 충돌하면서 일으키는 긴장감을 극대화시키고 있다. 시원하게 물이 쏟아지는 샤워 꼭지, 팔과 목을 씻어내는 마리온의 모습, 샤워 커튼 너머로 나타나는 희미한 그림자, 그리고 갑작스런 침입자에 놀란 마리온의 비명은 공포에 질린 얼굴 클로즈업과 벌어진 입의 빅 클로즈업으로 점프컷된다. 이어 마리온이 샤워 커튼을 움켜쥐며 욕조 바닥에 얼굴을 박고 쓰러지기까지 34개의 커팅이 빠르게 지나가면서, 피가 섞인 물이 하수구로 소용돌이치며 흘러들고 클로즈업으로 따라 들어간 카메라가 마리온의 움직이지 않는 커다란 눈동자로 연결된다. 이렇게 시퀀스를 마감하는 살인 장면은 세부 묘사의 숏들로 몽타주된 것으로, 숏의 크기와 카메라는 몽타주 기법의 응축을 통해 공포와 서스펜스가 가득한 대담하고 탁월한 유형적 구성을 창조해 내고 있는 것이다. 그리고 이 장면은 다분히 상징적이기도 하다. 살인을 결코 도식적으로 보여주지 않기 때문이다. 칼에 직접적으로 찔리거나 베이는 모습, 피가 솟구친다거

나 유혈이 낭자한 숏은 전혀 찾아볼 수 없다. 샤워 꼭지에서 쏟아지는 방사형의 물줄기와 사선 형태로 화면을 가르고 있는 칼날을 보여줌으로써 끔직한 일이 일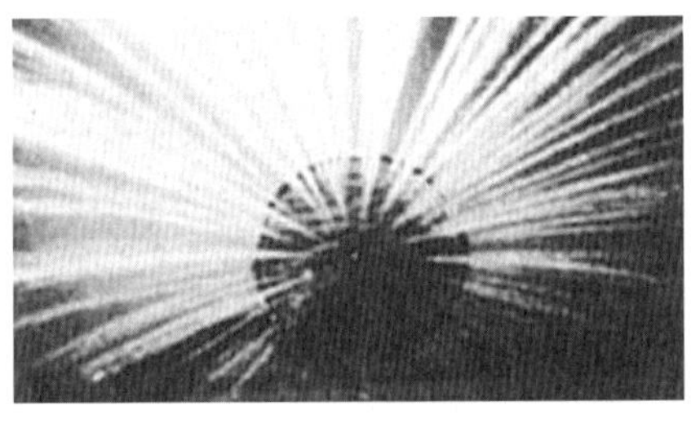

어나고 있음을 상상하게 할 뿐이다. 화면을 사실적으로 보여주는 것보다 제대로 설정한 상황을 기교 있게 활용하는 것이 오히려 더 효과적일 수 있다는 것을 말해준다.

여기에 얼음처럼 차가운 버나드 허먼의 음악은 이 장면을 잔인한 폭력의 느낌을 더하고 있다. 물에 섞인 피가 욕조의 배수구로 빨려 들어가는 클로즈업에서 영상뿐만 아니라 동시에 사운드도 클로즈업된다. 변기의 물이 내려가는 소리, 비누 포장재를 벗기는 소리, 물줄기 소리 등 선택적

인 효과음만 강조하던 앞부분과 달리, 마리온의 날카로운 비명소리는 갑자기 고음의 바이올린 소리로 변주되고 마리온이 쓰러질 때의 음악은 불협화음으로 바뀐다. 현악기로 몰아치는 버너드 허먼의 세찬 사운드트랙은 이런 절체절명의 순간을 효과적으로 대체하고 있다. 특히 히치콕은 음악을 어떤 전조로서 이용하는 경우가 매우 많았다. 관객이 사건 전개를 미리 예상하지 못할 경우의 장면에서 그는 관객에게 준비하라는 경고로 외견상 평범한 장면에 마음 조이는 음악을 종종 삽입하는 것이다. 이런 음악적 경고는 때로 놀라울 정도의 긴박감을 발생시킨다. 이와 함께 배우들이 억제되고 중립적인 표현을 해야 할 때 음악이 그들의 숨겨진 정서를 암시해 주기도 하는데, 영화 〈사이코〉에서 버나드 허먼의 음악은 이런 양면적인 기능을 모두 보여주고 있다. 즉 잔인한 살해 장면이 진행되는 동안 사운드 트랙은 날카로운 새의 음악으로 진동하는데, 허먼의 이 날카로운 현악의 곡조는 새소리를 암시하면서 히치콕이 반복적으로 이용하는 주제 중의 하나인 죄의식의 전이를 상징하는 것으로서 새의 음악은 이 심리적 전이를 나타내는 단서가 된다. 이처럼 히치콕은 뛰어난 촬영과 편집, 그리고 효과적인 음악과 음향의 활용 등 순전히 영화저인 기법과 형식을 이용하여 살해 순간의 참상을 절묘하게 표현해 내고 있는 것이다.

그리고 마리온의 실종을 조사하던 탐정이 예기치 않은 순간 계단에서 살해당하는 장면, 마리온의 여동생 라일라가 베이츠 부인의 미라를 발견하고 노만이 살인자로 드러나는 지하실 장면에서도 영화적인 기법을 이용해 관객의 감정과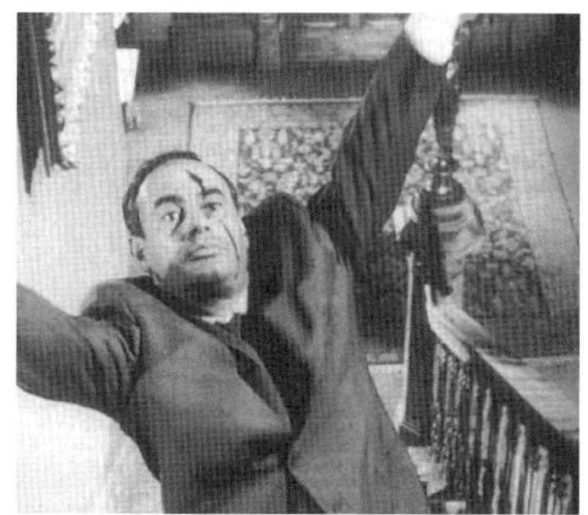

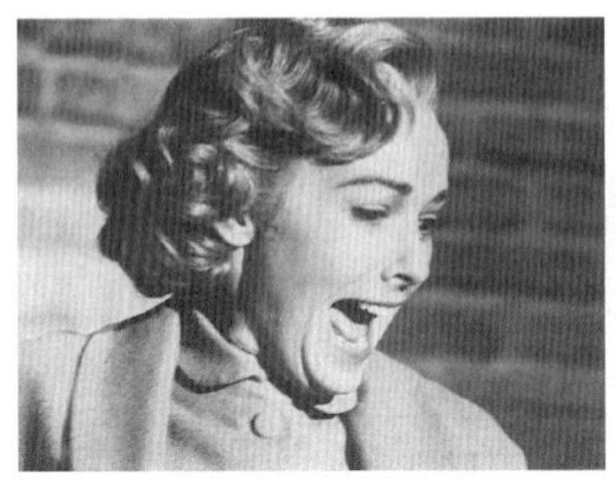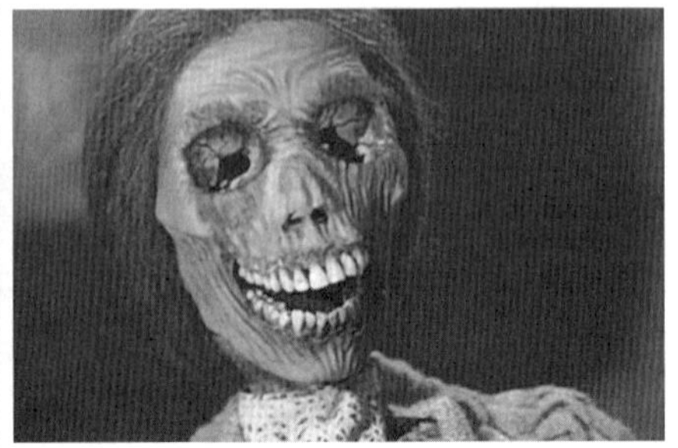

정서를 자극한다. 특히 탐정 아보개스트가 계단을 내려갈 때 카메라도 그를 따라 내려가는 것처럼 보이는 이 장면에서는 배경 영사기법을 사용하였고, 부감 촬영의 원컷으로 베이츠 부인의 실체와 힘을 보여주면서도 그 정체는 감추고 숨기는 장면 연출로써 관객의 공포심이 더욱 증폭되도록 하였다.

또한 히치콕은 사건을 절대로 객관적으로 묘사하지 않았다. 그에게 있어 모든 것은 동일시를 중심으로 움직인다. 그래서 관객들은 주인공뿐만 아니라 그와 대립하는 인물에게도 호의를 품게 된다. 가령 마리온이 돈을 훔쳐 도주하는 범죄자임에도 관객은 그녀가 무사하기를 바라고 그녀가 피살될 때에는 매우 큰 충격에 빠졌다. 그렇지만 곧바로 그녀를 살해한 노먼에게도 동일시의 감정이 투사된다. 그는 매우 수줍어하지만 매력있는 청년으로 보여주었기 때문이다. 이로써 히치콕은 자신의 관객들을 지속적으로 조종할 수 있게 되고 관객들은 범죄자의 잘못을 알면서도 그들의 범행이 성공하기를 바라게 되는 것이다.

영화 〈사이코〉는 이처럼 주제나 인물보다는 세심한 촬영, 빠르고 창조적인 편집, 효과적인 음악 및 음향 등 영화의 기술적인 요소들을 통해서 관객들을 공포에 떨게 하며, 영화의 형식을 더욱 확장시키고 있다.

<h1 style="text-align:center">3.
새(The Birds)</h1>

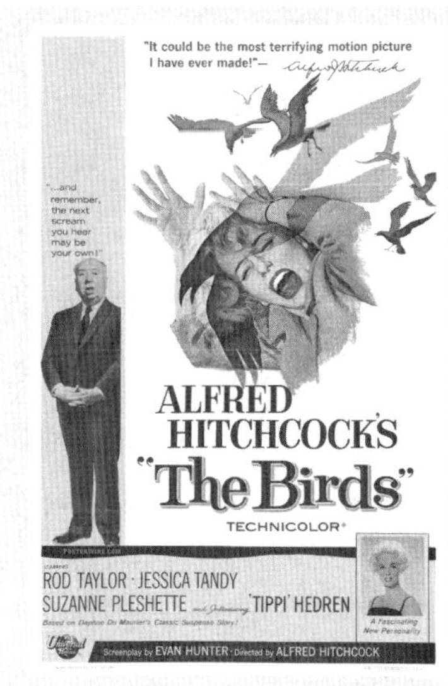

감독 : 알프레드 히치콕(1963년)
주연 : 티피 헤드렌(멜라니 다니엘스 역)
　　　로드 테일러(미치 브레너 역)
　　　수잔 플레셰트(애니 헤이워스 역)
　　　제시카 탠디(리디아 브레너 역)
장르 : 스릴러, 공포

1) 〈새〉, 표현주의와 몽타주의 혼합

〈새〉(*The Birds*)는 〈자마이카 인〉(*Jamaica Inn*, 1939)과 〈레베카〉(*Rebecca*, 1940)에 이어 히치콕이 다프네 뒤 모리에(Daphne du Maurier)의 소설을 원작으로 하여 만든 세 번째 작품이다. 그러나 히치콕은 "나는 어떤 이야기든지 한 번만 읽는다. 그 이야기의 기본적인 아이디어가 마음에 들면 그것을 차용한다. 또 책에 대해서는 완전히 잊어버리고 영화를 만든다. 그래서 나는 다프네 뒤 모리에의 「새」에 대해서 해줄 얘기가 없다. 나는 그 작품을 딱 한 번, 그것도 아주 대충 읽었을 뿐이다"라고 하여 작가가 수년에 걸쳐 창작해 놓은 작품을 완전히 도용하는 일은 절대 없으며 소설의 기본 전제만을 취하였음을 분명히 하였다. 아울러 이후에는, 1961년 8월 캘리포니아 북부 몬터레이만 지역신문에 수천 마리의 새떼가 출몰했다는 기사를 보고 히치콕이 신문사에 더 많은 정보를 요청했다는 사실이 알려지면서 이것이 영화 〈새〉에 직접적인 영감을 주었을 것이라는 추정이 더 만만치 않게 대두되고 있다. 아무튼 히치콕은 이들 소설과 뉴스를 토대로 새들의 인간 공격을 스크린에 담으며 불가해한 공포를 창출해 냈다.

그런데 〈새〉는 몇몇 이유로 히치콕의 다른 공포영화와 구별된다. 정신분석학에서 자주 거론되는 심리적 증후들에 대한 소재가 교묘하게 작동하고 있기 때문이다. 이런 이유로 〈새〉에 대해 다양한 해석이 제기되었지만, 그는 그 어떤 해석에도 손을 들어주지 않았다. 그래서 주제는 여전히 모호하며 히치콕은 공포와 공포를 자아내는 효과만을 강조함으로써 그의 영화 중 가장 수수께끼 같은 작품으로 평가받고 있다.

샌프란시스코의 언론 재벌의 딸 멜라니 다니엘스는 어느 애완 가게에서 젊은 변호사 미치 브레너를 만난다. 미치에게 호감을 느낀 멜라니는 그를 대신해 그의 어린 여동생 캐시에게 줄 생일선물로 잉꼬 한 쌍을 사서, 그가 주말을 보내는 보데가 만을 향한다. 작고 따분한 보데가 만의 항구에 도착하여 멜라니는 난데없이 갈매기 한 마리에게 머리를 쪼이고,

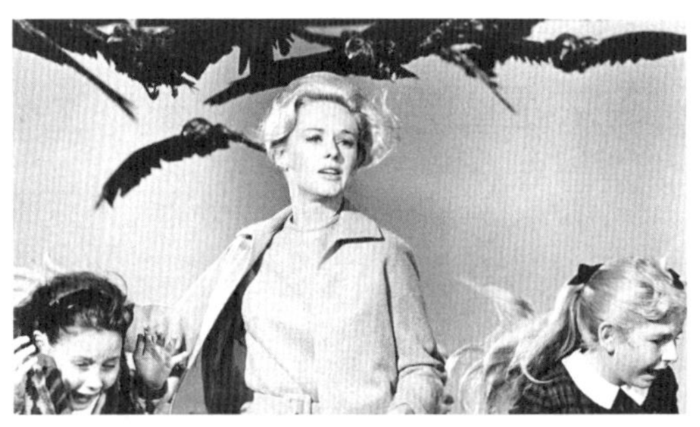

미치의 어머니에게서는 왠지 알 수 없는 불편함을 느낀다. 그리고 영화는 이후 인간에 대해 치명적이고 불가사의한 공격을 가하는 새떼들의 장

면을 담아낸다.

하지만 왜 새들이 인간을 공격하는지 영화는 그 이유에 대해 아무런 설명을 해주지 않는다. 그래서 관객들의 궁금증은 계속되고 그에 따라 불안감도 증폭되는데, 이 불안의 언급은 히치콕이 매료되어 있던 세계이기도 하다. 이유를 알 수 없는 괴이한 행동은 불안을 가중하는 요인이며, 그래시 우리는 새에게서 원조적인 공포까지 느끼게 된다.

그런데 이러한 새떼의 출몰과 공격에는 멜라니와 미치의 관계가 밀접하게 연관되어 있다. 둘이 처음 마주치게 되는 건물 안으로 멜라니가 들어가려고 할 때, 미치에게 미소를 보내며 멜라니가 보트를 선착장으로 몰아갈 때, 저녁식사 후 다툼으로 토라져서 차를 몰고 돌아가는 멜라니의 뒷모습을 사랑스러운 듯 미치가 바라볼 때, 캐시의 생일파티에서 멜라니와 미치가 다정하게 언덕을 내려올 때에 새들의 공격이 나타나는 것이다. 이런 이유로 '새'는 강력한 상징적 의미를 담지하고 있는 주요한 오브제로 간주된다.

즉 보데가 만의 여자들이 멜라니에 대해 느끼는 경계심과 적개심이 투사된다는 것이다. 멜라니와 미치가 가까워질수록 심상치 않은 눈빛을 보내는 여자들이 있었기 때문이다. 그곳의 교사 애니와 미치의 어머니 브레너 부인이다. 그녀들은 멜라니와의 대면에서 불안해하거나 신경증적인 반응을 보인다. 애니는 과거 미치와 연인 사이였으나 아들에 대한 집착이 강했던 브레너 부인의 방해로 헤어지고 만다. 그러나 미치에 대한 미련을 버리지 못하고 그곳으로 이주하여 그의 주변을 서성이는데, 그녀는 내심 자신에게 했던 것과 마찬가지로 브레너 부인이 멜라니를 밀어내 주기를 기대하고 있다. 또한 남편이 죽은 후에 극도로 아들에게 집착하게 된 브레너 부인은 멜라니에 대한 아들의 호감을 알고는 신경질적으로 눈동자를 굴리거나 멜라니와 가까워지는 것을 경계하고자 한다. 그래서 이 새의 공격에는 멜라니와 미치가 서로 가까워지는 것을 두려워하는 애니와 브레너 부인의 정신분석학적인 심리가 반영되어 있다고 보는 것이다. 사실 애니는 영화 안에서 브레너 부인이 미치의 삶에 등장하는 모든 여성에게 왜 냉랭한 태도를 보이는지 그 오이디푸스 콤플렉스(Oedipus complex)를 지적하기도 하는데, 브레너 부인은 5년 전에 남편이 죽으면서 아들에게마저 버림을 받을까봐 두려워하고 있었던 것이다.

그런데 멜라니 역시 이 콤플렉스에서 자유롭지 못하다. 그녀가 열한 살 때 헤어진 어머니와 그래서 모성의 사랑을 받아본 적이 없는 그녀는 그 어머니라는 존재에 대해 줄곧 낯섦과 불편함을 느낀다. 그래서 새의 공격이 극렬해지는 위급한 상황에서도 멜라니와 브레너 부인의 자리는 떨어져 있다. 멜라니는 거실 가운데 소파에, 브레너 부인은 구석진 자리에 서 있거나 혹은 앉아 있는 것을 반복한다. 그녀들 사이의 유일한 남성인 미치의 관심과 사랑을 획득하고자 하는 두 여성의 내적 불안과 소외가 시각적으로 표현되는 것이다. 이와 같이 영화 〈새〉에는 공포의 감정과 더불어, 정신분석의 본능적 무의식과 대상 관계와 동일시 등이 집합된 심리적 기제를 보여주고 있다.

그리하여 이러한 새의 공격은 피상적인 인간관계가 초래한 혼돈의 기표로도 확대된다. 인간관계와 그들 모두에게 영향을 미치는 근시안적 감정적 비전에 대한 심오한 명상이라는 것이다. 멜라니가 미치를 놀리고 난 직후에 갈매기가 그녀의 이마에 상처를 내고, 애니가 외로움을 이야기하고 난 다음 갈매기가 애니의 현관문에 돌진하며, 캐시의 열한 번째 생일파티에서 멜라니가 열한 살 때 버림받은 이야기를 하고 난 다음 새의 공격이 일어나거나, 또한 겁에 질린 브레너 부인이 멜라니에게 그곳을 떠나라고 할 때 집안 거실로 새가 뛰쳐들며, 브레너 부인이 버림받을 것과 아이들을 잃을까에 대한 두려움을 말한 뒤에 아이들에 대한 새들의 대공격이 일어난다. 매번의 공격이 일어날 때 발견되는 이 도식성으로 미루어, 곧 새의 공격은 인물들의 버림받은 경험과 버림받는 데 대한 두려움, 그리고 외로움 등에 대한 일련의 대사가 구체화된 것이며, 인간관계의 피상적이고 파괴적인 모든 것을 시각적으로 표현한 것으로 이에 대한 일종의 객관적 상관물로 여겨지는 것이다.

그러나 이전에도 새는 히치콕 영화에서 오랫동안 혼돈을 상징하는 행위자와 기표였다. 〈협박〉(*Blackmail*, 1929)에서 앨리스는 정신없이 산란한 소리와 자신이 키우는 새가 시끄럽게 우는 소리로 방안을 가득 채워놓으면서 아침에 잠을 깨고 자신이 처한 역경의 고단함을 느낀다. 〈사보타주〉(*Sabotage*, 1936)에서 새는 테러리스트, 죽을 운명의 스티비 등과 연결되는 중요 모티프였고, 〈영 앤 이너슨트〉(1937)에서는 해변에 흘러 온 갈매기 떼의 사체를 가리키며 여주인공의 어린 동생은 경찰에 쫓기는 남자가 "까마귀에게 눈을 쪼이며" 굶어 죽을 것이라고 경고하며, 〈부인 사라지다〉(*The Lady Vanishes*, 1938)와 〈자마이카 인〉(*Jamaica Inn*, 1939)에서는 주인공 커플이 생존을 위해 싸울 때 퍼덕거리며 우는 새들이 함께 한다. 그리고 〈파괴 공작원〉(*Saboteur*, 1942)에서 맹인의 집에 있는 박제와 새 프린트는 배리 케인의 위험을 예고하며, 〈현기증〉(*Vertigo*, 1958)에서 '엘스터'라는 이름은 독일어로 앵무새라는 뜻으로 마들렌 엘스터로 변장한 주디 바튼이 바로 앵무새이며 새 모양의 핀을

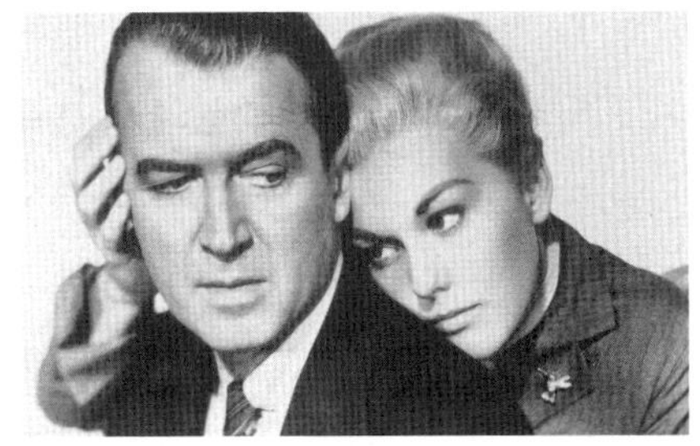

〈현기증〉

부적으로 달고 다닌다. 아울러 정신분열증의 노먼이 취미로 새를 기르고 있는 것이라든지, 주제와 연관하여 새의 음악이 복잡한 심리적 전이를 암시하는 것이라든지 〈사이코〉는 무엇보다 다중적이고 지배적인 새의 이미지에 대한 언급 없이는 논의할 수가 없는 영화다.

한편, 영화 〈새〉를 모호하긴 하지만 남성 편향의 성적인 알레고리를 의도한 작품으로 해석하기도 한다. 히치콕은 자신이 연출하는 영화의 모든 요소를 완벽하게 통제하고자 했던 것으로 널리 알려져 있는데, 특히 그의 영화에 등장하는 여성 캐릭터들은 거의 동일한 특징을 보여주고 있다. 주로 금발미녀인 그녀들은 얼음같이 차갑고 쌀쌀하며, 이중성을 지니고 있거나 도덕적 갈등을 겪고 있는 경우가 많으며, 패션과 페티시즘(fetishism)이 미묘하게 결합된 의상 속에 갇혀 있고, 남자를 매료시킨다. 그리고 이들 대부분의 여주인공은 영화 속 어느 시점에서 고난에 처하거나

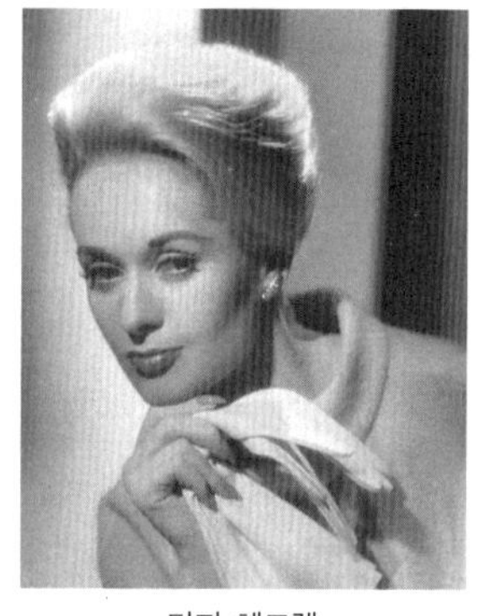

티피 헤드렌

모욕을 당하며 영화 내에서 상황을 주도하지 못하고 약자로 남게 된다. 이 때문에 히치콕의 영화들이 여성을 폄하하는 여성 혐오의 키워드로 설명되기도 한다.

실제 〈새〉에서도 영화 초반부에 나타나는 멜라니는 새침하고 당당하며 도도한 여성이었지만, 영화 끝에서는 머리에 붕대를 감고 미치의 부축을 받으며 마을을 떠나는 허약한 주인공일 뿐이다. 새들의 공격을 받은 후 허공을 바라보는 멜라니의 멍한 시선과, 미치가 진정시키려고 할 때 그의 손을 뿌리치며 허공을 저어대는 손짓에서는 도저히 그녀의 자존감과 우아함을 찾아볼 수가 없다. 결국 여성이란 마지막에는 남성의 보호를

받아야만 하는 존재로 변모하며, '품격있는 연약함'이야말로 여성의 미덕이라는 여성상을 보여주는 듯하다. 남성의 도움 없이는 문제를 해결할 수 없는 나약한 여성상은 히치콕 영화 속 여주인공들의 수동성 지적과 함께, 남성 편향적인 시각적 쾌락의 제공이라는 비판을 불러일으키고 있다. 미치와 함께 식당에 들어섰을 때뿐만 아니라, 영화에 등장하는 거의 모든 인물들이 멜라니를 응시하는 단독 샷이 한 번씩 보여지고 있는데, 이것이 여주인공을 하나의 시각적 대상으로 취급하고 있다는 것이다.

히치콕의 〈새〉는 그의 영화 가운데서 손가락 안에 드는 걸작임에 틀림없지만 가장 접근하기 어려운 영화에 속한다. 그것은 시작, 중간, 결말이라는 전통적인 서사로 영화를 만들지 않았기 때문이기도 하고, 주제의 심오한 논리라는 점 때문이기도 하다. 그리고 이는 이 영화를 괴상하고 분류가 불가능한 작품으로 취급하는 까닭이 되기도 한다.

영화는 어느 것 하나 분명하게 풀어진 것 없이 결말을 맺는다. 새들의 공격이 심각한 상황이 되자 그들은 마을을 떠날 수밖에 없게 되었고 새들은 미치, 멜라니, 브레너 부인, 캐시가 마을을 떠나도록 허용하는 듯 잠시 잠잠해진다. 영화의 프레임은 주위를 둘러싼 새들이 언제 돌변할지 모르는 긴장과 공포 속에 조심스럽게 차를 몰고 나가는 그들을 보여주며 끝난다. 그러나 영화는 'The End'라는 자막이 나오지 않는다. 이 영화에는 결말이 없기 때문이다. 살아남은 사람들은 새의 공격이라는 시련을 통

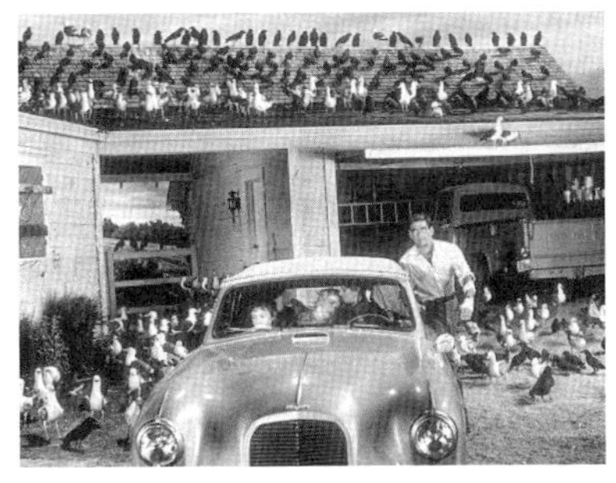

해, 그리고 그것을 같이 이겨낸 덕분에 각자의 트라우마(trauma)에서 벗어나게 된다. 다락방에서 새의 습격을 받은 멜라니를 품에 안고 나서는 브레

너 부인은 소외감이 아닌 모성성을 회복하였을 것이고, 멜라니는 브레너 부인의 포옹과 위로 속에 잃어버린 어머니를 다시 찾게 되었을 것이다. 캐시의 앵무새와 함께 떠나는 그들에게는 분명 희망이 있다.

2) 〈새〉 세밀히 다시 보기

〈사이코〉(*Psycho*, 1960)가 개봉된 이후 〈새〉(*The Birds*, 1963)가 개봉되기까지 3년의 공백시간이 있다. 거의 일 년에 한 편씩 영화를 내놓았던 히치콕의 이력에서 보면 그것은 가장 긴 기간이었다. 이러한 지연은 히치콕이 자신과 협업자들에게 엄청난 기술적 도전을 부과하였으며 세심하게 준비를 했기 때문이었다. 그 결과, 〈새〉에는 몇 가지 선구적인 기법과 기술적인 성취가 등장한다.

첫째, 매트(matte) 숏의 사용이다. 별개의 두 숏을 하나로 인화하여 결합해 내는 이 매트 기법은, 결과적으로는 실제 정상적으로 촬영한 것처럼 보이는 영상을 창출한다. 히치콕은 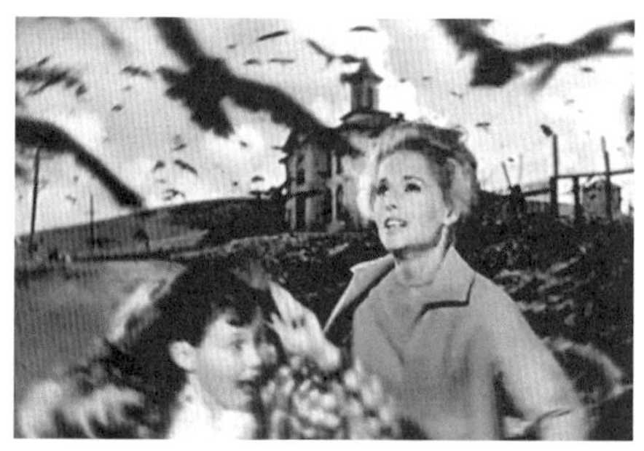 새떼들이 인간을 공격하는 기괴하고 소름끼치는 장면에 수백 개의 실제 영상과 애니메이션, 또한 기계로 된 새와 진짜 새를 섞어서 새들의 공격을 더욱 무시무시하게 표현했다. 이는 실사와 같은 정교한 배경을 합성하는 특수효과의 한 분야라고 할 수 있다.

둘째, 어마어마한 숏의 사용이다. 이 영화에서는 1,400개 이상의 숏이 사용되었다고 하는데, 이는 대부분의 영화에서 사용하는 것의 두 배가 넘는 숫자다. 이것들은 히치콕의 엄격한 영화 구성 기획 속에 조합되고 있다.

셋째, 오직 영화 형식의 힘을 통해 불가해한 공포를 창출해 낼 수 있다는 것을 보여준다. 우선 미치의 어머니 브레너 부인이 농부 댄 포셋의 시체를 발견하는 장면은 정교하고 극적인 영상과 사운드 기법의 예를 보여준다. 그녀는 차를 몰고 농장을 찾아가 농부의 이름을 부르는데 집안에선 아무 대답이 없다. 망설이며 살짝 문을 열고 집안으로 들어가 찾아보지만 집은 조용하다. 이때 히치콕 감독은 브레너 부인의 시선이 손잡이 부분만 남고 몸체는 깨진 채 고리에 걸려 있는 부엌의 찻잔들을 발견하도록 한다. 그녀는 복도를 지나 문이 열려 있는 방 안을 들여다보는데, 그녀의 시선에 따라 난장판이 돼버린 방 안의 모습이 보여지고, 그 아래를 내려다보는 시선에서는 열린 문 가장자리로 남자의 찢어진 잠옷과 피묻은 맨발이 나타나더니, 한 발자국을 더 내딛자 짧은 3개의 점프 컷으로 눈알을 파먹힌 농부의 시체가 제시된다.

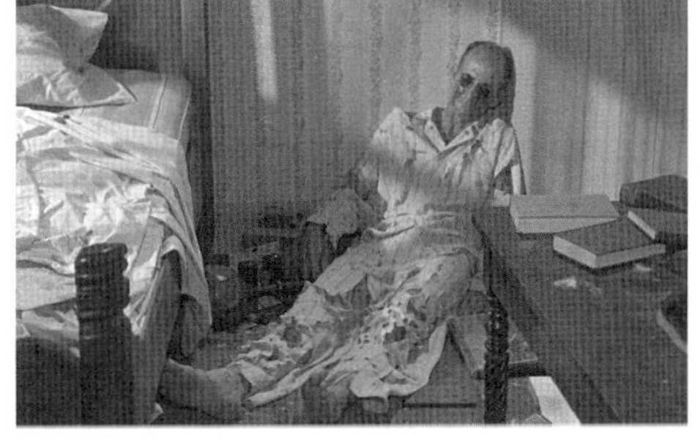

앞 장면에서 새들이 미치의 집을 공격할 때 그릇이 깨졌던 것을 이미 보았기 때문에 대강 상황을 추측하며 숨막히는 긴장으로 집중하던 관객들의 정적은 핸드백을 쿵 떨어뜨리고는 복도를 따라 도망쳐 나오는 그녀에 의해서 깨진다. 화면은 비명을 지르듯 크게 벌린 그녀의 입을 비추지만 관객에게는 아무 소리도 들리지 않는다. 그리고 우리에게 돌진해 오는 그녀의 발자국 소리는 에코로 처리된다. 놀란 농장 일꾼을 밀치고 트럭에 올라탄 그녀는 운전대를 붙잡고 내달린다. 트럭이 출발할 때 진동하는 날카로운 엔진 소리는 그녀의 고통을 더욱 극적으로 나타내며, 자욱한 먼지를 일으키며 엄청난 속도로 달리는 트럭을 롱 숏으로 잡으며 히치콕은 긴장감을 극대화한다.

넷째, 몽타주를 통해 서스펜스를 만들어 내는 히치콕 특유의 기법을 잘 드러낸다. 멜라니가 교정 벤치에서 미치의 여동생 캐시를 데리고 가기 위해 수업이 끝나기를 기다리는 장면이 그 한 예다. 멜라니는 벤치에 걸터앉아 검은색의 멋진 에나멜 상자에서 담배를 꺼낸다. 지루함과 무료함으로 담배를 피우는 그녀 뒤편에 있는 정글짐으로 새 한 마리가 날아와 앉는다. 멜라니는 담배를 피우다가 문득 학교 쪽을 돌아본다. 정글짐에는 이미 열 마리 정도의 까마귀가 앉아 있다. 관객은 상황이 위험해지고 있다는 것을 직감한다. 그리고 상황이 위험해지고 있는 것을 모르고 있는 멜라니 때문에 더 긴장한다. 불안하게 담배를 피우며 교실을 바라보는 멜라니의 모습과 교차되면서 새들은 기하급수적으로 늘어나기 시작한다. 그리고 카메라는 교실에서 들려오는 아이들의 노래 소리를 깔다가, 머리 위로 날아가는 한 마리 새를 쫓아가는 그녀의 시선을 따라 이미 새까맣게 정글짐을 뒤덮은 까마귀들을 잡는다. 이때 카메라는 멜라니의 얼굴을 보여줄 때마다 불안하게 움직이는 눈동자와 표정을 점점 크게 보여준다. 놀란 멜라니가 벌떡 일어나 교실을 향해 뒷걸음치는 그녀의 시선과

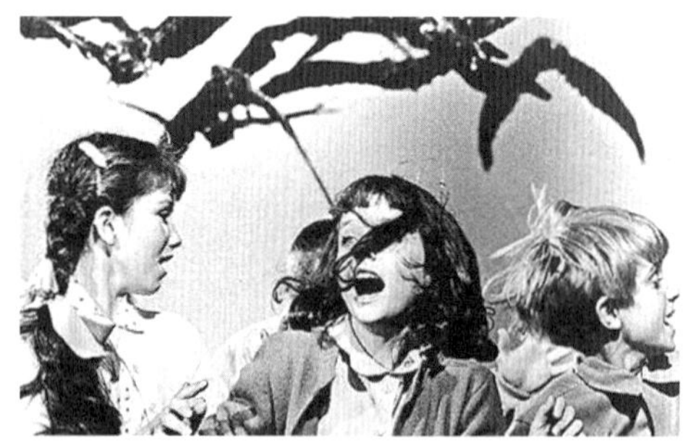

함께 카메라는 새들로부터 멀어진다. 멜라니의 말을 전해 들은 여선생은 소방 훈련을 가장하고 아이들에게 조용히 걸어나가 뛰라고 소리친다. 그리고 새들의 모습이

약 30초 가량 길게 보여지는데, 아이들의 위치가 궁금해질 무렵, 마침내 달리고 있는 아이들의 모습과 새들이 일제히 달려가는 아이들을 습격하는 것을 보게 된다. 계단을 내려오는 아이들과 까마귀들을 몇 번 반복해서 보여주는 교차 편집이 아닌 방식으로써 서스펜스를 창조하고 있는 것이다.

그리고 몽타주를 통해 긴장감을 조성하는 또 다른 예는 주유소 폭발 장면이다. 주유소 직원이 새의 급습으로 주유 중이던 주유기를 바닥에 떨어뜨리자 휘발유가 새어 나오며 땅을 적신다. 카페의 창가에서 그 광경을 목격한 사람들과 멜라니의 반응이 휘발유가 길을 따라 흘러가는 모습과 계속 교차된다. 그때 한 사내가 차에서 내려 담뱃불을 붙이는데, 사람들은 위급한 상황을 소리치지만 어리둥절할 뿐인 사내는 성냥불을 무심하게 내던진다. 그 순간 자동차는 폭발하고 불기둥은 그를 삼킨다. 여기에서도 히치콕은 관객들로 하여금 위험한 상황을 인식하게 하고 불안한 예상을 하게 하여 관객의 긴장감을 고조시킨다.

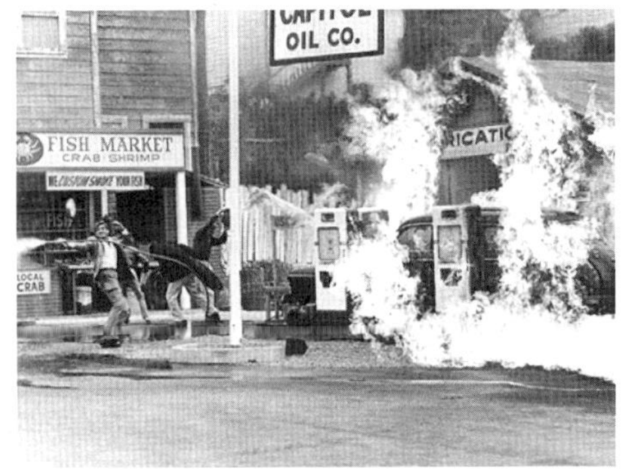

그 다음에는 휘발유가 흘러간 길을 따라 불길이 치닫는 모습을 속수무책으로 바라보는 멜라니의 얼굴 반응 숏들이 이어진다. 불길을 따라 시선이 변하다 마침내 얼굴을 두 손으로 감싸 안는 7개의 클러즈업 숏에 이어, 시가지 한복판에 불길이 한눈에 내려다보이는 하이 앵글 숏이 제시된다. 그리고 천천히 날아드는 새떼들이 프레임을 가득 메우기 시작한다. 여기의 화염 숏들은 휘발유가 흘러간 길을 따라가는 불길의 움직임과 불길을 따라 움직이는 카메라 움직임 모두를 보여주는 반면에, 공포에 질린 멜라니의 얼굴 숏들은 거의 정지 상태로 그녀는 고개를 돌리지도 않으며 카메라 또한 그녀를 따라 움직이지 않는다. 이처럼 히치콕은 불줄기와 멜라니의 얼어붙은 얼굴 클로즈업을 몽타주를 통해 번갈아 보여줌으로써 눈 깜짝할 사이에 벌어진 사건을 길게 연장시켜 보여주면서 관객을 서서히 긴장시킨다. 숏들 사이의 충돌이나 움직임과 정지 상태의 대조라는 조형적 편집, 또는 시간을 압축하고 확장하기도 하는 운율적 편집을 통해 놀라움과 서스펜스를 촉발시키는 것이다.

히치콕은 주인공의 시선에 비친 상황을 반복해서 보여주면서 관객들에게도 사건을 주인공 시점으로 보게 하고, 영화 속의 현실을 마치 자신의 체험처럼 착각하게 만든다. 이러한 방식은 주관적인 시점 카메라를 사용한 독일 표현주의 양식과 러시아 몽타주 이론을 혼합해 사용한 히치콕의 독특한 스타일이었다.

제2장

영화의 확장, 뮤지컬 영화

1. 뮤지컬, 뮤지컬 영화의 이해

요즈음 가장 많이 제작되고 있는 공연의 양식을 꼽으라면 단연 '뮤지컬'이라고 할 수 있다. 제작비 100억 원을 들이고 외국 제작진이 직접 와서 제작한 〈오페라의 유령〉을 비롯해 많은 뮤지컬 작품들이 우리나라 무대에서 공연되었다. 또한 〈명성황후〉나 〈지하철 1호선〉처럼 우리나라에서 제작한 작품이 외국 무대에 올려지고 있다.

뮤지컬은 전통적인 연극에 비해 막대한 제작비와 물량 및 인원이 투입되어야 한다. 그럼에도 불구하고 속속 뮤지컬이 제작되고 있으며, 관객들 또한 뮤지컬 공연에 환호하고 있다. 음악, 춤, 연기, 웅장한 세트, 화려한 의상, 그리고 현란한 조명이 함께 어우러진 뮤지컬의 매력이 관객들에게 재미와 감동을 함께 만들어 주는 데 그 이유가 있을 것이다.

일반적으로 전통 연극은 대사를 충실하게 들으면 그 흐름을 잡고 관람할 수 있지만, 뮤지컬은 노래가 있기 때문에 자칫 잘못하면 흐름을 잃어버리기 쉽다. 왜냐하면 노래의 가사가 한 번 들어서는 정확하게 파악할 수 없는 경우가 대부분이기 때문이다. 이런 측면에서 뮤지컬을 관람하기 전에 미리 그 작품에 대한 줄거리를 알고 감상에 임한다면 한결 재미있게 작품을 이해할 수 있을 것이다.

1) 뮤지컬의 정의와 의미

1920년대 말기부터 현대음악극의 한 양식으로 뮤지컬이 나타나기 시작했다. 이는 19세기 후반 유럽을 풍미한 오페레타 및 그 계열의 음악극의 형식을 근원으로 한다. 1728년 이와 형식이 비슷한 존 게이의 〈거지 오페라〉가 런던에서 상연되었는데, 역사가는 1866년 브로드웨이에서 상영된 〈흑의(黑衣)의 도적〉을 최초의 작품으로 보고 있다.

그러나 뮤지컬 형식이 나타난 것은 고대 그리스시대부터라고 할 수 있다. 즉 그리스 비극에 있어서 극을 완성시키기 위해 코러스가 있었다는 것과 음악과 춤이 극을 이끌어 갔으며 연기자들의 대화 중 일부가 노래로 불리워졌다는 사실은 오늘날의 뮤지컬 형식과 구성 면에서 그 유사성을 보여주고 있기 때문이다. 그러나 이런 그리스 비극을 뮤지컬이라고 칭하지는 않는다.

20세기 초의 가장 유명한 연극예술가인 크레이그(Edward Gordon Craig)는 뮤지컬에 대해 다음과 같이 정의했다.

뮤지컬은 연기나 드라마가 아니며 또한 무용도 음악도 아니다. 그러나 뮤지컬은 이 모든 것을 포함하는 예술이다. 뮤지컬에서의 연기의 심오한 인간의 영혼세계를 표현하고 드라마는 인간들의 갈등을 신체적으로 표현하며, 음악은 주인공들의 뜨거운 가슴을 열고, 무용은 각 장면에서 중요한 요소로 극적 구성을 떠받친다.

또한 뮤지컬을 "고도로 특화된 연극, 무용, 음악, 문학 등의 모든 현대 화물들을 결합한 결과", "노래, 춤, 연기가 어우러진 현대적인 공연양식", "미국에서 발달한 대중예술로 음악 특히 노래가 중심이 되어 무용(춤)과 극적 요소(드라마)가 조화를 이룬 종합 공연놀이", "기악과 노래, 드라마틱한 연기, 역동적인 무용, 그리고 무대 메커니즘이 종합 구성되어 관객과 같이 호흡하는 무대예술" 등으로 정의하기도 한다.

결국 뮤지컬이란 음악, 특히 노래를 중심으로 하는 노랫말과 춤이 연극적 줄거리 및 연기와 결합하여 대중성을 가지고 무대 위에서 실연되는 공연물을 말한다. 단순히 연극의 한 부분으로서 노래나 춤이 들어가는 경우에는 뮤지컬이라 칭할 수 없다. 즉 연기, 드라마, 음악, 무용 등의 모든 것이 혼합되어 하나의 작품으로 관객과 만나는 새로운 형태의 공연양식이라야 한다. 따라서 뮤지컬로 불리기 위해서는 다음과 같은 점들이 공연양식에 포함되어 있어야 한다.

첫째, 뮤지컬은 배우와 관객과의 특수한 약속에서 시작된다. 즉 이야기를 바탕으로 극적인 줄거리를 풀어가는 것은 일반 연극과 동일하다. 하지만 사실주의적이고 자연주의적인 연극의 방법을 사용하지 않고 노래와 춤으로 표현하는 것을 관객이 부담없이 받아들인다는 점에서 차이가 있다. 예를 들어 아주 슬픈 장면에서 일반 연극은 눈물을 흘리겠지만 뮤지컬에서는 노래와 춤으로 슬픔을 표현하며, 관객은 이것을 자연스럽게 받아들이게 되는 것이다.

둘째, 뮤지컬에서 음악이 주는 감동은 절대적이라고 할 수 있다. 작품 속에서 대부분의 감정이 음악과 노래로써 표현되는데 아름다운 멜로디와 의미있는 가사들이 더해져 그 감동을 배가시키게 된다. 실제로 많은 작품 속에 나오는 노래 또는 음악들이 우리의 일상에서 사랑받고 있으며, 지역과 인종을 초월하여 널리 애창되고 있다.

셋째, 무용과 의상, 조명, 그리고 무대미술을 포함한 모든 요소들이 음악적 흐름 속에서 존재하게 된다. 즉 음악을 축으로 하여 연기, 무용, 디자인 등 모든 요소들이 모여 하나의 작품을 만들어 낸다. 결국 뮤지컬은 현재 각각 독립적으로 나타나고 있는 모든 예술분야가 혼합되어 새로움을 추구하는 현대인들의 문화적 욕구를 가장 잘 반영한 분야라고 할 수 있다.

그런데 이러한 뮤지컬과 유사한 공연양식이 있다. 그것은 바로 오페라다. 이야기가 있고, 음악이 있고, 드라마가 있고, 기타 무대 디자인 요소들이 있는 등 모든 면에서 뮤지컬과 오페라는 닮아 있다.

그러나 이 두 공연 양식에도 차이점이 존재한다. 먼저 오페라는 주로 그 소재가 고전적인 문학의 스토리가 중심이며 음악의 형식 또한 고전주의 음악에 근거를 두고 있다. 또한 연극성보다는 노래 위주의 공연으로 '오페라 창법'이라는 독특한 발성법에 의해 불리는 것이 특징이다. 반면에 뮤지컬은 그 소재가 고전에서 현대에 이르기까지 다양하며, 음악 역시 대중적인 음악을 사용하여 관객에게 보다 쉽게 음악을 접할 수 있게 한다. 또한 오페라에서는 무용이 필요할 때 가수들이 추는 것이 아니라 전문 무용수들을 등장시키게 되지만, 뮤지컬에서는 출연자들이 직접 춤을 추며 오페라에는 없는 극적인 대사로 이야기를 끌어간다. 그러나 현대의 작품에서는 이러한 구분들이 많이 없어지고 있는 추세다.

일례로 〈오페라의 유령〉이나 〈미스 사이공〉 같은 작품들은 대사가 없이 모든 것들이 음악과 노래로 되어 있으며, 특히 〈오페라의 유령〉 같은 작품은 음악에 고전주의적인 기법을 많이 사용하여 그 웅장함을 더하고 있다. 또한 현재 성악을 전공한 사람들도 뮤지컬 작품에 많이 참여하고 있는데, 이러한 작품들을 굳이 분류하자면 '오페라틱 뮤지컬'로 지칭되고 있다.

2) 뮤지컬의 음악구조

(1) 서곡(Overture)

극이 시작되기 전의 연주곡이다. 관객으로 하여금 미리 음악에 친숙하게 하고 극의 분위기를 파악하게 해준다. 극중에 나오는 음악들을 편집하여 연주하는 경우도 있고, 새롭게 작곡하는 경우도 있다.

(2) 오프닝 넘버(Opening Number)

서곡이 끝난 후 이어지는 연주곡이다. 주로 합창단이 나와 현재의 상황을 설명하며 분위기를 안정시키고 관객의 관심을 유발시키게 된다.

(3) 제시(Exposition)

극이 시작되기 이전에 어떤 일이 있었으며, 그 배경과 상황에 대해 설명하는 부분이다. 주로 노래를 통하여 전달된다.

(4) 프로덕션 넘버(Production Number)

대부분 1막의 중간, 끝 또는 2막의 첫 부분에 나오는 곡이다. 모든 요소들을 동원하여 화려하며 웅장하게 연주되는 곡으로 작품의 하이라이트라고 할 수 있다.

(5) 반복 연주(Reprise)

중요한 극적 순간, 앞에서 연주되었던 음악을 다시 연주하는 것으로 대부분 변주되어 이루어진다. 이것은 극적인 상황이 변하였음을 나타낸다. 예를 들면 〈에비타〉에서 'Don't Cry For Me Argentina'가 두 번 나오는데, 한 번은 에비타의 남편이 대통령이 된 후에 연설하는 장면이고, 한 번은 병에 걸려 죽음을 앞두고 국민에게 마지막 인사를 하는 장면에서 사용되는 것을 볼 수 있다. 이러한 반복 연주곡에는 그 작품의 음악적인 특성을 많이 포함하게 된다.

(6) 쇼 스타퍼(Show Stopper)

작품에 유머스러운 노래나 연기를 삽입시켜 기분 전환의 역할을 하게 하는 것이다. 이때 관객의 박수나 환호에 의해 극의 진행이 끊어지게 되므로 '쇼 스타퍼'라는 이름이 붙었다. 이를 테면 〈넌센스 1〉에서 원장 수녀가 자신의 옛날 어릴 때 이야기를 하면서 'Turn Up The Spotligh'를 부르는데 이러한 종류의 음악을 '쇼 스타퍼'라 한다.

(7) 아리아(Aria)

남녀 주인공이 보여주는 사랑의 환희나 비극, 작품의 주제를 담고 있는 이중창 또는 독창이 대부분이다. 뮤지컬은 이러한 아리아를 위해 존재한다고 할 정도로 중요한 역할의 노래가 된다.

(8) 커튼 콜(Curtain Call)

공연이 끝난 뒤 배우들이 관객에게 인사할 때 공연된 내용 중에서 중요 멜로디나 노래들을 편집하여 조금씩 관객들에게 보여주거나 들려주면서 서서히 막이 내리는 것을 가리킨다.

3) 뮤지컬 노래의 종류

(1) 발라드 송(Ballad Song)

멜로디가 중요한 노래로 극 중의 연인관계에서 주로 불리어진다. 〈왕과 나〉의 'We kiss in a Shadow', 〈아가씨와 건달들〉에서의 'I've Never Been in Love Before' 등의 노래가 그 예다.

(2) 코미디 송(Comedy Song)

멜로디보다는 가사 전달을 주된 내용으로 하기 때문에 단순하며 어렵지 않고 주로 쇼 스타퍼에 의해 불리어진다.

(3) 참 송(Charm Song)

발라드 송과 코미디 송의 중간 형태라고 볼 수 있다. 낭만적이고 낙천적인 내용으로 관객의 마음을 사로잡는다. 〈지붕 위의 바이올린〉의 'Do You Love Me?' 등이 이에 속한다.

(4) 아이 엠 송(I Am Song)

관객에게 상황이나 인물을 설명하는 노래로 '나는 사랑에 빠졌다', '나는 행복하다'는 식의 노래로 〈미스 사이공〉의 'Sun and Moon'이 대표적인 예다.

(5) 아이 완트 송(I Want Song)

극의 전개를 미리 예시하는 기능을 가진 노래로 주인공에 의해 본인이 원하는 상황들을 노래하게 한다.

(6) 스페셜 머티리얼(Special Material)

연기자의 기량 및 가창력을 관객에게 마음껏 보여줄 수 있도록 합창과 연주가 함께 이루어지며 대부분 극의 클라이맥스 부분에서 이루어진다.

이러한 뮤지컬의 기본 개념과 음악 및 노래의 구조를 이해하고 작품을 접한다면 더욱 재미있는 감상을 할 수 있으며, 이후 그 작품에 나온 음악이나 노래를 들을 때면 그 작품에 대한 감동이 다시 새롭게 떠오를 것이다.

▶오페라와 뮤지컬의 공통점과 차이점

분류	오페라	뮤지컬
공통점	노래, 연기, 무용이 함께 표현되는 종합예술이다.	
	사랑에 관한 이야기부터 역사적 사건까지 다양한 소재를 다룬다.	
	등장인물의 심경을 담은 대사를 노래로 표현한다.	
	기본 발성은 성악적 발성에서 유래했다.	
차이점	음악을 위해 극의 형식을 사용한다.	극에 대한 다양한 표현으로 음악을 사용한다.
	정확한 벨 간토 발성이 기본이다.	성악적 발성을 바탕으로 하지만, 어떠한 음악 장르로 작품이 표현되느냐에 따라 표현법은 다양하다.

	마이크를 사용하지 않는다.	마이크를 사용한다.
차이점	모든 대사는 음악으로 표현한다.	노래와 대사가 나뉘어 표현된다.
	오페라 곡은 아리아와 레시타티브로 구분된다.	모든 곡을 넘버라 부른다.
	음색과 음역에 따라 배역과 무대가 결정된다.	연기와 노래, 그리고 무용까지 고루 갖춘 실력 있는 배우, 또 배역에 맞는 외모적 분위기와 간혹 대중적인 인지도도 역할 선정의 고려 대상이 된다.
	원어, 자국어, 공연이 모두 이루어진다.	자국어로만 공연된다.
	음악적 이해도를 가진 매니아 관객층이 주를 이룬다.	선호 관객층의 구별이 없다.
	전용극장에서 주로 공연한다.	공연 장소에 대한 제약이 없다.

4) 뮤지컬 영화의 탄생 과정

미국의 역사를 윤색하는 데 지대한 공헌을 한 가장 미국적인 영화 장르가 웨스턴이라면, 오락으로서의 할리우드 영화산업이 이룩한 가장 특징적인 장르는, 시대의 흐름에 부응하면서 미국의 현대 문화 전반을 엔터테인먼트로 가공한 뮤지컬이라고 할 것이다. 여러 가지 기술적 혁신이 이루어져 영화에 채택되었지만, 그 중 가장 큰 혁신은 바로 사운드의 녹음과 재생 기술의 도입이다. 뮤지컬은 바로 그 사운드의 도래로 인해 가장 큰 수혜를 입으며 등장한 장르로서 할리우드는 지속적으로 뮤지컬을 제작해왔다.

이와 같이 노래와 춤을 테마로 하는 영화 장르로서의 본격적인 뮤지컬은 미국에서 특히 발달하였다. 관객들은 이제 무대뿐만 아니라 영상매체를 통해서도 뮤지컬을 관람할 수 있게 되었다. 흔히 뮤지컬은 미국에서 발달한 뮤지컬 코미디(musical comedy) 또는 뮤지컬 플레이(musical play)를 비롯하여 레뷔(revue) 등을 넓게 지칭하는 용어로 이해할 수 있다. 뮤지컬 코미디는 미국인의 기호에 맞춰 발달한 대중음악극으로 해학적인 희극에다 유럽에서 발달한 오페레타를 조화시킨 것이고, 뮤지컬 플레이는 음악비극·음악환상극 등을 말하며, 레뷔는 노래와 춤과 잡다한 연예물 등을 뒤섞은 형태를 말한다. 이때 뮤지컬의 중심을 이루는 것은 단연 뮤지컬 코미디다. 중세의 세속극에서 시작된 통속희극인 소극(笑劇 : farce)이나 프랑스의 희극인 보드빌(vaudeville)도 종종 가벼운 음악과 결합하는 모습을 보이기도 하는데, 일반적으로 뮤지컬 코미디의 기원은 영국의 경가극(輕歌劇 : light opera)과 일종의 광대풍자극인 익살극(burlesque)의 융합에서 발생되었다고 본다. 1892년 런던에서 초연된 〈거리에서〉(*In town*)가 그 최초의 작품이다. 특히 카우프만(George Simon Kaufman)과 리스킨드(Morris Ryskind)이 합작한 〈그대를 찬미하며〉(*Of thee I sing*, 1932)는 미국 독자의 뮤지컬 코미디를 확립한 걸작으로서 주목할 만하다. 이렇게 미국인의 낙천성을 반영한 뮤지컬 코미디가 대다수를 차지하며 뮤지컬을 주도해 왔지만, 정극적(正劇的)인 골자와 테마를 지닌 뮤지컬 플레이 유형의 역작도 많은 인기를 얻었다.

음악과 춤을 극의 플롯 전개 과정과 긴밀하게 짜 맞춘 뮤지컬의 형식이 19세기 말 미국에서 탄생한 이 무렵은 각종 대중 공연물이 이어져 나오던 시기였다. 아울러 음향 기술의 발달로 유성영화가 등장함에 따라 음악이 중요한 표현 수단이 되었고, 노하우가 부족했던 영화계는 공연계에 눈을 돌렸다. 영화계는 공연계에서 독자적으로 형성 발전되어 오던 뮤지컬에 관심을 가지게 되었고, 막강한 자본력을 앞세워 뮤지컬의 여러 요소들을 빠르게 흡인하면서 영화에서도 뮤지컬 분야가 개척될 수 있도록 했다.

2.

〈레 미제라블〉(*Les Miserables*)

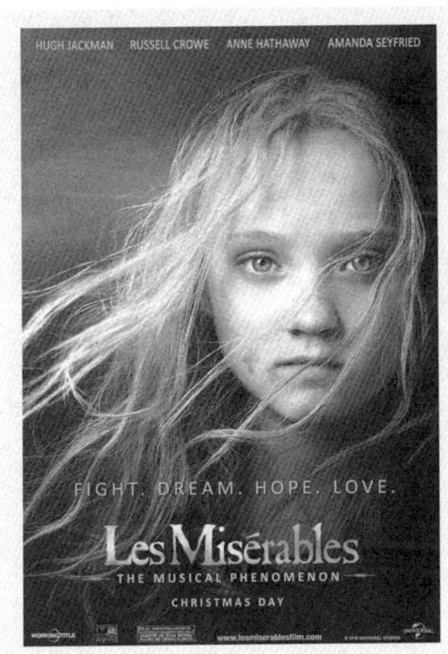

감독 : 톰 후퍼(2012년)

주연 : 휴 잭맨(장발장 역)

러셀 크로우(자베르 역)

앤 해서웨이(팡틴 역)

아만다 사이프리드(코제트 역)

장르 : 드라마, 뮤지컬

원작 : 빅토르 위고 「레 미제라블」(초판 1862)

1) 〈레 미제라블〉, 예술성과 대중성의 뮤지컬

1862년에 발표된 프랑스의 대문호 빅토르 위고(1802~1885)의 소설 「레 미제라블」은 이를 원작으로 하여 이후 뮤지컬과 영화로도 만들어졌다. 빵 한 조각을 훔친 죄로 19년간 감옥살이를 했던 가난한 농민 장발장의 삶을 중심으로, 혁명의 시대 19세기 프랑스 사회를 그려내고 있는 소설은 뮤지컬 〈레 미제라블〉에도 그대로 재현된다. 더욱이 방대한 원작소설의 소재와 주제의식을 하나도 빠짐없이 모두 녹여내며 소설의 매력을 무대에서 그대로 실현해 낸 이 작품은, 곧 뮤지컬의 힘을 보여준 작품이다.

단순한 대중적 오락이었던 뮤지컬을 시적인 함축성을 가진 노래들로 무대 위에서 장편소설의 내용을 완벽하게 표현해 내며 무대예술로 승화시킨 업적을 거두었다. 혁명의 시대를 관통하는 대서사시와 감동적이고 아름다운 음악, 드라마를 효과적으로 전달하는 무대 매커니즘 등으로 뮤지컬 〈레 미제라블〉은 뮤지컬의 바이블로 불리우며 〈캣츠〉, 〈미스 사이공〉(Miss Saigon), 〈오페라의 유령〉과 함께 세계 4대 뮤지컬로 꼽히는 사랑의 뮤지컬이기도 하다.

등장인물들에겐 모두 각자만의 러브 스토리가 있다. 수양딸 코제트를 향한 장발장의 사랑은 아무런 조건 없는 용서와 관용의 아가페적인 사랑이고, 코제트의 생모인 팡틴의 모성애는 헌신적이다. 선남선녀 마리우스와 코제트의 연애는 마시멜로처럼 달콤하고, 그것을 지켜보는 에포닌의 짝사랑은 유리 조각처럼 가슴을 찌른다. 혁명 학생들은 숭고한 이상을 위해 목숨을 바치고, 자베르 경감은 정의를 위해 달리며, 사기꾼 테나르디에 부부는 오로지 돈만을 사랑한다. 이러한 〈레 미제라블〉의 러브 스토리들은 때로는 달콤하게, 때로는 가슴 시리게, 때로는 웅장한 노래들로 시대와 장소를 뛰어넘는 울림을 선사한다.

'레 미제라블' 뜻은 '불쌍한 사람들' 혹은 '비천한 사람들'이며 제목에서 말해 주듯 그 자체가 사회에서 억압받고 천대받는 사람들을 가리키기도 하며, 한편으로는 나쁜 마음을 갖고 다른 사람을 괴롭히는 사람들을 지칭하기도 한다. 즉 이 작품에는 팡틴과 코제트, 그리고 장발장과 같이 힘과 권력이 없다는 이유로 사회로부터 억압과 고통을 당하는 불쌍한 사람들이 등장하고, 장발장을 쫓는 자베르 경감과 같이 비천한 출생에 대한 명에에서 자유로울 수 없었던 불쌍한 사람이 등장하며, 테나르디에 부부와 같이 자비로움이란 것을 전혀 찾아볼 수 없는 불쌍한 사람들이 등장한다.

뮤지컬 〈레 미제라블〉은 1980년 프랑스 파리의 'Palais des sports' 극장에서 〈미스 사이공〉(*Miss Saigon*)의 작사가인 알랑 부르빌과, 역시 같은 작품의 작곡가인 클로드 미셸 쉔 버그가 준비하여 9월 18일 처음 공연되었다. 그후 제작자인 카메론 매킨토시가 영국 로열 셰익스피어 극단의 고질적인 재성난을 극복하려는 목적으로 많은 부분을 개작해 1985년 10월 8일 런던 바비칸 극장에서 초연하였다. 이 때문에 당시 "로열 셰익스피어 극단의 전통이 상업주의의 공세에 백기를 들었다"라는 비평을 받기도 하였으나, 예술성과 대중성의 양면에서 큰 성공을 거둠으로써 세계 뮤지컬 역사에 남는 작품이 되었다. 미국에서는 1986년 12월 워싱턴 DC의 케네디 센터에서의 공연을 시작으로, 1987년 3월 12일 뉴욕의 브로드웨이로 장소를 옮겨 2003년 5월 18일까지 6,680회의 공연을 마쳤고, 2006년에 재공연되기도 하였다. 영국에서의 공연은 아직도 계속되면서 영국 문화 산업의 간판 상품이 되고 있다.

"만약 당신이 〈레 미제라블〉의 티켓을 구하지 못했다면 구걸하거나 빌리거나 그것도 안 되면 훔쳐라". 이 말은 런던의 〈스탠더드〉지에 나오는 이 작품의 홍보문구다. 티켓을 훔쳐서라도 볼 만한 가치가 있다고 선전할 만큼 거의 완벽에 가까운 이 작품은 인간이 겪을 수 있는 모든 측면들을 다루고 있다고 볼 수 있다. 전쟁, 평화, 증오, 사랑, 분노, 열정, 배신, 그리고 정의 등등. 특히 원작에서는 인간이면 누구나 갖고 있는 보편적인 삶의 모습과 갈등, 그리고 등장인물 각자의 철학을 있는 그대로 보여주고 있다. 그러나 이 뮤지컬에서는 원작이 너무 방대할 뿐만 아니라 기본적인 줄거리를 알고 있다는 가정 아래 사소한 부분들은 삭제하고 중요한 부분을 중심으로 제작하였다. 하지만 실로 인간다운 삶이란 무엇인가에 대한 메시지와 감동은 그대로 서술되고 있다.

2) 〈레 미제라블〉, 혁명의 시대를 관통하는 사랑의 대서사시

1막 1915년, 막이 오르면 교도소에서 강제노역을 하고 있는 죄수들이 신세를 한탄하며 노래를 부른다. 장발장은 굶고 있는 조카를 위해 한밤중에 남의 집 창문을 깨고 빵 한 조각을 훔친 죄로 5년 노역형을 받았다가 네 차례에 걸친 탈옥 미수로 형기가 늘어나 19년간 감옥 생활을 하게 된다. 그러나 감옥살이를 마치고 가석방된 장발장을 따뜻하게 맞아주는 사람은 아무도 없다. 오직 딘느의 주교는 그에게 먹을 것과 잠자리

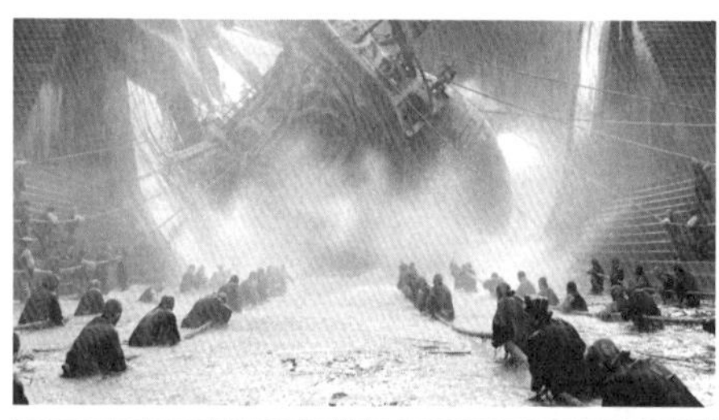
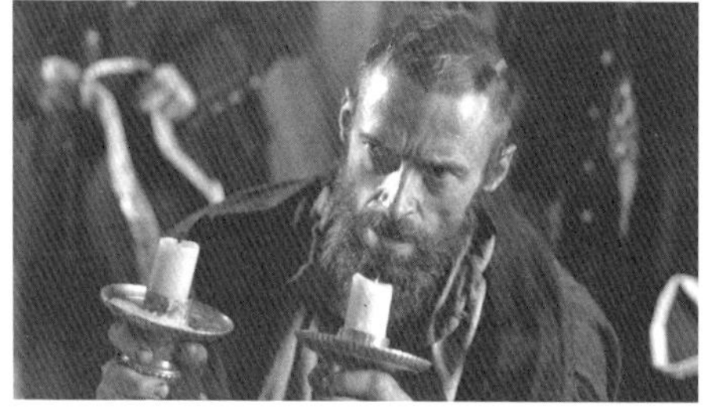

를 제공하며 평범한 사람들과 똑같이 대해준다. 하지만 장발장은 또 주교의 은그릇을 훔쳐 도망갔다가 잡혀온다. 주교는 선물한 물건이라는 거짓말로 그를 위기에서 구해준다. 게다가 한 쌍의 은촛대까지 선물로 건네주자 장발장은 이에 크게 감동하고 새로운 삶을 살기로 결심한다.

1823년, 가출옥 규정을 어기고 잠적한 장발장은 그로부터 8년 후 마델린이란 이름으로 공장 사장이자 도시 시장으로 모습을 나타낸다. 그런데 그의 공장 노동자 중에 팡틴이라는 여인이 있었다. 그녀는 어느 날 싸움에 휘말리게 되면서 그 와중에 숨겨둔 사생아 딸 코제트가 있음이 밝혀지면서 공장에서 쫓겨난다. 일자리를 잃은 팡틴은 코제트의 약값을 구하기 위해 머리칼을 잘라 팔다가 끝내 몸을 파는 신세가 되었고, 고객과 싸우

다가 자베르 형사에게 잡혀 감옥으로 끌려가게 된다. 그때 시장인 장발장이 나타나 코제트를 병원으로 보내준다.

어느 날, 장발장은 넘어진 수레에 깔린 한 남자를 구출하게 되고, 이를 목격한 자베르는 믿을 수 없는 힘을 가진 시장을 보면서 자신이 몇 년 동안 추적해 온 '죄수 24601'이 아닐까 하고 의심하게 된다. 하지만 그때 이미 장발장으로 의심받는 사람이 체포되었는데, 이 이야기를 전해 들은 장발장은 양심의 가책을 받아 법정에 자진 출두해 자신이 '죄수 24601'임을 고백한다. 그런 다음 병원에

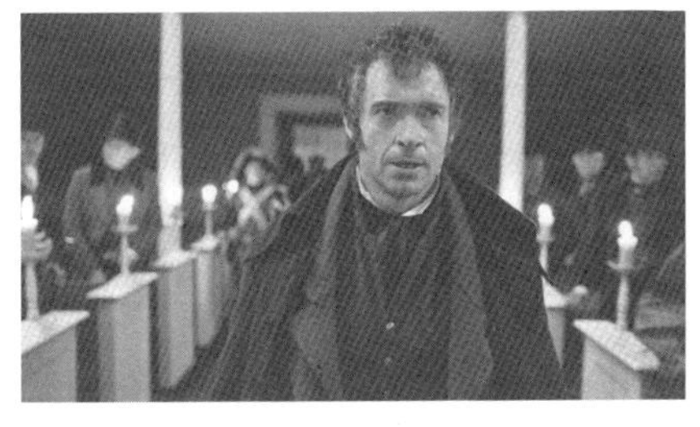

서 죽어가고 있는 팡틴에게 그녀의 딸 코제트를 찾아 키우겠다고 약속하고, 그 약속을 지키기 위해 자베르를 따돌리고 다시 도주의 길에 오르게 된다.

1823년, 테나르디에 부부가 운영하는 여관에서 5년간 갖은 학대를 받으며 하녀처럼 지내고 있는 코제트는 따뜻한 엄마가 있는 세상을 꿈꾼다.

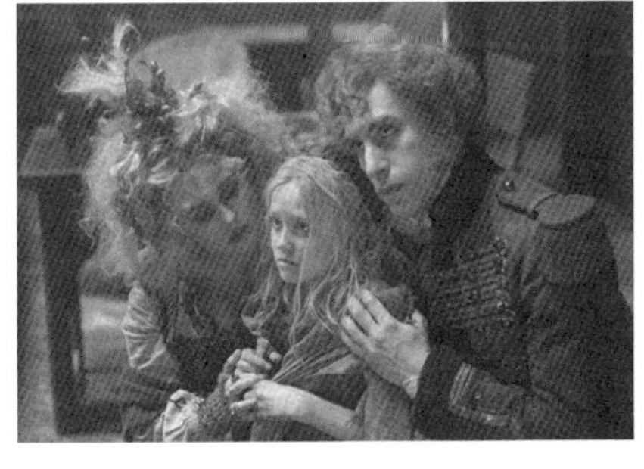

한밤중에 물을 길러 나온 코제트를 발견하고 장발장은 테나르디에에게 돈을 지불한 후 코제트를 데리고 나온다. 한편 파리의 경찰 간부가 된 자베르는 끝까지 장발장을 추적하리라고 다짐한다.

그로부터 9년이 지난 1832년의 파리. 거지들과 뒷골목 인생들이 가득한 이곳으로 이사한 테나르디에 부부는 좀도둑 무리를 이끌며 살고 있다. 우연히 거리를 지나는 장발장과 코제트의 주머니를 털던 테나르디에는

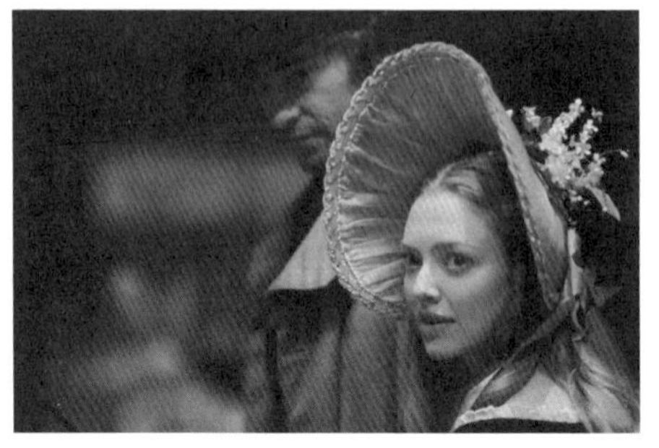

장발장을 발견하고는 자베르에게 일러 바치는데 이미 장발장은 사라진 뒤였다. 이때 민중을 선동하여 혁명을 꾀하려는 학생들 중의 한 명인 마리우스는 우연히 마주친 코제트에게 한눈에 반한다. 마리우스는 테나르디에의 딸이자 친구인 에포닌에게 그녀를 만나게 해달라고 부탁한다.

장면은 바뀌어 혁명을 꾀하는 학생들이 모이는 조그만 카페에 가브로쉬가 들어와 민중의 정신적 지도자였던 라마르크 장군의 죽음을 알리고, 앙졸라스는 이를 기회로 혁명의 불길을 당기고자 결심을 굳힌다. 그러나 마리우스는 코제트에게 빠져 있을 뿐이다. 마찬가지로 마리우스에게 반한 코제트도 에포닌의 안내로 마리우스를 만나 서로의 사랑을 속삭이고, 마리우스를 짝사랑하는 에포닌은 짝사랑의 비통한 심정을 노래한다. 이때 테나르디에가 깡패들을 이끌고 장발장 집에 나타나는데 에포닌이 소리를 질러 이들을 쫓아낸다. 이를 본 장발장은 자베르가 자기를 잡으러 나타난 것으로 알고 해외로 피신하기로 결심한다.

그리고 장발장, 마리우스와 코제트, 에포닌, 앙졸라스와 혁명 학생들, 자베르, 테나르디에 부부는 다가올 미래에 대한 각자의 불안한 심경을 노래하며 막이 내린다.

2막 앙졸라스를 비롯한 혁명 학생들이 바리케이드를 만드는 장면부터 시작한다. 마리우스는 코제트에게 전하는 편지를 에포닌에게 부탁하는데, 이 편지를 장발장이 대신 받게 되면서 마리우스의 존재를 알게 되고, 에포닌은 마리우스를 향한 짝사랑을 슬퍼하며 혁명에 참가하게 된다.

드디어 바리케이드는 완성되고, 자베르는 몰래 신분을 속이고 혁명 대열에 가담하지만 가브로쉬에 의해서 정체가 폭로되어 학생들에게 감금된다. 그리

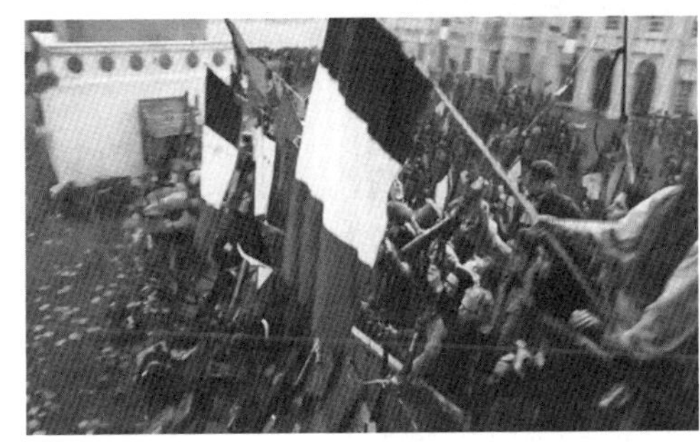

고 에포닌은 바리케이드로 다가가다 정부군의 총에 맞아 마리우스의 품에서 숨을 거둔다. 코제트를 사랑하는 마리우스를 지키기 위해 혁명군에 참여한 장발장은 정부군과의 전투에서 앙졸라스의 목숨을 구하고 그 대가로 자베르를 넘겨받아 그의 목숨을 구해 준다.

첫 전투가 끝난 밤, 학생들은 승리의 감동을 노래하고 마리우스는 코제트를 그리워하는데, 장발장은 모두가 잠든 밤에 마리우스의 안전을 위해 기도한다. 새 날이 밝고 정부군과의 두 번째 전투가 벌어진다. 학생들의 탄약이 떨어지자 가브로쉬가 자원해 바리케이드 너머로 숨어들다가 총에 맞아 죽는다. 마침내 벌어진 마지막 전투에서 앙졸라스와 학생들 대부분은 전사하고 마리우스도 부상을 입고 실신한다. 장발장은 마리우스를 업고 하수도로 피신한다. 이때 하수도에서는 테나르디에가 죽은 사람들의 소지품을 털고 있다.

마리우스를 구출한 장발장은 지쳐 쓰러지고, 이때 마리우스의 반지를 훔쳐낸 테나르디에는 장발장을 알아보고 도망간다. 정신을 차린 장발장은 마리우스를 병원으로 데려가다가 하수도 입구에서 자베르와 마주치게 된다. 자베르는 마리우스만 병원에 데려다 주고 다시 돌아올 것이라고

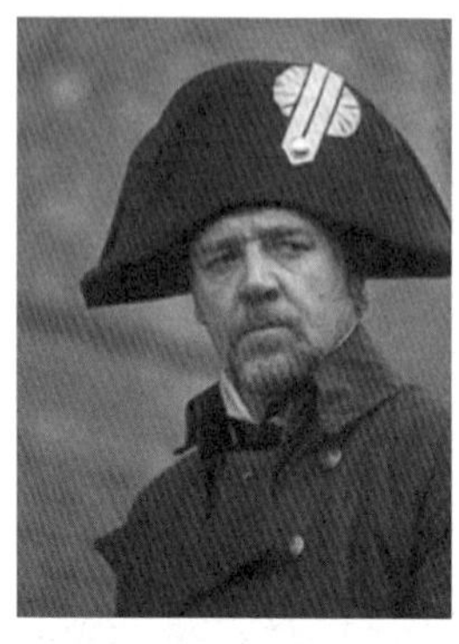

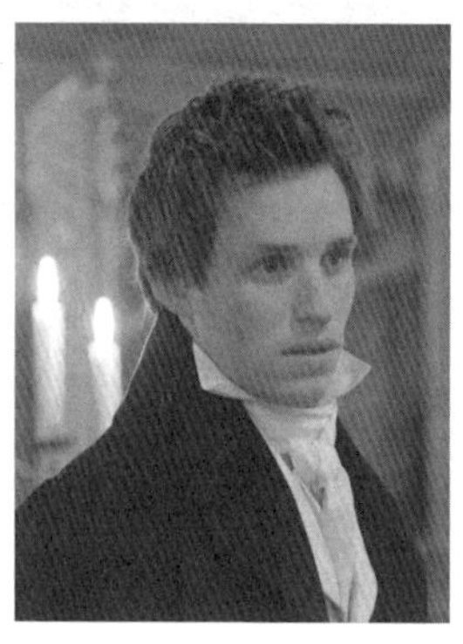

약속하는 장발장의 희생적 삶에 감동하며 갈등 끝에 결국 장발장을 놓아준다. 그리고 자베르는 세느강에 투신하여 자살한다.

마리우스는 부상에서 회복하였으나 자기를 살려준 이가 누군지 알지 못하고 카페에 홀로 앉아 죽은 친구들을 생각하며 괴로워한다. 코제트는 이런 마리우스를 위로한다. 이 두 사람의 행복을 위해 사라져 주기를 결심한 장발장은 마리우스에게 자신이 코제트의 친아버지가 아닌 죄수 장발장임을 밝힌다.

드디어 사랑하는 두 사람의 결혼식 날! 마리우스와 코제트의 결혼파티에 테나르디에 부부가 나타나 돈을 뜯어낼 요량으로 바리케이드가 무너지던 날 장발장이 하수도에서 시체를 털고 있던 것을 목격했다며 마리우스에게 반지를 건넨다. 그러나 그것은 자신의 반지! 그것을 알아본 마리우스는 자기 목숨을 구해준 이가 다름 아닌 장발장이었음을 깨닫는다.

마리우스와 코제트가 급히 달려오지만 쓸쓸히 죽어가는 장발장은 이미 자신의 명이 다했음을 알고 있다. 죽어가는 장발장 곁에 먼저 하늘로 간 팡틴과 에포닌의 영혼이 나타나 함께 노래를 하고, 뒤편으로 혁명에 참여했던 학생의 영혼들도 나타나 모두가 'Do you Hear the People Sing'을 합창하며 대단원의 막이 내린다.

3) 원작소설, 뮤지컬 그리고 영화의 차이점

영화 〈레 미제라블〉은 2012년에 개봉한 영국의 뮤지컬 영화다. 역시 빅토르 위고의 동명 소설을 원작으로 만든 작품으로, 장발장이라는 한 인물의 삶에 투영시킨 사회적 약자들과 그들이 살아가는 부조리한 현실, 그리고 왕정에서 공화정으로의 정지 변화를 일으긴 지발적 시민혁명이자 유럽의 다른 나라들에게도 영향을 준 프랑스 혁명기를 배경으로 인간의 존엄성과 자유를 위한 항변 등을 표현한 대서사적 이야기다. 영화 시작부터 엔딩에 이르기까지 노래로 진행되는 오페라 스타일의 이 영화는 장엄한 스케일과, 웅장한 사운드, 그리고 감동적인 서사로 관객들의 진한 감동을 이끌어 냈다.

소설「레 미제라블」은 공화주의자였던 빅토르 위고의 정치사상서라고 봐도 좋을 만큼 정치와 법, 인간의 운명에 관한 묘사가 방대한 양을 차지한다. 뮤지컬은 장발장과 자베르의 대결, 코제트와 마리우스의 사랑 등 절절한 인간애가 강조된다. 그리고 영화는 80% 이상을 뮤지컬 형식으로 스크린에 옮기면서도 스펙터클한 민중 봉기 부분을 강조함으로써 관객들의 강렬한 감동을 이끌어 낸 연출법을 택했다.

그런데 이들 원작소설, 뮤지컬, 그리고 영화에는 세밀한 차이점이 있다. 2000쪽이 넘는 소설을 읽는다는 것은 빅토르 위고(1802~1885)의 현학적인 강의를 듣는 것과 다르지 않다. 1권을 펼쳐들면 주인공 장발장은 나오지 않고 미리엘 주교 이야기가 90쪽이 넘도록 설명된다. 다음에는 100쪽에 걸쳐 워털루 전투가 묘사되고, 결말을 기대할 쯤이면 파리의 하수도 묘사가 80쪽이나 된다. 위고가 하고 싶었던 얘기는 이 장광설에 다 들어 있다. 워털루 전투 묘사의 경우, 10여 년 후 이어질 마리우스와 악당

테나르디에의 관계에 대한 복선(伏線)이다. 소설에 나온 샹브르리 거리의 바리케이드 장면은 실제 있었던 1832년 6월 5일 봉기를 다뤘다. 소설에서는 "현재와 미래가 단절되어 신(神)이 양끝을 잇지 못해서 발생했다"는 설명으로 혁명의 기운이나 격정을 강조할 뿐, 구체적인 반대 대상을 밝히지는 않았다. 왕당파였던 위고는 1848년 2월 혁명을 계기로 철두철미한 공화주의자로 변신해 민중의 권력을 지지한다.

위고는 장발장의 마음에 평생 우뚝 서 있을 존재로 주교를 설정했다. 소설 속에서 주교는 이른바 실천적 종교인으로 묘사된다. 권위에 찌들어 부패한 교회 권력이 아닌, 민중을 보듬는 종교인의 모습으로 그려진다. 주교는 어둠 속에서 썩어가던 장발장의 영혼에 선(善)과 양심, 희망과 연민의 불빛이 되며, 장발장과 헤어진 이후에도 두 개의 은촛대로 평생 그의 가슴에 남는다. 그러나 뮤지컬에서는 은촛대를 건네주고 용서하는 미미한 역할에 머무르고, 영화에서는 마지막에 다시 등장해 장발장의 영혼을 거두어 간다.

소설에서 장발장의 양심을 일깨우는 또 다른 기호는 40수[sou:프랑스의 옛 화폐 단위] 은화다. 미리엘 주교의 집을 나온 장발장이 동전을 밟는 바람에 의도치 않게 가난한 소년의 돈을 빼앗게 되는데, 이 장면은 영화에서는 전혀 나오지 않고, 뮤지컬에서는 웬만한 관객은 모르고 지나칠 만큼 스쳐가듯 등장한다. 그러나 소설에서는 장발장에게 양심의 가시 면류관이 된다.

또한 뮤지컬과 영화에서 자베르는 "나는 감옥에서 태어났다. 너와 같은 시궁창 출신"이라는 짧은 노랫말로만 자신을 설명한다. 소설을 보면 그의 모친은 형무소에서 트럼프 점을 치는 여자였고, 부친은 항구 감옥의 죄수였다. 일찌감치 법적 테두리 바깥세상에 눈을 뜬 자베르는 역으로 악과 불법을 단죄하는 길을 선택한다. 가차없는 법의 수호자로 묘사되는 그는 무자비한 원칙을 자신에게도 적용한다. 소설에서는 '단 한 번도 거짓말을 하지 않는 사람'으로 나온다. 위고는 그가 장발장의 선의에 무릎 꿇게 함으로써 '가슴 없는 법전'을 단죄한다. 자베르를 통해 자신의 법 철학을 설파하는 셈이다.

영화와 뮤지컬은 각각 스크린과 무대라는 제약 때문에 소설을 그대로 옮기는 것이 불가능하다. 소설에서 가난한 미혼모 팡틴은 공장에서 해고된 후 딸 코제트에게 보낼 돈을 마련하고자 앞니를 뽑아서 판다. 머리카락이 잘리고 앞니 두 개를 뺀 팡틴은 흉측한 몰골로 거리를 돌아다닌다. 독자는 비참한 구렁텅이에 빠진 그녀의 모습을 섬뜩하게 떠올리게 된다.

그러나 뮤지컬에서는 머리카락만 팔고, 영화에서는 머리카락을 판 후 어금니를 빼는 것으로 나온다. 주인공의 얼굴을 관객에게 보여줘야 하는 뮤지컬과 영화는 여주인공의 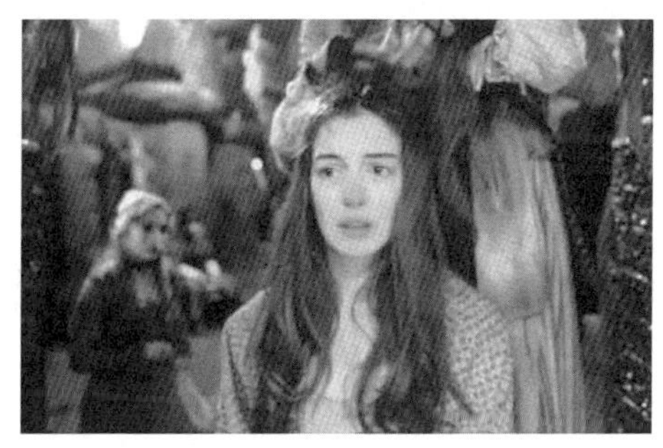 앞니를 빼는 건 부담스러운 설정이 아닐 수 없기 때문이다. 특히 배독창곡을 부를 때마다 클로즈업 화면으로 크게 확대하게 마련인 영화에서는 어금니를 뺀 것으로 설정하여 카메라가 가까이 들이대도 배우의 모습이 흉하지 않도록 처리하였다.

그리고 길거리 소년 가브로슈가 사악한 테나르디에 부부의 아들이라는 것은 영화나 뮤지컬만 본 관객이라면 절대로 알 수 없는 사실이다. 가브로슈는 그들 부부가 내버린 아들로, 즉 에포닌의 동생이다. 또한 소설에서 가브로슈는 아버지에게 버림받은 두 남동생을 거리에서 만나 혈육인

줄도 모르고 하룻밤을 재워준다. 그것이 피붙이 간의 처음이자 마지막 만남이었다. 위고는 이런 장면을 무심한 듯 심어놓으며 사회적 비극성을 강화했지만 간단한 줄거리를 써야 하는 뮤지컬과 영화는 이 부분을 삭제했다. 또 소설과 영화에서는 에포닌이 마리우스를 구하고 죽지만 뮤지컬은 날아온 총탄에 우연히 맞는다. 자베르가 가브로슈의 시신에 훈장을 달아주는 장면도 영화에서만 추가된 부분이다. 혁명군에 맞섰던 '자베르의 회개'를 더욱 극적으로 보이게 하는 연출법이다.

▶장르별 구체적인 변화

	소설	뮤지컬	영화
만든 사람	원작 : 빅토르 위고 (초판 1862년)	프로듀서 : 카메론 매킨토시 (초연 1985년) 연출 : 트레버 넌 대본 : 알랭 부블리 작곡 : 클로드 미셸 숀버그	프로듀서 : 카메론 매킨토시 감독 : 톰 후퍼(2012년판)
분량	전6권(동서문화사, 2495쪽, 2002) 전5권(민음사, 2556쪽, 2011) 전5권(펭귄클래식, 2280쪽, 2010)	160분	157분
장르별 특성	①미리엘 주교 서술(판본 따라 90~112쪽), 워털루 전투(89~100쪽), 파리의 하수도 묘사(80~98쪽) 등 백과사전적 지식과 법철학에 대한 서술이 상당량. ②장발장은 집에서 숨을 거두고, 코제트 부부가 임종을 지킴. ③자베르는 수형소에서 점치던 어머니와 죄수인 아버지 사이에서 태어남, 팡틴은 머리카락과 앞니를 팔아 코제트 양육비 마련, 가브로슈는 여인숙 부부의 아들이자 에포닌의 동생. ④인간사, 철학, 성찰 담은 현학적임.	①죄수-은그릇을 훔침-시장으로 변신-팡틴에게 약속-코제트 만남-바리케이드 봉기-장발장이 마리우스를 구함-둘의 결혼 등 뼈대를 음악의 힘으로 엮어감. ②코제트 부부, 팡틴, 에포닌의 영혼이 지켜보는 가운데 수도원에서 사망. ③자베르는 감옥에서 태어났다고만 밝힘, 팡틴은 머리카락만 팜, 가브로슈는 거리의 떠돌이 소년으로만 설정. ④이야기 기본 뼈대에 음악으로 감동을 살림.	①대사 없이 노래로 진행되는 '성 스루(sung-through)' 뮤지컬 형식을 그대로 차용해 대사 없이 노래로 진행. 장발장이 코제트를 만나 부르는 노래 '갑자기(Suddenly)' 추가. ②미리엘 주교가 영혼을 거두어 감. ③자베르는 감옥에서 태어났다고만 밝힘, 팡틴은 앞니 아닌 어금니를 빼는 것으로 설정, 자베르가 가브로슈 시신에 훈장을 달아줌. ④클로즈업 활용으로 관객 감정이입 극대화.

4) 사랑과 용서, 구원과 희망의 뮤지컬 음악

톰 후퍼 감독의 영화 〈레 미제라블〉은 성 스루(sung through) 뮤지컬 영화다. 즉 극의 대사 전달이 모두 노래로 이어지는, 곡 위에 대사가 얹혀진, 대사를 최대한으로 줄이고 노래로만 이야기를 진행하는 오페라 형식을 차용한 것이다. 그러나 오페라적인 방식이라 지더라도 영회 관객들은 이 장치에 낯설다. 흔히 알려진 뮤지컬 영화에서도 대화가 이렇듯이 배제된 경우는 보아오지 못했기 때문이다. 하지만 감독은 그의 전작 〈킹스 스피치〉(*The King's Speech*)에서 '목소리의 가치'에 대해 천착해 있었고, 그 목소리를 가장 아름답게 표현해 내는 노래를 통해 영화가 전달하려는 목적을 성취하고자 의도했는지도 모른다. 이에 그는 탁월한 연출력으로 이를 증명하며 전에 없던 뮤지컬 영화를 만들어 냈다. 더불어 감독은 스토리의 리얼리즘을 살리기 위해 배우들이 현장에서 직접 연기하며 노래를 부르는 라이브 형식을 택했다. 이것 또한 연기와 녹음을 따로 하는 통상적인 방법과는 다른 것이었다.

영화 〈레 미제라블〉은 일반적인 작품과는 다르게 따로 서곡이 없고 처음에 나오는 'Work Song'을 포함하여 3개의 노래를 묶어 서곡으로 간수하고 있다. 파이널(Finale)까지 총 34곡으로 구성되어 있는데, 각각의 곡은 노래하는 사람의 테마를 주제 선율로 이용해 적재적소에서 반복 사용하며 각각 다른 상황과 분위기를 표현한다. 이 때문에 관심을 기울여 들어보면 같은

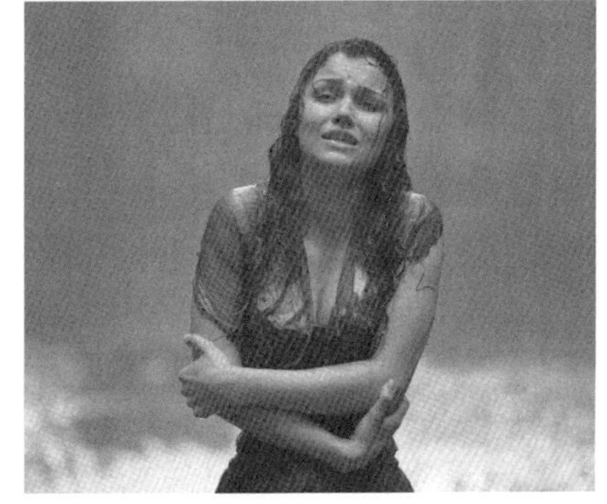

멜로디가 계속적으로 사용되고 있다는 것을 알 수 있다. 그 가운데 'On My Own'은 에포닌이 짝사랑하는 마리우스를 생각하면서 부르는 노래다.

에포닌은 테나르디에 부부의 딸로 너무 애지중지 키운 탓에 제멋대로인 성격을 가졌으며, 구걸과 도둑질을 하면서 거리를 떠돌아다니는 부랑자의 삶을 보내고 있었다. 하지만 프랑스 혁명 운동에 참가한 마리우스를 짝사랑하게 되면서 오로지 그를 위해 모든 것을 희생하는 사람이 된다. 행실 나쁜 그녀의 부모가 시키는 대로 온갖 나쁜 짓을 하면서 꿈조차 꿀 수 없는 삶을 살았던 탓에, 도둑질을 하고 자신만을 생각했던 에포닌에게 마리우스라는 청년은 삶의 가치를 바꾸어 놓았다. 그러나 그와의 사랑은 꿈일 뿐이었다. 코제트에게 온 마음을 빼앗긴 마리우스는 그녀에게 관심조차 없다. 하지만 마리우스 곁에 있는 것만으로도 행복했던 에포닌은 마리우스의 품에서 죽음을 맞으며 코제트의 편지를 전한다. 바로 'On My Own'은 에포닌의 이러한 사랑과 슬픔과 고독이 여실히 표현되고 있다. 이제 관객들은 그녀를 더 이상 미워하지 않는다. 그리고 그녀의 죽음을 슬퍼한다.

On My Own

On my own 나홀로 상상하네

Pretending he's beside me 그대가 내 곁에 있다고

All alone, I walk with him till morning 아침이 밝을 때까지 난 홀로 걷고 또 걷네

Without him 그는 없지만

I feel his arms around me 그의 팔에 안긴 듯해

And when I lose my way I close my eyes 길을 잃으면 난 눈을 꼭 감지

And he has found me 그럼 그가 날 찾아오네

In the rain the pavement shines like silver 이 빗속에 길거리는 은빛으로 빛나고

All the lights are misty in the river 강물 위로 불빛이 신비하게 반짝이네

In the darkness, the trees are full of starlight 어둠 속에 별 빛을 머금은 가로
수들

And all I see is him and me for ever and forever 그러나 내 눈엔 영원한 우리
둘의 모습만 보여

And I know it's only in my mind 하지만 그건 상상일 뿐

That I'm talking to myself and not to him 난 혼자서 말하고 대답하지

And although I know that he is blind 그가 모른다는 걸 알면서도

Still I say, there's a way for us 난 여전히 방법이 있을 거라 말하지

I love him 난 그를 사랑해

But when the night is over 하지만 밤이 끝나면

He is gone, the river's just a river 그는 사라져 버리고, 강은 단지 강일 뿐

Without him the world around me changes 그가 없어도 나와 세상은 변하지

The trees are bare and everywhere 나무들은 헐벗고, 모든 곳에는

The streets are full of strangers 거리들은 모르는 사람들로 가득하지

I love him 난 그를 사랑해

But every day I'm learning 하지만 매일 난 알아가고 있지

All my life I've only been pretending 내 삶 동안 그런 척 만하고 살아왔다는 걸

Without me his world will go on turning 나 없이도, 그의 세상은 계속 돌아가겠지

A world that's full of happiness

That I have never known! 내가 한 번도 안 적 없는 행복으로 가득한 세상으로!

I love him 난 그를 사랑해

I love him 난 그를 사랑해

I love him 나 그를 사랑해

But only on my own. 하지만 나 혼자뿐이지

3.

〈오페라의 유령〉(*The Phantom of the Opera*)

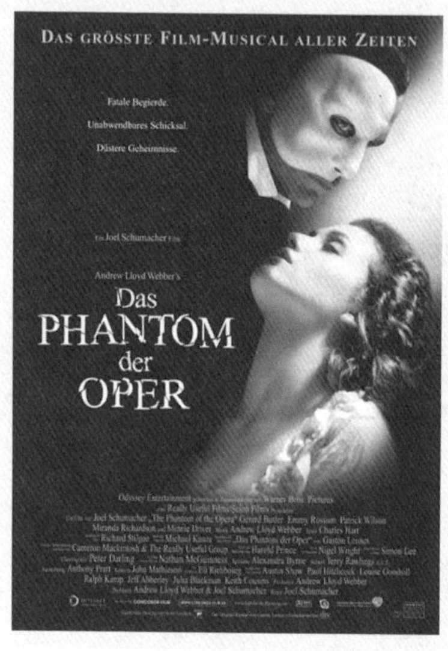

감독 : 조엘 슈마허(2004년)

주연 : 제라드 버틀러(팬텀 역)

에미 로섬(크리스틴 역)

패트릭 윌슨(라울 역)

미란다 리차드슨(지리 부인 역)

장르 : 로맨스/멜로, 뮤지컬

원작 : 가스통 르루「오페라의 유령」

(초판 1911)

1) 〈오페라의 유령〉, 신화와 전설의 뮤지컬 영화

가스통 르루(Gaston Leroux)의 소설「오페라의 유령」은 안드루 로이드 웨버(Andrew L. Webber)가 무대에 올리기 훨씬 이전부터 미국을 비롯한 여러 나라에서 영화나 TV 시리즈, 애니메이션 등의 다양한 형태로 재탄생되거나 무대화가 시도되며, 꾸준히 대중의 사랑을 받아온 작품이다. 1984년 무대연출가 켄 힐(Ken Hill)은 베르디와 오펜바흐의 잘 알려진 아리아를 개사해 다소 과장된 형태로 만든 오페레타(operetta) 스타일의 〈오페라의 유령〉을 런던 이스트엔드에 올렸다. 이때 '데일리 텔레그래프'지에 실린 켄 힐의 공연 리뷰를 읽고 자극을 받은 로이드 웨버는 〈캣츠〉를 무대에 함께 올렸던 제작자 카메론 매킨토시에게 전화를 걸어 「오페라의 유령」을 뮤지컬로 만들자고 제안했다.

〈오페라의 유령〉이 꾸준히 버전을 바꾸어 가며 새로운 날개를 달 수 있었던 것은 작품의 배경이 된 파리 오페라 하우스가 지니고 있는 수많은 사건이 빚어낸 상상력의 결정체였기 때문이다. 파리의 오페라 하우

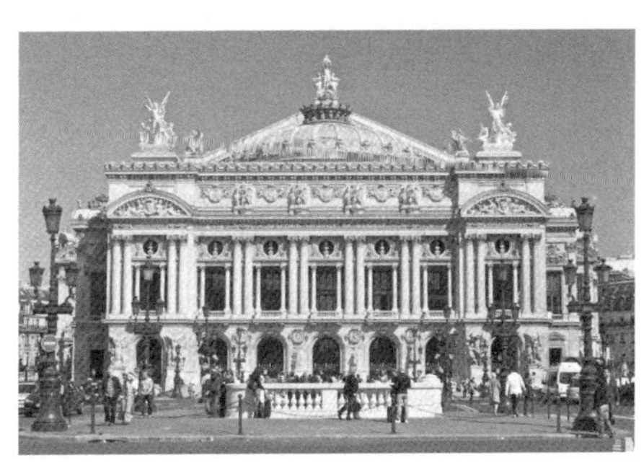
파리 오페라 하우스

스는 건축사에 길이 남을 역사적인 건축물로서, 정식 명칭은 국립오페라 극장이며, 그 위용은 소설에 묘사된 것과 거의 같은 모습이다. 작가는 1880년 오페라 하우스에서 발생한 기묘한 사건들과 이에 대해 자신이 품고 있는 의구심을 독자에게 소개하려는 의도로 이 소설을 썼다고 한다. 전업 저널리스트 출신으로 독특한 문체와 대중의 감성을 자극하는 기사로써 많은 고정 독자를 확보하고 있던 그는 특유의 기사체 문장을 사용하여 파리 오페라 극장을 배경으로 이색적인 미스터리물 「오페라의 유령」을 탄생시키며 문화사적으로 큰 유산을 남겼다. 오페라 하우스 소속의 무명 여가수가 아무도 모르게 유령의 도움을 받아 성공을 거둔다는 소설의 설정만큼이나 소설의 작가 르루는 재미있는 이력의 인물이었다. 지금은 「오페라의 유령」을 제외하고는 그의 작품이 널리 알려져 있지 않지만, 그는 당대에 손꼽히는 인기 소설가였다. 그의 작품은 대개 책으로 출판되기 전에 신문에 연재되었는데, 「오페라의 유령」은 오르간을 연주하는 팬텀이나 샹들리에를 타고 있는 팬텀의 이미지 컷이 함께 실리면서 대중의

관심을 모으게 되었다. 뜬소문이 무성하던 복잡한 구조의 오페라 하우스를 둘러싼 일련의 사건을 역추적하여 사건의 실마리를 찾는 「오페라의 유령」은 집착과 불멸의 사랑, 천재성과 광기, 그랜드 오페라의 웅장한 테마와 판타지, 공포 등이 어우려져 대중에게 지속적인 인기가 있었다. 또한 마치 작가 자신이 개입된 사건처럼 써내려 가면서 박진감 넘치는 드라마를 제시하는 추리소설의 묘미와 더불어 인간이 겪는 원형적인 갈등, 미와 추, 선과 악, 생과 사의 문제를 심도 있게 다루고 있는 주제도 큰 인기를 누리는 비결이 되었을 것이다. 그러나 유니버셜 픽처스가 론 채니를 기용해 제작한 무성영화가 완성될 즈음 가스통 르루의 건강은 악화되고 있었다. 1927년 4월 15일, 그는 영화 〈오페라의 유령〉을 보지 못한 채 수술 후 요독증으로 죽음을 맞았다. 그의 나이 59세였다.

전 세계 팬들의 마음을 사로잡은 가면 속 한 남자의 이야기인 영화 〈오페라의 유령〉은 1925년부터 현재까지 공식적으로 총 아홉 편의 각기 다른 작품으로 제작되었다. 뮤지컬이 소설 「오페라의 유령」을 시대를 뛰어넘는 작품으로 승화시켰다면, 영화는 많은 사람들의 기억에 꾸준히 각인시켜 왔다. 뮤지컬의 오리지널 크리에이티브 팀들이 가장 큰 영감을 받았다고 앞다투어 말하는 영화 〈오페라의 유령〉은 1925년 루퍼트 줄리안 감독에 의해 제작되었다. 무성영화의 묘미를 한껏 살린 수작으로 평가받는 이 작품은 론 채니, 메리 필빈이 주연을 맡았으며, 〈오페라의 유령〉 영화의 원조라고 할 수 있다. 뒤이어 1943년 아서 루빈 감독에 의해

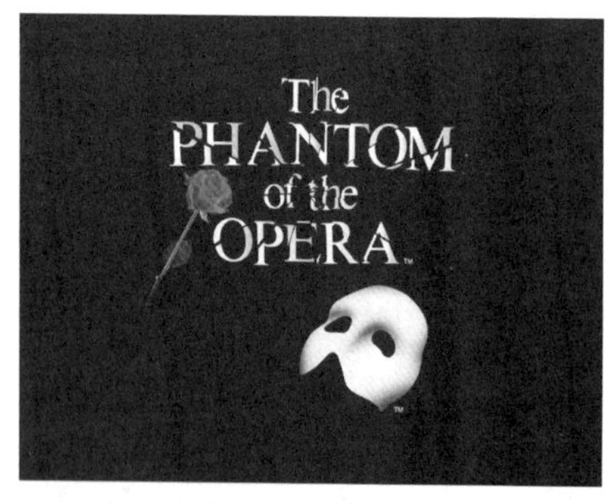

제작된 영화 〈오페라의 유령〉은 최초의 유성영화 버전이다. 멜로드라마의 성격을 극대화시킨 이 작품은 영상과 음향의 조화로운 작업을 인정받아 아카데미 촬영상을 받기도 했다. 반면 영화로는 세 번째로 제작된 1962년 테렌스 피셔 감독의 작품은 전작들보다 단조로운 구성과 표현으로 다소 진부하다는 평가를 받았다. 1974년 제작된 네 번째 영화 〈오페라의 유령〉은 흥미롭게도 록 버전이었다. 세계적으로 명성이 자자한 브라이언 드 팔마 감독이 연출을 맡았던 이 작품은 컬트 관객들을 주요 타깃으로 한 만큼 이색적인 연출과 독특한 표현 기법으로 화제를 불러일으켰다. 그리고 1983년에 제작된 다섯 번째 영화 〈오페라의 유령〉 역시 독특했다. 본래 스크린용이 아닌 TV 프로그램용으로 제작된 이 작품은 로버트 마코비츠 감독의 연출로 가스통 르루의 원작과는 상당히 다른 각도와 스토리 라인을 기반으로 제작되었는데, 원작에 충실한 전작들과는 사뭇 다른 시도였다. 그러나 1989년에 제작된 여섯 번째 영화에서는 다시금 원작에 충실해진 내용을 만나볼 수 있다. 한 가지 주목할 만한 것은 작품의 배경을 오리지널 무대인 파리에서 런던으로 재설정했다는 점이다. 이 밖에도 1990년 아서 코피트의 연극 버전을 바탕으로 한 토니 리처드슨 감독의 작품이 있으며, 1998년에도 다리오 아르가토 감독에 의해 스크린에 소개되었다.

그런데 이 가운데서 가장 돋보인 작품은 단연 2004년 12월에 개봉된 〈오페라의 유령〉으로, 작곡가 앤드루 로이드 웨버가 직접 제작 일선에 참여해 예술적 완성도를 한층 높였다는 호평을 받았다. 조엘 슈마허 감독이 메가폰을 잡은 이 작품은 2005년 골든 글로브와 아카데미 상에서 각각 세 부문에 노미네이트되었다. 영화의 내용은 뮤지컬과 큰 줄거리에서는 같다. 1870년 파리의 오페라 하우스를 무대로 유령처럼 극장을 점령한 정체 불명의 남자 팬텀, 아름다운 목소리를 가진 프리마돈나 크리스틴, 그리고 그를 사랑하는 젊은 귀족 라울 간의 애절한 사랑을 그린 이야기다. 크리스틴을 향한 팬텀의 사랑과 음악적 열정이 광기를 띠면서 오페라 하우스는 소용돌이에 휩싸인다. 영화는 여기에 뮤지컬에는 없었던 팬텀과 라울의 과거를 추가했다. 아울러 슈마허와 웨버는 상상력을 신나게 발휘하여 무대의 제약을 뛰어넘어 다양한 볼거리를 제공했다. 슈마허 감독은 〈배트맨〉 시리즈를 연출한 솜씨를 살려 어두운 조명으로 오페라 하

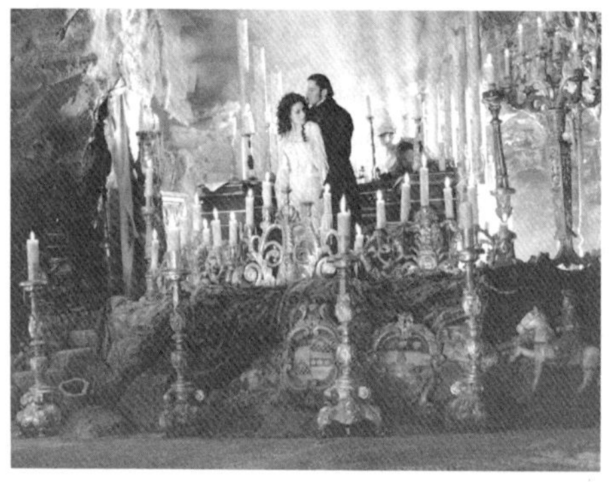

우스와 팬텀의 지하동굴을 특유의 기괴함으로 연출하고 있으나, 세련된 분위기로 꾸몄다. 또한 긴장과 스릴, 액션을 한껏 살려 상업성을 강조했다. 그리고 크리스틴 역을 맡은 만 18세의 에미 로섬은 맑고 청아한 목소리로 착한 소녀의 이미지 그대로 'Think of me', 'Angel of music' 등의 곡을 잘 소화했다.

2) 〈오페라의 유령〉, 세기를 감동시킨 불멸의 사랑

경매가 한창 진행되고 있는 1911년 파리의 오페라 하우스. 70세 노인이 된 라울은 휠체어에 앉아 포스터와 뮤직 박스를 구입하고 있다. 경매인에 의해 소개되는 오페라 하우스의 샹들리에. 라울은 오페라의 유령과 관련된 지난 시절을 회상하고, 관객들은 한 줄기 섬광과 함께 오페라가 절정에 달했던 파리의 그 시절로 머나먼 여행을 떠난다.

1막 오페라 〈한니발〉의 리허설 현장. 새로운 극장주 피르맹과 앙드레가 소개된다. 프리마돈나 칼롯타가 노래에 한창 열중하던 바로 그 순간, 갑자기 무대장치가 떨어져 거의 목숨을 잃을 뻔한 사고가 발생한다. 사람들은 모두 오페라의 유령이 한 짓이라며 수군대기 시작하고, 화가 난 칼롯타는 더 이상 노래하기를 거부한다.

마담 지리의 딸 맥 지리가 자신의 절친한 친구 크리스틴 다에를 칼롯타 대역으로 추천한다. 코앞에 닥친 공연 날짜 때문에 선택의 여지가 없었던 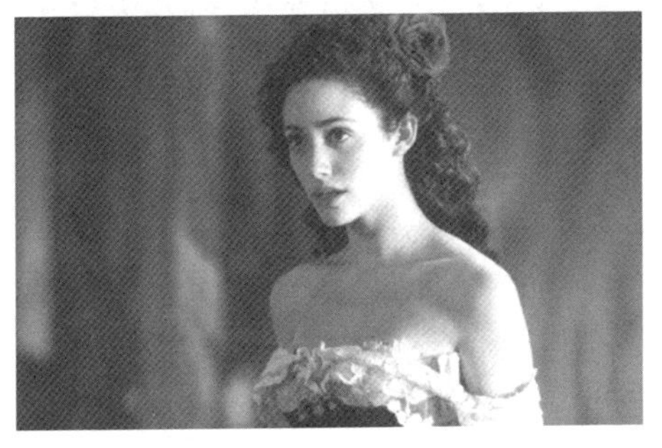 신참 극장주들은 그녀에게 오디션 기회를 주는데, 크리스틴은 이 역할을 멋지게 소화한다. 그동안 정체불명의 스승에게서 레슨을 받아왔던 크리스틴은 오페라 무대에서 큰 성공을 거두게 되고 오페라의 후원자인 귀족 청년 라울은 어린 시절 자신의 친구였던 크리스틴을 한눈에 알아보고 분장실을 찾는다.

크리스틴을 저녁 식사에 초대하는 라울. 그러나 크리스틴은 자신을 이제껏 지도해 준 '음악의 천사'가 매우 엄격하기 때문에 함께 갈 수가 없다고 말한다. 라울이 잠시 크리스틴의 분장실을 떠난 순간에 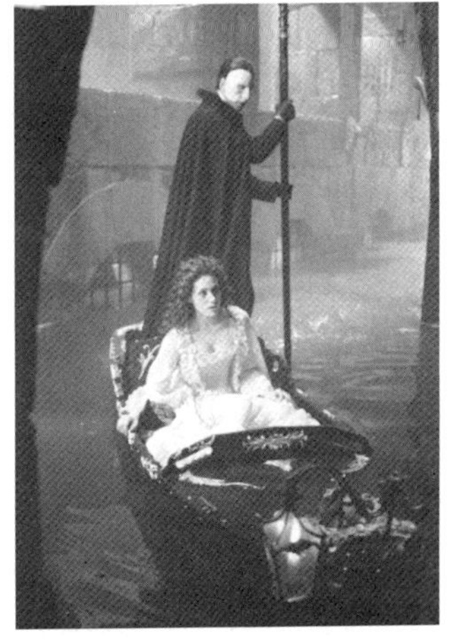 등장한 팬텀은 크리스틴을 오페라 하우스의 지하 세계로 인도한다. 검은 돛단배의 선수(船首)에 앉아 크리스틴은 묘한 두려움과 매력에 사로잡힌다. 낮과 밤의 구분조차 모호한 지하 세계의 어둠 속에서 팬텀은 크리스틴에게 음악을 가르쳐 주겠노라고 말한다.

웨딩드레스를 입고 있는 자기 자신을 닮은 형상에 놀라 순간적으로 정신을 잃고 마는 크리스틴. 얼마 후 팬텀의 오르간 연주에 깨어난 그녀는 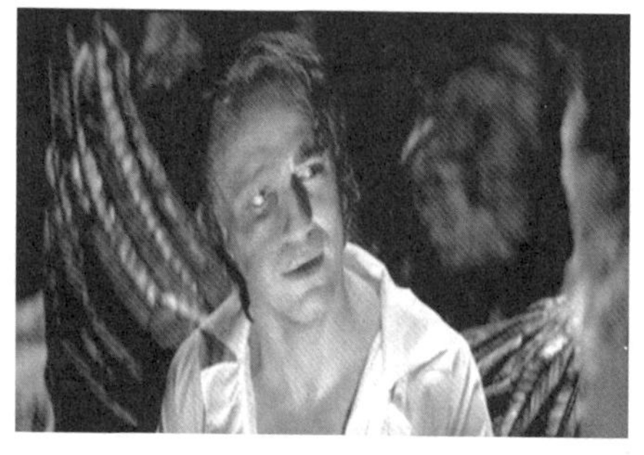 살며시 다가가 팬텀의 가면을 벗긴다. 흉한 몰골에 놀라는 크리스틴. 팬텀은 분노와 슬픔에 떨면서 자신에 대한 두려운 감정은 사랑으로도 바뀔 수 있다며 흐느끼고, 크리스틴은 그런 그에게 연민의 정을 느낀다.

크리스틴의 실종으로 오페라 하우스는 혼란에 빠져 있다. 그리고 피르맹과 앙드레 두 극장주와 라울, 마담 지리, 칼롯타에게 날아온 의문의 편지. 그러나 오페라 〈일 무토〉의 주인공을 크리스틴에게 맡기라는 팬텀의 명령을 극장주들은 단호히 거부하고 만다. 〈일 무토〉 공연은 강행되었지만 무대는 온통 뒤죽박죽이 되고 만다. 칼롯타는 팬텀의 저주를 받아 공연 도중 두꺼비 소리를 내게 되고, 팬텀의 존재를 공공연히 떠들고 다니던 무대 담당자 조세프 부케는 목을 맨 시체로 발견된다.

이어지는 혼란 속에 크리스틴은 라울과 함께 잠시 오페라 하우스의 지붕으로 피신한다. 이곳에서 크리스틴은 팬텀과의 괴이한 경험을 털어놓지만, 라울은 존재하지 않는 환상일 뿐이라며 그녀를 달랜다. 둘은 사랑을 느낀다.

한편 둘의 대화를 엿듣게 된 팬텀은 크리스틴을 향한 사랑과 질투에 복수를 다짐한다. 이성을 잃은 팬텀은 결국 〈일 무토〉의 마지막 커튼콜에

서 극장 천장의 샹들리에를 떨어
뜨려 산산조각을 낸다.

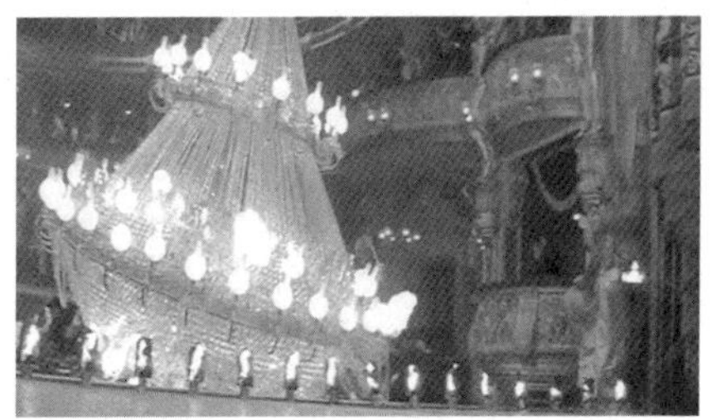

2막 유령 소동이 있고 6개
월 동안 오페라 하우스
는 문을 닫는다. 그러자 그동안 팬텀은 거짓말처럼 사라졌고, 이에 고무
된 피르맹과 앙드레는 가면무도회를 열어 오페라 하우스의 재개관을 축
하한다. 그 사이 크리스틴과 라울은 남몰래 비밀 약혼을 한다.

가면 무도회가 무르익을 무렵, 뜻하지 않은 불청객이 나타난다. 가면
을 쓴 무리 속에서 팬텀이 나타난 것이다. 소스라치게 놀라는 사람들에게
팬텀은 자신이 작곡한 오페라 〈돈 주앙의 승리〉를 내놓는다. 팬텀은 자신
의 작품을 오페라 하우스의 재개막 공연으로 올리라는 협박을 하고는 홀
연히 사라진다.

라울은 팬텀이 만든 오페라가 공연될 경우 팬텀이 무대에 등장하리라
간파히고, 이 기회에 그를 사로잡을 계획을 꾸민다. 크리스틴은 두렵지만
마지못해 이 제안을 받아들인다. 칼롯타를 비롯한 나른 출연자들의 불만
이 높았지만, 피아노가 저절로 반주를 하는 등 괴이한 현상이 잇따르자
두려운 마음에 아무도 반대 의견을 내놓지 못한다.

〈돈 주앙의 승리〉는 삼엄한 경비 속에 무대에 오른다. 순결한 처녀 아
민타가 호색한 돈 주앙의 유혹에 빠져드는 장면에 이르렀을 때, 크리스
틴은 남자 주인공 피앙지 대신 상대가 어느새 팬텀으로 바뀌었음을 느낀
다. 극의 절정에서 크리스틴은 돈 주앙의 망토를 젖혀 팬텀이 무대에 나
타난 것을 알린다. 그러나 라울은 팬텀이 크리스틴에게 너무 근접해 있
어 그녀가 다칠 것을 우려해 경관들의 급습을 제지한다. 긴장의 순간,

팬텀은 크리스틴에게 사랑을 고백한다. 그러나 그녀는 팬텀의 가면마저 벗겨버린다. 이때 무대 한 쪽에서 목이 매달린 채 살해당한 피앙지가 발견되자, 그 혼란을 틈타 크리스틴을 납치한 팬텀은 자신의 지하 은신처로 달아난다.

팬텀의 만행에 분노한 군중이 그를 잡으러 지하 세계로 몰려가는데, 팬텀의 은신처에 가장 먼저 다다른 것은 라울이었다. 흥분한 라울은 팬텀이 자기 뒤로 다가서는 것을 눈치채지 못하고, 팬텀이 사람을 죽일 때 쓰는 마법의 밧줄에 목이 매달리고 만다. 팬텀은 크리스틴에게 자신과 영원히 같이 살든지 아니면 라울의 죽음을 선택하라고 요구한다.

외모는 흉측하지만 순수한 영혼을 지닌 팬텀의 존재를 이해하게 된 크리스틴은 팬텀에게 다가가 키스를 한다. 그러나 크리스틴을 너무나 사랑했던 팬텀은 그녀를 차마 안아보지도 못하고 라울을 풀어준다.

이윽고 자신을 사로잡기 위해 군중이 점점 다가오자 팬텀은 라울과 크리스틴에게 자신을 남겨둔 채 떠날 것을 요구한다. 멀어져 가는 돛단배를 바라보며 팬텀은 크리스틴의 이름을 슬프게 읊조린다. 마침내 사람들이 팬텀의 은신처에 다다랐을 때, 그곳에 남아 있는 것은 팬텀의 하얀 가면뿐이었다. 그 뒤로 아무도 그를 다시 보지 못했다.

3) 고전적 클래식 뮤지컬 음악

단순하게 줄거리만을 본다면 이 작품은 그저 평범한 작품에 머무르고 만다. 우리 주변 어디에서나 볼 수 있는 사랑의 삼각관계를 유령이라는 소재로 엮어 만든 멜로물에 지나지 않기 때문이다. 그러나 이 작품은 공연 내내 지루함을 느낄 수 없을 만큼 치밀하게 만들어져 시작부터 끝까지 관객들의 시선을 붙잡고 있다. 특히 무대장치와 의상, 무대기술 등은 다른 어느 작품보다도 뛰어나며 이러한 기술적인 요소와 아름다운 음악, 그리고 일반적인 현대무용이 아닌 오페라적 요소인 발레를 도입하는 등 모든 것들이 하나의 완벽한 앙상블을 이루며 아름다운 감동의 순간들을 만들어 낸다.

이 작품을 작곡한 앤드류 로이드 웨버는 1948년 영국에서 태어나 1969년 21세 때에 'I Don't Know How To Love Him'으로 유명한 〈Jesus Christ Superstar〉를 작곡하여 세계적인 인물이 되었다. 이 외에도 〈Cats〉, 〈Evita〉, 〈Starlight Express〉, 〈Song and Dance〉, 〈Sunset Blvd〉, 〈Joseph and the Amazing Technicolor Dreamcoat〉 등 전 세계인들의 사랑을 받는 작품을 작곡한 그야말로 현대 뮤지컬의 제왕이다. 그는 영국 여왕으로부터 기사작위까지 받았으며, 50세가 되던 1998년에는 런던의 'Royal Albert Hall'에서 세계적인 유명 가수들이 모인 가운데 그의 생일기념 콘서트를 개최하기도 하였다. 그는 프랑스 소설가 가스통 르루의 원작 「오페라의 유령」을 정통 오페라로 발표할 생각이었으나, 클래식으로 발표될 때 예상되는 비평가들의 비난조의 평론이 싫어서 뮤지컬로 발표하였다고 한다. 때문에 다른 뮤지컬 작품과는 다르게 음악 자체에 고전적 표현을 시도하였고, 그래서 클래식하고 육중한 편이라고 할 수 있다. 이 작품에서 가장 유명한 음악으로는 'Angel of Music', 'The Phantom of the Opera', 'Think of me', 'The Music of the Night', 'All I Ask of You' 등이 있는데, 음악 자체가 중후하기 때문에 많은 성악가들이 즐겨 부르는 레퍼토리가 되었다.

The Phantom of the Opera

[Christine]

In sleep he sang to me 잠을 잘 때 그가 나에게 노래했어

In dreams he came 꿈 속에서 그가 나에게로 왔지

That voice which calls to me 나를 부르는 저 목소리

And speaks my name 나의 이름을 부르네

And do I dream again? 내가 꿈을 다시 꾸는 것일까?

For now I find

The phantom of the opera is there

Inside my mind 오페라의 유령이 지금 내 마음 속에 있다는 것을 알았네.

[Phantom]

Sing once again with me 다시 한 번 나와 노래해

Our strange duet 우리의 기묘한 듀엣

My power over you

Grows stronger yet 당신을 지배하는 나의 힘은 더욱 강해지지

And though you turn from me

To glance behind 비록 당신이 내게서 눈을 돌려 뒤를 본다 해도

The phantom of the opera is there 오페라의 유령은 거기

Inside your mind 바로 당신 마음 속에 있지

[Christine]

Those who have seen your face 당신의 얼굴을 보는 사람들은

Draw back in fear 두려움에 물러서요

I am the mask you wear 나는 당신이 쓴 마스크

[Phantom]

It's me they hear 그들이 듣는 것은 바로 나의 소리

[Christine and Phantom]
My/Your spirit and my/your voice 당신(나)의 영혼과 나(당신)의 목소리가
In one combined 하나로 합쳐졌네
The phantom of the opera is there 오페라의 유령은 거기,
Inside my/your mind 바로 당신(내) 마음 속에 있지

[Chros]
He's there, the Phantom of the Opera 오페라의 유령, 그가 거기에 있어
Beware, the Phantom of the Opera 조심해, 오페라의 유령을

[Phantom]
in all your fantasies,
you always knew 당신이 본 모든 환상 속에서
that man and mstery
were both in you. 사람과 신비와 함께 존재하고 있다는 것을 언제나 당신을 알았지

[Phantom and Christine]
And in this labyrinth, where night is blind, 이 캄캄한 어두운 밤의 미궁에
the Phantom of the Opera is there/here 오페리의 유령이 거기(이곳에) 있어
inside your/my mind 바로 당신(내) 마음 속에

[Phantom]
Sing, my Angel of Music! 노래 불러요, 나의 음악의 천사여

[Christine]
He's there, the Phantom of the Opera 그가 여기에 있네, 오페라의 유령이

제3장

영화 속으로 들어간 소설

1.

〈양들의 침묵〉(*The Silence of the Lambs*)

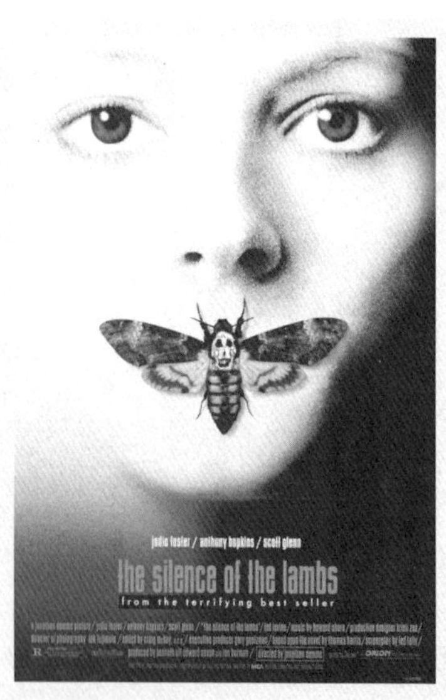

감독 : 조나단 드미(1991년)

주연 : 조디 포스터(클라리스 스탈링 역)
안소니 홉킨스(한니발 렉터 역)
스콧 글렌(잭 크로포드 역)
안소니 힐드(프레드릭 칠튼 역)

장르 : 드라마, 뮤지컬

각색 : 테드 탤리

원작 : 토마스 해리스 「양들의 침묵」
(초판 1988)

1) 〈양들의 침묵〉, 극한의 상상력이 빚어내는 광기와 반전

영화 〈양들의 침묵〉은 범죄 전문기자 출신 토머스 해리스의 소설 「양들의 침묵」을 바탕으로 만든 작품이다. 애초 영화화가 불가능한 원작이란 평가에도 불구하고 영화 〈양들의 침묵〉은 빈틈 없이 짜여진 각본과,

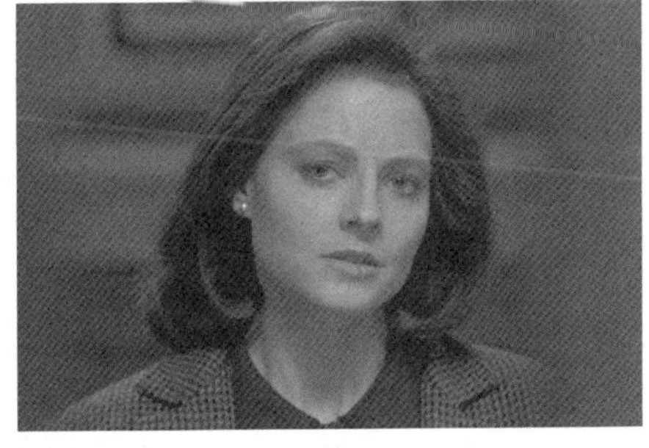

컬트 영화의 거장 조나단 데미의 연출과, 냉철한 신참 FBI요원을 연기한 조디 포스터와, 상상을 초월하는 엽기적인 식인 살인마를 연기한 안소니 홉킨스의 호연으로 완벽한 구도를 이루어 내며 고급 심리 스릴러물로 탄생했다. 식인, 피부 도려내기, 여장 남자 등 기이한 소재와 복잡한 내용을 완성도 높게 스크린에 옮겨 놓은 이 작품은 1992년 아카데미 시상식에서 저널리즘의 예상을 깨고 작품상, 감독상, 남우주연상, 여우주연상, 각색상 등 무려 5개 부문을 수상하며 시선을 모았다.

원작자 토머스 해리스는 미국 테네시 주 출생으로 영문학을 전공하여 경찰 출입기자로 일했는데, 1968년 AP통신사 사회부 기자 당시에는 주로 엽기적인 사건을 다루었다. 그는 「블랙 선데이」(1975)로 데뷔한 이래, 「레드 드래곤」(1981), 「양들의 침묵」(1988), 「한니발」(1999) 등의 베스트셀러를 통해 할리우드 영화계와도 긴밀한 관계를 맺어온 인기 작가였다. 대개 추리소설의 외양을 취하고 있는 그의 작품은 악몽 같은 과거에 집착된 인간의 광기와 이상 심리를 첨예하게 파고드는 한편, 긴박한 사건 전개와 의표를 찌르는 반전으로 독자들로 하여금 책에서 눈을 떼지 못하게 하는

데 성공하고 있다. 가장 큰 대중적 성공을 안겨준 작품「양들의 침묵」에서도 그는 일반적인 상식으로는 접근이 쉽지 않은 기괴한 인간들의 어둡고 음습한 이야기를 상당히 설득력 있게 펼쳐 보이고 있다. 여기에 조나단 드미 감독은 비교적 충실하게 원작의 스토리 라인을 따라가면서, 영상과 음향이 줄 수 있는 효과를 극대화함으로써 문학작품의 영화화에 일정한 성과를 거두고 있다.

영화 〈양들의 침묵〉은 어린 시절 부모를 잃고 친척집과 고아원을 전전하면서 성장한 FBI 요원 클라리스 스탈링과, 자신의 환자 아홉 명을 살해하고 인육을 먹는 등 엽기적인 범죄로 수감 중이던 정신과 의사 한니발렉터 박사와의 심리전이 큰 줄거리를 이룬다. 그러면서 영화는 남성과 여성, 정상과 비정상, 구속과 해방, 욕망과 대상 등 다채로운 주체를 응집력 있는 서사 구조 속에 담아내고 있다. 아울러 정체성을 상실한 채 표류하고 있는 현대인에게 진정한 자기 발전과 자아 실현은 어떻게 가능한가라는 문제를 다시 한 번 성찰할 수 있는 기회를 제공하기도 한다. 이렇듯 영화 〈양들의 침묵〉은 인간과 사회의 겉과 속, 어둠과 밝음에 대한 심도 있는 통찰을 담고 있는 흔치 않는 수작이다.

무엇보다 영화 〈양들의 침묵〉은 공포영화의 진수를 보여주는 컬트 영화적인 요소가 돋보이며, 안소니 홉킨스의 소름끼치는 연기가 압권이다. 컬트 영화는 성격이나 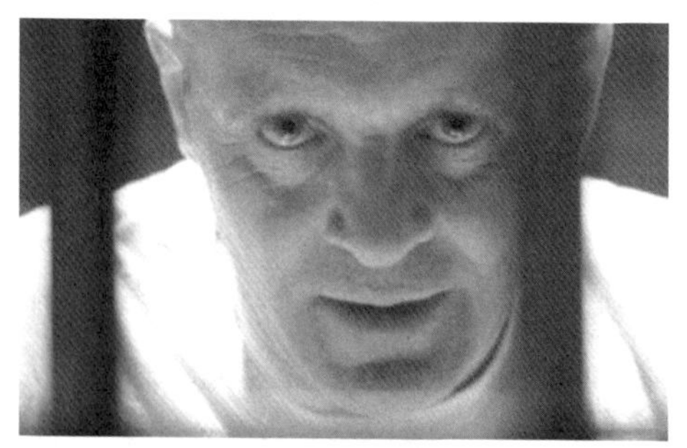 주제, 작가의 재능 등 영화의 모든 요소들에 대해 격렬한 논쟁을 일으키는 영화를 일컫는다. 즉 독특한 감각을 펼치는 감독이나 뚜렷한 개성을 보여주는 배우, 사회문제를 예리하게 파헤친 상징적인 작품들을 말하는데, 바로 영화 〈양들의 침묵〉은 상처받은 현대인의 복잡하고 다양한 이상 심리를 표현해 내며 잔인하고 음습한 엽기적인 범죄 스릴러로 공포영화의 진수를 보여준 컬트영화다. 한편 최고의 인기를 누리는 배우는 성격 배우인 경우가 많은데 안소니 홉킨스의 경우가 그렇다. 성격 배우는 다른 사람의 역할을 맡아서 그것을 연기로 보여 주는 것이 아니라, 자신의 독특한 개성을 나타냄으로써 최고의 지위를 차지한다. 그러나 성격 배우는 많은 사람의 추앙을 받지 못하는 영웅이기도 하다. 글래머적 요소라든가, 스타 같은 느낌이 없다는 이유로 종종 조연이 되곤 한다. 대부분의 영국식 훈련을 받은 배우들처럼 안소니 홉킨스 역시 놀라울 정도로 다재다능하고, 세익스피어나 로맨틱한 현대적 역할이나 엉뚱한 역할이나를 막론하고 여러 가지 스타일에 능란하였으며, 사투리에도 능통하였다. 그는 영화 〈양들의 침묵〉에서도 비뚤어진 인격을 가진 천재 박사 한니발 렉터 역을 끔찍할 정도로 잘 연기하면서 많은 인기를 누리기 시작했다.

2) 원작소설과 함께하는 영화 탐색의 즐거움

버지니와 콴티코 근처의 숲, 푸르스름한 조명, 아침 안개가 옅게 깔려 있다. 가끔 새 울음소리가 들릴 뿐 고요하기 이를 데 없는 그 숲길을 한 젊은 여자가 달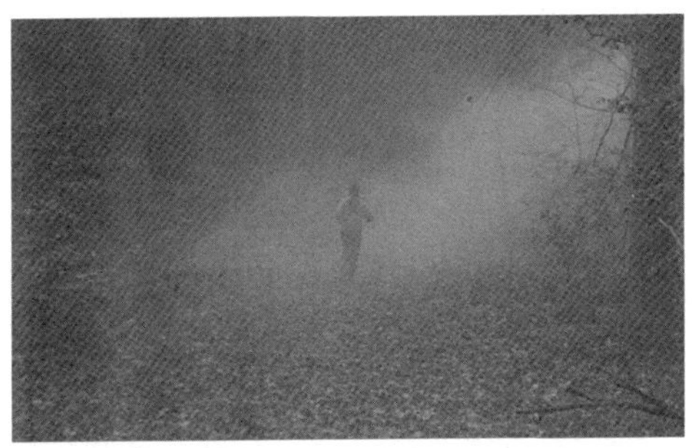리고 있다. FBI 연수생으로 훈련을 받고 있는 클라리스 스탈링이다. 그녀

앞에 한 사나이가 나타나 상관의 호출을 알린다. 서정적이기까지 한 이러한 서두 장면의 고요함과 아름다움은 이어서 벌어질 끔찍한 사건의 전조를 예감하게 하는 듯 어딘가 불길함과 음산함을 내포하고 있다. 그것은 평화롭고 단조로운 일상 저편에 숨어 있는 혼돈과 파국의 분위기를 암시한다.

스탈링은 행동과학부 과장 잭 크로포드의 사무실로 간다. 그리고 수감 중인 한니발 렉터라는 인물을 인터뷰해 오라는 임무를 부여받는다. 한니발 렉터는 전직 정신과 의사로서 연쇄 살인을 저지른 자다. 특히 마음에 들지 않는 인물의 인육을 먹는 것으로 유명하여 그를 언급할 때는 흔히 '식인종 한니발'이라는 말장난이 뒤따른다.

스탈링에게 맡겨진 임무가 표면적으로는 연쇄 살인범의 범죄심리에 대한 데이터베이스를 만들기 위한 작업의 일환으로 설문조사를 해오는 것이지만, 실질적으로는 당시 사회적 물의를 빚고 있던 버팔로 빌이라는 또 다른 연쇄 살인범을 잡을 수 있는 단서를 찾기 위함이었다. 버팔로 빌은 말 그대로 희생자의 가죽을 벗긴다는 데서 붙여진 별명이다. 이 변태적인 인물은 벌써 다섯 번에 걸쳐 여성을 납취하여 죽인 다음, 살가죽을 벗기고 시체를 유기하는 끔찍한 범죄를 저질러 왔다.

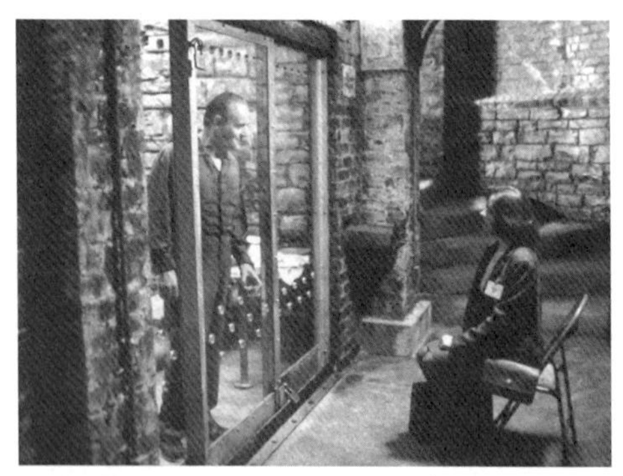

마침내 스탈링과 렉터의 조우가 이루어진다. 질식할 것 같은 음침한 지하병동의 독방에 갇혀 있는 렉터는 스탈링을 상대로 자신의 악마적 천재성을 유감없이 발휘해 보인다.

렉터는 대형 유리창을 사이에 두고 스탈링이 제시한 신분증을 보며 그녀가 아직 정식 수사관 신분이 아님을 알아맞히는가 하면, 환기 구멍으로 스며드는 냄새로 그녀가 쓰는 향수를 분별해 내기도 한다. 또 그녀의 옷차림과 말씨를 통해 그녀의 지난 시절을 놀라울 만큼 정확히 재구성해 보이기도 한다. 렉터는 명석한 두뇌로 주어진 상황을 분석하는 스탈링에게 호감을 보이고, 스탈링 또한 그에 대한 두려움 속에서도 지식인으로서의 탁월함과 완벽한 매너에 이끌린다. 시종 우위를 점하며 스탈링을 조롱하는 듯했던 렉터는 그녀가 옆방 죄수로부터 정액을 뒤집어쓰는 수모를 당하자, 그 대가라면서 버팔로 빌과 관련한 힌트를 한 가지 가르쳐 준다. 버팔로 빌은 예전에 렉터가 정신과 의사로 활동했을 때 그의 환자 중 한 사람이었던 것이다.

이때부터 스탈링과 렉터 사이에 기묘한 거래가 성립된다. 렉터가 버팔로 빌의 정체에 대해 조금씩 가르쳐 주는 만큼 스탈링도 자신의 과거를 조금씩 말해야 되는 일종의 교환관계가 이루어진 것이다. 그러나 버팔로 빌이 연방 상원의원 루스 마틴의 딸 캐더린을 납치하면서 상황이 급박해진다. 스탈링은 버팔로 빌에 관한 정보를 알려주면 지하병동에서 빼내 훨씬 좋은 조건의 수감생활을 할 수 있게 해주겠다고 제안하지만, 이마저 공명심에 불타는 속물 근성의 소유자인 정신병원장 칠턴 박사의 농간에 의해 좌절되고 만다. 칠턴 박사의 주선으로 딸을 구하고자 하는 마틴 의원과 렉터 사이에 협상이 이루어져 렉터는 8년 동안의 지하감방 생활을 청산하고 멤피스로 이송된다.

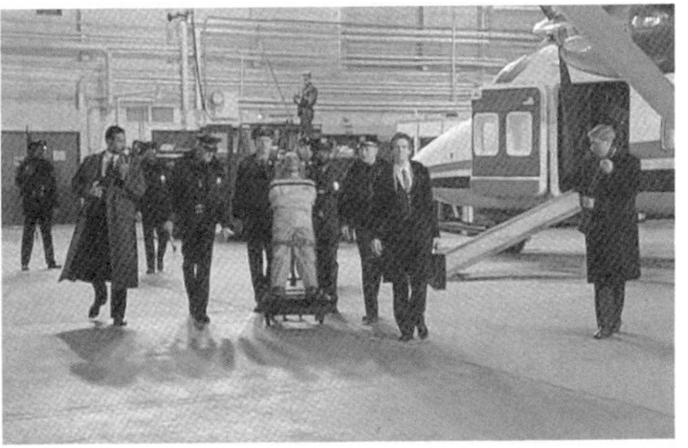

그러나 애초부터 경찰에 협조할 마음이 전혀 없었던 렉터는 교묘하면서도 잔악한 방법으로 감시요원들을 살해한 후 엄중한 감시망을 뚫고 유

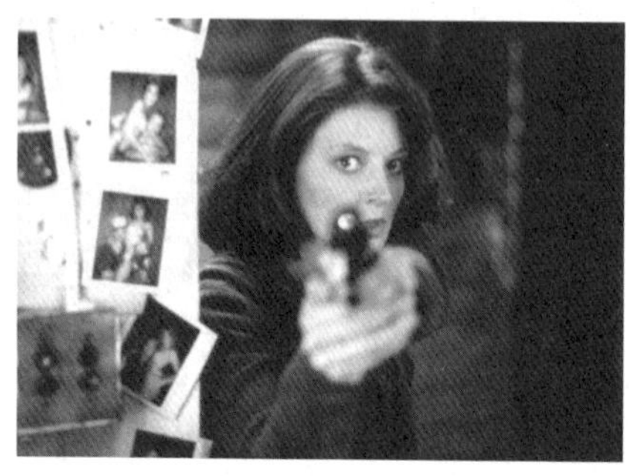

유히 사라진다. 하지만 스탈링은 렉터가 이전에 단편적으로 흘린 정보를 꾸준히 종합, 분석, 유추해서 홀로 범인의 실체를 파악하고 그에게 접근해 끝내 그를 사살하기에 이른다.

영화에서 관심을 끄는 것은 관객의 공감을 불러일으키는 인물을 창조해 낸 점이다. 사실상 모든 영화는 감독의 옳고 그른 것에 대한 감각에 기반하여 우리에게 각 역할의 모델, 이상적인 행동 방식, 부정적인 특질, 그리고 감추어진 도덕성을 보여준다. 간단히 말해서 모든 영화는 편향적이다. 흡인력 있는 특정한 인물, 제도 행위, 그리고 모티프에 특권을 부여하고, 반대하는 것들은 강등시켜 버리는 특유한 이데올로기적 관점을 가지고 있는 것이다. 따라서 영화를 만드는 데에 이데올로기적 명시성의 정도는 매우 다양하다. 이는 크게 세 가지로 대별할 수 있다. 첫째, 중립적인 영화[Neutral]다. 현실 도피적인 영화와 가벼운 오락 영화에서 사회적인 환경은 스토리를 매끄럽게 만들기 위하여 막연히 호의적인 배경으로 섞어 놓는다. 또한 배우들의 연기와 관객의 즐거움과 오락적인 가치를 강조한다. 둘째, 함축적인 영화[Implicit]다. 주인공과 그 상대역들은 갈등하는 가치 체계를 보여주지만 자세히 설명하지는 않는다. 우리는 어떤 인물이 그 이야기가 전개됨에 따라 무엇을 상징하는지 추측해야 한다. 아무도 그 스토리의 도덕성을 명쾌하게 설명해 주지 않기 때문이다. 소재는 특별한 방향으로 기울지만, 분명하고도 명백한 조작은 없다. 셋째,

명시적인 영화[Explicit]다. 주제 지향적인 영화들은 가르치거나 설득하려는 목적을 가지고 있다. 애국을 강조하는 영화, 다큐멘터리, 정치 영화, 사회학적 관점에서 주의를 기울이는 영화가 이 범주에 속한다. 이 범주의 가장 극단적인 예로는 선전 영화가 있는데, 우리에게 공감과 지지를 호소하는 당파적인 관점을 반복적으로 옹호한다. 진지한 영화비평가들은 종종 이처럼 적극적 판매 전략을 갖는 영화를 신랄하게 비판하지만, 그 위트나 스타일상의 당당함으로 인해 우호적으로 평가받기도 한다.

극영화의 압도적인 다수는 함축적인 영화의 범주에 들어간다. 달리 말해서 인물은 자신들이 믿는 것에 대해서 상세하게 말하지 않기 때문에, 우리는 그 표면 아래로 파고 들어가야 하고 그들의 목적이 무엇인가, 무엇을 당연하게 여기는가, 다른 사람과 어떻게 행동하는가, 위기에 어떻게 대처하는가 등을 바탕으로 그들의 가치체계를 구성해야 한다. 영화 감독은 이상주의, 용기, 관대함, 페어플레이, 친절, 그리고 충성심과 같은 특질을 극화함으로써 관객의 공감을 불러일으키는 인물을 창조한다.

훌륭한 외모와 성적 매력은 매우 강력한 특성이며, 우리는 그런 인물을 선호한다. 가끔은 어떤 배우의 매력이 너무 강해서, 이데올로기적으로 반대 역할을 하고 있음에도 불구하고 관객을 압도할 수 있다. 공감을 끌어내기 위한 방법에는 여러 가지가 있다. 싸움에 진 개처럼 불쌍한 사람들은 거의 자동적으로 우리를 그들의 편에 서게 한다. 정서적으로 상처받기 쉬운 인물은 우리의 보호 본능에 호소한다. 우습고 매력적이고 혹은 지적인 인물도 마찬가지로 우리의 공감을 이끌어 낸다. 사실상 이런 특징들은 그렇지 않았더라면 혐오스러웠을 부정적인 인물에 대한 우리의 감정을 부드럽게 만들어 주는 데 큰 공헌을 할 수 있다. 영화 〈양들의 침묵〉에서 식인 박사 한니발이라는 인물은 정신병적인 살인마지만, 그가 또한 재치있고 상상력이 뛰어나기 때문에 최소한 일정한 거리를 둔 채로라도 우리는 기이하게 그에게 끌린다.

영화 〈양들의 침묵〉에서는 탐정과 범인의 명료한 이분법에 기초한 추리소설의 고전적 공식이 상당 부분 파괴되고 있다. 범죄의 발생으로 인한 일상 질서의 교란, 영민한 탐정의 수사, 각각 선과 악을 상징하는 이 두 사람의 최후의 대결, 범인의 멸망과 일상의 회복이라는 정통적 추리소설의 문법이 이 영화에서는 회복 불가능할 정도로 침해당하고 있다. 그것은 무엇보다 수사관 스탈링과 범인 버팔로 빌 사이에 렉터라는 제3의 존재가 버티고 있기 때문이다. 물론 대다수 추리소설엔 탐정의 수사를 음으로 양으로 뒷받침해 주는 조력자가 등장하게 마련이다. 그러나 이 작품에서 렉터는 단순한 조력자 이상의 의미를 부여받고 있다. 그는 최악의 인물이면서 최선의 인물이라는 양면적인 성격을 지니고 있으며, 그 결과 선과 악, 정상과 광기라는 정반대되는 영역을 마음대로 가로지르는 능력을 보여주고 있다. 그는 인육을 먹는 악마적 존재이면서 여주인공에게 무례했다는 이유로 옆방의 죄수를 대신 응징하는 더없는 신사이기도 하다. 또한 그림에도 남다른 소질을 가진 그는 예민한 감수성과 풍부한 교양, 그리고 다양한 재능을 겸비하고 있는 인물이다. 그 자신이 정신과 의사이면서 그는 해명하기 힘든 비정상성의 소유자다. 칠턴 박사의 단언대로 그는 '괴물이자 완전한 정신병자'인 것이다.

영화의 매력은 버팔로 빌의 엽기적인 범죄보다도 오히려 렉터라는 통상적인 분류와 이해를 허락하지 않는 특이한 인물의 활약에 더 많이 의존하고 있다. 따라서 스탈링 역시 처음에는 경계와 회유의 대상으로 렉터를 대하지만 점차 그의 권능에 의지하게 된다. 그래서 심문을 하기 위해 찾아간 그녀가 도리어 렉터에게 자신의 비밀스런 과거를 하나씩 털어놓고 그의 도움에 매달리게 된다. 스탈링이 버팔로 빌의 실체에 접근해 가는 것은 곧 그녀에겐 어둠에 싸인 자신 내면의 심층에 접근하는 노력을 수반하게 된다. 그녀가 알고자 하는 것은 저 밖에 있는 범인의 정체일 뿐만 아니라, 자신의 깊은 내부에 자리잡은 그 무엇이기도 한 것이다. 그 결과 심문하는 자가 심문당하는 자가 되고, 쫓는 자가 쫓기는 자가 되는 역설적 상황이 벌어지게 된다. 악인을 붙잡기 위해서 또 다른 악인의 도움에 의존하는 이 전도된 상황은 선과 악, 정상과 비정상이 착잡하게 뒤얽힌 포스트모던 사회의 한 단면을 반영하고 있다.

그리고 영화 〈양들의 침묵〉에서는 인간사의 사소한 사건 또는 기억에서 사라진 과거의 흔적이 현재, 그리고 미래에까지 얼마나 큰 영향을 미치는가를 보여주고 있다. 스탈링이 렉터를 통해 범인의 윤곽에 접근할 수 있었던 것은 이 두 사람 사이의 '감정적 교류' 덕분이었다. 그 과정은 마치 정신분석의 치료 과정과 흡사하다. 스탈링은 묻어 두고 싶었던 유년기의 악몽을 정신과 의사 렉터 앞에 드러냄으로써 치유의 단계를 밟아나가는 것이다. 그런 의미에서 대형 유리벽이나 철창을 사이에 두고 이루어지는 두 사람의 대화는 정신분석학적 대화요법(talking cure)의 일종이며, 두 사람 사이에 오

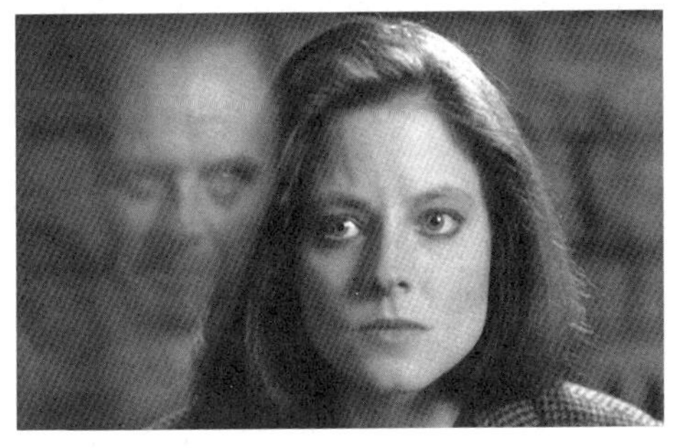

가는 말들은 일련의 증상과 저항의 진술이자, 감정적 전이를 통해 유년기의 정신적 상흔, 즉 트라우마(trauma)를 극복해 나가는 여정이라 할 수 있다. 스탈링은 사건 해결을 위해 유사한 범죄자이며 인간 심리에 대한 전문 지식을 지닌 한니발 렉터 박사를 이용해 사건의 실마리를 찾으려

하고, 렉터는 정신병원 독방에서 평생을 지내야 하는 자신의 처지에서 재미있는 놀이이자 인간 심리 파악의 실험 대상으로 스탈링을 이용한다.

그렇다면 스탈링에게 내재된 상처의 근원이 무엇인지 궁금해진다. 그것은 어린 시절 그녀를 유난히 사랑하던 아버지의 갑작스런 죽음이었다. 작은 마을의 야간 순찰대원이었던 아버지가 악당의 총에 맞아 죽으면서 그녀는 하루아침에 고아 신세가 되어 친척 손에 맡겨지게 된다. 그녀가 FBI에 투신한 것은 바로 아버지를 향한 자신의 사랑을 달성하는 한 방식이며, 그녀의 무의식 속엔 아버지를 대신할 수 있는 연상의 남자를 위한 빈자리가 간직되어 왔다고 할 수 있다. 그 빈자리를 메울 수 있는 남자는 현실 속에서 상이한 두 인물로 상정된다. 한 명은 그녀의 스승이자 직속상관인 크로포드라면, 다른 한 명은 희대

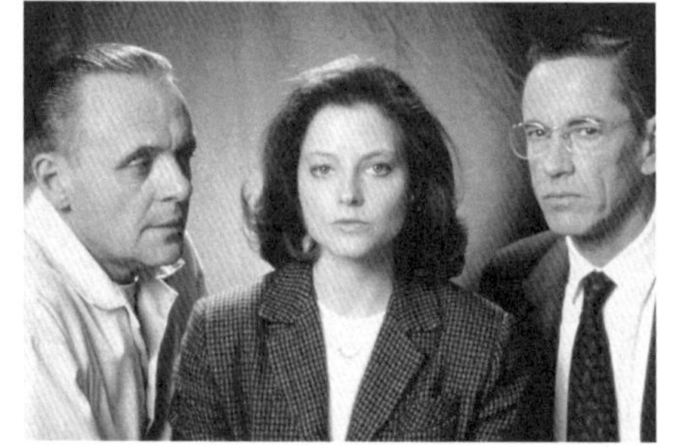

의 살인범 렉터다. 한 편은 법과 질서의 수호자이자 건실한 양육자로서의 아버지상이 버티고 있다면, 그 대척점엔 무섭고 기괴한 욕망과 무질서의 화신으로서의 아버지가 자리잡고 있다. 스탈링을 꼭지점으로 한 이 기묘한 삼각관계는 이야기가 진전될수록 그 무게 중심이 크로포드에서 렉터 쪽으로 이동한다. 렉터는 스탈링으로 하여금 유년기의 상처와 직면하게 함으로써 그녀를 붙잡고 있는 두려움에서 벗어나게 하는 한편, 아버지에 대한 소녀적 애착에서 해방될 수 있게 해준다.

스탈링의 무의식 속에 도사리고 있는 유년기의 외상은 어린 시절 어머니를 잃고 고아나 다름없는 처지가 된 그녀가 말과 양을 기르는 목장을 하는 친척에게 맡겨진 잠시 동안의 기간에 발생한다. 자신의 의지와는

상관없이 친척집에 맡겨진 스탈링은 양들의 도살 장면을 목격하게 되고 한 마리의 양을 구하려고 말을 타고 어둡고 추운 밤길을 달린다. 그러나 얼마 가지 못해 마을 보안관에게 발견되어 친척 손에 인도되고 다시 고아 원으로 가게 된다. 아버지와 분리된 채 비정한 세상 한가운데 내동댕이쳐 진 그녀 자신이 곧 한 마리의 어린 양인 셈이다. 한 마리의 말과 양의 생명이라도 건지고자 하는 그녀의 소망은 희생양의 존재에 의해서만 지 탱되는 세상의 폭력적 구조에 대한 작은 반항이라 할 수 있다.

이처럼 긴 시간에 걸쳐 스탈링의 무의식을 분석하고 진단과 처방을 내 린 렉터는 자신이 검토했던 버팔로 빌과 관련된 서류를 건네주며 아주

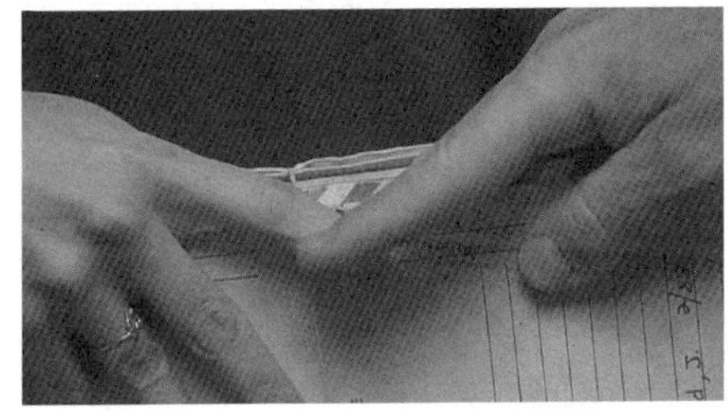

잠깐 스탈링의 손가락을 애무 하듯 만진다. 두 사람의 신체적 인 접촉이 유일하게 이루어진 순간이다. 렉터의 사악한 범행 방법을 보아온 관객은 팽팽하 게 긴장하며 이 순간을 숨죽여 지켜본다. 그러나 이는 자신의 치료에 의 해 새롭게 태어난 피조물을 떠나 보내는 아비지의 심정을 극히 암시적으 로 나타내 보이는 것이다.

'양들의 침묵'이라는 표제엔 폭력에 희생당하는 약자를 향한 연민과 애 정이 스며 있다. 스탈링의 목표는 깊은 밤 더 이상 양의 울음소리가 울려

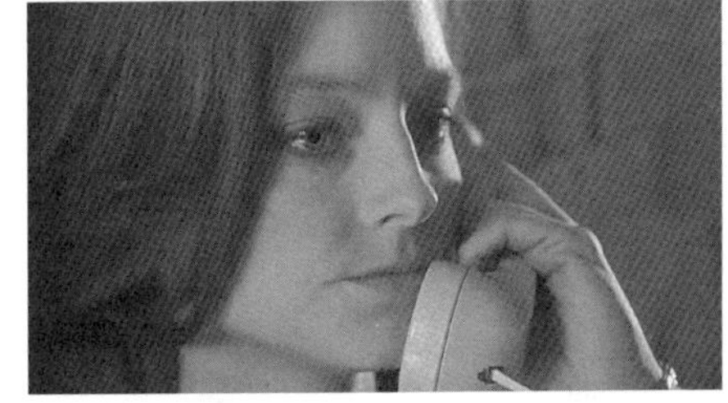

퍼지지 않도록 하는 것이다. 다 시 말해 양의 희생을 막는 것이 다. 그러나 "스탈링 양, 이제 양 들이 조용해졌나?"라는 렉터의 물음은 세상이 계속 지속되는

한 양들의 희생 역시 계속 되풀이될 수밖에 없음을 말해주고 있다.

　양의 울음소리가 들리지 않는 것은 더 이상의 희생이 필요 없어진 세상의 도래를 알리는 것이 아니라, 희생과 다음 희생 사이의 잠시의 휴지기를 나타낼 뿐이다. 그런 의미에서 '양들의 침묵'은 양이 희생당한 다음의 무시무시한 정적을 지시하기도 한다. 그렇다면 양의 울음소리는 아직 양이 살아 있다는 것을 의미한다는 점에서 최소한 소리 없는 침묵보다는 낫다고 볼 수 있다. 그렇다면 양들의 울음소리가 계속될 수밖에 없는 거친 이 세상에서 우리가 믿고 의지할 것은 무엇인가. 어쩌면 그것은 FBI 장애물 훈련교장에 붙어 있던 '상처, 번민, 고통, 이것들을 사랑하라, 아니면 죽음뿐'이라는 경구가 의미해 주고 있는 것일지도 모른다.

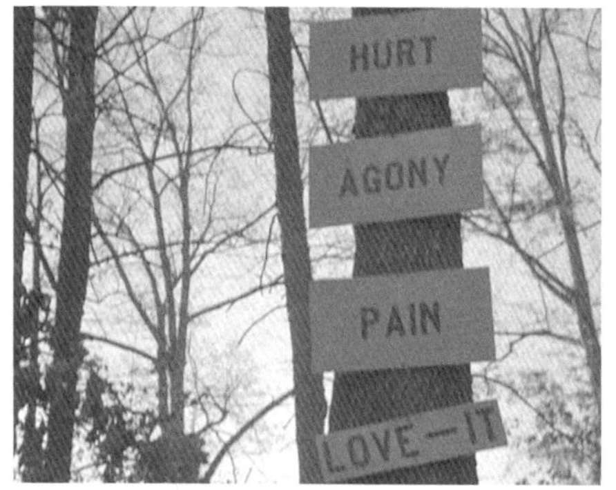

2.

〈잉글리시 페이션트〉(The English Patient)

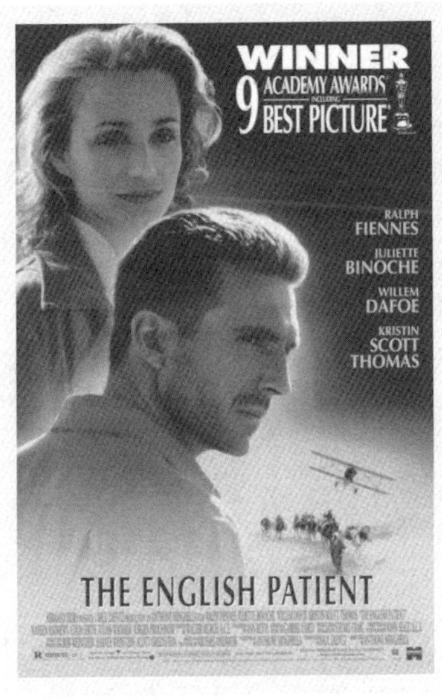

감독 : 안소니 밍겔라(1996년)

주연 : 랄프 파인즈(라즐로 드 알마시 역)

　　　줄리엣 비노쉬(한나 역)

　　　윌렘 데포(데이빗 카라바지오 역)

　　　크리스틴 스콧 토머스(캐서린

　　　클리프턴 역)

장르 : 로맨스/멜로, 전쟁

각색 : 안소니 밍겔라

원작 : 마이클 온다치「잉글리시

　　　페이션트」(초판 1992)

1) 〈잉글리시 페이션트〉, 깊은 서정과 장엄한 서사의 두 욕망

영화 〈잉글리시 페이션트〉는 캐나다의 다문화주의 작가인 마이클 온다치의 소설을 원작으로 한 안소니 밍겔라 감독의 작품이다. 1997년 아카데미 12개 부문에 노미네이트되어 작품상, 각본상, 감독상 등 9개 부문을 수상했고, 골든 글로브에선 7개 부문에 노미네이트 되어 작품상과 작곡상을 수상함으로써 영화사상 가장 심오하고 아름다운 작품 가운데 하나라는 찬사를 받았다. 원작자 마이클 온다치는 1943년 스리랑카에서 네덜란드인과 인도인 부모의 혼혈로 태어나, 1954년 영국에서 청소년기를 보내고 19세 때 캐나다로 이주했다. 시로 작품 활동을 시작하였으나 소설로 명성을 얻었으며, 「잉글리시 페이션트」를 발간하여 1992년 캐나다인으로는 처음으로 영연방 국가들의 노벨문학상이라고 할 수 있는 부커상(Booker Prize)을 수상했다.

소설은 로맨스, 모험, 미스터리, 철학으로 녹여낸 사랑의 이야기로, 유럽의 한 골짜기 끝에서 벌어지는 온전한 인간성을 회복하고자 하는 상처 입은 사람들의 몸짓과 사투를 보여준다. 신분을 알 수 없을 정도로 화상을 입고 들어온 원래는 헝가리인이지만 그저 영국인 환자로만 알려진 한 남자, 그를 돌보는 캐나다 간호사, 독일군에 잡혀 엄지손가락을 잘린 캐나다인 영국 스파이, 지뢰 제거 활동을 하는 인도인 영국군 장교라는 네 인물들이 제각기 엮어가는 이야기다. 곧 전쟁을 소재로 한 전쟁 문학이자, 남녀 간의 연애를 담은 로맨스 소설이자, 그 로맨스를 추리구조로 풀어낸 추리 소설로도 읽힌다. 그들은 잠깐의 인연을 쫓아서 서로의 과거를 이야기하게 되는데, 제각기 전쟁의 상처를 받은 사람들의 불행한 상황을 상징하듯 이야기는 파편적이지만 소설에서는 이들의 서사가 균형 있게 제시되고 있다. 특히 모험과 미스터리적 요소가 곁들여지면서 흥미로운 주제만큼이나 시점을 이동해 가며 전개되는 구성은 영화와 구별되는 소설만의 특징이다.

이렇게 다양한 요소들이 층층이 쌓아 올려져 건설된 「잉글리시 페이션트」라는 서사는 그래서 더 한층 아련하고 아름다운 이야기이기도 하다. 이 소설은 전원적 풍경을 배경으로 그 안에 세상으로부터 단절된 집을 지어 독자들을 끌어 모은다. 시적인 언어와 감각적인 묘사, 죽음을 뛰어넘는 사랑에 대한 이야기가 독자를 허구의 환상 속에 빠뜨린다. 하지만 다음 순간 작가는 혹독할 만큼 지극히 사실적인 설명으로 소설의 환영(幻

影)을 넘어 역사를 직시하게 된다. 짓밟힌 사막, 상실을 겪은 인간들, 영원히 용서할 수 없는 파멸의 전조인 원폭에 이르면 소설은 단단한 사실이 된다. 그리하여 독자는 다시 한 번 현실과 환영의 경계에서 머뭇거리게 된다. 그러나 이 경계선에서 주저하는 감각이 다른 소설에서는 찾아보기 힘든 심오한 문학적 경험이다. 소설의 단어 하나하나가 이 머뭇거림을 향해 쓰인 것 같은 섬세함 때문이다.

다만 이들을 한 데 묶어주는 구심점은 죽음을 앞둔 환자가 들려주는 과거 이야기다. 그러므로 현재와 과거를 넘나들면서 서술이 진행되는데, 이때 환자가 전달하려는 사랑 이야기의 핵심은 소유와 소유욕에 관한 것, 사랑이 어떻게 시작되고 어떻게 끝이 나는가에 관한 것이다. 헝가리 백작인 지리탐험가 알마시와 영국 정보원의 아내 캐서린과의 사랑은 처음에 파편적으로 얼핏얼핏 내비쳐지다가 작품의 후반부에 종합되면서 그가 전하려는 핵심이 이제 막 떠오르는 서광처럼 독자의 뇌리에 남는다. 서술구조가 그만큼 파편화되어 있어서 실마리를 잡는 게 쉽지 않다는 것이다.

그렇다면 한 편의 시처럼 압축되고 현재와 과거가 넘나드는 이러한 파편화된 난해한 소설을 어떻게 영화로 만들 것인가. 그 속에 숨어 있는 사랑의 아픔을 어떻게 감동적으로 풀어낼 것인가. 사랑의 윤리와 정치적 윤리를 어떻게 결합시킬 것인가. 제목을 헝가리인 환자가 아닌 '영국인 환자'라고 만든 작가의 의도를 살려내는 방법은 무엇인가. 그러나 앤서니 밍겔라 감독이 이 소설의 플롯을 영화로 각색할 때부터 아주 매혹적이면서도 도전적인 작업이었다고 고백하고 있는 것처럼, 영화는 소설의 의미를 충분히 살려내고 있을 뿐 아니라, 더욱 살을 붙여 원작 못지않게 아니 그보다 더 풍성하게 만들어 내고 있다. 파편화되어 난해하게 흩어진 원작을 영화에서 훨씬 더 아름답게 살려낸 것이다.

앤서니 밍겔라 감독은 1954년 이탈리아계 부모로부터 영국에서 태어났다. 시나리오 작가 출신의 영화감독으로 영화계 데뷔 이전에는 연극무대에서 작가로 활동했다. 영국과 유럽에서 호평을 받으며 다양한 창작극들을 무대에 올리던 중 TV극본에도 손을 뻗게 되었고, 이 분야에서도 두각을 나타내어 자연스럽게 활동무대를 미국으로 옮겼다. 1991년에 영화 〈진실하게, 미친 듯이, 깊게〉(*Truly, Madly, Deeply*)로 잔잔한 호평을 받으며 안정감 있고 내실있는 감독 대열에 이름을 올리게 된다. 이후 〈미스터 원더풀〉(*Mr. Wonderful*, 1993)을 감독하고 난 다음, 유명한 제작자 사울 자엔츠(Saul Zaents)의 도움을 받아 자신이 감독과 각본을 맡았던 〈잉글리시 페이션트〉를 만들어 일약 명성을 굳히게 된다. 이 외에도 〈리플리〉(*The Talented Mr. Ripley*, 1999), 〈콜드 마운틴〉(*Cold Mountain*, 2003) 등의 작품이 있다.

2) 원작소설과 함께하는 영화 탐색의 즐거움

영화의 서두 장면에서 헝가리 민요가 사막의 모래 위로 흐른다. 움푹 패인 골, 수영하는 사람들의 그림, 비행기 등. 세계 2차대전이 끝나갈

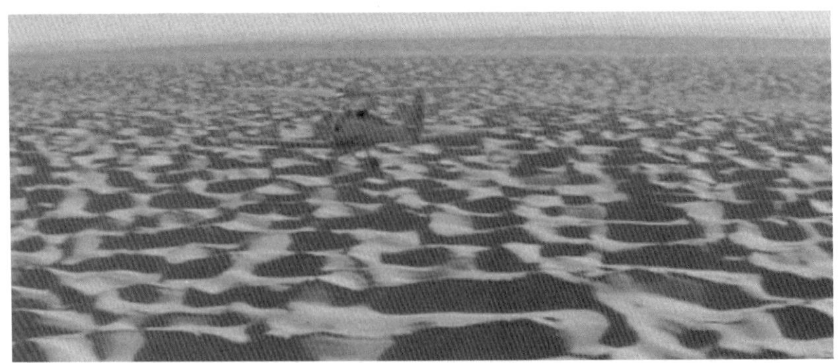

무렵, 비행기 추락 사고로 온몸에 화상을 입은 한 명의 환자가 이탈리아 북부 어느 병원에 수용된다. 그는 영국 환자로만 불리울 뿐 전혀 신분을 알 수가 없었나. 캐나디인 간호사 해나는 죽음을 앞둔 그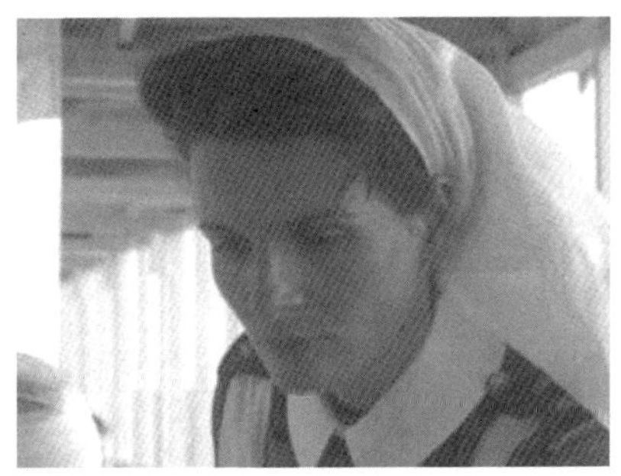를 어느 폐허가 된 수도원에서 정성껏 돌본다. 그렇지만 해나가 할 수 있는 일이란 고통을 덜어주기 위해서 모르핀을 주사하고 먹을 것을 마련해 주는 것뿐이었다. 그런데 어느 날 두 손에 붕대를 감은 카라바지오가 찾아온다. 수년 전 사하라 사막에서 벌어진 전쟁 중에 연합군 측 첩보원으로 일했던 그는 영국 환자, 즉 알마시의 정체를 아는 인물이었다. 카라바지오는 자신의 손가락을 앗아간, 수천 명의 목숨을 앗아간 알마시를 죽이기 위해 수도원으로 왔지만, 그가 죽이러 온 알마시는 그가 죽일 수 없는 처지에 놓여 있다.

알마시는 헝가리의 백작으로 전쟁이 일어나기 직전 국제지리학회 팀의 일원으로 사막의 지형을 조사하러 사하라 사막으로 간다. 끝도 없이 펼쳐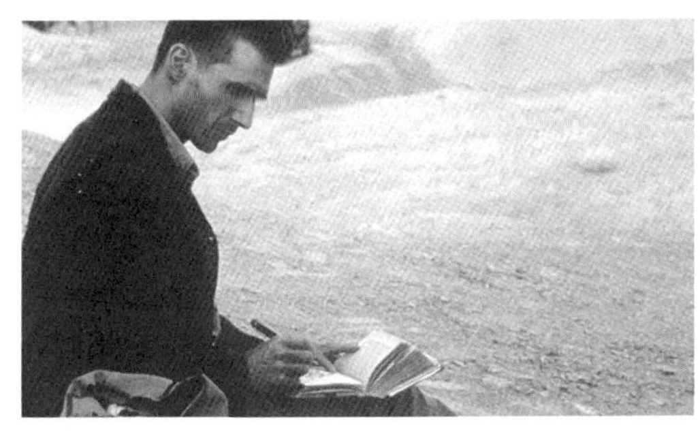진 광활한 사막에서 북부 사막지대의 지형을 조사해 지도로 작성하는 일을 한다. 그러던 어느 날 학회 동료인 제프리 클리프턴은 결혼한 지 일년도 안 된 아름다운 자신의 아내 캐서린을 데리고 나타나는데, 알마시는 캐서린을 본 순간 운명적인 사랑에 빠진다. 그러나 클리프턴은 영국 정보부를 위해 사막의 지형을 사진 찍으러 온 스파이였고, 캐서린은 이런 사실을 전혀 알 리 없는 그의 아내였다. 알마시와 캐서린의 사랑은 사막의 모래바람처럼 거세게 불어 닥치며 사막의 열기처럼 달라 올랐지만, 결국 헤어지지 않을 수 없게 된다.

한편 북아프리카에서 영국과 독일이 전쟁에 들어간다. 원정대는 전쟁을 피해 철수하게 되는데, 캐서린의 부정에 괴로워하던 제프리는 알마시를 철수시키러 간다는 핑계로 비행기 사고를 가장하여 알마시를 죽이고 캐서린과의 동반자살을 시도한다. 알마시는 민첩하게 대응하여 목숨을 건졌으나, 제프리는 목숨을 잃고 캐서린은 심한 부상을 입는다. 캐서린이 목에 걸고 있던 골무를 통해서 캐서린의 변함없는 사랑을 확인한 알마시는 캐서린을 사막 한가운데 있는 동

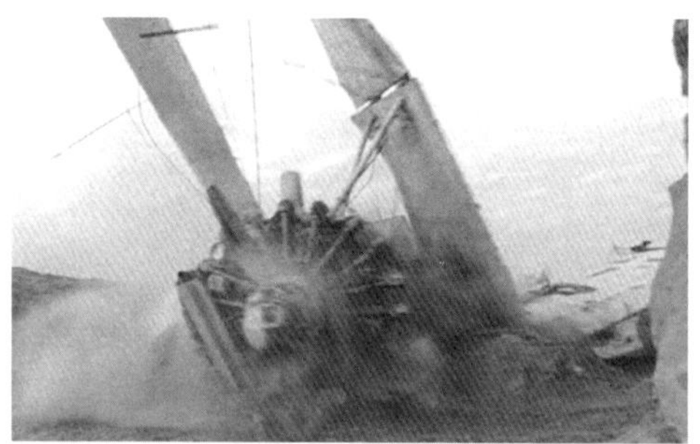

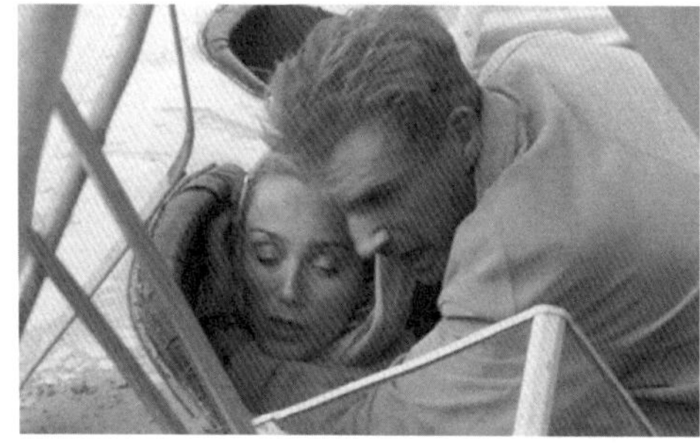

굴로 옮긴 후, 어두운 동굴을 비출 수 있는 작은 손전등과, 헤로도토스의 책과, '반드시 돌아오겠다'는 약속을 남겨둔 채 자동차와 모르핀을 구하기 위해 떠난다. 그러나 그가 돌아왔을 때는 이미 너무 늦은 뒤였다. 그곳엔 이미 싸늘히 식어버린 캐서린의 시신과 그녀가 남긴 편지만이 알마시를 기다리고 있었다. 울부짖으며 그녀의 시신을 싣고 사막을 비행하던 알마시는 독일군의 대공 포화에 맞아 추락한다. 알아볼 수 없을 정도로 얼굴과

전신에 심한 화상을 입은 알마시는
이탈리아의 연합군 야전병원에 입
원한다. 이름도 국적도 기억을 못하
는 상태였기 때문에, 그가 구사하는
영국식 영어로 미루어 알마시는 그
저 '잉글리시 페이션트'라고 불린
다. 그가 소지한 유일한 짐이라고는
낡고 두꺼운 책 한 권뿐이었다. 그
러나 이 「헤로도토스」(Herodotos)의
책장들 속에는 그의 과거가 담겨 있
는 듯한, 여러 장의 편지와 사진들
과 그림과 메모들이 꽂혀 있었다.

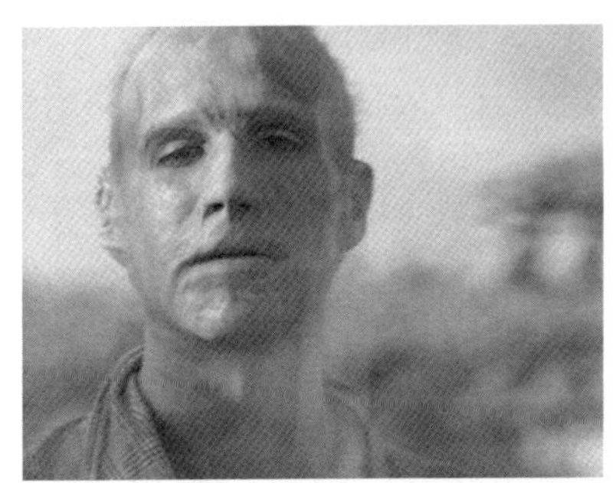

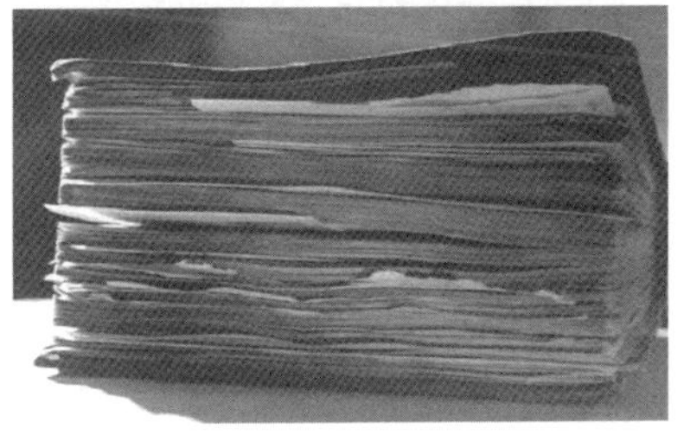

　한편 사랑하는 모든 이들을 전장에서 잃게 되는 저주를 받았다며 자
학하고 괴로워하던 캐나다군의 간호장교 해나는, 지독한 고통 속에서도
실낱 같은 생명력을 이어가고 있는 알마시에게 연민을 느낀다. 그러다
야전병원으로 이동 중인 트럭에서 몹시 힘늘어하던 이 영구인 환자를 길
가의 한 수도원 건물로 옮기고 홀로 헌신적으로 간호를 하기 시작한다.
그리고 해나는 이곳에서 이 환자의 희미한 기억 속의 과거로 동행을 하
게 된다.

　그런데 그즈음 운명적인 남편을 만날 것이라는 그녀 어머니의 말처럼,
정말로 해나는 인도인 폭탄 전문가 킵과의 운명적인 만남으로 사랑을 시
작한다. 이때 영화는 알마시의 흐릿한 과거 속 캐서린과의 사랑과, 해나
의 현재 진행형인 킵과의 사랑을 절묘하게 조화시키며 아름다운 음악과
더불어 연출된다.

그러나 알마시는 지극한 정성으로 그를 간호하던 해나에게 남아 있는 몰핀 병들을 내어 밀며 자신을 죽여 달라는 메시지를 보낸다. 종전이 임박해 오던 1945년, 해나는 알마시가 간절히 원하는 뜻을 받아들이기로 한다. 알마시는 사막의 모래 속에 깊이 묻혀 있던 자신의 사랑 이야기를 해나와 카라바지오에게 전하며 마침내 숨을 거둔다. 그리고 해나도 그곳 수도원을 떠난다.

영화의 줄거리를 따라가다 보면 많은 독자들이 두 텍스트, 즉 소설과 영화 사이의 큰 차이를 보고 당혹감을 느낄 수도 있을 것이다. 소설과 영화가 같은 부분을 공유하고는 있으나 상당히 다른 서사이며, 동시에 하나의 세계에서 파생된 다른 문학 양식이다. 이처럼 '비슷하면서도 다른 성질'은 「잉글리시 페이션트」라는 텍스트의 본질이며, 작가 마이클 온다치의 문학 세계의 근간이라고 할 수 있다.

우선 영화는 알마시가 회상하는 캐서린과의 사랑이 훨씬 확대되어 그 전편에 흐른다. 마치 에밀리 브론테의 「폭풍의 언덕」을 연상케 하는 두 남녀의 절대적 사랑, 한 치의 우수리도 바라지 않는 완전한 소유가 그려진다. 간호원 해나의 사랑과는 대조가 된다. 특히 인도 출신의 폭탄전문가 킵과 알마시는 더욱 대조적이다. 킵은 자신의 임무를 저버리지 않고 해나를 사랑한다. 캐서린을 소유하기 위해 독일군에게 지도까지 넘겨주었던 알마시였다면, 킵은 그녀를 기다리고 그녀에 의해 보여지기를 원한다. 킵이 연인에게 성당의 벽화를 보여주는 환상적인 장면은 알마시가 애증이 교차하던 캐서린의 다친 몸을 안고 동굴을 향해 걷던 장면과 대조된다. 전자는 내 것이 아니라 두 몸이 끈으로 연결되어 남성이 여성을 공중으로 높이 떠올려 벽화를 보여준다면, 후자는 처절히 흐르는 음악과 함께 두 사람이 다시 한번 뗄 수 없는 하나임을 보여준다.

또한 엇갈리며 대조되는 또
다른 장면이 있다. 캐서린이
파티에서 젊은 남자와 춤을 추
자 알마시는 질투에 불타 캐서
린을 몰아세운다. 그러나 해나
가 카라바지오와 춤을 추는 것

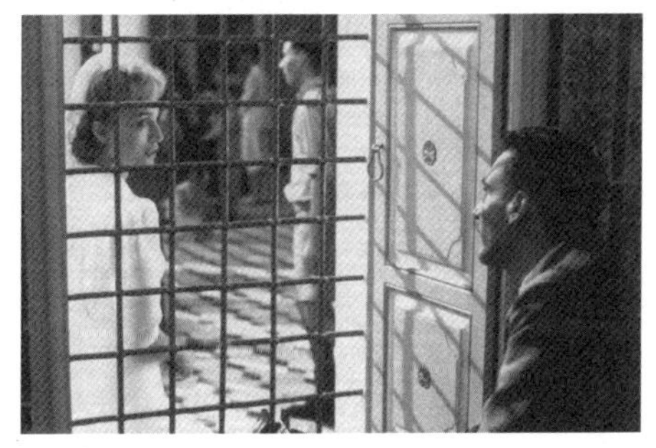

을 보며 킵은 함께 흥겨워한다. 소설에 비해 두드러지게 부각되고 있는
이 대조적인 장면을 통해 영화는 무언가를 말하고 싶은 것이다. 카라바지
오 역시 복수심을 품고 왔지만 알마시의 이야기를 듣고 감동하여 자신이
인정하지 않던 원주민 여자를 연인으로 받아들인다. 연합군 스파이였던
카라바지오는 알마시의 지도를 넘겨받은 독일군에게 잡혀 고초를 겪으며
손가락을 잘린다. 이후 그는 차례차례로 복수에 나서 이제 알마시를 찾아
온 것이다.

사랑은 소유가 되어서는 안 된다. 사막이 누구의 소유도 아니듯 말이
다. 알마시의 사랑은 캐서린을 죽게 했고, 친구 매독스를 자살하게 했으
며, 지도를 독일군에 넘겨주게 하여 연합군을 곤경에 몰아넣었고, 카라바
지오의 삶을 훼손시킨다. 그러나 우리가 눈물을 흘리며 아파했던 것은
알마시와 캐서린의 비극적 사랑이었지 해나와 킵의 사랑이 아니다. 한
치의 양보도 없는 완벽한 소유가 우리를 전율케 한다. 그러나 그 사랑은
지상에 존재하지 못한다. 그것은 너무나 이기적인 탐욕이기 때문이다.
'영국인 환자'라는 제목은 이런 의미에서 우리를 꼼짝 못하게 만드는 은
유다. 왜 영국인 환자인가, 그는 헝가리인인데 말이다.

영화는 두 개의 사랑을 대조시킬 뿐 아니라 영국인과 인도인을 대조시
키고 있다. 캐서린의 남편은 아내보다 일을 더 소중히 여긴다. 영국인

동료는 오랫동안 함께 일해 온 인도인 킵에게 약혼녀가 있다는 말을 하지 않는다. 영국인과 함께 일하고 있는 헝가리 백작은 영국인처럼 사랑한다. 그는 대상을 소유하고 그것에 자신의 이름을 갖다 붙인다. 영국인은 얼마나 많은 타자에게 자신의 이름을 붙였던가. 인도의 욕망을 자신의 욕망과 동일시했던 영국은 환자가 된다. 그리고 그런 영국의 과거를 아프고 처절하게 되돌아 본 것에 이 영화의 미학성과 정치성이 있다. 이와 같이 영화는 소설이 하지 못하는 것을 한다.

영화 〈잉글리시 페이션트〉를 세밀히 탐색해 보면 사랑에서 영원으로의 두 욕망의 기제가 내재한다. 영화에는 두 축의 인물이 있는데, 한 축은 알마시와 캐서린이고 다른 한 축은 해나와 킵이다. 이들은 전혀 다른 사람들이고 전혀 다른 방식의 사랑을 한다. 먼저 알마시와 캐서린의 경우는 '사랑의 욕망'이었다. 독신인 알마시와 결혼한 지 일 년도 채 안 되었던 캐서린의 사랑은 둘의 일차적인 욕망으로 자리잡게 된다.

그리고 이러한 욕망의 지배력은 가히 절대적인 것이었다. 캐서린은 자신을 놀라게 하려고 결혼기념일에 출장을 간다고 하는 제프리의 거짓말을 그대로 믿고 알마시와 데이트를 즐긴다. 전쟁이 일어나 사막의 지도가 전세를 좌우하는 중요한 정보가 되어버린 상황에서도 알마시는 그런 지도를 자기 방에 둔 것도 개의치 않고 캐서린의 쇄골 절흔을 가리키는 이름이 무엇일까를 매독스에게 묻는다.

하지만 캐서린은 이렇게 강력한 욕망과 아울러 이것과 상대할 수 있는 또 다른 욕망도 가지고 있었다. 그녀는 자신과 알마시의 일이 계속 비밀로 지켜질 수 없을 것이라 생각하고 알마시에게 헤어지자고 요구한다. 하지만 알마시를 지배하는 유일한 욕망은 사랑, 그것이었다. 그래서 그는 캐서린의 요청에 동의하지 않으며, 심지어는 자기가 사랑하는 캐서린을 모욕하기조차 한다.

이러한 알마시와 캐서린이 다시 자신들의 사랑을 확인하는 곳은 '헤엄치는 동굴' 앞에서다. 제프리의 자살 시도를 통해 알마시는 캐서린이 자신을 사랑하지 않은 것이 아니라 제프리를 불쌍하게 여겼음을 비로소 이해하게 된다. 하지만 알마시의 캐서린에 대한 욕망이 이번에는 오직 부상당한 캐서린을 살리는 것에 집중된다. 그러나 이러한 욕망이 영국군에 의해 좌절되었을 때 그는 그것을 달성하기 위하여 무엇이든지 할 준비가 되어 있었다.

그래서 그는 영국인들에게 많은 불행을 가져다 줄 지도를 독일군에게 넘겨주고 독일 가솔린을 얻어 영국 비행기를 타고 동굴로 돌아오게 된다. 그러나 캐

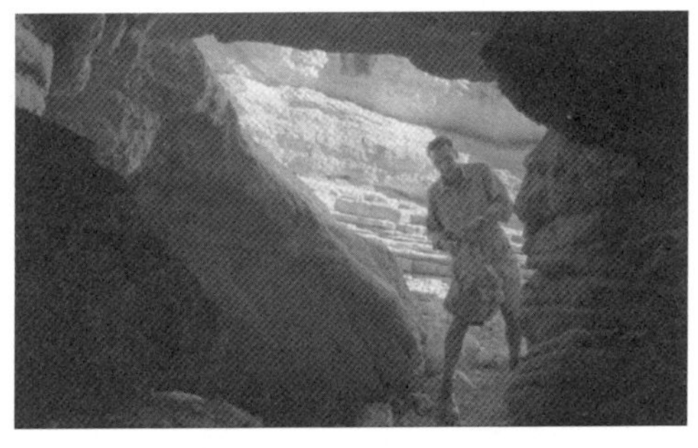

서린은 편지를 남기고 죽어 있었다. 칸돌리스왕의 경우처럼 알마시의 경우도 나머지 것들을 아무 것도 아니게 만드는 강력한 욕망을 달성하였을 때, 그 결과는 그가 기대한 것에만 그친 것이 아니었다. 칸돌리스왕이 친구 가이지와 아내와 왕국과 자신의 생명을 잃었듯이, 알마시는 친구 매독스와 사랑하는 여인의 조국과 자신의 생명을 잃었다.

마음은 이미 캐서린과 같이 죽었지만, 몸은 아직 살아있어 알마시가 깨달은 것은 자신이 캐서린을 죽였다는 사실이었다. 그리고 자신이 참으로 원하는 삶을 살고자 한다면 이러한 사랑의 욕망으로부터 자유로워야 한다는 사실이었을 것이다.

이에 비해 해나와 킵의 욕망은 '차분한 사랑'이다. 영화는 첫 대사에서

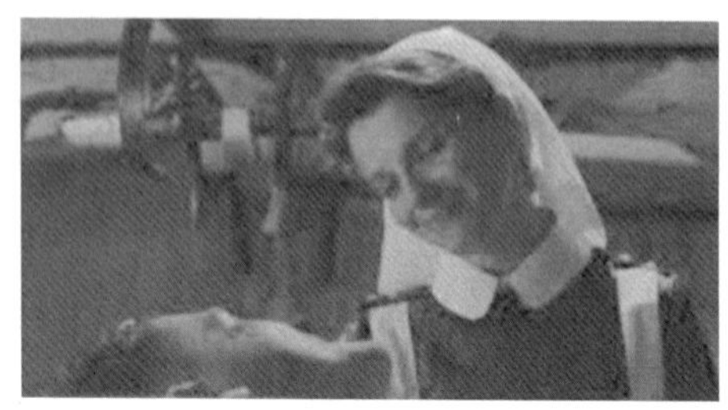

부터 해나가 어떤 사람인가를 강하게 설정하고 있다. 다리 부상을 입은 병사에게 기념이 될지 모를 탄알을 챙겨주고, 희롱을 거는 병사들의 요구에는 현명하고 따뜻하게 대응할 수 있는 사람이다. 해나가 알마시를 수도원으로 옮겼을 때 알마시는 "왜 기를 쓰고 날 살리려고 하지?"라고 묻는다. 이에 대한 대답은 간단하다. "난 간호사거든요."

수도원에서 부서진 피아노를 발견하고 해나가 한참 피아노를 치고 있을 때 킵이 공포를 쏘며 달려와 멈추라고 소리친다. 영문을 묻는 해나에게 킵은 피아노에 폭탄이 있을 가능성이 있다고 설명한다. 해나는 친구가 폭탄사고로 죽었을 때 지뢰제거 작업을 하던 킵을 본 적이 있다. 하지만 킵은 작업에 열중한 나머지 해나를 기억하지 못한다. 해나와 킵은 자신의 직업생활을 자신의 지배적인 욕구 중의 하나로 삼는 사람들이다. 그들은 자신의 삶이 다른 사람들에게 어떤 영향을 주는가에 주목하고, 자신의 욕망과 아울러 다른 사람들의 욕망에도 주목하는 사람들이다. 그러므로 그들이 사랑에 빠지게 되었을 때 그들은 상대방에게 관대하다.

알마시와 킵은 모두 사랑하는 연인이 찾아오길 기다리고 있다. 캐서린이 찾아오지 않으면 알마시는 일도 손에 안 잡히고 잠도 자지 못하면서 전전긍긍하지만, 킵은 태연하려고 애를 쓴다.

영화 〈잉글리시 페이션트〉는 사랑에서 영원에 이르는 길에는 두 가지가 있음을 말해준다. 알마시의 길과 해나의 길이 그것이다. 알마시는 사랑으로부터 자유롭지 못했다. 자유롭지 못한 그의 영혼은 자신과 캐서린을 죽음에 이르는 길로 몰아넣었다. 알마시가 자유롭게 된 나중에도 그가 영원을 향할 수 있는 유일한 길은 이미 죽음뿐이었다. 그러나 해나는 사랑으로부터 자유로웠다. 자유로운 그녀의 영혼은 자신과 킵의 사랑을 열어놓는다. 그녀와 킵은 사랑의 상실이라는 부담을 짊어지고서도 삶을 통하여 영원으로 향한다. 피렌체로 향하는 찻간에서 해나를 쳐다보는 소녀에게로 해나의 삶은 또한 영원히 이어진다.

참고문헌

국내 논저 외

권택영, 『감각의 제국』, 민음사, 2001.

김 건, 『디지털시대의 영화산업』, 삼성경제연구소, 2006.

김기철, 『아이 러브 뮤지컬』, 효형출판, 2002.

김동규 외, 『문학과 영화 이야기』, 학문사, 2002.

김동훈, 『여간내기의 영화교실』, 컬처라인, 2003.

김성곤, 『문학과 영화』, 민음사, 2002.

______, 『김성곤의 영화기행』, 효형출판, 2002.

______, 『퓨전시대의 새로운 문화읽기』, 문학사상사, 2003.

______, 『영화 속의 문화』, 서울대학교 출판부, 2004.

김성동, 『영화, 열 두 이야기』, 철학과 현실사, 2004. **제4부 3장

김정호, 『영화 따라잡기』, 평민사, 2007. **제2부

김종철, 『영화, 삶의 풍경을 찍다』, 21세기북스, 2011.

문학과 영상학회 편, 『영미문학 영화로 읽기』, 동인, 2001.

문학과 영화 연구회, 『우리 영화 속 문학 읽기』, 월인, 2003.

문학사연구회, 『소설 구경 영화 읽기』, 청동거울, 2005.

박진·김행숙, 『문학의 새로운 이해』, 청동거울, 2004. **제1부 2장

박혜주, 『뮤지컬 레시피』, 아이앤유, 2011.

방현석, 『소설의 길 영화의 길』, 실천문학사, 2003. **제1부 2장

변재길, 『영상시대의 문화코드 : 삶, 문학 그리고 영화』, 동인, 2012.

베니 김, 『영화 매니지먼트』, 문지사, 2002.

서정남, 『할리우드 영화의 모든 것』, 이론과실천, 2009.

설도윤, 『뮤지컬 오페라의 유령』, 숲, 2009. **제4부 2장

송병선, 『영화 속의 문학 읽기』, 책이있는 마을, 2001.

스탠리 박, 『클래식 무비 365』, 북인, 2008.

신강호, 『영화사를 바꾼 명장면으로 영화읽기』, 커뮤니케이션북스, 2012. **제4부 1장

염정원, 『영화 속 풍경을 걷다』, 이룸나무, 2010

영화진흥위원회 교재편찬 위원회, 『영화 읽기』, 커뮤니케이션북스, 2004.

오영미, 『문학과 만난 영화』, 월인, 2007.

윤진영, 『명작 뮤지컬 100% 감상하기』, 동행, 2009.

이윤영, 『사유 속의 영화』, 문학과지성사, 2011.

이지원, 『이PD의 뮤지컬 쇼쇼쇼』, 삼성출판사, 2008.

이향만, 『미국소설과 영화의 만남』, 동인, 2005.

전영범, 『스무 가지 시선에 비친 스크린과 세상』, 비엘프레스, 2011.

정경운, 『문화서사와 콘텐츠』, 심미안, 2005.

신정선, 「영화, 뮤지컬, 소설 동시 돌풍」, 『조선일보』 2013. 1. 9. **제4부 2장

조하선, 『내 영혼을 위한 시네마』, 샨티, 2004.

조해진, 「판타지영화의 하위장르에 관한 연구」, 『문화예술콘텐츠』7호, 2011.

최동호 외, 『영화 속의 혹은 영화 곁의 문학』, 모아드림, 2003.

한국미래문화연구소, 『문화변동과 인간 그리고 문화연구』, 깊은샘, 2001.

허만욱, 『다매체 융합의 시대 문학, 영화로 소통하기』, 보고사, 2010.

＿＿＿, 『현대소설의 깊이와 넓이 그 탐색의 즐거움』, 보고사, 2012.

권택영, 「문학과 영화」, 『문학을 사랑하는 젊은이들에게』, 고려대학교출판부, 1999.
　　　　**제1부 2장, 4부 3장

국외 저서

가스통 르루, 성기수 옮김, 『오페라의 유령』, 문학세계사, 2009. **제4부 2장

니콜라우스 슈뢰더, 남완석 옮김, 『클라시커 50 영화감독』, 해냄, 2004.

도날드 스포토, 이형식 옮김, 『히치콕』, 동인, 2005.

로버트 리차드슨, 이형식 옮김, 『영화와 문학』, 동문선, 2000.

로저 에버트, 최보은·윤철희 옮김, 『위대한 영화 1』, 을유문화사, 2006.

로저 에버트, 윤철희 옮김, 『위대한 영화 2』, 을유문화사, 2006.

루이스 자네티, 박만준·진기행 옮김, 『영화의 이해』, K-books, 2009.

루이스 자네티, 김진해 옮김, 『영화의 이해』, 현암사, 2004.

마이클 온다치, 박현주 옮김, 『잉글리시 페이션트』, 그책, 2010. **제4부 3장

버지니아 라이트 웩스먼, 김영선 옮김, 『세상의 모든 영화』, 이론과실천, 2008.

벨라 발라즈, 이형식 옮김, 『영화의 이론』, 동문선, 2003.

빅토르 위고, 정기수 옮김, 『레 미제라블』, 민음사, 2012. **제4부 2장

스튜어트 보이틸라, 김경식 옮김, 『영화와 신화』, 을유문화사, 2005.

스티븐 레베로, 이영아 옮김, 『히치콕과 사이코』, 북폴리오, 2012.

시모어 채트먼, 김경수 옮김, 『영화와 소설의 서사구조』, 민음사, 1996.

앙드레 바쟁, 안병섭 옮김, 『영화란 무엇인가』, 집문당, 1998.

앤드류 달리, 김주환 옮김, 『디지털 시대의 영상 문화』, 현실문화연구, 2003.

요하임 패이, 임정택 옮김, 『영화와 문학에 대하여』, 민음사, 2002.

유리 로트만·유리 치비안, 이현숙 옮김, 『스크린과의 대화』, 우물이 있는 집, 2005.

토마스 엘새서·말테 하게너, 윤종욱 옮김, 『영화 이론』, 커뮤니케이션북스, 2012.

토머스 해리스, 이윤기 옮김, 『양들의 침묵』, 창해, 2006. **제4부 3장

톰 채리티, 안지은 옮김, 『세상에서 가장 영향력 있는 50인의 영화』, 미술문화, 2011.

프랑수아 트뤼포, 곽한주 외 옮김, 『히치콕과의 대화』, 한나래, 1994.

** 이 표시의 참고문헌은 이 책의 저술에 많은 도움을 준 글들이다.

허만욱(許萬煜)

현재 남서울대학교 교양학부 교수
문학박사, 문학평론가, 소설가, 수필가
월간 〈한국시〉 주간
(사)한국동화구연지도사협회 이사 등으로 활동하고 있음

주요 논저 및 작품

『소설 창작의 이해와 실제』, 『문학과 비평의 이해』, 『문예창작의 이해』, 『현대소설의 이해와 비평적 감상』, 『다매체 융합의 시대 문학, 영화로 소통하기』, 『현대소설의 깊이와 넓이 그 탐색의 즐거움』, 「소설 〈벌레 이야기〉와 영화 〈밀양〉의 모티프 변환 연구」, 「문화콘텐츠에서의 디지털스토리텔링 양상과 방향 연구」, 「한국 판타지 장르문학의 흐름과 발전 전략 연구」, 「다매체시대, 수필문학의 장르적 정체성과 발전 방안 연구」, 「디지털 다매체 시대의 문학 환경과 서사 변용 연구」, 「공룡의 땅」, 「가을예감」, 「스쿠온크의 눈물」 외 다수

시각과 상상의 즐거움,

영화의 이해와 탐색

2013년 3월 8일 초판 1쇄 펴냄

지은이 허만욱
펴낸이 김흥국
펴낸곳 도서출판 보고사

등록 1990년 12월 13일 제6-0429호
주소 서울특별시 성북구 보문동7가 11번지 2층
전화 922-5120~1(편집), 922-2246(영업)
팩스 922-6990
메일 kanapub3@chol.com
http://www.bogosabooks.co.kr

ISBN 978-89-8433-845-6 03810
ⓒ 허만욱, 2013

정가 18,000원